白杨 著

古月星转

上部

山东画报出版社
济南

图书在版编目（CIP）数据

古月星转 / 白杨著. -- 济南：山东画报出版社，
2025. 1. -- ISBN 978-7-5474-4816-8

Ⅰ. I247.5

中国国家版本馆CIP数据核字第2024JC9374号

GUYUE XINGZHUAN

古月星转

白 杨 著

项目策划 秦　超
责任编辑 姜　辉
装帧设计 康　雪

主管单位 山东出版传媒股份有限公司
出版发行 山东画报出版社
　　社　　址　济南市市中区舜耕路517号　邮编 250003
　　电　　话　总编室（0531）82098472
　　　　　　　市场部（0531）82098479
　　网　　址　http://www.hbcbs.com.cn
　　电子信箱　hbcb@sdpress.com.cn
印　　刷 济南新先锋彩印有限公司
规　　格 170毫米×240毫米　16开
　　　　　　47.5印张　750千字
版　　次 2025年1月第1版
印　　次 2025年1月第1次印刷
书　　号 ISBN 978-7-5474-4816-8
定　　价 98.00元（上、下）

如有印装质量问题，请与出版社总编室联系更换。

目　录

上　部

下　部

古月星转

一

1937 年 9 月 30 日，侵华日军矶谷廉介第十师团一部沿津浦线南下，向河北和山东两省交界处的桑园火车站发起猛烈攻击。

驻守在桑园火车站的国民党军奋起抵抗。

一时间硝烟弥漫，枪炮声震耳欲聋，战斗进行得异常激烈。

经过近一个小时的残酷搏杀，最终，国军寡不敌众，被迫退出战斗，日军占领了桑园火车站。至此，侵华日军的铁蹄踏进了素有物华天宝、人杰地灵美誉的齐鲁大地——山东。

国民政府山东省主席、第五战区副司令长官兼第三集团军总司令韩复榘闻报拍案而起，他在全国上下一片抗日声浪中主动出击，亲率所部主力北渡黄河，在德州境内摆开战场，正面阻击南犯的日军。全体将士群情激奋，斗志昂扬，他们决心誓死抗击日军侵略，誓言要把日军从山东赶出去。

10 月 2 日，第三集团军所部第八十一师师长展书堂亲自坐镇指挥战斗，他以国军第八十一师二四三旅四八六团为骨干，从全师各部抽调五百多名能征善战的骁勇之士组成敢死队，由四八六团团长赵廷璧亲自率领。敢死队趁着夜色从德州秘密出发前往桑园火车站。次日清晨，敢死队到达桑园火车站外，他们趁日军不备突然向站内临时驻扎的千余日军发起猛烈攻击。敢死队员们早已将生死置之度外，他们各个奋勇当先，如猛虎下山锐不可当。队员们用机枪扫射敌人，用钢刀砍杀敌人，用短刀捅刺敌人。火车站内那些平时骄横惯了的日军被这突如其来的袭击给打蒙了，他们面对杀红了眼的敢死队员，有的甚至都忘记了抵抗，只顾着四处逃命，整个战场上响着鬼子的鬼哭狼嚎声。

战斗进行至上午8时许，敢死队把日军全部赶出了桑园火车站。此役国军斩杀日军百余人，缴获火炮三十余门，俘获日军钢甲车一辆，战果颇丰，在很大程度上打击了日军的嚣张气焰。为此南京国民党机关报《中央日报》也以"津浦路我军大捷"为题，大篇幅报道了第三集团军夜袭桑园火车站成功的消息，这极大地鼓舞了全国人民的抗日士气。

10月3日，日军矶谷师团一部为了报复桑园火车站的失利，将德州城团团围住，并且动用飞机和大炮对城内进行狂轰滥炸。面对日军的围剿，德州守军第三集团军第八十一师二四三旅四八六团全体将士奋力反击。经过一个昼夜的激烈攻防，城池最终还是被日军攻陷，四八六团全团官兵为国捐躯。

德州血战让韩复榘集结在津浦线上的三个师和一个旅的兵力损失过半，使得日军前锋部队直逼黄河北岸。

11月13日，第三集团军第二十九师一部在商河到济阳之间与日军展开激战。为了扭转战局，韩复榘亲率卫士队和手枪旅的七十余人赴济阳前线督战。当他们乘坐的摩托车和卡车行至济阳西关附近时与一支由装甲车队和骑兵部队组成的日军快速突击部队遭遇，由于双方兵力和装备均相差悬殊，韩部最终战败。韩复榘在众卫士拼死掩护下才得以突出重围。当他回到济南时，身边只剩下九名卫士，其余人员全部阵亡。

面对这种形势，韩复榘在济南召开紧急军事会议，命令第三集团军第五十六军军长谷良民率部死守黄河大堤，决不能让日寇渡过黄河。谷良民军长受命后，亲率其所部二十二师在平陵县一带的黄河南岸紧急布防，并下令要求平陵及周边各县火速派出民夫到黄河岸边构筑防御工事。一时间，从各地赶来的几千名民夫和驻防的国军官兵冒着早到的严寒，日夜不停地修筑防御工事。黄河南岸方圆十几公里内的大小树木几乎被砍光，民夫们手抬肩扛把木头运到黄河岸边。

军民经过二十多天的共同努力，一条条纵横交织的战壕和一座座星罗棋布的碉堡出现在了黄河大堤和大堤旁的高地处。一道长而坚实的鹿砦也在黄河河道的南侧被架设起来。

古月星转

工事修好后，人们都稍稍松了口气。官兵们进入工事，准备随时阻击来犯之敌。民夫们则开始收拾随身带来的物品准备返乡。多日的劳累和离家的思念让很多民夫都归心似箭。可是偏偏就在这时，上面突然来了命令，要求所有民夫一律不准回家，都要留在原地等待新的任务。民夫们感到很错愕，他们刚刚松弛的神经再次绷紧。这些民夫大多都是家里的顶梁柱，他们上有老下有小。在这兵荒马乱的年月，出来这么长时间了，根本不知道家里现在是个啥状况，心里难免有无数的担心和牵挂。再加上他们听说黄河对岸的日本鬼子不日就要打过来了，鬼子的凶残和邪恶他们早有耳闻，所以一种不寒而栗的恐惧一直萦绕在心头。他们恨不得插上翅膀，马上飞离这是非之地，可现在偏偏又不让走了，这让他们的心里实在是无法接受，一些胆子小的民夫都急得哭了起来，整个民夫队伍被一种紧张和躁动的气氛所笼罩。

面对这种情况，驻防官兵也束手无策，他们只能执行上级的命令，看管好这些民夫，以防他们逃跑，至于别的事情他们也顾不上了。

一连几天，黄河岸边异常寂静，除了河道里浑浊的河水日夜不停、不知疲倦地卷着浪花向东流淌，一切仿佛都凝固了，就连入冬以来一直刮个不停的西北风也停了下来。但恰恰就在此刻，一些有关前方战事的传闻却像西北风一样在官兵和民夫中间刮了起来，而且愈刮愈烈，把人的心情吹得七零八乱。有的说日本人已经到了黄河北岸，就要打过来了。有的说日本人已经从别处过了黄河，现在正在向南进犯。最乐观的说法是日本人已经让国军给打出山东了，眼前这工事白修了。各种说法一日几变，轮流登榜，大家也不知道哪个是真，哪个是假，到底该听谁的，该信谁的。但不管咋说，眼下这种不确定性还是让人普遍都感到一种莫名的恐惧和不安，很多人的心都提到了嗓子眼儿。

一天中午，在离黄河南岸大堤不远的平陵县北寨村一处院落的东屋里，几个民夫刚吃完饭，正坐在一起聊天，他们聊的也是关于前线战事的传闻。这几个民夫都来自平陵县的闫满庄。

闫满庄地处平陵县东南部，因当初是一户闫姓的汉族人家和一户满姓的回族人家共同立庄而得名，现在这个村庄也是回汉两族人共同居住。至于村庄是什么时候立的已无从考证，唯一能够说明一点村庄历史的就是在庄里南北街上一座清真寺里立的一块石碑，上面记载了清真寺的修建时间是清乾隆二十二年。从这里可以推断出这个庄子的设立要早于这个时候。不过历史记载的缺失并未影响到庄子的发展，如今庄里已经住着三百多户回汉的各姓人家，这在平陵县境内算是个大庄子了。

由于闫满庄离着黄河较远，这次派来出夫的人并不多，只有十个人，回汉各五人，他们都住在北寨村一个大户人家的一处前后两进式的四合院里。回族的民夫住在前院的东屋，汉族的民夫住在后院的西屋。此刻正在聊天的就是回族的几个民夫，他们分别叫杨忠诚、马俊文、马学富、丁向山、金宗生。其中马学富是马俊文的侄子。杨忠诚是这次闫满庄民夫队伍里的领队。杨忠诚当领队并不是因为他在这些民夫当中年龄最大，而是因为他在闫满庄的年轻人当中有一定的威望和影响力。

杨忠诚身材高大魁梧，为人耿直豁达，敢于主持正义，再加上他从小在清真寺里跟着阿訇学过武术，有很好的身手，因此有很多人平时都愿意围在他的身边。在这混乱动荡的年月里和这样的人在一起总有一种安全感。

"忠诚哥，你过来坐吧，靠墙那边冷啊！"这时，马俊文对坐在墙边板凳上的杨忠诚说。

"是啊，忠诚哥，过这边来坐吧！"丁向山也向杨忠诚招手。

"你们拉你们的，我在这里听着呢。"杨忠诚应道。

正在这时，一位挂着国军上尉军衔的军官忽然推门走了进来。

军官一进屋，民夫们都赶紧站起来，热情地给军官让座。

这位军官并没有坐，他只是冲大家摆了摆手，然后就对杨忠诚说："忠诚舅，你出来一下，我有话和你说。"

"哦！"杨忠诚应了一声就跟着军官出了门。

军官回身把门带上。

杨忠诚和军官走到院子中央停了下来。

这位军官叫石根柱，小名柱子，是一位国军连长，家住济南府，他姥娘家是闫满庄的闫家。石根柱小时候经常住姥娘家，所以他和闫满庄的很多人都相熟。杨忠诚和石根柱的舅舅闫开明是很要好的朋友，所以石根柱称呼杨忠诚为"舅舅"。这次闫满庄的村民来黄河边上出夫，碰巧是在石根柱所在连队的防区里修筑工事。在这段时间里，石根柱对姥娘门上来的这些人格外关照。

屋子里剩下的人见石根柱今天的神情和平时不大一样，都感觉有些不对劲，他们很好奇地挤到门口，隔着门板，竖起耳朵使劲地听着门外石根柱和杨忠诚在说些什么，可是石根柱和杨忠诚说话的声音不大，他们根本听不到什么。

过了一会儿，石根柱走了，杨忠诚独自一个人回到了屋里。

"忠诚哥，我怎么觉得柱子今天表情不对呢？咋了？"马俊文抢先问道。

"是不是出啥事儿了，忠诚哥？"金宗生也急切地问。

杨忠诚看了大家一眼，没有直接回答，而是对站在身边的马学富说："学富，你到后院把赵长明叫来，就说我有事儿找他。"

赵长明是杨忠诚任命的汉族民夫队里的临时负责人，他住在闫满庄的大赵家街上。

"到底是啥事啊，忠诚哥？你先和我们说说呗！"丁向山也追问道。

"都先别问了，等一会儿赵长明来了，我一起说！"杨忠诚说完后重新回到座位上坐下，低下头不再作声了。

大家面面相觑，也不好再问啥了。马学富赶紧转身出去叫人。

过了一会儿，马学富领着赵长明进了屋子。

"忠诚哥，你找我？"赵长明一进屋就问杨忠诚。

杨忠诚点了点头，随后把身下的凳子向前挪了挪，大家也纷纷挪动身下的凳子围到杨忠诚身边，赵长明也搬了个小凳子坐下。

杨忠诚看了看大家，然后表情严肃地说："出事了！"

"出啥事了？"大家几乎异口同声地问。

"刚才柱子来是告诉咱日本人这会儿已经到黄河北岸了，正准备过河呢。柱子还说这日本人的装备和战斗力实在是太强了，他们的军队吃了很多败仗，这黄河很可能守不住。"杨忠诚说。

"妈呀！这下完啦！"金宗生一下子从凳子上出溜到了地上，整个屋子里的空气瞬间紧张了起来。

"那咱该咋办啊，忠诚哥？"马俊文着急地问。

金宗生也从地上爬起来拉住杨忠诚的胳臂带着哭腔说："忠诚哥，听说日本人可是杀人不眨眼，咱可不能就在这里等死啊！"

"你先别害怕兄弟，咱有办法。"杨忠诚对金宗生安慰道。

"还能有啥办法啊，忠诚达达（回族对叔叔的称谓）？要是有办法你就快告诉大家吧！"马学富也有些着急了。

"办法就是在日本人过黄河时咱离开这个地方。"杨忠诚说。

"忠诚哥，你说得没错，可咱眼下被圈在这庄子里，国军不让咱回家，咱是走不出去的呀！"丁向山沮丧地说。

"向山兄弟说得对，按理说是这样。"杨忠诚说。

"忠诚哥，那你刚才的话不是白说了？"马俊文很不解地问。

"那也就是说咱只能在这里等死了？忠诚哥你是大家的主心骨，你可快点给大家拿个主意吧！"金宗生惊恐地央求道。

"咱都先别急，还是先听忠诚哥把话说完。"赵长明对大家摆了摆手说。

杨忠诚接着说："刚才柱子来就是告诉咱该咋办的。他说让咱只要听到黄河边上的仗打起来了，就别管上面有没有命令，只管往庄外跑，出了庄咱就可以回家了。"

"那咋行啊？那村口都有当兵的在站岗，抓住了是要被枪毙的！"赵长明很担心地说。

"这个大家就不用担心了，柱子说村头那些站岗的哨兵都是他的人，等仗打起来后，他就把他们撤掉，咱只管放心地走就是了。"杨忠诚说。

"那咱让他现在就放咱出去不行吗？干吗还要等到仗打起来呀？"金宗生问。

"这事眼下还都是保密的，那样的话不就露馅了？再说咱哪能提那样的要求？那不成不识数了？"杨忠诚看了金宗生一眼说。

大家听杨忠诚这样一说就都不再言语了。

过了一会儿，杨忠诚看了看大家说："我看既然柱子告诉咱咋办了，咱照办就是了。咱要知道柱子这可是冒着杀头的风险来给咱指生路的。"

"柱子这个孩子真不孬，这段时间这么关照咱，现在又来救咱，他这样做真是太对得起他姥娘门上的老少爷们了！"赵长明感慨道。

"是啊！这孩子当官也没忘本，咱们出去以后可千万不能忘了人家，咱要好好谢谢人家才行啊！"马俊文说。

"嗯，咱一定要好好谢谢人家。"丁向山也说道。

"咱先别说这些了，柱子的好咱都先记在心里，报答的事情日后再说，咱还是说说眼下的事情，刚才柱子走的时候再三叮嘱我，要咱一定守住秘密，千万要管好自己的嘴，从现在开始咱的人都不要出去了，少和外人说话，言多必失。"杨忠诚说。

"放心吧忠诚哥，人家柱子对咱这么好，咱哪能不听人家的话，给人家惹麻烦呢？大家说是不是？"马俊文看了看大家说道。

大家纷纷点头。

"好了，那就这么定了，记住，不管啥时候，只要黄河边上的仗一打起来咱就赶快出庄，现在咱就把随身带来的东西都收拾好，做好准备。"杨忠诚说。

"忠诚哥，我那边的人我咋和他们说？"赵长明问。

"你自己掌握吧，要是能保证他们不走漏风声，告诉他们实情也行。不过你千万要记住从今天晚上起，咱这两个屋就都要留人守夜，听着点儿外面的动静。"杨忠诚说。

"我明白。"赵长明说完，站起身往外走。

"长明啊，到时候可以喊着院子里其他屋的人一起跑。"这时杨忠诚又对赵长明说道。

"好的，忠诚哥。"赵长明应了一声就开门出去了。

赵长明走后，杨忠诚又对屋子里的人说："咱现在就开始收拾东西吧，咱只把一些随身带来的小物件拿好就行，把那些沉一点的工具啥的都放在小推车的驮篓里，把小推车先放在房东家里，等事情过后咱再来取。"

"要是房东过后不认账了可咋办？"金宗生很担心地问。

"不认，咱就不要了，反正不能带！"杨忠诚有点不耐烦地说道。

"命都快保不住了，你还想着那些破铜烂铁，真是个财迷！"丁向山白了一眼金宗生说道。

"今天晚上大家都囫囵着身子睡，把要拿走的东西都放在手头上，一旦有事，咱起来就走。"杨忠诚又叮嘱大家。

"忠诚哥已经说得很清楚了，咱大家就赶紧去忙乎吧！"马俊文说完起身第一个去收拾东西了。

二

1937 年 12 月 12 日夜，天上笼罩着一层厚厚的乌云，星星和月亮都被遮挡住了，整个天空黑得就像一口年久未刷的大铁锅。黄河岸边停了几天的西北风此时又呼呼地刮了起来。河道里的流水声与西北风吹过鹿砦时发出的声响混合在一起，就像有万千冤死的鬼魂在不停地哀号。在这样的黑夜里，听着这样的声音，不禁让人毛骨悚然。

在黄河南岸国军前沿阵地的一个碉堡里，国民党第三集团军某部连长石根柱正在一盏灰暗的马灯下裹着大衣，坐在弹药箱子上抽着烟，有几个士兵围坐在他的身边，嘴上也都叼着烟。大家谁也不说话，就这样默默地坐着。忽然，一发炮弹呼啸着从黄河北岸划破夜空飞向南岸，落在了碉堡旁，随着一声巨大的爆炸声，碉堡被震得猛烈地颤动起来。

"连长，敌人开始炮击啦！"在外面负责警戒的一个士兵跑进碉堡大声向石根柱报告。

士兵的话音未落，又有几发炮弹在碉堡外爆炸了。

石根柱一下子从弹药箱子上跳下来，他把烟头扔在地上，用脚狠狠地踩灭，然后跑到碉堡的观察口向外张望。由于天太黑，石根柱根本看不清楚对岸的情况。这时，更多炮弹飞了过来，爆炸声震耳欲聋，掀起的土石块砸在碉堡的顶子上。

大约十几分钟的时间，民夫和士兵们修的那些防御工事在对岸炮火的猛烈攻击下，被炸得七零八落了。河道里民夫们架设的鹿砦也中弹起火，熊熊的火光冲天而起，瞬间照亮了半个夜空。透过火光，石根柱看到日军乘着船开始向南岸进攻了，他对身边的传令兵喊道："让弟兄们进入前沿阵地，阻击敌人！"说完，他第一个冲出了碉堡。

国军构筑的这个阵地是在黄河的一个渡口边上，这里虽然河面较宽，但水流相对比较平缓，水下旋涡也较少，从前两岸群众都是从这里摆渡过河。现在这个季节又是黄河的枯水期，河道宽度缩减了不少，十分便于渡河，因此一个连的守军是很难阻止敌人进攻的。这一点作为守军的石根柱连长心里十分清楚。因此今天上午，当石根柱看到北岸的日军开始集结船只时，他就向上峰报告，并请求炮火支援。因为石根柱知道在离他们不远处有一个炮兵阵地。他想如果在日军进攻前先炸掉他们的船只，那日军将无法用船渡河。但是让石根柱没有想到的是他们并没有等来友军的炮火支援，等来的却是敌人的炮火和进攻。此刻，石根柱并不知道那炮兵已经被蒋介石调走了，这件事也使得韩复榘改变了在黄河一线抵抗日军的初衷。为了保存实力，韩复榘已经弃守济南，率部南撤，石根柱他们现在已经是孤军奋战，身临绝境了。

日军前进的速度很快，转眼间，他们的先头部队乘坐的船只就已经接近黄河南岸了。石根柱对战壕里的国军士兵们大声喊道："弟兄们，大家先注意隐蔽！等敌人靠近了再打！"

士兵们听到石根柱的命令后都紧握钢枪，屏住呼吸，目视着前方。正在这时，连里的通信兵跑到了石根柱的身旁大声喊道："报告连长，营部命令我们马上撤退！"

"啥？撤退？"石根柱似乎没有听清楚通信兵在说什么。

"是的，撤退！"通信兵重复道。

"日本人这就要上岸了，我们一枪不开就撤退？这不就是临阵逃跑吗？"石根柱瞪着迷惑的眼睛怒问道。

"是的连长，没错，是营长亲自打来的电话，他命令我们向南撤退，明天拂晓前赶到泰安和大部队会合，现在营部已经开拔了。"通信兵肯定地回答道。

"去他奶奶的！将在外军令有所不受！我们不是东北军！这里是我们的家，身为军人守土有责！你不要再接营部的电话了，你马上去庄里命令在那里看守民夫的弟兄们都到前沿阵地来阻击日军！"石根柱说完又对战壕里的战士们大声喊道，"弟兄们，敌人就要上岸了，我们决不当孬种！我们不能给咱山东人丢脸！我们要与日寇决一死战！人在阵地在！报效国家的时候到啦！"

"杀敌报国！杀敌报国！"阵地里响起战士们高亢响亮的口号声。

通信兵见状没有再说什么，他迅速跳出战壕，跑下大堤，首先向着离阵地最近的北寨村方向飞奔而去。可是他还没跑出多远，一颗炮弹就飞了过来，正巧落在他的身旁。通信兵被炮弹爆炸的气浪掀出去了十几米远，然后重重地摔在了地上……

此刻，进攻的首批鬼子已经下船了，他们穿过被炸开的鹿砦，向岸上的国军阵地发起了冲锋。

"打！"石根柱连长一声令下。

一时间机枪、步枪一齐开火，一条条火舌迅速地在鬼子面前的河滩上织起了一道火力网，冲在前面的敌人纷纷倒下了，但紧接着后面的鬼子又冲了上来。

石根柱连长一边射击一边大声喊道："弟兄们！给我狠狠地打！把鬼子都消灭在河滩上，坚决不能让他们上大堤！"

一排排的鬼子倒在了国军的阵地前，但是鬼子源源不断地从北岸渡船过来，向国军的前沿阵地发起一次又一次猛烈的冲锋。

战斗持续了半个小时后，一位排长跑到了石根柱身边大声喊道："报告连长！我们排的弟兄们伤亡很大，怎么办？"

"还能怎么办？誓与阵地共存亡！"石根柱已经杀红了眼。

"是！"那位排长立正敬礼，然后跑回到自己的阵地，拧开面前的几颗手榴弹的后盖，一个接着一个地向敌群甩了过去……

住在北寨村里的村民和民夫都被黄河岸边的枪炮声惊醒了。有几发炮弹就落在了村子边上，爆炸声震得村子里的窗棂哗哗作响。很多村民和民夫都吓得关紧房门，蜷缩在床头，或是房屋的角落里，有的小孩被吓得哇哇大哭，直往母亲怀里钻。

这时，来自闫满庄的民夫们却冲出房门来到了院子里。这一晚他们根本没有睡觉，尤其是杨忠诚，他心里总有一种预感，那就是今晚鬼子可能就要进攻，所以他总是在听着外面的动静。待枪炮声一响，他就立刻叫着弟兄们往外跑。杨忠诚看身边的人都到齐后对大家说："咱不能不管别人就这样走了，赶紧叫房东一家和其他屋里的民夫弟兄，让他们跟着咱一起往庄外跑。"

"我们已经都叫过了，他们连门都不开。"赵长明说。

"那咱就去叫院子周围四邻八舍的人，告诉他们国军哨兵都撤了，让回家了。"杨忠诚说。

"忠诚哥，来不及啦！咱还是快走吧！"金宗生边说边向院子的大门口奔去。

丁向山也说："忠诚哥，这炮弹说不定就落到头顶上了，咱还是赶快离开这儿吧！咱在路上吆喝吆喝，能叫几家就叫几家吧！"

"是啊，忠诚哥！人家不相信，不愿意出屋，咱也没啥法子啊！"马俊文也焦急地说道。

"好，那咱走！"杨忠诚把手一挥说道。

此刻，金宗生已经打开了院子的大门，大家一拥而出。

杨忠诚他们来到街上以后发现天还很黑，根本看不太清楚脚下的路，他们只好深一脚浅一脚地向村口跑去，他们一边跑一边大声喊："鬼子来啦！快跑啊！"

沿途有个别院子里的人听到杨忠诚他们的呼喊，也冲出大门，加入到杨忠诚他们的队伍里，一起向前跑。

北寨村并不大，杨忠诚他们很快就跑到了村口。正在他们要出村的时候，突然一道手电光从街角的黑暗处射了出来。那光线在漆黑的夜晚里虽然不太明亮，但是却很刺眼。

"站住！干啥的？"有人喊道。紧接着就是步枪子弹上膛的声音。

杨忠诚他们被这突如其来的状况给吓了一跳，纷纷停下脚步。

金宗生拉了拉杨忠诚的衣角，声音颤抖地问："忠诚哥，柱子不是说一打起仗来岗哨就都撤了吗？这咋还有人呢？"

"别怕，咱见机行事！"杨忠诚压低声音说。

"干啥的？快说，不说开枪啦！"有人呵斥道。

"我们是民夫，我们要回家！"杨忠诚大声回答道。

古月星转

"民夫回家？回他妈啥家啊？你们不要命啦？"两个国军士兵嘴里骂骂咧咧地端着枪来到了杨忠诚他们的面前。

一个士兵举着枪指着人群，一个士兵用手电筒在民夫队伍中照来照去，最后他把手电光束停在了站在最前面的杨忠诚的脸上，怒斥道："你们这是吃了熊心豹子胆，要公然抗命啊！是不想活了吗？"

"我们没有抗命，我们就是想回家。"杨忠诚用手挡住手电光束说道。

"少他妈啰唆！违抗军令者就地正法！都他妈给我转过身去！退到墙根底下！"端枪的士兵大声说道。

杨忠诚站在那里并没有动。队伍中的人都被这突发的状况给吓住了，他们看杨忠诚没动，也都呆呆地站在原地。

"都他妈耳朵聋了？没听见吗？"拿手电的士兵吼道。

"咋整啊，忠诚哥？我可不想死啊！"金宗生拉着杨忠诚的衣角，浑身颤抖地带着哭腔小声说道。

杨忠诚没有理会金宗生，他转头对身后的马学富和丁向山几个人小声说："他们就两人，你们看我的，不行，就把他们撂倒。"

"嗯，知道了。""明白！"马学富和丁向山低声回答道。

"怎么还不动？嘀咕啥呢？"拿手电的士兵走到杨忠诚的面前质问道。

"老总，我们真的没有违抗命令，是你们石根柱连长让我们走的。他说只要黄河边上一打起仗来，就让我们赶紧出村回家。"杨忠诚说。

"竟他妈胡扯！石连长这会儿正在黄河边儿上和鬼子拼命呢，他怎么会有空跟你们说这些？再胡扯老子就先毙了你！"那个士兵放下手电，端起枪，把枪口直接顶在了杨忠诚的前胸上。

"老总，事到如今，我就不瞒您了，我是石根柱连长的舅舅。"杨忠诚用手一指人群接着说，"这些人都是石连长姥娘门上的，大多都和石连长沾亲带故。石连长和我说日本人要是来了就会滥杀无辜，他让我们听到黄河边上一打起来就赶快回家。"

此刻，杨忠诚心想这件事情肯定是哪里出了差错，眼下他也只能把他说成是石根柱的亲戚了，这俩人是石根柱的手下，他们可能会因此网开一面，如果实在不行，他们就只能拼命放手一搏了，反正不能就这么窝窝囊囊地死在这里。

听了杨忠诚的话，那个士兵放下枪，又拿起手电照了照杨忠诚的脸，然后对站在旁边那个端枪的士兵说："兄弟，这个民夫说的好像靠点谱，我还真听石连长说这次他姥娘家门上也来了一些民夫在咱们的防区里修工事。"

"是吗？我咋不知道呢？"那位端枪的士兵有点狐疑。

"这个错不了，是石连长亲口说的。"拿手电的士兵说。

"大哥和石连长近，你说是那就没错。"端枪的士兵说。

"兄弟，石连长平日待咱不薄，既然这个大个子是石连长的舅舅，这些人又和石连长沾亲带故，我看就让他们过去算了！"拿手电的士兵在征求着端枪士兵的意见。

"这可是抗命啊大哥，咱可没有接到上峰的命令啊，再说石连长也没有向咱吩咐过啊？"端枪的士兵犹豫道。

"看这个大个子不像是说谎的样子，咱就看在石连长的面子上做个人情算了，这件事咱不说谁知道啊？"拿手电的士兵说。

"这个……"端枪的士兵迟疑了一下后终于把枪放下，他向后退了一步，对杨忠诚他们说，"那好吧，那我们就看在石连长的面子上放你们一马，你们快走吧！记住，出去后不要对外人说起这件事情！"

拿手电的士兵也闪开身子，关了手电说："你们快走吧！"

"多谢两位老总了！"黑暗中，杨忠诚给两位国军士兵抱拳施了个礼，然后带着这一群人向村子外面飞奔而去。

杨忠诚他们一行人出了村口，沿着一条小路向前奔跑，此时天空忽明忽暗。由于这条路离着黄河不远，岸上的火光清晰可见，枪炮声仿佛就在耳畔。

杨忠诚他们跑着跑着，忽然一发炮弹就落在了他们的身后，炸起来的碎石烂土崩到了他们的身上，他们也管不了这么多了，只顾拼命地往前跑，可就在这时后面突然有人喊道："救命啊！救命啊！快救救我！"

跑在前面的杨忠诚听到喊声马上停下脚步，他身后的人也都跟着他停了下来。紧跟在杨忠诚身后的金宗生用手推着杨忠诚催促道："忠诚哥，你停下干啥？快跑啊！"

"后面有人给炮弹炸到啦！"杨忠诚说。

"你管那么多干啥？咱的人都在这里就行，咱逃命要紧啊！"金宗生心急火燎地说。

杨忠诚没有理会金宗生的话，而是转身就往回跑。跟在杨忠诚身后的闫满庄的人一看杨忠诚往回跑，也都跟着往回跑。在他们队伍后面跟上来的那些人稍作迟疑后，并没有跟着杨忠诚他们向后折返，而且继续向前跑去，很快就消失在了夜幕中。

金宗生回头看着那些跑远了的人，他真想去追他们，可是闫满庄的人都在这里，他也不敢单溜，只好无奈地紧紧跟在杨忠诚的身后，可是他的心里却是既不满又害怕，他觉得现在的这个时候是不应该去管闲事的。

杨忠诚根本顾不上金宗生的心里是咋想的，他顺着呼救声跑到后面，发现有一个民夫正仰卧在地上，他见杨忠诚他们回来了，一边嘴里喊着"快救救我"，一边试图站起来，可是他的几次努力都失败了。

杨忠诚和闫满庄的民夫来到那人近前，他低头看了看。夜色中，根本看不太清那人的脸，于是他就问："你是民夫吗？"

"我是民夫啊大哥，快救救我吧！"那人声音颤抖地祈求道。

"你伤到哪了？"杨忠诚问。

"我的腿站不起来了。"那个民夫痛苦地说。

这时又一发炮弹落在了不远处。

"忠诚哥！咱快走吧！咱管不了那么多事了！"金宗生的声音都变了。

杨忠诚依然没有理会金宗生，继续问那人："你是哪个庄的？"

"我是东锦镇南边池头庄的。"那人回答道。

"来，把他放到我背上。"杨忠诚俯下身子对周围人说道。

"忠诚哥，这离家还远着呢，再说了咱和他走的也不完全是一路啊！"金宗生试图阻止杨忠诚。

"你哪那么多废话啊？都乡里乡亲的，咱能扔下他不管吗？你听忠诚哥就行了！"丁向山对金宗生训斥道。

"忠诚达达，还是我来背吧？"马学富俯下身子对杨忠诚说。

"要不咱几个人一起抬着他走吧？"丁向山说。

"都别争了，抬着走得慢，还是我来背着吧！快点放到我背上来！"杨忠诚催促道。

丁向山、马学富等几个人赶紧七手八脚地把那个民夫放在了杨忠诚的背上。

"谢谢！谢谢你们的救命之恩，日后必当重报！"那人在杨忠诚背上无限感激地说道。

杨忠诚并没有搭话，他迈开大步就向前跑去。丁向山他们一行人紧跟在杨忠诚的身后，金宗生生怕被落在后面，他紧紧跟在杨忠诚的身旁。

很快，杨忠诚他们一行人就消失在了夜色中，也远离了随时可能危及他们生命的炮火。

此刻，黄河边上的战斗十分惨烈，石根柱他们已经打退了鬼子的五次冲锋，国军的阵地前横七竖八地躺满了鬼子的尸体，石根柱的连队也已经伤亡过半。正在这时，在几个村庄负责看管民夫的十几个士兵纷纷来到了阵地上。

"你们怎么才来呀？"石根柱连长大声责怪道。

士兵们面面相觑，他们没有明白连长为啥这样问。

"我们没有接到命令啊连长。我们这都是冒着抗命的风险自作主张来的。"刚才放走杨忠诚他们的那个士兵中年龄稍长的士兵壮着胆子回答道。

"你们没有见到连队的通信兵吗？"石根柱不解地问。

大家都纷纷摇头。不过此刻放走杨忠诚他们的那两个士兵似乎明白了点什么。刚才这两个士兵在杨忠诚他们走后，就在那里犯嘀咕，因为黄河岸边的枪炮声太激烈了，他们觉得这个时候到前线增援比看管民夫更重要，最终他们商量后决定到前线来。但他们也没想到另外一些在村里站岗的士兵和他们作出了同样的选择。

石根柱连长听说大家都没有接到命令，他也不知道为啥会这样，但现在也不是纠结这些事情的时候了，于是他就把手一挥说："弟兄们，你们到前沿阵地来打鬼子是非常正确的，我们当务之急就是要不惜一切代价阻击鬼子，即使今天我们在这里挡不住鬼子，那咱也要对得起中国军人的称号！我们要和鬼子拼个鱼死网破！养兵千日用兵一时！杀敌报国的时刻到啦！"

"放心吧连长！杀敌报国，咱弟兄们决不含糊！"

"放心吧连长！咱绝不当孬种！"

月光下，士兵们看着石根柱连长已经模糊的面容和被子弹撕碎了的军装，再看着战壕里那些牺牲了的战友们的遗体，纷纷义愤填膺地举起手中的枪大声喊道。

"敌人应该马上又要冲锋了，大家进入阵地！准备战斗！"石根柱连长向士兵们下达了作战指令。

敌人在对国军阵地进行了新一轮炮击后，又开始进攻了。这次鬼子改变了策略，他们不像前几次那样不管不顾一味地拼命往前冲，而是到了离国军前沿阵地还有一段距离时就纷纷卧倒射击，并向国军的阵地投掷手雷。密集的子弹让阵地上的国军抬不起头来，手雷也像雨点一样落到国军的阵地上。一颗手雷就在连长石根柱的身边爆炸了，有两个士兵倒在了战壕里，一块弹片划伤了石根柱的额头，鲜血顺着他的鼻梁流了下来。

看来鬼子这次是变聪明了。原来由于国军阵地前面是一片平坦开阔的河滩，没有什么遮挡物，鬼子只要向前冲锋，就会完全暴露在那里，这对国军集中火力阻击鬼子的进攻非常有利，因此这里也一度成了鬼子难以逾越的死亡地带。鬼子现在不再轻易进入这个地带了，石根柱连长看在眼里急在心里，但是他又无计可施，只能命令弟兄们注意隐蔽，以躲避敌人的子弹和手雷。

过了十几分钟，大批鬼子忽然站起身来，端着枪又一次嚎叫着向国军阵地冲了过来。石根柱瞄准鬼子扣动扳机，大声喊道："弟兄们，给我打！给我狠狠地打！"

一时间，一颗颗浸泡了中国人仇恨的子弹射向敌群，冲在前面的敌人倒下了，跟在后面的鬼子再次纷纷卧倒。这一次鬼子并没有退下去，而是接着向国军的阵地射击，并扔出手雷。

又过了大约十分钟，敌人忽然站起身，发疯似的嚎叫着向国军阵地发起了最为猛烈的冲锋。

敌人越来越近了，黑压压的鬼子就像一大片乌云向国军的阵地猛地压了过来，前面的一伙鬼子眼看就要冲上国军的阵地了。

石根柱连长知道大势已去，他狠狠地扣动扳机打出枪膛里的最后一颗子弹，然后猛地站起身来对着战壕里的士兵们大声喊道："弟兄们上刺刀！和鬼子拼啦！"说完，他熟练地给手中的步枪上了刺刀，然后冲出了战壕。可是在他的身后却没有一个人跟上来，原来他的弟兄们都已经牺牲了，包括刚刚加入战斗的那些士兵。石根柱借着月光环顾身后，看着与自己朝夕相处的弟兄们那被炸得四分五裂的遗体，他忽然转过头怒视着冲上阵地的鬼子。

鬼子发现国军阵地上的士兵已经没有什么抵抗力了，于是就嘴里一边嚷着什么，一边一步步向前逼近，走在前面的几个鬼子也上了刺刀，看样子他们是想抓活的。

石根柱看着步步逼近的鬼子，他忽然用手抹了一把脸上的血迹，然后大喊一声："弟兄们！杀敌报国！跟我冲啊！"说完就像一头狂怒的雄狮迎着敌人的刺刀，只身冲入了敌群……

三

1938 年的春节，所有平陵人都没有过好，对于他们来说这不是春节，而是"春劫"。年前，在黄河岸边的那个夜晚，石根柱和他的弟兄们没能抵挡住日军的进攻，全连一百三十八名官兵全部壮烈殉国。日军越过黄河以后就直扑河岸附近包括北寨村在内的几个村庄。他们包围村庄后，先把住在村庄里的民夫都押到黄河边上那些战壕跟前。他们用绳子把民夫们几十个人一组拴在一起，然后让民夫们依次站在壕边。待民夫们站好后，鬼子把排头的民夫一脚踹下战壕，随着，民夫们就被绳子带着一个接一个地都掉进壕沟里。紧接着，鬼子就用机枪向沟里来回扫射，顿时挣扎声、哭喊声一片。待沟中没有了哭喊声后，鬼子又用手电筒照着检查下面的人是否都已死亡，发现没有死的，再残忍地补上几枪，直到确认所有人都死了以后，他们才像野兽般欢叫着离去。鬼子们返回村子后，又把村子里的男人都集中到大街上直接用机枪扫射。然后他们把妇女都关进几个屋子里。不管是十几岁的少女还是六七十岁的老妪，日军对她们都进行了令人发指的蹂躏。很多妇女被凌辱致死，有的不堪凌辱，悲愤自杀。就这样几千名民夫和村民惨遭杀戮和虐死。

济南沦陷后，日军为了打通胶济铁路线，再次出兵东进至平陵县的东锦镇，与先期越过黄河南侵平陵县的驻军汇合。日军在欢庆胜利会师后，又开始对东锦镇周围的几个村庄进行了惨无人道的掳掠、烧杀、奸淫，又致使上千人死于非命。从此，平陵县这个曾经的商贾之乡、铁匠之乡、忠厚仁义之乡变成了人间炼狱。

农历二月二，俗称龙抬头。这天傍晚，闫满庄的村民杨忠诚把年前和他一起去黄河边出夫的马俊文、马学富、金宗生、丁向山、赵长明，还有他平时要好的金宗武、姜玉堂等几个人请到自己家中的小东屋里。杨忠诚的母亲准备了几个小菜，一伙人围坐在了桌子前。

杨忠诚家的院子很小，除去三间北屋和两间小东屋，天井里就只能放得下那一盘石磨了。北屋是杨忠诚的父母和他的姐姐、妹妹在住。虽然姐姐和妹妹现在都已经出嫁了，但是她们还都会经常回娘家住。东屋是杨忠诚住。东屋本来就很窄住，现在地上又临时放上了一张八仙桌，一下子涌进了七八个人，就显得更加拥挤了，连转身都很费劲。

杨忠诚把大家面前的茶杯都斟满，然后他端起茶杯，站起身对大家说："这个年总算是过去了，我知道大家伙的心里都不舒坦。我今天去东锦镇赶集，集上也没几个人，这兵荒马乱的日子，大家那脑袋都在秫秸秆上挑着，谁还有心思做生意啊？要不是为了咱兄弟们的聚会，我也不会去的。来吧，咱啥也不说，先喝口茶！"

杨忠诚说完，大家纷纷站起身和杨忠诚碰杯。

待大家喝完，杨忠诚再次把大家面前的茶杯倒满茶，然后接着说："往年咱都是初六聚，今年特殊情况才拖到今天，但不管咋样咱不能让小日本把咱兄弟们每年的聚会给搅黄了。"

"忠诚兄弟，你为了张罗这次聚会，冒着风险跑到东锦镇，足以看出你对兄弟们的这份情谊，我看我们兄弟几个还是先敬你一杯吧！"姜玉堂端着茶杯站起身来说道。

"是啊！我们大家伙先敬你一杯！"大家都纷纷站起身。

杨忠诚摆了摆手说："不急，我还有话没说完呢。"

"喝了再说。"姜玉堂说完就喝了一口茶。

姜玉堂和杨忠诚同龄，生日比杨忠诚大两个月。姜家世代中医，姜玉堂的曾祖父曾在清朝宫廷里做过御医。在闫满庄流传着这样一段话：金家的学堂，姜家的药房，闫家的煤井，满家的粮仓。姜家是闫满庄四大名门望族之一。现在姜玉堂的父亲姜重轩也是这闫满庄周围十里八村都很有名的乡绅，是整个村子汉族里的主事人，他和回族这边清真寺里的白广甲阿訇在村子里拥有同等的威望。一般汉回两族之间要是有点什么大事小情，只要他们两个人一出面，问题就都能解决。姜玉堂毕业于省城的齐鲁大学医学院，是个大学生，先前他在省城的一家医院做医生，后来回乡和他的大伯姜重林在平陵县城开了一家德生堂大药店，药店里有中西医结合的门诊部。姜玉堂的大伯姜重林也是平陵城里有名的老中医，姜玉堂则是既懂中医又懂西医。德生堂的生意一直很好，但自从日本人进了平陵县以后，药店的生意就不能正常经营了，姜玉堂和他的大伯就关了店面，暂回老家避难。

姜玉堂和杨忠诚在金家的私塾学堂做过同窗，都是闫满庄有名的金先生的学生。

金先生名叫金毓泉，祖上曾经出过翰林。金毓泉自幼饱读诗书，四书五经无一不通，而且练得一手好书法。可是他在顺利考取秀才后，两次乡试不中。他一气之下，放弃仕途，子承父业，在金家学堂当了教书先生。

杨忠诚家境不好，他只在学堂读了不到半年时间就辍学了。尽管金先生很喜欢杨忠诚，提出来可以给他减免一些学费，可杨忠诚依然没有再回到学堂去读书，他和姜玉堂的同窗缘分也就到此结束了，但是在姜玉堂眼里杨忠诚却是他永远的同窗好友。姜玉堂原来就经常回闫满庄，他一回来就会去找杨忠诚聊天叙旧，现在他不走了，更是经常去杨忠诚家做客，也常常邀请杨忠诚到他家里去玩。

杨忠诚看姜玉堂，就说："那好，那咱就听玉堂兄的，不过咱都是自家弟兄，不要客套。"

这时，马学富从杨忠诚面前拿过茶壶说："忠诚达达，下面这茶就由我来倒吧。"说着就开始给大家倒茶。

待马学富把茶杯都倒满后，杨忠诚说："今天除了大家聚聚，我还有两件事情想和大家合计合计。一个是年前我们几个人去黄河出夫的事，另一个就是眼下这日本人到处搞事情，这赶集的生意恐怕不好做了，得商量个出路。咱现在就先说说出夫的事。玉堂哥和宗武有些事不知道，你们听着就行。"

杨忠诚说到这里，金宗生忽然插话道："忠诚哥，咱都跑回来了，放到房东家里的那些东西咱也不要了，咱还合计个啥啊？"

"宗生兄弟，我是想说说柱子的事。"杨忠诚对金宗生说。

"他有啥好说的？他不是都已经死了吗？"金宗生反问道。

杨忠诚看了一眼金宗生说："兄弟，话可不能这样说，柱子是死了，可咱是多亏了人家关照才跑回来的，要不然咱就和那些民夫一样死在黄河边上了，这恩情咱可不能忘啊！年前我在姜家街上遇到柱子他舅闫开明了，听开明说柱子他姥爷闫书同得到柱子死了的消息后，一头栽倒在床上就一病不起了。柱子他娘也回娘家来了，整天不出屋，就是个哭。如果不是咱过年过节不方便去串门，我早就去看他们了。"

"还说他关照咱呢？他当初和咱说只要仗一打起来，他就把岗哨撤了，可结果呢？咱还不是差点就被那两个当兵的给毙了，好家伙，我那魂到现在还没回来呢！"金宗生很不满地说。

"宗生兄弟，你这么说话可就有点不对劲了。要不是人家柱子让咱提前做好准备，听到枪声就跑，那咱能回得来吗？至于那岗哨没撤的事，那会儿柱子的命可能已经都没了，他还咋下令啊？不管咋说咱都得答谢人家的救命之恩。"马俊文对金宗生说道。

"答谢答谢的！就知道答谢别人，那咱把池头庄那个伤了的民夫一直送回家，这么长时间了，也没见他来答谢咱！"金宗生很不服气。

"这根本就是两码事，你干吗非要扯到一起说呢？"丁向山瞪了一眼金宗生说道。

金宗生摇了摇头，不再说话了。

这时赵长明说："忠诚哥，你就说咱咋办吧？我们都听你的。"

"是啊，你就说吧，达达，都听你的。"马学富也说道。

杨忠诚看了看大家说："答谢柱子这件事我是想咱这些出夫的人每个人出点钱，给柱子他娘买上一百斤洋面、十斤牛肉，五斤花生油。柱子他娘现在住在娘家，也有不小的开销，大家看行不？"

"咋不行哪？我看行。"马俊文第一个表态。

"忠诚哥，你觉得行，就这么定了。"丁向山也表态道。

马学富也点点头说："人家对咱是救命之恩，柱子人都没了，咱怎么答谢都不为过，况且这点东西真不多，和咱的命是没法比的，主要是大家手头都不宽裕，也只能这样了。"

"你们拿吧，我没钱。"金宗生梗着脖子说道。

"没钱，你和我爷爷要去啊？咋能有钱娶媳妇没钱报恩呢？"马学富很不耐烦地说道。

"哎？我说你个晚辈，你就别掺话接舌了行不？这里哪有你说话的份啊？"金宗生瞪了一眼马学富，回呛道。

按照南北街上的辈分，马学富算是晚辈，这里面的人都是他的叔叔辈，也就是达达辈。当时很讲究辈分的，因此金宗生搬出辈分来说事，马学富也就不再吭声了。

杨忠诚看金宗生在马学富面前有点嚣张，他有点生气，于是就看了一眼金宗生说："宗生兄弟啊，你这个人是咋回事吗？刚才俊文已经说了，要不是人家柱子跟咱事先有交代，那咱早让日本人堵在庄里了！你的良心是不是让狗吃了？"

"吃了就吃了，反正我没钱。"金宗生依然很不服气。

"没钱不行！"杨忠诚忽然提高了嗓门说道。

"好了好了，咱们都是好兄弟，大过年的吵起来不好。我看这样吧，宗生兄弟的那份我先替他出上。"马俊文劝解道。

在这些人中，要论家境，除了姜玉堂家，马俊文家应该算是最好的了。他的家里有十几亩旱田，有牛，有马，农闲的时候，他还可以套上马车出去做点运输生意。在南北街北头最好的一座青砖碧瓦的大院子就是他家。可以说在南北街上除了大地主闫仁光的家境，没有几户再比马俊文家境好的了。马俊文也是这帮兄弟们当中目前唯一结婚生子的。他平时和杨忠诚的关系也最好，因此他不想在这件事情上看着杨忠诚为难。

"俊文哥，不用你出，我先替我哥出上吧，我哥年前刚谢亲（一种当地婚姻的风俗，定亲以后再谢亲，谢了亲就要准备结婚了，而且一旦谢了亲，男女双方就都不得再以任何借口退亲了），家里也确实钱上紧。"这时坐在金宗生旁边一直没说话的金宗武说道。

金宗武在这伙人里年龄最小，他是金宗生的亲叔伯弟弟。金宗武平日里经常跟着杨忠诚赶集做生意，杨忠诚对这位长得虎头虎脑，很明事理的小兄弟非常照顾，两人的关系自然也就很好。

"你爱出就出，反正我没钱还你。"显然金宗生对此刻金宗武的好意并不领情。

金宗武在桌子底下用手戳了一下金宗生的大腿小声说："闭嘴吧，谁让你还了？"

金宗生听金宗武这样一说就不再作声了。

杨忠诚问赵长明："长明啊，你那边咋样？应该没问题吧？"

"没问题忠诚哥，那些弟兄都听我的，我之前都已经和他们说好了，就等着今天你拿主意呢，你就放心吧！"赵长明拍了拍胸脯说道。

杨忠诚点点头说："那就好，那咱就这么说定了，等咱把这些东西都置办好了，咱就约合着一起去闫开明家，这兴许对柱子他娘和他姥爷都是个安慰。"

"放心吧忠诚哥！我保证一个人都不会少。"马俊文说。

这件事情敲定以后，大家共同举起茶杯，金宗生也很不情愿地举起了茶杯。

待大家喝完后，杨忠诚又说："下面我再说说第二件事儿，现在平陵城、东锦和王村等地方都来了日本鬼子。他们在集上对咱中国人说打就打，说抢就抢，甚至说杀就杀，根本不拿咱当人看，咱以后还咋赶集做生意啊？可咱还得养活一家老小不是？咱得想个出路才行。"

"忠诚哥，你是不是想好主意了？要是想好了，那咱大家伙就先听听，反正咱也都不是外人。"丁向山说。

杨忠诚沉吟片刻说："我看咱就去当兵吧。这当兵有军饷能养家，咱还能打鬼子，给柱子报仇，报答柱子的救命之恩！"

"咱这可讲究好汉不当兵，好铁可不打钉啊？"姜玉堂忽然插言道。

"哎！烧饼果子宰牛羊，咱祖祖辈辈干自己的营生，可是这世道变了，这日本人欺人太甚！咱也是被逼得没办法了，我看咱也只能改改行啦！"金宗武有点激动地说道。

"我可不想去当兵，我有别的办法。"金宗生说。

"你有啥办法？说出来让大家伙听听。"丁向山对金宗生说。

"我准备到闫仁光家的煤井上去下窑，那下窑也能养家糊口，干吗非要去当兵啊？"金宗生有点很不屑地说。

"我还以为你有啥高见呢，原来就这个呀！就怕人家闫仁光家的煤井上不要你"丁向山也很不屑地对金宗生说道。

马学富没有理会金宗生和丁向山打嘴官司，他对杨忠诚说："忠诚达达，那国军都撤走了，咱上哪去当兵啊？咱总不能去干土匪吧？那祸害乡里的事儿咱可是干不来的。"

"干土匪那还不丢尽咱的脸啊？就是别人拿刀逼着咱，咱也不会去干的！"杨忠诚很坚定地说。

"那还有啥兵咱可以当，你就说吧忠诚哥，我第一个跟着你去！"金宗武很信任地看着杨忠诚说。

"忠诚达达，我也跟着你，去哪当兵你就说吧！"马学富也表态道。

"忠诚哥，我虽然不像你们几个人赶集做生意，可是在这世道里，我也想改变一下眼下的处境，当兵也不失为一条出路。兄弟觉得你心里应该已经有数了，那就快说出来让大家都听听吧！"赵长明有点急不可耐了。

杨忠诚看了看大家说："好，那我就说了。我在东锦集上听说在北山那边有人拉起了一支队伍，叫'平陵人民抗日救国军'，和那些土匪队伍是不一样的，他们不打家劫舍，是专门打日本鬼子的，我看不行咱就去投靠他吧？"

杨忠诚话音刚落，屋门忽然被推开了，杨忠诚的母亲怒气冲冲地站在了门口，她大声斥责道："杨忠诚你个王八羔子！我好饭好菜让你吃着，你倒在这里不说人话了！你是不是忘了你们杨家已经是两辈单传了？你到现在还没混上个媳妇，你不愁得慌不说，还要去当什么兵？你要是有个三长两短，那你们杨家就断后了你知道吗？我这是造的啥孽啊？我不活啦！"老人说着，一屁股坐在门槛上放声大哭起来。

这一幕的出现让整个屋子里的人始料未及，杨忠诚被母亲骂得哑口无言，大伙也都赶紧涌向门口去搀扶和劝解老人。

原来杨忠诚的母亲是想过来看看儿子他们还需要点啥东西，她好再照应一下。可是当她走到门口时正好听到杨忠诚在和大伙说要去当兵的事，这一下把老人惹火了，因为她非常反对和害怕杨忠诚去当兵。这几年为了避免杨忠诚被抓壮丁，她省吃俭用地上下打点着。

杨忠诚是出了名的孝子，他赶紧跑到母亲面前，一下子跪下来说："娘，我那就是随口说说的，我就是真想去那也得先和你老人家商量好了啊！你要是不同意，那我就哪里也不去，就在家里守着你和我爹。"

杨忠诚的母亲不理会杨忠诚说什么，她就是一个劲地哭。大家手忙脚乱地把老人搀扶起来送回北屋。

杨忠诚的父亲杨全兴坐在椅子上不明就里地问："这又咋了？刚才不是还好好的吗？"

杨忠诚的母亲大声斥责道："你还问？都是你养的好儿子！"

杨忠诚的父亲老实了一辈子，听到妻子的斥责也不敢再问了。

马俊文对杨忠诚说："忠诚哥，你先在家里好好陪陪我大娘，让她老人家先消消气，我们就先回去了。"马俊文说完，就对姜玉堂使了个眼色，然后冲大家招了招手。

杨忠诚站在那里没有说话。

马俊文和大伙出了杨忠诚家的北屋门后说："咱都到我家里去吧，我家里菜都是现成的，一会儿大娘消了气，咱再把忠诚哥也请过去。"

"我看咱还是算了吧！这饭吃得也没啥心思了。"金宗生很沮丧地说。

"那可不行。忠诚哥今天也是操心大家的事才惹了他娘，其他的事咱先都放一边，今天这个饭局咱说啥也不能就这么散了，要不然忠诚哥心里一定很难受。"马俊文说。

"是啊，俊文说得有道理。要不是年节里我家荤腥重，我就请大家去我家了，我看咱们就听俊文的吧！"姜玉堂说。

"走吧！别再迂磨了。"说完，马俊文不容分说地催促着大家出了杨忠诚家的大门。

四

　　时令马上就要到中秋了，但是平陵县的天气依然很热，有时气温还会达到零上三十多度，不过一早一晚时已经有些凉爽了。

　　今天是古月镇大集的日子。古月镇背山而建，身后是泰山余脉与平陵县境内古月山的交会处。跌宕起伏的山峦，残缺不全的齐长城绵延在山脊。一条名字叫巴漏河的河不宽，河水时涨时落，河流穿镇而过。古月镇处于平陵县进出莱芜县的必经之路上。现在，莱芜县的山区里面有八路军的抗日武装，古月镇这里也是八路军经常活动的地方。也许正是因为这个缘故，到目前为止，日本人还没有来过这个镇子，这里也没有什么汉奸组织。由于没有日本鬼子和汉奸捣乱，这里相对来说还是很太平的，因此眼下很多买卖人都很愿意来这里赶集。这里集市的规模也越来越大，有时卖东西的摊位都摆过桥头，一直摆到了巴漏河的对岸。

　　古月镇距离闫满庄有七八里地的路程。原来由于古月镇和淄博的王村镇是同一个日子开集。尽管王村镇离着闫满庄要更远一些，但因为王村镇的集大，从前闫满庄的人一般都是去那里赶集。但是现在王村镇来了日本鬼子，很多闫满庄的人也都到古月镇来赶集了。杨忠诚今天早早地推着独轮车来到了古月镇集上，他想赶早在集头上收购点南山里乡民挑下来的瓜果梨桃，然后再回到闫满庄周边的一些庄子里去卖。这个季节山里的水果要便宜一些，在山外能卖出个好价钱。杨忠诚想挣点钱置办点中秋节的吃喝，同时也可以留下点水果拿回去给生病的父亲吃。

　　杨忠诚的父亲杨全兴从过完这个春节以后身体就每况愈下，他得的是肺病。杨全兴年轻时父母也年迈多病，而且家里的姊妹多，家中的生计都要靠他一个人来支撑，那处境和现在的杨忠诚几乎如出一辙。多年的劳累以致他不到 60 岁的年纪身体就垮了。可由于杨忠诚现在的买卖也不行，他连给父亲看病拿药的钱都拿不出，多亏了他的好友姜玉堂慷慨相助，他的父亲才不至于断药。

姜玉堂本来是想等时局稳定后，回平陵城把关掉的药铺和诊所再开起来，毕竟他在那里经营多年了，有很多人脉，但现在平陵城依然兵荒马乱，他无法回去。可是这生意也不能就这样耽搁下去，况且在药铺关门时还有很多库存的药都拉回了闫满庄，于是姜玉堂就先在庄上开了家小诊所。姜玉堂在老家开诊所实属无奈之举，但却在很大程度上方便了乡亲们。现在外面都很乱，平时人们都不愿意出门，可是有了病又不能不看，即使冒着风险也要出去，总不能让病人在家里等死吧！现在好了，在自家门口就能看上病了，而且姜玉堂的大伯姜重林有时也会在诊所里坐诊，在老百姓眼里那可是给平陵城的达官显贵和县太爷看病的名医啊！所以乡亲们都很高兴。不过要说最高兴的当属杨忠诚了。这半年多来，杨忠诚的父亲在姜玉堂的诊所里看病、拿药，姜玉堂从来都不收一分钱，而且有时他还会上门给杨全兴看病。

杨忠诚对此非常感激，他多次想请姜玉堂吃顿饭，表达一下谢意，可都被姜玉堂婉拒了。姜玉堂也明确告诉杨忠诚他父亲的病是看不好了，现在只能是维持着熬些时日了。杨忠诚虽然很心疼父亲，但是面对这种情况，他也很无奈，他唯一能做的就是想办法挣点钱给父亲弄点好吃的，好让下了一辈子苦力，也苦了一辈子的父亲在生命的最后时刻能享点儿福。

杨忠诚的想法是好的，但是他的现实条件实在有限，他真的给父亲弄不了多少好吃的。原来他可以四处去赶集，生意好时手头还能有点活钱。但是眼下日本鬼子和汉奸经常去集上捣乱，使得赶集的人越来越少，他也没有多少生意。再加上像东锦镇、王村镇等原来这些大集市都在胶济铁路线以北。日本鬼子占领了胶济铁路线后，在经过铁道的路口上都修建了炮楼，设立了岗哨，鬼子和汉奸对来往的行人进行检查，尤其是从铁路南面来的人更是严加盘查，甚至搜身。如果是碰到鬼子和汉奸搜身那就倒霉了，往往被搜身的人携带的东西和钱财不但会被拿走，有时还会无缘无故地挨一顿毒打。

鬼子的这些行径激起了平陵县百姓极大的愤慨。活动于平陵县北部的抗日救国军和在西锦镇一带活动的抗日义勇军先后攻打了鬼子的几个据点，使鬼子伤亡惨重。但是缓过劲来的鬼子集结兵力开始了疯狂的报复。抗日救国军寡不敌众，只好撤进了长白山。抗日义勇军的驻地西锦镇也被鬼子血洗，义勇军残部撤进了东岭山。

此后，鬼子更加猖狂了，他们进一步加强了对胶济铁路沿线一些村镇的管控和欺压。如此一来，很多人就更不敢去这些地方赶集了，杨忠诚胆子大，他还是去赶过几次集，但是由于赶集的人很少，也没有什么生意，再加上他看到日本人在集市上耀武扬威、欺男霸女，心里十分气愤，但是他又敢怒不敢言，这让他的心里很不痛快，所以他现在也不去那些地方了。

杨忠诚在古月镇集市的桥头上等了很长时间，也拦了十几个从山上下来卖水果的赶集人，但不是价格谈不拢，就是水果的成色不行，最终他一份生意也没有做成。本来今天杨忠诚说好了要和金宗武一起来的，而且他们还约好如果在集市上收不到合适的水果，就一起进山里去收。可是金宗武今天早上家里临时有事没来，这也打乱了杨忠诚本来的计划。由于进山的路不好走，而且山里还有狼，一个人要是独自进山，遇事多有不便，也不安全，所以他只能在这里坐等生意。眼看着赶集卖东西的人都出了摊子，买东西的人也越来越多，那太阳也从东山头升起了，可杨忠诚还是没做成生意，这让他感觉到很沮丧，他心想看来今天的这个集他要白来一趟了，自己的一些想法也可能要泡汤了。

就在这时，杨忠诚忽然觉得身后有人拉了他一把，他赶忙转过身，发现一个中年男人站在他的身后。

"是你拉我吗？"杨忠诚问。

"是的同志，你是来赶集的吧？"那人问杨忠诚。

"同志？啥同志啊？"杨忠诚没有听明白对方在说啥。

"噢，兄弟，我是问你是不是来赶集的。"那人补充道。

"是赶集的，咋了？你问这做啥？"杨忠诚语气很生硬地说。

那个人笑了笑说："兄弟，我没有别的意思，我是看你在这里一直没拉成买卖，想给你个生意做，你看成不？"

"啥生意？"杨忠诚问。

"你先别问啥生意，我先问你识字不？"那人反问道。

"上过几天私塾，咋了？"杨忠诚也反问道。

"那就好，只要你识字，我就请你去打个短工。"那人说。

杨忠诚看了看自己的独轮车，又看了看那人说："啥短工？你是要我给你送啥货吗？送货也用不着认字啊？再说了我斗大的字认不了一麻袋。"

"咱能借一步说话吗？"那个人伸出手做了个请的手势说道。

"在这儿说就行，你又不是买卖牲口做经纪（牲畜交易的中间人）的，有啥不能在这儿明说的？"杨忠诚很不客气地说。

"还是借一步说话吧，我虽然不是做经纪的，可我这个生意也不想让外人听到，难不成你怕我把你给卖了？"那人笑着说。

"那好吧，那就请你前头带路！"杨忠诚心想眼前这人可能小看他了，他还就不吃这一套，他倒要看看这人到底想干啥。再有他今天到现在也没做成啥买卖，万一这人真有买卖给他，他也算没白来一趟。

"那你就跟我来吧。"说完，那人转身就走。

杨忠诚推上车子就跟着那个人过了桥，来到一处僻静的街角。那个人停下脚步后问杨忠诚："你叫什么名字？是哪个庄的？"

"你问这做啥？"杨忠诚有些不解。

"如果要是你雇个短工，你不想知道他叫啥名字吗？如果他干得好，下回你也好再找他呀！"那人说。

"我叫杨忠诚，古月镇北面闫满庄南北街上的。"

"好，那我就算认识你了。我今天让你干的这活也不费力气。我有一些纸，你帮我把它都贴到镇里几条大街的墙上去就行，记住要分开来贴，不能都贴到一面墙上。"那人说道。

"啥纸？"杨忠诚很好奇地问。

"宣传标语。"那人答道。

"啥叫宣传标语？"杨忠诚不明白。

"就是一些告示。"那人说。

杨忠诚听后二话不说，转身推起车子就要走。

"咋了兄弟？"那个人一把拉住杨忠诚的胳膊问。

"汉奸才贴告示，我不给汉奸做事！"杨忠诚气哼哼地说。

"现在古月镇这里还没有汉奸敢贴告示，这些告示都是招呼咱平陵人起来打鬼子的。"那人解释道。

"打鬼子？那你是啥人？"杨忠诚问。

"我就是打鬼子的人，我希望有更多的人起来和我们一起干，所以我要贴标语号召大家。"那人说。

"你为啥不自己贴？"杨忠诚问。

那人拍了拍身上背着的一个蓝色包袱说："我这里有很多标语，我还要去别处贴，我是让你来帮我。"

杨忠诚想了想说："那行，只要你打日本鬼子，我就帮你，不给钱也行。你把东西给我吧！"杨忠诚伸出手来对那人说。

"不急，你先把你的车子找个地方存放下，推个车子好像不太方便，你放下车子后再来这里找我，我等着你。"那人说。

"好，那我一会儿就回来。"说完，杨忠诚就推车往回走。

杨忠诚走到集市中间。他在一个挂着"清真"招牌的牛肉摊子前停了下来。他对摊主说："哥，我把车子先放你这儿，等会儿我来取。"

"放摊子后面吧。"那人看了一眼杨忠诚说。

杨忠诚来到牛肉摊子的后面把独轮车放好后刚要走，那人问："早上吃了没？我给你夹个牛肉火烧吧？"

"吃过了。"说完，杨忠诚就快步离开了。

这个让杨忠诚吃饭的人是杨忠诚的表哥，名字叫金宗才，也是闫满庄的。金宗才和杨忠诚是姑舅亲，杨忠诚的父亲杨全兴是金宗才的舅舅。

杨忠诚来到和那个人会面的地方，那人从包袱里拿出厚厚一摞用毛笔写好的标语递给了杨忠诚，接着又从兜里拿出了一块银元递给杨忠诚。

"用不了这么多。"杨忠诚没去接钱。

"刚才我在集头上看你拉买卖，就知道你是个实在人。拿着吧，去面铺子买点面，打些糨糊，剩下的钱就算是给你的工钱了。"说完，那人把银元塞到杨忠诚的手里就走了。

杨忠诚在那里愣了半天，他没想到这人会这么相信他，而且给他这么多钱。要知道这年头银元在杨忠诚他们这些做小本生意的人手中可不常见。杨忠诚心里很高兴，他心想："看来这个集他是来对了，虽然没进到货，却挣到了钱，中秋节给家里买点吃喝，再给父亲买点好吃的是不愁了。同时他也觉得这活一定得给人家干好，不能辜负了人家的信任。"想到这里，他把银元放进贴身的口袋，就往街里走去。

杨忠诚在集上买了一把炊帚、一个铁桶和几斤杂货面，又到一个叫刘大山的朋友在河边开的铁匠铺里打好糨糊，然后就到街上去开始张贴标语了。

时间过了一个多小时，杨忠诚手里的标语终于快贴完了，这时他就往集市所在的那条沿河的街上走去，他想把剩下的几张标语都贴在集市的墙上。可就在他快要走到那条街上的时候，他的表哥金宗才迎面跑了过来。

金宗才来到杨忠诚的面前，一把夺过他手里剩下的那几张标语，用手团成一团，扔在地上大声斥责道："你个傻大胆！你不要命啦？"

"咋了，哥？你干吗毁人家的告示？"杨忠诚不明白表哥是啥意思。

"毁人家的告示？你哪里来的告示？你知不知道你这样做被人家抓住是要杀头的？"金宗才吼道。

"这是招呼人打日本鬼子的，这里又没有日本人，谁能杀我的头？"杨忠诚不服气地说。

"别人和我说你在大街上替八路军贴标语我还不相信，你真是个祖宗啊！"金宗才不容分说拉着杨忠诚的胳膊就往回走。

杨忠诚一把甩开金宗才的手说："我不管什么八路军、九路军，我就知道人家给了我钱，我就得把活给人家干好。"

"我看你挣钱不要命了！要是有人给你告到日本人那里，那我舅舅和我妗子可都得跟着你遭殃啦！"金宗才瞪着眼睛吼道。

"我的事儿不要你管！"杨忠诚也气呼呼地说。

"好好好，我不管！那你就在这儿作死吧！我回去和我妗子说去！"金宗才转身愤愤地离去了。他走了几步又回过头来对杨忠诚说："我要收摊子了，你那个破车子丢了我可不管！"说完就大步流星地向集市那边走去了。

待金宗才走后，杨忠诚赶紧捡起地上的那几张标语。他走到一堵墙前，把铁桶里剩下的糨糊用炊帚抹在墙上，把几张标语舒展开，一起都贴在了那墙上。贴完后，他后退几步看了看，然后赶紧提着盛糨糊的铁桶向集市方向跑去。杨忠诚本不想把剩下的标语都贴在一块，因为这样不符合人家雇主的要求，但是他表哥走时说的那句话让他很担心。如果表哥收摊子走了，那他的那辆独轮车就没人照看了。要是车子丢了，那就麻烦了！那是他养家糊口必不可少的家什，已经风雨相随地跟了他好多年了。

待杨忠诚跑到表哥金宗才的摊子前，他发现虽然周围摆摊的人都走得差不多了，但他表哥并没有走，而是把卖牛肉的摊子收好放在小推车上，一个人独自坐在旁边的一块大石头上。

"哥，你没走啊！吓我一跳。"杨忠诚说完也一屁股坐在了旁边的石头上。

金宗才没有搭杨忠诚的话，而是从旁边的兜子里拿出两个夹着牛肉的火烧递给杨忠诚。杨忠诚也没客气，接过来就大口大口地吃了起来。他忙活了一上午，现在也有点人困马乏了，而且肚子也饿了，其实早上出来的时候他根本就没来得及吃饭。

金宗才斜眼看了看杨忠诚，又把一个水壶递了过去。

杨忠诚就着水，三下五除二就吃完了两个火烧。金宗才看杨忠诚吃完了，站起身推起车子就走。杨忠诚赶紧也站起来追上金宗才，把水壶放进金宗才独轮车的垛篓里，然后又返回去推自己的车子。

杨忠诚紧跟着金宗才。他们一前一后出了集市，走上了回庄的土路，这时杨忠诚紧赶几步，和金宗才并排走在一起。

"哥，你别生气了，我知道你是最疼我的，从小到大没少吃你家里的牛肉。"杨忠诚笑着说。

"都喂狗啦！"金宗才哼了一声，没好气地说道。

"你也知道哥，我这人做事实诚，咱收了人家的钱就得把事情给人办好，你平时不也常说做生意要讲诚信吗？"杨忠诚说。

"那你就挣钱不要命啊？我说你几句，你还六亲不认！"

"哥，我哪能六亲不认啊？我是看你把人家的告示弄坏了心里有点着急。我知道错了还不行吗？别生气了。"

"我没生气，和你这种人犯不着！"

"还说没生气呢，你看你的脸都快拉到地上了。"杨忠诚看着金宗才，笑着打趣道。

金宗才不再理杨忠诚，两个人就这样默默地并排推着独轮车快步往回走。

大约走了一个来小时的路程，他们就来到了闫满庄的庄头上，这时杨忠诚对金宗才说："哥，都快到家了，你还没消气啊？"

金宗才没有搭腔。

"哥，你要还没消气，我也没啥法子，反正这事儿是做下了，我现在就求你千万别告诉给你妗子，我娘那脾气你也知道，我每次出门她总是让我小心这个，小心那个，唠叨个没完，上一次我说要去当兵，她吵了我好几个月，这现在才不提了。要是让她再知道了这事儿那还了得啊！哥，求你啦！"杨忠诚哀求道。

"我看吵得你还不够！"金宗才气哼哼地说。

"真的求你了哥！"杨忠诚继续哀求道。

"那你应我一件事儿。"金宗才停下脚步，放下小推车说。

"你说，只要你不把这事儿告诉我娘，啥事儿我都应。"杨忠诚也停下脚步，放下小推车。

"以后再也不能去干那掉脑袋的事儿了，行不？"

"行，我记住了，你放心。"杨忠诚干脆地应道。

"好吧，我不说就是了，你回去吧！"金宗才摆了摆手。

杨忠诚并没有走而是对金宗才说："哥，你晚上有空吗？我请你吃饭行不？咱吃好吃的。"

"吃饭？你现在还有闲钱买好吃的？"金宗才不解地问。

"有，我今天挣了一块现大洋！"杨忠诚高兴地摸摸口袋说。

"一块现大洋？咋挣的？"金宗才瞪大了眼睛问。

"就是那个让我贴告示的人给的。"杨忠诚说。

"给那么多啊？"金宗才有点吃惊。

"嗯。"杨忠诚点点头。

"给钱多以后也不能再去干啦！"金宗才用命令的口气说道。

"这个你自管放心，我答应哥的事儿哪能变呢？"杨忠诚说。

"那就好，那就赶紧回吧，留着钱给我舅看病用吧！"金宗才说。

"哥，那我回去了。"说完，杨忠诚推着车子往南北街的北口走去。

"兄弟，这事儿可千万别对人说啊！"已经走出几步的金宗才还是有些不放心地回头叮嘱道。

"知道啦，你兄弟又不傻。"杨忠诚头也不回地说道。

金宗才望着杨忠诚的背影自言自语道："傻倒是不傻，就是实在得有点吓人！"

五

　　杨忠诚的父亲杨全兴总算熬过了 1939 年的春节，但是就在正月初七那天，老人还是走了。其实老人能活过春节也真是有些出乎人的意料。本来姜玉堂对杨忠诚说老人可能过不了春节，让他有个思想准备，但没想到老人的生命力还很顽强。

　　杨全兴曾几度昏迷，但又几度苏醒，他双手在胸前攥紧拳头，睁着浑浊的眼睛看着房顶。他就像一盏即将燃尽的油灯一直奋力坚持着要等到油尽灯枯的那一刻，他要在这个喝尽了苦水的世界里顽强地走向自己生命的尽头。

　　白广甲阿訇看到杨全兴的样子就对杨忠诚说："孩子，我看还是给你爹做个'讨白'吧！如果他寿限到了，那就让他痛痛快快地去天堂，如果寿限还没到，那就保佑他的病快快好起来。"

　　杨忠诚看了看他的母亲，他的母亲说："孩子，你看着办吧！"

　　"那就做个'讨白'吧！"杨忠诚对白广甲阿訇说。

　　让杨忠诚没有想到的是，他们给父亲做了"讨白"后，父亲的神志一下子清醒了起来，这让全家人都大喜过望。

　　清醒后的杨全兴紧紧拉着杨忠诚的手说："孩子，你爹这辈子没啥本事，本想下点力气给你置上几亩田地，盖上几间大房子，说上个媳妇，也让你娘过上几天舒坦的日子，可这些我都没弄成。爹现在老了，要走了，以后你要照顾好你娘和你两个姊妹。千万、千万……"说到这里杨全兴忽然大张着嘴上不来气了。

杨忠诚赶紧给父亲扑打前胸。

过了一会儿，杨全兴倒上来了一口气，他抓紧杨忠诚的手接着说："孩子，你千万不要去当兵啊！那营生太凶险了，咱家就你这一个独苗，你娘为了不让你去当兵可没少花费啊！"

"爹，你放心，我不去当兵了，我听我娘的话！"杨忠诚赶忙应道。

"孩子，还有一件事啊，就是你要尽快找个媳妇，把咱杨家的香火传下去！爹不能帮你成家立业了，爹对不起你啊！"杨全兴说到这里两行泪水从眼角流出，顺着脸颊流到了枕头上。

此刻，泪水也像断了线的珍珠打湿了杨忠诚胸前的衣服，他连连点头，不知道该说什么了。杨忠诚是一个很少流泪的硬汉，可这一刻他也控制不住自己了。

"你脑子都明白了，这是病好了，咱就别再说那些话啦！"杨忠诚的母亲哭着扑到杨全兴的面前说。

可就在这时，杨全兴紧握着杨忠诚的那只手突然松开了，他安详地闭上了双眼，任凭全家人怎么呼喊，他再也没有睁开眼睛，全家人立刻哭成一团。

过了一会儿，站在一旁的白广甲阿訇把杨忠诚从地上拉起来说："孩子，别哭了，还是赶紧给你爹安排后事吧！"

杨忠诚使劲地点点头，然后对白广甲阿訇说："白阿訇，我爷爷和奶奶'无常'（去世的意思）时，我年纪还小，好多事都不记得，也不太明白这丧事该咋办，还请您老多操心！"

白广甲阿訇拍了拍杨忠诚的胳膊说："没事孩子，我给你主着事，你听我的就行。"

"那就多谢白阿訇了！"杨忠诚说完跪下给白广甲阿訇磕头。

"千万别客气孩子！"白广甲阿訇赶紧把杨忠诚扶了起来。

自明清以来，民间一直流传着一个有关人生"四大幸事"的说法，那就是："生在苏州，长在杭州，死在济南，埋在平州。"具体的解释为：苏州人生来肤白貌美，为其一生在社会上行走的资本。杭州山水秀丽，环境优美，安逸的生活方式无地出其右。济南府则是发丧仪式最隆重，祥字号的寿衣选料严谨，做工考究，更能使死者风风光光驾鹤西去。平州就是现在的平陵县，这里不但坟修得漂亮、坚固，更重要的是地下土质好，人藏于此地下，不仅生命归根，而且旺及子孙。当然这些说法都是仁者见仁、智者见智，没有什么可深究的意义，但是杨忠诚给他父亲打的坟确实很好。

杨忠诚给他父亲打的坟上面是一个天然的石棚，下面就是没有任何杂质的白相土，这种墓穴四季干爽，不会塌陷，是绝好的埋葬亡人的地方，这好像也应了那人生四大幸事中的最后一项。

杨忠诚对父亲的这个坟非常满意，杨忠诚冲着墓穴虔诚地磕了三个头，告慰父亲。

杨忠诚在亲朋好友的帮助下料理完了父亲的后事。等一切都归于平静后，杨忠诚忽然感到心里很迷茫，很苦闷，很无助，也很委屈，他一下子都不知道自己以后该干啥了。一连七八天他都不出门，就待在家里和他的姐姐妹妹一起陪着他的母亲。

杨忠诚的姐姐和妹妹年前就带着孩子来到了娘家，正赶上父亲病重，就在这里过的年。办完父亲的丧事后她们本想回去的，但现在她们的母亲又病了。自从杨全兴去世后，杨忠诚的母亲就像忽然间中了邪一样，一会儿哭一会儿笑，一会儿明白一会儿糊涂，有时她还不认人，逮住谁骂谁。老人从前虽然脾气不太好，但她却是个很明事理的人，从来不会轻易骂人，可现在她却和从前判若两人，这可真把杨忠诚和他的姐姐妹妹吓坏了。杨忠诚赶紧把姜玉堂找来。姜玉堂看后感觉老人可能是受到了惊吓，但他也有点吃不准，就让杨忠诚又把姜重林也请来了。姜重林给杨忠诚的母亲号了号脉后，认为老人应该就是受了惊吓，于是就给她开了几副压惊的中药。杨忠诚的母亲吃了药后，效果很明显，病情逐渐好转，这几天情绪也稳定了下来，不再哭闹和骂人了。母亲病情的好转让杨忠诚的姐姐和妹妹都放下心来，也让杨忠诚的心里稍稍得到了一丝宽慰。

一天下午，杨忠诚独自坐在自家小东屋里两眼呆呆地望着房顶上被煤油灯熏黑的苇箔。从父亲去世后近一个月，杨忠诚一直没有去赶集。他没有去赶集倒不是因为现在外面不太平，有时候为了养家糊口，就是外面再不太平也要去谋生的。他不去赶集实在是因为现在没那个心思，如果在这种状态下出去做买卖那肯定会赔钱。这段时间，杨忠诚晚上也一直都休息不好，他一闭上眼睛，眼前就会出现父亲离世时的场景，耳边也会响起父亲临终时说的话。杨忠诚越想越觉得对不起父亲，他现在最大的愧疚就是人常说的"不孝有三，无后为大"。虽然他的父亲在最后一刻闭上了眼睛，但是他知道他父亲在心里应该是死不瞑目的。

正在杨忠诚胡思乱想的时候，他的好友马俊文推门走了进来。杨忠诚一见马俊文进来就赶紧站起身来让座。

"别坐了，走，到我家去。"马俊文说。

"不去了俊文，我现在一身重孝去外人家不合适。"杨忠诚说道。

"我是外人啊？走吧！"马俊文不容分说地拉起杨忠诚就往外走。

杨忠诚拗不过马俊文，只好跟着他出了家门。

当杨忠诚跟着马俊文走进马俊文家的大北屋后，他发现姜玉堂、丁向山、金宗武、赵长明、金宗生等都已经在座了。他们见杨忠诚进来，都赶紧站起身来，把他向一张已经摆在屋子中间的八仙桌的主宾位置上让。

杨忠诚回头看了看马俊文问："俊文，你这是要干啥？"

"你坐下再说。"马俊文说。

"你不说明白，我就不坐。"杨忠诚执拗地说。

"忠诚兄弟，你就坐下吧！今天是俊文兄弟组了个场子，我们这几个人想一起给你压压悲。"姜玉堂说。

"是啊，就是玉堂哥说的这样。"马俊文一边说，一边从杨忠诚的身后把他推到主宾位置的椅子旁。

"俊文啊，有玉堂兄在，我说啥也不能坐这里啊？"杨忠诚回头对马俊文说。

姜玉堂上前扶着杨忠诚的肩膀，把他按在主宾的座位上说："忠诚兄弟，你就别客气了，听哥哥的，今天你就坐这儿！"

杨忠诚见此情形，也就没再推辞。

待大家都落座以后，马俊文招呼他的媳妇上菜。

马俊文的媳妇虽然是淄川县三星城里的大家闺秀，而且还是一双小脚，但是她非常贤惠能干，今天她早早地就和马俊文的弟弟马俊武的媳妇两个人准备好了一桌子饭菜。

待斟满茶以后，杨忠诚抢先端着杯子站起身来说："各位哥哥和兄弟，今天虽然是俊文兄弟请客，可我和俊文兄弟也不见外，我就先借花献佛，用俊文兄弟的这杯茶谢谢大家，我爹的后事多亏了兄弟们前前后后的张罗和操持，我先谢谢大家！"杨忠诚说着就要喝。

马俊文伸手拦住杨忠诚说："忠诚哥，你先等一等，这茶咱先不忙着喝，只是在吃饭前咱玉堂哥有话要说，等玉堂哥把话说完咱再喝不迟。"

杨忠诚听马俊文这样一说，就放下茶杯，坐回到椅子上。

这时，姜玉堂端起杯子说："忠诚兄弟，你就别客气了，啥谢不谢的？咱都是兄弟们，再说了婚丧嫁娶是大事，就是街坊邻居也不能袖手旁观，对不？今天俊文把你请到这里来，除了给你压压悲，还有点别的事情。"

"还有啥事情？"杨忠诚不解地问。

"来，咱先喝完这个压悲茶再说。"姜玉堂说。

杨忠诚看了看姜玉堂，然后默默地喝了杯中的茶。

待大家都喝完后，姜玉堂从口袋里拿出一叠纸币，对杨忠诚说："忠诚兄弟，听说明秀镇和明冶庄那边都去了日本鬼子，咱的两个姊妹恐怕一时半会儿是回不了婆家了。另外大叔的丧事开销也小不了，我们这几个人凑了点钱，你贴补贴补家用，别嫌少。"说着姜玉堂就站起身来把钱递给杨忠诚。

"这可使不得！这钱我不能要！"杨忠诚一下子从座位上站起来，连连摆手道。

马俊文见杨忠诚不收，就站起身从姜玉堂手里拿过钱，不由分说地强塞到杨忠诚的口袋里说："忠诚哥，大家都是好弟兄，你要是客气了那反倒是见外了。"

"是啊，忠诚哥，你就别客气了！"丁向山等几人也纷纷劝道。

杨忠诚摇着头从口袋里掏出那些钱放在桌子上说："各位哥哥、弟弟们，这份情我杨忠诚领了，但这钱我是万不能收的！"

"忠诚哥，你就拿着吧，这不是领情不领情的事，这是大家伙的一片诚心。"马俊文说着又要再次把钱塞给杨忠诚。

杨忠诚腾地一下子站起身来，有些不高兴地说："要是今天大家伙非让我拿这钱，那就是难为我了，这饭我也就吃不下去了！"说完，杨忠诚就要离席。

"好了好了，忠诚兄弟，如果你实在不想收，那咱就以后再说，现在咱先坐下来吃饭，你看这样行不？"姜玉堂赶紧劝解道。

"好，咱先吃饭。"

"对对对，咱先吃饭吧！"

丁向山、金宗武、赵长明、金宗生纷纷站起身来劝说道。杨忠诚听大家这样说就又坐回到椅子上，大家也都纷纷落座。

金宗生看了马俊文一眼，有点洋洋自得地说："咋样？还是我说得对吧？忠诚哥肯定是不会要的，你们这就是多此一举。"

金宗武拉了一把金宗生说："行了，哥，你就少说两句吧！"

其实这几个人都知道杨忠诚的脾气，他不但实在、要强，有时还很倔强，他坚持的事，一般别人是很难改变的，所以大家也就不再提钱的事了。

吃了一会儿，马俊文端起杯子来说："忠诚哥，我有个事在这里得向你赔个不是。"

"你这是又咋了？"杨忠诚看了马俊文一眼后问道。

"就是年前我大嫂去你家闹腾那件事。忠诚哥，你知道我大哥走得早，我大嫂又比我年龄大不少，常言道，老嫂比母，我也不能说她啥。我也不知道她是从哪儿听说的学富走是你给指的路。其实这孩子早就想出去闯一闯了，凭良心说他这出去真和你没啥关系。你看你家这年前老的还有病，我大嫂还去闹腾，我真感觉很对不住你，在这里我替我大嫂给你赔个不是，你也就别怪她了！"

"这你就见外了，咱是啥交情啊？你大嫂不就是我大嫂吗？我怎么能怪她呢？学富这孩子都走了大半年也没个音讯，哪个当娘的会不急啊？我赶个集回来晚了，我娘还急得不行呢，有时还跑到庄头上去等我呢！"杨忠诚很通情达理地说道。

赵长明见状，赶忙站起身来说："两位哥哥，虽然我是汉族里的，但咱都是兄弟们，我觉得既然话说开了，那这事就过去了，咱就不提了吧！你说呢玉堂哥？"赵长明说完后把脸转向姜玉堂。

"是啊，长明说得对，既然都说开了，那咱就都不提这事了。

这顿饭吃了大约两个小时。大家都很尽兴，杨忠诚的心情也好了很多。散场以后，姜玉堂要去看杨忠诚的母亲，就跟着杨忠诚到了杨忠诚家里。姜玉堂询问了一下杨忠诚母亲的近况，然后又给老人把了把脉，就对杨忠诚和他的姊妹们说老人的身体应该没有啥大碍了，也不用再服药了。听了姜玉堂的话，大家也都放心了。

姜玉堂给杨忠诚的母亲看完病后，杨忠诚就把他请到小东屋里。待两人坐下以后，姜玉堂对杨忠诚说："兄弟，你家的境遇我心里很清楚，这全家的生计就靠你四处赶集做点小生意。现在这生意也不好做，你又不要大家的帮衬，那你可怎么养活这一大家子人啊？我真替你担心啊！有些事情光嘴硬、要强那可是不行的呀！我看这样吧，你不要他们的帮衬就算了，可咱是从小的弟兄，我个人要帮帮你总算可以吧？"说完姜玉堂就去掏口袋。

"玉堂哥，真是使不得！我欠你的已经够多了，我这心里已经很过意不去了，你就别让兄弟再为难了。"杨忠诚赶忙伸手制止。

姜玉堂很无奈，只好停下手来，但是他很挂心地对杨忠诚说："兄弟，你这也不要那也不要，那你心里到底是咋想的？今后有啥打算啊？你家里现在可是一大家子人指望着你呢！"

"不瞒玉堂哥你说，我已经合计好了，等出了我爹的'四十日'（回族人去世后的40天内要封斋，以缅怀亲人寄托哀思），我就去闫仁光家的煤井上下窑，那里挣钱能多一点。"杨忠诚说。

姜玉堂听杨忠诚这么说先是愣了一下，然后略有沉思地说："兄弟，这些年，虽然我在外头，回来的时候不多，可我知道那闫家的煤矿上一直不要南北街上的回族人啊！年时（平陵话去年的意思）金宗生要去他家矿上下窑，闫家还是坚决不要，最后他只好去了官庄日本人的矿上，这个你是应该知道的啊？"

"这个我知道，闫家的煤矿上不要咱们这是多年前的老皇历了，这些年主要还是没有谁愿意去。我觉得他们不要金宗生是看着他不中用，就我这身子骨和力气，他们是不会不要的。我已经和闫开明说了，让他去找找他堂叔闫书伦，现在闫仁光家的煤矿是他儿子闫书伦掌管着，闫开明和闫书伦关系好，他去和闫书伦说，应该没啥大问题。"杨忠诚很自信地说。

"可是还有个事儿你考虑了没有？"姜玉堂问杨忠诚。

"还有啥事儿啊？"杨忠诚不明白姜玉堂的意思。

"你和满弘坤家可是亲戚啊！那闫家和满家是死对头，就是闫仁光家同意让你去他家矿上，那你表大爷满弘坤家能同意吗？"

"他家管不着我的事。自打我姑奶奶无常了，我们两家就没啥亲戚味了，我爹这无常时，他家里都没正儿八经地来个人！人家是大地主，我家穷得叮当响，人家怕我们家的穷气扑了他家，躲还躲不及呢！"杨忠诚气哼哼地说道。

原来杨忠诚家和满弘坤家也是亲戚，杨忠诚的父亲杨全兴的姑姑是满弘坤的母亲。满弘坤和杨全兴就像金宗才和杨忠诚一样是姑表兄弟。但是满弘坤和杨全兴之间的关系却远没有金宗才和杨忠诚那样好，甚至在满弘坤的母亲去世以后，两家人就基本断了来往。

姜玉堂听了杨忠诚的话，略微沉思了一下说："好吧，那就先看看吧，如果闫开明那头实在不行的话，我再让我父亲和他家里说说。可下井这活是在鬼门关上混饭吃！你可要想好了啊！"

"我已经想好了玉堂哥，这年头要想养活一家人，让他们都能吃上口饭是头等大事，别的咱也顾不上那么多了。"杨忠诚说。

六

　　煤矿主闫仁光家的院子在闫满庄东部的正中间，占地足足有两亩多。周围的院墙都是用一米见方的大青石垒起来的，足有六米多高。朝南的大门楼上有一个高高的瞭望台，门洞里两扇黑色大铁门上贴着门神，大门口两侧有两个把门的大石狮子。

　　闫家的院墙非常坚固，当年平陵县地界里最有名的土匪张鸣九的手下到他家来打劫，几十个人攻了两个小时，居然没有攻进去，最后只能气急败坏地砸碎了门口的两个石头狮子悻悻而去。现在门口的那两个石狮子是后来又运过来的。从此闫家大院也在平陵县就出了名。

　　闫家大院是二进院的结构，里面有两套四合院，前面院子相对小一些，后面的院子要大一些。两个院子中间是一个小花园，一座廊桥穿园而过，把两个院子连接了起来。前院住着长工和看家护院的家丁。后院北面的正房是一座二层小楼，住着闫仁光和他的妻子。东屋住着闫仁光的大儿子闫书年一家，闫书年早些年死了，现在是闫书年的老婆领着两个孩子在住。西屋住着闫仁光的二儿子闫书伦一家。南屋是丫鬟和老妈子在住。

　　这天一大早，闫书伦就走进了父亲闫仁光一楼的客厅。

　　这个客厅很宽敞明亮，里面摆放的物件也很考究。盈门处安放着一个小叶紫檀框架的苏绣屏风，一幅国色天香图跃然屏心，那图上的花鸟丝丝入扣，栩栩如生。绕过屏风可见东墙和西墙边的博古架上摆满了形色各异的古玩瓷器和玉器。北墙的正中挂着一幅六尺整纸竖幅的明清山水画和一副颜体对联，上联写："山静水流开画景"；下联写："鸢飞鱼跃悟天机"。

在字画的正下方摆放着一套大红酸枝木的中堂六件套家具。在家具的条案中间放着一个精致的四周镶嵌贝壳的黄花梨小照壁，照壁两侧是一对镂空粉彩寿桃六方帽筒。条案两侧花架上各放着一盆君子兰。在八仙桌两侧的两把太师椅上，此刻闫仁光和他的老婆正端坐在上面。

"爹，我想和你商量个事儿。"闫书伦在给父母请完安后，对他的父亲闫仁光说道。

"说吧！"闫仁光手里捻着一串菩提佛珠，微微地眯着眼睛。

"街头上我二叔家的开明求了我个事儿。"闫书伦说。

"啥事啊？"闫仁光问。

"南北街的杨忠诚想到咱们井上来下窑。"闫书伦说。

"你说啥？你忘了杨忠诚是南北街上的回族人了？还是你根本就没长记性啊？"闫仁光皱了一下眉头问道。

"爹，我是这样想的，咱不妨先收下他，然后……"

"放屁！"闫仁光忽然瞪起眼睛打断闫书伦的话呵斥道。

"爹，我是感觉有些事咱还是可以从长计议的。"闫书伦赶紧补充道。

"有啥计议的？你忘了你哥是咋死的啦？你个混账东西！"闫仁光把手中的佛珠往桌子上一扔说道。

"大早晨的和孩子发啥火呀？你先让孩子把话说完嘛！"闫书伦的母亲看了一眼闫仁光说。

"滚一边去！你个娘们家的懂个啥？"闫仁光冲老婆怒吼道。

"好好，我不懂！我不掺和行吧？"闫仁光的老婆撇了撇嘴。

闫书伦近前一步，端起桌子上的茶壶给闫仁光的杯子里满上水，然后退后一步对闫仁光说："爹，你先别急，听我慢慢和你说。我这样做也是想离间一下他们，让他们自己内耗，内斗，最好斗出点啥事儿来，也好给我哥哥报仇。"

闫仁光听闫书伦说完后没好气地说："这是闫开明那小子给你出的主意吗？你别看他和咱都姓闫，他可不是什么好东西，他和南北街上的那帮人是穿一条裤子的，你小心上了他的当！"

"不是的爹，是……"

"是啥？你呀还是少管他那家人吧！我一看见他爹闫书同就来气，他也整天和那帮人勾三搭四的！"闫仁光愤愤地说。

闫开明的爷爷闫仁启和闫仁光是亲兄弟，闫仁启是老大，闫仁光是老二。当初在闫老太爷过世后，兄弟二人因为分田产闹出了矛盾，自此两家人就少有来往。这些年，老大闫仁启一家就守着祖上留下来的那十几亩田地过日子，生活上一直没啥变化。而老二闫仁光却发达了，但是他却在闫满庄留下了为富不仁的坏名声。对此闫仁光却不以为然，他的一句名言就是"为仁不能富"。自从闫仁光和满家结怨后，他就要求庄里所有闫姓人家都不要和他们有来往，可是闫仁启一家却偏偏不听，这让闫仁光一直非常气恼。前几年闫仁启过世了，闫仁光要求家里人谁也不要去参加葬礼。后来他这边的人就只有闫书伦偷偷地送去了十块银元。因为闫书伦从小喜欢跟着闫开明的父亲闫书同的腚后头到处跑，闫书同也很喜欢这个小兄弟，经常给他买些好吃的，所以闫书伦和闫开明一家还有些亲情。

"这事儿和开明还真没啥关系，是他来求我时，我突然间有了这个主意的。爹，你可以先听我说说，你再琢磨琢磨有没有道理。"闫书伦显然还没有死心。

闫仁光从桌子上抓过那串佛珠，又眯起眼睛看了闫书伦半天，然后说："要是真能给你哥报仇，那我倒想听一听你的主意。"

原来这闫家的煤矿上多年来一直都不要南北街上的回族人，甚至都不卖煤炭给他们，南北街上的回族人要买煤炭都要多走上几里路到官庄去买，其实这些都是有历史渊源的。闫满庄自古民风淳朴，多年来汉回两族和睦相处，就是到了闫仁光他们这一辈，两族人才发生了摩擦和冲突，而这一切都是因为争夺利益。

平陵县这一带的地下蕴藏着大量煤炭，很早就有人在平陵开矿采煤，只是那时闫满庄并没有煤井，那主要是因为大家还都不知道在他们这脚底下也有煤。

十几年前，闫家想在自家地头上打一口浇地用的水井，没想到偶然间打出了煤，于是闫家就开始开矿采煤了。

看着闫家的煤井日进斗金，同样是闫满庄大户人家的满家就开始心有不甘了，于是他们也在自家的地里打井找煤，没想到也真挖出了煤。这样满家也开起了煤矿。按照煤井的位置，闫满庄的村民通常把闫家的煤矿叫南矿，把满家的煤矿叫北矿。两家煤矿的生意都很红火，煤炭都卖到了平陵城和济南府。那时虽然两家煤矿离得不远，但也相安无事。可是好景不长，一年后，两家煤矿井下的采煤巷道走到了一起，相互之间打通了，原来他们开采的是同一层的矿脉。这样一来双方为了争夺煤炭资源，互不相让，最后发展成了械斗。

冲突初期，由于闫家矿规模大，矿上的人要比满家的人多，满家矿上的人就吃了亏。他们吃了亏以后，煤矿主满弘坤就从周边一些村庄招来了众多的亲戚，把闫家煤矿上的工人全部打跑，把煤矿砸了个稀巴烂，连井架都给拉倒了，煤炭也给抢光了。

眼看着局面失控了，闫仁光的大儿子闫书年连夜出庄。也不知道他从哪里找来了一股土匪忽然包围了南北街。几百人的土匪手里有枪有炮，满家势力就是再能打，面对枪炮也只能屈服。

闫仁光的煤矿又重新开张了。开张那一天，闫仁光在东锦镇最大的酒楼里摆了十几桌酒席，请了这周边在社会上很多有头有脸的人。他想借此机会抖抖威风，让别人看看他闫家的势力。可是在酒桌上闫仁光却找不到他的大儿子闫书年了，直到酒席散场也没发现闫书年的影子。

闫仁光感觉事情不妙，立刻派人四处去寻找，直到天快黑的时候，他们才在位于东锦镇南面的东锦山上找到了闫书年的尸体，闫书年被人给杀死了。

闫仁光伤心不已，也怒不可遏，他猜测这件事情一定是满家干的，他誓言要报复。可还没等他再次安排人去找土匪，他的家里却来了土匪，而且这股土匪是平陵县境内势力最大、最有名的土匪头子张鸣九的手下。幸亏他家的家丁发现得早，及时关上了院门，也幸亏他家院墙高大结实，否则后果不堪设想。

待土匪们走后，他赶紧派人到自家矿上去查看情况，他猜想那里也一定遭了殃，可让他没想到的是土匪并没有去。闫仁光坐在家里想了半晌，最后他浑身直冒冷汗，他感到这件事情非常不简单，这可能才刚刚是个开始。现在土匪只到他家来，却没有去他家矿上，一定是有人在刻意安排。这是一个警告，也是个台阶，是让他见好就收，不要走得太远。如果他现在还不明就里，不识好歹，那更大的麻烦可能还在后面呢！看来他是低估了满弘坤了。因为土匪头子张鸣九谁不知道啊！那可是个杀人不眨眼，吃人不吐骨头的恶魔。能请动他出面那也说明对方是豁上了血本，铆足了劲要和他闫仁光拼到底。

闫仁光想他们闫家的家业积攒到今天也不容易，他家的围墙再高，再结实，能挡得住土匪一时，也不可能挡得住永久啊！再说了那煤矿就在那敞着呢，根本挡不住土匪啊！现在他已经搭进去了一个儿子，可不能再有什么其他闪失了，否则在他这里闫家就可能败家了，他就要愧对列祖列宗了！想到这里，闫仁光急忙派人去请乡绅姜重轩。

姜重轩果然没让闫仁光失望，他去南北街的清真寺找了白广甲阿訇。通过姜重轩和白广甲阿訇的居中调解，最后双方达成了协议。协议规定满弘坤关闭他家的矿井，把矿脉让给闫仁光。作为补偿，闫仁光给满弘坤两万块银元，同时把南坡的两百亩旱田转到满弘坤名下。从此闫仁光家继续开矿，做煤矿主，满弘坤则继续当他的大地主。井水不犯河水。至于闫仁光的儿子闫书年的死，因为双方各执一词，也就不了了之。但多少年来，这始终都是闫仁光心里一块深深的痛处。今天当他听到二儿子闫书伦能给他大儿子闫书年报仇时，他想他应该认真地听一听，在他的眼里，他的这个二儿子闫书伦还是很有些道道的。

闫书伦说："据我所知那满弘坤也要求他的家人和亲戚不要和咱家里人来往。杨忠诚他爹杨全兴可是满弘坤的表弟，今天咱把他的表侄招到矿上来了，你说他心里能是个啥滋味？其实当初金宗生要到咱矿上来，我就感觉到他们并不是铁板一块，最起码现在不是了。既然他们不是铁板一块了，那我们就有机可乘。再说了那杨忠诚可不是一般人物，他在南北街上可是很有影响力的，有好多年轻人整天都围着他转呢。再有现在日本人来了，集上的买卖不好做了，可这些人平时就是靠着赶个集养家糊口的。我觉得以后他们想下井的人肯定会越来越多。只要杨忠诚到咱矿上来了，那他们就会奔着他来。爹，你想想啊，那样他们是不是就分成两派了？只要咱把在咱这边下井的争取过来，到时候咱再给他们两派之间使点手段，咱岂不是可以坐山观虎斗了吗？另外，这些年咱井上挣的钱早就远远超过了他得的那点好处。咱也结交了一些人脉，咱早已今非昔比啦！我看给我哥报仇的时机已经成熟了！那日子也应该到啦！"闫书伦说到这里忽然激动了起来。

听完闫书伦的话，闫仁光低下头半天没有说话。

闫书伦的母亲有点忍不住了，她说："孩子，这冤冤相报何时了啊？咱祖祖辈辈都在这一个庄子里住着，抬头不见低头见的，这些年疙疙瘩瘩的，已经够别扭的了。你看这日本兵又来了，他们迟早会到咱庄里来闹腾地，还不知道明天是个啥光景呢！咱就别再生事啦，好不好？"

这时，闫仁光忽然猛地抬起头来。闫书伦的母亲被吓了一跳，她以为闫仁光又要对她发火呢，可是闫仁光却没有理会他老婆，而是对闫书伦大声说："你说得对，让他来！从今儿个起，不管是谁，只要他愿意到咱矿上来咱都要！另外那些人不好管，你就让杨忠诚去管！"闫仁光大声说道。

"爹，你这真是高见！"闫书伦敬佩地对父亲竖起大拇指。

"好，就这么去办吧！"闫仁光向闫书伦摆了摆手。

"好了爹，那我现在就去和开明说去，让他通知杨忠诚明天就到矿上报到。"闫书伦说完，转身要走。

"不，你亲自到杨忠诚家里去通知他。杨忠诚的爹刚没了，你买上几斤清真糕点看看他娘，再给他预支一个月的工钱，要按领班的工钱给。另外他去了矿上以后，你先带着他去东锦镇的王家清真馆子里吃顿饭，让几个领班一起去陪着，给他搞个欢迎宴。"闫仁光说。

"爹，这是不是太抬举他了？你这是……"闫书伦有点疑惑地问道。

"儿子，三十六计，你爹我懂，这离间计可是一出大戏。你就按爹说的去办吧！"没等闫书伦说完闫仁光就打断他的话。

"好！"闫书伦点了点头，然后退出了闫仁光的屋子。

"老爷，你这是唱的哪一出啊？"闫仁光的老婆很不解地问。

"我唱的是哪一出？离间计你懂不？哈哈哈！哈哈哈！"闫仁光仰头大笑起来，笑声一直从北屋传到了院子里，把一大早正在打扫院子的家人给吓了一大跳。

闫仁光家的煤矿规模不算大，生产方式也很原始。其实这里的人都只叫它为煤井，很少有人称这里是煤矿。由于最初的南矿井口是闫家打井找水时挖的，因此井口很小，发现有煤后就把井口扩大了一些。尽管如此，井口还不是很大，矿工上下和出煤都极不方便，眼下它的功能主要是用于通风，不过井口的井架依然保留着，一根曾经拴炭筐的粗绳子还垂在井边。北矿的井口因为一开始就是满家为了找煤而挖的，所以井口较大，上下井也比较方便，因此这里现在是闫家井的主出口。在这口井的上面有一个铁制的井架，架子上安放着一台人工绞车，绞车上吊着一个大炭筐。每天下窑的矿工就是从这里坐着大炭筐上上下下，从地下开采的煤炭也是从这里被源源不断地提到地面上来，然后再运到不远处的煤山上。这一切和日本人开的官庄煤矿相比要落后很多。

转眼间，杨忠诚已经在闫家的这个煤矿上干了大半年了。现在闫满庄南北街上的丁向山、金宗武，还有几个原来赶集做生意的年轻人也都来这里干了。果然不出闫书伦所料，这些人都是冲着杨忠诚来的。现在杨忠诚在闫家的井上负责领导一个采煤组，这个采煤组主要就是由南北街上来的族人组成的。

一天傍晚，已经在井下挖了八九个小时煤的杨忠诚和金宗武从井口上来。他们在矿上的澡堂子里匆匆地洗了个澡，就都换了件干净的衣服准备回家。这一天几乎是从早干到晚，他们都有些精疲力尽了。这时闫书伦在澡堂子门口拦住了杨忠诚。

"忠诚啊，你先等一会儿走，先到我办公室来一下，我有话和你说。"闫书伦对杨忠诚说。

"闫矿长，你有啥话就在这里说吧，宗武也不是外人。"杨忠诚指了一下身边的金宗武说。

"宗武当然不是外人，那这样吧，我今天请你俩吃个饭，咱们边吃边聊，咋样？"闫书伦看了一眼金宗武，然后对杨忠诚说。

"今天不行啊闫矿长，我得早回家，我娘身子骨不舒坦，咱还是改天吧！"杨忠诚说。

"我说忠诚啊！自打你来的那一天，我就想请你吃顿饭，可你就一直不给我这个面子。我看择日不如撞日，咱就今天吧？咱也不去外面吃，就在我的办公室里。我已经安排人从你表哥金宗才那里买来了熟牛肉。你放心忠诚，我大娘那里我现在就安排人请姜玉堂过去看她，花销算我的。今天你说啥也得给我这个面子。"闫书伦说着就伸出手来拉杨忠诚。

"谢谢闫矿长的盛情！今天真不行，我娘那脾气你是不知道，说好的事情，你要是不照着做，那她就会和你没完没了。今天早上我出门时，她就叮嘱我要早点回去，我应承她了，咱还是改天吧！"杨忠诚推开闫书伦的手说道

闫书伦看确实留不下杨忠诚就只好说："忠诚啊，你是南北街上有名的大孝子，既然和我大娘说好了，那我也就不难为你了。"

"那这样我先走了。"杨忠诚说着抬腿就要走。

"稍等忠诚，我还有话说。"闫书伦再一次伸手拦住杨忠诚。

"那你有啥事儿就快点说吧！"杨忠诚有些不耐烦了。

闫书伦没有理会杨忠诚的态度，而是说："忠诚啊，我本来有个事情想和你商量商量，既然你这么急着回家，那我在这里不妨也就直说了吧！事情是这样的，这官庄矿从去年就要收购咱这煤井，我一直没同意。现在官庄煤矿向咱们矿这个方向又开了一条新的巷道，这是要收购不成，就抢咱的煤啊！咱脚下的煤可都是咱平陵人的，咱不能都便宜了日本人，是不？日本人挖的煤都运走了，我挖的煤可是都留在咱平陵。我是想把咱前段时间你们在井下发现的那条向官庄矿方向的矿脉尽快进行开采，说不定他们现在开采的就是这条矿脉。咱要抢在日本人前面把煤炭都挖上来。"

"这事儿闫矿长你自己看着办就行了，也没必要和我一个下窑的商量不是？"杨忠诚反问道。

"唉！可问题是咱眼下的人手不够啊！"闫书伦叹了口气说。

"那我也没啥好办法啊！"杨忠诚双手一摊说。

"可我最近听说咱南北街上还有想要来咱井上下窑的，我就是想麻烦麻烦你再给我招些人手。你放心忠诚，这些人来了以后还都归你管，我再给你加点工钱，你看咋样？"闫书伦的语气里既有商量又有恳求。

杨忠诚看了闫书伦一眼说："加工钱倒是没有必要，不过这段时间还真有几个向我打听这矿上情况的。"

"那太好啦！那我就拜托你了！"闫书伦高兴地说。

"还是等我回到街上看看他们是不是真的想来再说吧！"杨忠诚说。

"好好好！那我也不耽误你时间了，你就早回吧！免得让我大娘等得着急，一切就都拜托了！"说完闫书伦对着杨忠诚拱了拱手，然后闪到了一边。

杨忠诚和金宗武抬腿向矿区大门口走去。

望着杨忠诚和金宗武远去的背影，闫书伦右手握紧了拳头，然后用力地在胸前挥了一下，嘴角露出一丝洋洋得意的微笑。

"忠诚哥，我大娘没事吧？"走出煤矿的大门后金宗武问。

"没事，还是老样子。"杨忠诚说。

"那你咋说我大娘身子骨不舒坦呢？"金宗武很不解。

"不这么说咋脱身？咱和他可不是一路人，那屁股坐不到一张桌子旁。咱堂堂正正地凭力气吃饭，和他们那种人还是少拉近乎，少扯落别的事为好。"杨忠诚说。

"那你还帮他招人吗？"金宗武问。

"帮他招人咋了？这也是帮咱街上的弟兄们混口饭吃嘛！现在大家生意都不好做。前几天马俊文赶着马车去给人家送货，在路上东西都被抢了，钱没挣到，还要赔人家货款。咱总不能看着南北街上的老少爷们没生意做，没有进项，都窝在家里被饿死吧！"杨忠诚说。

"忠诚哥，我可听说咱到闫家矿上来下井，你表大爷满弘坤一家可是很不高兴啊！你表弟满仲哲气得直跺脚，还在人前骂你吃里爬外，说要办了你呢！"金宗武说。

"那梁山好汉怕杀头，就不敢劫生辰纲了！再说了就他满仲哲那两下子，我借给他个胆子，他也不敢拿我怎样！"杨忠诚满不在乎地说道。

"可是今年咱平陵缺雨，地里庄稼收成不好，满家给短工降了工钱，可闫家煤井却给矿工涨了工钱，还要招人，这明明就是冲着满家来的。要是你这个时候再从南北街上领人来闫家矿上，那他家会不会真找你的事儿啊？"金宗武很担心地说。

"我又不是去拉别人，是别人主动来找我的，我怕啥？我做这事问心无愧啊！放心吧兄弟，他们满家不敢对我咋样的。"杨忠诚很自信地说。

"那就好，忠诚哥，我啥时候都信你的话。"听杨忠诚这么一说，金宗武似乎放心了。

杨忠诚和金宗武说着话进了南北街，他们分手后各自回家。

七

　　杨忠诚回家后，他先到北屋去看母亲。当杨忠诚掀开门帘子后愣住了，他看到满弘坤的大儿子满仲道正坐在自家的椅子上，椅子旁边的桌子上还放着两盒清真糕点和两包茶叶。他的母亲和他的姐姐、妹妹正坐在炕沿上和满仲道热情地唠着家常。两个外甥依偎在各自母亲身边，屋里一团和气的景象。

　　"哎呀！忠诚兄弟回来了，快进来，要不然就进来蚊子了。我婶子的身体不好，可别让蚊子咬着她老人家了！"满仲道站起身来，热情地把杨忠诚拉进屋里，好像这就是在他家里一样。

　　杨忠诚进屋后一屁股坐在椅子上，低下头，一句话也不说。

　　杨忠诚的母亲见状赶忙说："孩子，你表哥听说我身子骨不好，来看看我，正好你表哥也没吃饭，就让你妹妹做了几个菜，你哥俩聚聚，听你表哥说你俩也好久不见了。"说着，她就示意杨忠诚的妹妹去端菜。

　　"我吃过饭了。"杨忠诚头也不抬地说。

　　"你在哪儿吃的？咋吃得这么早啊？"杨忠诚的母亲问。

　　"在矿上吃的。"杨忠诚依然没有抬头。

　　满仲道看了看杨忠诚的母亲，又看了看杨忠诚，然后站起身来说："既然是这样，那我就先走了，改日我请表弟到我家里做客。这些年我不经常在庄里，也真是好久没和表弟坐下来叙叙旧了，不过不要紧，咱改日再叙。"说完，满仲道向门口走去。

　　杨忠诚坐在椅子上没有搭腔，也没有动。

杨忠诚的母亲着急了，她赶紧从炕沿上下来去拉满仲道："他表哥，这可是咋说的，你咋说走就走啊？"

满仲道用手挽住杨忠诚的母亲，一边把他扶回到炕沿上坐好，一边说："婶子你坐下，你身体不好要少下炕，改日我再来就是了。"满仲道说完转身掀开门帘走了出去。

杨忠诚的母亲对杨忠诚吼道："你这个木头！快去送送你表哥啊！"

杨忠诚很不情愿地站起身跟着满仲道出了屋门。

待他们走到大门过道里的时候，满仲道停下脚步，回过头来对杨忠诚说："忠诚弟弟，这些年我不大在庄上，很多事情我也不太清楚。我这次从青岛回来就听说你现在在闫家的井上下窑，还是个小头目。本来我不想掺和这些家里的琐事，可我爹和我弟弟非要让我来找你，我也就来了。尽管这些年咱两家少有走动，可满家和杨家毕竟是姑表亲啊！人常说'姑表亲辈辈亲，砸断骨头还连着筋'呢！兄弟，咱这胳膊肘可不能往外拐啊！我们知道你家里日子过得紧，这不我爹让我给你捎个话，说咱家南山那些地缺个管事的，这想来想去还得用自家亲戚才放心不是？我爹和我弟弟都想让你过去。你放心，不是让你去打短工，是让你去长期管事，以后那地里大大小小的事情就都由兄弟你说了算。这工钱好说，就照着闫家矿上的两倍给。你合计合计，然后给我个回话。"说完，满仲道转身出了杨忠诚家的大门。

杨忠诚关上大门，快步回到母亲住的北屋，他从桌子上拿起那两盒糕点和两包茶叶，掀开门帘子，狠狠地砸到了院子天井里的石磨上，糕点和茶叶扬了一地。

杨忠诚的举动让屋里的人都愣住了。姐姐和妹妹的两个孩子赶紧冲到门口，他们要到院子里捡散落在地上的糕点。从来不对两个外甥发火的杨忠诚对他们大声喝道："你们谁要出去捡着吃了，我就砸断你们的狗腿！把你们撵出去！以后再也不许你们进这个家门！"说完，杨忠诚冲出北屋，一头扎进自己的小东屋里，关上房门，一屁股坐在椅子上，大口大口地喘着粗气……

南北街上又有几个人跟着杨忠诚到闫家井上下窑去了，这让正愁着雇不到秋收短工的大地主满弘坤怒不可遏。他把满仲道和满仲哲两个儿子叫到自己屋里，大声嚷嚷道："杨忠诚这个不知好歹的兔崽子！真是给脸不要脸啦！这些年他眼里没我这个表大爷也就算了！现在倒好，他居然和闫家一起和咱唱起对台戏来了！看来不给他点颜色看看，他是不知道马王爷有几只眼的！"

"爹你没必要生气，让我去教训教训他，他就老实了！"满仲哲安慰道。

"咋教训？他人高马大的，你能打得过他还是咋的？"满仲道对满仲哲不屑地说。

"哼！还用我亲自出马吗？"满仲哲嘴一撇，恶狠狠地说。

"怎么？你再去找土匪？你可别忘了，咱奶奶和他爷爷可是一奶同胞，咱们可是砸断骨头连着筋的姑表亲，那是有血缘关系的你懂不懂？你做事不要太无情了好不好？"满仲道不满地说。

"狗屁血缘关系！亲戚咋了？他姓杨，咱姓满，他现在可是和咱的仇家穿一条裤子。这回儿管不了他是不是亲戚了！我已经忍他很久了，早就想办了他！"满仲哲大声说道。

"好，那你去办吧！你连自己的亲戚都不放过，你是想把咱南北街上的人都得罪光吗？那样看咱满家以后还怎么在南北街上立足？"满仲道回呛道。

"好啦！好啦！你们哥俩就别吵了！"满弘坤极不耐烦地打断两个儿子的争吵。

满仲道和满仲哲都不再说话了，满弘坤也低下头沉默了起来。

过了一会儿，满弘坤抬起头深深地吸了口气，然后又把那口气长长地吐了出去。他对面前的两个儿子说："杨忠诚的事先放一放，不过咱也不能就这么算了。亲戚归亲戚，仇口归仇口，一码是一码，咱现在不和他计较是让着他，如果他就是不识好歹，那咱也真的顾不了那么多了！他既然不仁，也休怪咱不义啦！制不住这小子，以后咱满家在南北街上还真没脸立足了！"

"就是嘛！"满仲哲附和道。

满仲道瞪了一眼满仲哲，没有再说话。

满弘坤接着说："咱当下最棘手的事情是闫家矿那边提高了矿工的工钱，庄里一些见钱眼开的东西都跑到他们那边去了，而咱这边今年收成不好，要是给短工也提高工钱，那就亏大了！可眼下地里的庄稼又不能不收，你们哥俩看看该咋办？"

满弘坤说完，满仲道和满仲哲面面相觑，半天都没有说话。

满弘坤看了看两个儿子，然后对满仲道说："这样吧仲道，你暂时先别回青岛了，把你手头的事情放一放，先和仲哲一起到淄川那边去找些短工来。承诺他们管吃管住，工钱照旧。"

"要是工钱照旧，我觉得庄里还是有人会来的，毕竟下窑是把脑袋别到裤腰带上，咱干吗舍近求远呢？"满仲道有些不解。

"你只管去招工，剩下的事交给你弟弟去办，你就别操心了，农时不等人，咱得抓紧时间把地里的庄稼都收回来，别让闫家看了咱的笑话。"满弘坤说。

满仲道看了一眼满仲哲，满仲哲把嘴角一扬，没有说话，好像他早就领会了他爹的意思。

"好，就按爹的意思办。"满仲道冲着满弘坤点了点头说。

满弘坤又对满仲哲叮嘱道："仲哲啊，你记住，杨忠诚的事一定要先放一放，至于是不是办他，啥时候办，怎么办都听我的。"

"知道了爹。"满仲哲答应道。

"好了，你们都去吧！"满弘坤摆了摆手。

满仲道和满仲哲一起退出了满弘坤的房间。

一个月明星稀的夜晚，杨忠诚和金宗武、丁向山从闫家煤矿下夜班后，回到了闫满庄的南北街。金宗武和丁向山都住在后街，杨忠诚住在前街。他们在清真寺门口分手，杨忠诚就独自走进了一条胡同，穿过这条胡同就能到达前街，杨忠诚的家就在胡同口上。

在清真寺旁的这条胡同平时很少有人走，晚上走的人就更少了，这主要是因为胡同很深，两边都是高高的院墙，再加上紧邻着青砖黑瓦的清真寺，胆子小的人走在这里往往会感觉到有点后背发凉。不过杨忠诚是从来不顾及那些事的。他从小就有个绰号叫"杨大胆"，今天晚上他又像往常一样走这条胡同回家。

在前街的胡同口上有一个高高的牌楼，这里原来是金家的一个楼门，后来楼被扒了，只留下了一个牌楼。当杨忠诚走到胡同中间时，他忽然发现在牌楼处有一个人影在月光下一闪而过。

"都已经是后半夜了，怎么街上还有人呢？"杨忠诚心里犯起了嘀咕。按说这个时候只有南北街上在煤井上下窑的人下班回家才会出现在街上，可是今天从井上回来的就他和丁向山、金宗武三个人啊？正在杨忠诚感到疑惑时，又有一个人影闪了过去。

"是谁在那里？"杨忠诚停下脚步大声问道。

杨忠诚话音还未落，忽然有两个人同时出现在了胡同口，接着就是几块石头呼啸着向他这边飞了过来。杨忠诚赶紧向旁边躲闪，但是由于事发突然，杨忠诚的头还是被一块石头打中。杨忠诚用手一摸，感觉到手上黏乎乎的，他心里明白这是头被打破了。

"贼羔子！你他娘的敢砸我？有种的别跑！"杨忠诚边喊边不顾一切地抬腿就向那两个人冲了过去。那两个人见状拔腿就跑。

杨忠诚冲到胡同口，借着月光，他看到两个人影沿着街道向南跑了。杨忠诚没有驻足，他用一只手捂着头，一边追赶，一边大声喊道："抓坏人啊！快抓坏人啊！"

杨忠诚这样喊，倒不是真希望有人会出来帮他，他心里清楚在这兵荒马乱的年月，是不会有人在这大半夜里敢轻易出门的。他这样做主要是想吓唬那两个人，好让他们慌不择路，最好能被什么东西绊倒，那样他就可以抓到他们了。

杨忠诚一直追到南北街的南口。这时跑在前面的两个人影忽然就不见了。杨忠诚停下脚步，他心里暗想："哎？人跑哪儿去了呢？"

正在他左顾右盼找人的时候，从南北街的北面又跑出来了两个人，他们径直奔向了杨忠诚。身后的脚步声让杨忠诚心头一惊，他猛地转过身来，但是还没等他做出反应，就听来人喊道："忠诚哥！忠诚哥！"原来是金宗武和丁向山。

金宗武和丁向山与杨忠诚分手后没走出多远就听到了杨忠诚在胡同里的喊声，他们不知道发生了什么事情，也顾不上多想就急忙转身向胡同这边奔了过来，他们进了胡同没有看到杨忠诚，就又循着杨忠诚的呼喊声赶到了这里。

"咋了，忠诚哥？"金宗武和丁向山几乎同时问道。

"让人扔黑石头了。"杨忠诚用手捂着头说。

"看清是谁了吗？"丁向山问。

"没看清，撵到这里人就不见了。"杨忠诚显得很沮丧。

金宗武走到杨忠诚近前，借着月光看到杨忠诚的脸上已经流满了血，他赶忙从身上掏出一条白毛巾，让杨忠诚把手拿开，然后把毛巾给杨忠诚缠在头上，并自言自语道："这能是谁干的呢？"

"还能有谁？"杨忠诚愤愤地说。

"先别想是谁了，咱赶紧去找姜玉堂处理一下伤口吧！我看伤得不轻。"丁向山说。

"这么晚了人家早就睡了，赶明天再说吧！"杨忠诚用手摸了摸头上的毛巾说。

"不行！今天晚上必须得去，睡了就把他叫起来。"丁向山边说边和金宗武一起硬拉着杨忠诚向姜玉堂的小诊所疾步走去。

姜玉堂家也是一套两进式四合院，姜家的小诊所和药铺就在前院的南屋里。杨忠诚他们到了大门口，金宗武就上前使劲地敲门。杨忠诚说："小点声，别惊到了四邻。"

"声小了他听不到。"金宗武说道。

金宗武敲了几下门后，门就开了。睡眼惺忪的姜玉堂透过门缝看到头上包着毛巾、脸上黑乎乎的杨忠诚，愣住了。

"让坏人扔了黑石头。"丁向山挤到门前说。

"快！快进来！"反应过来的姜玉堂赶忙敞开大门让他们进院，然后把他们领到小诊所里，让杨忠诚坐在椅子上。

姜玉堂点上煤油灯，又点上了一根蜡烛，让金宗武拿在手中照着亮。他先把杨忠诚脸上的血迹擦去，然后解下杨忠诚头上的毛巾，用酒精棉球把血迹都擦拭干净后，认真地查看着伤口，他很庆幸地说："幸亏这石头是擦着头皮过去的，要是正中在头上那麻烦可就大啦！"

"拿石头砸，这他娘的下手可够狠的！"金宗武愤愤地说道。

姜玉堂给杨忠诚处理好伤口，敷上药，用纱布绷带把伤口包好，然后对杨忠诚说："忠诚兄弟啊，今后你可得要多留点心了！这深夜扔石头，可轻可重，那想把你砸死的心也是有的呀！"

"我知道了，谢谢玉堂哥！噢，对了玉堂哥，我今天晚上身上没带钱，明天我把钱给你送过来。"杨忠诚站起来对姜玉堂说道。

"你就别说这见外的话了，只要你好好的，我一直有你这么个好兄弟那就比啥都强。"姜玉堂拍着杨忠诚的胳膊说道。

"那不行，咱该咋地就是咋地，这么晚了还来麻烦你就已经很过意不去了，这钱你说啥也得要。"杨忠诚很倔强地说道。

"快回家吧！再晚了，我大娘就该担心了。"姜玉堂说着就把杨忠诚推出了诊所。

丁向山和金宗武跟着杨忠诚出了姜玉堂家。他们三个人走到那个胡同口后，丁向山说；"忠诚哥，你先叫门，我们两个看着你进家。"

"放心吧，今天晚上他们是不敢再回来了，要是他们回来，那我正等着呢！天不早了，也折腾了你俩大半宿，你们也快点回去吧！"

"忠诚哥，你明天下午还去不去下井？需不需要我给你请个假？"金宗武问。

"去！当然去啦！只要他们砸不死我我就耽误不了我下井！"杨忠诚很不服气地说。

大地主满弘坤家的院子门刚打开不久，一个不速之客就闯了进来，这个不速之客就是杨忠诚。

在满弘坤家的客厅里，面对突然出现在眼前的杨忠诚，满弘坤很是惊讶。不过满弘坤可是个闯荡过大江南北，见过世面的主，他很快就镇定了下来。他上下打量了一番杨忠诚，然后不阴不阳地问："怎么？这大清早的你小子头上扎着个孝布子，这是来给谁报丧啊？"

"给你！"杨忠诚怒瞪着双眼说道。

"给我？哈哈哈！笑话！我现在可是活得好好的。不过要是我真的有一天无常了，你给我戴孝那可是正应该的，我和你爹可是亲姑舅兄弟。"满弘坤说。

"呸！你也配？"杨忠诚向地上吐了口唾沫。

"哎你个小兔崽子！你想在我家里撒野吗？"满弘坤也瞪起了眼睛。

这时满弘坤的两个儿子满仲道和满仲哲也赶到了客厅里。

"杨忠诚，你想干啥？我家可不是你撒野的地方！你放明白点儿！"满仲哲冲着杨忠诚嚷道。

"我也让你放明白点儿！有本事光天化日里明刀明枪地来！我杨忠诚要是怕你，我就不是人养的。别净使这些下三烂的阴招损招丢人！"杨忠诚用手指了指头上的纱布绷带说。

"哎哎哎！等等，你小子说清楚，你这是啥意思？"满弘坤用手指着杨忠诚质问道。

"啥意思？啥意思你难道不明白吗？你就别揣着明白装糊涂了好不好？"杨忠诚对满弘坤说。

"啥叫揣着明白装糊涂啊？你把话给我说清楚了！"满仲哲指着杨忠诚质问道。

满仲道对满仲哲摆了摆手，然后他走到杨忠诚近前笑了笑说："表弟啊，你是无事不登三宝殿呢！我看今天你来这里，一定是误会什么事情了。这样吧！咱还是坐下来慢慢说，你看咋样？"说着，满仲道从身边拉过来一把椅子，示意杨忠诚坐下。

"你家的椅子太金贵，我这穷腚坐不起！"杨忠诚瞥了一眼满仲道。

"不坐就不坐，那哥哥我也陪你站着，只是弟弟你这一大清早就来这里和你大爷闹腾，总得说个为啥吧？要不然大家都被你蒙在鼓里了。"满仲道干笑着说道。

"该明白的都明白，还用我说吗？"杨忠诚挺了挺身子。

"别啊，有啥事还是说清楚了，哪个庙里没有冤死的鬼啊？你今天不把话说明白，可能真是要冤屈死人的！"满弘坤说。

"那好，那我就明说了，有本事的就别不承认。"杨忠诚说。

"说吧！"满弘坤眼睛盯着杨忠诚。

"昨天晚上是谁向我扔黑石头？有本事的就在这里承认了！"杨忠诚也用眼睛盯着满弘坤质问道。

满弘坤看了看杨忠诚头上缠着的纱布，然后把目光移向满仲哲。满仲道也把目光移向满仲哲。

"都看我干啥啊？这事跟我可没啥关系啊！"满仲哲赶紧分辩道。

"真不是你干的？"满弘坤很严肃地问满仲哲。

"爹，真不是啊！要是我干的，我当着杨忠诚的面也敢承认，难道我还怕他不成？"满仲哲瞪起眼睛说道。

"老二啊！忠诚可是咱的知己亲戚啊！"满仲道对满仲哲说。

"大哥，我是说过要教训教训杨忠诚，可那都是气头上说的话啊！也只是说说而已，今天这事儿真不是我干的呀！你们不能都冤枉我啊！"说到这里，满仲哲急得脸和脖子都红了。

满弘坤看了看满仲哲，然后端起桌子上的茶杯喝了一口水，自言自语道："这就有点复杂啦！"

杨忠诚从鼻子里哼了一声说道："你们就别再演戏啦！"

满弘坤没有理会杨忠诚的态度，而是面容变得和善了起来，他问道："忠诚啊，你好好想一想，你莫非是得罪了什么人了？"

"我就得罪你家里了！街上的人跟着我去闫家井下窑，你们心里就不舒坦。满仲哲在外面当着人的面就说要办我。不是你家干的还能是谁家干的？好汉做事好汉当嘛！"杨忠诚愤愤地说。

满弘坤摇了摇头，又叹了口气，然后一脸关心的样子说："忠诚啊，我现在可以肯定地告诉你，这事不是我们满家人干的，至于你信不信，那就看你了。在这里你表大爷我想和你说几句实在话。你这孩子，我是看着从小长大的，你和你爹不一样，你爹老实了一辈子，也没多大能耐。从前你要是不那么死要面子穷要强，但凡你在你大爷面前低低头，张张口，你家的日子也不至于过成现在这个样子，你也更不至于混得去下煤窑。那下窑是两块石头夹着一块肉啊！那是拿命去赌钱啊，你知道不？那窑上死的人还少啊？知道我当初为啥把那煤井让给闫家吗？是我满家怕他闫家吗？不是！咱怕过谁啊？那是咱心善，干不好那营生。再说了那日本人对平陵的煤炭一直虎视眈眈。你看着现在闫家的煤井天天都在挣钱，那白花花的银子让闫仁光高兴得睡不着觉。你放心，那些钱早晚都是人家日本人的。忠诚啊，你这孩子做人本分又善良，这些都和我那早无常的娘一个样。不管咋说，咱都是实在亲戚，即便是我们满家对你从前做的一些事有看法，但还不至于对你下死手啊！如果我那样做了也对不起我姥娘、姥爷和我亲娘啊！可话又说回来了，要是没有这层关系那还真就不好说了呢！咱心善不假，那也不是让人欺负着玩的！这些年你表大爷我不惧怕闫家，在闫满庄能守住这么大的一份家业，那也说明咱也不是好惹的！孩子，这个世道挺复杂的，你还是回去自己睡不着觉的时候好好想想吧！"

满弘坤对杨忠诚说完这一番话后又对满仲道说："仲道啊，你去前面账房支几块银元给忠诚拿上，让他在家里好好休息几天，养养伤，就先别去下窑。"然后，满弘坤又对满仲哲说，"仲哲啊，你去外面好好打听打听，看是谁给你表哥扔的黑石头。如果查到了就给我办了他。你全兴表叔不在了，我这个当大爷的要给孩子出这个头！在这闫满庄上还有敢欺负我满弘坤亲戚的？还反了他们呢！"

"是的爹。"满仲道和满仲哲连连应允。

"多谢啦！可我不需要！"说完，杨忠诚转身迈步，头也不回地出了满弘坤的家门。

杨忠诚走后，满弘坤沉吟半晌，然后若有所思地说："这就奇了怪了。这些年没听说杨忠诚他家里得罪过啥人啊？"

"哼！这个可难说，杨忠诚现在是闫家井上的领班，谁知道他会和什么人结下仇口呢？"满仲哲说。

满弘坤看了看两个儿子，很惆怅地说道："看来这个人今后是很难能和咱坐到一条凳子上啦！你说咋会有这么大的积怨呢？唉！"

八

1940 年，日本为了加强对胶济铁路沿线煤炭资源的控制和掠夺，专门调来伪满洲国民生部次长宫泽帷重担任山东矿业公司董事长，同时兼任官庄矿业公司董事长。宫泽帷重是一个经济学家，也是一个殖民主义者，更是一个双手沾满了中国劳动人民鲜血的刽子手。他一上任就迅速成立"平陵矿业所"，意图使平陵县境内所有的煤矿都完全成为日本的殖民企业，使平陵蕴藏在地下的煤炭资源都成为日本人的财富。

为了达到这个目的，同时加强对中国矿工的管理和统治，在宫泽帷重的主导下，山东矿业公司建立了特务组织，名字叫特务大队，由公司警务科直接领导，并在各煤矿成立相应的分支机构，官庄煤矿也建立了特务队。特务大队不光是管煤矿上的事情，它实际上是遍布平陵全境的一个特务组织，是日本人的耳目和鹰犬。时下，特务队是个什么组织，具体是干什么的，好多人一时还搞不清楚，但是官庄煤矿特务队的队长大家却对他都不陌生。他就是闫满庄南北街上大地主满弘坤的二儿子满仲哲。满仲哲已经公然投靠了日本人，明目张胆地当起了汉奸。

其实，满仲哲投靠日本人的心思早就有了，当初在日本人来到平陵后不久，满仲哲就想去投靠了，只是那时他爹满弘坤和他哥哥满仲道坚决反对，他才没有去。满仲哲投靠日本人主要还是想给满家再找个靠山。这些年来他一直担心煤矿主闫仁光家会来报复他家，有时他做梦都会梦见闫家派人来追杀他，搞得他整天提心吊胆。满仲哲心里清楚，当年在闫满庄包括闫仁光家在内的很多人都知道闫书年就是死在他们满家人手里，只是那时闫家惧怕他满家的土匪靠山，而对他们无可奈何。后来日本兵来了，并在平陵地界驻扎下来，成了这里最有势力的老大。满仲哲就一直担心闫家去投靠日本人。后来他发现闫家的煤井和日本人的官庄煤矿一直龃龉不断，他才稍有些放心。可是现在他感到日本人对闫家的煤井已经势在必得了。尤其是日本人成立了平陵矿业所后，明眼人都能看出日本人的司马昭之心。那日本人和闫家的合作就是早一天晚一天的事。如果闫家和日本人真走到一起，那他满家的好日子就到头了。于是满仲哲感觉事不宜迟，自己要抢先一步赶快靠上日本人，否则可能就晚了。

满仲哲拿定主意后就去找他爹商量。他知道如果没有他爹的同意，那一切都是白想。满仲哲在找他爹商量之前，已经想好了很多说服他爹的话，也做好了再挨他爹一顿臭骂的心理准备。可是这次让满仲哲没有想到的是他们父子俩居然想到一块去了。

满弘坤从前确实是不同意满仲哲去投靠日本人的，那时他认为日本人成不了气候。他心想就日本那么一个弹丸小国怎么可能吞得下中国这么大的一个国家？日本人充其量就是像德国人那样在这里捞上几年好处，然后就拔腚走人了。可后来满弘坤发现这些年日本人不但没有走，而且越做越大。在他看来照这样发展下去，那再过几年山东归了伪满洲国也是说不准事儿，因此现在已经有了这种思想的满弘坤不但欣然同意了，而且他还让满仲哲马上准备厚礼去拜访官泽帷重。

满仲哲在平陵城里官泽帷重的府邸见到了官泽帷重。这个日本人在济南城、平陵城和官庄都有自己的住所。官泽帷重对满仲哲的投奔非常高兴。他也早就听说过闫满庄南北街上的大地主满家。看着一表人才，受过高等教育，又谈吐不俗的满仲哲和桌子上那一堆用红纸包着的成卷成卷的银元，官泽帷重笑得合不拢嘴。他二话不说就直接委任满仲哲为官庄煤矿特务队的队长，并送给他一把崭新的日本造手枪。

满仲哲拿着官泽帷重亲颁的委任状和崭新的手枪回了家。满弘坤一见满仲哲如此深得官泽帷重的赏识也高兴得合不拢嘴。去年冬天，满弘坤把满家的土地全都租了出去。虽然这样会少赚钱，但也落得个省心。现在儿子又得到了日本人的重用，那他今后就不但是省心也就更放心了。这些年他和儿子一样也一直担心闫仁光家会来报仇。

正在满弘坤和满仲哲爷俩高兴地商量准备晚上在家里祝贺一下时，满弘坤的大儿子满仲道从外面回来了。

　　"大哥你看！这是皇军给我的委任状和配发的武器，我现在就是官庄煤矿特务队的队长啦！以后看谁还敢动咱满家？"满仲哲一见满仲道进来，就赶忙拿出委任状和手枪在满仲道面前炫耀。

　　满仲道一下子愣在那里了，他目光疑惑地看向满弘坤问："爹，这是怎么回事？我这不是在做梦吧？"

　　满弘坤笑着说："啥做梦啊老大？来，你快坐下，让爹好好和你说说这事儿。人常说啊时地之移人，此一时彼一时……"

　　"爹，你们这是要当汉奸啊？这是要玷污咱的名声啊！"满仲道瞪着惊恐的眼睛打断了满弘坤的话。

　　"大哥，你别说话那么难听好不好？什么叫当汉奸啊？这叫识时务者为俊杰。那闫家要是下一步投靠了日本人，那咱满家还有活路吗？咱满家和闫家可是有血海深仇的啊！"

　　"那都是你惹的祸！你造的孽！和别人有什么关系？"满仲道冲着满仲哲吼道。

　　"大哥，你这样说我就不爱听了，做那些事情还不都是为了咱这个家吗？"满仲哲不服气地反驳道。

　　"行啦！你们哥俩就别吵啦！"满弘坤打断了满仲道和满仲哲的争吵，然后他对满仲道说，"仲道啊，不是当爹的说你，你今年在青岛做的生意赔本了，粮店也关门了，这些我都没有说过你吧？我知道你和你弟弟去淄博招短工耽误了生意，再加上年时的粮食成色确实不好卖。可是当年你去青岛时，爹对你是有过交代的啊！爹就是想让你到那里以后，立住脚，然后结交一些有权势的人，给咱满家再找个靠山。可你除了在那里找了一个喝洋墨水的媳妇还做了些啥？这些年家里家外不都是我和你弟弟在操持吗？你爹我老了，今后你们兄弟俩得齐心协力把咱满家的这份家业传下去才是啊！人常说'兄弟齐心，其利断金'，那有些事情你还得帮衬着你弟弟才对啊！"

　　满仲道低下头，气呼呼地喘着粗气，没有再说什么。

"好了，咱先不说这些陈芝麻烂谷子的事了，今天晚上咱家里摆宴席，请亲戚和街坊四邻，给你弟弟祝贺一下。"满弘坤说。

"你们爷俩祝贺吧！这汉奸的骂名我誓死不背！我要回青岛了，赔了的生意我再去赚回来！"说完，满仲道转身就走。

"你敢！"满弘坤吼道，"你今天要是敢踏出这个家门，我就没你这个儿子！"

"你要是去当汉奸，我也没你这个爹！"满仲道一边大声说着，一边头也不回地走了。

"走吧走吧！你这个兔崽子！出了这个家门你就再也别想回来啦！"满弘坤对着满仲道的背影气急败坏地吼道。

满仲道走了，而且他真的就不再回来了。为此，满弘坤经常唉声叹气，不过满仲哲对此却一点都不关心，他现在关心的是官庄煤矿收购闫家煤井的事。按说这件事情不归他管，但是满仲哲心里有他自己的盘算，他想借此事在日本人面前展示一下自己的本事。他觉得宫泽帷重对他有知遇之恩，他心里清楚宫泽惟重非常想得到闫家的煤井。他要通过办成这件事情来报答宫泽惟重。同时他也能一箭双雕地整治闫家。这些年闫家一直让满仲哲如芒在背，毕竟他雇人杀了闫书年，尽管那是形势所迫，他们满家必须要灭掉闫家的威风，出口恶气。可终究是欠了闫家一条人命啊！满仲哲有时在想是不是当时可以不杀闫书年，而是采取别的办法让闫家屈服？因为他和闫书年太熟悉了，他们从小就在一个庄子里长大，也曾经称兄道弟过，这样一个人死在了他的手上，他的心里多少都不是滋味。那天在东锦山上，土匪杀死闫书年后要把他的头割下来挂在树上，满仲哲坚决不同意。他对土匪说，我们都是街里街坊的，就给他留个全尸吧！当时土匪很轻蔑地看着他说了一句话："你这个人这辈子干不成什么大事！"那一幕，这些年过去了，满仲哲一直忘不了。更让满仲哲没想到的是闫家接管了满家的煤矿后，竟然一声不响地埋头经营起了煤炭生意，对外也不再提及闫书年被杀一事，好像什么事情都没发生过。这种平静却让满仲哲感到很不寻常。满仲哲心里清楚闫家人绝非等闲之辈。闫仁光和闫书伦在闫满庄周围也是响当当的人物，闫仁光还有个外号叫"老狐狸"。这父子俩要是没有本事，当年他们也不能最先请来土匪，也不能在东锦镇最大的酒店里摆上十几桌酒席请来社会上有头有脸的人坐镇来向他们满家示威。更重要的是，这些年闫家煤井一直顶住了官庄煤矿的收购，那官庄煤矿可是日本人开的煤矿啊！

满仲哲确信闫家早晚会报复他们满家，从去年闫家煤井开始要杨忠诚他们，满仲哲就感觉到了闫家的风吹草动。他知道以后一切都不会再像从前那么平静了，两家也不会再相安无事了。有恩就是有恩，有仇就是有仇，这仇口既然结下了怎么可能会烟消云散呢？尤其是后来他们满家雇不到短工，闫家却在煤井上提高矿工工资，满仲哲就更感觉到闫家报复满家的脚步已经加快了。尤其是在杨忠诚被打后到他满家来闹事，这更让满仲哲有点坐不住了。他闻到了山雨欲来风满楼的气息，感受到了问题的严重性。因为他心里清楚杨忠诚不是他安排人打的。既然不是他们满家，那会是谁呢？杨忠诚和他家是亲戚，虽然这些年少有来往，但是杨忠诚的为人满仲哲心里清楚。杨忠诚不可能有其他什么仇人，这背后一定是有人在捣鬼。不用说，这定是闫家栽赃陷害，想借刀杀人。杨忠诚在南北街，乃至整个闫满庄的青年人中都是有些影响力的，他的周围聚集了一帮弟兄，是一股不可小视的力量。满仲哲心想，看来这闫家和他们满家是在下一盘复仇的大棋啊！这能不让他害怕吗？

但是自从满仲哲当上官庄煤矿特务队队长后，他的心态就彻底变了。他觉得他现在手里有枪，身边有人，背后又有势力最大的日本人做靠山，他不需要再怕谁了。此刻他不由得怒从心头起，暗暗地发狠道："闫家，你不是要报仇吗？那就干脆放马过来吧！你不来我就去找你，咱别下什么棋了，干脆掀桌子吧！"

在满仲哲眼里收购，或者干脆就叫吞并闫家的煤井那根本不是什么费力的事情，因为他打着日本的旗号，在做日本人想做的事，有日本人撑腰，只要他够狠，那他什么事情办不成呢？于是他拿定主意后就立刻带着十几个全副武装的特务骑着自行车，杀气腾腾地来到闫家的煤井上。

满仲哲让人把闫书伦叫到自己面前大声质问道："闫书伦，你认识我吗？"

"认识咋样？不认识又咋样？"闫书伦眼睛斜了一下满仲哲反问道。显然闫书伦并没有把满仲哲放在眼里。

满仲哲并没有为闫书伦的蔑视而生气，他冷笑了一下说："认识，咱就说街里街坊的话，不认识，咱就说官话。"

"说官话？满仲哲，不瞒你说，当官的我见得还真不少，不过像你这么大的官我还是头一回见，我倒真想听听你满仲哲能说出什么样的官话来！"闫书伦嘴角上扬说道。

"那好，那你就听听我说的官话！大日本皇军看上你的煤井了，咋样？让出来吧！"满仲哲挑了挑眉毛，眼睛看着闫书伦。

"我当你能说出什么官话来呢，原来就这个呀！那日本人看上我的煤井也不是一两天了，他们都奈何不了我，咋地？你现在说让我让我就让啊？你是比日本人厉害，还是比日本人面子大呀？我看你有点自不量力吧！"闫书伦和满仲哲四目对视着说道。

满仲哲啪地一拍桌子吼道："闫书伦，我看在乡里乡亲的面子上想好好和你谈谈，看来你是不识相，想敬酒不吃吃罚酒啊？"

闫书伦耸了耸肩膀说："敬酒也好，罚酒也罢，随你便，我倒要看看你满仲哲有多大的本事。"

满仲哲咬着牙点点头说："那好，那咱换个话题，我们特务队已经得到可靠情报，在你的矿工里有'赤嫌'，而且人数还不少。我限你一天时间找出这些'赤嫌'，然后把他们交给我。你要是不交，那就是私通'八路'！你给我记住，明天的这个时候我来带人！走！"说完，满仲哲站起身向随行的人一挥手。

满仲哲走后，闫书伦站在原地半天没动地方，他做梦都没想到满仲哲最后会和他来这么一手，他真有点不知所措了。

满仲哲回到自己的办公室，坐在椅子上，跷着二郎腿喝着茶，他的心情特别舒畅。今天闫书伦对他的态度，他早有思想准备。这些年的冤家对头，他闫书伦怎么可能一夜之间在他满仲哲的面前就屈服了呢？不过不要紧，好戏才刚刚开始。满仲哲深信他借着日本人的势力，一定能为官庄煤矿收了闫家的煤井，只要闫家的财路被断了，他就可以利用自己手中的权力彻底整垮闫家，以绝后患。满仲哲心里这样想着，脸上露出得意的表情。

正在满仲哲洋洋得意的时候，有人过来叫他到宫泽帷重的办公室去一下。满仲哲赶紧一路小跑着去了宫泽帷重在官庄煤矿的办公室。宫泽帷重见满仲哲进来，站起身来迎接。满仲哲有点受宠若惊，他赶忙请宫泽帷重先坐下，然后自己恭恭敬敬地坐在宫泽帷重的对面。

"仲哲君，你上任以来干得很好，公司警务科都向我汇报了，大日本帝国就需要像你这样的朋友。"宫泽帷重微笑着说道。

"董事长过奖了，我做得还很不够，还需要您多多栽培和提携。"满仲哲赶紧站起来谦虚地说道。

"坐下，坐下，不要那么客气嘛！"宫泽帷重招了招手。

满仲哲又恭恭敬敬地坐回椅子上。

宫泽帷重接着问满仲哲："听说你去闫家煤矿了？"

"是的！是的！"满仲哲一边回答着一边又要站起来。

"坐着说嘛！"宫泽帷重用手示意满仲哲不要再站起来。

"好的！好的！"满仲哲连连应承道。

"关于闫家煤矿的事情，今后你就不要再管了。"宫泽帷重笑了笑对满仲哲语气和缓地说道。

"可是……"

"我知道你的一番美意。"宫泽帷重打断了满仲哲的话，然后接着说，"我们日本人是讲道理的。闫家煤矿不愿意和我们合作，那就先不合作，等到他们愿意的时候，我们再合作也不迟，千万不可强人所难。我们大日本帝国和你们中国要亲善友好，要共同建立大东亚共荣圈，共享荣华富贵，你的明白吗？"

"明白！明白！"满仲哲连连点头。

"好吧，那就这样吧！仲哲君你公务繁忙，就先去吧！"宫泽帷重说完笑着站起身来。

满仲哲也赶紧站起身，脸上赔着笑容，弓着腰退出宫泽帷重的办公室。

满仲哲回到办公室，半天没缓过神来。他摸着自己的脑袋在想宫泽帷重这是什么意思？难道是自己做错了？难道宫泽帷重不想要闫家煤井？满仲哲想了一个下午也没有想清楚，只好晚上早早地回家去向他爹满弘坤请教。

等满仲哲把话说完，满弘坤摸了摸下巴，喝了口茶水，然后咂摸咂摸嘴对满仲哲说："仲哲啊，我想这件事情可能并不简单啊！日本人垂涎闫家煤井这个错不了。如果连这点事儿你爹我都看不明白，那不就白活了吗？日本人的胃口大着呢！但是你也不要小看了这闫家。闫仁光那可不是等闲之辈，'老狐狸'的外号绝非浪得虚名。更关键的是咱要高度重视宫泽帷重这个日本人。他的话你一定要听，他让你咋办你就咋办。这个人可是在'满洲国'的朝廷里做过大官的，那谋略浅了能混到那个位置吗？"

"那我现在该咋办啊？"满仲哲问。

"我不是说了吗？听宫泽帷重的话，他不让你管你就先不管。"满弘坤说。

"可是我已经给闫书伦下战书了，就这么没了下文，不等于第一个回合我就败下阵来了吗？这出师不利，那以后可就麻烦了！"满仲哲有点着急地说道。

"孩子，有句话叫不争一时之长短，要记住小不忍则乱大谋。摸不清的事就要先观望，一定要搞清楚了再出对策。"满弘坤说。

"那好吧，就听爹的。"满仲哲说完垂头丧气地回自己屋了。

九

　　闫书伦这一天过得很煎熬，满仲哲的出现让他如鲠在喉。虽然他对满仲哲摆出了一副全然不惧的样子，但是他的心里还是有些发虚的。不过要是放在从前，那他闫书伦还真不惧怕满仲哲，可现在不同了，满仲哲是官庄煤矿的特务队长，深得日本人的赏识。况且闫书伦也没搞清楚满仲哲这次来收矿到底是日本人的意思还是他满仲哲的意思。尽管昨天晚上他父亲闫仁光让他别理会满仲哲，说如果满仲哲再来井上找事，就回家把他爹闫仁光接来，一切都由他爹去应对。可是闫书伦心里还是没底，他不知道会发生什么，因此他一直心神不宁、坐立不安。

　　眼看着满仲哲说的时间点过了，可满仲哲并没有来，这有点出乎闫书伦的意料。他亲自到矿区门口张望，却发现从官庄矿来闫家井的路上连一个人影都没有。

　　闫书伦一直等到天过晌午，也没见满仲哲的人影。这时井上厨房的人到他的办公室叫他到食堂去吃饭。闫书伦心烦意乱地对来人大声喊道："吃什么饭？给我滚一边去！"吓得来人赶紧退了出去。就这样，闫书伦一直等到太阳落山，也最终没有再见到满仲哲来。闫书伦心想满仲哲今天应该不会来了。

　　往后一连数日，满仲哲都没有再到闫家矿上来。

　　经过这些天的煎熬，闫书伦有点身心疲惫，这天他早早回家，让家里的厨师炒了几个好菜，他想和他爹闫仁光好好喝几杯，一来缓解一下自己的精神压力，二来他也想再听一听他爹的高见。在闫书伦心里，他非常佩服他爹，就比如这次满仲哲来闹事，搞得他六神无主、惶恐不安，而他爹却云淡风轻，好像一切尽在掌握中一样，让他越发觉得他爹高人一筹。

酒至半酣，闫书伦问闫仁光："爹，你说为啥满仲哲没有再到咱井上来？"

闫仁光吃了一口糖醋鲤鱼，把筷子放在餐碟上说："看来满仲哲到咱井上来闹事并不是日本人的意思。不过也不排除是日本人对咱的试探。这几天我就想，咱闫家的煤井这些年虽然被一些人分走了不少红利，但咱也赚了不少。现在日本人宫泽帷重成立了平陵矿业所，那目的可不简单。咱们中国有句老话叫'卧榻之侧岂容他人酣睡'。虽然咱是小煤井，可是日本人一样看着不舒服，从官庄煤矿几次三番找咱们合作就能看出一些端倪。虽然咱们的身后有日本人龟田，但是现在的形势和从前不一样了，咱应该见好就收。"

"见好就收？咋个收法？"闫书伦没有明白他爹的意思。

"我想这样，你明天就置办一份厚礼，去日本驻屯军特务部找龟田，顺便把今年他应得的那份红利提前给他。你去了以后把咱井上最近遇到的事情说一下，然后告诉他咱是愿意和日本人合作的，你听一听他的意思。如果他也同意咱和日本人合作，那就请他和宫泽帷重去说，至于怎么合作，咱都听他的。咱把这个面子给他，把脚下的球也踢给他。"

原来在三年前，日本确定平陵境内的官庄煤矿与胶济铁路沿线所有煤矿都统归华北日本驻屯军特务部经营时，具体领导机构便是现在宫泽帷重任董事长的山东矿业公司。那时日本人就要收了闫满庄的闫家煤井。幸好闫仁光的一个旧识日本朋友龟田就在日本驻屯军特务部里任职。他们及时找到了龟田，这样才保住了闫家的煤井，只是从那以后闫家每年都要拿出煤井上三成的利润孝敬这位龟田朋友。闫家父子只知道这个龟田的全名叫龟田一郎，是个大佐，至于他在特务部里是个什么职务，他们不清楚，也从不敢问。特务机关都很神秘，很多事情外人无从得知，不过这个日本特务很有能量，就连宫泽帷重也敬他几分，这也就是为什么这些年闫家煤井在官庄煤矿的虎视眈眈下一直得以生存的原因。只是闫家和日本人龟田的这层关系外界是鲜为人知的。

闫书伦和他爹喝完酒，就早早回房休息了。

第二天一早他就拿好钱，备好礼起身去找龟田。

闫书伦从龟田处回来后，对闫仁光说："龟田让咱们不要急，让咱等等看看再说。"

"等等看看再说？他这是什么意思？"闫仁光有些不解。

"我也不知道。"闫书伦说。

"他也没说同不同意咱们和官庄煤矿合作吗？"闫仁光问。

"他就说了这些话，别的啥也没说。"闫书伦回答道。

闫仁光沉思半晌后说："既然他这么说了，自然有他的道理，那咱就等等吧！不过这段时间咱要让井下的矿工使劲干，加紧出煤，不行就再招些矿工。在我看来这个井迟早会被人家拿走的，现在能多出点煤就多出点吧！"闫仁光说完无奈地摇了摇头。

"我明白爹，我也是这么想的。"闫书伦说。

今天杨忠诚是中午下的井，和他一起下来的还有丁向山、金宗武，以及六七个南北街上的年轻人。他们所在的这个采煤巷道是向西的一条，也就是当初杨忠诚他们发现后，闫书伦让他们尽快进行开采的那一条，现在这个巷道已经开采半年多了。

闫家煤井的开采方式就是简单的镐挖、筐驮、人运。首先矿工们在巷子面上用手镐把煤给刨下来，然后装到煤筐里，再把煤筐拖出巷道，把煤放到小推车上，推到井口边装进大煤筐，由井口上的人用绞车提升到地面。

杨忠诚他们这一班人像往常一样进到巷道以后就以小组为单位在各自的巷道面开始干活。杨忠诚和丁向山、金宗武是一个小组。杨忠诚负责手镐落煤，丁向山负责装卸、金宗武负责向外运输。他们出了一阵煤以后，就开始用木头加固新掘进巷道的顶棚。这时，杨忠诚忽然感觉到脚下有点湿乎乎的，他赶紧用手中的煤油灯照了一下，他发现脚下是水。哪来的水？杨忠诚很警觉，他赶紧把丁向山和金宗武喊到身边。他们一起用煤油灯照他们刚刚采煤的巷子面，发现是巷子面里面往外渗水。杨忠诚说："不好！前面可能有'空'（煤层里有积水的地方），快！快上井！"说完，杨忠诚赶紧招呼在这个巷道里的所有矿工撤出巷道。

杨忠诚他们撤出巷道后径直来到井口。杨忠诚对金宗武说："宗武兄弟，你先上去告诉闫书伦，让他马上想办法封堵那个巷道，在封堵巷道之前，最好让井下的人都先上去。"

"好，我知道了忠诚哥。"金宗武说完就坐进了大煤筐里。

金宗武坐着大煤筐升到井口，刚从筐里下来，正好看到闫书伦就站在井口边。这些天，闫书伦没事就在井口转悠。他一直关注着井下出煤的情况，经常催促拉绞车的人，让他们快点，快点，再快点。

"你咋上来了？"还没等金宗武说话，闫书伦就瞪着眼睛问。

"我正想去找你呢！井下我们掘进的那个巷道渗水了，前面可能有'空'。杨忠诚让我上来和你说一声，要赶紧想办法封堵那个巷道，最好让井下的矿工都先上来，等封堵了那个巷道口以后再下去。"金宗武赶紧说道。

"放屁！我的煤井开采这么些年了还从来没遇到过'空'。再说了，这个地方再往下挖十米也不一定找到水。赶紧下去采煤，少啰唆！"闫书伦不耐烦地说道。

"你要不听，我们也没有办法，不过我们这个组的人要都上来了，杨忠诚他们都等在井口呢！"金宗武说。

"这煤筐现在还要运煤呢！哪有时间运人啊？他们要上来也可以，等到了下工的点再说！"闫书伦说完又对井口操作绞车的人吩咐道，"没有我的话，井下的人谁也不能上来！否则我就开除你们！"说完，转身走了。

金宗武看着闫书伦走了，他转身对操作绞车的几个人说："兄弟们井下真有'空'，你们就帮帮忙，行行好吧！咱们都是街里街坊的，快把这煤筐放下去，杨忠诚他们几个人就在这井口下呢！"

那几个人连连摇头，其中领班的对金宗武说："有没有'空'我们不知道，但我们这些人家里都是上有老下有小，还指望这差事混饭吃呢，我们可不能被开除了，实在对不住了兄弟！"

金宗武急得在井口直转圈。他趴在井口对下面大声喊："忠诚哥，闫书伦不让你们上来，我该咋办啊？"

"宗武兄弟，你好好和他说说，这可是人命关天的大事啊！"井下传上来杨忠诚的声音。

"他都走了忠诚哥，他还交代井口的人不让把煤筐放下去！"

"那你和井口的兄弟们好好说说啊！"

"说了，他们不听我的话呀！"

井下的杨忠诚听金宗武这样一说有点不知所措了。

"忠诚哥，咱现在咋办啊？"丁向山着急地问。

杨忠诚想了想说："走，咱先回去看看现在是啥情况再说。"说完就领着大家往回走。

当杨忠诚他们一行人回到那个巷道口时，杨忠诚说："你们在这里等着，我再进去看看。"

"你多加小心啊忠诚哥！"丁向山叮嘱道。

"没事，你们都在这里等着我。"杨忠诚说完，从金宗武手里拿过煤油灯，就往巷道里走。

当杨忠诚刚往巷道里走了几步，忽然一阵强风从里面吹了出来，杨忠诚手里的煤油灯瞬间就被吹灭了。

"不好！开'空'啦！快，快往南跑！往通风井的方向跑！"杨忠诚回头大喊一声。

大家听到杨忠诚的喊声，都不约而同地拔腿就跑，于是一行人慌忙中沿着主巷道跌跌撞撞地向南面通风井的方向奔去。好在这些人都对这条主巷道的路况很熟悉，因为平时他们休息的时候常常都会到那个井口下面去透透气。

一行人边跑边向两侧的巷道里呼喊："开'空'啦！快跑啊！开'空'啦！快跑啊！"那喊声在大小巷道里嗡嗡回响，就像是从地狱里传出来似的。有的人听到喊声，从巷道里钻出来，跟着他们一起跑。有的人跌倒了，赶紧爬起来再跑，在他们的身后有一股凉气迅速地压了上来，

很快，杨忠诚他们就来到了那口作为通风井的井口下面，这里就是最初闫家煤井的井口。刚才杨忠诚情急之下忽然想到了这里。这里地势高，又是通风井，可以紧急避险。而且杨忠诚记得那井口边还有一根垂下去的绳子。

当杨忠诚他们来到井口下，果然看到一根绳子从井边垂了下来，这让他们大喜过望，可惜他们发现那根绳子的绳头离井底还有一段距离，他们

根本够不到。

"咋办啊，忠诚哥？"丁向山焦急地问杨忠诚。其他人也纷纷地追问杨忠诚该咋办。一股紧张和不安的气氛淹没了这些人。

杨忠诚稍稍平静了一下心情对大家说道："先不要急，咱们跑到这里就有救了。这里地势高，开'空'的水要先到地势低的地方去，如果水小，根本就到不了咱这里。"

大家听杨忠诚这样一说都稍微松了口气。

这时丁向山试图沿着井壁往上爬，去够那根绳子，但是几次尝试都失败了。杨忠诚见状蹲下身子对丁向山说："我个子高，你站在我的肩膀上，我顶你上去！"

丁向山在众人的搀扶下站上了杨忠诚的肩膀。杨忠诚慢慢地站起身来，可是那个绳子头离着丁向山的手还有好大一段距离。

这时他们忽然感觉到脚下已经有水了，这里地势比北面的主井高出十几米，水这么快就到了这里，看来这个'空'真的很大！那些没有从巷道里出来的人应该是凶多吉少了。

"咋办啊，忠诚哥？你快拿个主意啊？"丁向山做事一向沉着，此刻他也彻底慌了，他带着哭腔地问杨忠诚。

杨忠诚没有说话，因为他也不知道该咋办了。一群人就在这里束手无策。有的人被吓得哭了起来。

"哭啥哭？还没淹死呢！报啥丧啊？"杨忠诚忽然大声喝道。

杨忠诚这一嗓子，站在井口下的人们一下子鸦雀无声了。

"办法总会有的，来，咱们搭人梯，我和丁向山在最底下。"说着杨忠诚拉着丁向山一起蹲下身子。于是大家开始搭人梯。

可是接连几次他们都失败了。大家感觉这次是真的完了，因为脚下的水上得很快，不一会儿就淹没了这些人的脚脖子。这一次哭的可不是一两个人了。杨忠诚也没法再去制止了，他此时也开始害怕了，他也想哭，他想到了自己的老母亲，想到了自己的亲人，他不知道如果他死了，他的那些亲人们以后可咋生活。

正在大家无比绝望的时候，忽然井口上面有人向下喊话："忠诚哥，你们在下面吗？"这是金宗武的声音。

古月星转

金宗武的声音就像死亡的天空里忽然划过一道明亮的闪电，瞬间照亮了人生的希望，所有的人都立刻屏住了呼吸。

"宗武兄弟，我们在这里呢！井下开'空'啦！快救我们上去啊！"杨忠诚赶紧大声回应道，他的声音都变调了。

"好的忠诚哥！我马上救你们上来！"金宗武兴奋地喊道。

井下一下子沸腾了，人们相拥而泣，他们感觉自己有救了。

原来刚才在井上，金宗武怎么求那几个推绞车的人，他们都不答应。最后，他们干脆把井口的大煤筐拉了上来，几个人围坐在一起抽起烟来了。

此时的金宗武真是急了，他站起身从旁边拾起一根木棍，对着那几个井口的工人喊道："你们要是不把煤筐放下去，我就砸死你们！"

"你就是砸死我们，我们也不敢把这煤筐放下去，反正我们丢了饭碗也是死，你就看着办吧！"那个领班一脸不屑地说道。

金宗武真是没办法了，身强力壮的他现在完全可以把那几个人打跑，可就算是把他们打跑了，那他自己也操作不了绞车啊！金宗武一下子瘫坐在了井口，这个平时坚强的汉子此刻放声大哭起来。他牵挂着还在井下的那帮弟兄们的安危，他非常相信杨忠诚的话。虽然这几年下窑他们没有经历过开"空"，但是他知道那是个什么后果。前些年官庄井开"空"，一下子就死了几十个人。

就在金宗武心急如焚，不知所措的时候，他脑子里忽然灵光一现，他想起来现在用作通风的那个南井口。前段时间他从那里走时还看到那井口边上有一根往井下垂着的绳子呢。如果那根绳子还在，他就可以在那里把这帮弟兄们拉上来。想到这里他就趴在井口对井下大声喊道："忠诚哥，你们都到南井口去，我到那里把你们拉上来！"金宗武喊完话后，起身就向南井口的方向飞奔而去。只是金宗武根本不知道，这个时候杨忠诚他们已经离开井口，根本没有听到他的话。

"你们能够到这根绳子吗？"金宗武边晃动井边的那根绳子，边对井下喊道。

"够不到啊！要是能够到，我们早爬上去了，还短好几米呢！"杨忠诚回答道。

"你们等一下，我马上去找绳子！"金宗武答完话立刻转身去找绳子。

金宗武在矿区里转了一圈，也没有找到绳子。正在他急得直搓手的时候，忽然看到不远处有一个用木头支起的棚子上面缠着一团绳子，他赶紧跑了过去，可是他够了几次都够不到绳子头。情急之下，他抬起右脚猛地向那根木头柱子踹了过去，碗口般粗的木头硬生生地被金宗武给踹断了，棚子呼隆一下倒了下来，差点没把金宗武砸到下面。金宗武也顾不了那么多了，他急忙解下那根绳子就向井口奔去。

待金宗武奔到井边时，他就听到下面的人都在拼命地喊他的名字。金宗武一边把井口的绳子解下来，把两根身子接在一起，一头重新系在井口，一边不停地对下面的人说："马上就好！"

原来井下的水涨得很快，已经淹没人们的腿肚子了。

金宗武终于接好了绳子。大家见绳子顺下来了，都争着去抓绳子头。这时杨忠诚大声喊道："都不要急！大家都能上去！但是不能乱，要一个一个来！大家都听我的安排！"

杨忠诚的话此时非常具有权威性，大家都缩回了伸出去的手。

杨忠诚看了一下人群，然后对南北街上的弟兄们说："让汉族里的兄弟们先上去，然后你们再上，我最后上。"说着，他一把拉过曹家街上的曹小五说，"小五，你先上！"

丁向山把绳子拴在曹小五的腰上，拴好后，杨忠诚对井上喊道："宗武兄弟，往上拉！"同时杨忠诚和丁向山抱起曹小五，并把他举过头顶。他们抬头看着曹小五被慢慢地拉向井口。

绳子再次被放下来后，杨忠诚叫着井下人的名字，人们按照杨忠诚的安排顺序升井。就这样井下的人被一个一个地拉了上去，最后井下就只剩下杨忠诚和丁向山了。

"忠诚哥，你先上，你身子重，我在下面托你。"丁向山说。

"别废话了兄弟！我说了，我最后一个上，我身子重不假，但是我个子高。"杨忠诚不容置疑地说。

这时井下的水已经到了丁向山的胸膛处了。不等丁向山说话，杨忠诚已经把绳子拴在了丁向山的腰上，并把他托了起来。丁向山的眼泪唰地一下就流出来了，他哽咽着说："忠诚哥，我上去就把你拉上去，你再等一下啊！"

丁向山被众人拉向井口，他一边上升一边对着上面的人喊道："快点！再快点！"

丁向山终于被拉上了井口，他赶紧解下腰间的绳子，把绳子头扔下了井口，并趴在井口大声喊："忠诚哥接住绳子！快上来呀！"大家也都趴在井口对井下大声喊话。虽然现在大家都在井口上面，但是他们都在担心着井下的杨忠诚，他们心里都很清楚杨忠诚选择最后上来，他是在把最危险的事情留给了自己。此刻杨忠诚并没有很慌张，他接住绳子，抬头看了看井口，又低头看了看齐胸的井水，沉着地把绳子拴在了自己的腰上，然后对着井口喊道："你们拉绳子吧！"

当杨忠诚最后一个被拉到井上后，所有的人都四仰八叉地瘫倒在了井口边上，有的人喘着粗气，有的人放声大哭，他们庆幸自己终于从鬼门关里逃出来了！这人生一世啊！难免都会遇到一些劫难，又有多少人能幸运地躲过去？今天他们这群人算是躲过去了，他们无疑是幸运的，但是此时还在井下的那些人就没有他们这么幸运了！

十

闫家井出事了，出大事了！

现在的闫家井被官庄煤矿特务队的特务团团包围，人员只许进不许出。在院子里面煤山旁的空地上依次停放着二十八具遇难矿工的遗体。在矿井的大门外面是从四面八方赶来的群众，这些人除了一些看热闹的人，大部分都是在这个矿井上下窑的矿工们的家人和亲属。人群里不时爆发出撕心裂肺的哭喊声。

在矿长闫书伦的办公室里，官庄煤矿特务队的队长满仲哲正在审讯闫书伦。此时的闫书伦被五花大绑，跪在满仲哲的脚下，他浑身正在发抖。

"说！是不是八路破坏的煤井？八路在哪里？"满仲哲手里拿着一根皮鞭在闫书伦身边来回踱着步。

"满队长啊，我已经说过了，这和八路真的没有关系，我根本就不认识什么八路啊！"闫书伦带着哭腔说。

"没关系？不认识？哼哼！我看你是不见棺材不落泪啊！来，弟兄们给他点颜色看看。"满仲哲向身边的特务努了努嘴。

一个特务立刻冲上来对着闫书伦就是一顿拳打脚踢。

闫书伦连连告饶："别打啦！别打啦！这真和八路没关系啊！"

"没关系？不说是吧？继续打！"满仲哲用手指了一下另外一个特务命令道，"来，你俩一起上！"

听了满仲哲的话，另一个特务也冲了上来。

闫书伦在地下翻滚着，哀求着，"别打啦！满队长！别打啦！我真不认识八路啊！"

满仲哲坐回到椅子上，把手里的皮鞭放在桌子上。这时一个特务赶紧端起桌上的茶杯，恭恭敬敬地递到满仲哲的手里。满仲哲品了口茶，眯起眼睛看着满地打滚，嘴角已经流出鲜血的闫书伦，心里有一种莫名的兴奋。这些年他看着闫家的煤井日进斗金，而自己家的土地雇个短工都费劲，大哥在青岛的生意也半死不活，他自己还要整天害怕闫家来报仇，这种日子今天终于到头啦！哼哼！你闫家也有今天！我要让你闫家这些年吃的香的，喝的辣的都给我吐出来！满仲哲摸了摸屁股下的椅子，这个地方原本可是坐着他大哥满仲道的。真是风水轮流转啊！没想到现在这里坐着的又是他们满家人了！这次宫泽帷重让满仲哲来处理闫家煤井的事，而且明确地告诉他以后这个煤井就由他满仲哲来负责管理了。

想到这里，满仲哲把茶杯往桌子上一蹲，对两个特务喊道："打！给我使劲打！他要不说就往死里打！"

"慢着！别打了！我说！我说！"闫书伦突然间跪直了身子大声说道。

"你说？你说啥？"听了闫书伦的话，满仲哲一愣。

"我告诉你谁是八路，是谁破坏的煤井。"闫书伦说。

"噢？看来我真没有冤枉你啊？"满仲哲对两个特务摆了摆手示意他们退后，然后用手一指闫书伦说，"好，那你就如实招来！"

"杨忠诚是八路，是杨忠诚带人破坏的煤井。"闫书伦说。

"杨忠诚是八路？"满仲哲站起身来自言自语地走到闫书伦身边，他忽然用手一指闫书伦质问，"杨忠诚是八路，你是什么时候知道的？"

"我是刚知道的。"闫书伦答。

"刚知道的？你胡说！你一直在这里受审，你是怎么知道的？难道是我告诉你的不成？"满仲哲瞪着眼睛问。

"我是刚刚想起来的，是杨忠诚带着南北街的人破坏了煤井，然后从南面的通风井口逃跑了，不信你去看看，这死了的矿工里面一个南北街上他带的人都没有。"闫书伦说。

"那你怎么知道杨忠诚是八路的？"满仲哲问。

"你不说是八路破坏的煤井吗？煤井是杨忠诚他们破坏的，那杨忠诚肯定就是八路了。"闫书伦说。

"闫书伦啊闫书伦，杨忠诚在你井上可不是干了一天两天了吧？他是八路，那你早就应该知道啊？你这明明就是知情不报，私通八路啊！来，给我再狠狠地打。"满仲哲又向那两个特务挥了挥手，两个特务又冲上来对闫书伦拳打脚踢！

"我都说了，你们怎么还打我啊？哎呀！疼死我啦！别打啦！求求你们啦！"

满仲哲没有理会闫书伦的哀求，他来到门口，招手叫过来一个特务头目，对他吩咐道："你马上带上几个人到闫满庄南北街上把杨忠诚给我抓来。"

"我没去过南北街，也不知道谁是杨忠诚啊！"特务头目说。

"你鼻子下面长的啥？你不会打听啊？笨蛋！"满仲哲骂道。

"好好好！"那个特务头目答应着赶紧转身走了。

在日本华北驻屯军特务部的大门口，闫满庄的煤矿主闫仁光已经在这里守了快一天了，他是来找大特务龟田一郎的。在闫仁光看来，现在能救他们闫家煤井，能救他儿子闫书伦的就只有龟田了，可是里面传出话来说龟田有事出去了，现在不在特务部里。

闫仁光有种预感，他预感到龟田就在里面，而且闫家矿上出的事情龟田也一定是知道的。此时的闫仁光虽然心急如焚，但他必须耐心地等。他心里清楚如果他这次仅仅是来送礼的，那龟田应该早就见他了，可他现在是来求人家办事的。再说了，当年他和龟田只是萍水相逢，这些年也只是利益往来，"利"字当头的事情根本就谈不上什么太深的交情，他怎么能指望自己有难了人家会热情相帮？闫仁光这大半辈子经历了不少事情，这些人之常情他是再明白不过了。但不管怎么样，他心想这次来一定要见到龟田，一定要请龟田帮他一把，多大的代价都可以接受。为了这个煤井，他已经把大儿子搭进去了，他不能让自己的小儿子再有个什么闪失，真要是小儿子闫书伦再有个什么三长两短的，那他闫仁光也就没法再活了。

正当闫仁光一边想着这些事，一边焦急等待的时候，他看见龟田一郎从楼上下来坐进了一辆小轿车，小轿车向大门口驶来。闫仁光来不及多想，赶紧冲上前去，伸出双手挡住了那辆车。

　　　　　　　　　　　　　　　　　　　　古月星转

门口站岗的日本兵冲上来就给了闫仁光一枪托子。闫仁光被砸了个趔趄，但他不顾疼痛，依然站在那里不让开。就在日本兵再次举起枪托时，小轿车的车窗玻璃降了下来，龟田一郎伸出头来制止了日本兵的举动。他对闫仁光招了招手，闫仁光赶紧三步并作两步跑到车窗前。

"仁光君，你家的事情我都知道了，但事情太大了，我也无能为力了。"还没等闫仁光开口，龟田一郎就说道。

"那怎么办啊？龟田太君你可不能见死不救啊！这些年我们闫家可是一直很孝敬您的呀？"闫仁光急得眼泪都掉下来了。

"我看这样吧！你回去直接找宫泽帷重董事长，这件事情是他那边来负责处理的。我从前也曾经在他的面前给你们疏通过一些事情，他是知道我和你有交情的，我想总是会有些关照的。好吧，就这样吧！"龟田说完，缩回头，开始向上升起车窗玻璃。

闫仁光一边把一个红包从车窗递进去，一边说："您看您能不能给宫泽帷重太君写封亲笔信，或者是打个电话啊？"

"不必了！你直接去就行了。"龟田的话从车窗的缝隙里传出来，汽车绝尘而去了。

闫仁光呆呆地站在原地。

"开路！开路！"那个站岗的日本兵一边对闫仁光喊道，一边又做了一个要举枪托的动作，闫仁光无奈地离开了驻屯军特务部的大门口。

在闫满庄南北街满弘坤家的客厅里，杨忠诚的母亲正站在满弘坤的面前给杨忠诚求情。她手里提着两包糕点，浑身颤抖。

"他婶子，你快来坐下。"满弘坤的老婆上前拉着杨忠诚母亲的手说。

杨忠诚的母亲却说啥也不坐，她哭着对满弘坤说："他表大爷，杨忠诚被人抓到闫家井上去了，我去井上了，人家不让我见孩子。他们说他是八路。这孩子从小就在这南北街上长大，你说谁不知道他是个干啥的啊？这怎么还和八路掺连上了呢？我听说是他表弟仲哲这孩子在审他呢，大哥啊，你兄弟走了，你可得给我做主啊！呜呜！"

"你快坐下来说，他婶子。我听仲道说你这身子一直有病，咱可不敢光站着，快，快坐下说。"满弘坤的老婆还在拉扯杨忠诚的母亲，但杨忠诚的母亲就是执意不肯坐下。

"她愿意站着就站着吧！这是儿子惹的事，当娘的为儿子受点累那也是应该的。"满弘坤不阴不阳地说道。

"你这是说的啥话呢？他婶子轻易不到咱家来，怎能让她站着说话呢？"满弘坤的老婆瞪了一眼满弘坤说。

"是啊！这都怪我平时管教不严，让他给他表大爷添乱了，我这里先向你赔罪了。"说着，杨忠诚的母亲就要给满弘坤下跪。

"这可说啥是好呢？孩他爹，你就别再难为他婶子啦！"满弘坤的老婆赶紧挽住杨忠诚的母亲。

"你这是要逼死人呢？亲戚家的事你都不帮忙，你还有啥用处？"满弘坤的二女儿满月娥忽然从门外冲进来对着满弘坤吼道。

满弘坤这个二女儿从小俊俏乖巧，是他的心头肉，但是这个孩子随着年龄一天天增大却越来越叛逆了，经常和满弘坤顶嘴。

"你个丫头片子懂啥？给我滚出去！"满弘坤对着满月娥吼道。

"婶子，咱不求他。走，我领你去找我哥。"满月娥上前拉着杨忠诚的母亲说。

"哎呀！你就别添乱了！快出去吧小祖宗！"满弘坤的老婆把满月娥推到了门口。

满月娥站在门口，气呼呼地瞪着满弘坤。满弘坤没有再理满月娥，满月娥跺了一下脚，愤愤地转身出去了。

"他表大爷……"

"行啦行啦！"满弘坤不耐烦地打断了杨忠诚母亲的话，"你就别在我面前演这一出啦！不是我说你啊兄弟媳妇，自从我爹和我娘没了，你家里人就不再迈我家的门槛了。这些年杨忠诚就来过一次，还是来和我算账的！我全兴弟弟走了，我就不说他了，那你说你这当娘的是怎么调教儿子的？我们满家和闫家那是死对头，这闫满庄谁不知道？可杨忠诚他偏偏胳膊肘往外拐，去和闫家穿一条裤子！这下好了，出事了吧？"

"他大爷，这千错万错都是我这个当娘的错！你大人不记小人过，就看在我那无常了的大姑和你那表弟的面子上救救忠诚吧！他真和八路没啥关系啊！求求大哥啦！"杨忠诚的母亲一边哀求一边又要跪下。

"好啦好啦！我知道啦！我要是不想给你管，我刚才压根就不会让你进门了。"满弘坤说。

"那可太谢谢他大爷啦！等忠诚一回来，我就拉着他来给大哥你赔罪！"杨忠诚的母亲破涕为笑说道。

"赔罪那就不必啦！你让他以后别和我这个当表大爷的作对我就烧高香啦！"满弘坤拖着长音说。

"他大爷，他大娘，那我就先回去听信啦！"说着，杨忠诚的母亲忙把手中的糕点往满弘坤老婆的手里塞，满弘坤的老婆推脱着死活不要。

满弘坤生气地说："我说全兴家的，你那点破东西我家里不缺！我也不是看着你的三包馃子、两包点心才给你办事的。我是看着我那无常了的娘和舅舅，还有那老实了一辈子的全兴弟弟才给你出这个头的。你要是不把东西拿回去，我就不给你管啦！"

听满弘坤这么一说，杨忠诚他娘赶紧说："那好吧！我知道大哥和嫂子不缺这点东西，那就等着忠诚回来以后，我带他过来赔罪时再说。"说完，杨忠诚的母亲退出了满弘坤家的客厅。

忙了一天的满仲哲回到了家中。虽然这几天他很忙，但是他心情很好。满弘坤也早张罗好了一桌饭菜，他要好好陪陪儿子，这几天他的心情和他儿子一样的好。

在饭桌上，满弘坤和满仲哲吃得不亦乐乎，忽然满弘坤问满仲哲："你打算怎么处理杨忠诚啊？"

满仲哲放下筷子说："爹，闫书伦说杨忠诚是八路那纯属胡扯。杨忠诚是干什么的咱谁不清楚啊？他这又想借刀杀人。"

"仲哲啊，你明白这一点就好。今天上午他娘到咱家找我求情来了，唉！他娘怪可怜的，不管咋说咱都是亲戚啊！我看不行就放他回来算了吧"满弘坤说。

满仲哲吃了一口菜说："爹，现在还不能放他。"

"为啥？"满弘坤有些不解。

"爹，你想啊，宫泽董事长今后就把闫家井交给我来负责了，那我不可能整天钉在那里啊？我要找一个人替我来管理，我觉得杨忠诚是最合适的人选。他下窑的时间长，有经验，也很能干，关键是他在矿工中有威信，有号召力。这次要不是他带着咱南北街上的人从南井口跑出来，那现在南北街上的孝帽子就满了。咱要是有了他，那以后井上的事就省心多了。"满仲哲说。

"那可是个犟种，他可不一定愿意跟着咱干啊？"满弘坤担忧地说。

"是啊，我今天和他费了半天口舌，他就是油盐不进，我想再关他一阵子，让他吃吃苦头再说，我就不信他真有那么犟？"满仲哲很不服气地说。

"嗯，那样也好。"满弘坤满意地点了点头。

满弘坤和满仲哲吃了一会儿后问满仲哲："那关于闫家你打算怎么办呢？"

满仲哲说："我已经和闫家来说事儿的姜重轩说了，让闫家赔偿每个死亡矿工一千现大洋。日本人架设电线，用水泵抽水，下去救人这几件事，让他家再出两千现大洋的费用。另外再让他家里出五千现大洋保闫书伦出去。"

满弘坤掰着手指头算了算说："我估摸着按闫家这些年积攒的家底来说，这些钱，他们家里应该是出得起的。"

"爹，我还没说完呢。我已经请示宫泽董事长了，闫家破坏了日本人的矿脉，就凭这个罪过，再罚他家十万现大洋！"满仲恶狠狠地说道。

满弘坤半天没说话。

"你咋了爹？"满仲哲感觉他爹情绪有些不对头。

"孩子，如果这样的话，那闫家这次可就完了！"满弘坤说。

"就是让他家完了！让他家再也爬不起来，再也没能力找咱们满家来报仇了！"满仲哲洋洋自得地说道。

"这样好吗？"满弘坤像是在问儿子，也像是在问自己。

满仲哲说："爹，我告诉你实情吧！现在我都搞清楚了。"

"搞清楚啥了？"满弘坤有些纳闷。

"爹，你还记得前几年官庄煤矿开'空'的事吗？"

"当然记得啊！咋了？"满弘坤不明白满仲哲要说什么。

"爹，事情是这样的，"满仲哲向前凑了凑身子很神秘地说，"咱们闫满庄和官庄那边是同一个煤层。官庄煤矿出事后，日本人抽完水发现那个

'空'是巴漏河河道向下渗漏造成的。事后日本人根本没去处理河道渗漏，而是把那条形成'空'的巷道再次给封住了。他们知道闫家煤井主要是往西挖煤，早晚有一天会和这个巷道打通。那可是个大'空'啊！里面的水这次把闫家井所有巷道都灌满了，日本人的水泵那么厉害，抽了一天一夜才抽干。这个套儿人家日本人早就给他们闫家拴好了，就等着他们有朝一日钻进去呢！"

满弘坤听完满仲哲的话脸上的表情瞬间凝固，半天没有言语。

"你咋了爹？"满仲哲发现满弘坤的表情不对，赶忙问道。

满弘坤倒吸了一口冷气说："这日本人也太狡诈、太狠毒啦！比虎狼有过之而无所不及啊！孩子，你整天和这些禽兽不如的东西在一起打交道，可要加着十二分的小心啊！"

"嗨！我以为你咋了呢爹？你放心吧！这日本人再狡诈、再狠毒，也是咱中国人的外甥，现在他们风头正盛咱没办法，只能暂时依附，等他们哪一天不行了，咱也给他们狡诈狠毒一下，胜者王侯败者寇，这鹿死谁手还不一定呢！"满仲哲拍了一下胸脯说道。

"唉！"满弘坤叹了口气说，"咱这平陵自古以来就是块风水宝地，可下一步也不知道会被日本人糟蹋成什么样子？"

"爹，不该咱操的心咱就先不操，不管日本人咋弄，平陵永远是咱平陵人的平陵，总有一天这些日本人还得滚回他们的老家去，你就放心吧爹！"满仲哲很是自信地说道。

十一

闫家井又开张了，只是现在这里不再叫闫家井了，而是叫官庄煤矿二矿，满仲哲兼任矿长，金宗生任总管。由于满仲哲是官庄煤矿的特务队队长，平时工作忙，日常的管理就由金宗生负责。

金宗生终于不用再下井挖煤了，他每天从早到晚不是坐在办公室里喝茶，就是在矿区里转来转去，指指点点。满仲哲不在的时候，他俨然就是这里的老大，每个人见了他都会点头哈腰，这让他很是开心和享受，他做梦也没想到自己能有今天这样风光的好日子。金宗生这段时间一直想请杨忠诚、丁向山、马俊文他们几个人吃饭，可是这几个人总是以各种理由推托，这让金宗生的心里有些不爽。

现在杨忠诚、丁向山、金宗武他们已经不在闫家矿上下窑了，他们又都回去赶集做生意。金宗生听说当初满仲哲是想让杨忠诚来当这个总管的，但是杨忠诚执意不干。在金宗生看来杨忠诚就是个榆木疙瘩脑袋，是一个十足的大傻蛋，这么好的差事上哪去找啊？他居然不干。据说因为这事杨忠诚还差点和满仲哲闹翻，在金宗生看来杨忠诚真是不识好歹啊！不过话又说回来了，如果真是杨忠诚干了，那还哪有他金宗生啥事啊？就冲着这个他也应该好好感谢一下杨忠诚，所以他一直想请请杨忠诚。至于为什么要一起叫上丁向山他们几个人，那也是他想向从前的这些朋友炫耀一下现在的自己。正所谓锦衣不该夜行，光鲜亮丽的时候就得让人看到，当然这也是人之常情嘛！

昨天满仲哲来矿上说最近要出去办点事，不在家。今天下午，金宗生在矿上又没啥事情，他就想抽这个空当早点回南北街上看看杨忠诚他们赶集回来了没有。

金宗生回到南北街后就直接去了杨忠诚家，但杨忠诚不在家。杨忠诚的母亲告诉他杨忠诚去马俊文家里了，晚上要在马俊文家里吃饭，一起吃饭的好像还有丁向山和金宗武几个人。

金宗生悻悻地回到家中。新婚不久的妻子问他为什么今天回来这么早，他也不说话。问他晚上想吃点什么，他就没好气地说："吃个石头！"吓得妻子不敢再说话了。

金宗生自打当了总管以后，脾气见长，他的老婆本就是个温柔贤淑的人，平时在金宗生面前就不敢喘大气，现在就更得百般迁就他了。

金宗生坐在家里生了半天闷气后忽然站起身来就往外走。"你去哪儿啊？"妻子弱弱地问。

金宗生也不理会妻子，只顾往外走。

他的妻子一看金宗生不说话，也不敢再问了。

金宗生出了家门直奔马俊文家。

"我一直想请你们吃个饭，你们却整天推三阻四，今天倒好，你们自己去吃了，还不叫我，我倒要看看你们是为啥吃饭？"金宗生一边生着气，一边往马俊文家走去。不过金宗生做梦也没有想到的是今天晚上是杨忠诚在马俊文家里宴请闫书伦。

闫书伦现在是落魄了，他要离开闫满庄去青岛谋生了。这次满仲哲借着闫家井出事算是彻底整垮了闫家。巨额的赔偿、罚款和保释金让闫家几乎倾家荡产。现在大特务龟田一郎已经神隐了，闫家人根本就找不到这个昔日的靠山。其实他们心里也清楚，即使他们现在找到了龟田，那也已经是于事无补了。当初龟田让闫仁光去找宫泽帷重，闫仁光倒是也找到了宫泽帷重，但宫泽帷重又让闫仁光去找具体负责办理此事的满仲哲。事情转了一圈又回来了，这不等于是白费工夫吗？闫仁光已经无计可施，他们闫家只能乖乖地就范了。尽管闫书伦的爹闫仁光平时是有些道道的，但是在这个时候他也只能是整天唉声叹气，自认倒霉了。最终，他们闫家拿出来这些年做煤井的所有积蓄，又在闫家家族里东拼西凑才勉强凑够了那个数目。如果再差一步，他们闫家就要卖房子了。现在闫家除了那个大院子，什么都没有了。家里的牲畜都卖了，佣人也都走光了，整个院子显得冷冷清清。

一天，闫仁光把闫书伦叫到身边说道："孩子，现在咱们闫家已经快走投无路了，好在咱还有个住处。可我担心那满仲哲和日本人不会就此收手。尤其是满仲哲，他可能会对咱们闫家赶尽杀绝。你现在留在闫满庄很危险。你娘手里还有点私房钱，现在把它拿出来，你带上它去青岛吧！去投奔你四舅赵守常，你四舅一家在青岛混得还不错，他的人脉很广。我已经给你四舅去信了，让他在那边给你谋个差事，你去那里看看能不能转个运，再闯出条路来，好给咱闫家一个起死回生，再次发迹的机会。"

闫书伦两眼望着房梁，一脸悲愤。

闫仁光接着说："书伦啊，人常说星月轮转，风水轮流转，三穷三富才能活到老。人这一辈子遇到些沟沟坎坎那是在所难免的，你爹我这辈子也没少经历事情。不要紧，跌倒了咱再爬起来，留得青山在就不怕没柴烧。男子汉要经得起折腾。你说是不是？"

"我就是咽不下这口气！这日本人和满家也欺人太甚了！"闫书伦的眼泪在眼圈里打转。

"咽下也好，咽不下也好，那现在我们都要先咽下。韩信还要忍受'胯下之辱'呢？大丈夫能屈能伸，正所谓君子报仇十年不晚！你爹我老了，你大哥也不在世了，那些孩子还都小，你现在可是我们闫家的顶梁柱，闫家唯一的希望啦！我们闫家能不能再找回昔日的荣耀就要全靠你了孩子！"闫仁光走到闫书伦的身边，用手重重地拍了拍闫书伦的肩膀说。

"爹，放心吧！我去青岛，我想明白了，我把心也狠下来了！咱闫家是不会败给他们满家的！咱闫家也完不了！咱就看他起朱楼，看他宴宾客，看他楼塌了，咱和他满家骑驴看唱本——走着瞧！"闫书伦说完站起身，跺了一下脚，就出了他父母的房门。

闫书伦马上就要动身去青岛了，他想在走之前请杨忠诚吃个饭，他有些话要对杨忠诚说。杨忠诚起初是拒绝的，但听说闫书伦要离开闫满庄了，考虑到闫家眼下的境遇，杨忠诚动了恻隐之心，就同意了在一起吃个饭，但前提是他来请这个客，就算是给闫书伦践行。闫书伦争不过杨忠诚，也就只好答应了。因为杨忠诚家里窄住，再加上他的母亲身体不好，他就把请客地点放在马俊文家里了。今天除了闫书伦、杨忠诚、丁向山、金宗武、马俊文参加就没有其他人了。杨忠诚不想让更多人知道这件事，尽管闫书伦现在也算不上富人了，但是在杨忠诚看来瘦死的骆驼比马大，闫书伦和他们还不是一路人。

大家落座以后，闫书伦抢先端起茶杯说："各位乡邻，各位弟兄，我先在这给各位赔罪啦！"不等大家说话，闫书伦喝了一口茶，继续说："各位乡里，各位弟兄，在我闫家落魄之时，你们还拿我当人看，尤其是忠诚兄弟。本来是我要请你吃饭，向你赔罪的，可你却请了我，这就更让我无地自容啦！"

"那些事都过去了，咱不提了，不管咋说，咱都在一个庄里住着，祖祖辈辈共用一块天，乡里乡亲的，哪有勺子不碰锅沿的？来，吃饭。"杨忠诚说。

"不，忠诚兄弟，等我说完了咱再吃。"闫书伦冲杨忠诚摆了摆手继续说道，"这段时间我就在想，我们闫家有这一劫那也许是上天特意安排的。想我闫书伦从前也做了一些不该做的事情，愧对乡里乡亲。如果有朝一日我们闫家再次发达了，我绝不会再像从前那样对待乡亲们，也绝不会忘了各位，请大家相信我闫书伦，我定会有仇的报仇有恩的报恩，绝不含糊！"闫书伦说到这里嘴角有些抽搐，端杯子的手开始颤抖。

听了闫书伦的话，杨忠诚默默地把茶杯放回到了桌子上。

闫书伦看了看杨忠诚，然后说："忠诚兄弟，谢谢你！你是一个大好人。你们南北街上的除了满家，那都是重情重义的。我这一走，家里留下了妻儿老小，还有我大哥那一家子孤儿寡母的，我还指望忠诚兄弟你和在座的各位多多给予关照！拜托啦！"

这时金宗生一步闯了进来。

金宗生的到来让大家面面相觑，都不知道是谁叫他来的。马俊文赶紧站起来，从旁边拉过一把椅子说："来，宗生兄弟，快坐下，都不知道你这么早就回庄了，要不然就叫你一起过来了。"

金宗生没有坐下，他看了看屋里的人，然后阴阳怪气地说："噢！人很全啊！怪不得我请你们，你们都推说没时间，原来是和这位破了产的闫矿长打得火热啊！只可惜你们也沾不上他什么光了。"

听了金宗生的话，闫书伦恨得牙根痒痒，但是他却不能发作。一来这是在他们的地界上，另一个更重要的原因是金宗生现在是满仲哲身边的红人，他惹不起，所以他只能听着、忍着。

"你想坐就坐下来，不想坐就滚！别在这里阴阳怪气的！"杨忠诚瞪了金宗生一眼说道。

"忠诚哥，这可是在人家俊文哥家里，你凭啥让我滚啊？"金宗生不服气地回呛道。

"快坐下吧！哪来那么多废话啊？"金宗武看着金宗生说。

"是啊，都是街里街坊的，快坐下来吧。"丁向山站起来去拉金宗生。

金宗生甩开丁向山的手大声说："我是不会和丧家犬坐在一起吃饭的，我还没有那么贱！"

"你给我滚！"杨忠诚忽然站起身来给了金宗生一个耳光，啪的一声让在座的人都惊呆了。

"你滚不滚？"杨忠诚又举起了手。

丁向山和马俊文赶紧过来拉住杨忠诚说："忠诚哥，你这是干吗？都是自家的好兄弟，咱有话好说。"

金宗武上前拉住金宗生说："你赶紧走！该干啥干啥去吧！"

金宗生用一只手捂着脸，眼睛瞪着杨忠诚说："好啊！忠诚哥，你为了一个差点就害死你们的人打你自家兄弟，你会后悔的！"说完，转身愤愤地走了。

"谢谢你忠诚兄弟！"闫书伦满怀感激地说。

"和你没关系！"杨忠诚气哼哼地说道。

闫书伦已经收到了青岛四舅赵守常的回信，他要去青岛了。

这天天不亮，闫书伦就告别了父母、妻女，以及嫂子和侄子上路了。他要去东锦镇坐火车去青岛。要是从前闫书伦出门，那一定会有家里的佣人赶着马车送他，但是现在闫家没有马，也没有车了，更没有佣人可以使唤了，他只好一个人孤独上路。

闫书伦刚出了庄，就看到路边站着一个人。闫书伦走到近前才看清那人是满弘坤的二女儿满月娥。

"月娥啊，你咋会在这里？你不是在省城读书吗？啥时候回来的？"闫书伦已经好久没见满月娥了。

"我放假了。你这是要去青岛吗？"满月娥问。

"你咋知道的？"闫书伦反问道。

"这个你别问？"满月娥说着从衣服口袋里掏出一个小布包说，"这是十块银元，是我自己平时节省下来的，你拿着路上用吧！"说着，她把小布包递给闫书伦。

"我不要！"闫书伦推开满月娥的手说道。

"我们两家的恩恩怨怨我也说不清楚到底怨谁，但是今天这件事情是我哥他们做得不对，我也不知道该咋说。"满月娥低下头用手摆弄着那个小布包。

"不管你家里人怎样做事，都不会影响你在我心目中的印象，你和小时候一样，是个好姑娘。如果我们两家没有仇，我会等着你大学毕业的。"闫书伦说到这里有点动情。

闫书伦比满月娥大四岁，小的时候他们经常在一起玩耍，而且相互感情很好，那时候闫家和满家的关系也还是不错的。待他们渐渐长大，都情窦初开以后就很少再见面了，也可以说他们都是在彼此刻意地回避对方。闫满庄虽然回汉两族共居一庄，因为宗教信仰和生活习俗不同自古以来两族的男女从不通婚。

"你都成家了，还说这干啥？"满月娥有点不好意思地说。

"我最近好好反思了一下自己，我这个人也曾经做过很多坏事，有有意做的，有无意做的，也有的是被这世道给逼的，但不管咋样我应该都不是一个恶人，我……"闫书伦说不下去了。

"听说你不大待见嫂子，是因为我吗？"满月娥试探着问。

"不是的，绝对不是的。"闫书伦肯定地回答道。

"不说这些了，你还是把这钱拿上吧，我知道你家里已经没钱了，我也只有这些了。"满月娥说着再次把钱递给闫书伦。

闫书伦再次推开了满月娥的手说："谢谢你月娥！你的心意我领了，我怎么能要你的钱呢？你拿着这些钱回省城读书用吧！你要好好学习，以后就留在省城，千万可别回这兵荒马乱的平陵县了。"说完，闫书伦头也不回地走了。

满月娥站在原地默默地望着闫书伦远去的背影……

天大亮的时候，闫书伦爬上了东锦镇南面的东锦山。

东锦山并不高，但是山上林木茂密，尤其是有很多野枣树，每年秋天树上就会结很多野枣，那野枣非常好吃。在这缺粮少吃的年月，这野枣不失为一种难得的美味，因此会引来很多山下村民上山采摘，野枣很快就会被采摘一空。

闫书伦早上出来时没吃饭。他一个人提着箱子，背着包，走到这里也有七八里的路程了，此刻他感觉到有些累了也有些饿了。虽然他娘和他媳妇今天早上早早地起来给他包了送行的水饺。在这个地方非常讲究上车饺子下车面这种送迎方式。饺子有交好运的寓意，是祝福出行的人在外面能交上好运，尤其是有钱人家非常注重这个习俗，因此在出门前一定要吃上一顿饺子。不过此时闫书伦已经顾不上这些了，他并没有让她们往锅里下，因为他感觉到自己实在没有什么胃口。

闫书伦在路旁的一块大石头上坐下来，他拿出随身携带的水壶，拧开盖子喝了一口水，他想歇一会儿再走，反正下了东锦山向前走不远就是胶济铁路上的东锦火车站了，时间上还很宽裕。

"不许动！"就在闫书伦举起水壶，准备喝第二口的时候，随着一声大叫，忽然从身旁的树林里闪出一高一矮两个人来。两支黑洞洞的枪口对准了闫书伦。

啪的一声，闫书伦手中的水壶掉在了地上。

那两个人来到闫书伦的近前，其中一个身材较矮一点的人用手里的手枪指着闫书伦说："穿得不错啊？一看就是个大户人家的公子。站起来！把箱子打开！"

闫书伦被这突如其来的一幕吓得两条腿都不听使唤了，他站了两站居然都没有站起来。

来人看出了闫书伦是被吓坏了，就伸出另一只手把闫书伦随身带的皮箱提到了自己面前，蹲下身来想自己打开，可是皮箱上有一把锁，于是他又站起身对闫书伦嚷道："快！打开它！"

闫书伦哆哆嗦嗦地从身上摸出钥匙，又哆哆嗦嗦地打开皮箱。

那人俯下身子，把皮箱里的衣服一件一件地扔到地上，最后在箱子底下发现了一卷用红纸包着的银元。那人把银元拿在手上掂了掂分量，又撕开纸卷的一头看了看，然后回头对那个高个子说："大哥，不错啊！全是干货。"

那个高个子说："没想到这搂草打兔子还真有惊喜。拿上，快走吧，别耽误了咱的正事。"说完，他冲矮个子摆了摆手。

那个矮个子对闫书伦说："对不住了兄弟，我们这几天囊中羞涩，先借你这钱用。"说完把银元揣进怀里。

"好汉行行好！你不能都拿走啊！那可是我现在的全部家当啊！你要是都拿走那我就完了呀！"这时闫书伦已经从刚才的惊吓中缓过神来，他一下子跪在地上哀求道。

"你见哪个劫道的是大善人？不能都拿走还给你留点儿咋的？真是笑话！"那人冷笑了两声，然后把手枪放进枪套里，转身就走。

闫书伦望着那两个人离去的背影，他又环顾四周。闫书伦心想这东锦山上曾是他大哥闫书年当年被害的地方，今天他又在这里被劫，难道这就是他们兄弟二人的宿命？难道这就是他们闫家的宿命？不！不是！也不应该是！他闫家不能就这样完了！想到这里闫书伦忽然冲着那两个离去的人大声喊道："好汉！请留步！"

那两个人被闫书伦的喊声吓了一跳，几乎是同时从腰间拔出枪，转过身来。闫书伦追上前几步说："好汉请留步！你们拿走的钱是我要出远门去做生意用的。现在钱被你们拿走了，我也出不了门了。我回家后，父母要是问我钱被谁拿走了？那我可怎么说啊？好汉能不能报个号，留下个大名什么的？"

那个矮个子上前一步，用手枪指着闫书伦轻蔑地说："咋的？你还想找我们算账啊？告诉你，说借你钱用用那就是说得好听点儿，你还真以为我们会还你啊？"

"不，我不是那个意思。"闫书伦赶紧解释道。

"那你是啥意思？"那人继续瞪着眼问。

"我是想那方腊败在梁山好汉的手里也不算丢什么人是不？我虽然不是方腊，但想必两位并不比梁山好汉差，当然了要是好汉不敢报也就算啦！"这时的闫书伦倒也完全豁出去了，所以他说话也就放开了。

"哎！有点意思！"那个矮个子颠了颠手中的枪，嘲讽地看了看闫书伦，又回头看了一眼那个高个子。

那个高个子对矮个子说："告诉他，看他能咋的？"

"我们是平陵抗日义勇军，看见他了吗？"矮个子用手一指高个子，"这是我们义勇军翟司令的哥哥。咋样？有本事就来找我们算账吧！"说完，矮个子转身就要走。

"请慢走！"闫书伦伸手示意他们不要走。

"你他妈真活腻歪啦？没要你命你不舒服是不是？"那个矮个子转过身来，用枪指着闫书伦不耐烦地斥责道。

"两位好汉别误会。"闫书伦赶忙说，"我是想如果两位能给我引荐翟司令，我这里还有些钱，我愿意拿出来答谢二位。"说着，闫书伦从胸前的背包里又掏出一把纸币。

那矮个子被闫书伦的举动搞得有点摸不着头脑，他回过头去看那位高个子。高个子把手枪放进枪套里，从上到下仔细地打量了一下闫书伦，然后问："你是哪里的？叫啥名字？"

"我是南边闫满庄的，前段时间咱平陵出了个轰动全县的矿难，不知道两位好汉听说了没有？我就是那个煤井的矿长，我叫闫书伦。翟云涛司令的名号在平陵地界如雷贯耳，我仰慕已久，早就想去投奔了，就是苦于无人引荐，今天有幸得遇两位好汉，真是天赐良机，我在这里就是想烦劳二位给引荐一下，日后还会有重谢！我们闫家在闫满庄也算是大户人家，虽然遭难了，但老家底子还在。有劳二位了！"闫书伦一脸真诚地说道。

那人又上下打量了一下闫书伦问："你说的都是真的？"

"千真万确，没有半句假话。"闫书伦拍拍胸脯回答道。

那人走上前来，从闫书伦手里接过那一叠纸币，拿在手里抖了抖，然后拍了拍闫书伦的肩膀说："好！既然是这样，那你就算找对人了，拿上你的东西跟我们走吧！"

"好，那就多谢啦！"闫书伦一边说着一边拿上自己的皮箱，跟在那两个人的身后向东锦山的下面走去。

十二

时间在苦难中负重前行，又是一年的秋天到了。

一天早上，天刚蒙蒙亮，闫满庄的村民杨忠诚就挑着一担棉花从东锦山上下来了。今天是东锦镇的大集，他要把这几天在乡下收购来的棉花送去东锦集市上的棉花加工店里，然后再把上一集他放在那里，现在已经加工好了的棉花挑到集市上或者是乡下去卖。冬天快要到了，很多人都需要棉花瓤子做棉被和棉衣。

眼下的棉花生意并不好做。原来杨忠诚可以在东锦镇和古月镇一带收棉花，卖棉花瓤子，但是现在不行了。日本人为了对付八路军，他们已经在平陵县南部靠近山区的地方建立了封锁线。闫满庄村南头通向古月镇的道路上也修建了日伪军的炮楼。到古月镇赶集是严禁携带日本人认为是战略物资的"两白一黑"。所谓的"两白一黑"就是粮食、棉花和煤炭，所以现在杨忠诚做棉花生意就只能避开古月镇方向往北面走了。好在眼下东锦和王村的集市上也不像从前那么乱了，日本人收敛了很多，这一切还要归功于一个绰号叫"猎日"的传奇式人物的出现。

"猎日"这个抗日英雄。他单枪匹马，独来独往，专杀日本人。在平陵县境内死在他手里的日本人已经有十几个了，尤其是那些爱到集市上来捣乱的日本兵往往会成为他猎杀的目标。这让日本人非常紧张，他们一直想抓到这个"猎日"，可是"猎日"来无影去无踪，神龙见首不见尾，没人知道他的真实姓名，也不知道他是从哪里来，往哪里去，家住在哪里。"猎日"这个名号还是他在杀了日本兵以后留下的字条上署的名字。"猎日"每次杀了日本人都会在现场留下一张告诫日本人不要再作恶的字条。

日本人恨"猎日"恨得咬牙切齿，但平陵县的老百姓却在私下里争相传颂他的威名。关于"猎日"的身份也有各种传说，有人说他是八路，有人说他是抗日救国军，也有人说他是来自东北的一位游侠。但不管怎样，"猎日"的出现让像杨忠诚这样靠赶集为生的平陵百姓受益不少，他们暂时不用再过多地担心在集市上会被日本人野蛮骚扰和随意敲诈了。

自从杨忠诚不在闫家的煤井上下窑以后，他又干回了赶集做生意的老本行。随着时节的变换，什么生意好做他就做什么生意。收入还算过得去，还能勉强维持一家人的生活。当初满仲哲想要杨忠诚留在闫家井上帮他管理煤井的。因为现在日本人对平陵这一带的所有煤矿都实行了一种叫作"包工柜"的管理方法。这种方法就是通过培植、收买、利诱中国人，让他们来管理工人，以达到以华制华，为日本人服务的目的。闫家煤井被官庄矿吞并以后，宫泽帷重就把它包给了满仲哲。从某种意义上来说，闫满庄的煤井也就又归满家了。满仲哲当着官庄煤矿的特务队长，公务繁忙，根本顾不上井上的事。他大哥满仲道又离家出走了，于是他就首先想到了杨忠诚。可是不管满仲哲利诱也好，威逼也好，杨忠诚就是死活不跟着他干。这可把满仲哲气得不轻，但是他又不好过分发作，因为杨忠诚并不是直接说他不愿意跟着满仲哲干，而是说只要是日本人的煤井，那给他多少钱他都不干。最后满仲哲实在拿杨忠诚没有办法，就只好关了他三天放他回家了。

最近杨忠诚经常到东锦镇上赶集。在地里的棉花被收进家以后，这段时间他就一直做棉花生意。前段时间在做别的生意时，杨忠诚一直和丁向山、金宗武他们在一起。现在做棉花生意，丁向山和金宗武他们觉得这活太费力气，有点吃不消，所以就没有和杨忠诚一起干。今天杨忠诚肩上的这担棉花少说也得有两百来斤重，这个分量一般人是根本挑不起来的，那被压弯的扁担随着杨忠诚前行的脚步在肩膀上颤动，发出吱吱呀呀的声响。

杨忠诚早上从家里出来，为了赶路，他一直走到东锦山顶上才放下担子，歇了歇脚，然后就担起担子快步下山。此刻，他来到了胶济铁路的火车道边上，他放下担子，从扁担上解下一条白毛巾擦着脸上的汗水。杨忠诚边擦汗，边向远处的那个铁路道口张望。原来在杨忠诚驻足的这个位置的铁路对面有一条小路，如果直接越过铁路去走那条小路就能径直到集市上。

在日本人来之前，人们去东锦镇赶集都是从这里走的，但是现在日本人不让人们再从这里走了。鬼子占领胶济铁路后，就在沿线的一些铁路道口上建起了炮楼，设立了岗哨。过往的车辆和行人必须在有炮楼的路口处通行，其他路口禁止通行。在东锦镇这里的铁路旁，鬼子也建起了炮楼。可是从东锦山上下来的赶集人要是从炮楼那里经过至少要多绕行一里多地。其实这条铁路上的火车很少，人们穿行铁路根本不会影响火车的通行安全。可是日本人这样规定了，过往的行人只能遵守，他们都敢怒不敢言。

杨忠诚张望了几次后发现今天那个炮楼上没有动静，旁边的岗楼前也没有岗哨。杨忠诚心想现在天还早，鬼子和伪军还都没有上岗。想到这里他把毛巾系在扁担上，挑起担子快步走上了铁路道轨，这样走近路过去他能省好多力气。可就在他的一只脚刚刚迈过一条钢轨时，炮楼上的大喇叭突然响了，有人喊道："挑担子的那个人退回去，快到路口这边来！要不然就开枪了！"

杨忠诚被这突如其来的状况吓了一跳，他急忙撤回迈出去的一条腿。肩上的担子晃了几晃，险些让他失去重心。他稳了稳双腿，站稳了身子，赶忙挑着担子向炮楼那边走去。

这时从岗楼里出来了三个人，有两个日本兵和一个穿着皇协军军服的伪军。一个日本兵手里端着步枪，枪上的刺刀在晨色中闪着寒光。另一个日本兵身上背着一把短枪，跟在那个日本兵身后的伪军也背着一把短枪。

待杨忠诚来到路口后，首先上前的是那个穿着皇协军军服的伪军。杨忠诚一看，这个人他认识，此人叫魏得财，小名魏三，原是东锦镇上一个小洋货铺的店主。魏三会说日本话，现在他投靠了日本人，还当上了伪军的队长。

由于是旧相识，有时候杨忠诚在岗楼这里遇到他，通常都会和他打个招呼。可是今天还没等杨忠诚说话，魏三上来就踢了杨忠诚一脚，嘴里骂道："你他娘的不要命啦？要是火车过来压死你个王八蛋咋整？快过来向皇军赔罪！"

杨忠诚赶忙放下担子，走到那个挎短枪的日本兵面前。他感觉这个人应该是个当官的，但杨忠诚不知道该说什么，于是就扭头看魏三。

魏三瞪大了眼睛冲着杨忠诚吼道："你他妈看我干啥呀？快给皇军赔罪

啊！"

杨忠诚把脸又转向那个日本兵，但他依然不知道该说什么，他也不知道这个日本兵能不能听懂中国话。正在这时，那个日本兵却近前一步用手拍了拍杨忠诚的胳膊，然后扬起脸微笑着看着杨忠诚说："哟西，身体棒棒的，哟西哟西！你的什么名字？"

杨忠诚见这个日本兵会说中国话就赶紧说："我叫杨忠诚。"

"哪个庄的？"日本兵继续问。

"闫满庄的。"杨忠诚回答道。

"你的什么的干活？"日本兵看了看杨忠诚放在地上的那一担用绳子捆着的白花花的棉花问。

"做小买卖的，收棉花卖棉花瓤子。"杨忠诚回答道。

日本兵没有听懂，他看了看魏三，魏三赶忙上前用日语给日本兵做了一番解释。日本兵又用日语和魏三叽里咕噜地说话，杨忠诚愣愣地站在旁边，他听不懂他们到底在说什么。

正在杨忠诚纳闷的时候，魏三却忽然换了一副笑脸对杨忠诚说："杨忠诚，你小子要走狗屎运啦！这是皇君的鸠山小队长。他说你身体很棒，我们这里的皇协军正在招人，像你这样身体好的人皇军大大地喜欢。你今后就不要再做小买卖了，就跟着皇军干吧！做小买卖挣不了几个钱，跟着皇军干那就可以整天吃香的喝辣的了！你还不赶快谢谢皇军？"

"那可不成！那真的不成！"杨忠诚赶忙连连摆手说，"我上有老下有小，家里一大家子人呢，我是一步也离不开啊！"

"你这不是他妈放屁吗？一步也离不开那你来这里赶什么集啊？真是个不识抬举的东西！白长这么大个子啦！"魏三骂道。

"魏队长，看在咱们相识多年的份上，你就帮我求个情吧！放我走吧！我日后定当答谢！"杨忠诚对魏三恳求道。

"你是真他妈的不干？"魏三歪着个脑袋问杨忠诚。

"干不成啊魏队长！我娘有病，还等着我卖了瓤子给她拿药看病呢！"杨忠诚着急地说。

"那我可就这样和皇军说啦？"魏三斜眼看着杨忠诚。

"那就谢谢魏队长了！"杨忠诚冲着魏三双手抱拳说道。

魏三从鼻孔里哼了一声，然后就对着鸠山小队长又叽里咕噜地说起了日本话。

听完魏三的话，鸠山先是眯起眼睛看杨忠诚，然后又瞪大了眼睛说："哟西！不愿意和皇军合作？哟西！"他用手一指那个端长枪的日本兵，说了几句日本话，然后就转身进了岗楼。

"嗨！"那个日本兵答应一声，把手里的枪竖在岗楼边上，然后走到杨忠诚面前上去就是一个大嘴巴。但是由于杨忠诚个子高，那个日本兵个子矮，两个人身高相差悬殊，这一巴掌只刚刚扫到了杨忠诚的下巴。这下那个日本兵恼羞成怒了，他一边哇哇大叫，一边比画着什么。

杨忠诚站在那里不明白他是什么意思。这时魏三走过来对杨忠诚说："皇军让你低下头！快低下头！"

杨忠诚看了看魏三，他刚想开口让魏三给他求个情，魏三却大声对他喊道："看我干啥？你个不识抬举的孬种，听皇军的命令！快低下头！"

杨忠诚无奈，他只好低下了头。

日本兵抬起手左右开弓，啪啪的耳光打在了杨忠诚的脸上。别看那个日本鬼子身材很矮小，但是他手上的力气不小。顿时，杨忠诚就感觉到眼冒金星，耳朵嗡嗡作响，嘴里涌出了咸咸的味道。他的心里很想反抗。其实要是杨忠诚反抗的话，即使他不用从小练就的腿上的功夫，也能一脚把眼前的这个小日本给踢飞，但是现在他却不能反抗，因为他人单力薄，此时反抗无异于以卵击石，他只能紧握双拳，默默地忍受着。

这个日本兵一连打了杨忠诚二三十个耳光，直到他打累了才住手。这时杨忠诚的嘴角和鼻孔里都流出了鲜血，一些经过路口的人都停下脚步，远远地看着这一幕，但谁也不敢靠前。

那个日本兵打完杨忠诚后搓了搓手，然后走到岗楼边上拿起那支步枪，用刺刀尖指着杨忠诚嚷道："开路！开路！"

杨忠诚站在原地，大瞪着两眼看着那个日本兵。

"皇军让你滚蛋！快滚吧！"魏三对杨忠诚嚷道。

杨忠诚看了魏三一眼，然后默默地走到那担棉花前，从扁担上扯下毛巾擦了一下脸，顿时，白毛巾上出现了大块大块的血迹。杨忠诚擦完脸后把毛巾重新系在扁担上，然后俯下身子挑起那担棉花就走。在经过刚才旁观的人群时，有认识杨忠诚的人问他刚才是咋回事？杨忠诚也不作答，只顾挑着担子低着头往前走去。

过了铁路道口，往前走大约百十米是一个路口，往东通往东锦镇的集市，往西沿着一条小路走不远有一个石窝，杨忠诚走到路口后没有往东面的集市上走，而是拐向了西面。

杨忠诚走到那个石窝边上后，他放下了担子。

这个石窝很深，多年来，东锦镇上的人盖房子用石头基本上都是从这里开采，但是自从日本人占领东锦镇后，就不允许人们再在这里开采石头了。如果人们需要石头就要到东锦山东面日本人开的石料厂里去买。

杨忠诚站在石窝边上向下看了看，就从扁担上解下毛巾，顺着石窝的斜坡下到了石窝底部。杨忠诚在一洼清水边蹲下身子，水面上立刻清晰地印出了他的面孔，他发现他的整个脸都开始肿了。他用手捧起清水漱了漱口，洗了把脸，又在水中涮了涮毛巾。杨忠诚想把毛巾上的血迹洗掉，但最终毛巾上还是留下了一片暗红。杨忠诚用力拧了拧毛巾，擦了擦脸。此时他感觉到脸上火辣辣地疼。

杨忠诚站起身爬上斜坡，回到棉花担子旁边，把毛巾重新系在扁担上，然后一腚坐在了石窝边上。可他刚刚坐下，鼻子里就又开始流血了。他随手从旁边的担子里用力撕下来一块棉花擦了擦鼻子，棉花立刻被染成了红色。他扔掉那块棉花后又撕下来了一块棉花，并把它团成两个小团，分别堵住两个鼻孔。做完这一切后，杨忠诚坐在那里大瞪着双眼凝视着远方，大口大口地喘着粗气，胸口和肩膀在初升的太阳下剧烈地起伏着。他长这么大从来没有受过这样的窝囊气。杨忠诚从来不欺负别人，但他也不让别人欺负，今天小日本却当众那样殴打他，他自己却不敢做丝毫反抗，这在杨忠诚看来，简直就是奇耻大辱！此时此刻愤怒的心情就像一堆烈日里的干柴在他的胸中噼里啪啦地燃烧着，那熊熊的火苗直冲心门，他的胸腔就像是一座沉默了多年，而又忽然活跃起来的火山，就快要在炙热中炸开了！

如今这个世道，很多事都让杨忠诚不止一次地愤怒过，但哪一次都没法和今天这一次相提并论。自从这日本兵来到平陵县，他就看不惯日本人的专横跋扈和对中国人的肆意欺凌。尤其是当他耳闻日本鬼子在平陵的大地上奸淫烧杀，犯下滔天罪行时，一股男儿的血性冲动让他难以抑制。有时候他就在想为什么日本人要从那么远的地方来到中国的土地上管中国人，欺负中国人？占中国人的土地，开采中国人的煤炭？为什么中国人非要忍受日本人的这些欺负？难道中国人天生就是被人欺负的命吗？不！不是的！是中国人太软弱了，日本人的这些臭脾气都是中国人给惯出来的！杨忠诚越想越气愤。最后他想这件事不能就这样算了！日本鬼子欺人太甚！是可忍孰不可忍！他要报仇！给自己报仇，也给那些受日本人欺负，被日本人杀害的平陵父老乡亲们报仇！有仇不报非君子！有仇不报枉为七尺男儿！平陵人不是好欺负的！南北街上的人更不是好欺负的！此时"报仇"两个字填满了杨忠诚的脑海。

可是杨忠诚转念一想，一个现实的问题又摆在了他的面前，那就是这仇该怎么报？现在日本人势大，日本鬼子手里有枪？他一个人势单力孤，而且他又手无寸铁，想报仇谈何容易啊？

忽然，杨忠诚的心里有一个办法，对！去当兵！只有当了兵，手里有了枪，才能杀日本鬼子，才能实现自己报仇的愿望。其实当兵这个想法他早就有，只是一直以来由于父母的反对让他不能实现。杨忠诚是个大孝子，父母的话他是不能不听的，尤其是父亲的临终嘱托。

为了恪守对父亲的承诺，他也一度断了当兵的念想。对于父母当初的反对，杨忠诚是能够理解的。在杨忠诚看来，他父母考虑得也是很有道理的。他们杨家在闫满庄是独门独户，家中就他一个男丁，在一般人看来他确实应该留在家里娶妻生子来延续杨家的香火。但尽管如此，杨忠诚在潜意识里还会感觉自己好像命里就应该去当兵。为什么总会有这种莫名其妙想法？他也很奇怪，也说不清楚，也许有些事情冥冥之中好像就是天注定了似的。记得有一次他赶王村集，看到有一个老先生用黄雀抽签的方式给人算命。他感觉很好奇就凑上前给自己算了一卦。结果那个黄雀叼出来的签上清清楚楚地写着"吃粮当兵"四个字。

杨忠诚平时是不信鬼神，不信抽签算卦这一套的，但是今天他又情不自禁地想起了那次经历。也许当兵真的就是他命中注定的事情。想当年林冲不想上梁山，但是命运非要把他逼上梁山，林冲又有啥别办法呢？杨忠诚喜欢听书，这一段梁山故事他是很熟悉的。他甚至在想他杨忠诚今天的境遇和当年林冲的境遇差不多，现在日本人不是也把他逼到了这个份上了吗？

想到这里，杨忠诚一拍大腿，既然是命中注定，那他还犹豫什么呢？难道他还不如古人？杨忠诚终于在心中说服了自己，他给自己找到了一个去当兵的理由。于是他猛地从地上站起来走到担子中间，用力把扁担从担子中抽了出来，然后抬起脚，一脚一个，把两垛沉甸甸的棉花踹下石窝，那两垛棉花就像两个雪球，顺着斜坡翻滚着掉进了石窝底部的水里。"小日本，我日你奶奶！老子要去当兵啦！要是不杀了你们这些王八羔子我就不是杨忠诚！我就不是南北街上的人！"杨忠诚咬着牙，一边大声骂着一边扛起那根扁担，就像当年林冲上梁山一样，义无反顾地转身离去。

古月星转

十三

在临近中午的时候，杨忠诚来到了古月镇。他在街上的煎饼铺子里买了两张煎饼卷上大葱，就着水壶里的白开水吃了下去。

杨忠诚离开那个石窝后，起初他是想去北山找抗日救国军的，因为他听说马学富就在那支队伍里。但后来他考虑到北山离他家太远了，再说那支队伍现在在什么地方驻扎他也不清楚。现在活跃在平陵县地面上的抗日队伍不少，很多他都叫不出名字来。同时他也见过一些打着抗日旗号欺压百姓，鱼肉乡里的队伍，那样的队伍即使是真的打日本鬼子，他也是不会去投奔的。在杨忠诚看来，不拿老百姓当人的队伍和土匪没啥两样。后来杨忠诚想干脆就去南山投奔八路军吧，南山离着他家近一些，而且他在古月镇上见过八路军，在他看来八路军名声好，不欺负老百姓。还有就是他从前还给八路军贴过告示，到那里去应该更好说话一些，于是他就径直奔着古月镇来了。

杨忠诚吃完饭后来到巴漏河边上，他坐在河畔的一块大石头上一边休息一边盘算着下一步该咋办。他虽然在古月镇街上见过八路军，但他知道八路军并不在这里驻扎，他们都在山里。杨忠诚因为做生意的缘故曾经不止一次进过山，山里的一些村庄他也都去过，但八路军具体驻扎在哪里他还真不清楚，因此他一时也不知道该去哪里找。

杨忠诚在河边上坐了一会儿仍然没有主意，于是他站起身来，扛起那根扁担向着不远处一个朋友开的铁匠铺走去。他想去问问朋友，看是否能从朋友那里打听点关于八路军的消息。

杨忠诚进了那个铁匠铺，他朋友两口子赶忙起身给他看座。

杨忠诚的这个铁匠朋友叫刘大山。刘大山个子不高，长得黑黑壮壮的，他和杨忠诚已经相识多年了。刘大山祖祖辈辈都是铁匠，他也不知道他的祖上是从哪一辈开始干铁匠的，反正他从小就是听着打铁声长大的。平陵自古有"三多"：打铁师傅多、出门商人多、中药店铺多。过去有形容平陵铁匠众多的歌谣这样写道："庄庄净是叮当响，锤点压过寺庙钟；家家不用打鸣鸡，锤声连连报五更。"

"忠诚兄弟啊，可好久不见了，你是一直没来赶集还是不来我这里了？咋地？大哥惹着你了？"还没等杨忠诚开口刘大山就笑着问。

"大山哥这说的是啥话？咱是啥交情？哪有惹着惹不着一说啊？这阵子这边的生意不好做，我现在都是去北面赶集。"杨忠诚说。

"怪不得呢？昨天我还和你嫂子说起你呢。"刘大山看了一眼他媳妇张翠莲说道。

"可不是吗，我们都很挂着你。"张翠莲笑着说。

"谢谢哥哥嫂子牵挂着！你们的生意咋样啊？"杨忠诚问。

"唉！别提了。"刘大山用手一指旁边的铁匠炉说，"这不，炉火都熄了。"

这时杨忠诚才注意到刘大山铁匠铺里的炉子已经熄火了。

"咋回事啊，大山哥？"杨忠诚不解地问。

"还能咋回事啊？前段时间山里的八路下来把古月镇通往官庄路上的那个鬼子炮楼给端了。这鬼子为了报复就带着伪军到咱古月镇这里来打八路。八路早撤回山里去了，鬼子连个影儿都没见到。他们又不敢进山，就在镇子上糟蹋起咱老百姓来了。他们非说我家那些烧炉子的煤炭和那些碎铜烂铁都是什么战略物资。不管我怎么解释，他们根本不理，还踹了我一脚。这不就一点没剩都给收走了。"刘大山用手一指空空如也的墙角边说。

"那你的徒弟小六子呢？"杨忠诚问。

"炉子都关了，还留着徒弟干啥？先暂时让他回家了，唉！"说到这里刘大山叹了口气。

"这日本鬼子真是逼得咱没法活啦！咱要和他们去拼才行啊！"杨忠诚说。

"拼？咋个拼法？咱都赤手空拳的。"刘大山看了看杨忠诚。

"去投八路啊！八路有枪，可以端鬼子的炮楼，还可以杀了那帮王八羔子！"杨忠诚义愤填膺地说道。

"兄弟，你不是随口说说吧？"刘大山从他的老婆张翠莲手里接过一碗热茶递给杨忠诚。

杨忠诚接过茶水放在旁边的桌子上说："大山哥，我不是随口说说，我这就去投奔八路。你看看我这脸都肿了，这是今天早上被日本人打的，日本人欺人太甚啦！我要当兵报仇！"杨忠诚用手指了指自己的脸。

刘大山仔细地端详了一下杨忠诚说："兄弟，我说你一进来我就感觉你的脸色不好看呢，原来是碰上这事了。"

"忠诚兄弟，你稍等，我家里有药，我这就去给你拿。"站在一旁的张翠莲说完转身就要去拿药。

"嫂子，不用啦！不碍事的，咱庄稼人经得起折腾。"杨忠诚摆摆手说道。

"那药很管事的，是我们家祖传的方子，抹上去，脸很快就会消肿的。"刘大山示意他老婆快去拿药。

待张翠莲给杨忠诚的脸上抹完药后，刘大山问杨忠诚："兄弟，这到底是因为啥啊？"

"唉！窝囊啊！真说不出口，不说啦！"杨忠诚摇了摇头说。刘大山了解杨忠诚的脾气，就没有再往下问。

杨忠诚对刘大山说："大山哥，我今天到你这里来就是想问问你知不知道那八路军住在哪里？"

"我只知道他们就住在这山里面，具体住在哪儿我还真不清楚。不过古月镇这里倒是经常会来八路，我这铺子里也来过。尤其是到了晚上，他们会在大街上贴告示，到老百姓家里串门，还会给老百姓开会宣传抗日，我还参加过他们召集的会呢。要不你先在我这里住下，兴许他们今天晚上就会来。"刘大山说。

"那他们要是不来，兄弟不就白等了？"张翠莲插话道。

"是啊！嫂子说得对，要是他们不来，我可没有那么多工夫在这里等，我现在就想立刻当八路，拿枪打鬼子！"杨忠诚说。

"那这事就不好办了。"刘大山挠了挠头。

"算了,我看我干脆自己进山去找吧!"杨忠诚下了决心。

"进山去找?那山里那么深、那么大,有那么多村庄,你去找还不等于是大海捞针吗?"刘大山说。

"没有大哥说得那么邪乎,我进去以后挨个村庄打听就是了。只要他们住在山里,我相信就一定会找到的。"杨忠诚自信地说。

"那兄弟可要当心啊!山里路不好走,你又是一个人。"刘大山关切地说道。

"没事的,你放心吧!我这么大个人,我怕啥?"说完,杨忠诚站起身来就往门外走。

"这怎么说走就走啊?茶水还没喝一口呢!这都快中午头了,你该饥困了,吃了饭再走也不晚啊?"张翠莲赶忙说道。

"是啊,到了饭时了,吃了午饭再走吧!"刘大山也说。

"谢谢哥哥嫂子!我进门前刚在镇子上吃过了。"说着,杨忠诚出了刘大山的家门,拿起放在门口的扁担。

"兄弟要是找不到就早点回来,不行咱就在我的铺子里等他们来。"刘大山把杨忠诚送到大路旁又叮嘱道。

"我知道了大山哥,你回吧!"说完,杨忠诚把扁担扛在肩头,走向了古月镇一条通往南山里的路。

杨忠诚一直沿着蜿蜒崎岖的山路往山里面走,他逢村就进,进去了就打听村里有没有住着八路军。就这样,杨忠诚从中午走到日落西山,沿途找过七八个村庄,可就是连个八路军的影子都没有找到。有的村民听说他要找八路军,眼里还露出异样的目光,有的根本就不愿意搭理他,这让他很纳闷。他不明白找八路军怎么还这么不受人待见呢?八路军不是不欺负老百姓吗?

眼看着天就要黑下来了,杨忠诚心里开始有点着急了。刚才赶路他出了一身的汗,他把上衣都脱了,现在他又感觉到有些凉了。于是他用毛巾擦了擦身子,把上衣穿好,然后继续往前走。

山里的村庄间隔都比较远,有的在山坡上,有的在山沟里,路也不好走,杨忠诚这一路翻山越岭,着实有些辛苦。走着走着,他的肚子忽然开

　　　　　　　　　　　　　　　　　　　　　　古月星转

始咕噜咕噜地叫了起来，他感觉到饿了，也累了，可这时他也发觉此行忘记带干粮了。"怎么这么粗心啊！该在古月街上买几张煎饼带上啊！"杨忠诚暗暗地埋怨自己。

杨忠诚又往前走了一段路，然后在路边的一块石头上坐了下来。他拿出水壶，喝了几口水。水壶里还有不少的水，这是他在去上一个村庄时在村口的泉池边刚灌的。喝完水以后，他的肚子不再叫了，饿意也稍稍得到缓解。于是他站起身，把水壶系在腰间，扛着扁担继续往前走。他想在天黑之前赶到下一个村子，也好在那里找点吃的。如果那个村子里还没有八路军，他就找户好心的人家先住一个晚上，等明天早上起来他再接着往山里走，接着去找，反正他已经横下一条心，找不到八路军他誓不罢休。

天黑下来了，好在一轮明月挂上了天空。今天的月亮特别圆，也特别亮，掩盖了群星的光芒，把山中的夜晚照得像白昼一般。杨忠诚心里暗自高兴，刚才他还担心天黑了以后路不好走呢，这会儿脚下的路被月光照得清晰明亮，只见自己的影子紧随着脚步在山路上快步前移。

杨忠诚又往前走了一段路，虽然现在不像刚才那样饿了，但是他感觉腿上有点累了，有点走不动了，于是他想停下来坐在路边休息一下再走。可他刚刚停下脚步就听到身后好像有什么声响，他下意识地回过身去。这一转身让杨忠诚不由得倒吸了一口冷气，嘴里发出一声惊叹："呀！"原来在杨忠诚身后的不远处跟着两只狼，那两只狼在杨忠诚转过身来的那一刹那也停下了脚步。杨忠诚瞬间感觉到他的后背发凉，头皮发麻，身子像被人点了穴位一样，一下子定在了那里。

时间一秒一秒地过去了，杨忠诚和那两只狼都待在原地一动不动相互对视着。此时杨忠诚的心里非常紧张，那两只狼也可能是因为传说中的"狗怕蹲，狼怕站"的缘故，同样也受到了惊吓。

杨忠诚和狼就这样僵持了五六分钟。其实杨忠诚并不知道，这两只狼已经跟了他有一段路了，只是没有攻击他而已。狼没有对杨忠诚发动攻击可能是因为杨忠诚长得很高大，再加上他的肩膀上扛着一条长长的扁担，狼不知道那是什么武器。狼是一种非常聪明的动物，他们在面对猎物时一般不会轻举妄动，除非它们认为胜券在握。

在月光照射下，那两只狼的眼睛就像冬夜里的四颗星星透着幽蓝的寒光，一股杀气直逼人的心脏。这要是放在别人身上早就被吓个半死了，但是对于杨忠诚来说却不同。杨忠诚有一个绰号叫"杨大胆"，很少有什么事情能把他吓倒。此刻杨忠诚已经慢慢从最初的惊吓中镇定下来。其实杨忠诚现在之所以不再那么害怕了，主要还是因为这些年他走南闯北赶集做生意，在路上不止一次遇见过狼。他知道狼这种动物在一般情况下是不会攻击人的，它们平时见了人通常都会躲着走，除非是饿急眼了。杨忠诚心想现在是秋天，山里的兔子多得是，狼应该不缺吃的，它们两个跟着他也许是出于好奇。再说了，杨忠诚觉得自己人高马大有力气，而且他在小时候还跟着庄上的白广甲阿訇学过一段时间的棍术，虽然没有得到白阿訇的真传，但他舞起大棍来还是虎虎生风，常人是很难近身的。虽说他现在手里没有棍，但是他有一条陪着他走南闯北多年，多大分量也压不断的扁担。这条扁担特别结实有力，在扁担的两头，他都让他的铁匠朋友刘大山给打上了铁箍。记得有一次他下乡收购棉花，在一个庄头上遇到几只恶狗挡道，他一扁担扫过去，几只恶狗就被打得四散而逃。那几只狗不比眼前的两只狼小多少。如果现在要是这两只狼真的冲上来，他这一扁担下去，不把狼砸死，也得砸个半死。

杨忠诚仔细观察着眼前的这两只狼，他心想不管怎样，他这时都不能掉以轻心，这毕竟是两只狼，狼和狗有着本质的区别。他想他现在要做的就是首先要在气势上先压住它们，让狼即使想伤害他也不敢轻举妄动。当然在狼没有对他发动攻击之前，他也最好不要主动去招惹它们。眼前的这两只狼虽然他不怕，但狼喜欢打群架，这山里面肯定还有狼，如果它们要是把别的狼再招来，那可能就麻烦了。想到这里，杨忠诚把肩上的扁担拿下来往地上一戳，对两只狼吼道："你们两个畜生给我听着！今天咱井水不犯河水，各走各的路，你们要是不老实，我就砸碎你们的脑袋！"说完，他转身拖着扁担继续往前迈步走去，扁担头上的铁箍蹭着山路上的石头发出"嚓嚓"刺耳的声响。

杨忠诚边走边回头观看，但只见那两只狼先是在那里站着不动，然后一只狼留在了原地，一只狼又跟了上来，只是这次跟上来的这只狼离着他的距离比刚才要稍远一些。"怎么只有一只跟上来了，那只狼为啥停下了？"杨忠诚心里犯着嘀咕，他不时地回头看看自己的身后，时刻提防着那只狼靠近他，可是那只狼却始终和他保持着一定的距离，同时他发现另外的那一只狼也并没有跟上来。"看来那只狼是被他刚才的气势给吓住了，原来这狼和人一样也有胆子大的和胆子小的。"杨忠诚心里这样想着又往前走了二三里地的路程，来到了一个小山坡前。

杨忠诚借助着月光看到在那个小山坡上有一座小房子，他知道那应该是山里的放羊人或者是管山的峪倌用于休息和躲避风雨的地方。杨忠诚回头又看看身后，他发现身后的那只狼还是不远不近地跟着他。"难道这只狼今天晚上还真想吃人肉了？你的同伴在我尚且不害怕，难道就你一个畜生还敢有这样非分的念头？看我不打死你！"杨忠诚心里虽然这样想着，但此刻他却是又饿又累，真有点走不动了，可他的前面还是连一个村庄的影子都没有，他也不知道自己现在是走到哪里了。杨忠诚抬头看了看天空，月亮已经偏西，时间应该不早了。为了安全起见，杨忠诚心想还是先到山坡上的那个小房子里去躲避一下吧！如果按照眼前这种情况，就这么一直和这只狼耗下去也会是很麻烦的，于是杨忠诚离开小路，向着山坡上的那座小房子走去。

明亮的月光把小房子和它周围的环境都照得很清晰，杨忠诚快要到房子跟前时，他却突然停下了脚步，原来他发现一只狼蹲在小房子的门口，挡住了杨忠诚的去路。杨忠诚回头看了看身后，身后的那只狼也跟了过来，现在两只狼已经对他形成了前后夹击之势。杨忠诚心头一惊，他不知道这只狼是不是刚才没有跟上来的那一只？如果是，那它是什么时候绕到他前面来的呢？如果不是，那就是又来了其他的狼。难道眼前的这座小屋子是一个狼窝？要真是那样那可就麻烦了。想到这里杨忠诚的心里真有些紧张了。不过他很快又镇定了下来，因为借着月光，他看到那小房子的门口挡着一个篱笆门，这说明那里不是狼窝。既然不是狼窝，那眼前也就只有这两只狼，蹲在门口的那只狼一定是刚才没有跟他的那一只。"好狡猾的畜生啊！"杨忠诚心里暗暗骂道。

此时蹲在房门口的那只狼已经站起身，看样子两只狼已经做好了进攻的准备。面对这样的形势，杨忠诚并没有慌张，他回头看了看身后的狼，然后双手擎起扁担，径直地向房子门口的那只狼走了过去，同时他也用耳朵听着身后的动静。那只狼显然没有想到杨忠诚会直接向它走过来，它先是一惊，然后立刻向旁边走去，它走出去五六十米后蹲在了地上，眼睛看着杨忠诚。

杨忠诚见前面的狼躲开了，他回头看了看跟在身后的那只狼，他发现身后的狼也停了下来，也蹲在了地上看着杨忠诚，此时两只狼和杨忠诚所在的位置成掎角之势。

"看来今天晚上你们这俩畜生是想和我过不去啦！"杨忠诚心里这样想着却没有再理它们。他拎着扁担先围着房子转了一圈，他发现这房子是用石头垒砌起来的，房顶盖着厚厚的石板，非常结实，只是门口上没有门，是用一个树枝编成的篱笆挡在那里。杨忠诚又查看了一下四周，他发现在房子左右两边的几米处各有一堆柴火和一堆石头。看样子石头是建房子时剩下的，柴火应该是房子的主人用于天冷时取暖的。杨忠诚看到这里心里暗暗高兴，因为他心里有了底，在他看来今天晚上那两只狼是奈何不了他了。

杨忠诚用扁担从那堆柴火上挑下来一些树枝到屋门口的地上，然后又从旁边的草丛中抓过来几把干草。他把扁担放在手边，从身上拿出火柴点燃干草，又把旁边的树枝一棵一棵放在干草上，瞬间一堆篝火就在山坡上燃烧了起来。杨忠诚希望这堆篝火能把狼吓跑。他不停地向火堆上添柴，熊熊的火苗把房子四周照得比白天还亮堂。他抬眼看看那两只狼，他发现它们依然还蹲在那里，丝毫没有要离开的意思。"不是都说狼怕火吗？怎么这两只狼就不怕呢？"杨忠诚一边心里犯着嘀咕，一边拿起一个燃烧着的大树枝向那两只狼挥舞着大声呵斥道："你们两个畜生快点滚开！再不滚，当心我烧死你们！"那两只狼还是一动不动地蹲在那里。杨忠诚见状索性就不再管它们了，他拿着那个燃烧的树枝走到房子门口。他伸手移开篱笆门，俯下身子，伸进头去，用手中燃烧着的树枝照了照屋里面。他看到里面有一铺炕，炕上还铺着席子。

杨忠诚缩回头把树枝扔进篝火堆里。他又看了看远处的狼，那两只狼还蹲在那里。杨忠诚把扁担放在屋子门口，他开始从旁边的石头堆上挑选大块的石头往屋里搬运。在搬运石头的过程中，杨忠诚时刻注意着两只狼的动向。就这样杨忠诚一连搬进屋里十几块大石头，然后他把扁担和那个篱笆门都拿到屋里来。杨忠诚先是把篱笆门从里面堵在了门口，然后把那些大石头都一块一块地堆在了门口。等做完这些以后，杨忠诚真的是精疲力尽了，他也出了一身的汗，肚子也又一次开始咕噜咕噜地叫了起来。杨忠诚把扁担放在炕头，然后一屁股坐在了炕沿上。他解下腰间的水壶咕咚咕咚地喝了一阵子水，然后把盖好盖的水壶往旁边一扔，就顺势躺在了炕上。

十四

"出来！快出来！我们看见你啦！"

杨忠诚被一阵吵闹声惊醒，他揉了揉惺忪的睡眼，坐起身来，定睛向外观看。只见阳光顺着门口的篱笆门和石头的缝隙照进屋里，他知道天亮了。既然天亮了，外面还有人在喊叫，那狼肯定是已经走了。此刻，杨忠诚心想不管外面现在是个什么情况，总比有两只饿狼守在门口要吃自己好。

杨忠诚也不知道自己昨天晚上是什么时候睡着的，他只记得他刚躺到炕上不久，外面的火光就没了，那两只狼就开始围着房子嚎叫，然后就用爪子扒门口的篱笆和石头。尽管那两只狼很疯狂，但杨忠诚还是很放心的，因为他知道狼是进不来的。堵在门口的那些石头都很大，况且外面还有篱笆挡着，狼是根本扒不动的。但是他还是担心第二天早上要是那两只狼还不走那可就麻烦了。到那时他里无粮草，外无救兵，自己又人困马乏，即使不被狼吃了，也得困死在这个屋子里。不过他想着想着就睡着了，他这一天实在是太累了。

"出来！快出来！再不出来就开枪啦！"

这时外面又传来喊叫声。并有人开始用脚踹门口的篱笆门。

"等一下，等一下，我这就出去！"杨忠诚跳下炕，一边用力搬开堆在门口的那些石头一边大声回应道。

杨忠诚几乎是使出全身最后的力气才把那些石头搬开，最后他拿开那个挡在门口的篱笆门，俯身走了出去。

杨忠诚刚出门，还没等他直起身子，就被扑上来的几个人一下子按倒在地上，然后就用绳子捆绑他。

"你们是谁？你们干啥？"杨忠诚一边奋力挣扎一边质问道。怎奈此刻杨忠诚身上已经没有多少力气了，他只能任由摆布。

"你别管我们是谁？你先说说你是谁？你是干什么的？你来这里到底想干啥？你要老实交代！"几个人把杨忠诚五花大绑起来以后，一个人质问杨忠诚。

"我是来找八路军的？"杨忠诚晃动着身子说。

"看清楚啦！我们就是八路军！"一个穿着八路军军装的年轻战士用手指着自己肩上的臂章对杨忠诚大声说道。

这时杨忠诚看清楚了站在自己面前的几个人中有两个人穿的就是自己曾在古月镇上见过的八路军衣服。于是他高兴地喊道："八路兄弟！我就是来找你们的啊！你们干吗要把我给绑了呀？"

"喊什么喊？我们就是知道你是来找我们的，才把你给绑起来的。"一个年长一些、穿着八路军军装的人对杨忠诚说完，又转头问一个穿老百姓衣服的人，"是这个人吗？没错吧？"

那人点了点头说："是他，就是他，没错的。"

杨忠诚觉得这个穿老百姓衣服的人有点面熟，紧接着他就想起来了。他在路过一个村子的时候见过这个人，他还向他打听过哪里有八路呢，可这个人当时说他不知道啊！怎么现在他却和八路军在一起呢？这到底是怎么回事啊？杨忠诚心里很纳闷。

"愣什么神？快走！跟我们走！"那个年轻的八路军战士上前推了一把杨忠诚，打断了杨忠诚的思绪。

"我是来当八路军的！你们却把我给绑了，这是为啥？"杨忠诚一边跟着那几个人往山坡下走一边问道。

"再咋呼就把你嘴堵上！你个狗汉奸、狗特务！"那个穿老百姓衣服的人对杨忠诚骂道。

"你才是狗汉奸、狗特务呢！要是你昨天就告诉我八路军住在哪儿，也不至于我昨天晚上差点被野狼给吃了！"杨忠诚反驳并责怪道。

"都别吵了！等会儿到了驻地再说！"那位年长的八路军说。

他们一行人下了山坡，又往前走了四五里山路，然后他们拐进了一个山村。进了村子以后，杨忠诚看到街道上到处都有穿着八路军衣服的人，他想这里应该就是他要找的地方了。

杨忠诚低头看了看绑在自己身上的绳子自言自语道："唉！我是来投奔八路军的，是要来当兵的，可现在却被人家绑着进来了。"

"闭嘴！别说话！"年轻的八路军战士对杨忠诚训斥道。

杨忠诚瞪了那个战士一眼，他觉得这个战士太不友好了。

"你也别瞪我，一会儿你就老实了。"那个战士说道。

那几个人带着杨忠诚走到一条街的街角处，迎面走来一个穿八路军装的人和他们一行人打招呼："尚班长、小王，你们这是抓了什么人啊？"

"一个探子。"那个年轻的八路军战士抢着回答。

"啥叫探子啊？难不成你们把我当坏人了？"杨忠诚问那个年长的八路军战士。

那个战士没有理会杨忠诚，而是对那个问话的人说："还没搞清身份呢！"然后他又扭头对那个年轻的战士说，"小虎，在没搞清楚事情真相前你不要胡乱讲话好不好？"

那个年轻战士向刚才问话的人吐了吐舌头，不再说话了。

杨忠诚他们一行人继续往前走，最后进了一个院子。杨忠诚被带进了这个院子西屋的一个房间里。

"蹲下！"那个年轻战士从背后推了一把杨忠诚并命令道。

"我不喜欢蹲着！"杨忠诚转过身来没好气地回应道。

"哎！你都到这里了还不老实，我看得给你点颜色了！"说着那个战士就从肩上把步枪取了下来。

"咋的？你想枪毙我啊？看来你们八路也是徒有虚名，我这次是来错了！要杀要剐随你们便吧！"说完，杨忠诚挺直了腰杆。

"小虎，你沉住气，不要冲动。你和富贵同志先在这里看这人一会儿，我去和张书记汇报一下。"那个被人称为尚班长的八路军战士对年轻一点的八路军战士说道。

"是！"那个年轻的八路军战士立正回答道。

大约过了一刻钟的时间，那个尚班长领着一个干部模样的八路军走了进来。那个人进来后在一张桌子后面坐下，他抬头看了看杨忠诚，然后很严肃地问："你是哪里人？你进山来干啥？"

"我是山外古月镇北面闫满庄的，我进山是来投靠八路军打日本鬼子的。"杨忠诚很淡定地回答道。

"闫满庄？你是闫满庄的？"那个人略有所思后接着问，"你是闫满庄的，那你认不认识一个叫杨忠诚的人？"

杨忠诚听那人打听自己，不觉一愣，他有些不解地问："我就是杨忠诚啊，你咋知道我的？"

"什么？你就是杨忠诚？"那个人忽地一下站了起来，从桌子后面绕到了杨忠诚的面前。他借着屋门口透进来的光线仔细端详着杨忠诚。然后他忽然伸出双手一下子抓住杨忠诚被捆绑着的臂膀惊喜地说："还真是你啊老伙计！你这脸上一道儿一道儿的，我还真认不出来你啦！"

"你认识我？你咋会认识我？"杨忠诚觉得很奇怪。

"我当然认识你啊！你再好好看看我是谁？"那人说道。

杨忠诚仔细地看了看那人，然后摇了摇头说："真是对不住了！我好像不认识你。"

那人一把摘掉头上的军帽说："你再仔细看看！你好好回忆回忆，你还记不记得当年在古月镇集上……"

"噢！我想起来啦！你就是在古月镇集上让我贴告示的那个人！你今天穿着这一身当兵的衣服，还戴着帽子，我就认不出来啦！"还没等那人说完，杨忠诚就想起来了。

"快！快给忠诚同志松绑！"那个人命令道。

站在旁边的那几个人不知道这是怎么回事，他们赶紧上来七手八脚地给杨忠诚松了绑。

杨忠诚伸了伸僵硬的胳膊，他感觉到浑身乏力，就要摊在地上了。这时那位年轻的八路军战士从身后给他拿过来一个凳子，杨忠诚也不客气一腚坐在了凳子上。那人也自己拿了个凳子坐在了杨忠诚的对面，他抓住杨忠诚的手说："忠诚同志啊，你为什么要来参军啊？快先和我说说！"

杨忠诚没有立刻回答问题，而是问那人："我还不知道咋称呼你呢？上次见面也没有问你尊姓大名。"

"噢，我都忘介绍自己了，我叫张开疆，现在是这古月区的区委书记。"说完，他又用手一指站在旁边的那两位八路军战士接着说，"这位是咱区中队的尚兴邦班长，这位是战士王小虎。"

"那他是谁？"杨忠诚用手一指那位穿老百姓衣服的人问。张开疆书记笑了笑没有作答。

"要是他早告诉我你们住在这里，那我早就找到你们了！也就不用再大费周折了！"杨忠诚抱怨道。

"他的问题咱过会儿说，你先说说你的情况吧！"张开疆笑着说道。

杨忠诚瞪了那人一眼，然后就把自己过去这一天一夜的经历从头到尾地给张开疆书记说了一遍。

张开疆书记听后很感动，他再一次握住杨忠诚的手说："忠诚同志啊，让你受委屈了！我在这里向你道个歉！"然后他站起身来对尚兴邦班长说："你先带着忠诚同志去洗把脸，安排他吃饭，最好让他再睡个回笼觉，等忠诚同志休息好了再带他来找我。"

"我不困，我吃个饭就行。"杨忠诚说。

"那好，那你吃完饭就来找我吧！"张开疆书记说。

杨忠诚站起身跟着尚兴邦班长他们出去了。

大约过了1个小时，洗完脸、吃完饭的杨忠诚被领到了张开疆书记的屋里。张书记住在刚才那个院子相邻的一个院子的东屋里。这里既是张书记的住所，也是他的办公室。张开疆见杨忠诚进来，赶忙站起身给他看座。杨忠诚在一个凳子上坐下来。

"怎么样？吃饱了吗？还累吗？"张开疆在杨忠诚的对面坐下来关切地问。

"吃饱了，也不累了。"杨忠诚中气十足地说。

张开疆看了看站在旁边的尚兴邦班长笑了笑说："这刚才还是又困又乏的样子，现在可倒好，和没发生什么事儿似的，梁山的武松在景阳冈上斗了一只猛虎，咱们的忠诚同志在深山里斗了两只饿狼，武松是打虎英雄，忠诚同志就是斗狼英雄啊！咱们山东自古出好汉呢！"

听张书记这么一说，杨忠诚反而有点不好意思了，他连忙说："我怎么能和武松比呢？要比也只能和林冲比，尽管我没有林冲那样的本事，但我们同样都是被逼上梁山的。"

"噢，真看不出来忠诚同志对《水浒传》还很有研究啊！我记得上次你和我说你斗大的字认识不了一麻袋，看来那时你是打了埋伏啊！"张开疆笑着说。

"有啥研究啊？我这都是听说书先生讲的。我就上了几天私塾，后来因为家里穷就不去了。我爹说，长大了要做买卖，一个大字不识也不行。"杨忠诚赶紧解释道。

"张书记，我看就让忠诚同志到我们班来吧？如果他能加入，那我们班的战斗力立马会提升一大截。刚才我已经和他说好了，他也很愿意。"尚兴邦班长说道。

"是的，我愿意。"杨忠诚也赶忙说。

"先不要急嘛！等我和忠诚同志谈完了咱再说。"张开疆笑了笑。然后又对杨忠诚说，"忠诚同志，你能不能把你的家庭情况和我说一说？"

"好，那我就和张书记说说。"杨忠诚答道。于是杨忠诚就把自己家里的情况详细地告诉了张开疆书记。

听了杨忠诚的叙述后，张开疆书记站起身来，在屋子中间来回踱着步子，陷入了沉思。

过了一会儿，张开疆书记又坐下来，他目光和善地看着杨忠诚说："忠诚同志，我觉得你的情况很特殊。首先我们很敬佩你参军打鬼子的勇气，也很欢迎你的加入，可是你的母亲年纪大了，身体又不好，你的两个姊妹虽然经常住在娘家，可以照顾你的母亲，但那毕竟不是长久之计啊！不知道这些你想过了没有？"

听了张开疆书记的话，杨忠诚一下子沉默了。其实在这一天一夜的时间里，他一门心思想着的就是当兵打鬼子，其他的事情还真没想太多。现在经张书记这么一说，他才忽然意识到从昨天一大早出门到现在还没回去，他既没有和母亲打招呼，更没有告诉母亲自己来当兵的事。在这兵荒马乱的年月里他彻夜不归，家里人肯定都急坏了，还不知道那边现在是个啥状况了呢？想到这里，杨忠诚心里开始有些着急和不知所措了。

张开疆看出了杨忠诚的心理变化，他知道此刻杨忠诚的心里处在了两难的境地，于是就说道："忠诚同志啊，我现在倒有个两全其美的主意，你要不要听听？"

"有啥好主意你就快说吧张书记！"杨忠诚猛地抬起头，用急切而又期待的目光看着张开疆。

张开疆清了清嗓子说："现在鬼子在山外建立了封锁线，把米面粮食、棉花，还有煤炭等所谓的'两白一黑'定为战略物资，严禁通过封锁线进到山里来。眼下这些东西也正是咱们抗日根据地紧缺的。尤其是冬天马上就要到了，山里的八路军战士们急需要棉被和棉衣。我想你正好是在做棉花生意，你看你能不能先不当兵，先给咱根据地送加工好的棉花。其实抗日打鬼子有很多种形式，并不一定非要穿上军装，扛起枪。你给根据地送棉花，让战士们穿暖睡好，替你去打鬼子，替你报仇。这样你还可以回家照顾你的母亲，这岂不是两全其美的事？你说呢，忠诚同志？"

"如果这样也算是打鬼子报仇，那我就听张书记的，我愿意！"杨忠诚很爽快地就同意了。

张开疆站起身来拍了拍杨忠诚的肩膀关切地说："忠诚同志，谢谢你接受组织的安排！但是我要提醒你的是现在的敌人很疯狂，他们建立的封锁线也很严密，你带着战略物资过封锁线可不是件容易的事情，你要多当心啊！"

"我不怕！狼我都不怕还怕日本鬼子？今天见到了这么多八路军。有你们给我撑腰，我更是什么都不怕了，要是真的让鬼子给发现了，我大不了和他们拼命就是啦！"杨忠诚攥了攥拳头说。

"那可不行，咱的命可比他们的命珍贵，你今后还是要多加小心，争取顺利地完成每一次任务，你看好不好？"

"好！我这就回去操办。"说着杨忠诚站起身来就要往外走。

"不要这么着急嘛，我还没有给你交代完呢。"张开疆拉住杨忠诚，把他按回到凳子上。

"还有啥事啊张书记？"杨忠诚问。此时在杨忠诚的心里正牵挂着家里，牵挂着他娘。他知道他娘的脾气，他一夜不归，还不知道娘在家里已经急成了什么样？说不准又旧病复发了！

张开疆知道杨忠诚此刻很急着回家，他赶忙对站在一旁的尚兴邦说："尚班长，你快去把胡富贵同志叫来。"

尚兴邦班长应了一声出去了。

几分钟后，尚班长带着一个人进来了，这个人正是今天早上一起去抓杨忠诚的那个人。

杨忠诚一见他进来，就又瞪了他一眼。

张开疆笑了笑说："忠诚同志，我给你介绍一下，这位是我们的交通员胡富贵同志。"

胡富贵急忙上前伸出手，带着歉意说道："忠诚同志，真是对不起啊！你昨天到处打听八路军住在哪儿，我就以为你是敌人的探子，于是就向上级报告了。真是不好意思，让你受委屈了！我在这里给你赔不是了！"

"握个手吧！"张开疆书记微笑着看着杨忠诚说道。

杨忠诚听胡富贵这样一说，也就明白了。是啊，昨天他到处打听八路军住在哪儿，动静确实有点大，难怪人家怀疑自己？想到这里他赶紧站起身来和胡富贵握了握手。握完手后，杨忠诚又抱了抱拳。说实在的，现在他还不习惯和别人握手，这些年在集市上闯荡，他早已经习惯了抱拳行礼这种传统的礼节方式。

张开疆对杨忠诚说："忠诚同志，以后你就和胡富贵同志联系，送来的物资就交给他。另外要注意保密，千万不要让外人知道这件事情，就是和家里人也不要说。现在到处都是敌人的眼线，走漏了风声那可不得了！一定要保护好自己！"

杨忠诚连连点头说："我记住了。"

张开疆又对胡富贵说："富贵同志，忠诚同志从现在开始就是我们的人了，他先给咱根据地送棉花，你先带着他去后勤领上活动经费，另外给他拿些干粮，送他出山，不要太耽搁了，他家里人一定都在等他回去呢！"

"请书记放心，我一定安排好。"胡富贵答应道。

杨忠诚站起身来连连摆手说："张书记，不用送，回家的路我知道。"

"不行，一定要送。"张开疆书记笑着站起身来说道。

杨忠诚与张开疆书记、尚兴邦班长一一握手道别，然后就跟着交通员胡富贵出了那个院子。

十五

交通员胡富贵把杨忠诚送到村口，杨忠诚就说啥也不让他再送了。他告别胡富贵后，先是到那个山坡上的石屋里拿上自己那条心爱的扁担和那个放在炕上还有半壶水的水壶，然后他就急急火火地往家赶。

路过古月镇时他也只是短暂地歇了歇脚，然后继续赶路。天刚刚过了中午，杨忠诚就回到了闫满庄。

在庄头上，杨忠诚停下脚步，用手在胸口上扑拉了几下，平复一下心情。这一路他已经想好了怎么和母亲说了。杨忠诚是个实在人，他根本不会撒谎，但这一次他不得不和母亲撒谎了，否则他母亲以后就不会再放心地让他出门了。

杨忠诚顺了顺气儿后就往庄里走，可他没走几步就看到他表哥金宗才迎面走了过来。

"哥，你这是去哪儿啊？今天不是王村集吗？你咋没去赶集啊？"杨忠诚赶紧迎上前去和金宗才打招呼。

金宗才没有搭话，而是一把抓住杨忠诚的胳膊，把他拽到一个墙角处，脸色阴沉地问："昨天干啥去了？为啥晚上没回来？"

"我去古月镇办事了，办完事太晚了，就在铁匠刘大山家住下了。"杨忠诚把编好了要和母亲说的话对金宗才说了一遍。

金宗才瞪着杨忠诚，半天没说话。

"就是这样的！咋了哥？你不信我说的话？"杨忠诚问。

"你的那担棉花我已经给你送到东锦镇的加工作坊里了，但要晒干了才能加工,我和掌柜的说好了,你下个集再去取吧!"金宗才把目光从杨忠诚的脸上移开,看着远处说道。

杨忠诚先是一愣,然后他有些不解地问金宗才:"哥,那担子棉花我扔在石窝里了,你咋找到的?"

"你在铁路道口被日本人打了的事儿,集上的人都知道了,我会不知道?现在南北街上的人也都知道了。我昨天晚上在你家坐了大半宿陪我妗子。"金宗才说。

"我娘咋了?你快说哥!"杨忠诚急切地问。

"没咋,现在整个闫满庄就是她还不知道这事儿了。我已经嘱咐过街坊四邻和我两个姊妹了,不让告诉她。我昨天晚上和她说你去古月镇办事情了,晚上可能回不来,是你让我过去陪她的。"金宗才说。

"哥,你做的和想的都太周到了,这我就放心啦!谢谢哥啊!"杨忠诚高兴地说道。

"告诉我,你去古月镇干啥了?"金宗才又盯着杨忠诚问。

"哥,你是咋知道我去古月镇了?"杨忠诚觉得很奇怪,他心想他去古月镇的路上也没有遇到熟人啊!

"有人见你往南走了,你不是去古月镇还能去哪?"金宗才生气地说道。

"哥,真是太让你操心啦!"杨忠诚十分感激地说道。

"别说那些没用的,你还没告诉我你去古月镇做啥了?"金宗才不依不饶地追问道。

"其实也没做啥,就是心里憋得慌,想透透气,就跑到刘大山家串了个门儿。"杨忠诚虽然嘴上这样说,但是他心里却有点慌乱,因此说话的声调就降了很多。

"其实你不说我也知道,你不会撒谎,你撒谎也瞒不过你哥我的眼睛。"金宗才说。

杨忠诚不再作声了。

"你知道我这是要去哪里吗?"金宗才问杨忠诚。

"我不知道。"杨忠诚回答道。

"去找你,我昨天晚上就想好了,我就是把南山翻个底朝天,也得把你找回来！我舅没了，我不能眼看着我妗子一个人孤孤单单的，还要整天为你牵肠挂肚。你今天回来了就好，这说明你要么没找到人家，要么就是人家不收留你。"

杨忠诚忽然觉得自己的表哥好像能掐会算，此刻他再说什么都是多余的了，于是就低下头不再作声了。

"好了，不说这些了，你赶紧回家吧，见了我妗子，就把我昨天和他说的话给圆起来，免得她起疑心。"说完，金宗才转身就走了。

望着表哥金宗才远去的背影，杨忠诚忽然感觉眼眶一热，他用手擦了一把眼睛，然后快步向家奔去。

东锦镇和周边其他的镇子一样都是五天一个集市。今天是东锦集，杨忠诚到镇上的棉花加工作坊里把那已经加工好了的棉花担回了闫满庄。杨忠诚挑着一担棉花瓤子刚走到家门口，正好碰上马俊文从大街上走过来。

"忠诚哥，吃了吗？"马俊文问。

"在集上吃了。"杨忠诚回答道。

"怎么把瓤子挑回来了？在集上没卖了？"马俊文问。

"有一个大户人家定了，我明天一早给人家送过去。"杨忠诚边说边往自己家大门口走。

马俊文赶紧走到杨忠诚家门口替杨忠诚叫门。

杨忠诚的外甥米献祥从里面把大门打开。这孩子现在已经十二岁了，虽然个子不高但很懂事，只要他住姥娘家，总是给杨忠诚家的大门早晚地听着动静。在这动乱的年头，谁家的大门在平日里也不敢敞开着，但有人来串门不给人家及时开门又是失礼的。平陵是礼仪之邦，在这方面很讲究。

杨忠诚家的大门过道很窄，马俊文和米献祥一前一后帮着杨忠诚扶着担子，杨忠诚把担子挑进了小东屋，空间不大的小东屋放进这一大担棉花瓤子立刻显得更加窄小了。

杨忠诚放下担子后，外甥米献祥赶紧递过来一块湿毛巾。杨忠诚接过来擦了擦脸、脖子和胳膊，把毛巾搭在椅子背上。米献祥又给桌子上的茶壶倒上水，然后就退出去了。

"俊文兄弟，最近忙得咋样啊？"杨忠诚把马俊文让到椅子上坐下问道。

"田里的庄稼都收完了，今年的收成还不错，地瓜干子也都卖了，就是从东锦赶集回来的路上，在岗楼子那里被那个汉奸魏三敲了个竹杠，破了点小财。"马俊文说。

"你家的日子没啥要紧的，有祖上留下的那些田地，也难为不了多少，不像我家，唉！"杨忠诚叹了口气。

"这年头种点庄稼也是提心吊胆地操着心，要紧的到这收成的时候，大鬼小鬼都得喂到了，一个照应不到就不得了。今年秋天我那地里的地瓜和花生被人偷了好几次，只好让地跟前鬼子岗楼里的伪军帮着照看一下。这回倒是没人偷了，干脆改成明着要了，而且要煮熟了送过去。要是再等几天收成会更好些，可没法等了，再等就被人家都要没了。明年我说啥也不种这些营生了，唉！"说到这里马俊文也叹了口气。

"放心兄弟！日子不会总是这样的。"杨忠诚宽慰道。

"可也不知道啥时候才是个头啊？"马俊文有些惆怅地说。

"咱不说这些烦心的事了，我想问问学富现在有消息没？这孩子出去的日子可真不短了！"杨忠诚端起桌子上的茶壶给马俊文倒了一杯茶水接着说。

马俊文向前凑了凑身子，压低了声音说："来信了，这小子确实在北山呢，他先是在抗日救国军里干，现在是八路军了，已经是个班长啦！"

"噢，这小子行啊！有出息，这回你家里就该放心吧？"杨忠诚说。

"放心个啥啊？脑袋别在裤腰带上，谁知道以后会咋样？"马俊文忧心忡忡地说。

"总比一点准信都没有好吧。"杨忠诚安慰道。

"忠诚哥，这事儿可不能跟外人说啊！要掉脑袋啊！我们家对外还是说他闯关东去了。"马俊文叮嘱道。

"你还不放心你哥我啊？"杨忠诚看了一眼马俊文。

"放心，要是不放心我就不说了。"马俊文喝了口水，笑了笑说。

杨忠诚拿起茶壶，又要给马俊文的杯子里倒水。

马俊文伸手拦住说："忠诚哥，别倒了，我不喝了，要不今天晚上就到我家吃饭咋样？"

"今天就不去了，我晚上出去有点儿事。"杨忠诚说。

"啥事儿不能改天啊？"马俊文好奇地问。

"啥事就不和你说了，你要不喝水了就先去忙吧！我也累了，想歇一会儿。"杨忠诚说。

"那好吧，那我就先走了，我改天再来叫你。"马俊文说完话站起身来，有些失望地走了。

杨忠诚没有和好友马俊文说的事儿是眼下他和任何人也不能说的事儿，他记住了张开疆书记说的话，要保密。今天晚上他就要去南山给八路军送棉花。杨忠诚从山里回来这几天一点也没闲着。本来在路上他是想回来后赶紧拿着交通员胡富贵给的钱下乡去收棉花，争取早一天把加工好的棉花给八路军送去。因为胡富贵说山里的队伍壮大得很快，急需要这些军用物资。可是杨忠诚没想到他的表哥把他丢在石窝里的那担棉花给找了回来，还送到了加工作坊里，这样他就可以提前给八路军送去了。

这两天的白天和夜里，杨忠诚把从闫满庄到古月镇能走的路反复侦察了好几遍。他心里清楚给八路军送棉花和他平时赶集走路可大不一样。赶集可以走大路、过岗楼子。但是给八路军送军用物资那只能是走小路，而且一个人也不能碰到，尤其是不能与鬼子和伪军碰上面，要是碰上了那可就麻烦了。

经过几天的侦察，杨忠诚给自己确定了一条进山的路线。那就是出了闫满庄的庄南头往西下到河滩里，再顺着河滩往南走。一直走到古月镇北面的公路边上，越过公路到大鱼山脚下。从大鱼山再翻过去就是古月镇了，其实到了大鱼山脚下就安全了。古月镇那边有胡富贵给他说的交通站，胡富贵会在那里接应他。

明天是古月镇大集，杨忠诚决定今天夜里四更天就出门。

杨忠诚吃完晚饭，在母亲的屋里和两个姊妹围着母亲说了一会儿话，就回屋休息了。睡前他让外甥米献祥听着外面更楼上的动静，在四更天里叫醒他。外甥大了，现在和他住在一起。

庄子中间的更楼上刚打完四更，杨忠诚就一下子爬了起来，他穿上衣服下地，洗了把脸，从壶里倒了点水喝。

外甥米献祥从床上爬起来揉了揉眼睛问："舅舅，你今天赶集怎么起这么早啊？我还想等一会儿再叫你呢。"

"今天要办的事多，你记得一会儿开大门时声音要小，别惊到你姥娘她们。再有告诉你姥娘我要晚上才能回来。要是我回来晚了，你们就先吃饭，别等我。"杨忠诚对外甥嘱咐道。

"舅，我记下了。"米献祥一边应着一边穿好衣服下地。

杨忠诚出了家门，挑着担子沿着南北街向南来到庄头上。他把担子放在一处墙角的阴影里，悄悄地向不远处鬼子的炮楼张望。借着忽明忽暗的月光，他发现炮楼上已经没有了人影。于是他挑起担子向西边的河滩走去。他不敢快走，因为这副担子太重，把扁担都压得弯弯的，尽管杨忠诚十分注意，可那扁担还是发出了轻微的吱吱呀呀的声音。

"干什么的？"在炮楼上忽然传来一句问话。

这突如其来的状况把杨忠诚吓了一大跳，他的身体不由得晃了一下，那担棉花差点没从肩上滑落下来。

"干什么的？说话！"随着话音一束手电光照了过来。

"是景玉兄弟啊！我是杨忠诚！今天你当值啊？"杨忠诚听出来问话的是曹家街上的曹小五。曹小五大名叫曹景玉，鬼子在闫满庄建炮楼后从庄里招募伪军，曹小五就去了。自从曹小五跟着杨忠诚从煤井逃生后，他就和杨忠诚走得很近。但曹小五当了伪军后，杨忠诚就没再见他，可没想到今天在这里碰上了。

"是忠诚哥啊！这么早这是去哪啊？"曹小五关了手电筒问。

"去古月镇赶集啊，早去了能占个好地方啊！"杨忠诚答道。

"天黑，注意脚下啊忠诚哥！"曹小五说道。

"谢谢兄弟！我记下啦！"杨忠诚说完继续向河滩走去。

不知不觉中杨忠诚被惊出了一身冷汗，要知道那个炮楼里住着好几个鬼子呢，要是曹小五不关手电，被鬼子看到了那就麻烦了，杨忠诚在心里暗暗感激着曹小五。

几分钟后，杨忠诚终于来到河岸边，他从自己事先选好的地方下到了河滩里。这条河是巴漏河的一条分支，现在是枯水期，河道里除了一处处的小水洼，没有什么水。

进了河道，闫满庄庄头炮楼上的人就看不到了，但是杨忠诚丝毫不敢怠慢，他加快了脚步，顺着河道向南走去。

大约走了一个小时，杨忠诚的面前就是古月镇北面的那条公路了，这里也是鬼子最严密的一条封锁线。杨忠诚放下担子，从扁担上解下毛巾擦了一把脸上的汗水，然后爬上河岸观看动静。

鬼子建在大路口上的炮楼离这里大约有二里地，杨忠诚看不清楚那里的具体情况，只能隐隐约约看到炮楼的轮廓，不过公路上来回巡逻的铁甲车此时已经没有了踪影。杨忠诚放心地回到了河岸下，他担起棉花顺着河道的西岸继续快步往前走。他想在前面的桥头处上岸，然后越过公路后再下到对面的河滩里，往前再走不远他就可以进山了，到那时一切也都安全了。

正当杨忠诚快要接近公路桥头的时候，忽然一道白光从他的头上扫过，把他对面的河岸和河滩照得亮如白昼，杨忠诚吓得一屁股坐在了地上，一担棉花也滚到了一边。

那道白光慢慢地向南移动，然后消失了。

杨忠诚的心脏扑通扑通地快要跳出来了。这一情况来得实在是太突然了，让他始料未及。他知道这白光来自鬼子炮楼上的探照灯。这种探照灯在东锦镇铁道边的炮楼上有，杨忠诚见过，可他没见到古月镇这边的这个炮楼上也有，昨天晚上他来侦察情况时也没有发现啊？怎么现在突然间就有了呢？这是什么情况啊？幸亏他刚才走的是河道的西边，如果他还在河道的东面走那就完了！杨忠诚一边想一边平复着自己的心情。

待杨忠诚慢慢镇定下来后，他起身重新担起那两垛棉花，身子紧贴着河道西岸的石壁快步向公路桥方向靠近。这时探照灯的光束再次从他的头顶上划过，好在这次他不用再害怕了，因为他知道探照灯照不到他。

杨忠诚终于来到了桥下，他放下担子，蹲在石壁底下静静地观察着眼前的情况。因为桥下面有水，过不去人，他只能从这河滩上去，越过公路，然后再下到对面的河滩里。杨忠诚发现这个探照灯每次照射的间隙都很短，要是按照这个时间空当他根本就过不去。怎么办？杨忠诚一时没了主意。他心想要是这样回去对于他来说倒也没啥损失，因为这担棉花瓢子还可以担到集上去卖掉，他也会挣钱的。可是他答应人家八路军的事咋办？男子汉大丈夫一言既出驷马难追，说啥也不能失言啊！后来他想要是今天实在没法过去，那他明天也要想别的办法进山，不管咋样也要把棉花给人家山里的八路军送过去，说啥也不能耽误了人家的大事。杨忠诚的心里一边这样盘算着一边身子紧贴着河岸石壁，眼睛一眨不眨地观察着眼前的情况

鬼子炮楼上的探照灯不停地一遍一遍地来回照射，过了大约两袋烟的工夫，杨忠诚忽然发现探照灯照射的间隔开始大了。他又仔细观察了几遍，觉得机会来了。于是他挑起担子，待鬼子的探照灯刚刚划过头顶的一瞬间，便快步跨过河滩，冲上河岸，然后越上了公路。

杨忠诚刚刚越过公路，重新下到桥南面的河滩里，鬼子的探照灯就把公路和河岸又照得亮如白昼了，而且这次停留的时间还特别长。

"好险啊！"杨忠诚用手擦了一把额头上渗出的汗水，挑起担子沿着河道西侧快步向大鱼山的山脚下走……

杨忠诚虽然路上遇到了一些突发状况，好在有惊无险。当他到达古月镇，找到交通员胡富贵给他说的那个八路军的交通站时，胡富贵很吃惊，他真没想到杨忠诚这么快就把棉花给送来了。看着那两垛雪白的棉花瓢子，胡富贵笑得合不拢嘴，连连称赞道："忠诚同志，你真不简单啊！"

杨忠诚在交通站里吃了早饭后，胡富贵就引着他进了山。路上胡富贵想替杨忠诚担一段路，结果他根本挑不起来那副担子。胡富贵没想到那担子会那么沉，他又竖起大拇指，连连称赞道："忠诚同志，你真是神力啊！怪不得两只狼都不敢围你的边呢！"

到了根据地以后，张开疆书记对杨忠诚的工作非常满意，尤其听胡富贵说他想替杨忠诚挑担子，结果差一点没把腰压断时哈哈大笑，他拍着杨忠诚的胳膊夸奖道："鲁智深倒拔垂杨柳，咱忠诚同志也是力大无比啊！"

听了张开疆书记的夸奖，杨忠诚不好意思地连连摆手道："书记你过奖了！"

中午，张开疆书记特意叫来八路军胡山区中队的朱明锐队长，一起陪着杨忠诚吃了午饭。饭后，张开疆书记又亲自送杨忠诚出八路军驻地的村口。这让杨忠诚十分感动，他心中暗想："人家对咱这样好，咱以后一定要

好好干！一定要对得起人家的这份情义。"

杨忠诚回到闫满庄南北街时，天已经完全黑下来了。一家人正在家里等着他回来吃饭。杨忠诚进门后，他的姐姐和妹妹赶忙端出饭菜，一家人开始围坐在一起吃饭。

正在这时，闫满庄的北面忽然传来密集的枪声，吓得杨忠诚一家人都放下了碗筷。

杨忠诚仔细听了听那枪声，然后他站起身来就要往外走，他母亲一把拉住他问："儿啊，你要做啥去？"

"娘，我出去看看。"杨忠诚说。

"你去看啥？咱家大门早就关死了，你这会儿哪也不能去，那外面的枪子又不长眼睛！"杨忠诚的母亲着急又生气地说道。

两个姊妹也劝他不要出去。

杨忠诚只好坐了下来。这时闫满庄的北面已经是枪声大作了。

十六

枪声响起的地方是官庄煤矿二矿，也就是原来的闫家煤井。此时，一伙蒙面人正把矿区团团围住，并和守在里面的人展开激烈的枪战。守在矿区里的是官庄煤矿特务队的队员，他们一共有十几个人，而外面包围他们的蒙面人却有几十个。仗打得异常激烈，外面的人拼命往里攻，里面的人则拼死抵御。

此时，在官庄煤矿特务队的办公室里，特务队长满仲哲正和几个特务队的小头目吃着饭，他对发生在二矿的事还全然不知。现在坐在满仲哲身边的两个小头目分别叫赵梓明和徐步达。这两个人眼下都是满仲哲的亲信。满仲哲发现这两个人会说话、会来事，脑袋瓜了转得快，可以培养使用，就把他们都提拔成了特务队的小队长。两个人上任以后，果然不负满仲哲厚望，目前已经成了满仲哲的左膀右臂。

"队长，现在咱特务队的地位那是直线上升，队长你也深得官泽帷重先生的赏识，日后必当前途无量啊！我祝队长步步高升！"赵梓明奉承道。

"赵梓明说得对，队长日后必当前途无量。"徐步达也附和道。

另外几个小头目也纷纷恭维满仲哲。

满仲哲看着大家众星捧月般地围在他身边，心里那个高兴劲就甭提了！他开心地说："一个篱笆三个桩，一个好汉三个帮嘛！常言道，众人拾柴火焰高。只要弟兄们跟着我好好干，我满仲哲绝不亏待各位弟兄！"

正在这时，一个特务慌里慌张地跑进来大声报告："队长，从闫满庄庄北方向传来枪声，好像是我们二矿那里出事了！"

"你说什么？"满仲哲一下子从椅子上站了起来。

"好像是我们官庄二矿那里出事了。"那个特务重复道。

"快快快！你们快集合队伍，咱们到二矿去。"满仲哲对几个特务头目命令道。

"是！是！"赵梓明和徐步达等几个特务头目立即跑出屋去。

满仲哲带着三十几个特务火速奔往闫家井。随着枪声越来越近了，满仲哲可以确认就是闫家井那边出事了，他心里很着急，一边跑一边大声催促着其他特务："弟兄们！再快点！"

很快满仲哲他们就跑过巴漏河的桥头，可就在他们接近一片小树林的时候，忽然一排子弹从树林里射了出来。"啪啪啪！"

满仲哲的特务队只顾着往前跑了，根本没有想到会有人伏击他们，猝不及防中几个特务栽倒在地，当场毙命，满仲哲的裤子也被子弹打了个洞，好在没有伤到身体。

"快卧倒！"满仲哲一边趴下，一边向其他特务命令道。

"哒哒哒！"一排机枪子弹又密集地向满仲哲他们射了过来。满仲哲带着特务们退到一个土坡的后面。

"队长，有伏击呀！咱该咋办啊？"赵梓明爬到满仲哲的身边焦急地问。

"他娘的！这是哪里的队伍？怎么还有机枪啊？"满仲哲很不解地说道。

"队长，看来敌人是早有准备，这是专门来阻挡咱去二矿的。"徐步达也爬到满仲哲的身边说道。

"如果单纯是阻挡咱们去二矿增援的还好说，就怕他们这是围点打援啊！"满仲哲很忧心地说。

正在满仲哲担心前面的人会冲过来消灭他们时，前面的枪声却戛然而止。

"队长，看来他们就是阻挡我们去二矿增援的。"赵梓明说。

"你爬到坡顶上看看是啥情况。"满仲哲对赵梓明说。

赵梓明慢慢爬上了土坡，瞪大了眼睛向前方观看。

"队长！啥也看不清啊！"赵梓明回头小声说道。

正在满仲哲还想让赵梓明再仔细看看时，对面的机枪忽然又响了。

"哒哒哒！"一排机枪子弹又密集地向土坡这边射了过来。赵梓明一个跟头就从土坡上滚了下来。

"梓明，没伤到吧？"满仲哲赶紧拉起赵梓明很关切地询问。

赵梓明摸了摸脑袋心有余悸地说："没事队长，没伤着。"

这时闫家井方向的枪声一直响个不停，但满仲哲他们却被困在土坡下寸步难行。满仲哲听着闫家井方向的枪声急得直跺脚。

"队长，我们要是不能及时赶到二矿，那里可能会出大事情啊！"徐步达很心急地说。

"就他妈你心里明白，好像别人都不知道似的？来，我和赵梓明掩护，你带着你的小队先冲出去！"满仲哲很不耐烦地对徐步达命令道。

徐步达真想扇自己一个大嘴巴子。他本来想表现一下的，没想到却惹事上身，但是满仲哲已经下达了命令，他也只能硬着头皮上了。

满仲哲和赵梓明带着十几个特务慢慢爬上土坡，他们忽然举枪向小树林里射击。徐步达则带着他的特务小队，跃身而起从土坡后面冲了出去。

"哒哒哒！""啪啪啪！"瞬间，对面的子弹像雨点一样砸了过来。冲出去的特务又有两三个被打趴下了。徐步达连滚带爬地撤回到了土坡后面。好在他没有受伤，但是他却再也不敢说话了。

看来想强行冲出去是不可能了。此刻，满仲哲的大脑在飞快地转着，他在理着思绪，想判断出到底是出了啥事。他想可能是八路军来抢煤炭了。这段时间日本人对南山八路军的根据地封锁得很严，八路可能被封锁急了，想到老虎嘴里拔牙。不行！宫泽帷重现在不在平陵，如果这个时候矿上出了事情，他作为负责安保的特务队长实在是担当不起！满仲哲想到这里就把赵梓明叫过来说："你立刻带个弟兄去东锦镇特务大队找大队长金魁，向他报告，请他火速派人前来增援。"

"是的队长！"赵梓明马上叫了一个手下，转身猫着腰在土坡地遮挡下向后退去。

满仲哲派人要去找的金魁是山东矿业公司警务科设在东锦的特务大队

的大队长，是满仲哲的顶头上司，但平时满仲哲仰仗着和宫泽帷重的关系，不怎么把金魁放在眼里的。

金魁在东锦镇这一带很出名，是个心狠手辣、十恶不赦的大汉奸。金魁的特务大队下设四个中队，满仲哲的特务队就是其中之一。金魁的特务大队虽然叫煤矿特务队，但是他的人在东锦镇这一带到处为非作歹，无恶不作，矿工和百姓们都厌恶地叫他们"煤叉子"，金魁本人更被称为"金魔头"。

满仲哲平时是不会求到金魁的，他对金魁也没啥可求的，他的特务队虽然隶属于金魁的特务大队，但是官庄煤矿这一带俨然就是个独立王国，在这里除了宫泽帷重就是他满仲哲了，可以说他是一人之下万人之上。另外满仲哲从骨子里也瞧不起金魁，在他看来金魁这个人除了会干点坏事也没啥别的本事。不过金魁毕竟是他的上司，逢年过节意思意思还是要有的，只不过每次他都是安排人把东西送去，他满仲哲是不会放低身段亲自去的。但是今天满仲哲实在是没有办法了，他只能向金魁求援。

闫家煤井的枪声终于停了下来，月光下的矿区内十几具特务队员的尸体横七竖八地躺在各处。那伙蒙面人涌进了矿区，矿区外面的四周也站满了担任警戒任务的蒙面人。站在矿区院子中央的一个蒙面人对身边的人说："快去把在井下的人都喊上来。"

"是的参谋长！"那人应道。

"不是今天不让你们这么叫吗？"那人压低了声音呵斥道。

"明白了头儿。"那人应了一声，转身向井口处奔去。

这时在井口处负责往上运煤的几个矿工都趴在地上，吓得浑身发抖。那个蒙面人随手抓起来一个矿工命令道："快，下去叫井里的人全部都上来！"

"好好！是是！"那个矿工惊恐万状地应道。

大约过了半个小时，几十个矿工都被集合在煤矿的院子里。有些矿工根本不知道上面发生了啥事，当他们看到院子里特务们的尸体时都被吓得魂不附体，有的人干脆闭起眼睛不敢看了。这时那个被人称为参谋长的蒙面人对矿工们开始训话："矿工弟兄们！我们今天是来打日本人和汉奸的，不伤害弟兄们，你们都回家去吧！以后别再到日本人的井上下窑了，否则，下次再让我们碰到，就以汉奸论处啦！你们听见了没有？"

"听见了。"矿工们都赶紧应道。

"那就快走吧！"那个蒙面人挥了一下手，矿工们都不敢去换衣服就四散而去了。

蒙面人训完话，刚才称他为参谋长的那个蒙面人就过来请示道："头儿，下一步咋办？"

"把电机扔到井里去，把井架推倒，把井口给他炸了，把这里的房子都点着，然后拉上他们办公室里的保险柜走人，以后这里不会再有官庄煤矿二号矿了！"那人慢慢地说道。

"明白了头儿！"那个蒙面人答应了一声转身去办事了。

赵梓明带着一个特务一路小跑地进了东锦镇，他们在特务大队的宿舍里找到了大队长金魁。金魁穿着一身睡衣，坐在椅子上脸色阴沉地听完赵梓明的报告后半天没有言语。

"大队长，这股人马来势凶猛，装备精良，恐怕官庄二矿凶多吉少啊！您得快点出手救援啊！"赵梓明焦急地恳求道。

"这三更半夜的，敌情又不明，我们贸然出兵，要是像你们满队长那样中了埋伏咋办？"金魁反问道。

赵梓明被金魁问住了，他不知道该咋回答，只能急得直搓手。

过了一会儿，赵梓明又忍不住问金魁："大队长，那可总得有个办法啊！我们满队长还被困在小树林那里呢！"

"这样吧，你先回去告诉你们满队长，就说我自有办法。"金魁站起身来摆了摆手说。

金魁下了逐客令，赵梓明只好无奈地退出了金魁的屋子。

赵梓明走后，金魁在屋子里来回走动。他心想虽然平日里满仲哲不怎么买自己的账，但总体上还算过得去。满仲哲有宫泽帷重做靠山，狂傲一点也实属正常。其实此刻他和满仲哲的关系并非他考虑的重点，他考虑的重点是官庄二矿是宫泽帷重的一块自留地，这一点大家心里都清楚。现在那里情况紧急，如果他袖手旁观，那官泽帷重回来后肯定要追究他的责任，保卫平陵境内煤矿的安全可是他特务大队的职责所在。想到这里，金魁立刻脱掉睡衣，换好衣服，火速集结队伍，向官庄煤矿二矿进发。

赵梓明从金魁处出来后，和那个等在门外面的特务一路飞奔回到了满仲哲身边，他气喘吁吁地把在金魁大队长那里汇报的情况和金魁的回话向满仲哲原原本本地说了一遍。

"他娘的！这个王八蛋这是见死不救啊！"满仲哲狠狠地一拳砸在土坡上。

正在这时，在官庄二矿方向忽然传来了几声巨大的爆炸声，紧接着那里火光冲天，离着几里地都能清晰地看见火光。

满仲哲面对眼前这一幕真的急红了眼，他举起手枪大声喊道："弟兄们！我满仲哲平时待大家可都不薄啊！今天就拜托大家啦！给我冲出去！"说完他第一个带头冲出了土坡。

"哒哒哒！"对面的机枪再次喷出了火舌，又有几个特务瞬间就被放倒了。满仲哲也从土坡上一个跟头栽了下来，这次他的左臂中弹了。满仲哲扔掉手枪，用手捂着伤口，坐在地上仰天长叹："完啦！二矿完啦！"

特务们都赶紧围过来，七手八脚地给他包扎伤口。

时间一分一秒地过去了，满仲哲他们再也不敢往外冲了。也不知道过了多久，官庄二矿那边的火光没有了，整个四周都静了下来。满仲哲带着几个特务悄悄地爬上土坡向对面张望。此刻对面的小树林里也静悄悄的。虽然现在的月光已经变得很亮了，但是小树林里的情况还是看不清楚。满仲哲举起枪向着树林子里打了一枪，然后赶紧和几个特务缩回了头，可那边这次并没有像刚才那样还以颜色。

又过了一会儿，满仲哲又和那几个特务慢慢地探出头去观察情况，他们发现对面还是一片安静。

"队长，他们是不是撤了？"徐步达说。

"来，我们一起射击！"满仲哲命令道。

"啪啪！啪啪啪啪！"枪声在夜空里回荡，对面的小树林里依然没有动静。满仲哲站起身来命令道："兄弟们，敌人撤了，快！快跟我去二矿！"说完，满仲哲就向小树林方向冲了过去。

特务们都从土坡下面爬出来，跟着满仲哲向官庄煤矿二矿方向飞奔而去。

满仲哲到达二矿的时候，金魁带着人已经先一步到了。

满仲哲见金魁已经来救援了，心里稍稍宽慰了一些。其实刚才在路上他还想着怎么在官泽帏重面前告金魁的状呢。现在他想尽管金魁没有先去救援他，但他毕竟还是到矿上来了，按说这也是在情理之中。不过满仲哲根本不知道的是，金魁带着人早就到了，只是他的队伍并没有直接和那伙袭击煤矿的人接火。

金魁是很狡猾的，他在没有搞清楚敌情前是不会贸然出手的。金魁把自己的大部队先停在了远处，自己带着几个人悄悄接近煤矿查看情况。他借着火光看到对方人数众多，而且装备精良，心想这伙人都穿着便衣，蒙着面，不知道是哪路神仙？现在在平陵地界有国民党的军队，也有八路军的军队，还有一些大大小小的抗日武装。除此之外还有跟着日本人混的伪军。这伙人除了不是伪军，其他的情况都有可能。别看特务队平时耀武扬威的，其实他们就是一群乌合之众，欺负一下煤矿上的工人和四周的百姓还可以，要是真和这种装备精良的队伍干起来，那无疑就是以卵击石，这一点金魁心里是很有数的。再说这官庄煤矿是满仲哲的天下，和他金魁有啥利害关系？他今天之所以能带着队伍来救援在很大程度上就是做做样子，等官泽帏重董事长回来，他好有个交代。因此金魁就带着队伍潜伏在了煤矿的外面，他们一直等到那伙人炸了煤井，烧了房子，扬长而去后才装模作样地冲进矿区。

满仲哲望着躺倒在地的特务们的尸体和已经成为一片废墟的矿区心疼得掉下了眼泪。这些年，他对这里还是很有感情的。不管这个煤矿给他和他的家族带来了多少风雨，但毕竟现在它是在自己手上，他是这里的矿长。而且这里每年、每月、每天，甚至是每时每刻都能给他带来好处，那保险柜里刚换回来的几十根金条就能充分说明这一切。可现在的煤矿却成了眼前这个样子，他真不知道等官泽帏重回来后，他怎么向他交代。

　　　　　　　　　　　　　　　　　　　　　　　　古月星转

正在满仲哲胡思乱想的时候，金魁走到他的身边，拍了拍满仲哲的肩膀说："老弟，不要太伤感了啦！煤井给毁了，地下的煤炭不是还在吗？放心，日本人有的是办法，他们一定能再把煤矿恢复起来的。"

"我是心疼死去的这些兄弟啊！"满仲哲伤感地说。

"弟兄没了可以再招嘛！这年头愿意跟着咱干的人多了。实在不行，我就先从大队这边给你派些人手，你看咋样？"金魁说。

"谢谢！谢谢大队长今天能冒死前来救援，也谢谢大队长的安慰和体恤！人手我不缺，不过大队长的这份关爱仲哲心领了，容日后再报答！"满仲哲擦了一把眼睛抬手冲着金魁抱腕说道。

"哎！你这说哪里去了？什么报不报答的？咱是一家人，咱都是给宫泽帷重董事长效力的，以后还要精诚合作啊！"金魁笑了笑说。

满仲哲没有接金魁的话，而是忽然问金魁："金大队长，你们是几时到的？你们看到那是一伙什么样的人了吗？"

"我们来的时候人已经走了，根本没看到。不过虽然没看到，但我感觉这应该是八路干的。"金魁很自信地说道。

"嗯！我也是这样判断的。"满仲哲点点头说。

正在这时，忽然从矿区的围墙处传来微弱的喊声："满队长，满队长……"满仲哲和金魁先是一愣，然后几乎是同时向声音传来的方向奔了过去，原来在躺倒的特务当中还有一个人活着。

十七

　　官庄煤矿二矿被血洗的这件事轰动了平陵县，乃至整个山东省，也惊动了日本华北驻屯军司令部。驻屯军司令部司令官田代皖一郎中将下令要严厉追查，要尽快找出袭击煤矿的人，干净彻底地把他们消灭。驻屯军特务部派出由龟田一郎大佐任组长的调查组莅临平陵县官庄镇，专门调查和处理此事。

　　龟田一郎一到官庄就立即展开工作。受宫泽帷重指派，驻淄博平陵矿区的宪兵队和官庄煤矿的特务队全力配合龟田大佐的工作。一时间，日本宪兵和特务走村串巷，到处抓人，搞得官庄煤矿周边和东锦镇一带人心惶惶、鸡飞狗跳。

　　其实日本人的据点和驻地被袭击的事情时有发生，也经常会有日本人被打死，况且这次在蒙面人袭击煤矿中死的人也都是些给日本人做特务的汉奸，按说日本人没有必要如此大动干戈，那为什么这次日本人会如此重视这件事情呢？主要是有这么两个方面的原因：一方面是宫泽帷重这个人不简单，他的资历很老，在日本是受天皇接见过的人，而且他也是被日本政府特意从伪满洲国调到这里来掌管矿山工作的。这样一个人今天受了欺负，大日本皇军怎么可能等闲视之呢？第二个原因就是平陵县的煤矿被日本人视为他们重要的战略资源和发动侵略战争的经济命脉，而且袭击破坏煤矿这类事情从前在平陵县地界上是从来没有发生过的。如果不把这伙人找出来，把他们的组织连根拔掉，恐怕以后还会出现这样的事情，那平陵这一带的煤矿就都将处于危险境地，日本人的战略资源和经济命脉就会受

　　　　　　　　　　　　　　　　　　　　　古月星转

到长久的威胁，这是日本人决不允许的。由此也看出平陵县的煤炭资源在日本人心目中的重要程度。

这几天满仲哲有点心急如焚和惶恐不安。眼下官庄煤矿二矿遇袭事件的调查工作毫无进展，满仲哲从心里感觉到非常对不起宫泽帷重董事长。按说龟田一郎是整个事件调查工作的负责人，他满仲哲只是个当差的，他没有必要皇帝不急太监急。可是这件事情发生后，宫泽帷重的举动让满仲哲实在是太感动了。满仲哲原以为此次宫泽帷重回来后会首先责备和惩处他，他也做好了被解职，甚至是有更坏结果的心理准备，因为满仲哲心里清楚这件事情的影响实在是太大了！但是让他没想到的是宫泽帷重不但没有责备和惩处他，相反还关心他的伤势，请他吃饭，给他压惊。并且说幸亏他当时不在二矿，否则就再也见不到他了，他还让满仲哲以后千万要当心。这话直接感动得满仲哲痛哭流涕，他跪地发誓一定要配合龟田一郎大佐查出事件的真凶，给宫泽帷重一个满意的交代，以此来报答宫泽帷重对他的恩深意厚。因此这段时间以来，满仲哲不分昼夜、鞍前马后地围着龟田大佐转，随时听候调遣，同时他也把自己的手下指使得团团转。可是结果却很不理想，这也出乎满仲哲的意料。首先出乎他意料的就是他没有想到龟田竟然如此无能。龟田一郎像所有的日本军官一样，是个心狠手辣、凶残无比的恶魔。他来到官庄后就命令日本宪兵和特务队到处搜集线索，到处抓人，然后把抓到的人都统统带进精华公馆突击审讯。一时间精华公馆里人满为患。

精华公馆是日本在平陵县的最高特务机关。矿区特务队、警察所、地方警备队、"剿共队"等收集到的重要情报或抓到的重要嫌疑人都要交到这里来处理。它的内部设有刑讯室和监狱。皮鞭、老虎凳、压杠、辣椒水等各种刑具样样齐全，是个可怕的人间地狱。这几天就有几十号人因为煤矿遇袭的事在这里被审问、受刑，好多人被折磨得死去活来。但尽管如此，案件的调查工作依然还是没有什么进展。

满仲哲一大早起来，吃完早饭，就在自己的办公室里来回走动，他在认真地理着思路，试图找出什么新的线索。

满仲哲走着走着忽然停下了脚步，他的脑子里有一线灵光闪过。他坐回到椅子上，用手拍了拍脑袋自言自语道："怎么能说没有线索呢？据那个活下来的特务讲这些人装备好，训练有素，而且有一位蒙面人被称呼为参谋长，那就是说这伙人最起码不是一般意义上打家劫舍的土匪，应该属于一支正规的或者是比较正规的部队，那这官庄周边像这样的部队也没有几支啊？"满仲哲还想起那个特务说那伙人完事以后是向北面撤走的。既然是向北面走了，那就应该不是活动于南部山区的八路军。况且现在日本人正在对南山实行封锁，山里面的八路军极度缺少像煤炭这样的战略资源，可这伙人走时却一点煤炭都不要，这很不符合常理。如果不是八路军，剩下的就是国军和几路较大的抗日武装了。那会不会是国军呢？满仲哲觉得应该也不是。因为当下的国军正在大张旗鼓地宣传抗日，他们有点抗日战果就会大肆宣扬，唯恐天下人不知道，他们怎么可能干了这么轰动的大事却不出来认领呢？既然不是八路军，也不是国军，那就只能是其他那几支抗日武装。满仲哲心想范围已经缩小到了这个程度不就好办了嘛！干吗还围绕着煤矿四周去找线索，整天瞎耽误工夫啊？直接派人分头去那几支队伍里打探不就完了吗？世上没有不透风的墙，还愁找不出人来吗？想到这里，满仲哲决定立刻就去找调查组长龟田一郎。

龟田一郎这几天急得像热锅上的蚂蚁。因为时间已经过去一周多了，案件的调查仍然毫无结果。日本军方已经集结好了兵力准备复仇，但是他们却不知道该去打谁。上面一天十几个电话追问，宫泽帷重这边也在不停地催促，真是搞得他焦头烂额。

满仲哲进屋时，龟田一郎正像一头困兽在屋子里转圈。

"龟田太君，我想向您报告点事情。"满仲哲赔着笑脸说道。

"什么事情？"龟田一郎停下脚步问。

"关于煤矿遇袭案我有重要线索啦！"满仲哲说。

"你说什么？你有线索了？"龟田一郎好像没有听清楚。

"是的龟田太君，我有重要线索了，看来这个案子马上就要破了。"满仲哲很自信地说道。

龟田眯起双眼轻蔑地看着满仲哲，半天没有说话，显然他很不相信满仲哲的话。

满仲哲没有在乎龟田的态度，而是接着说道："我经过认真分析判断，我觉得这件事情是一支地方抗日武装所为。"

"地方抗日武装？什么样的抗日武装？你能确定吗？"龟田上前一步，一只手死死地抓住了满仲哲的胳膊问道。

满仲哲感觉胳膊被抓得有点疼，就对龟田一郎说："太君，我这胳膊有伤，您先坐下，容我慢慢向您汇报。"

"你快说，是什么样的抗日武装？"龟田松开满仲哲，回到座位上坐下。

满仲哲走到龟田一郎面前，把刚才自己在办公室分析的情况先向龟田说了一遍。

龟田听后，感觉满仲哲说得很有道理，于是他追问道："那你告诉我怎样才能快点找出那支部队？"

"太君您先别着急。"满仲哲说着，拿起地上的暖瓶给龟田放在桌子上的茶杯满上水。

"仲哲君，我能不急吗？我们大日本皇军从来没有吃过这样的亏，被人家欺负了还不知道是谁干的，不知道找谁去复仇，这也太有损我们大日本帝国的尊严啦！"龟田一郎气愤地说道。

满仲哲放下暖瓶，咽了口唾沫，并没有马上说话。

"哎呀，我的仲哲君啊！你就不要再卖关子了！有什么好办法就快点说出来吧！"龟田一郎眼睛瞪得溜圆说道。

满仲哲看着龟田急不可耐的样子，他的心里很是享受，此刻他并不想急于开口。这个老鬼子自打来到官庄煤矿就威风八面，不可一世。他感觉自己精通中文，了解中国，完全一副目中无人的架势，对他满仲哲更是呼来唤去，随意指使，还经常责骂。自己破不了案子，心里不痛快，总拿他人出气。但是他怎么也没想到事情办到今天却办不下去了，还要回过头来指望他满仲哲。满仲哲心想如果不是自己有给官泽帷重报恩的心态，他也真不想帮这个老家伙，最起码也得让这个老家伙再着急上一阵子，好好杀杀他的威风。

龟田一郎好像忽然看出了满仲哲心里的想法，他赶忙站起身给满仲哲搬过来一个凳子，脸上露出笑容说道："仲哲君你快坐下，这段时间真的是辛苦你了！我破案心切，也多有冒犯，还望仲哲君多多海涵！"说着还给满仲哲深鞠了一躬。

满仲哲看龟田一郎忽然变得这么谦卑，心里的怨气也就消了一大半。他想自己也不能太过分了，毕竟现在端的是人家日本人的饭碗，于是就说："龟田太君，你这是说的哪里话？能为太君效劳那是我的荣幸。"说完他不慌不忙地坐在了椅子上……

夜幕徐徐降临，黑色渐渐笼罩了平陵县北部的长白山，也笼罩了山脚下平陵抗日义勇军第四团的团部驻地孟家村。

此时在村中一处四合院的北屋里，第四团的团长翟云波和参谋长闫书伦，还有副团长王泽秋和孙雨生正围坐在一张八仙桌前喝酒。有两个卫兵正在鞍前马后地伺候着他们。也不知道这几个人是从什么时候开始喝的，感觉他们现在都已经喝得不少了。

前段时间，翟云波的四团在攻打平陵城的战斗中损失惨重，副团长王泽秋和孙雨生都负了伤，但是攻打平陵这一仗让翟云涛领导的平陵抗日义勇军名声大振，也极大地打击了日本人的嚣张气焰。义勇军虽然减员很大，但是很多仇恨日本人的平陵青年纷纷参加了义勇军，队伍很快就补充了起来。闫书伦没有参加那次战斗，当时他带队留守在驻地。这次闫书伦向翟云波献策袭击官庄煤矿二矿，也是他看到团里的弟兄们都立功了，自己不能落下风，况且通过袭击煤矿他还可以给自己报仇，两全其美的事情何乐而不为呢？

"闫参谋长，你这次真好比是梁山好汉智取生辰纲，了不起啊！"围坐在桌子边上的副团长孙雨生夸奖闫书伦道。

"那是啊！这一次我们团可发啦！参谋长大功一件啊！"副团长王泽秋附和道。

"我这点功劳算什么呀？两位哥哥在平陵城杀得鬼子抱头鼠窜，那才叫威武呢！"闫书伦回敬道。

"不管怎么说，这次我们团是发大了，我想老弟你也应该发了吧？哈哈哈！"王泽秋笑着打趣道。

"老弟发那是应该的，如果没有咱参谋长，那咱哪里知道那煤矿上有那

　　　　　　　　　　　　　　　　　　　　　　　古月星转

么多钱啊？对不对？"孙雨生对王泽秋挤了挤眼睛说。

"两位兄台这么说就不对了，我闫书伦实不敢当。"闫书伦收起了笑容说，"首先这次行动，我是奉翟团长命令行事的。这次大捷也是咱们翟团长运筹帷幄的结果，功劳要归于翟团长。要说谁是梁山好汉，那咱们的团长大哥就是托塔天王晁盖！"闫书伦说到这里冲着翟云波团长伸了伸大拇指，然后接着说道，"另外，我此次拿回来的金条和大洋可都如数上交了，我个人一个子也没留，如果两位兄台不信，你们不妨去亲自查问嘛！"

翟云波团长一看闫书伦心有不悦，就赶紧出来解围，他笑着说："这次参谋长干得确实漂亮，他拿回来的钱也都悉数上交团部。我本来真的是想奖励他两根金条的，可咱参谋长说啥都不要。"

"我只是开个玩笑，老弟何必当真呢，哈哈哈！"王泽秋副团长赶紧解释道。

孙雨生也跟着说："参谋长老弟乃是大公无私之人，怎么可能中饱私囊呢？玩笑话而已，玩笑话而已嘛！"

"我自然知道两位哥哥是在开玩笑，可是人言可畏啊！有时候一些事情不澄清，万一以讹传讹，那老弟还真是受不了啊！哈哈哈！"闫书伦也自我解嘲道。

团长翟云波喝了一口桌子上的茶水接着说："我们这次行动的成功也受到了司令的高度赞赏。司令说日本人攒的这些钱都是咱平陵县老百姓的血汗钱，理应还给我们。前次我们义勇军和日本人作战，损失很大，这笔钱来得很及时，我们正好用它去买武器，再扩大队伍。现在司令已经请来专业教官训练我们的队伍，等我们的队伍训练好了，配上了好装备，再去狠狠地打他娘狗日的小日本！给咱义勇军阵亡的弟兄们报仇！给咱平陵县那些被鬼子杀害的父老乡亲们报仇！"

王泽秋副团长听到这里，他一下子愤愤不平起来，"对！打他娘狗日的小日本！这里是咱中国人的平陵，不是他们日本人的平陵，岂容日本人在这里撒野？我们早晚有一天要把他们这帮乌龟王八蛋都赶出去！"说着，王泽秋一扬脖子就干了自己手中的那杯酒。然后转身对一旁的卫兵说："给我倒满！"

孙雨生副团长也端起酒杯对翟云波说："请团长放心，我们兄弟几个一定会精诚团结，紧跟在团长大哥的身边，跟小日本血战到底！"说完，他也一仰脖子干了杯中的酒。

卫兵过来赶紧把孙雨生的酒杯倒满。

翟云波团长端起酒杯看了看大家，然后说："有你们兄弟三人在我身边，我干啥事心里都助壮，只要咱们兄弟一心，那就其利断金！今后我还要仰仗各位兄弟。来，我敬兄弟们一杯！"

"这酒，还是我们几个兄弟敬团长吧！"闫书伦站起来说。

"对，还是我们敬团长！"孙雨生和王泽秋也赶紧站起身来。

翟云波起身和闫书伦等三人分别碰了杯，然后把酒干了。待三人坐下后，卫兵赶紧上前把几个人的酒杯满上酒。

翟云波喝了一口茶水，又看了看大家，然后叮嘱道："兄弟们，咱一定切记这件事情必须要注意保密。司令说了，日本人现在风头正盛，他们连续吃了亏怎么可能善罢甘休呢？特别是我们还刚攻打了他们的老巢，如果再让他们知道这件事情也是我们干的那可真不得了啊！我听说在官庄煤矿遇袭这件事情上，他们正冲着八路使劲，现在已经抓了很多人，正在精华公馆里审问，也不知道这件事情下一步会如何发展。这个时候我们自己一定要把紧口风，千万不能走漏了风声，暴露了我们自己，绝不能引火烧身。这也是司令最为担心的地方，所以大家一定要切记！"

"放心吧团长，这件事情我们做得可以说天衣无缝，他们做梦也不会想到我们的头上。"闫书伦自信地说。

"好，那我就再敬参谋长一杯。"翟云波团长说着又端起了酒杯。

"我们也陪着。"

"对！我们也陪着。"

孙雨生和王泽秋也端起了杯子。

正在这时，突然外面枪声大作。四个人不约而同地放下了酒杯。闫书伦赶紧对身边的士兵说："你快去看看是什么情况。"

还没等那个士兵出门，四团一营的营长王彪就跑了进来。

"外面什么情况？"翟云波团长问。

"报告团长，我们的驻地被包围了！村子外面全是鬼子和伪军，黑压压的，看不清有多少人，我们营已经和他们接上火了。"

翟云波团长转头问闫书伦："我们现在有多少人手？"

"现在村子里只有团警卫排和一营。二营和三营昨天都到总部的东山营地去训练了。"闫书伦回答道。

"走，跟我出去看看。"翟云波团长站起身，拔出手枪就往外走。闫书伦、孙雨生、王泽秋也都站起身，拔出手枪跟着翟云波出了屋子。

当他们从屋子里出来的时候，警卫排的战士们已经都在院子里集结待命了，这时村子四周枪声如爆豆，重机枪和轻机枪的声音格外刺耳，而且喊杀声阵阵，还伴着狼狗的吼叫声。

翟云波团长仔细听了听村子四处枪声的大小，然后立刻命令道："闫参谋长，你立刻带着警卫排的一个班突围出去，到东山训练营去搬救兵，我们和一营的弟兄们在这里坚守待援。"

"团长，听枪声敌人应该来势很大，我看我们还是一起突围吧？"闫书伦劝说道。

"既然鬼子送上门来了，那我们就再过过瘾，你快去调援军吧！援军一到，我们里应外合，我要让这帮龟孙子有来无回！"翟云波团长借着酒劲咬牙切齿地说道。

"团长……"闫书伦还想说话，却被翟云波用手势制止，闫书伦只好转身带队突围。

闫书伦走后，翟云波对身边的孙雨生和王泽秋两个副团长说："孙副团长你去南面的村口督战，王副团长你去北面的村口督战，一定要顶住鬼子的进攻，坚守待援。"说完，他对一营营长王彪一挥手，"走，你跟我到村西口去，那边动静最大，应该是敌人的主攻方向。"

十八

　　闫书伦从村子的东面突围出来后停下脚步回头看了看那枪声大作的村子，然后又看了看身边和他一起冲出重围的战士。当时和他一起突围的是七个战士，现在只剩三个了，那几个战士在突围当中为了掩护他都牺牲了。闫书伦此时也顾不了太多了，他不敢怠慢，带着剩下的战士向东岭山飞奔而去。

　　此时翟云波团长已经赶到了村子的西口，在村子西口抵挡日军进攻的是一营一连的官兵，连长和战士们看到团长和营长都亲自来了，立刻士气大增，他们躲在村庄的围子墙和路口上用石头构筑的掩体后面，或是趴在房顶上向靠近的敌人猛烈射击。

　　翟云波团长藏身在一处掩体后面仔细观察，他发现村外的鬼子很多，哇哇呀呀地到处都是鬼子的叫喊声和日本军犬的嚎叫声。这些声音和枪声混杂在一起，让人后背发凉。自从他跟着弟弟翟云涛拉队伍抗日以来，还从来没有见到过这么大的阵仗。其实翟云波团长根本不知道现在围在村子外面的敌人是日军整整一个大队一千多人的兵力，另外还有两百名伪军，这是自日本人占领平陵县以来动用兵力最多的一次围剿。这次他们是咬着牙，下了狠心要彻底消灭血洗官庄煤矿二矿的这支抗日队伍。

　　原来那天满仲哲把自己的想法和龟田一郎说了以后，龟田一郎非常兴奋，他一拍大腿，立刻指示满仲哲派人去各处打探，要尽速破案。很快满仲哲派出去的人就送回来了消息，据可靠情报说袭击官庄煤矿二矿是驻扎在长白山脚下孟家村里的平陵抗日义勇军第四团干的。龟田一郎马上把这一消息向日本华北驻屯军司令部司令官田代皖一郎中将和山东矿业公司董事长、兼官庄矿业公司董事长官泽帷重作了汇报。驻屯军司令部司令官田代皖一郎立即下令全歼平陵抗日义勇军第四团。其实此刻日本人并不知道现在这个村子里驻扎的只是第四团的一个营。这也难怪，满仲哲的人在打探时，那两个营还没去抗日义勇军位于东岭山脚下的东山训练营，于是今天日本人就如此大阵仗地来了。他们之所以要选择晚上来主要是担心白天行动，出动这么些军队容易打草惊蛇。

正是因为日本鬼子以为村子里有一个团的义勇军，所以一上来并没有全力展开强攻，而是试探性地进行了攻击。但是通过试探，他们知道村子里应该没有那么多的军队，因为他们通过对方火力的强弱是不难判断出这一点的，于是他们停止了进攻，准备劝降。他们试图靠着人多势众达到不战而屈人之兵的目的。日本的很多军官对中国的《孙子兵法》是很有研究的。

看着敌人不再进攻了，翟云波团长对身边的一营长王彪说："停止射击，看看鬼子耍什么花样。"

"停止射击！"一营长王彪立刻对队伍下达了的命令。

翟云波团长对王彪说："现在看来，鬼子来的人比我们想象的要多，我们现在就是想突围，难度也很大，一定要给弟兄鼓好劲，坚定他们的信心，告诉他们我们的援军很快就会来。"

"放心吧团长，我了解咱的这帮弟兄们，没问题的！"王彪拍着胸脯说。

"好兄弟！"翟云波拍了拍王彪的肩膀。

"村子里的人都听着！你们赶紧放下武器投降皇军，交出你们在官庄煤矿抢劫的财物。只要你们今后跟着皇军干，皇军将对你们过去做过的事既往不咎！快快投降吧！"这时忽然有人向村子里大声喊话。

"啊！"翟云波团长倒吸了一口凉气。原来这些日本人是为官庄矿的事来的，怪不得来了这么多人啊！看来是来者不善，一场恶仗应该是在所难免了。翟云波团长在心里想道。

"团长，他们怎么这么快就知道了是咱们袭击官庄煤矿的？这是谁走漏的风声啊？"王彪惊讶地对翟云波说。

"这些已经都不重要了，现在是冤家路窄。记住狭路相逢勇者胜！你赶紧安排人给各处守村的弟兄们加强弹药供给，准备鬼子再次进攻，看来今天是要拼个鱼死网破了。"翟云波对王彪说。

"是！"王彪转身安排人立刻到各处传达翟云波团长的命令。

这时那个劝降的声音又叫嚷了起来，这声音和日本人军犬的叫声混在一起，让翟云波团长听来十分不爽。翟云波平生最恨汉奸，可以说他恨汉奸胜过恨日本人，于是他问王彪："你这里有没有枪法准的弟兄？先把这个狗汉奸给我干掉！"

"有的团长，你放心，我亲自去安排。"说完，王彪猫着腰从掩体中撤了出去。

过了一会儿，村外那个的劝降声再次响起，就在这时，只听"啪啪"两声枪响，那声音就戛然而止了，这枪声也引来日本军犬的一阵狂吠。

翟云波团长高兴地一拍大腿，但还没等他把那个"好"字说出口，就听到对面随着一个日本人声嘶力竭的一声嚎叫，枪声迅速响起，子弹又像雨点般地向村子里倾泻过来。

翟云波团长命令义勇军的战士们先不要还击，都躲在掩体后面等待鬼子的进攻。

一阵枪声后，鬼子就从四面八方开始向村子里发起了强攻。

"打！给我狠狠地打！"翟云波团长下达了命令。

义勇军战士各种枪一齐开火。

"啪啪啪！""哒哒哒！"瞬间枪声再次笼罩了整个村子。

翟云波团长大声喊道："弟兄们！大家一定要顶住！坚决不能让鬼子进到村里来！我们的援军很快就会到啦！"

这时一排子弹打来，在翟云波身边的掩体上啪啪蹦出火花。

"团长，请你到后面去，前面危险！"王彪冲到掩体里拉着正在喊话的翟云波团长就往后撤。

"你这是干什么？这个时候我怎么可以到后面去？难道我翟云波是贪生怕死之辈？"翟云波甩开王彪的手臂呵斥道。

这时又从后面冲上来几个警卫排的士兵不由分说地把翟云波架出掩体，一直架到一座石头房子的后面才把他放下来。

古月星转

翟云波十分生气地质问王彪:"你们这是干什么?哪有打起仗来长官往后缩的道理,这不是咱义勇军的传统!"

"团长,我们必须要保护你的安全,如果你出了什么差错,我们无法向司令交代啊!"王彪说完指着周围的人说,"你们要保护团长的安全,如果出了啥岔子,我要你们的脑袋!"

警卫排长和战士们纷纷立正答道:"是!保证完成任务!"然后他们迅速在翟云波团长周围站定,对他形成了一个包围圈。

翟云波看这阵势只好叹了口气,看来他只能在这里指挥战斗了。

战斗异常激烈,敌人先后发起了四次强攻,都被义勇军顽强地打退了。敌人虽然人数众多,武器精良,但是他们是进攻方。村里义勇军虽然人数相对较少,但他们是守方。还有一个因素就是这个村子四周的围子墙都是用大石头堆砌起来的,高大坚固,并且围子墙外都是开阔地,没有什么遮挡,只要敌人一进攻就会暴露无遗。再加上义勇军士气高涨,因此天时、地利、人和都在义勇军手里。翟云波团长对目前的这种战场态势还是满意的。

此刻,鬼子停止了进攻。翟云波团长看了看手表,从鬼子围困村子到现在时间过去一个多小时了。按照这个时间来算,再有一个小时援军就应该能赶到了。想到这里,翟云波让身边的人把一营长王彪叫过来。

王彪头上缠着绷带,提着枪跑了过来。

"你负伤了?不要紧吧?"翟云波团长关切地问。

"没事,擦破了点皮。"王彪轻描淡写地说道。

"现在村子里其他地方是个啥情况?"翟云波问。

"我刚刚转了一圈,各处伤亡都不小。"王彪回答道。

"我们还需要再坚守一个多小时,弹药够吗?"翟云波问。

"我安排人把所有的弹药都搬出来了,应该没问题。"王彪很自信地回答道。

"王团副和孙团副他们怎么样?"

"孙团副的胳膊负伤了,但不碍事。王团副一切安好。"

"那就好,等闫参谋长带着援军一到,我们就来个里应外合消灭敌人。等咱缴获了这些鬼子和伪军的武器,咱们就又有钱又有枪了,到那时什么国军啊、八路军啊统统靠边站,平陵就是咱们义勇军的天下,哈哈哈!"说到这里翟云波不禁开怀大笑起来。

"是啊团长，我们弟兄们都看着你有帝王之相，到时候别说平陵，整个山东兴许都是咱义勇军的天下，他蒋介石能当大总统，咱团长咋就不能？到时候我们这些跟着你的人就都发达了，团长你说……"

"你在胡说八道什么啊？有你这么拍马屁的吗？就是真有那么一天，那也是我弟弟翟云涛做大总统啊！你要记住我们都是辅佐我弟弟的，懂不懂？"翟云波忽然很不高兴地打断了王彪的话。看来王彪这次是拍马屁拍到马腿上了。

其实这个一营长王彪曾经是翟云波最近的亲信，他从翟氏兄弟拉队伍之初就跟随翟云波。在东锦山上和翟云波一起打劫闫书伦的就是他。只是现在闫书伦和翟云波的关系比他要更近了。这也难怪，闫书伦仪表堂堂，文韬武略都不俗，和大老粗王彪放在一起，高下立见。所以闫书伦入伙以后平步青云，很快就当上了参谋长。王彪对此一直耿耿于怀，但他也没什么办法，只能认了。他现在不但认了，他还要倒回头来去巴结闫书伦，讨好闫书伦，以期闫书伦对他不计前嫌，忘掉那件被他抢劫和羞辱的事。闫书伦对王彪倒也豁达，不但不计前嫌，还很重用王彪。闫书伦在去洗劫官庄二矿时，就是带着他去的，那个不小心称呼闫书伦为参谋长的人正是王彪。

王彪见翟云波不爱听他奉承也就不再言语了。

正在这时，忽然一颗炮弹划破夜空落在了不远处的村口，巨大的爆炸声震耳欲聋，炸起来的碎石和土块砸在翟云波他们身边的屋顶上，然后伴随着碎瓦片滚落到他们身上。还没等他们反应过来，大批的炮弹就像雨点般地落在了村口和村子里。原来日本人看着对这个村庄久攻不下，而且地形对他们十分不利，加上里面的人拼死抵抗，他们认为这样下去是不行的，有失大日本皇军的颜面，于是现场的指挥官就向上级汇报，紧急调来了两个炮兵中队。这些炮兵一就位就立即对村子展开了炮击。这样一来村子里就乱了，有的房顶瞬间就被炮弹给炸塌了，一些躲在里面的百姓冲出房门四处躲避。一时间大街上人仰马翻，哭喊声一片。村周围的围子墙也被炮弹炸出了一个个缺口，一些掩体也被炸上了天，很多义勇军的士兵被炸得血肉模糊，翟云波团长的脸上也被房上掉下的瓦片划了个大口子，鲜血直流。王彪赶紧从兜里掏出来一个手帕，上来给翟云波团长包扎伤口。翟云波一把抓过手帕自己捂在脸上，然后对王彪说："快，快命令弟兄们注意隐蔽！"

鬼子的炮击持续了十多分钟，炮声一停，他们就像野兽一样从四面八方嚎叫着向村子发起了强攻。

敌人的炮击让义勇军伤亡很大，有人来向翟云波团长报告，在村子北口指挥战斗的王泽秋副团长阵亡了。翟云波一听眼睛都冒火了。王副团长也是跟随他一起拉队伍起义的老部下。他大喊一声："给王副团长报仇！弟兄们给我上！"说完就从房子后面冲了出来。

警卫排长和警卫排的战士没有再阻拦翟云波，而是都跟在翟云波的身后向村口冲去。

村口的战斗异常激烈，翟云波团长亲自指挥义勇军的战士反击，他们拼死才打退鬼子在西面村口的进攻。正在这时有人来报说村子的南口失守，鬼子已经进村了。

翟云波仰天长叹道："唉！看来我们是来不及等援兵到了！"

"团长，那我们现在该咋办？要不然我带着人到村子南口把鬼子给堵回去？"一营长王彪急切地请示道。

"鬼子的装备比我们好，他们一旦进了村，我们就没有啥优势了。你赶快传我的命令，让弟兄们突围，都向东山训练营方向靠拢。现在闫参谋长应该带着队伍正在赶来的路上，我们突出去和参谋长兵合一处，然后再见机行事吧！"翟云波团长说道。

王彪赶紧把警卫排长叫过来，让他亲自安排人分头去传达团长的命令。这时鬼子又一次向这里的村口展开了强攻……

闫书伦马不停蹄地赶到东岭山脚下义勇军的东山训练营，立即集合队伍向孟家村赶来，当他们走到半路上的时候就遇到了一批突围出来的义勇军官兵，闫书伦赶紧停下脚步，向他们询问前方战况。

"我们的伤亡太大了，谁也找不到谁了，村子已经被攻破了，到处都是鬼子和伪军。"一个负了伤的连长气喘吁吁地说道。

"那团长他们呢？"闫书伦很着急地问。

"不知道啊！我们接到命令是分头突围，向训练营方向靠拢。"那个连长回答道。

闫书伦说："你们就都去训练营休整吧，剩下的事情你们就别管了，我们去消灭那帮鬼子。"

"不行！我们接到的命令是和援军兵合一处，我们也跟着你们回去。"那个连长倔强地说道。

闫书伦看了看这些大多都负了伤的军官和士兵，然后说："好吧！既然你们愿意再回去，那就跟上队伍！"说完，他又对二营长和三营长吩咐道，"让队伍加快脚步，快速前进！"

闫书伦他们一路跑步向孟家村急行军，途中又有零零散散突围出来的士兵加入到队伍里。每遇上一拨人，闫书伦都会急切地打听翟云波团长的消息，但来人都说没有见到。闫书伦心急如焚，恨不得插上翅膀立刻飞到孟家村。

眼看就要到孟家村了，按说都应该听到枪声了，但是他们什么也听不见。当他们爬上一个山头后，孟家村就在眼前了，可呈现在他们眼前的是一片火光。

闫书伦不知道现在村子里是什么情况，他命令队伍立即停下来，然后对二营长说："你马上派人过去侦察一下！"

"是！"二营长刚要转身去安排人，这时忽然有几个人从前面跑了过来。闫书伦和两个营长赶紧迎了上去。原来是警卫排长和几个战士背着团长翟云波和一营长王彪从村子里突围后撤了下来。他们见援兵到了，赶紧把翟云波和王彪放下，警卫排长一屁股坐在地上，扯开嗓子就大哭了起来。

闫书伦冲过来抱起团长翟云波，拼命地喊："团长！团长！你怎么样了团长？"

翟云波没有一点反应，闫书伦把手放在翟云波的鼻子上试了试，他发现翟云波已经没有呼吸了。这时躺在地上的一营长王彪嘴里发出微弱的声音："闫参谋长，闫参谋长！"

闫书伦赶紧放下翟云波的遗体，奔到王彪跟前，他抓着王彪的手说："王营长，我在这里呢。你咋样啊？"

王彪微睁着眼睛吃力地说："翟团长走了，村里到处都是鬼子和伪军，翟团长临走时让我告诉你不要再和鬼子硬拼了，留得青山在不怕没柴烧……"王彪说完就昏死了过去。

两个营长围上来问："参谋长，那我们现在该咋办？"

闫书伦站起身看了看远处火光冲天的孟家村，又回头看了看身后的队伍，然后说："看来鬼子这次是动了大阵仗，我们现在过去无疑是去送死。既然团长临终时有命令，我看我们还是先原地待命吧！咱马上派人去平陵城向翟云涛司令汇报。至于该咋办，还是让翟司令亲自定夺吧！"

翟云涛得到报告后，他立刻带着抗日义勇军两个团的兵力赶往孟家村。等他到达时，天已经大亮了。此时，日本人已经撤走了。眼前的孟家村已是尸横遍野，一片焦土，到处是老百姓呼儿唤女、声嘶力竭的哭喊声，场景十分凄惨。

翟云涛走到翟云波的遗体前，蹲下身子，轻轻掀开盖在翟云波脸上的一块白布，仔细地端详了半天，然后他又把那块白布慢慢盖在翟云波的脸上，他站起身眼望苍天喃喃自语道："大哥，我从小没了爹娘，是你和嫂子把我养大，本指望我们兄弟今生能共享荣华富贵，可是你却……"两行热泪从翟云涛的脸颊滑落。

大家见翟云涛司令如此悲伤，都不敢靠前。

忽然翟云涛大声说道："大哥啊！你就放心地去吧！弟弟今生如果不能给大哥报仇，我誓不为人！"

这时闫书伦一下子跪在了翟云涛司令的面前，泪流满面地说道："司令，都是我的错！是我害死了翟团长，你就枪毙我吧！"

翟云涛用手擦了一把眼泪，低头对闫书伦说："闫参谋长，你给我站起来！"

闫书伦战战兢兢地站起身，他不知道翟云涛要干啥，只听翟云涛说："闫书伦，我现在委任你为平陵抗日义勇军第四团团长，你立刻整理队伍回到东山训练营去休整！"

闫书伦一愣，他赶紧立正敬礼。

还没等闫书伦说话，翟云涛把脚一跺，然后翻身上马，带着队伍和他哥哥翟云波的遗体就走了。

十九

闫书伦终于衣锦还乡了。

闫书伦离开闫满庄后就再也没有回来过。庄里人只是听说他去青岛做生意了，但是现在整个闫满庄的人都知道他在青岛做生意发大财了。今天闫府大摆宴席，闫仁光笑得嘴都合不拢了，他把家族里的人和庄里汉族人家有头有脸的、能请的几乎都请来了。自从闫书伦走后，这个院子一直冷冷清清，可今天却是热闹非凡，菜品丰盛的酒席从中午开始一直开到太阳快要落山。

待客人们都走了后，闫仁光单独把闫书伦叫到身边。他手捻佛珠醉眼惺忪地说："儿子，天无绝人之路，事实证明我们闫家不是谁想打趴下就打趴下的，以后看谁还敢看不起咱闫家？今天我之所以请这些人来就是要告诉他们我们闫家又站起来了。现在官庄二矿不是废了吗，过几天你再带人把官庄矿也给我端了它！"

"爹，你喝多了，什么矿不矿的？"闫书伦赶忙起身一边说一边跑到屋门口看看屋外面有没有人。

闫书伦在确定屋外没有人后轻轻把门关上。

闫书伦的这个举动让闫仁光的酒一下子醒了一半，他知道刚才自己失言了，他用手在自己的脸上轻轻地扇了一巴掌自责道："你看我这张破嘴！这一高兴就没有把门的了。"

现在闫满庄人都认为闫书伦是在青岛做布料和服装生意，他们家里也只有闫仁光一个人知道闫书伦真正在做什么。闫满庄就在日本人眼皮子底下，如果被人知道闫书伦是抗日义勇军中的团长，而且是端掉官庄煤矿二矿的人，那他全家就没命了。闫仁光平时说话办事都非常谨慎，他今天真的是酒喝多了，高兴得有点过头。

闫书伦也没再说什么别的，他拿过自己随身携带的皮箱，从里面拿出来两卷银元和两根金条，放在闫仁光面前的桌子上说："爹，我离开这两年让您老人家受苦了，天天在这庄里看满家人的脸色，这是儿子的一点孝心，也算是给爹的一点补偿吧！"

闫仁光也不说话，他放下手中的佛珠，拿起那些银元和金条，随手就锁在了旁边的一个小木箱子里。

闫书伦说："爹，你看你还有什么要吩咐儿子做的？"

闫仁光看看闫书伦："没啥，这满家人的脸色我看不到，我又不出去，就是你娘、你媳妇、你嫂子，还有那几个孩子在外面的感觉不好受。"

"我也给嫂子和侄儿们准备了一些东西。"闫书伦说。

"你不是都给他们了吗？"闫仁光问。

"噢，是这样，我还给他们准备了一些钱，我想等我临走时再留给他们。"闫书伦说。

"那你看着办吧！你嫂子孤儿寡母的不容易，唉！"闫仁光说到这里叹了口，眼神中闪过了一丝悲伤。

闫书伦发现了父亲情绪的变化，就说："爹，你放心吧！我大哥的仇我这辈子说啥也得给他报了，你老就别总想那件事了。"

"我倒是不想想啊！可那是一块心病啊！它就像一根竹刺一样深深地扎在我的心窝里啊！"闫仁光的眼里开始闪动泪光。

闫书伦一看自己的话没有起到宽慰作用，也就不再说话了。

过了一会儿，闫仁光说："书伦啊，你这么长时间没回来了，去到庄里转一转，看一看。"

闫书伦明白父亲的意思，就说："爹，我也正有这个意思，我想去看看杨忠诚，我忘不了在我落难的时候人家没有落井下石。杨忠诚那个人很实诚，做点小买卖也不容易，日子过得紧巴巴的，我想帮帮他。"

"书伦啊，你在外面待了这么长时间有所不知啊！杨忠诚虽然实诚，但是人家现在的买卖做得可不错啊，听说他翻盖了房子，娶上了媳妇，现在和他娘一家三口，那小日子过得可滋润着呢！"闫仁光有点酸溜溜地说。

"就杨忠诚？他还有那出息？"闫书伦显然有些不信。

"你别不信，人家娶的媳妇还是大户人家的呢？"闫仁光说。

"大户人家？谁家的？"闫书伦好奇地问。

"白家，白广甲阿訇的侄女，白增俊的妹妹白续珍。"闫仁光说。

"真的假的？那杨忠诚的年岁和我相仿，可那白续珍还是个黄花大闺女啊！而且也是咱南北街上数一数二的俊俏姑娘，她怎么可能看上杨忠诚呢？"闫书伦似乎有点不敢相信自己的耳朵。

闫仁光看了儿子说："你还别不相信，这老话说有钱难买愿意，人家杨忠诚条件不行，可那白续珍就愿意，你说咋整？"

"真是不可思议！"闫书伦摇了摇头感叹道。

"有啥不可思议的？这都是事赶事赶的。那白增俊被抓了壮丁，到现在都没个音信，他家里除了白增俊一个男丁，剩下的都是丫头，他父母又不像白家其他支脉那样能延续祖上的好光景，我看他妹妹能嫁给杨忠诚也就算不错了，最起码杨忠诚是个买卖人，在这年月里不至于饿死。"闫仁光说道。

"我去他家看看吧，杨忠诚也算是对我有点恩情，他结婚了我理应去祝贺一下。"闫书伦说着就从皮箱里拿出了一块布料和几块银元，用一个包袱包好。这次闫书伦回家为了让大家相信他是在青岛做布料和服装生意的，他带回来了不少的布料送人，其实这些布料都是他安排人从平陵城的瑞蚨祥布店买的。闫书伦收拾好东西后给他爹满了一杯茶，然后就出门奔杨忠诚家去了。

闫书伦进杨忠诚家大门的时候，杨忠诚一家刚吃完饭。现在这个院子里就住着杨忠诚和媳妇白续珍，还有他的老母亲三个人。杨忠诚姊妹们都回了婆家。今年秋天，杨忠诚的外甥米献祥在他家明治庄因为太饿偷吃了家里一个窝头被他母亲打了一顿后就离家出走了。杨忠诚曾四处打听和寻找都没有找到。杨忠诚和这个从小在他身边长大的外甥感情很深，为此他和姐姐大吵了一顿。杨忠诚的姐姐也是脾气很不好的人，杨忠诚从小到大也从来没有冒犯过这个姐姐。他为了外甥的事和姐姐翻脸，他姐姐一时也不能接受，于是好长时间也不再回娘家了。他妹妹和姐姐婆家都在明治庄，原来都是结伴回娘家，现在姐姐不回了，在这兵荒马乱的年月里，妹妹也不敢一个人出门，于是也就很少来了。

闫书伦进了杨忠诚家的大门首先就感觉他爸爸闫仁光说得有点不符合现实，因为他看见杨忠诚家的房子并没有翻盖，只是北屋顶上重新挂了瓦，东屋并没有啥变化，还是老样子。

杨忠诚和闫书伦短暂寒暄后，把闫书伦让进了北屋。

闫书伦给杨忠诚的母亲问了安，就坐在了椅子上。

杨忠诚的媳妇白续珍沏上了茶就退回到东屋里去了，他们结婚时间不长，白续珍还算是新媳妇，新媳妇见人都害羞，也是人之常情。

"我听说你回来了，也听说你在青岛做生意发达了，没想到你能来我家。"杨忠诚十分坦诚地说。

"忠诚兄弟啊，你看你这说哪去了？按说我一回来就该来看看我婶子和兄弟你，还有我那刚过门的兄弟媳妇。这不今天家里请客，刚送走客人我就来了。按说我应该把你和那帮弟兄都请过去，但是你们都是清真，我们家的锅碗瓢盆都沾腥带荤的不方便，只能等以后我再回来的时候补办了，忠诚兄弟你可别挑理啊！"闫书伦笑着说。

"你太客气了，我哪有什么资格挑你的礼啊？"杨忠诚一边给闫书伦倒茶一边说道。

"你当然有资格啊！当年我落难时，你没有落井下石，还组织人给我送行，甚至不惜得罪自己的好兄弟，这份恩情我闫书伦到什么时候都不会忘记的！"闫书伦有点动情地说道。

"你有点言重了，都是街里街坊的，那样想就见外了。人这一辈子，谁还没有个起起伏伏的，人常说：三穷三富过到老。我们就讲究个善行，对谁都一样。"杨忠诚说。

"你们讲究啥我不管，反正我忘不了那份恩情。"说着闫书伦打开包袱，把里面的银元和布料放在桌子上，"这是我的一点心意。这些年我也没来拜访过我婶子，兄弟你又结婚了，我必须要表示一下。"

杨忠诚急忙从对面的椅子上站起来说："这礼太重了，我不能收，我说过乡里乡亲的互相照应都是应该的，如果你这么客套就没意思了。"说着杨忠诚就把那布料和银元重新往包袱里包。

"忠诚兄弟，你这就不对了！我闫书伦现在混得虽不敢说风生水起的，但再也不是当年落魄时的样子了，就算是忠诚兄弟你现在混得好了，你也不能看不起我吧？"闫书伦有点不高兴地说。

"儿啊，你大哥的一番心意，咱不能驳了人家面子不是？"杨忠诚的母亲插话道。

"娘，儿子的事你别管，我知道该咋办呢。"杨忠诚一边对母亲说，一边把已经包好的包袱坚定地推到闫书伦的面前。

闫书伦无奈地摇了摇头，杨忠诚的脾气他是知道的，他认准的理，八头牛也拉不回来。于是闫书伦就找了个台阶说："那好吧，这些东西我先留着，等兄弟媳妇生了贵子，我再加倍奉上。"

杨忠诚说："你的心意我领了，等媳妇生孩子时再说吧！"

闫书伦走出杨忠诚家屋门的时候，天已经黑下来了。在杨忠诚家的大门洞里，闫书伦对杨忠诚说："我不知道你现在还想不想当兵？我知道你原来有这个意愿，如果你现在还想去，我可以把你介绍到平陵城里的保安旅，他那里的一个团长和我有交情，我保证你去了就能当个连长。"

"哈哈！"杨忠诚笑了笑说，"你看我现在都娶媳妇了，哪还有当兵的心思啊？就老老实实地在家做点小买卖伺候好老娘，别饿死媳妇就行了，不过还是谢谢你的一番好意！"

"那好吧！那就后会有期。"闫书伦冲着杨忠诚拱了拱手，就迈步出了杨忠诚家的大门。

杨忠诚插好大门，回到北屋。他一进屋，他的母亲就责怪他："你这孩子，你这不是生生地驳人家面子吗？人家可是有头有脸的人物，今天能到咱这破家来那就是给足了咱面子，咱不能不识抬举是吧？"

"娘，你不懂。这些人到什么时候都和咱不是一条道上的。再说了他说的那些事情真的就是咱看在乡里乡亲的份上该做的，咱也没有想太多，他不该这样谢咱。"杨忠诚说。

"好了好了，你的事娘不管，你娘我老糊涂了，你快回屋睡觉去吧！"杨忠诚他娘不耐烦地说道。

杨忠诚从母亲屋里出来后就回了东屋，他今天要早睡，后半夜他要过鬼子封锁线去南山给八路军送药品。这药品是他昨天去平陵城在姜玉堂的药店里买的，在回来的路上他还差点搭上性命。

姜玉堂在平陵城的诊所和药店又重新开张了，只是他的大伯姜重林没有跟着他一起回去，如今依然留在姜玉堂在闫满庄开的小诊所里。他的大伯年龄大了，也不愿离开家了，况且现在这个庄里的老百姓也离不开这个小诊所了。

现在平陵城里驻扎的是翟云涛的部队，翟云涛的部队已经被国军收编了，他现在是国民党的少将旅长兼专区保安司令。他的队伍当下控制了平陵、历城、邹平、济阳、齐河的大部分地盘，人数也已经有三万多人，可谓声势浩大。

杨忠诚在平陵城找到了姜玉堂的德生堂药店，当他把要买的药单子递到姜玉堂的手里后，姜玉堂吓了一跳，他赶忙把杨忠诚拉到药店后面自己的起居室里，他先让杨忠诚坐下，然后问杨忠诚："忠诚兄弟，你知道这些药都是干啥用的不？"

"我不知道，有人让我给他买，我就买。能挣钱的生意干吗不做？"

"那让你买药的人是哪里的？"

"是古月镇上的一个买卖人。"

"古月镇可是八路军活动的地界，他是不是给八路军买啊？"

"这我不知道，我也不想管，只要有钱挣管那么多干啥？"

姜玉堂给杨忠诚倒了杯热水接着说："忠诚兄弟啊，你是不知道这里面的利害啊！这些药别说你拿着过古月镇的封锁线了，就是路上被日本人查到了，你的脑袋也就搬家了！我看你这个买卖还是算了吧！"

"这年头干啥营生都是脑袋别在裤腰带上，怕死也没用！"杨忠诚愤愤地说。

姜玉堂没有再说话，他打开了床头的一个木匣子，从里面拿出来几块银元说："忠诚兄弟，我知道你刚结婚，手头紧，这点钱你先拿着，我也知道你的脾气，这就算是我借给你的，咱有娘，有媳妇，以后可千万不能拿着命去赚钱啦！"

"玉堂哥，你这是干啥？你如果不想卖给我，我就去别的店里买，这平陵城里又不是只有你一家药店。"杨忠诚一下子站了起来，他涨红了脸，说完话，抬腿就要走。

姜玉堂一把拉住杨忠诚说："好了兄弟，我卖给你，只怕你去别处买会出岔子，但是有一点，如果真要是出了啥事可别怪我作为好朋友没有提醒过你。"姜玉堂无奈地说道。

杨忠诚转怒为喜，笑着说道："玉堂哥，你这才像好朋友的样子嘛，怎么能看着我有生意赚钱不让我去做呢？"

杨忠诚从姜玉堂的药店出来就急急匆匆往家赶。当他快到东锦镇的时候，他拐进了一条小路。前面就是杨忠诚曾经被打的那个东锦镇的火车道口。那里有日本人和汉奸把守，他身上带着药很危险。尤其是汉奸魏三经常会出现在那里。这个魏三自从那次杨忠诚被日本人打了以后，只要是见到杨忠诚就要故意找点事，不是说几句调侃的话，就是过来翻一翻杨忠诚的身上。其实从前魏三没有这么放肆，那时在他心里对杨忠诚还是有几分敬畏的。可是在杨忠诚被日本人打了以后，他感觉杨忠诚也不过如此，所以现在他就经常想要揩点油。

杨忠诚走的这条小路前面有一个河滩，这个季节河滩里没有水。沿着那个河滩可以从一座胶济铁路的桥下面穿过去，这样就可以绕开那个铁道口了。只是这条小路很偏僻，不好走，还有点绕远，要是晚上还可能会遇到狼，因此平时没有人会走。

杨忠诚从一片小树林出来刚下到河滩里，忽然迎面走过来一个鬼子和一个伪军。由于敌人出现得太突然，杨忠诚感觉后背瞬间发凉，他心里暗想："坏了！他从这里走过好多次，可从来没有碰到过敌人，怎么今天会偏偏碰到了呢？"杨忠诚想转身退回到小树林里，但已经晚了，鬼子和伪军已经看到了他。

"站住！干什么的？"那个伪军首先举起步枪指着杨忠诚问。

"我要解个大手。"杨忠诚回答道。

那个鬼子听了杨忠诚的话，转头看了看伪军。

"太君，他说他到河滩里来拉屎。"伪军对鬼子说。

鬼子走到杨忠诚的面前，他慢慢地拔出手枪，冲杨忠诚晃了晃，瞪着审视的目光围着杨忠诚转了大半圈，然后用生硬的中国话说："拉屎？你的撒谎！你的良心大大的坏了！"说到这里，他一扭头对那个伪军命令道，"你的，搜查他！"

"嗨！"那个伪军答应一声后把枪背在肩上，伸手示意杨忠诚把肩上的褡裢递给他。

杨忠诚看了看伪军，然后抬手取下褡裢递给了伪军。

伪军接过褡裢来里外翻了半天，他发现里面只有点吃的东西，然后就对鬼子摇了摇头。

那个鬼子又看了看杨忠诚说："你的，衣服脱掉。"

杨忠诚脱下上衣递给伪军。伪军接过去仔细地翻了一下衣服口袋，没有找到什么，就把上衣还给了杨忠诚，杨忠诚刚要把衣服穿上，这时那个鬼子突然说："别穿！你的裤子脱掉！"

杨忠诚的身子不由得为之一振，他的心一下子就提到了嗓子眼，他一直担心的事情还是发生了。他把从姜玉堂药店里买的药品都用裹腿绑在了腿上，如果一脱裤子那就暴露了。他赶忙对那个伪军说："长官，您和太君说说，这、这裤子的就不要脱了，我里面没穿裤衩。"

伪军瞪了杨忠诚一眼骂道："废他妈啥话啊？太君让你脱你就脱！你又不是个大姑娘，咋的？还怕人看啊？"

杨忠诚无奈，他只好把上衣搭在肩上，然后把手慢腾腾地放在腰带上，同时他用眼睛的余光扫了一下鬼子握枪的手。

这时那个鬼子似乎察觉到了杨忠诚的企图，他猛地退后了一步，然后用手枪指着杨忠诚大声命令道："你的！快脱！"

那个伪军一看鬼子这阵势，也后退一步，从肩上拿下枪来指着杨忠诚命令道："别磨蹭，快脱！"

此时杨忠诚的脑袋一片空白，他心想这下完了！看来这个鬼门关是闯不过去了！可就在这时，忽然"啪啪"两声枪响，鬼子和伪军瞬间双双倒地。

这突然的变故把杨忠诚惊呆了，还没等他反应过来，就从小树林里窜出一个人来，那个人手里提着一把手枪来到杨忠诚跟前。

"请问救命恩人是队伍里的同志吗？"杨忠诚冲那人拱手问。

那人并没回话，而是俯下身子察看鬼子和伪军是否已经死了。在确认鬼子和伪军都死了以后，那人反问杨忠诚道："你是闫满庄的杨忠诚吧？"

"你咋知道我的？"杨忠诚很纳闷。

"你曾经救过我的命，今天我也救了你，咱俩两清了。你赶紧走吧！鬼子听到枪声很快就会来的，这里已经有鬼子巡逻了，以后别打这里走了。"那人说道。

杨忠诚仔细地端详了一下那个人，感觉好像有点面熟，但是又想不起来在哪里见过，就问："我啥时候救过你？我咋想不起来了呢！"

"你就别问那么多啦，赶快走！"那人催促道。

杨忠诚见那人不说也就不管那么多了。他把上衣穿好，冲那人一抱拳，然后转身飞跑着从铁路桥下穿过，一头钻进了对面的庄稼地里。

待杨忠诚走后，那人从怀里拿出一张纸，用一块石头压在鬼子的尸体上，纸上写着"罪有应得"四个字，下面落款是"猎日"。

杨忠诚告诉媳妇白续珍几时叫他起来，然后就在床上躺下了，他很快就睡着了。白续珍看杨忠诚睡着了，就把灯熄灭了，她把头靠在床头上一边听着村中更楼上的动静，一边想着自己的心事。

白续珍的父亲不像他同门兄弟们那样不是出门做生意、当官，就是在庄里也混得有头有脸，他就是个老实厚道的庄稼人，虽然在自家的学堂里读过私塾，但没有派上用场。白续珍有一个哥哥、三个姐姐和一个妹妹，姐姐们都出嫁了。原来她家里日子还过得下去，但自从哥哥白增俊被抓了壮丁，家里就经常揭不开锅，要靠着大爷白广甲阿訇一家的接济。男大当婚女大当嫁，她也到了该出嫁的年龄，这次她嫁给杨忠诚是他大爷白广甲阿訇做的主。杨忠诚家里穷点，年龄也大了点，但是他们全家都相信大爷的眼光，也对这门亲事挺满意的。就是白续珍自打过门后一直觉得丈夫早出晚归不太正常。按说出门做生意早出晚归也没啥，但是杨忠诚经常是走得太早，又回来得太晚，而且什么都不和她说，这根本不和人家那些做买卖的人一样。尽管如此，白续珍还是从来没有问过丈夫，作为媳妇相夫教子，照顾好婆婆和丈夫就行了，从小她母亲就是这样教育她的。想到这里白续珍睁大了眼睛，努力控制着一阵阵的困意，等待着三更天的到来。

二十

在兵荒马乱的年月里，尽管人们度日如年，但依旧阻挡不了时间的流淌，又一个秋天到来了。这天刚进山给八路军送完煤炭的杨忠诚被共产党平陵县委古月区委书记兼区中队指导员张开疆叫到办公室里。

待杨忠诚坐下后，张书记把一碗水递给杨忠诚后说："忠诚同志，你的工作很出色，不管组织交给你什么样的任务，你都能很好地完成。我们的队伍由于后勤保障有力，接连打了胜仗，根据地也在不断地扩大，这里面你的功劳可不小啊！我听说组织上要给你奖励，你还坚决不要。"

"要啥奖励啊！这已经比我做生意好太多了，不该我拿的钱我说啥也不能要。"杨忠诚喝了一口水说道。

"忠诚真是个难得的好同志啊！"张书记很感慨地夸赞道。

"真的没啥，书记你别总夸我。"杨忠诚有点不好意思地说。

"好同志就是好同志嘛！哈哈！"张开疆书记笑了笑接着说，"忠诚啊，现在组织上又有一项新的任务交给你，这项任务很艰巨，你看你能不能完成？"

"啥任务啊书记？"杨忠诚放下碗问。

"这冬天说着话就快到了，现在咱们的队伍壮大了，需要大量的棉服。今年咱根据地里种的棉花丰收了，但是被服厂那边缺少弹花机，棉花没法加工。上面给咱拨了款，让咱自己买一台弹花机。你是一直做棉花生意的，对这一行熟，组织上决定把这个买弹花机的任务交给你，你看能完成不？"

杨忠诚想了想然后说："没问题，就请张书记放心吧，我保证完成任务！"

杨忠诚从南山八路军根据地回到家后，第二天一大早就推着小推车来到了平陵城。他在回来的路上已经想好了，他到平陵城买到弹花机后，先把它拆开和一些废木料掺在一起分两次往回运，运回闫满庄后再想办法送到山里去。他觉得这个任务并不难完成。

事实证明杨忠诚把事情想简单了。他到平陵城后四处打听，也没有找到卖弹花机的，这让杨忠诚有点傻眼。其实杨忠诚本来是想到东锦镇上他经常去的那家棉花加工作坊，问问那里的掌柜他们的弹花机是在哪里买的，但是考虑到人家会误以为他也要开作坊，那同行是冤家，人家怎么可能告诉他呢？所以他才舍近求远来到平陵城。不过现在看来他也只能去找他家试着打听一下了。要是光靠着像他这样到处瞎找，那猴年马月才能找到啊？想到这里杨忠诚决定马上回东锦镇。

杨忠诚来到东锦镇后，在街上买了两斤糕点，然后就直奔那家棉花加工作坊。作坊的掌柜见杨忠诚没有像往常一样担棉花来，而是手里提着糕点，心里很纳闷，他让杨忠诚坐下后就问："老杨啊，你怎么今天没担棉花来啊？"

杨忠诚把那两斤糕点放在桌子上说："这两天身子不太熨帖，没有下乡去收，过两天再去。"

"那今天这不年不节的，你这是闹的哪一出啊？"掌柜的看着桌子上的两斤糕点问。

"是这样魏掌柜，我今天有一事相求，我的一个远方亲戚在青岛开了一家棉花加工厂，想添置一台弹花机，他们那边现在买不到，就托我在咱这边帮他置办一台，可我也不知道哪里有卖的，就想麻烦魏掌柜给我指指路。"杨忠诚说。

魏掌柜略微沉思了一下说："噢，原来是这样啊！这好办，你也别到处跑了，我有个朋友就是卖弹花机的。我找找他，我们交厚，保证能便宜卖给你，你两天后来听信，如果你觉得价钱合适，我就让他把机器拉到我这里来，你再付钱拉走，你看咋样？"

"那可太好啦！谢谢魏掌柜！"杨忠诚站起身来拱手说道。

"不用客套，都是老主顾了，以后还要靠兄弟多支持我这买卖呢！"说完，魏掌柜站起身从桌子上拿起那两斤糕点，"这些东西我就不留了，你还是给你娘拿回去吧！"

"一点小意思，不成敬意，杨忠诚接过糕点后又把它放回到桌子上说，"我还想冒昧地麻烦魏掌柜看能不能时间上快一点？"

"为啥这么急？"魏掌柜表情不解地问。

"亲戚把钱都拿来了，我想尽快把事情给办了，你知道我这人做事是个急性子。"杨忠诚解释道。

"噢，原来是这样，那好吧，那你就明天下午来听个信咋样？最快也得是明天下午了。"魏掌柜笑了笑说。

"好，那就明天下午。"杨忠诚满意地说道。

杨忠诚出了棉花加工作坊后，他到街上又买了几斤清真糕点，然后就踏上了回闫满庄的路。一路上杨忠诚都很高兴，本来他很担心自己会吃闭门羹，可让他没想到的是魏掌柜不仅痛快地答应了，还要帮他去办，这可省了他很多麻烦。看来这些年生意上的往来还是积攒了一些情分的。想到这里，杨忠诚不禁对魏掌柜心生感激。其实杨忠诚想错了。

杨忠诚走后，魏掌柜坐在屋里半天没动地方，忽然他拿起桌子上杨忠诚送来的那两斤糕点就往外走。

魏掌柜叫魏得利，他是汉奸魏得财，也就是魏三的本家兄弟。他要去找魏三，他要让魏三想办法阻止杨忠诚买弹花机。魏三现在已经是东锦镇皇协军保安队的队长了。

魏三见魏得利提着糕点进了他的办公室就问："兄弟，你这是干吗来了？"

魏得利说："三哥，我给你说个事儿，你认识那个闫满庄的杨忠诚吧，这小子今天来找我让我帮他买台弹花机，他说是他青岛开棉花加工厂的远方亲戚托他办的。这一听就是胡说八道。青岛那边什么买不到？再说了加工厂里还用咱这种弹花机吗？我一想就是这小子想自己开作坊抢咱的生意。

这小子本来就是收棉花的，他要是自己开了作坊那非把咱给挤垮了不行啊！三哥，你得帮帮兄弟，不能让这小子把作坊开成了啊！"

听了魏得利的话，魏三半天没有言语。

"三哥，你可得帮帮兄弟啊！杨忠诚让我明天下午就给他回话，我不能给他买，也不能让别人给他买啊！"魏得利着急地说。

"噢，我知道了，你先回吧。"魏三冲魏得利摆了摆手。

魏得利走后，魏三坐在椅子上闭上了眼睛，他一时还不知道怎样阻止杨忠诚买弹花机。他魏三权力就是再大也不能不让人家做生意吧？可是如果阻止不了杨忠诚，那他也对不起魏得利这位本家兄弟这些年来给他的那些孝敬啊！魏三苦思冥想，忽然他睁开了眼睛。杨忠诚想办棉花加工作坊？他有那个实力吗？他和杨忠诚早就相熟，他可听说杨忠诚家境并不好啊！魏三忽然感觉事情好像没有那么简单。弹花机是属于战略资源，那山里的八路军也是需要这种东西的，难道……

魏三一拍脑袋，他心想不管杨忠诚买弹花机是干啥用，他已经设法阻止他了，于是他决定立刻去找特务大队长金魁，他要给杨忠诚先安一个通共嫌疑的帽子，先把他抓起来再说。

魏三在金魁的办公室门口一直等到午饭后，金魁才从外面醉醺醺地回来。金魁听完魏三的汇报，本来想去睡觉的他立马来了精神，他摸起电话就给官庄的满仲哲打电话。

满仲哲最近比较清闲，官庄煤矿二矿自从遇袭后一直处于关闭状态。由于井口被损坏程度较大，再加上现在官庄矿的巷道和闫满庄这边煤井下的巷道已经打通，日本人就没有再整修二矿。不过二矿虽然不出煤了，但编制还在，满仲哲还是二矿的矿长。

满仲哲吃完中午饭刚想休息一会儿，办公桌上的电话就响了，他很反感地接起电话。

"喂，是满队长吗？我是金魁。"金魁的声音很大。

"哦，金大队长啊，你有什么指示啊？"满仲哲问。

"我命令你立即抓捕闫满庄的杨忠诚，然后把他押送到东锦镇来。"金魁命令道。

"为什么要抓他？"满仲哲感到很疑惑。

"他要买弹花机，弹花机是皇军规定的战略物资，他有通共嫌疑，好了，不和你说那么多了，你把他抓来就是了！"还没等满仲哲再说话，金魁已经挂断了电话。

满仲哲放下电话以后感觉金魁很荒唐。杨忠诚这些年做生意做得不错，连媳妇都娶上了，人家买弹花机那肯定是想弄个加工作坊，不想再挑着担子贩卖棉花了，怎么啦？买弹花机就通共了？你抓住人家是给八路军买的证据了？真是岂有此理！

满仲哲正在想着，金宗生进来了。二矿被损毁后，金宗生也不在那边了，他来了官庄矿，依然跟着满仲哲。满仲哲安排金宗生在煤矿的井上做监工，毕竟是闫满庄的人，而且是南北街上的人，满仲哲很信任他。

金宗生说："满队长，今天晚上矿上的几个兄弟们想请你，你看有时间不？"

"有时间。"满仲哲爽快地答应道。

"那好，那我就去和弟兄们说了。"说完，金宗生转身要走。

"最近你见杨忠诚了吗？"满仲哲忽然问金宗生。

"经常见他，前天还见他了呢，咋了？"金宗生停下脚步。

"那就好，刚才我接到金魁那小子电话，他让我抓捕杨忠诚。"满仲哲说。

"为啥抓他？"金宗生很不解地问。

"说他有通共嫌疑，人家要买个弹花机就说人家有通共嫌疑，这还有天理吗？啥叫皇军规定的战略物资？那战略物资多了，煤炭算不算？那咱就不能买煤了？这些人就是看不惯别人发点财，真他娘的！"满仲哲越说越生气。

听到这里金宗生不由得一愣，他赶忙问满仲哲："那真要抓杨忠诚吗？"

"要抓他自己来抓，东锦镇离着闫满庄又不远，老子没空伺候他！还他娘地给我发号施令，他以为他是谁啊？"满仲哲愤愤不平地说。

"是啊，他以为他是谁啊？不理他就对了。"金宗生边说边退出满仲哲的办公室。

金宗生退出满仲哲的办公室后独自来到了煤矿的一个角落里，他要好好平复一下自己的心情。刚才满仲哲无意中说的那句关于煤炭也是战略物资的话让他心里为之一惊。这一年多来，杨忠诚可没少找他买煤炭。起初他不敢卖给杨忠诚那么多，但是杨忠诚说是给一个铁匠炉的朋友买的，人家出的价格高，而且给了他金宗生不少好处，这样他就三番五次地把煤炭卖给了杨忠诚。现在想起来那得多大的铁匠炉一年能用那么多煤炭啊？再说杨忠诚的家境他很清楚，他根本买不起弹花机。难道杨忠诚真是给南山里的八路军做事情？杨忠诚绰号叫杨大胆，他可真是能做出那样不怕死的事情来的！金宗生不敢再往下想了，他愣愣地站在了那里一动也不动。

过了好大一会儿，金宗生才缓过神来。此时他的心里很矛盾，他不知道该怎么办？要是他把自己私自卖给杨忠诚煤炭的事说出去，那杨忠诚要是真把那些煤炭都送到山里给了八路，他金宗生也逃不脱通共的罪名啊！可如果他现在不说，那万一哪一天露了馅，他依然也跑不了。这可咋办啊？金宗生想了半天终于想出了个办法，对！去给杨忠诚送信，就说日本人要抓他，让他赶紧跑。只要杨忠诚一走，那他卖给杨忠诚煤炭的事就不会有人知道了，他自己也就安全了。想到这里，金宗生拔腿就回闫满庄。

金宗生一路小跑地回到了闫满庄的南北街上，但是他在杨忠诚家没有找到杨忠诚。杨忠诚的媳妇说杨忠诚从集上回来后又出去了，她也不知道去哪里了。金宗生在杨忠诚家等了一会儿不见杨忠诚回来就决定亲自出去找。但是金宗生找了两家都没找到杨忠诚，他就不敢再找了。他不想让人知道他找过杨忠诚，因为杨忠诚这回如果真的跑了，那会有人怀疑他和杨忠诚说了什么，于是他就回到杨忠诚家门口，坐在那条小巷子口牌楼下面的一块大石头上心急如焚地等杨忠诚。

太阳快落山的时候，杨忠诚才从南北街的南头走了过来。原来杨忠诚去街南头金宗才家看他姑了。杨忠诚在东锦镇上给他娘买糕点的时候也给他姑买了一份，他本想送过去马上回家的，可是他姑拉着他的手问长问短，一直不让他走。

金宗生见杨忠诚回来了，就迎上去把杨忠诚拉到路边的一个墙角处急切地说："忠诚哥，东锦镇的特务大队长金魁给满仲哲打来电话让把你抓起来，他们说不准什么时候就来了，你快跑吧！"

"啥？抓我？凭啥啊？"杨忠诚很不服气地问。

"说你买弹花机，那是战略物资，犯法的！"金宗生说。

"买弹花机犯啥法？还不让弹棉花啦？"杨忠诚虽然嘴上这么说，但是他的心里还是咯噔一下子。他暗暗在想我买弹花机特务队是怎么知道的？是谁告诉他们的？但是杨忠诚表面上还是故作镇静地说，"我知道了，谢谢兄弟！我就是想自己开个棉花加工作坊，做点小生意，他们抓我时，我和他们说清楚就是了，我不怕。"说完，杨忠诚绕开金宗生径直往家里走去。

金宗生看着杨忠诚的背影，使劲地摇了摇头，然后叹了口气。这时他忽然想起来今天晚上要请满仲哲吃饭的，现在眼看就到了吃饭的点了，他还没和那几个弟兄说满仲哲答应了邀请的事呢。想到这他又一路小跑地往官庄煤矿奔去。

杨忠诚进了家门，他没有去北屋，而是直接进了小东屋。妻子白续珍给他沏上了一壶茶，然后就去饭屋里准备晚饭了。

杨忠诚坐下后反复地想这件事情，难道是魏掌柜把他给告了？这也不太可能啊？就是买个弹花机，他凭啥告我啊？他又不知道我是给八路军买的。杨忠诚理不出头绪来，后来他想不管怎样明天他都要去趟东锦镇，只有去了东锦镇，见了魏掌柜，他才能搞清楚是咋回事。如果别人的起了疑心，那他索性就把弹花机弄回家，在自家的小院子里开个棉花加工作坊。这年头开棉花加工作坊又不犯法。等风头过了以后他再想办法完成张书记交给他的任务。想到这里，杨忠诚也就宽心了许多。

第二天一大早，杨忠诚就带好钱直奔东锦镇，他不想等到下午了，他上午就去。当杨忠诚登上东锦山山顶的时候，他感觉有点累，于是就坐下来歇歇脚。昨天晚上他也没有休息好，翻来覆去地做了一夜乱七八糟的梦。说实在的他还是有点担心会有人来抓他的，好在一直也没有人来，现在看来金宗生说的事并不准。

杨忠诚拿出随身携带的水壶，拧开盖子喝了几口水，然后把壶盖拧好，活动了几下胳膊，深呼吸了几口新鲜的空气。秋天的空气透着收获的味道，让人很惬意。杨忠诚坐了一会儿后站起身来准备下山。

这时，交通员胡富贵忽然风风火火地小跑着来到了杨忠诚面前，他一把抓住了杨忠诚的手，上气不接下气地说："可、可算是撵上你了，这一路可把我、可把我累坏了！"

"你咋来了？"杨忠诚发现他就很不解地问。

胡富贵喘着粗气说："快、快跟我进山，你的身份暴露了！"

杨忠诚赶紧拧开水壶盖子，把水壶递给胡富贵说："你喘一口，喝点水，慢慢说。"

胡富贵接过水壶，接连喘了几口粗气后扑打扑打胸口，待稍微缓一缓后喝几口水，这时他才语速正常地说："你给被服厂买弹花机的事被人告密了，特务队的金魁让满仲哲抓你，满仲哲没执行他的命令，金魁非常恼火，今天他要亲自抓你。张书记昨天晚上得到情报后派我连夜到闫满庄通知你撤退。我今天早上赶到你家时你媳妇说你已经到东锦来了。我就一路追你，到这里才追上，你赶紧跟我进山吧，这会儿金魁带着特务已经去你家了。"

"我进山了，那我娘和我媳妇咋整啊？"杨忠诚有点着急了。

"这个你放心，组织上会有安排的，这里不宜久留，咱赶紧走！"说完，胡富贵拉起杨忠诚就往回走。

杨忠诚很无奈，他只好跟着胡富贵快步下山。

当他们下到东锦山半山腰的时候，杨忠诚向着闫满庄的方向看了又看，但是茂密的树林和秋天的庄稼挡住了他的视线。

二十一

1941 年，全国抗日形势发生突变，国共合作的抗日大旗虽然还在，但是在蒋介石"攘外必先安内"反动思想的作祟下，一些国民党顽固派纷纷密令其属下官员和军队搞起了"曲线救国"。盘踞在平陵城已经投靠了国民党，并被国民政府委任为第十专区保安副司令、兼保安二旅旅长的翟云涛也忘掉了家仇国恨，听从他主子的旨意，枪杀了八路军派驻其所部的政工干部，公然投靠了日本人。

翟云涛投靠日寇以后，他首先命令其所部闫书伦的第四团听命于日军，并被编为"剿共军"，然后以强化治安为名，在平陵一带破坏八路军抗日组织，清剿共产党员，进犯八路军根据地。

闫书伦的部队从平陵县北部的长白山驻地开拔，一路向南进驻官庄。此时的闫书伦再也不用把自己伪装成是在青岛做布料和服装生意的老板了，他现在可以毫无隐瞒地告诉别人他就是大名鼎鼎的保安司令翟云涛麾下第四团的团长。

闫书伦进驻官庄以后，他并没有立刻回他在闫满庄的家招摇过市，光宗耀祖一番，他也没有急于开展什么"剿共"行动，而是在第一时间里就带人去了官庄煤矿。

一天上午，闫书伦带着一队人马浩浩荡荡地向官庄煤矿进发。

闫书伦的队伍一到官庄煤矿，他全副武装的警卫连就首先在官庄煤矿特务队门前成夹道式列队。闫书伦戴着大墨镜，骑着高头大马从队伍中间气宇轩昂地穿过，径直进到煤矿特务队的院子里面。

满仲哲的特务队虽然平时在这四里八村都很横，想吃谁家就吃谁家，想抓谁就抓谁，无人敢惹，可他们哪见过这种阵势啊！一时间都吓得纷纷闪在一旁，不敢靠前。

闫书伦骑在马上大声喝道："你这煤矿特务队里还有活着的吗？还有喘气的吗？都他娘的给我滚出来！"

得到报告的满仲哲不明就里，他跌跌撞撞地从办公室里跑了出来。他一看马上坐着一个挂着"剿共军"中校军衔的军官，就赶忙上前行礼，并谦卑地说："长官您好！我是这里的特务队长，是这里负责的，请问长官有何贵干？"

"等老子下马再说！来，你先给老子牵着点马！"闫书伦命令道。

满仲哲不敢怠慢，赶紧伸手抓住马的缰绳，闫书伦翻身下马。

满仲哲把马的缰绳递给了凑上来的一个特务说："快去把长官的马拴好，再去弄点草料，别让长官的马受了委屈。"然后他转身弓腰冲着闫书伦伸手做了一个请的姿势说，"长官，请您到鄙人办公室里一叙。"

闫书伦也不答话，他仰着脸，右手拿着马鞭在左手的掌心里轻轻地敲着，迈着四方步不紧不慢地进了满仲哲的办公室。

进到屋里以后，还没等满仲哲让座，闫书伦就一屁股坐在了满仲哲的椅子上。满仲哲一看闫书伦这个劲头也没敢再说话，就垂手弯腰地站立在了办公桌的前面。这时满仲哲手下的特务小队长赵梓明和徐步达跑了过来，他们想进屋看看到底发生了什么事情，却被门口闫书伦带来的卫兵给挡住了。

闫书伦用马鞭敲打着满仲哲的办公桌明知故问道："你小子什么名号啊？报上来给老子听听！"

"没什么名号，鄙人满仲哲，官庄煤矿特务队的队长。"满仲哲满脸堆笑地回答道。

"特务队长满仲哲？特务队是个什么东西啊？是八路军的特务队吗？"闫书伦拖着长腔阴阳怪气地问。

"长官您竟开玩笑，我们特务队和您的'剿共军'都是大日本皇军的队伍，怎么会是八路军的特务队呢？"满仲哲依然满脸堆笑地说。

"我他娘的说你是八路军的特务队，你他娘的就是八路军的特务队！我得到情报说你的特务队里净是八路，我们'剿共军'这次就要先缴了你的特务队！"闫书伦大声怒斥道。

"哈哈哈！您这玩笑开大了吧长官？"满仲哲忽然直起了腰，他的脸上露出了一丝不屑。

此时满仲哲已经看出来了，今天这队"剿共军"就是来矿上找事的。刚开始还真的把他给吓了一跳，但是现在他已经缓过劲来了，他心想我满仲哲也不是吃素的，这该给的面子我都已经给了，如果再不知趣的话，那就是给脸不要脸了！想到这里，满仲哲说："不知长官是否知道，我们这官庄煤矿的矿长可是曾经做过'满洲国民生部'次长的宫泽帷重先生，这特务队也是官庄煤矿的特务队，我们怎么会是八路军的特务队呢？"

"哈哈……"闫书伦仰天长笑。

这一笑又把满仲哲给吓了一跳，他不知道他把宫泽帷重都抬出来了，这家伙居然还能如此放肆，一个"剿共军"的军官能有多大来头啊？居然不把宫泽帷重放在眼里？这到底是什么状况啊？满仲哲有点摸不着头脑了，他愣愣地看着闫书伦。

闫书伦终于笑够了，他摘下了眼镜，擦了擦眼角笑出来的泪水，向前近了近身子，眯着眼睛看着满仲哲说："满仲哲啊满仲哲！这真是冤家路窄啊！你瞪大你的狗眼看看本团长是谁？"

"啊！"满仲哲不由得倒吸一口冷气，这次他是真被吓到了，他有点不敢相信自己的眼睛，原来坐在他面前的竟然是他的死对头闫书伦。"剿共军"进驻官庄，他作为特务队长第一时间就知道了，他也听说来的这个团的团长姓闫，但他做梦也没想到会是闫书伦。

满仲哲半天才缓过劲来，他用手擦了擦鬓角渗出来的汗水，尽量地掩饰住自己害怕的心态说："闫，闫团长，我，我真没想到是您，我一直以为您在青岛发财，我……"

"闭嘴！"闫书伦打断了满仲哲的话，"满仲哲啊满仲哲，你以为我们闫家完了再也站不起来了是吧？你以为那些过往的仇恨就一笔勾销了是吧？你以为你们满家投靠了日本人就进了保险箱，就可以高枕无忧了是吧？我告诉你满仲哲，你的官庄二矿就是我闫书伦带着人给你端的！怎么样？你来找我算账啊！我现在手里有军队，你能奈我何？你带着日本人杀了我们翟司令的亲哥哥，这个仇我们司令可是给你记着呢！现在别说是宫泽帷重，就是日本华北驻屯军司令部的司令官田代皖一郎中将对我们翟司令也是敬重三分！你满仲哲算个什么东西啊？你充其量就是日本人的一条狗，我现在随时都可以要了你的狗命，拿你的人头去祭奠我哥哥闫书年，去祭奠我们司令的哥哥、我的大哥翟云波团长！满仲哲，你的死期到了你知道不？"

"饶命啊！饶命啊闫团长！"满仲哲扑通一声跪倒在地，带着哭腔央求道，"我不是人！我不是人！我们满家都不是人！我们对不起闫家！我们死有余辜！可是我们……"

看着满仲哲跪地求饶的样子，闫书伦脸上露出满意的笑容，他不无得意地说："你看你这副孬种的样子，你说我怎么和你这种德行的人曾经生活在一个庄里，还从小在一个学堂念过书？你真他娘的给庄里的男人丢脸！来，给我站起来！像个男人一样！"

满仲哲哆哆嗦嗦地站起来，用手擦了一把脸上的鼻涕和泪水。

闫书伦接着说："满仲哲，我告诉你，我们闫家和你们满家不一样。想当年我们闫满两家结伴立庄，那祖辈上是有交情的。可你们满家不念祖上的旧交把我们闫家赶尽杀绝，实属不仁不义！但是你放心，我们闫家可不能那样做。如果我们也那样做了，那会让闫满庄的子孙后代都看不起我们闫家的。我现在就看在咱祖上有交情的份上，看在咱闫满庄老少爷们的份上给你指条生路，如果你要是阳关有路偏不走，地狱无门专去投，那我也没有办法啦！"

听闫书伦这么一说，满仲哲赶紧说："谢谢闫团长您的大人大量！我们满家会永世不忘的。今天不管你闫团长给我满仲哲指的是条什么路，只要你能保全我们满家一家老小的性命，我满仲哲都会去走。"

"那就好，"闫书伦用马鞭轻轻敲着满仲哲的办公桌一字一句地说，"现在我给你一个花钱消灾，拿钱买命的机会，你想不想听一听啊？"

"想听！想听！我当然想听！"满仲哲赶紧说道。

闫书伦点点头说："好！那你就给我听好了！我来给你算笔账。当然了，咱从前的那些账我在这里就先不算了，我也不能仗势欺人对不？咱就算算你抢占我们家煤矿的账。那一年你从我们家里一共拿走了白花花的现大洋十三万五千块。我爹出去给我找门路又花了一万块，我出门谋生被人又抢了一千块，这一共算下来是十四万六千块现大洋。不知道你能认可不？"

"我认，我认可，这些我都认可。"满仲哲赶紧应承道。

"你等等，我还没说完呢，"闫书伦用马鞭敲了一下桌子接着说，"这些年我的这些钱被你给破费了，我现在和你要两万现大洋的利息不算高吧？咋样？这些钱够买你的身家性命吗？"

"够！够了！"满仲哲连连点头，生怕闫书伦再说出啥钱来。

"那好，那满队长就拿钱去吧！"闫书伦撇着嘴轻蔑地说。

"可这些钱我一时半会也凑不齐啊！"满仲哲很为难地说。

"我知道你一时半会凑不齐，不要紧，我给你三天时间，三天后把钱送到我的团部，如果到时候你的钱没有到位，我的'剿共'行动就先从你的特务队开始！另外我告诉你，你也可以去找宫泽帷重，你看看他能不能救你？"说完闫书伦站起身，不再听满仲哲说什么，戴上墨镜就往外走。

满仲哲根本也不敢说什么，他赶紧跟着闫书伦出了门。

闫书伦来到院子里，卫兵牵过马来，他翻身上马。

跟在后面的满仲哲赶紧对闫书伦弓腰施礼说："闫团长慢走！闫团长慢走！"

闫书伦连理都不理满仲哲，他提了一下马的缰绳，双脚一磕马镫，那马很威风地甩了甩头，抖了抖马鬃，长啸了一声，抬腿就走。

待闫书伦骑着马出了特务队大门后，那两排士兵立即把枪背在肩上，齐刷刷地跟在马的后面，一队人马就这样扬长而去了。

送走闫书伦，满仲哲回到了办公室，他心有余悸地一屁股坐在椅子上，长长地舒了一口气。

这时赵梓明和徐步达走进屋。这二位满仲哲的心腹看着自己的主子今天在这里如此受欺负，真的很想带着特务队的人和这帮大兵拼一把，但是他们看到人家人多势众，也只能作罢。此时他们愤愤不平地对满仲哲说："队长，咱该怎么办？他们有点欺人太甚了！咱们特务队啥时候这样被人欺负过？"

满仲哲很沮丧地说："这是风水轮流转呢！能有啥办法？"

"队长，这到底是咋回事啊？他们还会不会来找事啊？"赵梓明很担心地问。

"是啊！梓明的担心是有道理的，他们如果再来找事，我们还要这么忍吗？"徐步达也问道。

"没你们啥事，很多事情你们不知道，去告诉弟兄们今天的事都不要对外声张！"满仲哲冲赵梓明和徐步达挥了挥手说。

赵梓明和徐步达尽管此刻还是一头雾水，但是他们也不敢再问了，只好退了出去。

赵梓明和徐步达出去后，满仲哲闭上眼睛，他把头仰在椅子背上，然后就像一个死人一样一动不动了。满仲哲心里清楚这个钱看来是必须要给闫书伦了，即使是他去找宫泽帷重也无济于事，宫泽帷重是帮不了他什么的，而且也不可能帮他。现在闫书伦手里握有兵权，他又在和日本人合作共同"剿共"，可以说日本人现在和闫书伦穿一条裤子。反观他满仲哲手里有啥？可以说啥也没有。自从二矿关闭以后，他的财路也被断了。尽管平时他也能到处搜刮点民脂民膏，但那怎么能和手里有个肥得流油的煤矿相提并论呢？因此他孝敬宫泽帷重的手段也就变得十分有限了。如果此时他不识趣地让宫泽帷重在他和闫书伦之间做个选择，那结果是用脚指头都能想出来的。没办法啊！此一时彼一时，形势比人强啊！他现在也只有去给闫书伦弄钱了，可是这么些钱，他到哪里去弄呢？

满仲哲想了好久也没有想出个好办法，他想此刻也只好回家去找他的老爹满弘坤了。想到这里，满仲哲起身立刻回闫满庄。

满弘坤听满仲哲诉说完他今天在官庄煤矿特务队里的遭遇后，大瞪着两眼，半天没有说话。

"爹你咋了？"满仲哲见满弘坤这样吓了一跳，他赶忙问道。

过了一会儿，满弘坤才叹了口气说："这就是天意啊！想我们满家和闫家都是闫满庄里的大户人家，自从立庄以来，我们两家的祖祖辈辈都能和睦相处，可谁承想到了咱这里就成了解不开的冤家啦！这都是一个'利'字害的啊！"

"爹，说那些还有啥用啊？你老人家还是快点拿个主意吧！"满仲哲心急地看着他爹说道。

"都到这个时候了，你爹我还能拿出个啥主意来？就拿钱呗！就当是破财免灾啦！"满弘坤把两手一摊说。

"当初就该把这小子整死，以绝后患，还是我心太软，让他今天又缓过劲来了。"满仲哲十分懊悔地说。

"这世上哪有卖后悔药的？"满弘坤看了一眼满仲哲。

"可咱咋才能凑出那么些钱来呀？要是按照闫书伦提出的这个数目，那咱满家非得倾家荡产不行啊！"说到这里，满仲哲颓丧地垂下了头。

"你把头给我抬起来！"满弘坤忽然呵斥道，"有什么大不了的？咋就倾家荡产啦？咱还到不了那个份上！"

满仲哲任凭父亲呵斥，依然低着头没有说话。

"你放心，只要咱满家人丁兴旺，那就是留得青山在不愁没柴烧！我满弘坤有两个儿子，他闫仁光现在就只剩下一个了，鹿死谁手还不一定呢！你不要看闫书伦现在风光，张狂，那当兵的脑袋可都在裤腰带上别着呢，说不上哪一时就掉了！那闫家的明天还说不上是个啥样子呢！"满弘坤提高嗓门大声说道。

满仲哲抬起头，看了他爹一眼说："话是这样说啊爹！可眼下咱根本咱拿不出这些钱来啊！我看实在不行，咱就把南坡的那些地先都卖了算了？"

"用不着，你爹我手里有！"满弘坤拍了拍胸脯说道。

"你有？爹，你能拿出这么些钱来？"满仲哲有点不相信自己的耳朵。

"你爹我攒了一辈子了，没点积蓄还行？我就是觉得这么拿出去有点憋屈！"满弘坤愤愤地说。

"放心吧爹！咱就先让闫家替咱保管着，早晚有一天我会把钱再拿回来的！"满仲哲也咬牙切齿地发誓道。

在闫书伦要求三天期限的最后一天，满仲哲把准备好的钱如数送到了闫书伦的团部。

闫书伦看着满仲哲拿来的银票感觉有点意外，他没有想到满仲哲真的会拿出这么些钱来，他以为满仲哲会再来求他，会跪在他的面前摇尾乞怜，可今天满仲哲却把钱如数拿来了，看来这满家还真不能小瞧呢！闫书伦拍着满仲哲的肩膀说："满队长，咱们两家的恩怨到今天就彻底了去了，往后咱谁也别提了，这叫化干戈为玉帛，咱要精诚团结，共同为大日本皇军做事，我的'剿共军'和你的特务队那就是手足兄弟，你看咋样？"

"我的特务队人少枪手，和你的'剿共军'不能称兄道弟，往后还要仰仗闫团长多关照，我满仲哲本人也要靠你多多提携！咱是远亲不如近邻，你说对不闫团长？"满仲哲卑微地说道。

"那没问题，咱就这么说定了！"闫书伦洋洋得意地说道。

满仲哲从闫书伦的团部回到特务队后第一时间就把赵梓明和徐步达叫到身边，此刻在满仲哲心里已经想好了一个复仇计划。在满仲哲看来"君子报仇，十年不晚"就是一句屁话，他可等不了那么久，他现在就要报仇。这次闫书伦对满仲哲极尽羞辱，对满家穷追猛打，他满仲哲实在是咽不下去这口恶气！为了给闫书伦凑钱，他和他爹满弘坤几乎拿出了家里所有的积蓄，真是差一点就倾家荡产了。

待赵梓明和徐步达领了任务走后，满仲哲咬着后槽牙自言自语道："都说大丈夫小事要忍，大事要狠！我满仲哲从前就是不够狠，让你闫书伦这个王八蛋有了翻身的机会。好在你闫书伦也不是个什么大丈夫，你也不够狠，给我满仲哲留了机会！你闫书伦就等着吧！化干戈为玉帛？你他娘的做梦去吧！"

二十二

转眼间，杨忠诚参加八路军已经有大半年的时间了，经过大小十几次战斗的洗礼，他已经成为一名出色的八路军战士，并且刚刚被任命为八路军古月区中队一班的班长。

一天下午，区中队长朱明锐把已经是副中队长的尚兴邦和一班班长杨忠诚叫到跟前给他们布置任务。朱明锐说："我们得到情报，前几天抗日义士'猎日'被日本人杀害了。现在他的人头就挂在东锦镇南头的大榆树上。这个人虽然我们没有争取过来，但是他做的事和我们八路军是一样的，这几年死在他手里的日本鬼子不计其数，沉重打击了鬼子的嚣张气焰，他是一个不折不扣的抗日英雄。现在他的头颅挂在那里示众，这是鬼子在报复'猎日'，也是在恐吓各方的抗日势力，我们八路军绝不能等闲视之。现在上级决定让我们去把英雄的人头取下来，找个合适的地方埋葬了，让英雄入土为安。我和张开疆书记研究决定由兴邦同志带队，忠诚同志再从一班里挑选两名战士，你们四人组成一个战斗小分队共同去完成这项任务。"

"这狗日的日本鬼子，早晚有一天我们要和你们算总账！"尚兴邦骂了一句，然后对朱明锐队长说，"放心吧队长，保证完成任务！"

尚兴邦和杨忠诚从朱明锐处出来后，尚兴邦对杨忠诚说："忠诚同志，我在这里等着你，你回去挑选两名战士，咱们马上就出发，这样天黑时分我们就能赶到古月镇，然后过鬼子的封锁线直奔东锦镇。"

"是！"杨忠诚答应一声就走了。

过了不一会儿，杨忠诚就和一班战士王小虎、于大龙全副武装地回来了。尚兴邦副队长说了一声"走！"四个人就跟着出了部队驻地向东锦镇进发。

最近特务大队长金魁心情非常好，他整天哼着小曲进进出出，因为他抓住了日本人一直恨之入骨，但又始终抓不到的"独行侠猎日"，为此日本人重重地嘉奖了他。在平陵这一带绰号叫"猎日"的这个人独来独往，神出鬼没，专杀日本人，这几年死在他手里的日本鬼子已经有几十个了，日本人做梦也想不到就这么一个人会给他们带来这么大的杀伤力。

前段时间，一个刚在东锦镇一家饭店里吃饭不给钱，还侮辱掌柜媳妇的鬼子在回岗楼的小路上又被"猎日"给打死了。"猎日"专收拾那些在集市上欺男霸女，横行霸道的鬼子。鬼子一旦被他盯上，就基本上活到头了，一时间搞得鬼子人心惶惶，很多鬼子一个人根本不敢出门。

那次鬼子被杀，在东锦镇驻军的鸠山小队长指着金魁的鼻子骂，让特务大队要想尽一切办法尽快抓捕"猎日"，否则就枪毙了金魁。但是话说起来容易，事做起来难，平陵这么大，"猎日"来无影去无踪，金魁到哪去抓啊？尽管他们遍贴告示，重金悬赏，仍然一无所获。但是前几天金魁忽然得到一个情报，说东锦镇东头王寡妇家最近经常会来一个陌生男人，而且总是在天黑后才来。

王寡妇叫王金枝，他原来的丈夫是一个伪军，在八路军端鬼子炮楼的一次行动中被打死了。王金枝是王村镇一大户人家的千金，颇有几分姿色。丈夫死后，她的父母本想把她接回娘家，怎奈她夫家有一套很不错的青砖碧瓦的四合院。她的公公婆婆都已经过世，她丈夫是家里的独苗，因此她就想卖了房产跟父母回王村镇。但是在她卖房子时，她丈夫家族里的人站出来阻止了她，王金枝舍不下那套四合院，就暂时留在了东锦镇。

金魁得到这个情报后异常惊喜，他想不管那个陌生男人是谁，先抓起来再说。如果是"猎日"那再好不过了，如果不是"猎日"，那他金魁还兴许在王寡妇那里捞得到点什么好处，于是他立即部署特务对那个陌生男人实施抓捕。

金魁亲自带领特务在王寡妇家院子外面蹲守了三个晚上，终于把陌生男人堵在了王寡妇的家里。那个陌生男人果然是"猎日"，于是双方发生了激烈的枪战。最后因为"猎日"子弹打光了，才被他们活捉，他们特务队也付出了五个特务被打死，两个特务负重伤的代价。王寡妇也在双方的交战中被乱枪打死了。

"猎日"被抓以后，很痛快地就承认了自己是"猎日"，承认了那些日本人都是他杀的，但"猎日"就是绝口不提他是哪里人，他一会儿说平陵话，一会儿说东北话，两种口音都很纯正。

鸠山小队长亲自赶到特务队审讯"猎日"，他用尽了各种酷刑，"猎日"被折磨得死去活来，但就是不松口，最后日本人失去了耐心，砍下了他的人头，并把人头挂在东锦镇南头的大榆树上示众。

尚兴邦、杨忠诚，还有战士王小虎、于大龙四个人趁夜色越过古月镇日本鬼子的封锁线和胶济铁路，来到东锦镇的南头。他们潜伏在一片庄稼地里仔细观察着路旁那棵大榆树周围的动静。透过朦胧的夜色，他们看到有两个人影在大榆树下来回走动，那应该是夜里做看守的伪军。

尚兴邦和杨忠诚经过短暂的商量后决定兵分两路，由尚兴邦带领战士王小虎和于大龙迂回过去藏在大榆树旁边的围子墙下。由杨忠诚假扮进镇子请郎中的乡下人把那里的敌人引出来，然后一举拿下。他们心里清楚这一行动不能出太大的动静，因为这里离着鬼子设在东锦镇南面铁路道口的炮楼就几百米远，那里有二十几个鬼子和伪军驻守，如果声音大了，惊动了他们，那今天的任务就完不成了。

待尚兴邦他们三人迂回过去以后，杨忠诚就从庄稼地里钻出来上了那条通往镇子里的路，然后快步向大榆树走去。

杨忠诚还没走多远就听到大榆树下有人大声地喊道："喂，干什么的？"接着就是拉动枪栓，子弹上膛的声音。

"老婆难产，进镇子里请郎中去！"杨忠诚边说着边往前走。

"瞧他娘你这事儿！吓了老子一跳，这大半夜的你也敢从这里走，不知道树上挂着人头吗？幸亏有我们哥俩在这里，要不然吓死你个王八蛋！"一个伪军端着枪往前走了几步说。

"老总，没办法啊，家里老婆还不知道死活呢，管不了那么多了！"杨忠诚说着话又往前走了十几步，忽然他哎哟一声一个跟头摔倒在地上。

"咋了？啥情况啊？"那个伪军端着枪走了过来。

"是他娘的被'猎日'的人头给吓破胆了吧！"另一个伪军也端着枪走了过来，他一边走一边嘴里叫骂着。

待前面的伪军走到杨忠诚近前时，杨忠诚伸出手说："老总您行行好拉我一把，我脚崴了。"

走在前面的那个伪军把枪背在身上，一边低头弯腰伸出手来，一边嘴里骂道："你这真他娘的是倒霉催的！"

杨忠诚人高马大，再加上他本来就不想起来，那个伪军拉了几下都没有拉动。这时另一个伪军也走了过来，他嘴里依然在不停地骂道："他娘的！是不是把腿摔断了？你这得先让郎中给你看腿啊！"

这时，尚兴邦副中队长和战士王小虎、于大龙已经从伪军的后面悄无声息地围了上来。

说时迟那时快，杨忠诚顺势一把把第一个伪军拉倒在地，尚兴邦他们三人将第二个伪军也扑倒在地。还没等两个伪军反应过来，两把尖刀就插进了他们的心脏。

杨忠诚四人将两个伪军的尸体拖进路旁的庄稼地里，然后迅速来到大榆树下。王小虎顺着树干爬了上去，他用刀子割断上面的绳子，把盛放着"猎日"头颅的铁笼子递给跟上来接应他的于大龙，于大龙又把铁笼子递给杨忠诚，然后王小虎和于大龙两个人先后从树上下来。尚兴邦向四周看了看，此时应该已经过三更天了，正是人们熟睡的时候，整个镇子静悄悄的，连一声狗叫都没有。尚兴邦副队长把手一挥，四个人迅速消失在夜幕中。

尚兴邦他们四个人越过胶济铁路的铁轨，爬上了东锦山。他们在山上找了一处朝着东方而且比较隐蔽的地方挖了一个坑，把盛放着"猎日"头颅的铁笼子放了进去，又在上面加盖了一块石板，然后用土把坑埋上。由于条件所限埋得不是很深，他们担心会有狼过来刨挖，就又搬过来了几块大石头压在了上面。并且在旁边的一棵山枣树上用匕首做下了记号，以方便日后寻找。

待做完这一切后，尚兴邦四人站在坟前集体给"猎日"行了个军礼，以表达心中的敬意。就这样，"猎日"这位在平陵地界上留下无数传奇，让鬼子们谈之色变、闻风丧胆，让老百姓无比崇拜、争相传颂的孤胆英雄被草草地下葬了，更为遗憾的是被下葬的也只是他的头颅，他那高大的身躯现在还不知在何处。而此时此刻参与此次行动的杨忠诚并不知道，他刚刚埋葬的这位传奇英雄就是当年他带着闫满庄的民夫在逃命路上救起的那个受伤的民夫。他也不知道那天在河滩里给他解围的就是这位"猎日"。

其实"猎日"搭救杨忠诚纯属偶然。那天杨忠诚在路上和"猎日"走了个对面，"猎日"一下子就认出了杨忠诚。当"猎日"看到杨忠诚去走那条小路时，直觉告诉他杨忠诚可能会遇险。"猎日"经常走小路，他知道那里原来没有鬼子，现在已经有鬼子在巡逻了，尽管他并不知道杨忠诚在干什么营生，但他知道只有干那些不想让鬼子知道的事的人，或者是不想遇到鬼子的人才会舍近求远走那里。由于他不能暴露自己的身份，于是就悄悄地尾随在杨忠诚的身后，试图暗中保护杨忠诚，以报答杨忠诚当年的救命之恩。结果他真救了杨忠诚一命，实现了他的夙愿。可是杨忠诚对此却一无所知。

"猎日"在江湖上很神秘。其实说来他也没有什么神秘的，他也是一个普通人。

"猎日"的真名叫池忠勇，家住平陵县池头庄。他家里只有一个老母亲和一个妹妹。由于家贫，他二十几岁还没有娶上媳妇。他听说东北那边好混，那里到处是黄金，到处有大姑娘，于是他就告别了母亲和妹妹，跟着庄里的族人一道闯关东去了东北。

池忠勇到了东北以后才发现东北根本没有传说中的那么好混，别说黄金和大姑娘了，就是想找个好的差事做都很难。正在他的生计还没有什么着落的时候，屋漏偏逢连阴雨，他被当地的一股土匪给盯上了，并被绑票了。但是同去闯关东的族人们根本没有钱去赎他，索性他就直接当了土匪，跟着土匪混了。

那段日子里，池忠勇跟着他们大当家的打家劫舍，杀富济贫，过上了有吃有喝，有酒有肉的草莽生活，他一时间感觉到了前所未有的惬意。但是好景不长，他们那股土匪活动的那一带并没有多少富裕人家，一年里几轮抢劫下来，那些富裕人家里也就没有什么可抢的东西了。于是他们想扩大自己的势力范围，但却被周围几个大的土匪绺子给打了回来。不但没有扩大势力范围，反而损失惨重。后来他们这股土匪干脆就干起了抢劫平民百姓的勾当。

池忠勇是穷苦人出身，山东人的那种耿直和善良让他实在看不惯那帮土匪欺负穷人，于是他就找了个机会跑了出来。由于他害怕土匪对他进行追杀，干脆就直接回了平陵老家。

池忠勇回到平陵后不久就赶上了日本鬼子侵略山东，平陵县国民政府让各庄出民夫到黄河边上去修筑工事，池忠勇就是他们庄里派出民夫中的一员。

那天晚上日本鬼子进攻黄河大堤，池忠勇跟着闫满庄的民夫向外跑时被鬼子的炮弹炸伤了腿，多亏杨忠诚他们把他送回了家。他本想等养好了伤，亲自到闫满庄登门拜谢救命恩人的，但没想到接下来一场飞来的横祸让他没能成行，以后也就没机会成行了。

一天，池忠勇躺在家里的床上养伤，他的母亲在给他做饭，他的妹妹在给他缝补衣裳，忽然有五六个日本鬼子叽里呱啦怪叫着破门而入。他们不由分说抓起母亲和妹妹就走，池忠勇试图去救母亲和妹妹，却被冲上来的鬼子几枪托就砸得昏死了过去。

不知道时间过了多久，池忠勇才从昏死中苏醒过来，他拖着受伤的腿，忍着头上剧烈的疼痛走出家门去找母亲和妹妹。这时他才知道他的母亲和妹妹都已经死了。

原来一小队日本鬼子在一个叫石田的小队长带领下来到了池头庄。他们把男人们都打跑后把村里所有的妇女都集中到了一个院子里，然后从里面挑了三十多名妇女分别关进几个房间，就在光天化日之下，对这些妇女进行了惨无人道的轮奸兽行。池忠勇的母亲由于年龄大了，身体又不好，当场就没了命。他的妹妹还有他本家的一个已经怀孕三个月的嫂子在日本鬼子发泄完兽欲离开后，不堪屈辱，双双在村子外面的树上上吊自杀了。

池忠勇知道这些事情后，他一句话也没说，只是默默地埋葬了自己的亲人，然后就回到家里躺在床上养伤，没人知道那段时间他一个人是咋过来的。

古月星转

一个月以后，池忠勇的伤彻底养好了。他把家里的房门钥匙交给了族里的一个长辈，对长辈说他要再去闯关东，从此池忠勇在池头庄就消失了。

　　其实池忠勇没有去闯关东，他只是离开了池头庄，但是他并没有离开平陵县，他只是不再用自己原来的名字，他给自己起了一个新的名字叫"猎日"，他要猎杀日本鬼子给亲人报仇。他学着东北土匪的样子，明人不做暗事，在杀完鬼子以后都要留下自己名字。他用这个名字还有一层意思那就是迷惑敌人，让敌人找不到自己。

　　池忠勇用"猎日"的名字杀的第一个鬼子就是那个那天带队去池头庄犯下滔天罪行的石田小队长。为了杀石田，池忠勇整整跟踪了他一个多月，终于在石田一次独自外出时找到了下手的机会。当他把刀子捅进石田身体的那一刻，他有一种无限的畅快和解气。他割下石田的脑袋，连夜返回池头庄。他在母亲和妹妹的坟上放声大哭。他哭完后擦干眼泪，拿起石田的脑袋爬上一个山坡，他把石田的脑袋放在一块石板上，拿起一块石头把它砸得粉碎。他用这种形式来发泄心中的愤怒和仇恨，他要让野狼把鬼子的脑袋吃个精光，他要让这个狗日的罪恶累累的日本鬼子的脑袋在野狼的肚子里变成粪便，留在中国的土地上做肥料，滋养中国的土地，以此来向中国人民赎罪！

　　做完这一切后，他拿出从石田那里缴获的那把手枪看了又看，他心想："不行，石田的一条命可不够，他的一条命只能顶我娘的一条命，还有我的妹妹呢！还有我嫂子呢！还有我嫂子肚子里的孩子呢！还有我村里那些婶子和姊妹们呢！"想到这里，池忠勇咬着后槽牙骂道："小日本！我日你八辈祖宗！你们都给我等着吧！"

　　从此以后一个一个的日本鬼子倒在了池忠勇的枪口下。如果不是他遇上王金枝，还会有更多的日本鬼子死在他的枪口下。

　　池忠勇和王金枝的相识是一次巧合，不过也许是命当如此。有一天夜里，池忠勇从一户人家门前路过，他忽然发现有一个人鬼鬼祟祟地爬上了那户人家高高的围墙，然后就翻身跳了进去。

　　池忠勇想这一定是个偷东西的贼。虽然池忠勇干过土匪，干过打家劫舍的买卖，但他最恨的就是贼，他认为当贼的人就是偷偷摸摸占人钱财。于是他就悄悄地靠过去，并把耳朵贴在墙边听里面的动静。

忽然他听到里面传来一阵女人的呼救声，池忠勇心想这个贼不但要盗财，他还要劫色，实在可恶！想到这里，池忠勇纵身上了墙头，然后翻墙就进了院子，他几步就来到传出女人呼救声的四合院北屋正房前。

池忠勇迈步进了敞开的房门，抬眼就看到一个男人正压在一个女人的身上预行不轨。池忠勇二话没说，他一个箭步上前用左手从后面勒住那个男人脖子，同时用右手拔出匕首，一下子就捅进了那个男人的后心。那个男人连一点声响都没发出就从床上滚了下去。这些年杀日本鬼子让池忠勇养成了一个习惯，那就是不废话，直接下手。

那个女人被这突如其来的拯救完全吓傻了，她用双手护在自己的胸前，双腿紧紧蜷缩，身子靠在床头上抖作一团。

池忠勇看了看那个女子说："别害怕，告诉我是怎么回事？"

那个女人又抖了半天才开口对池忠勇说："这个人是镇上的一个混混，自从我丈夫没了，他就经常来骚扰我，想要霸占我，我不从，今天他就私闯民宅想霸王硬上弓。"

池忠勇看了看躺在地上已经死了的混混对那女人说："你给我找个被单子，我把他扔到山沟里去喂狼。"

那女人整理好衣服，理了理头发，下床去找来了一条被单子递给了池忠勇。池忠勇把那个混混的尸体用被单子一裹，对女人说："以后他来不了了，你把屋里收拾一下，好好过日子吧！"说完扛起那尸体就出了屋门。

那女人赶紧从屋里跟出来，到院门口给池忠勇开大门。

大门打开后，池忠勇先探出头去看看大街上有没有人，当他确认没有人时，抬腿就要走。

这时，那女人却一把拉住池忠勇问："大哥，你以后还来吗？"

"我为啥还来？"池忠勇很不解地问。

"这屋里死了人，以后我一个人不敢住。"那女人小声说。

池忠勇迟疑了一下说："再说吧！"说完他就出了大门，迅速消失在了夜色中。

池忠勇虽然说了一句很不确定的"再说吧"，可自那以后，他不但又来

古月星转

了王金枝家，而且还是经常来，自此，池忠勇和寡妇王金枝的故事就开始了。这也难怪，池忠勇一人在外闯荡，居无定所，风餐露宿而且随时有被鬼子抓到砍头的风险，他心底的那份焦虑和不安可想而知。王寡妇这里不但给他提供了一个避风的港湾，而且她给他的那份温存也让他紧张的神经得到放松，压抑的心绪得到纾解，也能让他暂时睡个安稳觉。可是世上没有不透风的墙，他们的好景并没有长久，尽管他们相处得如胶似漆，你侬我侬，但是他们谁也没有料到，这一切会给他们带来一场杀身之祸，让这对苦命的鸳鸯双双殒命在这乱世之中。

二十三

尚兴邦和杨忠诚他们的战斗小分队执行完任务，在回八路军根据地的途中，尚兴邦副队长抬头看了看天色后，忽然问走在他身旁的杨忠诚："你多长时间没有回家了？"

"年后偷着回去了一次，再就没回去过。"杨忠诚回答道。

"你娘的身体现在咋样？"尚兴邦问。

"我上次回去的时候就是一会儿明白一会儿糊涂的，我爹没的时候，我娘受了点刺激，坐下了病根，经常犯。眼下我回不去，也见不到庄里的人，所以也不知道她现在身体咋样。"杨忠诚有点无奈地说。

"这样吧忠诚，你现在就回家去看看她老人家，她这好几个月不见你，也一定很牵挂你。现在天还没亮，你趁着天黑回家去陪陪她。另外别忘了你家里还有媳妇呢，她也一定很想你，也该去看看她。我媳妇被鬼子抓走快半个月了，我就是想见也见不到，她还怀着孕呢，唉！"说到这里，尚兴邦很伤感地叹了口气。

"嫂子应该没事，组织上不是正在营救吗？你也别……"

"不说这事了。"尚兴邦打断杨忠诚的话接着说，"你今天白天就在家待一天，晚上天黑后直接去古月镇上找胡富贵。一会儿我路过古月镇时和他交代好，你今晚就在古月镇上住一晚，明天上午再归队。"

尚兴邦让杨忠诚回家，杨忠诚心里很高兴，这是他没有想到的。其实今天在来的路上，他远远地望着闫满庄的方向心里就很不好受。尽管闫满庄的方向漆黑一片，他什么也看不见，但是在他眼里似乎出现了他母亲和他媳妇的身影。他的母亲身体有病让他牵挂这自不必说，关键是现在他的媳妇也很让他牵挂。他上次回去时得知媳妇怀孕了，这真让他有点悲喜交集，心里有说不出来的滋味。媳妇生孩子这固然是好事，也是大喜事，自己终于要当爹了，这也可以满足他父亲的遗愿了，可是他回头一想在这兵荒马乱的年月，就他眼下这种连家都无法照顾的情况，这孩子生出来可怎么养活啊？

"快去吧，记住白天一定要在家里藏好，千万不要让外人见到你。"正在杨忠诚思想着的时候，尚兴邦再次叮嘱道。

"我知道了，谢谢副队长！"杨忠诚说完就离队向闫满庄方向奔去。

杨忠诚穿过一片小树林，来到一处乱坟茔坟岗子旁。这一路，他归心似箭，走得有点急，现在感觉有点累了，于是他就坐在路边的一块大石头上想休息一下。现在已经是五更天了，但天依然很黑，夜空中只有为数不多的几颗星星在眨着眼睛。

杨忠诚拿出随身携带的水壶拧开盖，喝了几口水，然后把水壶收好，又抬头看了看天色。这时，他忽然发现在东方的天边出现了一颗很亮的星星，他心想那应该是启明星。启明星一出，天就快亮了。杨忠诚缓缓地站起身，他刚要迈步向前走，忽然那颗星星以不可思议的速度瞬间就来到他的头顶上方，原来只有一枚银元大小的形状，现在一下子变得像磨盘那么大了，而且发着耀眼的红光，在空中嗡嗡盘旋，将四周照得像白昼一样明亮。

杨忠诚被这突如其来的一幕惊得目瞪口呆，他一下子坐回到刚才的那块大石头上。这些年，杨忠诚走南闯北，没少走过夜路，但他还从来没有遇到过这种情况，他仰头望着这个奇怪的物体，感觉自己好像是在做梦。杨忠诚使劲地掐了一把大腿，由于用力过猛，他被自己掐得"哎哟"了一声，他心想看来这不是在做梦。杨忠诚不愧为"杨大胆"，他很快就镇定了下来，他想他现在身上有枪，有什么东西会不怕枪呢？于是他站起身来。

此刻，那个物体开始慢慢降低高度，向着杨忠诚的头顶逼近。杨忠诚迅速掏出手枪，把子弹上膛，抬手就朝着这个物体"啪啪啪！"连开了三枪。

那个物体被击中后，噗噗地往下掉火星子，随之停止了降低高度，但它依然在杨忠诚的头顶上空嗡嗡旋转。

杨忠诚一看开枪没能赶走这个物体，索性就由它去吧。由于空弹壳可以在根据地后勤上换子弹，杨忠诚蹲下身子，借着那个物体发出的光亮捡起了地上的两个弹壳。正当他寻找第三个弹壳时，忽然四周恢复了黑暗，嗡嗡声也消失了。杨忠诚抬头一看，刚才的那个发光物体不见了。杨忠诚没有管它，而是再次低头在身旁摸索着寻找子弹壳，他摸了半天才最终找到了那个子弹壳。

杨忠诚站起身再次抬起头看向天空，他半天才看见原来那几颗闪光的星星，他也清楚地看到了启明星，他发现刚才那颗星星好像就在启明星现在的位置上。这一刻杨忠诚又感觉到自己刚才好像是在做梦，可是他手里握着的那三个还有点烫手的弹壳又说明刚才确实发生了什么。"哎！管它呢！"杨忠诚自言自语着把三个子弹壳揣进兜里，把手枪别在腰间，撒开腿跑向闫满庄。

杨忠诚来到闫满庄的时候天都快亮了，他顺着南北街的街边来到自家门前。杨忠诚不敢敲门，他怕吓着老娘和媳妇，也怕惊动了四邻。他围着院子转了半圈，看了看四周，然后纵身跃上墙头。他翻进院子，蹑手蹑脚地来到东屋的窗前，轻轻地敲了敲窗户棂子，小声地喊道："续珍！我是杨忠诚，快给我开门！"

过了一会儿，媳妇白续珍给杨忠诚打开了房门。

杨忠诚见到媳妇小声问："吓到你了没？"

"没有。"白续珍答道。

其实刚刚白续珍还是被吓了一跳的，毕竟丈夫不在家，就她和婆婆在家，整天都是担惊受怕、提心吊胆的。她前半夜根本没有睡着，自从怀孕以后，她身体一直不好，再加上营养不良，经常失眠。后半夜她刚想睡着就听到外面有人在敲窗子，当她确认外面是丈夫的声音时才立刻披上衣服下床给丈夫开门。

杨忠诚进门以后，白续珍要去点灯，杨忠诚说："别点灯，别让人看到咱家里有光亮。"

听杨忠诚这么一说，白续珍就放下了手中的火柴。她知道丈夫做事很谨慎，她也知道丈夫现在做的是掉脑袋的差事。丈夫走后有特务来过，非问丈夫去了哪里。她只说不知道，说丈夫一直都没回来过。

杨忠诚坐在椅子上半天都没有说话，他也不知道该和媳妇说点啥。他真没有想到今天能回家，他在心里很感激尚兴邦副队长能给他放这个假。

一想到今天他可以从早到晚都待在家里和亲人团聚，他的心里就非常高兴。杨忠诚是一个不善于言语表达的人，所以他高兴的心情妻子白续珍是不知道的。但是杨忠诚万万也没有想到他高兴得太早了，因为有人看到他回家了。

看到杨忠诚翻墙进入院子的这个人就是金宗生。上次金宗生因为回闫满庄给杨忠诚报信，耽误了满仲哲的饭局，被满仲哲责问，他谎称是有人给他捎信说他娘病了，他着急回家就把请满仲哲吃饭的事给耽搁了，结果被满仲哲大骂了一顿。但是后来金魁带人亲自抓杨忠诚扑了个空，满仲哲就对金宗生起了疑心，他把金宗生叫到特务队亲自审问了他。金宗生见瞒不住了，就把多次卖给杨忠诚煤炭的事都说了。气得满仲哲暴跳如雷，说金宗生这是通共，要把他交给日本人，吓得金宗生跪在地抱着满仲哲的大腿苦苦求饶，并把杨忠诚给他的好处都拿出来上交给了满仲哲，后来满仲哲也就没有再追究金宗生。

但是自此以后，金宗生就感觉满仲哲不再像从前那样信任他了，平时也不大搭理他。金宗生知道自己闯了祸，他想不管怎样都要靠住满仲哲这棵大树。现在丁向山已经来官庄矿下井了，他也是南北街上的人，都是亲戚连着亲戚的，如果哪一天满仲哲把丁向山弄到井上来管事，把他赶到井下去掏煤那就麻烦了。所以金宗生想他要想尽一切办法，尽最大努力去巴结满仲哲，挽回满仲哲对他的好感和信任。可是这段时间一路下来，金宗生发现他的那些谄媚不见什么成效，这让他很是苦恼。

其实金宗生有点多虑了。满仲哲对金宗生做的事确实是非常气愤，但也没有想得很严重。到现在满仲哲都不相信杨忠诚通共，不相信杨忠诚买煤炭就是给八路军的。他知道煤炭自从被日本人划定为战略物资后，不但涨价了，而且不好买了，拿到煤炭就可以挣到钱。杨忠诚是个买卖人，挣钱是他的目的，他有关系能买到煤炭挣到钱，他为啥不干呢？至于这些煤炭是不是最终真的到了八路军的手里那谁知道啊？他杨忠诚也不会管那么多。尤其是杨忠诚买弹花机的事情，在满仲哲看来那就更是很正常的事了。杨忠诚干了这么多年的棉花生意了，他想开个加工作坊，不想再那么下力了有什么不可以吗？再说了那弹花机又不是个小物件，他杨忠诚有啥本事能把它运过封锁线？他之所以没有积极地去抓杨忠诚就是这个原因。至于金魁指责他不去抓杨忠诚是因为他们两家有亲戚关系，这纯粹是无稽之谈，在满仲哲心里他从来就没有把他们之间的亲戚关系当回事。至于金宗生，满仲哲认为他就是见钱眼开，想挣点小钱而已。满仲哲故意疏远他，也是给他敲个警钟罢了。现在虽然丁向山和南北街上的一些人都到矿上来下井了，但他们和金宗生比起来，还是金宗生比较可靠和听话，只是满仲哲现在心里想的这些金宗生根本不知道。

最近金宗生又想出了一个巴结满仲哲的好办法。他知道满仲哲每周都要在矿上特务队里当值两天的夜班，于是每当满仲哲当值夜班，他就头一天晚上到南北街南头金宗才家买上熟的牛羊肉，一大早起来让媳妇把羊肉做成羊肉汤，把牛肉做成烧饼夹牛肉，然后赶到矿上送到满仲哲的面前。昨天晚上又是满仲哲在特务队当值，今天一大早金宗生又要赶到特务队给满仲哲送早点。他刚打开大门就听到南北街的北头有人走过来，虽然声音不大，但在这夜深人静的时候他还是听得很清楚。

金宗生心里很纳闷，他心想谁会这么早就出来啊？今天也不是什么大集的日子，再说了那赶集的人也不会这么早就出来啊？难道是有贼人？为了弄个究竟，金宗生慢慢探出半个脑袋仔细观看，他忽然看见一个人走到杨忠诚家的院墙下停了停，然后就翻墙进去了。金宗生和杨忠诚在一起朝夕相处多年，他对杨忠诚太熟悉了，虽然天还不亮，看不太清楚，但他立刻断定那人就是杨忠诚。再说了就这个点谁敢翻墙进入杨忠诚的家啊？就算是杨忠诚这么长时间不在家，那也没有谁敢去招惹杨忠诚家里的人。

杨忠诚离家后，金宗生曾经到杨忠诚的家里去打听过几次消息，但杨忠诚的老婆白续珍都说不知道杨忠诚去了哪里。金宗生曾怀疑杨忠诚进山干了八路，因为多年前他就要去当兵，这一点金宗生是再清楚不过的了。现在杨忠诚回来了，这可是个大消息。他知道金魁没有抓到杨忠诚怪罪了满仲哲，如果他能让满仲哲再抓到杨忠诚交给金魁，让金魁不再责怪满仲哲了，那岂不是会让满仲哲非常高兴？想到这里金宗生轻轻地关上大门。

金宗生回屋拿上给满仲哲准备的早点，出了大门快步走出胡同口，他刚一拐弯迎面正好碰上了金宗武。金宗武挑着一副空担子，由于金宗生走得急，险些撞到金宗武的担子上，差一点没把手中粥罐里的羊汤给洒出来。

"哥，你干啥走这么急？"金宗武问。

"哦、我赶着去矿上，你起这么早干啥去？"金宗生反问道。

"去南山里收点山货。"金宗武说。

"那边日本人管得紧，你可要当心啊！"金宗生叮嘱道。

"我知道了。"金宗武说完挑着担子就走了。

金宗武走后，金宗生一路小跑地向官庄煤矿奔去。

金宗生到官庄煤矿的时候，满仲哲还没有起床。他在门口等了一会儿见满仲哲还没有起来就着急地上前敲门。

金宗生敲了半天门，满仲哲才披着衣服给他开了门，而且很不高兴地骂道："你干啥这么早就来叫我？报丧啊？"

金宗生没敢搭话，他进屋以后先把早点放在桌子上，然后才很神秘地对满仲哲说："满队长，我报告你一个大消息，杨忠诚回来了。"

"你咋知道的？"满仲哲并没有像金宗生想象的那样听到这个消息会很兴奋。

"我今天早上看见他跳墙进家了。"金宗生说。

"你没看错啊？"满仲哲问。

"看不错。"金宗生很肯定地说。

"我知道了，我还以为什么大消息呢？他回来不就回来吗？有啥值得大惊小怪的？"满仲哲满不在乎地说。

"满队长，你看杨忠诚会不会真的去干八路了？"金宗生小心翼翼地问。

"胡说八道！他干八路，那谁养活他娘和他媳妇啊？好了，你该干啥干啥去吧！"满仲哲不耐烦地冲着金宗生挥了挥手。

金宗生很无趣地退出了满仲哲的房间，他似乎突然间明白了一些事情。人家满仲哲家和杨忠诚家毕竟是姑表亲啊！常言道，"姑表亲辈辈亲，砸断骨头还连着筋"呢。别看人家平时表面上不亲近，但人家心里是啥关系谁知道啊？看来自己今天又办了一件蠢事。金宗生一边自责一边悻悻地到煤矿那边去了。

金宗生走后，满仲哲穿好衣服，洗了一把脸，然后坐在椅子上拿起金宗生送来的早点开始吃饭。满仲哲心里想，杨忠诚回来就回来吧，走了这么长时间也该回来了。你说你跑啥啊？跟日本人说清楚不就完了吗？都说杨忠诚胆子大，看来也是一般情况。正当满仲哲想到这里的时候，忽然他桌子上的电话铃声响了。

"谁这么早就来电话啊？"满仲哲一边嘟囔着一边放下手里的牛肉烧饼，拿起了电话。

话筒里传来了特务大队长金魁的声音："是满队长吗？我是金魁啊！告诉你一件事情，昨天晚上日本人挂在东锦镇南头大榆树上的'猎日'的人头不见了，负责看守的两个皇协军也被杀了，鸠山小队长十分震怒，他认为这一定是八路军干的。你马上集合队伍到东锦镇来，我们要全城大搜捕！"

"好！我马上集合队伍！"满仲哲放下电话，赶紧把烧饼吃完，然后又端起羊汤，突然他的手停住了。"不会是杨忠诚真干了八路吧？咋会这么巧？偏偏在这个时候他回来了？"满仲哲想到这里，他放下了手中的碗。"不行，如果杨忠诚真是八路，真的和昨晚东锦镇上发生的事有牵连，那他满仲哲知道杨忠诚回家而没有报告，可就是吃不了兜着走啦！"想到这里，满仲哲立即拿起了电话向金魁报告了杨忠诚回到了闫满庄的消息。

金宗才今天早上没有去赶集，他要去邻村把昨天谈好价格的一头牛买回来。当金宗才走到庄头上的时候，他忽然发现庄外来了很多鬼子和伪军，而且那些人正在散开包围庄子。

金宗才赶紧退回到庄里，躲在一个墙角处。他心里在想为什么突然间庄外会来这么些鬼子和伪军？他们是来抓谁的？没听说这庄里有谁犯事啊？忽然间金宗才感觉心里咯噔一下子！"难道是杨忠诚回来了？上次杨忠诚因为弹花机的事情，鬼子来抓他时就是差不多这么大阵势。"

金宗才是知道杨忠诚已经参加了八路军的，因为年后杨忠诚回来的那一次去见了他，并且托付他照顾他的娘和媳妇。金宗才和杨忠诚一直关系很好，就是杨忠诚不说，金宗才也不能不管，毕竟杨忠诚的母亲是金宗才的妗子。杨忠诚走后，金宗才就经常过去陪陪杨忠诚的母亲。昨天他还给他家里送去了一些吃的和用的。他去的时候也问过弟媳妇白续珍杨忠诚有没有回来过？白续珍说自从上次走了就一直没有回来过。其实现在闫满庄里真正知道杨忠诚参加了八路军的就只有他金宗才和弟媳白续珍，其他人都不知道，包括他妗子。

"杨忠诚好长时间没回来了，按说也该回家来看看了，杨忠诚是个大孝子，现在他娘身体不好，他在山里怎么能放得下？不行我要去看看。"想到这里，金宗才撒腿就往杨忠诚家跑。

当金宗才跑到杨忠诚家门口时已经是上气不接下气了，他急忙敲门。

听到敲门声，杨忠诚的媳妇白续珍出来开门。

金宗才喘着粗气问白续珍："忠诚有没有回来？"

"没有啊，昨天你不是问过了吗？咋了哥？"白续珍没有对金宗才说实话，因为刚刚杨忠诚让她对谁也不要说。

金宗才长出了一口气，"那就好！吓死我了！庄外来了很多鬼子和伪军，你快把大门关好，把脸抹上锅底灰，和我妗子在屋里待着，千万别出来！"说完，金宗才一路小跑地回了自己的家。

金宗才走后，白续珍赶紧关上大门往北屋里跑。

"你跑啥啊？谁呀？"杨忠诚从北屋里迎出来问。

"是咱大表哥，他说庄外来了很多鬼子和伪军，他问是不是你回来了。"白续珍紧张地说道。

"你咋说的？"杨忠诚问。

"我说你没回来。"白续珍这句话刚落地，忽然庄外四周几乎同时传来了枪声，噼噼啪啪的枪声打破了村庄早晨的宁静。紧接着就听着四处都有人在喊："抓住八路杨忠诚！别让杨忠诚跑了！抓住杨忠诚有赏！"

杨忠诚大惊，他立刻跑到大门口打开大门，然后回头对跟过来的妻子说："快插上门，到北屋告诉咱娘别和人说我回来了，我先走了。"说完，杨忠诚一个箭步就冲出了大门。

白续珍双手有些颤动地插好大门，然后转身就跑回北屋去找杨忠诚的母亲。

杨忠诚来到大街上，他从身上拔出驳壳枪。此时南北街上空荡荡的，但是枪声和喊叫声离这里越来越近。杨忠诚手里提着枪，沿着南北街往南跑出几十米后钻进了一条胡同，他想从街的西南方向出庄。

杨忠诚进了胡同没走多远就听到胡同头上传来了日本军犬的狂吠声和鬼子叽里呱啦的说话声。他刚想转身出胡同，可是身后的南北街上也传来了枪声。"坏了，这边是出不去了。"杨忠诚一边想着一边把驳壳枪重新别回腰间，然后纵身一跃就翻进了胡同旁边的一个院落。进去以后他穿过院落，又纵身上墙，他想从院子的另一侧出去。

杨忠诚刚纵身上墙，他的脚就被人从后面给拽住了，杨忠诚吓了一大跳，他回头一看，原来是街上的金毓汉大哥。

金毓汉今年四十多岁，他性格开朗，在闫满庄可算得上是个见过世面的人。他早年闯关东去了东北，在东北的一个金矿淘过金。后来又从东北去了俄罗斯的海参崴，在那里出海做过水手。再后来他又从海参崴回到了东北做皮货生意。在日本人侵占山东之前回到了平陵做皮货生意。这几年外面世道不太平，金毓汉就待在家里什么都不做了。由于他什么都不做家里还依然吃喝不愁，所以关于他在外面发了大财的各种传说就很多。也经常会有人为此向他求证，他不是笑而不答，就是说上一堆谁也听不懂的俄罗斯话，让前来求证的人也不知道接下去该说啥了。

"下来兄弟，出不去了。"金毓汉压低了声音说。

杨忠诚跳回到地面上问金毓汉："那咋办啊哥？"

"走，跟我来，藏我家里。"金毓汉说着伸手去拉杨忠诚。

杨忠诚躲开金毓汉的手说："毓汉哥，我干的是八路，我不能连累了你啊！"

金毓汉又伸手抓住杨忠诚的衣服袖子不由分说地拉着他就往北屋走，边走边说："抓不到你就连累不到我。"

杨忠诚只好跟着金毓汉进了他家的北屋。金毓汉家的北屋是三间屋，中间是客厅，两边是偏房。金毓汉来到客厅北墙边摆放的一张八仙桌子前，他拿起来一把椅子放在桌子上，然后爬上桌子，踩在椅子上抬手把屋子顶棚上的一张苇箔拉开一道大的缝隙，对杨忠诚说："快，快上去藏在房梁上！"

杨忠诚也来不及多想了，他赶紧纵身上了桌子，登上椅子，然后就爬到了房梁上。

金毓汉把房梁上拉开的苇箔重新拉回原来的位置，挡住杨忠诚，然后说："兄弟，我不让你下来，你可千万别下来！"

"好的毓汉哥，你也要多当心啊！"杨忠诚叮嘱道。

金毓汉从桌子上下来，把椅子放回原处，又用抹布把桌子擦干净，然后就搬一个小板凳，坐在了院子中央。

二十四

　　杨忠诚被金毓汉藏在了家中，鬼子和伪军却砸开了杨忠诚家的大门，他们把杨忠诚的母亲和媳妇从北屋里拉了出来，用枪逼到院墙边上，开始搜查杨忠诚的家。

　　杨忠诚的家不大，鬼子、伪军和特务很快就搜完了。当站在院子中间的鸠山小队长听说没有找到时很不甘心。金魁一挥手让人把杨忠诚的母亲和媳妇带过来。杨忠诚的母亲和媳妇被推到了鸠山小队长的面前。鸠山小队长看着头发凌乱、满脸灰垢的杨忠诚的母亲和媳妇白续珍，一脸厌恶地瞪着眼睛用蹩脚的中国话问：

　　"你们老实地交代，杨忠诚回来了没有？"

　　"没有。"白续珍回答道。

　　金魁上前就狠狠地给了白续珍一记耳光，骂道："你他娘的今天不说实话，我就枪毙了你！"

　　白续珍用手捂着脸说："没回来就是没回来！你干啥打人？"

　　鸠山小队长冲着金魁一摆手，让他闪在一边去，然后他换了一副嘴脸，微笑着走到杨忠诚母亲的身边，用手拍了拍老人的肩膀问："老人家，你的说实话，你的儿子回来了没有？"

　　"回来了。"杨忠诚的母亲抬起头来面无表情地说。

　　白续珍被婆婆的话吓了一跳，她惊恐地望着婆婆。

　　"哟西，这就对了吗！老人家诚实的大大的。"鸠山小队长转头瞥了一眼金魁，然后又微笑着问杨忠诚的母亲，"老人家，你的儿子什么时候回来的？他现在去了哪里？"

"年时回来的,他去东北闯关东去了。"杨忠诚的母亲依然面无表情地说。

"混蛋!"鸠山小队长忽然脸色大变,抬脚就把杨忠诚的母亲踹倒在地上。

白续珍赶紧上前扶着婆婆坐起来,很不服气地对鸠山小队长说:"没回来就是没回来,你们有本事把人给我找回来呀!"

鸠山小队长没有理会白续珍,他转身问金魁:"你说!是谁看到杨忠诚回来了?"

听到鸠山小队长的问话,金魁在院子里四处找寻满仲哲,这时他才发现满仲哲根本没有进院,他急忙吩咐人出去找满仲哲。

其实满仲哲一直在大门口站着呢,他真不好意思进院。不管怎么说杨忠诚家是他家的亲戚,他满仲哲带着人抓自己的表兄弟这在面子上实在是有些说不过去,所以他就在大门口站着没有进去。现在金魁叫他进去,他也只好硬着头皮进去了。

满仲哲进了院子后,他直接站在鸠山小队长和金魁的面前,把后背冲着杨忠诚的母亲和媳妇,他不敢看她们的脸,也不敢让她们看到他的脸。

"满队长你说!是谁看到杨忠诚回来了?"金魁大声问。

满仲哲看了金魁一眼,然后凑到鸠山小队长跟前小声说:"是南北街上的金宗生亲眼看到的。"

"他怎么看到的?"鸠山小队长问。

"今天早上天不亮,他看到一个人翻墙进了杨忠诚的家。"满仲哲回答。

"他是怎么知道的那个人就是杨忠诚?"鸠山小队长追问道。

"他和杨忠诚是好朋友,他对杨忠诚太熟悉了,他说那个人是杨忠诚。"

满仲哲话音刚落,杨忠诚的媳妇白续珍忽然从地上蹿起,从后面一把抓住满仲哲的后衣领子,大声质问道:"满仲哲!你说谁看到杨忠诚回来了?我们杨家和你们满家有啥深仇大恨?你为啥非要陷害我家男的?你让他有家不敢回,你现在就把我男的给我找回来!"

满仲哲没有反抗,任凭白续珍抓挠。

这时冲上来几个特务一顿拳脚把白续珍打倒在地。

金魁问鸠山小队长:"太君,下一步该怎么办?"

古月星转

鸠山小队长用手一指杨忠诚的老娘和媳妇，"把她们两个统统抓起来带走，搜查这个庄的每一户人家，要是杨忠诚真的回来了，他是跑不出去的！"

"嗨！"金魁答应了一声，立刻吩咐人把杨忠诚的娘和媳妇白续珍五花大绑，带出了院子。

杨忠诚的娘和媳妇被押走后，鬼子和伪军对闫满庄开始了全庄大搜查。南北街上所有住户的大门被一户一户地叫开，稍微开得晚一点的，鬼子和伪军就会把门踹开直接冲进院子。

在鬼子和伪军还没有搜查到金毓汉家时，金毓汉就已经把大门打开了，他表情镇定地坐在天井当中。终于两个鬼子和两个伪军端着枪闯进了金毓汉家的院子。一个伪军用枪指着金毓汉嚷道："喂！你见杨忠诚了吗？"

"杨忠诚？好久没见他了，不是听说他去东北了吗？"金毓汉平静地回答道。

一个鬼子不耐烦地冲那个伪军努了努嘴，伪军就对金毓汉说："把家门打开！我们要搜查，看杨忠诚是不是藏在你家里了！"

金毓汉不慌不忙地站起身首先走到北屋门口推开屋门对伪军说："找吧！这一大清早的，他到我家来干啥？我还藏他？我是吃饱了撑的？"

"少他妈废话！"一个伪军瞪了一眼金毓汉，然后和两个鬼子就进了北屋。

此时杨忠诚蹲在房梁上，他的心已经提到了嗓子眼，鬼子近在咫尺，他没有退路，现在不是鱼死就是网破。他心想眼下打死一个够本，打死两个他就赚一个。他透过苇箔的缝隙把枪口对准进屋的鬼子和伪军。此时杨忠诚的枪里只有七发子弹，虽然杨忠诚使用的是二十响的驳壳枪，但是现在根据地里弹药匮乏，上次战斗结束后，队里只给他配发了十发子弹，刚才在路上他还用了三发。就凭着这七发子弹，他知道只要和敌人一交火，他没有任何突围的可能。杨忠诚紧握手枪，做好随时战斗的准备，他心想这也可能是他生命的最后时刻了。房梁上的这张苇箔编织得并不绵密，到处都是缝隙，只要下面的敌人抬头向上看，就很容易发现藏在上面的人，幸运的是鬼子和伪军在里屋外屋东找西寻，翻箱倒柜地折腾了半天，就是没有抬头向上看。

过了一会儿，鬼子和伪军走出了房间，那个伪军又示意金毓汉再打开东屋的屋门。

"那里面住着我的老婆和孩子，没有外人的，就不用看了吧，会吓着她们的。"金毓汉恳求道。

那个伪军冲上来就给了金毓汉一脚，嘴里骂道："你他妈哪来那么多废话啊！快开门去！"

金毓汉被踹了个趔趄，险些摔倒。他用手扑打掉伪军留在自己裤子上的脚印，不慌不忙地走到东屋门口伸手推开了屋门，然后站在一旁不说话，默默地看着那个伪军。

那个伪军又和一个鬼子进了东屋。东屋里金毓汉的媳妇和他十几岁的女儿正披头散发，满脸灰垢地蜷缩在墙角里。因为东屋很小，里面的情况一目了然，就是在墙边放着一个柜子和一个缸。那个伪军走到缸前向里面看了看，然后又掀开那个柜子的上盖，把里面乱七八糟的东西用刺刀挑了出来，然后对那个鬼子说："报告太君，什么都没有。"

那个鬼子冲伪军一扭头，两个人先后走出了金毓汉的东屋。那个伪军回到院子里后冲金毓汉招了招手，把金毓汉叫到身边训斥道："记住！以后要是见到杨忠诚回来了就马上报告。明白吗？"

"明白了，要是见到杨忠诚，我就向您报告。"金毓汉回答。

"什么向我报告啊？你他妈上哪找我去？你要去官庄向特务队报告，知道吗？你个老不死的！"那个伪军骂骂咧咧地和另一个伪军跟着两个鬼子的身后走出了金毓汉家的院子。

待鬼子和伪军走后，金毓汉的媳妇从东屋出来直奔大门口。

"站住！你干啥去？"金毓汉叫住了媳妇。

"我去把大门插上。"金毓汉的媳妇害怕地说。

"你别管，你先回屋去陪孩子，我啥时候让你们出来，你们再出来，一切听我的！"金毓汉对媳妇说。

金毓汉的媳妇听金毓汉这么一说，就马上返回了东屋。

鬼子和伪军刚走时间不长，满仲哲就带着三个特务，还有两个鬼子又来到了金毓汉的家里。有一个鬼子手里牵着一条硕大的军犬，那只军犬不

古月星转

时地跳起脚来冲着金毓汉狂吠。

金毓汉从小凳子上边起身边笑着说："哎呀！这是什么风把满队长给吹到我家里来了？"

满仲哲也笑了笑说："毓汉达达，多日不见，别来无恙啊？"

"要知道你达达有恙无恙，你常来看看不就知道了？"金毓汉依然笑着说。

"达达您老可别见怪，您侄子我公事繁忙，抽不出时间来啊！按说您走南闯北，见多识广的，我应该多来向您请教才是啊！"满仲哲也笑着说。

其实满仲哲家和金毓汉家并没有什么太近的亲戚关系，要是打八竿子兴许能打得着，满仲哲叫金毓汉达达也是按照街坊邻居间日常交往时约定俗成的辈分。

金毓汉还想说点什么，这时满仲哲忽然收起笑容来抢先说道："咱不扯别的了达达，咱说点正事吧，您老看见杨忠诚了吗？"

"这不日本人和皇协军前脚刚走，他们把我这家里里外外给翻了个底朝天。仲哲啊，你说他们找杨忠诚跑我家来找啥啊？那杨忠诚可和你家是知己亲戚啊！他要是躲在南北街上，那也应该去你家躲，我家和他家又非亲非故的，他到我家来干啥？他没道理啊！"说着金毓汉走到北屋门口，一把推开屋门，"仲哲，你过来看看，看看他们把我家里鼓捣成啥样啦？"金毓汉越说越生气。

满仲哲有点不好意思地说："毓汉达达，让您老受惊了，哎呀！都是没办法的事情啊！"满仲哲说完冲一个日本鬼子点头哈腰地说，"太君，这里面统统地都搜查过了，没有发现杨忠诚。"

那个鬼子很不耐烦地一挥手，说了声"开路！"满仲哲一伙便转身出了金毓汉的家。

待满仲哲他们走后，金毓汉不由得抬手擦了一下额头渗出来的汗水。其实刚才满仲哲他们进来，金毓汉心里非常紧张，尤其是他看到日本鬼子手里牵着军犬。金毓汉可知道日本人军犬的厉害，如果让这畜生进了北屋，那杨忠诚可就真的藏不住了。

时间一分一秒地过去了，太阳都已经快升到正当头了，南北街上渐渐恢复了平静，金毓汉从小板凳上站起来，他活动活动已经有些僵硬了的双腿，又伸了伸胳膊，然后走到大门口，探出半个身子小心地向外张望。他发现大街上已经没有人了。金毓汉走出家门，沿着南北街向北来到杨忠诚家的大门口。他发现杨忠诚家的大门已经上了锁，而且被贴上了封条，杨忠诚的表哥金宗才正坐在大门旁边巷子口牌楼下面的一块大石头上抹着眼泪。

金毓汉走过去问金宗才："大侄子，这是咋了？"金毓汉和金宗才是本家，按金氏家族的辈分，金毓汉和金宗才是叔侄关系。

金宗才抬头看看金毓汉说："我妗子和我兄弟媳妇让鬼子给抓走了。我妗子还生着病，我兄弟媳妇还怀着孩子，我兄弟让我帮着照看家，这可咋向他交代啊？"说完，金宗才放声大哭起来。

周围的邻居们听到金宗才的哭声，都把大门打开一条缝，偷偷向外看。当他们看到街上已经没有日本鬼子和伪军时，就都纷纷打开大门跑了过来。他们一看杨忠诚家被封了门，杨忠诚的娘和媳妇被抓走了，也都很难过，都围在金宗才的身边劝慰金宗才。

金毓汉对金宗才说："应该不会有事的，两个妇道人家，那些人能咋的她们？再说了那杨忠诚他也不会怪你呀？"

金宗才谁的话也不听就是一个劲地哭。

这时金毓汉忽然想起来杨忠诚还在他家的房梁上蹲着呢，于是他不再劝金宗才了，转身快步向家里奔去。

金毓汉进了院后赶紧转身把大门插上，然后一路飞奔着冲进了北屋。他进屋后抬头就喊："忠诚兄弟你还好吧？"

"我挺好毓汉哥，鬼子走了吗？"杨忠诚在梁上问道。

"走了走了，兄弟你稍等，我马上扶你下来。"金毓汉边说边拿起椅子放在桌子上，然后他就爬上去把苇箔移开，又用双手接杨忠诚从上面下来。杨忠诚把手里的枪关上保险别到后腰间，然后开始从房梁上下来。可是由于他在房梁上蹲了几个小时，双腿已经麻木了，刚才由于高度紧张，他对此毫无察觉，此刻他的腿根本就不听使唤了。尽管他用双手使劲抓住房梁，慢慢往下伸脚，但脚下还是踩空了。金毓汉使劲地抱住杨忠诚的腿，但是由于杨忠诚身材要比金毓汉高大，致使两个人同时失去了重心，双双从椅子上掉到桌子上，然后又滚到了地上。两个人半天都没有爬起来。

金毓汉的媳妇和女儿听到北屋的响声赶快跑过来看出了什么事情，当她们看到眼前这一幕时都惊呆了，都张大着嘴巴说不出话来。

"还愣着干啥？快把忠诚兄弟扶起来！"金毓汉从地上边爬起来，边用一只手扶着腰对媳妇说。

金毓汉的媳妇和女儿这才反应过来，她们赶紧到杨忠诚身边挽扶杨忠诚。杨忠诚摆摆手说："嫂子，你等等，我腿麻了，现在起不来了。"

金毓汉和媳妇蹲在地上给杨忠诚捋了半天腿，杨忠诚的腿才有了些知觉。金毓汉和媳妇把杨忠诚慢慢架到椅子上坐下，然后对女儿说："小妮，你到大门口听着点动静。"

金毓汉的女儿答应了一声出去了。

金毓汉又对他媳妇说："快去给忠诚兄弟做点饭，这从大早上的到现在水米还没粘牙呢。"说完，金毓汉把倒在地上的椅子扶起来，然后坐在了上面，他这一跤摔得可不轻。

"不用了毓汉哥，我不能在这里待太久，我要尽早出去。"杨忠诚说。

"出去？去哪？你现在哪儿也不能去，就在我这里待着最安全。那些小鬼子和汉奸特务都精着呢，谁知道他们走没走远？等天黑了再走，那时候就安全了。"金毓汉说。

杨忠诚听金毓汉这样一说，也就没再坚持，他坐在椅子上，用两只手使劲地按压着自己的双腿，待腿的知觉终于恢复得差不多了时，他站起身来冲金毓汉一抱拳说："毓汉哥，谢谢你今天冒死相救！你的救命之恩兄弟永生永世不会忘记！"

金毓汉站起来把杨忠诚推回到座位上说："兄弟，你这说哪里话呢？你这么说就见外了！虽然我这些年不在家里，但我知道你是南北街上的一条汉子，哥哥我敬重你。你也不用报我什么恩，多打几个鬼子，早一天把这帮乌龟王八蛋赶出去，能让我平平安安地出去赶集就行啦！"

"唉！"杨忠诚叹了口气说，"现在咱中国人都不团结，还帮着鬼子打自己人，这样下去，谁知道啥时候才能把鬼子赶走啊！"

"刚才你表兄弟来了，被我给数落了一顿，你说他放着正道不走偏偏去当汉奸，真是脑袋让驴给踢了。我也纳闷，那满仲哲糊涂就算了，你表大爷满弘坤可是个明白人啊！怎么他也犯糊涂呢？"金毓汉摇了摇头很惋惜地说道。

"你和他说话，我在屋里头都听到了，我恨不得冲出去一枪崩了他。他真是给祖上丢人！要是我姑奶奶在天有灵也饶不了他这个不肖子孙！"杨忠诚愤愤地说。

这时，金毓汉的媳妇把做好的饭菜和沏好的一壶茶端到桌子上。金毓汉从媳妇手里接过筷子，把一双筷子递给杨忠诚说："快吃吧兄弟，一定都饿坏了。"

杨忠诚接过筷子来看了看金毓汉媳妇精心准备的饭菜，又把筷子放下了。

"咋了兄弟？你嫂子做的饭不合口？"金毓汉不解地问。

"毓汉哥，你看能不能让小妮先去我家里看看，看看我娘和我媳妇现在咋样了。"杨忠诚很忧心地说。

"咱先吃饭，等吃完了，我亲自去看，鬼子和汉奸都走了，应该没啥事儿了，你就放心吧！"金毓汉向杨忠诚面前的饭碗里夹了一筷子菜说道。

听金毓汉这样一说，杨忠诚心里涌起的牵挂稍稍有些缓解，于是他就拿起了筷子来开始吃饭。

杨忠诚在金毓汉家一直待到夜里三更天才离开。

金毓汉猜得没错，日本鬼子和伪军撤走后，特务大队长金魁果然让满仲哲派出特务在庄子四周进行了盯守，那些特务一直到天黑以后才撤走。

金毓汉把杨忠诚送出大门后，杨忠诚首先来到南北街他家的附近，他站在街边的一个角落里向自家张望，夜色下的院子只是一个朦胧的轮廓，什么也看不清楚。此时杨忠诚的心情无比沉重，金毓汉在他吃完饭后，就把他的母亲和媳妇被鬼子抓走的消息告诉他了。金毓汉之所以没有早说就是怕他听到亲人被抓走的消息后难过吃不下饭去。

杨忠诚站在那里望了许久，他不知道日本鬼子和汉奸特务会怎样对待自己的娘和媳妇，他也不知道什么时候自己的娘和媳妇才能再回到那个家。他真不敢再想下去了，于是他一跺脚，一咬牙转身就走。

杨忠诚刚走出去几步，忽然迎面走来了一个人，杨忠诚想躲到路边的黑影里去，但已经来不及了。"这个点了大街上怎么还会有人呢？"杨忠诚一边想一边迅速地从腰间拔出驳壳枪，但还没等他将枪的子弹上膛，那来人忽然问："是忠诚哥吗？"

杨忠诚听出来了，那是他的好友马俊文的声音。他赶紧又把驳壳枪重新别回到腰间，快步上前伸手抓住马俊文的衣袖，就把他拉到街边的一个大门垛子后面。

"忠诚哥，真是你啊！"马俊文兴奋地小声说道。

"这黑灯瞎火的你咋认出我来的？"杨忠诚压低了声音问。

"就你这个头和这走路姿势我一眼就能认出来。"马俊文说。

"这么晚了，你出来这是做啥去？"杨忠诚不解地问。

"我娘心口疼的病又犯了，我去找姜重林拿了点药。"马俊文回答道。

"我婶子不要紧吧？"杨忠诚关切地问。

"不要紧，我娘这病年时就犯过，吃了姜重林给开的药就好了。"马俊文说。

"那你赶紧回家吧，记住兄弟别跟外人说你今天见到过我，我先走了。"说完，杨忠诚就要走。

马俊文一把抓住杨忠诚的手问："忠诚哥，你真干八路了？"

"这个事情兄弟你就别问了。"杨忠诚说。

"那我大娘和我嫂子被抓走了咋整啊？"马俊文着急地问。

"我能有啥办法？听天由命吧！"杨忠诚无奈地说。

"听天由命哪行？今天下午，我和向山、俊武已经商量过了，明天我们就去托关系找人，要想办法把我大娘和我嫂子弄出来。你不说我们心里也清楚你现在干啥，眼下你不方便出面就放心干你的事去吧，这里有你的这帮弟兄们呢，我们就是砸锅卖铁也要把人弄出来，我们不能眼睁睁地看着你把家给弄没了。"马俊文有点伤心地说道。

杨忠诚感到眼窝有些发热，他使劲握了握马俊文的手说："我祖上一定是积了厚德，让我这辈子总能遇到贵人，那就拜托了！"

马俊文松开杨忠诚的手，依依不舍地说："你快走吧！"

杨忠诚在夜色的掩护下出了闫满庄，沿着他当年给八路军根据地送物资的那条路线快步地向前走去……

二十五

一天清晨天刚亮，金宗武就急匆匆地敲开了金宗生家的大门。

"是宗武啊，这么早，有啥事吗？"给金宗武开门的是金宗生的父亲金毓春。

"大爷，我宗生哥起来了没？"

"还没呢，你等着，我去给你叫他。"金毓春说完，回身进院去到东屋门口敲门，金宗武就站在大门过道里等着。

过了一会儿，金宗生披着上衣走了出来，他一见金宗武就问："咋了宗武兄弟？出啥事了？"

"没出啥事，你今天早上咋没去矿上给满仲哲送早点啊？"金宗武揶揄道。

"我今天歇班。"金宗生说完突然缓过神来反问金宗武，"哎兄弟，我干啥要给满仲哲去送早点啊？"

"你爱送不送，碍我啥事？"金宗武没好气地说。

"你这是咋了？这一大早的你不去赶集跑到我这来说这些用不着的话。"金宗生很纳闷地问。

"我问你，忠诚哥的事是不是你去告的密？"金宗武忽然质问道。

金宗生听金宗武这样一问，他的心里不由得一惊，他心想难道是金宗武听到啥了？不能啊，满仲哲应该不会对别人说啊！如果满仲哲说了那不是也等于把自己给卖了吗，想到这金宗生说："兄弟，你这说的啥话？我咋会知道忠诚哥回来呢？再说了，咱和忠诚哥那是一半天的交情了吗？咱是从小的弟兄们，忠诚哥虽然打过我，但是他对我的好可是多着呢，这我心里有数。"

"你摸着良心说，只要不是你出卖的忠诚哥，我觉着你就能睡着觉，要不然你连觉都睡不踏实，我就不信你不担心被逐出金家大门？"金宗武说。

金宗生听了金宗武的话，不由得打了个寒战。原来日本人占领平陵后，南北街上金家辈分最高的金老太爷，也就是金先生他爹就把族里"毓"字辈的人都召集到金家学堂。金老太爷很严肃地告诫这些晚辈，让他们管好自己的孩子，他说："我们金家是书香门第，金家的子孙都读过私塾，都明白'仁义礼智信'的道理，如果有人敢当汉奸，就立刻逐出金家大门！"金老太爷在金氏家族里一言九鼎，他的话没人敢不听。金宗生现在跟着满仲哲干，他怕的就是别人把他当成汉奸。

金宗生平静了一下心情问："你就为这事一大早来找我？"

"还有别的事，现在马俊文他们正在想办法救杨大娘和忠诚嫂，你也帮不上啥忙，你就出点钱吧！"金宗武说。

金宗生犹豫了一下，然后装出很为难的样子说："兄弟，我倒是想出点钱，可我这结婚欠下的账还没还上呢，我哪有钱啊？"

"那我不管，你出两块大洋，实在不行一块也行，明天晚上我来拿。"金宗武说完不等金宗生回话，转身就走了。

白续珍和杨忠诚的母亲两个人被鬼子抓起来后，就被带到了日本人在平陵县的最高特务机关精华公馆。她们在精华公馆的牢房里待了一夜后，第二天一早就被拉到了精华公馆的院子里。这时白续珍发现在精华公馆的院子里已经站了很多被关押在这里的人，他们之中有男有女，有年龄大的，也有年龄小的，各个衣衫褴褛，蓬头垢面。白续珍也不知道这都是些什么人，为啥会被抓到这里来？白续珍还发现在精华公馆院子的四周站满了荷枪实弹的日本鬼子和伪军。并且在屋檐下面有十几个鬼子手里牵着狼狗，那狼狗正在跳着脚地对着人群狂吠，试图挣脱鬼子兵手中的绳子。正在这时，一个妇女被两个鬼子拖到了院子中央，一个鬼子一脚把那个女人踹倒在地。

"这是一个八路家属。"

"是啊，她自己承认了，唉！怪可怜的。"

旁边有人在窃窃私语。

白续珍发现这个女人和自己一样，也是一名孕妇，但是看样子她的孩子应该都快要生了。此刻，一个鬼子军官站上一个台阶，他对着院子里的人哇里哇啦地大声说了一通日本话。由于大家都不懂日语，所以都面面相觑。这时一个翻译官走出来说："皇军说了，这是个八路家属，今天皇军要处决她，你们都在这里观看行刑，你们认真看好了！看以后谁还敢再干八路？"

待那个翻译说完，有两只狼狗被鬼子兵牵了过来，这时那个鬼子军官一挥手，鬼子兵就松开了手中的绳子，那两只狼狗忽地一下就冲到那个妇女身边，瞬间把妇女扑在地上，并狠命地撕咬。那个妇女发出无比凄惨的叫声。仅仅几分钟的工夫，那个妇女就没有了叫声，她被狼狗活活地给咬死了，而且她肚子里的孩子也被狼狗掏了出来。两只狼狗争抢着，当众把孩子给吃掉了。那情景实在惨不忍睹，让人不寒而栗，院子里所有观看行刑的人都被吓得哇哇大叫，有的捂着脸，不敢直视。而那些日本兵却发出了一阵阵欢笑声。白续珍看到这一幕后，她在害怕之余就在心里暗暗告诫自己这回她就是被敌人折磨死，也不能承认自己是八路家属，否则她的下场就会和眼前的这个妇女一样。

观看行刑后，白续珍和她的婆婆被带回了牢房。这个牢房不足五平方米，可里面却关押着十几个女犯人。由于空间过于狭小，大家只能坐着或是蹲着，白续珍和她的婆婆昨天夜里就是在地下坐了一宿，如果你想躺下睡一会儿是根本不可能的，白续珍也真实地体会到了为啥古人把这都叫坐牢和蹲监狱了。

在中午时分，看守给牢里的人送来了饭，那饭就是几个杂面窝头和一盘咸菜，还有一罐子凉水。由于大家看着白续珍的婆婆年龄大，就都让她先吃。白续珍的婆婆也不客气，伸手就拿起了一个窝头，大口大口地吃了起来。由于她吃得太快，一下子就呛到了。

"你慢点吃啊娘！"白续珍赶紧给婆婆拍打胸口。

白续珍的婆婆一边打着喷嚏，一边还是在拼命地大口吃着窝头。这时白续珍忽然发现婆婆的神情有些不对，只见她两眼呆滞地看着牢房门口，晃着脑袋，根本不理会白续珍在说什么。白续珍心想坏了，婆婆这一定是经不起刚才观刑时的刺激，她的老病根又犯了。

"大姐，你也吃点吧！"这时一个犯人把一个窝头递给白续珍。

"我吃不下。"白续珍摆了摆手说。

"我吃得下！"白续珍的婆婆说着一把夺过那个窝头。

傍晚时分，白续珍和她的婆婆被带进一间审讯室。审讯室里阴森恐怖，就像一个地狱。在审讯室的一面墙上挂着各种刑具。在地中间放着一个老虎凳和一盘石磨，墙角有一个燃着木炭的火炉子，炉子里面放着两把已经烧红的烙铁。一个日本军官坐在一把椅子上，旁边站着几个面目狰狞的伪军，他们正死死盯着白续珍娘俩。白续珍不由得打了个寒战。可是白续珍的婆婆却看不出任何害怕，她的眼睛东瞧瞧，西看看，脸上表现出很好奇的样子。

"你是叫白续珍吗？"这时，鬼子军官用流利的中国话问。

"是。"白续珍回答道。

"你们中国人有句古语叫'识时务者为俊杰'。如果你自己招了，你就可以免受皮肉之苦，咋样？说吧！"鬼子军官说。

"太君，我不知道要说啥啊！"白续珍装出很迷茫的样子。

鬼子军官眯起眼睛来看了看白续珍，然后拖着长腔说："看来，你是不见棺材不落泪啦！"

"我真不知道说啥啊太君！"白续珍继续说道。

鬼子军官正要发火，白续珍的婆婆忽然插嘴道："你咋不问我呢？我是她娘，我啥都知道。"

"娘，你可不要乱说啊！"婆婆的话把白续珍给吓了一跳。

"好啊老人家，那我就来问问你！"鬼子军官说着就从椅子上下来，走到了白续珍婆婆的身边。

白续珍的心一下子提到了嗓子眼。

"老人家，我就是想问问你，你的儿子杨忠诚是不是干八路的？"鬼子军官用手拍拍白续珍婆婆的肩膀问。

"咋不是呢？这孩子都干了好多年了。"白续珍的婆婆随口说道。

鬼子军官嘴角露出一丝冷笑，他转身看了看白续珍说："看来你还是年轻啊！还是你的婆婆明事理。"说完，他冲一个做记录的伪军一招手说，"把供词拿过来。"那个伪军把一张纸递给鬼子军官。

"完了！"白续珍感觉眼前一黑，差点没栽倒在地上。

鬼子军官把那张纸在白续珍的婆婆面前一晃说："来，老人家，你在上面按个手印就可以回家了。"

"按啥手印啊？"白续珍的婆婆一脸不解地看着鬼子军官问。

"你刚才不是说你儿子杨忠诚是干八路的吗？"鬼子军官说。

"我啥时候说他是干八路的了？他就是个做小买卖的，你说这孩子走了这么长时间也不回来看看他娘？他这样做对得起他死去的爹吗？"白续珍的婆婆低下头自言自语道。

"你个老不死的！敢耍我？"鬼子军官抬腿就把白续珍的婆婆踹到了墙角，并声嘶力竭地命令道，"给我打！给我往死里打！"

站在旁边的一个伪军头目听到鬼子军官的命令后立即从墙上取下一条皮鞭，嚎叫着就冲到了白续珍婆婆的跟前。

"太君，我娘有病，她经常犯迷糊，我丈夫真不是八路啊！他就是个老实巴交的买卖人，说他干八路是有人陷害他啊！"白续珍一边大声辩解，一边急忙上前用身体护住倒在地上的婆婆。

鬼子军官并没有理会白续珍，而是坐回到椅子上拿出一支香烟，一个伪军赶紧上前给他点上。这时，皮鞭已重重地打在了白续珍的身上，白续珍感到一阵阵钻心的疼痛，她发出一声声凄厉的惨叫。

伪军抽了白续珍十几皮鞭后，鬼子军官才摆摆手说："好了！"

此时白续珍的身上和脸上都被皮鞭抽出了一道道的血印子，婆婆的身上也挨了几鞭子，好在都没有打到婆婆的脸。

"再问你一遍，你说还是不说？"鬼子军官瞪着白续珍厉声问道。

"太君，我丈夫真不是八路啊！我到啥时候都不能胡说啊！你要是想要我娘俩的命，那你就把我们给杀了算了，也省得你们费工夫，反正屈打成招也是个死。"此刻白续珍表现出了一种豁出去的态度。

"来，把她绑在老虎凳上！"鬼子军官冲着几个伪军一招手。几个伪军立刻上前，七手八脚地就把白续珍绑在了老虎凳上。

"儿媳妇，咱不坐这个凳子！"杨忠诚的母亲冲上前拉扯白续珍。

"你个老不死的给我滚一边去！"那个伪军头目上前一脚把杨忠诚的母亲踹到了墙边。一个伪军又跟上去重重地补了几脚。

"不要打我娘！"白续珍在老虎凳上挣扎着喊道。

"你就别管你娘了！你还是先来尝尝坐老虎凳的滋味吧！"伪军头目说着就抬起白续珍被绑在老虎凳上的双脚，从一个伪军手里接过砖头，开始往白续珍的脚下垫砖。

瞬间，白续珍就感觉到自己的腿有种快断了的感觉，她痛苦地喊道："你们别折腾我了！快杀了我吧！我不想再活啦！"

鬼子军官冲伪军头目一摆手，让伪军头目停下手中的动作，然后他走到白续珍跟前说："你只要承认了你丈夫是干八路的，交代出他们的队伍现在在哪里，我们就不再折腾你，你也用不着不想活了，怎么样？说吧？"

"太君，他确实不是干八路的，你让我说啥啊？就是我现在和你说他是干八路的，那他也不是啊！"白续珍说道。

"太君，这些八路娘们嘴硬得很，你这样是问不出来的，我看她也是个孕妇，不如今天给她来个水饱，上磨盘一压，让她早点把孩子生出来算了。"那个伪军头目脸上露着邪恶的笑容对鬼子军官说道。

鬼子军官转头上下打量一下伪军头目，然后点了点头说："哟西！怪不得你们中国人都说汉奸坏，看来是有一定道理的！"

"太君，您不是鬼子，我也不是汉奸，我们一切都是为了效忠大日本皇军。"伪军头目赶忙点头哈腰、一脸奴相地说道。

鬼子军官没有理会伪军头目，他转身从火盆里拿过来一把烧红的烙铁，把烙铁凑近白续珍的脸问道："你见过这个东西吗？"

白续珍没有搭话，她把眼睛紧紧地闭了起来，她知道今天她是在劫难逃了。那烙铁在慢慢地向白续珍的脸庞靠近。

"滋啦"一声，白续珍垂在额头的几根头发被烙铁给点燃了。这时那个伪军头目上前一把扯开了白续珍胸前的衣服，淫笑着对鬼子军官说："太君，往胸脯上烫，中国女人最怕烫这里了。"

"你就没有妈吗？你就没有姊妹吗？你干吗这么没有人性啊？"白续珍忽然睁开眼睛怒斥伪军头目。

"好了，今天审了好几拨犯人，我有点累了，先把她们两个押下去，明天再审吧！"鬼子军官不知道为啥忽然转身把烙铁放回火盆里说道。

"太君，您累，您就去歇着，这里就交给我们弟兄几个。您放心！我保证能撬开这娘们的嘴！"那个伪军头目拍着胸脯说。

"八嘎！你的良心的大大地坏了！你的意思是说你的本事要比我的大？"鬼子军官忽然对伪军头目发起火来。

伪军头目被吓了一跳，他赶紧解释道："太君您误会了，当然还是太君厉害，太君厉害！"说着，他急忙转身一招手，几个伪军立即上前把白续珍从老虎凳上放下来，并将她和婆婆一起给架了出去。

此刻在精华公馆外，平陵县的共产党地下党组织，还有闫满庄杨忠诚的亲戚和朋友们都在对白续珍和杨忠诚的母亲积极进行营救，他们想尽各种办法，利用各种关系进行活动，但是不知道为什么这次日本人对近期抓起来的人特别重视，每个案件都是由日本人亲自查办，尤其是被抓到精华公馆的人，日本人更是亲自审问，原来的一些外围关系现在根本插不上手，最终各种营救行动都没有进展。

就在大家还在尽力营救的时候，地下党组织忽然得到情报说白续珍她们婆媳俩已经不在精华公馆里了，她们被转移了，至于被押去了什么地方没人知道。尽管地下党组织多方搜集情报，闫满庄的人也到处打听，最终他们还是一无所获，致使整个营救工作无法再开展下去了，从此白续珍她们婆媳俩就像人间蒸发了一样，音信皆无。

随着时间一天天过去，大家伙的心里都认为白续珍她们婆媳俩应该是凶多吉少了。现在日本鬼子和汉奸特务每天都在干着秘密杀害抗日武装人员和革命群众的事情，杨忠诚的母亲和妻子作为八路军家属，她们是不可能逃出敌人魔掌的。渐渐地，杨忠诚也接受了这个现实，尽管他很不甘心，但也很无奈，他现在只有把家仇国恨都记在心底，然后鼓舞起斗志，在每一场战斗中，用多杀鬼子和汉奸的方式来给亲人报仇雪恨。杨忠诚只要听说有战斗任务就会去找领导主动请缨，并且在每次战斗中他表现得都很英勇。这段时间，杨忠诚已经参加了大大小小十几场战斗，他已经在战斗中迅速成长起来，成为一名十分优秀的八路军干部。更值得欣慰的是他已经入党了。

杨忠诚入党的那一天，他很想把这个好消息第一时间告诉自己的母亲和妻子，尽管她们并不一定知道入党是咋回事。可是此时杨忠诚只能独自一人爬上山顶，然后跪下来冲着自己老家的方向默默地磕了三个头，这就算是给亲人汇报了。当杨忠诚从山顶走下来的那一刻，他的心里燃烧着熊熊的烈火。现在在杨忠诚看来过去的那些战斗都是小打小闹，根本发泄不出他胸中的那一团怒火，因此他一直盼着能有一场大的战斗，让他杀个痛快。

一天，杨忠诚从队里开会回来，显得很兴奋，因为眼下终于有一场大战在即了，他立即召开会议，传达战斗任务。会议结束后，他刚回宿舍，就有个战士进来说外面有人找他。杨忠诚跟着那个战士来出来一看，不禁愣住了，原来站在他面前的竟然是他久未谋面的同庄好友马学富。马学富身穿一套蓝色衣裤，腿上打着绑腿，头上戴着一顶八路军军帽，身上扎着武装带，腰间挎着一支驳壳枪，正精神抖擞，笑容满面地站在那里看着杨忠诚。

"学富啊你咋来了？"杨忠诚激动地上前抓住马学富的手。

"忠诚达达，你还好吗？"马学富也很激动。

"好好！好着呢！"杨忠诚一边说着一边拉着马学富进了区中队的院子，然后他们在一对石凳上坐下来。

"学富啊，你这些年是到哪里去了？"杨忠诚迫不及待地问。

"一言难尽啊！转了好几个地方。"马学富回答道。

"那你现在在哪里啊？"杨忠诚问。

"我现在淄博八路军抗日根据地的青山区。"

"在那里做啥工作？"杨忠诚问。

"在区中队当队长。"马学富笑了笑回答道。

"当队长了！行啊！你小子出息了！"杨忠诚高兴地说。

"都是干革命工作，干啥都一样。"马学富谦虚地说。

"那你今天怎么到这里来了"杨忠诚问。

"你们这里不是要打大仗吗？我们是接到上级命令赶来参战的。"马学富说。

"好啊！真没想到咱们爷俩当年一起赶集，今天还能并肩战斗打鬼子！"杨忠诚笑着说。

马学富也笑了笑说："是啊！那个时候谁能想到我们会是今天的这个样子，当年为了要去当兵，你还挨过我奶奶的骂呢！哎，对了，忠诚达达，我听说我奶奶和我婶子被鬼子抓去了，现在是个啥情况啊？有消息了吗？"马学富说着向前凑了凑身子。

听到马学富这样一问，杨忠诚的心情立刻沉重起来，他脸上的笑容也消失了。

"我知道提这个话题会戳你的心窝子，可是我也很牵挂她们啊！"马学富解释道。

杨忠诚叹了口气说："眼下是活不见人，死不见尸，组织上也找不到她们的下落，都这么长时间了，看来是凶多吉少了！"

马学富赶紧安慰杨忠诚："达达，你放宽心，咱都是福大命大造化大的，我想不会有啥事的，再等一等就兴许会有好消息了。"

"唉！但愿如此吧！"杨忠诚用两只手搓了搓脸接着说，"不说这些了，咱爷俩好久不见了，还是说点别的吧！"

"好，那咱就说点别的。"马学富应道。

马学富和杨忠诚坐在石凳上聊了很久。从前他俩几乎天天见面，但却很少说话。庄户人大多不善言谈，很多话都会放在心里，即使是好朋友之间也不会过多交谈，但是今天他们却打开了话匣子，他们聊起了一起赶集做生意，一起到黄河边上出夫，一起到闫书伦的煤井下窑，以及这些年分别后彼此的一些情况，甚至是他们小时候的一些往事。他们一直坐在那里聊到快吃晚饭的时候才各自回去准备接下来的战斗。

眼下八路军要开始的这次战斗是要歼灭最近在平陵县境内耀武扬威，为非作歹的一股伪军，这股伪军就是国民党平陵保安司令翟云涛的第四团，也就是闫书伦的"剿共军"。前几天共产党平陵县委得到一份情报说闫书伦"剿共军"的团部和所部一营将要进驻七星镇，他们要在七星镇集结全团的兵力，然后以强化治安的名义进攻共产党平陵县委和八路军南山根据地。

七星镇靠近抗日根据地，远离翟云涛的大本营，闫书伦此举属于孤军深入，犯了兵家大忌，这正是消灭他的好机会。但是由于这份情报来得有点蹊跷，因此平陵县委很慎重，专门派出侦察人员进行核实，并密切注视着"剿共军"的一举一动。

两天之后，闫书伦"剿共军"的团部和所部一营果然进驻了七星镇。平陵县委把这一情况迅速反映给了八路军泰山军分区。

军分区首长高度重视，决定趁着敌人在七星镇立足未稳，大部队未完成集结之时，派出一个营的兵力，与八路军平陵县大队、古月区中队、青山区中队、明秀区中队一起消灭这股敌人，让"剿共军"的清剿计划流产，以此打击敌人这段时间以来的嚣张气焰。

七星镇地处平陵县西南部，位于古齐鲁两国交界处。镇子依山傍水，地势险要，自古乃兵家必争之地。这个时节正好是秋天，七星镇四周的山坡上和山脚下的庄稼地里各种庄稼长势良好，加上镇子的西面和北面的山上林木茂密，非常利于大部队的隐蔽。八路军的各支参战部队乘着夜色陆续进入到七星镇的周边，把整个镇子给团团包围了起来。此刻镇子里的"剿共军"还在睡梦中，丝毫没有察觉镇子外面发生的一切。

二十六

早上六点整，天刚蒙蒙亮，围歼七星镇里"剿共军"团部的战斗准时打响了。一时间，激烈的枪声响彻在七星镇上空，八路军泰山军分区十四团三营和平陵县大队、古月区中队、青山区中队、明秀区中队的战士们从四面八方同时向镇子发起进攻。

古月区中队队长朱明锐和副中队长尚兴邦带领区中队的战士们向着七星镇北面一处围子墙发起了冲锋。一班长杨忠诚由于身子高、步子大，很快就冲到了最前面。忽然对面围子墙后面一座石头房子上有一挺轻机枪开始向这边疯狂扫射，子弹从杨忠诚的身边嗖嗖飞过。杨忠诚没有理会，他依然大步向前冲。可就在这时，杨忠诚身后的两名队员中弹倒下了。

"卧倒！快卧倒！"在杨忠诚身后的朱明锐队长赶紧大声命令道。

杨忠诚听到命令后迅速卧倒。他卧倒后回头看了看，发现朱明锐队长正趴在一个土埂的后面。朱明锐用手势示意他不要动。

过了一会儿，对面的敌人停止了射击。朱明锐队长猛地站起身大声喊道："同志们，冲啊！"

杨忠诚和区中队的队员们一跃而起，再次向围子墙冲去。

"哒哒哒"，队员们没冲出去几步，敌人的机枪又开始射击了，又有两个队员中弹倒下了，一颗子弹贴着杨忠诚的耳朵飞了过去。

"卧倒！快卧倒！"朱明锐队长再次大声命令道。

队员又都就地卧倒了，可这次敌人的机枪却一直不停地射击，子弹从队员们的头顶飞过，压得队员们抬不起头来。

敌人的火力太猛了，这个距离，队员们手里的手榴弹也发挥不了作用。没有重火力掩护，再向前冲锋只能是白白送死，朱明锐队长不敢再贸然下达进攻的命令，他在仔细观察着前方的敌情和周围的地形。

又过了一会儿，敌人的机枪停止了射击，朱明锐队长对队员们喊道："同志们，带上身边的伤员，先都撤到右侧的土沟里去！"

杨忠诚听到命令后，起身冲向身后不远处一个负了伤的战友。他伸手抓住那个战友的腰带，把他提溜起来，猫着身子向着那个土沟奔了过去。可就在这时对面房顶上的机枪又开始射击了。杨忠诚刚奔到土沟边上，忽然感觉到好像有人从后面狠狠地踹了他一脚，让他的身体瞬间失去了平衡，一下子和那个受伤的战友一起滚到了沟底。"不好，中弹了！"杨忠诚心想。

刚撤到沟里的副中队长尚兴邦看到杨忠诚从上面滚了下来，他赶紧跑过来急切地问："杨忠诚！你咋样了？"

杨忠诚站起身，用手摸了摸自己的腰，发现没有血迹。他又把腰间的武装带解下来看了看，发现有一颗子弹穿透了牛皮腰带和他别在腰间的一双军鞋，并在鞋底上露出了子弹头前端的轮廓。幸亏那双军鞋是老百姓纳的千层底，鞋底很结实，否则后果不堪设想。好险啊！杨忠诚抬头看了看尚兴邦，皱了皱眉，不由得倒吸了一口冷气。

尚兴邦咧了咧嘴，没有说话，他拍了拍杨忠诚的胳膊，伸了伸大拇指，然后就转身去看被杨忠诚救下来的那个队员了。

古月区中队这边进攻不顺利，其他方向的进攻同样也不顺利。闫书伦的部队从最初的慌乱中很快就调整了过来，他们利用镇子坚固的围子墙和石头房子作为掩护拼命进行抵抗，几个村口也被他们把守得死死的。翟云涛的部队平时非常注重训练，他的官兵每年都要到位于东岭山脚下的东山训练营进行集中训练。翟云涛会从国民党正规军里聘请教官，和日本人勾结后，他甚至从日军里聘请教官训练他的军队，所以他的军队训练有素，战斗力很强。八路军显然低估了这股敌人。

大约半个小时过去了，八路军的几次冲锋都没能成功，而且伤亡不小，前线的指挥员只好下令暂停进攻，把部队都先撤下来。此时八路军指挥员的心里非常清楚这场仗必须速战速决，因为闫书伦其他所部目前就在距此不足二十几里的明秀镇一带驻防，而且在胶济铁路线附近还有日本人的军队。如果久攻不下，敌人的增援部队一到，那就麻烦了。情况十分紧急，现场的八路军指挥部立即召集所有参战部队的负责同志开紧急会议，研究对策。会议最后决定改变目前这种全线进攻的打法，由主力部队向七星镇的几个出入口发起进攻，吸引敌人的兵力和火力，同时派出小股部队在镇子四周寻找敌人防守薄弱的地方突袭进镇，然后再设法找到闫书伦的指挥所，里应外合消灭这股敌人。突入镇子的这个任务就交给了几个区中队。

古月区中队队长朱明锐领了任务回来后，他把副中队长尚兴邦和几个班长叫到身边商量办法。朱明锐队长说完他们的任务后，大家都沉默了，因为这个任务的确不好完成，七星镇四周都是坚固的围子墙，现在大部队强攻都进不去，小股部队要想突进去谈何容易？

"队长，我倒是有个办法。"就在大家都沉默的时候，杨忠诚忽然开口说道。

"一班长，你有啥办法？快说来听听！"朱明锐一听杨忠诚说有办法，立刻用期待的眼光看着杨忠诚。

杨忠诚说："在七星镇里有我姥娘门上的一家亲戚，他家就在前面不远处的河滩边上住。我小时候和舅舅到他家去玩过，他家院墙下有一条排水沟通向外面的河滩。我们还曾经从那里爬到河滩里去玩。前几年我去七星镇收果子时去看望过那家亲戚，当时我看到那条水沟还在。要是我们能从河滩迁回到我那亲戚家的院墙外面，我们就可以从那里爬进去。另外离着他家不远就是镇子里的张家大院。听亲戚说张家是七星镇里最有钱的一户人家，院子也是镇子里最大、最气派的。按照我对闫书伦的了解，他很有可能会把指挥部放在那里。要真是那样的话，我们进去以后就可以直接去打他的指挥部了。"

杨忠诚一口气说完自己的办法后，朱明锐队长一拍大腿说："好！咱就这么定了！各班长立即把队伍集合过来，把伤员安置好，一会儿大部队一开始攻击，把敌人的注意力都吸引过去后，我们就跟着一班长向河滩里冲！"

"哒哒哒！""啪啪啪！"随着一阵枪声响起，八路军对七星镇的几个

　　　　　　　　　　　　　　　　　　　　　　　古月星转

出入口发起了更为猛烈的攻击。

过了大约十分钟，朱明锐冲杨忠诚一挥手，然后就带领着区中队员们跟在杨忠诚的后面向河滩里冲去。

在围子墙上阻击八路军进攻的伪军看着眼前的部队没有像从前一样继续向围子墙发起冲锋，而是直接下了河滩，他们也不知这些人要去干啥，但是他们知道在河滩边上的民宅都有高大的院墙，八路军是根本爬不上来的，因此也就没有过多理会。

古月区中队的队员们顺着已经干枯的河滩迂回到了杨忠诚所说的那户人家的院墙外。他们发现那条水沟还在，但是让他们没有想到的是水沟已经被石头给堵上了。王小虎上前试图用手把石头扒开，但是那石头挤得很紧，根本扒不开。朱明锐见此情况心里非常着急，他不知道下一步该怎么办了。现在听枪声，战斗很激烈，如果一会儿主力部队依然冲不进镇子里，要是停止了进攻，那他们想从这里撤出去都会是很危险的。

正在这时，杨忠诚把挂在身上的两颗手榴弹拿下来对朱明锐队长说："队长，我们能不能用手榴弹把它炸开？"

"对啊！炸开它呀！"朱明锐队长恍然大悟，于是他接过杨忠诚手里的手榴弹，又对身边的副队长尚兴邦说，"再拿一个来！"

尚兴邦把自己身上挂着的手榴弹摘下一颗，递给朱明锐。朱明锐解下自己的一条裹腿，把三颗手榴弹绑在一起，塞在堵水沟的石头下面，然后命令大家后撤卧倒。朱明锐拧开手榴弹的后盖，把三个拉环套在自己的手指上，用力一拉。

朱明锐刚刚跑开卧倒，手榴弹就爆炸了，瞬间那堵墙的下面就被炸出了一个比原来那个水沟还要大得多的洞口。

硝烟还没有散尽，杨忠诚就一跃而起，第一个从洞口处钻了进去。区中队的队员们在朱明锐队长的带领下，依次从洞口进入院子。此时杨忠诚已经把大门打开，他也不知道他的亲戚这会儿是否躲在屋里，是否能认出他来？他心想眼下也管不了那么多了，只能等日后有机会再来向亲戚讲明情况，请求他们的原谅了。

杨忠诚出了亲戚家的大门，在前面引领着区中队的队员们迅速向张家大院方向冲去。此时大街上一个人都没有，但是镇子四周却枪声如爆豆。杨忠诚他们很快就来到了张家大院。杨忠诚果然没有猜错，张家大院确实就是闫书伦的临时指挥部。杨忠诚是知道闫书伦这个人好排场，他就此料定闫书伦一定会找一个场面的地方作自己的指挥部。

原本在张家大院外面保护闫书伦指挥部的是一个警卫排，但是因为外面八路军的攻击十分猛烈，闫书伦就命令留下一个班的兵力在这里警卫，其他人都到村口去阻击八路军。

闫书伦这剩下的一个警卫班被突然出现在他们面前的这支八路军队伍给打了个措手不及，还没等他们反应过来就已经被放倒了一半，剩下的人一看形势不妙，赶紧举手投降。

在张家大院北屋里正在指挥战斗的闫书伦听到外面的枪声后刚想让人出去看看，区中队的队员们就进屋了。霎时间一排排黑洞洞的枪口就顶在了他们的头上。

"举起手来！缴枪不杀！"这喊声把整个屋子都震得嗡嗡响。闫书伦的一个参谋想掏枪反抗，被尚兴邦副队长一枪给撂倒了。

闫书伦见此情景赶紧举起手来，其他人看到他们的团长都举手投降了，也都纷纷举起手。这时杨忠诚和战士王小虎、于大龙走过去把他们的枪都给缴了。当闫书伦抬头看到过来缴他枪的人是杨忠诚时，他简直不敢相信自己的眼睛，他张大着嘴巴，瞪着眼睛看着杨忠诚。杨忠诚轻蔑地看了闫书伦一眼，并没有理会他。

被俘的人员都被缴枪以后，朱明锐队长拿起桌子上的电话对闫书伦命令道："来！让你的队伍立即停止抵抗！缴械投降！"

闫书伦似乎有点迷茫，他环视四周，特别又看了看杨忠诚。

此刻，杨忠诚正用眼睛盯着闫书伦，那眼光里透着一股杀气。

"快下命令！否则要了你的命！"朱明锐队长对闫书伦厉声喝道。闫书伦的手抖了几下，终于把电话接了过去。

七星镇的守敌在闫书伦的命令下，全部放弃了抵抗，镇子外面八路军的队伍迅速进入镇里，将闫书伦一个多营的兵力全部缴械。至此攻打七星镇的战斗胜利结束。

闫书伦被关押在八路军南山根据地的一座石头房子里，一扇木制房门被从外面反锁着，门口站着两个荷枪实弹的八路军战士。

闫书伦被带进这个屋子以后就被松了绑，他沮丧地坐在一把破旧的椅子上，此时的闫书伦非常绝望。其实在闫书伦心里他是不想和八路军作对的，他和八路军往日无怨近日无仇，他干吗去招惹人家呢？再说了他的队伍也一直是抗日的，而且这几年还和八路军搞过联合抗日，有过多次密切的合作。他的队伍里还曾来过八路军的政工干部，而且一直到翟云涛司令下令终止和八路军的合作，他们相处的关系还算是融洽的。眼下他和日本人合作实属无奈，谁愿意像满仲哲那样背个汉奸的骂名啊？况且他对日本人并无好感。这些日本鬼子来到平陵以后烧杀抢掠，无恶不作，作为一个中国人怎么会对这些侵略者有好感呢？尽管他爹闫仁光和日本人龟田一郎有交情，但是那个老鬼子根本也不是个什么好东西，他家煤井挣的钱有一大部分都被这个老鬼子给拿走了，而且他家有难时龟田一郎还袖手旁观。再有就是在他带人袭击了官庄二矿以后，还是龟田这个大特务前来追查，他也差点死在他的手上。闫书伦永远也忘不了翟云波团长让王彪转述给他的那句要誓死打鬼子的临终嘱托。但不管他怎么想，心里有多么不情愿，他现在毕竟还是一个军人，虽然"曲线救国"的大道理他不懂，但军人以服从命令为天职这个道理他是懂的。

不过他的队伍自从成为"剿共军"后，说句实话在"剿共"这件事情上他本人并不是很积极的，怎奈他的那些下属为了邀功请赏，四处去招惹八路军的武装和共产党的地方基层组织，尤其是他的参谋长王彪把人家一个村里的党员干部全部都给杀了。想到这里闫书伦的心里十分恐惧，他清楚不管这些事情是不是他指使的，他是团长，都脱不了干系，人家共产党、八路军不和他这"剿共军"的团长算账和谁算账去？看来今天是凶多吉少了！

闫书伦越想心里越乱，越想心里越害怕。他双手抱着头，蜷缩在椅子上。就在这时，房门被打开了，杨忠诚从外面走了进来。杨忠诚手里端着一个大碗，碗上放着一双筷子和两个馒头。

闫书伦听到房门响，赶紧抬起头来。当他发现进来的是杨忠诚时感到有点惊讶，他立刻从椅子上站了起来。

"坐下吧，站起来干啥？"杨忠诚把碗放在闫书伦面前的桌子上，把筷子递给闫书伦说，"这是我从老乡家里给你买的一只鸡，刚炖出来，你应该饿了，赶紧趁热吃了吧！"

"忠诚，你咋会在这里？你是啥时候干了八路？"闫书伦没有去接筷子，他坐回椅子上很迷惑地看着杨忠诚。

杨忠诚把筷子放在闫书伦的面前说："这些事情你就没有必要操心了，赶紧吃饭吧，人是铁饭是钢，一顿不吃饿得慌。"

"唉！"闫书伦叹了口气拿起筷子说，"不管咋样，在这里能遇到你还是让我很高兴，我真饿了，这顿饭我记下了，如果这次八路军万一不枪毙我，我日后必当回报。如果八路军今天枪毙了我，在我临行前能够吃到庄里人给我准备的一顿饭，我也很知足了！"闫书伦说完开始大口大口地吃了起来。

杨忠诚坐在闫书伦对面也不说话，默默地看着闫书伦吃饭。

闫书伦吃完饭后把筷子往碗上边一放，用手擦了擦嘴无限感慨地说："真好吃啊，就是现在枪毙我这嘴也不亏了！"

"八路军会怎么处理你我不知道，但是我想说的是，如果这次你没被枪毙，那你以后做事就要摸着良心，要给后世子孙留个好名声。咱闫满庄出了汉奸满仲哲就够丢人的了，咱可不能再给父老乡亲脸上抹黑了，那可是几辈子都洗不掉的耻辱啊！"杨忠诚看着闫书伦说道。

闫书伦听完杨忠诚说的话，他忽然站起身扑通一下子给杨忠诚跪下，并带着哭腔说："忠诚兄弟，我闫书伦不是人！我从前做了很多昧良心的事。如果这次八路军真的不杀我，那我出去后一定戴罪立功！还求兄弟看在咱祖祖辈辈住在一个庄里的份上，在你们领导面前给我求求情，兄弟的大恩大德我闫家永世不忘！"

闫书伦这突然的举动把杨忠诚吓了一跳，他赶紧把闫书伦从地上扶了起来说："你这是做啥呢？男儿膝下有黄金，咋能说跪就跪呢？我这人有啥说啥，事情都是你自己做下的，我在我们领导面前也没啥可给你说的，再说我也没有那么大的面子。"杨忠诚说完，拿起碗和筷子转身就走。

闫书伦很想拦住杨忠诚再央求几句，但是杨忠诚的脾气他是知道的，他只好把手一摊，很沮丧地重新坐回椅子上。

杨忠诚出了关押闫书伦的屋子，去老乡家里把借来的碗和筷子还了，然后就直接去了张开疆书记的办公室。

　　张开疆书记见杨忠诚进来就笑着说："忠诚啊，在这次战斗中你表现得很突出，朱明锐队长正要向上级给你请功呢！"

　　"我有啥功劳，都是大家一起打的，还牺牲了我们的同志，功劳都是他们的。"杨忠诚谦虚地说。

　　张开疆书记让杨忠诚坐下，并倒了一碗水递给他问："你找我有事吗？"

　　杨忠诚喝了一口水说："其实也没啥事，我就是想问问咱组织上想咋处理闫书伦？"

　　"你也可以谈谈你的看法，忠诚同志。"张开疆书记说。

　　杨忠诚把碗放在桌子上说："'剿共军'确实罪大恶极，害了咱很多同志。闫书伦是匪首，按理说他也该得到应有的惩处。但是我和闫书伦住在一个庄上，对他们闫家的事还是多少知道一些。闫家虽然是大财主，但是他们家没少受日本人和汉奸的欺负。闫书伦这个人在骨子里应该是恨日本人的，他的队伍也曾经打过鬼子，死在他手里的鬼子和伪军也不少。所以我就是感觉这个人留着还有用。当然了我参加革命时间短，有些事情还不太明白，也不知道这样认为对不对？要是不对还请张书记别怪我。"

　　杨忠诚说完以后看着张开疆书记，等着张开疆书记表态。

　　"哈哈哈！"张开疆书记忽然大笑说，"我说忠诚同志啊，你虽然参加革命时间不长，但是你在政治上成熟得很快啊！国民党顽固派搞'曲线救国'是罪大恶极的，但是据我们对闫书伦掌握的情况来看，这个人和翟云涛不一样，目前还应该是我们可以团结和争取的对象。上级已经指示我们对闫书伦要开展批评教育，如果他认识得好，愿意改过自新，调转枪口，不再与我们共产党和八路军为敌，我们就给他一次戴罪立功的机会。你这次是和上级领导想到一块去了，能不说你在政治上成熟得很快吗？"

　　"哪有啊张书记？我也就是想到哪说到哪。"杨忠诚不好意思地说道。

　　杨忠诚刚从张开疆的办公室回到区中队，队长朱明锐把他叫到院子里说："忠诚啊，我和你说件事，我们……"朱明锐忽然说不下去了。

“咋了队长？有啥事你就说嘛！”杨忠诚追问道。

朱明锐停顿了一下接着说：“是这样的，我们刚刚得到情报说在北山的山沟里发现了两具女尸，组织上考虑到你的母亲和妻子被敌人抓走后一直没有消息，想让你到北山去看一看。当然了，不是最好。”

朱明锐说完以后，杨忠诚半天没有说话。

朱明锐拍了拍杨忠诚的胳膊说：“去吧，去看看吧。我让王小虎和胡富贵同志陪你一起去，北山那边有我们的同志接应你们。如果不是就抓紧时间回来。如果万一是的话，就让那边的同志协助你们处理一下，也希望你不要太悲伤了，要勇敢地去面对。”朱明锐说完又拍了拍杨忠诚的胳膊就离开了。

杨忠诚半天才缓过神来。他心想：“难道自己的母亲和媳妇真的被鬼子给害了？难道他日思夜想的亲人就真的回不来了？他杨忠诚从不做亏心事，怎么会有如此遭遇？这也太不公平了吧？”杨忠诚坐在石凳上抬头看着远处的大山，他不敢再想下去了。

这时交通员胡富贵和战士王小虎走了过来。

胡富贵对杨忠诚说：“现在只是怀疑，我们还是快去看看吧，兴许不是呢，说不定我大娘和我嫂子还活得好好的呢！”

杨忠诚起身用手擦了一下眼睛，叹了口气说：“但愿如此吧！”

杨忠诚他们到达北山和当地的同志接上头已经是深夜了。两个北山的同志没有多说什么就引着他们进了山。他们一行人沿着一条山沟，摸着黑，深一脚浅一脚地向里走了大约一里多地后，在一堆乱石头旁边停了下来。北山的同志点着了一个火把，在火把的照耀下，大家看到石头堆旁边的一棵大树下躺着两具尸体。

杨忠诚接过火把走到近前观看。他发现那两具尸体一长一短，都没有头了。他把手里的火把放低，仔细地观察死者身上衣服的款式和颜色，但是那衣服已经被野狼撕碎了，而且死者的肚子和大腿上的肉也都被野狼吃了，根本无法辨识。

杨忠诚围着两名死者转了几圈，他反复打量着那骨架的大小，并在心里默默地与自己的娘和媳妇的身高进行着比对。忽然一阵风吹过，那具身材相对短小的尸体被裤子碎片盖住的一双小脚裸露了出来，杨忠诚心里一惊，他心底仅存的一丝希望破灭了，他慢慢地跪了下去。杨忠诚的母亲受封建思想的影响从小缠脚，因此小脚是他母亲的一个显著特点，再加上这两具尸体的长短和杨忠诚的娘和媳妇的身高比较吻合，因此杨忠诚确定这就是自己的娘和媳妇。

王小虎见杨忠诚跪下了，心里就明白发生了什么事情，他赶紧上前从杨忠诚的手里接过火把，然后站在了杨忠诚的身旁。

杨忠诚狠狠地把头磕在地上，一下、两下、三下，然后他把头使劲地顶在地面上，两只手抓进身下的沙土里，像一头雄狮一样呼呼地喘着粗气。

胡富贵赶紧奔到杨忠诚的身边，他把双手放在杨忠诚的双肩上轻声说："忠诚，想哭就哭两声吧！别忍着。"

杨忠诚没有说话。胡富贵感觉到杨忠诚的双肩在剧烈地颤抖，他再次劝道："想哭就哭两声吧！哭出来心里会好受些。"

杨忠诚并没有哭出声，他猛然间从地上站了起来。

杨忠诚这一举动把身边的胡富贵和王小虎都吓了一跳，还没等他们反应过来，只见杨忠诚用手背擦了一把眼睛，然后走到两位北山同志的面前紧紧抓住他们的手说："谢谢你们啦！这是我的娘和我媳妇，可是我们没法把她们弄回去了，就先在这里找个地方埋了吧，如果日后我死不了，我会再想办法把她们接回去的。就拜托你们了！"

那两个同志也使劲握住杨忠诚的手说："你太客气了忠诚同志，这是我们应该做的。我们已经在前面不远处事先挖好了两个墓穴，也准备好了两领草席。咱眼下也没有好的条件，还请你见谅！"

杨忠诚他们把两具遗体掩埋以后，就告别北山的同志连夜往回返。一路上，杨忠诚一句话也不说。当他们跨过东锦镇南面的铁道线后，走在前面的杨忠诚突然停下脚步转身对胡富贵和王小虎说："你们两个先走，我去办点事，等我办完事就去追你们。"

"你想去办啥事啊杨班长？"胡富贵很不解地问。

杨忠诚没有回答胡富贵的问话，而是对王小虎说："把你身上带的手榴弹都给我。"

"要手榴弹干啥啊班长？"王小虎也不知道杨忠诚是啥意思。

"别问了，给我就行！"杨忠诚伸出手来用命令的口气说道。

王小虎赶忙从身上拿出两颗手榴弹递给杨忠诚。

杨忠诚接过手榴弹，就向铁路道口的鬼子炮楼方向走去。

胡富贵终于明白了杨忠诚想去干啥了，他紧跟两步，一把拉住杨忠诚的衣袖很紧张地说："杨班长，咱可不能节外生枝啊！"

"班长！富贵同志说得对啊！"王小虎也明白是咋回事了，他也上前一步说道。

杨忠诚没有说话，他把胡富贵推开，继续向前走去。

王小虎和胡富贵犹豫了一下，然后他们不约而同地拔出手枪，快步跟了上去。

古月星转

二十七

　　鬼子设在东锦镇南面铁道线旁的这个炮楼是用石头和水泥砌起来的，很坚固，共有上下两层，有八米多高。炮楼的周围是一圈三米多深、四米多宽的壕沟，在壕沟上面有一个木制吊桥连通着设在进出东锦镇南门道路旁的一个岗楼。白天，鬼子和伪军就在这个岗楼边上盘查过往行人，晚上岗楼里的人就都到炮楼里去了。此刻，炮楼上的探照灯在不停地向四周扫射，光线所到之处亮如白昼。

　　当杨忠诚他们快要进入探照灯的照射范围时，杨忠诚停下脚步回身对王小虎和胡富贵说："你们俩准备好，一会儿跟我一起往前跑！"

　　"好的！""没问题！"王小虎和胡富贵应道。

　　当探照灯再次扫过杨忠诚他们的面前后，杨忠诚一跃而起，带着王小虎和胡富贵迅速向前奔跑，然后跳进距离炮楼四五十米的一个土坑里。杨忠诚原来经常从这里走，对这里的地形很熟悉。这个土坑有一米多深，是周围村民原来取土的地方。

　　杨忠诚他们刚跳进坑里，鬼子的探照灯就照了过来，他们赶紧俯下身子，躲过探照灯的光束。

　　待探照灯照过后，杨忠诚抬起头来仔细观察了一下眼前的敌情，他发现炮楼上除了有探照灯在照射外，没有人影和其他动静。

　　"你们不要开枪，听我的指挥。"杨忠诚小声说道。

　　王小虎和胡富贵都屏住呼吸，一动不动。这时，杨忠诚把两颗手榴弹后盖拧开，他两眼紧盯着鬼子探照灯移动的光柱。待探照灯光再次划过他们的头顶后，他猛地站起身来把两颗手榴弹向鬼子炮楼甩了过去，然后迅速隐藏回土坑里。

"轰！轰！"接连两声巨响就像凭空而来的两个炸雷瞬间划破了寂静的夜空。炮楼上面顿时火光四射，探照灯瞬间就熄灭了。炮楼里传出来了杂乱的喊叫声，有日本人的声音，也有伪军的声音。过了一会儿，炮楼上面的机枪响了起来，不过很显然鬼子和伪军并不知道外面袭击他们的人躲藏在哪里，因为他们是在胡乱地射击。

胡富贵用手拉了拉杨忠诚说："忠诚，我们快撤吧！如果敌人从里面出来了，那我们就麻烦了，而且这里离着东锦镇鬼子和伪军的驻地也太近了，如果他们过来增援，那我们就麻烦了！"

杨忠诚没有搭话，他把自己身上的两颗手榴弹也掏了出来，拧去后盖，然后再次猛地站起身来，又先后向鬼子的炮楼扔了过去。这两颗手榴弹也像前两颗一样，不偏不倚地落在了鬼子炮楼顶上。

"轰！轰！"又是两声巨响，鬼子的机枪哑了。

这时，杨忠诚才对胡富贵和王小虎说："走！快撤！"说完，他们三个人猫着腰，在夜色的掩护下向后退去。

等他们走出很远了，才又听到鬼子炮楼上再次响起了枪声。

"班长，你听，没有机枪的声音了，你应该把鬼子的机枪给搞掉了！"王小虎高兴地说。

"这次鬼子和伪军应该伤亡不小。"胡富贵也高兴地说。

"没想到我们今天搂草打兔子，差点端了一个鬼子炮楼。这真是意外的收获啊！"王小虎难掩兴奋之情。

"哎，忠诚啊，你啥时候练的投弹啊？怎么这么准啊！"胡富贵问杨忠诚。

"练啥投弹啊！这是小时候给财主家放羊那会儿练的扔石头。"杨忠诚边说边大步流星地向前走去。

杨忠诚他们走后，住在东锦镇里和官庄煤矿的鬼子和伪军都接到命令，相继赶到了遇袭的炮楼进行增援，他们以为这是八路军要端掉这个炮楼。但是等他们到了以后连个人影也没看到，只看到那个炮楼的顶子被炸塌了，在上面值班的鬼子和伪军有六个人送了命，炮楼上的探照灯和一挺机枪也被炸毁了，气得鸠山小队长哇哇怪叫，誓言要报复。

在杨忠诚他们袭击鬼子炮楼后不久的一个东锦镇大集上，杨忠诚的表哥金宗才一大早就在集上出了卖牛肉的摊子。由于时间太早，集市上赶集的人还不多，金宗才的生意也还没开张，他就和旁边的摊主在闲聊。正在这时，金宗才的摊子前忽然走过来了一个蓬头垢面、衣衫褴褛的人，金宗才吓了一跳。按说这个年头在集市上有要饭的乞丐那是再正常不过的事了，但是像眼前这种打扮得有点像鬼一样的乞丐还是不多见的。金宗才感觉很晦气，就想赶紧把她撵走，但还没等他开口，那个人却先开口问道："哥，你赶集呢？"

"哥？谁是你哥啊？赶紧走！有多远走多远！我这还没开张呢，你就站在我的摊子前吓唬人，你还让不让人家做买卖啦？"金宗才厌烦地冲那人挥着手说道。

那人愣愣地看了金宗才半天，然后叹了口气转身走开了，边走边说："这是啥世道啊！这人心咋都不是肉长的了呢？"

哎，这声音咋听起来这么耳熟呢？咋像是表弟杨忠诚媳妇白续珍的声音呢？瞬间金宗才的脑瓜子嗡地一下，他感觉到自己的后背在发凉，头发根都竖起来了。金宗才心想："自己这不会是遇见鬼了吧？"忠诚兄弟的媳妇和他娘——也就是他金宗才的妗子都已经死了呀？他忠诚兄弟亲自去认的尸，那尸骨现在还在北山的山沟里埋着呢。上个星期，他还和马俊文、丁向山、金宗武等一众亲戚朋友给她们娘俩打了坟，正合计着去北山里把她们娘俩的尸骨找着，移回来埋在杨家的墓地里呢，怎么今天却在这里听到了忠诚媳妇的声音了呢？这到底是咋回事？难不成自己是在做梦？想到这里，金宗才赶忙对旁边摊位上刚才和他聊天的那个人说："兄弟，你来打我一巴掌。"

那个人是和金宗才一起赶集多年关系不错的一个朋友，他听了金宗才的话愣了一下，然后笑着对金宗才说："你这是咋了吗老金哥？这一大早的该不会是吃错药了吧？"

金宗才把脸凑过去不耐烦地说："让你打你就打，费啥话啊？"

那个人看着金宗才很认真的样子，犹豫了一下，然后只好不明就里地打了金宗才一巴掌。

金宗才用手摸着脸，用眼睛直勾勾地看着那个朋友。

"老金哥，这可是你让我打的？你可别还手啊！就你这巴掌我这脸可是扛不住啊！"那个朋友赶忙用手捂住了自己的脸。

"你刚才看到站在我摊子前的那个要饭的了吗？"金宗才问。

"看到了，咋了？你不是把她撵走了吗？"那人很不解地问。

"你给我看着点摊子，我一会儿就回来。"金宗才说完还没等他的那位朋友搭话，抬腿就向着那个乞丐离去的方向追了上去。

金宗才出了集市不远就看到刚才曾经站到他摊位前和他说话的人了，金宗才并没有立即追上去，而是不远不近地悄悄地跟在她的后面，看她往哪里去。

只见那人慢悠悠地、有气无力地往前走，一直走到东锦镇街口的一棵老槐树下停了下来。

金宗才发现在老槐树下的石头上还坐着一个和那个人几乎一样打扮的人，金宗才往前靠近了几步站在了路边。

这时，他就听到那两个人在说话。

"忠诚家的，今儿个是东锦集吧？有咱庄里来的人吗？你找到你表哥了没有？"

"娘，咱不找了，闫满庄咱也不回了！"

"咋了孩子？你说这话是为啥呀？"

"你儿子可能已经死了，这人走茶凉，人家亲戚都不认咱了，咱还回去做啥？咱娘俩一会儿就到东锦山顶上找棵树吊死算了！"

"你说啥？忠诚死了？哎呀！我那儿呀！我那苦命的儿呀！"

"娘！哭有啥用啊？"

两个女人对话到这里都哭了起来。

此刻，金宗才已经不再迟疑了，他三步并做两步冲到那两个人跟前，一下子跪了下来，泪如泉涌，大声喊道："妗子啊！我那苦命的妗子啊！你们这是从哪里来的呀？兄弟媳妇啊！你可把你哥给吓死了！"

这两个女人不是别人，她们正是杨忠诚的母亲和他的媳妇。

白续珍和婆婆被捕后，由于白续珍一直坚称自己的丈夫是赶集做生意的，是被人诬陷的。敌人经过几番折腾后，也没有审出个结果来，于是就把她们押送到了距离精华公馆一百多里地外的邹平县境内一处由伪军看管的日本鬼子的监狱里看押。因为她们是在夜间被秘密押送走的，再加上日本人在平陵县抓的人一般不会送到邹平县境内关押，因此负责营救她们的共产党地下党组织就不知道她们的去向了，营救工作也就被迫中断。

白续珍她们娘俩在邹平监狱又经过了几次审讯。不管敌人怎么严刑拷打，白续珍依然坚持在精华公馆时的供述，最后敌人对她们失去了耐心，就把皮开肉绽的白续珍和她精神恍惚的婆婆扔进了一间狭小的监室里，不再管她们了。

在暗无天日的监室里，浑身是伤的白续珍真的想一死了之，但是她摸着自己已经快五个月身孕的肚子，看着身边时而精神时而糊涂的婆婆，她还是决定要坚持下去，尽管她并不知道敌人还会怎么折磨她们，她们还能不能活着出去。

监狱里每天给她们供应两顿饭，每顿饭每个人一个杂粮面窝头和一块萝卜咸菜，还有一碗凉水。杨忠诚的母亲每到吃饭的时候都要掰下半个窝头给杨忠诚的媳妇白续珍吃。白续珍不肯要，她就说那是给白续珍肚子里的孩子的，是给她孙子的。她说杨家两代单传了，可不能断了后啊！每当说起孙子，老人似乎就不再糊涂了，她的眼里闪着难得一见的光，嘴角也会露出一丝笑容。

这样的日子持续了大半个月，白续珍再一次被带进了审讯室。这一次敌人并没有动刑，只是再次问了她到底是不是回族，然后就把她放了回来。白续珍不知道敌人为啥这次没有动刑，而且态度也不是多么恶劣，后来白续珍心想可能是他们看到她已经很明显怀孕的身子，动了恻隐之心。白续珍还在心里暗暗感叹："这人心都是肉长的，再凶残的人也还是有人性啊！"可是事实证明，白续珍把敌人想得太善良了。

这天到了吃晚饭的时候，看守照例给白续珍和婆婆送来了饭，可是白续珍却发现这饭和从前不一样，因为他们每人都多了一碗肉汤，而且窝头被直接泡在了汤里，那肉汤里没有什么肉，只在上面飘着一两块肥油。白续珍立刻明白了敌人的用意，她心想怪不得敌人在审讯她的时候要问她是不是回族呢。这敌人分明是在侮辱她们，逼她们就范。

白续珍向看守提出抗议，看守却嬉皮笑脸地说："快吃吧，你们娘俩比我们看守吃得都好，别不知好歹了！要不然你们就把事情快点说清楚了早回家，别在这里等死。"

白续珍娘俩在这方面是不可能有所改变的，于是两个人就开始用绝食来抗争。

一周的时间过去了，白续珍她们娘俩已经被饿得奄奄一息了。就在这时，事情忽然出现了转机。一天早上，她们两个被带出了那间牢房，转移到了另外一个她们也不知道是哪里的地方，而且在吃早饭的时候，看守还给她们每个人送来一碗菠菜鸡蛋汤和一个白面馒头。

白续珍看着眼前的白面馒头和菠菜鸡蛋汤泪如雨下，她心想这可能是她们活到头了，敌人突然送来好吃的，这是要杀她们的头了！白续珍自从嫁到杨家就几乎没有吃过这么好的饭，她天天都盼着日子能好起来，能吃上这样的好饭食，可她从未如愿。今天让她没想到的是她终于能吃上了，但这却是断头饭。

婆婆看着眼前的白面馒头和菠菜鸡蛋汤也搞不清楚这是怎么回事，因此迟迟不敢伸手，她看白续珍流泪了就问："孩子，你咋哭了？"

白续珍恢复了平静，她心想比起和她们一起被带到鬼子精华公馆的那些人来，她们已经多活了这么些天了，虽然现在看来这个"死"最终还是没能躲过去，但她也算是赚了，索性她也就想开了，于是白续珍就对婆婆说："娘，咱这几天不吃东西，鬼子让步了，今天给咱送来咱能吃的了，那咱就吃吧，要不然咱就真饿死了。"说着，白续珍拿起一个馒头递给婆婆。

婆婆似懂非懂地看着白续珍，然后接过馒头。她还是像从前吃窝头那样掰下来一半递给白续珍说："忠诚家的，这一半还是给孩子吃。"

"娘，今天你先都吃了，明天咱再给孩子吃也不晚。"白续珍推开婆婆的手说道。

婆婆真的是饿坏了，她不再推辞，端起碗来，就着鸡蛋汤大口大口地吃了起来。

她们吃完饭后，白续珍把自己的衣服整理了整理，也帮着婆婆整理好衣服，然后她们就一动不动地坐在监室的角落里。白续珍此刻真知道了啥是等死，那滋味真没法形容。婆婆却啥也不知道，她还会偶尔和她唠叨上几句话，白续珍也不搭腔。此刻的她只想在心里战胜恐惧，控制住自己情绪。她不想让婆婆看懂眼前的事，她想尽量能在平静中等待死亡的到来。白续珍想鬼子随时都可能进来把她们带出去处死。但是此刻她心中有一个念头，那就是如果她们出去后要是看到有日本人的狼狗，那她就找个墙角一头碰死，她决不能让那个八路家属的悲剧在自己身上重演。

可是一直到了吃晚饭的时候，也没有人进来把她们带出去，而是看守又给她们送来了馒头和菠菜鸡蛋汤，这次还多给了她们一个馒头，这让白续珍有点摸不到了头脑。白续珍心想："管他的呢！给就吃！该啥时候死就啥时候死吧！"

白续珍娘俩在监室里就这样好吃好喝地一连过了十多天，也没有人把她们带出去处决，这让白续珍很不解。不过对于白续珍来说这也是一种煎熬，因为这等死的日子真是不好过。虽然现在吃得好，吃得饱，但是谁知道哪一顿是最后一顿啊？终于在一天早上，她们吃完饭后进来一个看守叫她们出去，白续珍心想她们的死期到了。

白续珍站起身来整理了一下自己破烂不堪的衣服，用手理了理头发，她也把婆婆扶起来帮着她整理了一下衣服，理了理头发，然后搀着婆婆就往外走。此时的白续珍一点也不害怕了，她彻底释然了。"不就是个死嘛！还能咋的？"白续珍在心底这样想。

"忠诚家的，咱这是又要去哪啊？是又要给咱换住的地方吗？"婆婆一脸疑惑地问。

"是啊娘，换完这次就不用换了。"白续珍平静地说道。

"咱不换地方了行不？咱回家行不？"婆婆看着白续珍问。

"不换地方了，咱回家，咱回家了娘。"白续珍看了婆婆一眼，忽然她的眼泪止不住地流了下来。

"忠诚家的，你咋哭了？"这一会儿婆婆似乎恢复了一些神智，她感觉出好像哪里有些不对。

白续珍不再和婆婆说话，她搀着婆婆跟着看守往外走。

白续珍和婆婆走过一排关押犯人的监室门口，那监室里的人都趴在铁棂子上默默地看着她们娘俩。白续珍放慢脚步，她用眼光环视着这些人，她想看看这里面有没有她认识的人，好让他们能给她家里捎个信。她发现这里面没有她认识的人，可她又觉得这些人好像她都面熟，只是一时想不起来在哪里见过。白续珍忽然大声说："老少爷们！我家是闫满庄的，我叫白续珍，我丈夫叫杨忠诚，日后你们有出去的，请给我的家里人捎个信，就说我们娘俩死在这里了，谢谢了！"白续珍说完给那些人鞠了个躬。

"孩子，你这说啥呢？啥死不死的？"白续珍的婆婆一脸疑惑地问道。

"没事娘，我说着玩呢！"白续珍擦了一把泪水说道。

"哦！是这样啊！"白续珍的婆婆似懂非懂地点了点头。

"快走吧！别磨磨蹭蹭的！"看守不耐烦地催促道。

白续珍她们来到了监室的出口处，一个伪军军官站在那里，他问白续珍："你是叫白续珍吗？"

"是。"白续珍回答道。

"这个是你的婆婆？"伪军军官用手一指杨忠诚的母亲。

"是，她是我婆婆。"白续珍看了看自己的婆婆回答道。

"你们两个走狗屎运了，有人保你们出去。"那个伪军军官边说边拿出一张通行证和两块银元，"这是通行证，这银元是我们营长让给你们的，回去好好过日子吧！"说完，就把通行证和银元递给白续珍。

白续珍没有伸手去接，她感觉自己好像是在做梦，她在寻思怎么会有人保她们出去呢？谁会保她们呢？

那个伪军军官见白续珍愣在那里不说话，就把通行证和两块银元往白续珍手里一塞说："快走吧！赶紧回家去吧！"说完就示意看守将她们娘俩推出了门，然后把门给关上了。

白续珍站在门口半天没有缓过神来。婆婆从白续珍手里拿过那两块银元，反反复复地看了又看，一脸不解地问："这是咋回事啊忠诚家的？这鬼子怎么还给咱钱啊？"

缓过神来的白续珍一把拉起婆婆，快步向院子的大门口走去，她边走边说："这不是鬼子，这是伪军。"

她们来到大门口，站岗的伪军问："你们是干什么的？"

白续珍递上通行证说："我们是刚从里面放出来的。"

　　　　　　　　　　　　　　古月星转

伪军看到了杨忠诚的母亲正在摆弄手里的两块银元，就上前一把抢了过去，嘴里骂骂咧咧地说道："妈的，还有银元？这钱你们也不会花，老子先替你们保管着吧！"

"这钱是人家给我们的，你凭啥给拿去？"杨忠诚的母亲上前和那个伪军理论。

"再不走，老子就把你们关回去！"那个伪军瞪着眼睛吼道。

"娘，咱快走吧！咱不要钱了，那钱本来也不是咱的。"白续珍一边说一边拉着婆婆赶紧往外走。

出了那个院子后，白续珍和婆婆一路打听着走了一天一夜才来到东锦镇，正好赶上今天是镇大集。白续珍心中暗喜，因为她知道她表哥金宗才一定会来赶集。她们此刻又累又饿，实在走不动了，于是她安顿好婆婆，就赶紧到集市上去找金宗才。

金宗才跪在地上一个劲地哭，白续珍赶紧把他拉了起来劝慰道："哥，你这是做啥呢？我们这不是都好好地回来了嘛！"

金宗才擦了一把鼻涕和眼泪对白续珍说："兄弟媳妇啊，你们是不知道啊！你们被抓走后，家里发生了一些事情，唉！不说了！"金宗才叹了口气。

"你是说杨忠诚他……"白续珍紧张地瞪大了眼睛问。

"这个你们放心，我兄弟好着呢，听说他在队伍里都当官了。"金宗才赶紧解释道。

"那你这是咋了吗？"白续珍追问。

"一言难尽啊！"金宗才又叹了口气接着说，"兄弟媳妇，你们先在这里等我，我回集上先给你们拿点吃的来，再看看庄里今天有谁来赶集了，我先捎个信回去让马俊文套辆马车来，等我把摊子上的货都处理完了，咱一起回闫满庄。"

"好，那你先去忙吧哥，我们就在这里等着你。"白续珍说。

杨忠诚的母亲和媳妇死而复生这件事在整个闫满庄引起了很大的轰动。就连满弘坤和满仲哲都几乎被惊掉了下巴。当初杨忠诚的母亲和媳妇被抓走时，满弘坤就把满仲哲臭骂了一顿。在满弘坤看来不管咋说，他们满家和老杨家都是姑表亲，满仲哲亲自去抓人都说不过去，最起码在南北街上的街坊邻居面前就很难看，再说也对不起他那死去的娘。满仲哲被骂得大气都不敢出。最后满弘坤很懊恼地说："仲哲啊，看来这个仇是结下了。那杨忠诚当了八路，万一哪一天八路成事儿了，那咱还有退路吗？"

当杨忠诚的母亲和媳妇的死信传回闫满庄的时候，满弘坤又把满仲哲臭骂了一顿，他说："如果她们娘俩死不了，那咱两家的仇还有个解，这下子是解不了了。那杨忠诚现在已是无牵无挂，他随时可以带着八路到咱家里结果了咱一家人的性命，你看这咋办吧？"满仲哲直挠头皮，事到如今他也无计可施。其实当时他真是不愿意出这个头，但是在那种情势下，也是箭在弦上不得不发，可现在说啥都晚了。满仲哲的心里也担心杨忠诚会来寻仇。从那天起，满弘坤家就招了十几个家丁，把院子的院墙也加高了五行砖，家丁们日夜看护着家院，满弘坤一家人整天生活在战战兢兢之中。

现在杨忠诚的母亲和媳妇突然回来了，这让满弘坤和满仲哲父子非常惊讶。现在平陵地界共产党、国民党、日本人、土匪等各种势力犬牙交错，相互之间的关系错综复杂，满弘坤他们父子觉得这娘俩大难不死这件事的背后一定不简单。不过满弘坤和满仲哲也感到一丝庆幸，他们庆幸的是这样一来他们满家和杨家，确切地说是他们满家和共产党、八路军也有解开仇口的可能了。

一天满弘坤吃完晚饭后对满仲哲说："仲哲啊，杨忠诚的娘和媳妇已经回来有几天了，你明天早上带上十块现大洋给她们送过去，你进门就给你表婶子跪下，该咋说就不用教你了吧？咱现在只能向人家低头认错示弱，当然这也不是单单冲着他杨忠诚，这是在八路军面前给咱家留条退路，这种整天担惊受怕的日子实在是没法再过下去了，我总能看到杨忠诚那双喷着火的眼睛，总感觉有把枪顶在后背上，造孽啊！唉！"满弘坤叹了口气。

"好的爹，我知道该咋办，这个仇不解开，我在特务队上班也不安心，整天担心着家里会出啥事。"满仲哲说。

二十八

白续珍和婆婆回家这几天，她们的身心状态都渐渐地恢复了一些，但是白续珍晚上还是经常会做噩梦，这段时间经历过的事情时常出现在梦中，有时她从梦中惊醒还以为自己是在狱中。由于在监狱里待的时间太长了，白续珍和婆婆浑身都长满了疥疮，衣服里长满了虱子。回到家后她们好好地洗了个头，把身子擦洗干净，把那两身破烂衣服一把火烧了，穿上了马俊文媳妇送来的新衣服。

姜玉堂听说她们娘俩平安回来了，专程从平陵城赶回来，给她娘俩都对症用了药。白续珍由于年轻，身体恢复得较快，她的婆婆恢复得就要慢一些，尤其是那老病根还是不见什么大的好转，这么大的岁数了，连惊带吓的，恐怕一时半会是过不来那个劲的，关于这一点姜玉堂对白续珍都交代过了。

今天一大早，白续珍娘俩刚起床就有人来敲门，这几天前来看望她们的亲戚和街坊四邻很多，可以说络绎不绝，送吃的、送穿的，送啥的都有，但是还没有像今天来得这么早的。

白续珍来到大门口，隔着门板问："谁啊？"

"是我啊嫂子，我是仲哲。"门外的满仲哲回答道。

"是满队长啊！你是来抓人的吗？你要是来抓人的我就把门给你打开。"

"嫂子，你这是说的哪里话啊？你这么说可要羞死你弟弟了，是我爹和我娘让我过来看看我表婶和你的，给你们送点钱来。"

"我们家虽然没钱，但也不会要你家的钱，你把那钱还是给日本人送去吧，好让他们再把我们娘俩给抓回去！"说完，白续珍转身就往回走。

"嫂子，你把门开开，我是来给你赔不是的，这事可真不能怨我啊！我是吃日本人饭的，端着人家的碗，有时候也真是没办法啊！嫂子你大人大量，就别再计较这些事情了好不好？……"

满仲哲说了半天，发现里面没有了回声，他想白续珍应该是回屋了。他抬手想再敲门，但最终还是把手放了下来。都是从小在一条街上长大的，白续珍的脾气他也是知道的。白家也是大户人家，人家祖上并不比他满家差，要不是白家的这一支落魄了，说不定白续珍是不会嫁给杨忠诚的。不过话又说回来了，尽管白家和杨家门不当户不对，但是单从脾气上说那白续珍嫁给杨忠诚也是不是一家人不进一家门。刚才白续珍不给他开门，接下来无论他满仲哲咋说，白续珍都是不可能再给他开门了。再说了他一个堂堂的特务队长在这里祈求人家给开门，要是被街坊四邻看到了，那也有损他的颜面，于是满仲哲摇了摇头，转身回了家。

满仲哲回到家中把事情经过告诉了满弘坤，满弘坤并没有感觉到意外，他对满仲哲说："你今天亲自去她家就是表明了一种态度，你已经上门道歉了，至于你进没进去她家门并不重要。你上门道歉这件事情杨忠诚和八路军早晚会知道的，他们心里也清楚这件事情并不能完全怪你，你端着日本人的饭碗，那就必须得听日本人的话，再说了抓她们娘俩也不是你的主意，八路军的情报灵透得很，他们能不知道？只要她们娘俩平安回来了，杨忠诚就不会那么恨我们了，一切就都好说了。不过话又说回来了，不管她们身后是什么背景，是谁把她们从监狱里保出来的，你手里有杨忠诚当八路的把柄，而且她们娘俩当下还住在这个庄里。"说到这里满弘坤看了看满仲哲，接着说，"我说这些你能懂吗？"

"爹，我懂。"满仲哲点了点头。

"你吃完饭上班去吧，随后我让你娘和你妹月娥再去一趟，往后咋办？我心里有数呢！"满弘坤胸有成竹地说。

满仲哲听后没有再说话，他转身出去了。

白续珍刚侍候着婆婆吃完早饭，就又听到敲门声。

白续珍到门口后发现门外是满弘坤的媳妇和女儿。白续珍赶紧把大门打开，因为她听婆婆常说满家的这个表大娘对他们杨家还是挺念亲情的，经常在满弘坤面前为杨忠诚说话。另外杨忠诚也和她说过这个表妹满月娥也不错。这些年虽然他们满杨两家不来往，但在省城读书时的满月娥回闫满庄时会经常偷偷来他家看望杨忠诚的父母，还拿来过一些这里人根本就没见过的清真糕点。现在月娥在庄上办了一所学堂，名字叫闫满庄新文化学校。在这所学堂读书的虽然大多都是庄上和邻庄里一些家境好的孩子，但是没有钱人家的孩子要想在她那里读书，她也免费教。满月娥在庄里的口碑很好，不管是大人还是孩子都亲切地叫她满老师。满月娥也从来不掺和她家里的一些事情，只是一门心思地教书育人。

　　白续珍把表大娘和表妹让到北屋里。

　　杨忠诚的母亲一见大表嫂来了，一下子就来了精神，她一把抓住大表嫂的手就放声大哭起来，她一边哭一边诉说："大表嫂啊！我娘俩可遭罪了！我忠诚家的让人家给打得死去活来啊！你说我这是造的啥孽啊？我杨家人从来不做亏心事，咋让我娘俩遭这样的罪啊？"

　　满弘坤的媳妇也哭了起来，她摸着面前的这个表兄弟媳妇骨瘦如柴的手，看着她面黄肌瘦的样子，也是真的心疼。她心想这才几天不见啊？怎么就把人给糟蹋成这样了呢？本来她就满身的病。她又看了看身边脸色苍白，挺着个大肚子的白续珍，她真是难以想象这娘俩是怎么在日本人监狱里度过这一两个月的。

　　白续珍和满月娥赶忙劝两位老人都不要再哭了，满弘坤的媳妇止住了哭声，杨忠诚的母亲还在哭。

　　白续珍说："就让她哭一会儿吧！哭出来心里会好受些，这老人在里面也受了罪了。"

　　过了一会儿，杨忠诚的母亲止住了哭声。白续珍递给老人一块毛巾，老人接过去擦了擦已经红肿的眼睛，然后就不再说话了，她两眼直勾勾地瞪着床边不知道在想什么。

　　这时，满弘坤的媳妇打开她拿来的包裹，里面露出一块布料和一卷银元，"忠诚家的，这是我和你表大爷的一点心意，收下吧！你们娘俩遭了这么大的罪，往后这日子得好好过啊！你们先把这百年的老屋翻盖一下，换几件像样的家具，再置办下几亩地，叫忠诚回来，守着你们娘俩，别再出去混了。你这也快要生了，总这么破家破业的也不是个长久之计，你说是不是？"说完，她把那个包袱推给白续珍。

"谢谢大娘啦！谢谢您一直牵挂着我们这一家人！这钱我们不能要，您还是拿回去吧！"说着，白续珍把那个包裹系上，又推给满弘坤的媳妇。

"嫂子，让你要你就要，不要白不要。"满月娥说着拿起那个包裹就放在了杨忠诚母亲的身后。

杨忠诚的母亲从身后拿出那个包裹，打开后，看到里面放的是银元就说："这个我们有，就是被那个当兵的给拿走了，那是我们娘俩挨打的补偿，他凭啥给我拿走啊？唉！拿走就拿走吧！我儿子手里还有呢，我见过，这个不是我们的，我们不要。"说着，老人又把那个包裹给系上了。

白续珍从婆婆手里拿过那个包裹说："大娘、月娥妹妹，这个钱我们说啥也不能要，再说我娘俩也做不了这个主，忠诚的脾气你们也是知道的，你们就别让我们娘俩为难了好吗？你们的心意我们都领了，等忠诚回来，我会告诉他的。"

"唉！"满弘坤的媳妇看白续珍态度很坚决就叹了口气，"那就等以后再说吧！"说着，她拿起那个包裹，对满月娥说，"姑娘，那我们就先回吧，让你婶子和你嫂子休息一会儿。"

送走了满家娘俩后，白续珍又陆续接待了几拨来看望他们的庄上的人。按说杨家摊上这样的事，很多人都应该是唯恐避之不及，毕竟她们是因为杨忠诚有八路嫌疑被抓走的，但是闫满庄的人不管这一套，尤其是南北街上的人，有的人已经来过多次了。

这一天白续珍娘俩光接待来看望她们的人了。到了晚上快吃饭的时候，杨忠诚的姐姐和妹妹又从明秀镇赶了过来，她们是刚听说自己的母亲没有死，又回到了闫满庄，姊妹俩就撇下孩子，迫不及待地赶了过来。进门后，她们抱着母亲就是一顿痛哭。

在白续珍的劝慰下，她们才停止了哭泣。姊妹两个拉着母亲的手，捧着母亲的脸看了又看，眼泪还是止不住地又掉下来。

杨忠诚的妹妹问白续珍："嫂子，我哥知道你们回来了吗？他回来看过你们没有？"

"现在都不知道他在哪里，也没法给他送个信，没准他还是以为我们死了呢？"白续珍说。

"这些都是为了他！"白续珍的姐姐气愤地说。

白续珍没有再说话。

一家人吃完晚饭后，白续珍收拾完碗筷就回小东屋休息了。白续珍躺下后，她根本睡不着觉，身上的那些伤口都已经结痂了，奇痒无比，但是她记着姜玉堂的话，不能用手去动，要等那些结痂自然脱落，否则就可能感染，就可能留疤痕。

到了后半夜白续珍还没有睡着。

"娘！娘你咋了娘？"忽然白续珍听到北屋里小姑子大声呼叫婆婆的声音。

"娘！娘你别吓我啊！"接着大姑子也大声呼叫婆婆。

白续珍感觉不好，她一下子就从床上跳到地上，她早已忘了自己是有六七个月身孕的人了。她摸着黑抓起放在床头的衣服，胡乱穿在身上，打开房门，三步并作两步就冲进了北屋。

白续珍进屋后看到昏暗的灯光下，她的大姑子和小姑子正抱着她的婆婆不停地摇晃着，连声呼喊着"娘"。

白续珍赶紧上前用手去掐老人的人中穴和虎口穴。白续珍的三爷爷在世时也是名老中医，她小的时候见过三爷爷救人，但是她忙活半天，还是不见婆婆有动静，她就把手指放在老人的鼻子上试了试，老人已经没有呼吸了。

"咱娘这是咋回事吗？"白续珍满脸泪水地问小姑子。

小姑子上气不接下气地说："我、我起来上厕所，看灯亮着，咱娘就跪在这床前，我和她说话，她也不应声，我下地过来一扶她，她、她就倒在了我的身上，呜呜呜……"说到这里，小姑子说不下去了，又哭了起来。

白续珍擦了一把眼泪说："咱娘走了，咱把她架到床上去吧！"

杨忠诚的姐姐停止了哭泣，她对妹妹吼道："别哭了，听你嫂子的，把咱娘架到床上去吧！"

三个女人七手八脚地把杨忠诚的母亲架到了床上。白续珍找了一块白毛巾盖在了老人的脸上。

做完这一切后，三个人跪在老人家的床前放声大哭。这哭声惊动了四邻，他们纷纷穿上衣服来到了杨忠诚家的大门外。他们先是侧耳倾听院子里面北屋的动静，最终他们感觉情况不对，应该是出事情了，于是就开始敲击大门，呼喊白续珍的名字。

在北屋的白续珍听到了外面的喊声，赶紧出来给街坊四邻开门。邻居们知道情况后，一下子拥进院子，直奔北屋而去。

事情已经是这样了，邻居们纷纷安慰白续珍她们三个人不要太悲伤了。过了一会儿，得到消息的马俊文、丁向山、金宗武等杨忠诚的一帮好朋友也先后赶来了。

正当大家在商量怎么办的时候，外面传来了撕心裂肺的哭声，金宗才搀着他娘进了院子。杨忠诚的这个姑姑非常疼爱杨忠诚和他的姐妹们，和杨忠诚的媳妇感情也很好。她进得门来一下子就跪倒在了她嫂子的床前大声哭诉道："嫂子啊！你说你这是啥命啊？跟着我哥哥这一辈子一天福也没享到，跟着儿子又遭尽了罪，实指望你这回来能过几天安生的日子，可你咋说走就走了呢？"

这时得到消息的白广甲阿訇也赶了过来，院子里的人赶紧给白阿訇让开路，白阿訇进到北屋劝慰杨忠诚的姑姑不要哭了，并把她搀扶了起来，让她坐在了椅子上。

白续珍一见自己的达达来了，扑通一声跪下，抱住白广甲阿訇的大腿，大声喊道："达达！"接着委屈得一句话也说不出来了。

白广甲阿訇抚摸着白续珍的头说："孩子，坚强些！达达知道你遭了罪，不容易，但事已至此就要硬撑着走下去！听话孩子！"

白续珍点了点头，起身站在了一旁。在她看来自己的达达来了，她就有了主心骨。

"白阿訇，你看这事咋办啊？我表弟也不在家，现在也不知道他在哪里？是不是咱派出人去找他回来？"金宗才走到白广甲阿訇身边问道。

"上哪去找啊？就是找到他了，他也不方便回来啊？自古忠孝不能两全呢！咱就先按照咱的礼教给他娘把后事办了吧！他娘的坟不是前阵子你们都打好了吗？这也省事了，唉！这叫啥事啊！"白广甲阿訇说完这话眼里也涌满了泪水。白广甲阿訇是一个真正见过世面，明事理，内心也是非常坚毅的人，今天遇到这个场面，他也扛不住了。

天亮以后，在满弘坤的家里，早上起床后的满仲哲给父亲满弘坤和他娘请完安后问他父亲："爹，听说杨忠诚的母亲无常了，你看我是不是过去吊唁一下？"

满弘坤沉思了一下说："不妥啊！杨忠诚必定还背着一个八路嫌疑的身份，这个时候他家里人多眼杂，你去吊唁，如果让日本人知道会很麻烦。你上班去吧，我还是让你娘和你妹妹去吧！"

满仲哲走了以后，满弘坤对身边的老婆说："你和月娥一会儿过去一趟，拿上十块大洋，他家里穷得叮当响，杨忠诚又不在家，这丧恐怕都发不起，咱毕竟是老表亲啊！看在咱那死去的娘的面子上咱也得帮一下。"

"我感觉白续珍还是不会要的。"满弘坤的老婆说。

"这一点我已经想到了，她要是不要，你就把这钱给白广甲阿訇，他是白续珍的达达。你就说这钱给清真寺里了，让寺里帮着杨忠诚家去花销，咱给寺里钱他阿訇是不能拒绝的。"

"唉！你可真有办法。"满弘坤的老婆揶揄道。

满仲哲刚到特务队的办公室，特务大队长金魁的电话就打了过来，"满队长吗？听说杨忠诚的娘死了，是不是啊？"

满仲哲心头一愣，杨忠诚的娘后半夜刚死，怎么一大早他金魁就知道了？难道这南北街上也有金魁的眼线？满仲哲心里暗暗佩服自己的父亲，幸亏他今天早上没去吊唁杨忠诚的娘，否则可能后果不堪设想。金魁这段时间一直在日本人面前和自己争宠，如果他去了杨忠诚家，那他在金魁那里就坐实了私通八路，就等于给了金魁一颗射杀自己的子弹。想到这里满仲哲心里有点后怕。

"喂，满队长，是不是啊？"金魁在电话那端催问。

"我也刚听说，金大队长有啥指示吗？"满仲哲反问道。

"我听说杨忠诚是个大孝子，这次他很有可能回来奔丧，你要多派人手给我盯紧了，如果发现杨忠诚回来，立马给我拿下。我得到的情报杨忠诚就是八路，明白吗？"

"是！我明白了，我立刻去办。"满仲哲答应道。

"好，我等待着满队长的好消息。"说完，金魁挂了电话。

满仲哲狠狠地把电话挂在电话机上，用脚踢了一下办公桌的腿骂道："什么东西啊？人家他娘没了，当儿子的还不能回来见最后一面啦？还有没有点人味？你娘的！你让我抓我就抓啊？我看见了我也不抓，看你能把我咋的？"

"满队长，您这一大早的是和谁在生气啊？"金宗生从屋外走进来问。

"滚出去！"满仲哲冲着金宗生吼道。

金宗生愣住了，他不知道满仲哲为什么骂他，还没等他缓过神，满仲哲用手一指门外："快滚！能滚多远滚多远，没他娘一个好东西！"

金宗生也不敢再说话了，只好灰溜溜地退出满仲哲的办公室。

二十九

　　杨忠诚这段时间心中的悲喜经历用过山车来形容是再恰当不过的了。当组织上告诉他他娘和媳妇没有死，他简直不敢相信自己的耳朵。明明是死了，他亲自去认领的尸体，怎么会死而复生了呢？看来那天他是真的看错了。可世上就有这么巧的事情，同样也是两个女人，同样身高都相符，而且有一个还是小脚的女人。在那漆黑的夜晚，凭借一个火把的光亮，时间那么仓促，也难怪杨忠诚会认领错了。杨忠诚心想等打跑了日本鬼子，等这日子太平了，他一定要帮着那两个死去的女人找到她们的家人。

　　当杨忠诚得知自己的亲人已经回到闫满庄的时候，他真恨不得插上翅膀立刻飞回家和她们团聚，但是组织上说最近一个时期他还不能回去，因为敌人很有可能会布置眼线，伺机抓捕他，这个时间点回去会很危险。杨忠诚只得听从组织上的安排，暂时按下心头的那份思念，耐心等待时机，可谁承想他接下来得到的消息却是母亲在家中突然病逝了。

　　杨忠诚独自一人来到部队驻地旁边的山坡上，他坐在一块石头上默默地流泪。杨忠诚是个坚强的汉子，他从小到大不管遇到什么事情都是很少掉泪的，但男儿有泪不轻弹，只因未到伤心处啊！遇上这样的事情，再坚强的汉子也扛不住。杨忠诚眼望着闫满庄的方向，心里默默地诉说着对亲人的思念和自己心中的委屈。

　　杨忠诚就这样在这里坐了很久，忽然一只手放在了他的肩上，杨忠诚猛地回过头，他发现张开疆书记站到了他的身后。杨忠诚赶忙站起身来，用手擦了擦眼睛，给张书记敬了个军礼。

"忠诚啊，你这是经历了两次失去亲人的痛苦啊！你的心情我完全能理解。母亲平安回来，可你还是没有见上面，这搁谁心里都会很难受的。刚才我和朱明锐队长他们开了个会，研究了一下你家里现在面临的问题，特别是考虑到你的妻子怀有身孕，一个人在家里生活困难很大，也存在着一定的风险，我们决定让你把她接到解放区来，我们决不能让悲剧再重演了。我已经安排胡富贵他们下山去摸一下闫满庄及其周围的敌情，找一个合适的时机，你亲自去把你的妻子接来根据地吧，你看咋样？"

　　"谢谢组织的关心！谢谢张书记想得这么周到！"杨忠诚激动地握着张开疆书记的手说。

　　婆婆去世后，白续珍感觉心力交瘁，她吃不下饭、睡不好觉，肚子里的孩子也不老实，整天一脚一脚地踢她，好像是在向这个他还未曾见到的世界提出抗议。再加上她想起自打她进了杨家的大门后就遇到的这些让她痛不欲生的事情，心里就觉得着实有些委屈，有时真是想死的心都有。那天在婆婆出殡时她大声哭诉道："正好有给我修好的坟，我还不如一起随我婆婆去了呢！"结果她被她的达达白广甲阿訇给臭骂了一顿。白广甲阿訇骂她说出这样的话来真是不争气，不应该是白家嫁出去的识文断字姑娘说的话，骂她愧对白家的列祖列宗，并气愤地让人把那座坟当场就给平了。白续珍从来没见过一向慈眉善目、温文尔雅、笑容可掬的达达会发那么大的脾气，吓得她立刻就不敢再言语了。

　　其实白续珍也就是一时宣泄一下自己内心苦闷的情绪罢了。在敌人的监狱里，她经受了那么多的苦都坚持着活下来了，这一会儿她怎么可能放弃呢？想死也只是一瞬间的闪念而已，更何况她的肚子里还有一个快要成熟的小生命呢！但她毕竟是个弱女子啊！这些苦难接踵而至，也真是够她受了！不身临其境的人是很难理解的。

　　给婆婆过完"七日"后，白续珍的大姑子姐和小姑子就都回了自己的家，家里瞬间显得冷清了下来。好在这几天街坊四邻的婶子和大娘们会经常过来看她，陪她说说话，晚上她的妹妹白续琳会暂时在这里陪着她过夜，让她失落和孤单的心情稍稍得到一些缓解。

　　一天晚上，夜幕低垂，院子里伸手不见五指，白续珍和妹妹白续琳早早地就熄了灯，上床睡觉了。前半夜白续珍根本没有睡着，后半夜她刚刚有了一点困意，忽然听到院子里有动静，她赶紧推醒了睡在身旁的妹妹。妹妹白续琳揉着惺忪的睡眼不知道发生了什么事情。这时就听到有人向小东屋这边走了过来。在这寂静的夜晚，外面的脚步声虽然不大，但是她们听得很清楚，这时白续琳也彻底清醒了，她听到脚步声吓得直往姐姐白续珍的身后钻。白续珍快速穿上衣服，下到地下。她从床头拿起了一根木棍，这是自从杨忠诚走后，她每天晚上都要放在这里防身用的。

"当当当。"有人在敲窗子。白续珍不敢出声，因为她一出声就会让外面的人知道她现在家里没有男人。

"续珍，是我啊！杨忠诚啊！快给我开门！"窗户外有人小声说道。

白续珍听到外面是杨忠诚的声音，她把棍子一扔，一下子瘫倒在了地上。白续琳赶紧穿好衣服，下地点上灯，然后去给杨忠诚开门。

杨忠诚闪身进屋，然后随手把门关上。当他看到白续珍坐在地上，就赶紧把白续珍抱起来放到了床上，嘴里不解地问："你咋会坐在地上呢？"

"你还知道回来啊？你还知道你家里有老婆啊？你死在外面算了！"白续琳没好气地埋怨着姐夫。

"小点声啊妹妹，你哥我这可是提着头回来的。"杨忠诚冲着小姨子做了一个不要让她大声说话的手势。

白续琳不再出声了。

白续珍始终没有说话，她搂着杨忠诚的腰轻声抽泣着，她有太多想说的话，但是此时她一句话也说不出来了，所有的委屈和思念都化成了滚滚而出的泪水。

这时门外有人轻声问："杨班长，我们啥时候走啊？"

"马上。"杨忠诚回答道。

"你这是啥意思吗？刚来就要走，你还把我姐姐当不当人看了？你走吧！你这次要是走了，我就把我姐领回白家，我不叫她在你们杨家门里守活寡，受死人罪了！"白续琳生气地说道。

"你小点声好不好啊我的小姑奶奶！我是来接你姐姐走的，我再也不让她一个人在家了好不好？"杨忠诚对白续琳说。

"你接我走，你接我去哪啊？"白续珍停止了哭泣，抬起头来问杨忠诚。

"你赶快收拾东西，我们领导让我来接你进山。"

"进山？"

"是的，进山，到南山八路军根据地去，我们现在就走。"杨忠诚答道。

听杨忠诚这么一说，白续珍犹豫了一下，然后她赶紧下地，拿起煤油灯照着明，开始收拾东西。

"那你们啥时候回来啊？"白续琳小声问。

"等打跑日本鬼子，世道太平了，我们就回来。"杨忠诚说。

白续琳的眼泪一下子就流下来了。

白续琳从小和姐姐白续珍关系就特别好，这个姐姐平日里很疼她这个妹妹。在白续珍结婚前，两个人整天在一起，可以说是形影不离。白续珍被鬼子抓走那段时间，白续琳整天以泪洗面。当她听说姐姐死在北山里的消息后，她哭得死去活来，一连几天都不吃不喝，谁劝也不听。这次姐姐从敌人监狱里出来，她别提多高兴了，只要一有时间，她就往姐姐这里跑，可没想到现在姐姐又要被姐夫接走了，而且还不知道啥时候能再回来，她立马感觉到心里非常失落和不舍。

白续珍翻箱倒柜的半天也就是找出了几件衣服，然后她用一个包袱把衣服包好。其实这穷家也真的没啥再好收拾的了。待白续珍收拾好东西后，杨忠诚搀扶着白续珍就出了屋门。院子的大门已经打开了，有两个同志在那里警戒着。

杨忠诚回头对跟出大门来的白续琳低声说："妹妹，你关上大门回家去吧，明天早上你记得到街南头我表哥金宗才家，你就和他说我把你姐接走了，我们不回来了，让他弄些土坯把这屋子的门窗和大门都封死吧！"

白续琳两眼流着泪，拉着白续珍的手依依不舍。

白续珍对白续琳说："听你姐夫的话，我们走了！你回去告诉咱家里人一声，别为我担心。"说完，白续珍也早已泪流满面了。

白续琳望着杨忠诚和白续珍一行人消失在夜色中，她回到屋里熄灭了煤油灯，从外面东屋的窗台上拿起门锁出了大门，把两扇大门板关上，用锁锁好，然后撒腿向自己的家跑去。

杨忠诚他们带着白续珍连夜越过鬼子的封锁线，在天亮前来到了古月镇刘大山的铁匠铺。现在这里已经是八路军的一个交通站了，是杨忠诚发展刘大山加入革命组织的，昨天夜里他们也是从这里歇脚后出发去闫满庄的。

铁匠都起得早，张翠莲赶紧把白续珍搀扶进屋里。

白续珍有身孕根本走不快，这一路大部分时间都是杨忠诚抱着她走，只有当白续珍感觉不舒服的时候才下地自己走一段儿。好在杨忠诚身大力不亏，两百斤的棉花担子都不在话下，他媳妇这百十斤也累不着他。

杨忠诚他们在刘大山家稍作休息，吃了点东西后就进山了。经过十几里地的山路，天将近中午的时候，他们到达了根据地。

在根据地里，张开疆书记亲自让区里管后勤的同志给他们安排了住处，他们住在一户老乡院子的东屋里。在他们来之前床也安好了，崭新的被子褥子也都铺好了。这间东屋比他们在闫满庄家里住的东屋要宽敞明亮，白续珍很是满意。

说实在的这一路白续珍的心里一直在打鼓，她真不知道杨忠诚会把她带到什么地方去？带到一个什么样的住所里？接下来等待她的生活会是什么样子？后来白续珍心想："反正嫁鸡随鸡嫁狗随狗，杨忠诚带自己去哪里就去哪里吧！这兵荒马乱的年月谁知道明天的日子会是个什么样子呢？"等她到了地方以后，出乎她意料的是她感觉这里还真不错，可以说是超出了她的想象。

白续珍进门后，房东大娘就给他们端过来了洗脸水。房东大娘很热情。白续珍谢过房东大娘后洗了把脸，杨忠诚把她扶上床。

白续珍刚坐好，就从外面进来了两个人。杨忠诚赶紧给她介绍，说这是区里的张开疆书记和区中队里的朱明锐队长。

白续珍赶紧起身想下床。

张开疆书记连忙示意白续珍不要动，然后他坐在旁边的椅子上亲切地对白续珍说："续珍同志啊，你很了不起啊！你是咱们的女英雄啊！我们都知道了，你在敌人的监狱里很顽强，受尽了各种折磨，但是你始终没有屈服。在这里，我代表共产党古月区委向你致敬！"

"我哪有你说的那么了不起啊？书记你太夸奖人了。"白续珍有些不好意思地说。

"现在斗争形势很复杂，有个别的老党员在敌人的酷刑面前都变节了，当了叛徒，你比他们强一百倍、强一万倍，就是很了不起嘛！"说到这里张开疆书记看了看杨忠诚，接着说，"忠诚同志啊，你可是找了个好爱人啊！"

白续珍也看了看杨忠诚，杨忠诚不好意思地憨笑了一下。

"感觉这里怎么样啊？"张开疆书记换了个话题问。

"感觉挺好的。"白续珍回答道。

"那就好，从现在开始这里就是你的家了，你就在这里好好调养，以后有啥困难就让忠诚同志和我说。"

"谢谢张书记！谢谢啦！"

"不用谢，都是自己同志吗谢啥？这都是我们应该做的。你受了那么大的委屈，遭了那么些的罪，组织上是应该补偿你的。"

"也没啥，都过去了。"白续珍谦虚地说。

"你们这一路很辛苦，没白没黑地赶路，你身体还有特殊情况，就先好好休息，我改日再来看你们。"张开疆书记扭头又对杨忠诚说，"忠诚啊，你和续珍同志也分别多日了，肯定有很多话要说，就好好唠唠，我就先走了。"说着张开疆书记站起身来。

站在张开疆书记身后的朱明锐队长也对杨忠诚说："杨班长，我今天放你假了，你就在家里好好陪陪媳妇吧！"说完，朱明锐队长和张开疆书记笑着出了门。

白续珍来到八路军根据地以后不管是住的还是吃的都不错，而且这里的人对她也都很好，尤其是那位房东大娘经常给她送好吃的，还给她炖了一只老母鸡，但是她的身体却出了状况，经常肚子疼，为此杨忠诚还带她到根据地的八路军医院看过。医生说就是怀孕期间太不注意，动了胎气，让她好好休息，慢慢调养，等孩子生下来就好了。

白续珍从医院回来后，房东大娘就跑过来打听白续珍的病情，当听说了医生的话后，她就对白续珍说："孩子，从今天开始你就别下地了，这里里外外的活你大娘我就全包了。"接着她又对杨忠诚说，"孩子你安心回队伍里去，这里有大娘在你就放心吧！"

"那多不好啊大娘，您老也一把岁数了，我不能总让您去受累啊！"

"是啊大娘，我自己能行。"

杨忠诚和白续珍夫妇打算拒绝房东大娘的好意，但是大娘态度很坚决，从那一刻起，大娘就不允许白续珍再下地了，里里外外的活大娘就全包了。

这个大娘是一个军烈属，姓法，她的两个儿子和一个女儿都在八路军的队伍里，去年她的大儿子在一次战斗中牺牲了。大娘人很好，很热心，自从杨忠诚和白续珍住进她们家的东屋里，她就像对待亲人一样对待他们。

一连几天，在法大娘的精心照料下，白续珍感觉身体的情况有些好转。一天下午，她想去茅房上个厕所。她见法大娘不在，就一个人下地出了屋门，一般法大娘要是在是不会让她自己去的。

白续珍快走到茅房门口时，她忽然感觉肚子开始疼痛，而且是拧着劲地疼，白续珍侧身坐在旁边的一盘石磨上，她想缓一缓，可是肚子越来越痛，实在疼得没办法了，她赶紧呼叫法大娘。

法大娘从屋里奔了出来，连声问："咋了孩子？"

"大娘我肚子疼！从来没这么疼过！"白续珍脸上疼出了汗。

法大娘赶紧把白续珍搀扶回屋里的床上，拿过一块毛巾给她擦拭额头的汗水，嘴里关切地问："现在感觉咋样啊孩子？"

"还是肚子疼，很疼！"白续珍说。

法大娘说："孩子你这可能是要生了，你沉住气，别害怕！我这就去医院给你请大夫。"

法大娘出了门后叫了两个邻居大嫂，让他们分别进屋照顾白续珍和去队伍上叫杨忠诚回来，自己则一路小跑地奔着医院而去。

医生和杨忠诚几乎同时进了院子。

白续珍的情况很紧急，羊水已经破了。医生见状赶紧给孩子接生。经过医生的一番忙碌，孩子算是生下来了，还是个男孩，但遗憾的是由于早产，孩子没有活下来。一个鲜活的生命就这样匆匆地来，又匆匆地走了，他还没有来得及睁开眼睛看看这个世界是个什么样子，就离开了这个世界。

杨忠诚和白续珍都伤心不已！

三十

    1945 年 8 月 6 日，美国向日本广岛投下了一颗原子弹。紧接着的 8 月 9 日，美国又向日本长崎投下了一颗原子弹。原子弹巨大的杀伤力瞬间让两座城市化为灰烬。当时仍然在中国各条战线上抗击日本侵略者的广大军民还没有意识到这一事件会产生怎样的后续效应，但是在平陵县的八路军抗日武装却感受到日本鬼子更加疯狂了。

    就在美国轰炸完日本长崎的第二天，驻扎在平陵的日本鬼子就集结了大批日伪军开始对临近南山八路军根据地的村庄进行大扫荡。在闫满庄，村妇救会会长满月娥、农救会会长丁向山、民兵排长金宗武正在组织村民撤退。昨天和闫满庄相邻的王官庄遭到了鬼子的扫荡，很多干部和民兵被杀害和逮捕，抗日组织遭到了破坏。为了避免闫满庄可能遭受的损失，满月娥他们决定今天就组织村民先行转移到就近的山上去。

    闫满庄现在虽然还不算是真正的解放区，但是它却做着解放区的事情。两年前鬼子设在庄头上的炮楼一连被八路军给端了三次。最后鬼子服气了，干脆撤掉了炮楼。鬼子实在是想不通为什么八路军会对炮楼的情况如此熟悉。直到他们撤掉炮楼后得到情报说曾在炮楼里当伪军的曹小五进山当了八路军时，他们才恍然大悟，可一切都晚了。

    关于闫满庄的这些情况，官庄煤矿特务队长满仲哲心里是最清楚的，但是他还是尽量在日本人面前为闫满庄打着掩护。在满仲哲看来，只要闫满庄不做得太过头，他就睁一只眼闭一只眼，毕竟这里是他的家，而且村里的妇救会会长还是自己的亲妹妹。再说了现在日本人的风头早已大不如前了，他们兵源吃紧、兵力分散，很多伪军也开始和他们离心离德，因此日本人对一些事情也是鞭长莫及。

虽然满仲哲为闫满庄打掩护有为了妹妹满月娥的成分，但是满月娥却已经和家里人彻底决裂了。满月娥现在已经是中共党员，她不可能再和一个当汉奸的哥哥，和一个左右摇摆、投机取巧的大地主父亲为伍了，她现在已经搬出满家大院，自己一个人住。

村民从一大早就开始向山上转移，大部分村民都走了，但还有包括满月娥她爹满弘坤在内的十几户人家没有出门。当满月娥得知这一情况后，就立即亲自去督促这些人快点撤离。当然她爹满弘坤她是不用管的，因为满月娥心里清楚即使她让她爹撤离，她爹也不会撤离的，他自恃儿子是特务队长，日本人来了也是不会动他的。

满月娥刚把那几户拿着自家坛坛罐罐，牵着牲口的村民催促出家门，日本鬼子和伪军就包围了闫满庄。顿时庄子四周枪声大作，到处是鬼子军犬的狂吠声，引得村子里的狗也叫了起来，满月娥和那些还没来得及撤退的村民被堵在了庄里。

日本鬼子进庄后就挨家挨户地搜查，他们把没有出庄的人都集合在庄南头的场院里。几十个村民挤在一起，满月娥的父母也在其中。鬼子在人群前架起了一挺机枪，四周站满了端着刺刀的鬼子，还有十几条军犬在狂吠着上蹿下跳，试图挣脱套在脖子上的绳索扑向人群。人群中女人和小孩被吓得瑟瑟发抖。

"你们里面谁是八路干部？谁是民兵？快点主动出来！省得皇军费事！"一个鬼子翻译官冲着人群喊道。

人群一片沉寂，没人说话。

"供出谁是八路干部和民兵的，皇军有赏。"翻译官继续说道。人群依然沉寂无声。

一个鬼子军官见没有人说话，就对翻译官说了一通日语。

"嗨！嗨！"那个翻译官连声应道，然后对人群大声说，"太君说了，大日本皇军是来和你们一起建立大东亚共荣圈的，不伤害中国老百姓。但是如果你们都不配合，那就都不是良民，只有统统枪毙！"

人群里还是一片沉寂。

这时，那位日本军官恼羞成怒了，他一下子拔出腰间的指挥刀，向空中一挥，嘴里喊道："哟西！良心大大地坏啦！统统死啦死啦滴！"

鬼子的机枪手也"哗啦"一声拉动了枪栓。

"慢！慢着啊！别开枪啊！"满弘坤忽然从人群中冲了出来。他三步并做两步跑到了那个日本军官面前，双手作揖说："太君！我可是良民啊！我儿子是官庄煤矿特务队的队长，是给你们大日本皇军效力的。"

鬼子军官不知道满弘坤在说什么，他看了看翻译官。

翻译官和鬼子军官交谈几句后问满弘坤："你的儿子叫什么名字？"

"他叫满仲哲，是山东矿业公司董事长宫泽帷重的手下。"

翻译官又和鬼子军官交谈了几句，然后对满弘坤大声说："太君说了，他不认识什么满仲哲，你要是知道谁是八路干部，谁是民兵就快点说出来，否则统统枪毙！"

满弘坤没想到自己碰了一鼻子灰，他很无奈地用眼睛扫了一下人群，他的眼神正好碰到了女儿满月娥的眼神。女儿的眼睛正在死死地盯着他。他不敢和女儿对视，赶紧低下了头。

那个翻译官见满弘坤没了动静，上来就踹了他一脚，嘴里骂道："不想说就滚回去等死吧！你个老东西！"

满弘坤猝不及防，被一下子踹倒在地。满弘坤毕竟也是六七十岁的人了，这一脚也真够他受的，他双手支撑着身体慢慢地爬起身来，然后步履蹒跚地回到了人群中，此刻他面如死灰，两肩在瑟瑟发抖。

这时，那个翻译官又对着人群大声问道："你们到底是说还是不说？再不说就没机会了！"

人群里还是一片寂静，翻译官看了看那个日本军官。

日本军官不耐烦了，他再次举起指挥刀要下达射击的命令。

"慢着！我就是你们要找的八路干部！"满月娥边说着边从队伍中走了出来。站在她身后的母亲试图拉住她，但没有成功。

满月娥昂着头，大义凛然、毫无畏惧地迎着那个日本军官举在半空中闪着寒光的指挥刀走了过去。

那个日本军官一下子被满月娥这个气势给镇住了，他往后退了一步，慢慢地把指挥刀放了下来，扭头看了看那个翻译官。

"太君，她说她就是我们要找的八路干部。"翻译官用日文对鬼子军官说。

"哟西！哟西！"那个鬼子军官上下打量着满月娥。

"放了这些百姓，他们是无辜的，有什么事情就冲我来吧！"满月娥对鬼子军官大声说道。

鬼子军官不知道满月娥在说什么，翻译官赶忙把满月娥的话翻译给鬼子军官听。鬼子军官又对翻译官说了几句话。翻译官对满月娥说："太君说了，你敢于承认自己是八路干部这很好。只要你再供出村子里其他的八路干部和民兵，皇军就放了你，也放了那些老百姓，否则还是要统统枪毙！"

满月娥看了一眼翻译官，哼了一声，把头扭向一边。

"我看你还是快说了吧，识时务者为俊杰，你长得这么俊俏的一个黄花大姑娘就这样死在这里也未免有点太可惜了！只要你说出了八路干部和民兵，投降了皇军，我保你进城做个官太太，以后吃香的、喝辣的，有享不尽的荣华富贵，你何必跟着那些土八路混呢？将来能有什么出路啊？你看看我……"

"呸！看你？你个愧对列祖列宗的狗汉奸！白瞎了那张人皮！你还有脸在这里劝降我？告诉你！八路军早晚会找你算账，扒了你的皮，抽了你的筋，让你个狗汉奸不得好死！"还没等翻译官把话说完，满月娥就对他破口大骂起来。

翻译官被骂急了，他冲过来就给了满月娥两记耳光，并一脚将满月娥踹倒在地。

满月娥腾地一下从地上站起来，她瞪着愤怒的眼睛看着翻译官，鲜血从她的嘴角流了下来。

"还他娘的不服气？"那个翻译官又抬起了脚，这时满弘坤连滚带爬地冲到翻译官面前，他一把抱住翻译官的大腿央求道："老总不要再打了，她是我的姑娘啊，她的哥哥真是给皇军做事的啊！您老就看在他哥哥效力皇军多年的份上饶过她吧！"

那个翻译官听满弘坤这么一说，就把腿放了下来，他嘴角露出阴险的笑容看着满弘坤说："哎！我说你老小子真行啊！你这是两面下注啊！输赢可都有你家里的份啊！"

"不是的，是小女一时糊涂走了歪路，我这就领她回家去，不让她再干八路了，求您给皇军说说，就饶了她吧！您的大恩大德我们满家永世不忘！"

"你给我滚一边去吧！"翻译官一脚把满弘坤踢出去老远。

满弘坤爬起来还要再去求翻译官，被满月娥喝住了，她大声说："满弘坤！你不要在乡亲们面前丢满家祖宗的脸了好吧？满仲哲当了汉奸，你还嫌满家丢的脸不够吗？"

满弘坤一屁股坐在地上，他面对苍天大喊一声："我满弘坤这都是造的啥孽啊？"

鬼子军官和翻译官说了几句话后，翻译官对满月娥说："皇军让我最后再问你一遍，你说不说谁是八路干部和民兵？如果你不说，那皇军可就对你不客气了！"

"这里面就我一个八路干部，我是村里的妇救会会长。"满月娥说。"那村子里的其他人都跑到哪里去了？"翻译官问。

"不知道！"满月娥很干脆地回答道。

"那好，那就请你把村子里的八路干部和民兵的名单都写下来。"说着，翻译官拿过来一张纸和一支笔递给满月娥。

满月娥接过那张纸来看了看，然后把纸团成一团扔在了地上，轻蔑地说："我不会写字，我也不认识他们。"

"啊……"鬼子军官被满月娥的举动彻底激怒了，他像野兽一样嚎了一声，然后冲着身边的鬼子叽里呱啦地说了一段日本话。

几个鬼子听后，立刻冲过来把满月娥按倒在地，开始哄闹着扒满月娥的衣服。

场院里的人群开始骚动，人们跟着哭喊着的满月娥的娘往前冲。站在四周的鬼子端着明晃晃的刺刀一步步逼向人群，最终人群被迫停下了脚步。满月娥的娘一下子昏死了过去，大家赶紧去顾她，整个人群乱成了一团。

满弘坤起身要去救自己的女儿，却被身旁的鬼子兵几枪托子砸晕在了地上。

满月娥被脱光了衣服吊在了场院旁边的一棵枣树上。

"畜生！坏蛋！你们不得好死！"满月娥扭动着身体大声骂道。

鬼子们发出淫荡的笑声，那位鬼子军官也把指挥刀插回到刀鞘里，一只手抒着下巴，眯着眼睛坏笑着看着满月娥在做抗争。鬼子翻译官背着手在满月娥面前走来走去，忽然他停在了满月娥的面前说："还是快说了吧！再不说，你还会吃苦头的。"

"呸！你个汉奸！你的良心都让狗吃了吗？你就这样看着鬼子折磨你的同胞姐妹吗？难道你没有母亲吗？难道你没有姐妹吗？你这样做就不怕遭到报应吗？你这是助纣为虐，你知道吗？"满月娥对翻译官大声指责道。

"好啊！我看你是不见棺材不落泪啊！我就是汉奸了，咋的？我就助纣为虐了，咋的？我让你骂我！"翻译官说着，就咬牙切齿地从枣树上折下一根树枝要往满月娥的身上抽打。

就在这时，忽然庄外枪声大作，场院边上刚安静了一会儿的日本军犬又狂吠了起来，翻译官赶忙扔掉手里的树枝，拔出了腰间的手枪。鬼子军官一挥手，鬼子们立刻散开，有的就地卧倒，有的占据有利地形，把枪口朝向外面响枪的方向。

"报告！在庄南面发现八路，人很多，漫山遍野的都是！"这时在外围担任警戒任务的伪军进来慌里慌张地向翻译官报告。

翻译官赶紧把这一情况向鬼子军官作了汇报。

鬼子军官听后，对翻译官说了几句话，然后把手挥一下。

鬼子们匆忙地把满月娥从树上放下来，用绳子捆绑好，然后所有鬼子撤出了场院。满月娥也赤身裸体地被鬼子给带走了。

鬼子刚撤走，八路军的队伍就来到了场院里。已经被吓得魂飞魄散的百姓一见自己的队伍来了，都放声大哭了起来。刚刚从地上挣扎着爬起来的满弘坤看到了队伍中的杨忠诚，他上前一把抱住杨忠诚的大腿哭诉道："忠诚啊！咱可是砸断骨头连着筋的姑表亲啊！你表妹月娥让鬼子给抓走了！你们快去救救她吧！"

杨忠诚看着满脸是血的满弘坤也陡然心生怜悯，他赶忙把满弘坤扶起来说："你快回家去吧！剩下的事情你就别操心了。"

"忠诚啊！你可得救救你表妹啊！"满弘坤的媳妇也跑过来拉着杨忠诚的胳膊央求道，"那些畜生不是人啊！晚一步你表妹可就完了！"

"大娘啊，你们都先回家吧，你放心，我们会有办法救月娥妹子的。"杨忠诚说完，赶紧叫人搀扶着满弘坤夫妇回家。

杨忠诚现在已经是平陵县县大队的副大队长了，这次他带领县大队的两个中队参加了这次任务。这几天鬼子很嚣张，对各个村庄的扫荡给我们的组织带来了很大的破坏，让我们牺牲了很多同志，平陵县委根据这一情况，经过和八路军泰山军分区协调，决定打一打敌人的嚣张气焰。这次参加战斗的有泰山军分区驻扎在平陵解放区的一个连，还有平陵县大队的两个中队，以及古月区中队共计两百多人。本来八路军得到的情报是鬼子今天要出动一百多人扫荡闫满庄的邻庄矾硫庄，于是八路军的队伍早早就在那里给鬼子布置好了一个口袋阵。但是狡猾的鬼子临时改变了主意，他们绕过了矾硫庄直奔闫满庄而去。当八路军得知这一情况后，便迅速向闫满庄赶来。

鬼子撤退的速度很快，他们撤向了东锦镇方向，直奔精华公馆而去了。胶济铁路以北还有不少鬼子的驻军，八路军决定停止追击。

经过杨忠诚他们认真分析当前形势，鉴于这几天有不少同志都被捕了，而且都被送进了精华公馆。他们决定先把队伍驻扎在闫满庄，然后请示平陵县委和泰山军分区，看是否能攻打精华公馆，营救出在那里被关押的同志，同时彻底铲除这个恶贯满盈的特务机关。

杨忠诚他们提的意见很快得到了平陵县委和泰山军分区领导的批准。为了保障他们的胜利，泰山军分区还让驻扎在淄博青山区的八路军的一个连赶到王村镇以西设伏，防止鬼子部队增援精华公馆。上级要求杨忠诚他们要速战速决。

接到上级的回复后，杨忠诚他们立即开始着手制订作战计划。

满弘坤回到家后，踉踉跄跄地爬到床上躺下，然后立即让人去找儿子满仲哲。满仲哲一进家门，满弘坤就放声大哭。这个平常在儿子面前装得像个圣人的父亲，此时在儿子面前却委屈得像个孩子。满仲哲的娘也放开了哭声。满仲哲好歹把爹和娘安抚得不哭了，两个老人才把他妹妹满月娥被抓和被折磨的经过从头到尾说了一遍。

满仲哲听后气得浑身发抖，他把几个家丁从外面叫进屋里大声责问道："老爷和小姐挨打，你们都干吗去了？"

几个家丁被吓得浑身瑟瑟发抖，他们都低下头不敢回话。

"别埋怨他们了，就是你在场也不管事，还是快想想办法怎么去救你妹妹吧！"满弘坤带着哭腔说道。

"是啊，快去救救你妹妹，她是光着身子被人带走的。一个大姑娘家，以后可咋见人啊！"说着，满仲哲的母亲又哭了起来。

"哎呀！这都是我造的孽啊！"满弘坤用手摸了一下脸，疼得他赶紧缩回了手，刚才那个鬼子一枪托正好砸在他的脸上。

"爹，娘，我现在就去救我妹妹。"说完，他冲几个家丁吩咐道，"你们好好照顾老爷和太太！要是再有点啥闪失我要了你们的命。"满仲哲说完就出了屋门。

满仲哲一回到特务队，就立刻吩咐手下去打探妹妹满月娥的下落。很快特务们就给满仲哲送来了情报，说满月娥和其他被抓的共党分子目前都被关押在精华公馆里面，至于具体情况就不清楚了。满仲哲得到满月娥的情况后就马上出门赶往宫泽帷重的办公室。

这段时间宫泽帷重一直待在平陵，而且他的行踪很是诡秘，满仲哲发现他总一个人往小古月山跑。在古月山的旁边有一座山叫小古月山。目前古月山是八路军的抗日根据地，而小古月山却一直被日本人占据。在小古月山背面的山沟里有一个鬼子的基地。那个基地是干什么的没人知道，平时那里有鬼子的重兵把守，戒备森严，不允许外人进入。

大约在半年前，宫泽帷重就经常去小古月山的鬼子基地。原来宫泽帷重在平陵的出行都是满仲哲亲自陪同，或是他派特务队的人前去护卫，但是这回宫泽帷重不让包括满仲哲在内的任何特务队的人陪同。

满仲哲不敢打听宫泽帷重的事情，但他又很好奇，于是就私下派赵梓明和徐步达两个人亲自去打探。其实上次闫书伦的"剿共军"团部进驻七星镇的情报就是这赵梓明刺探到的，满仲哲又让赵梓明把这个情报透漏给八路军。使得闫书伦那一次差点送命。本来满仲哲是想借刀杀人，但是他没有想到八路军会放了闫书伦，这让满仲哲很是懊恼。

赵梓明和徐步达在鬼子的基地周边潜伏了好几天，但他们只看到不时有日本军车出入鬼子的基地，其他的一无所获，因为他们根本无法进入基地里面。况且那基地四周没有人烟，他们也无法向其他人打探情报，所以最终只能铩羽而归。不过满仲哲并不死心，他又亲自带着徐步达前去侦察，他太想知道宫泽帷重和这个基地的秘密了，结果他们两个在那里潜伏了整整一天还是一无所获，而且在他们撤退时，还被鬼子基地门口的哨兵给发现了，幸亏他们跑得快才没被抓住，否则后果不堪设想。

事后，宫泽帷重让满仲哲找出在小古月山鬼子基地附近出现的那两个人，这让满仲哲的心里十分紧张，从那以后他就再也不敢刺探小古月山鬼子基地和宫泽帷重的事了。但是那基地的谜团和宫泽帷重一系列反常的举动还是一直萦绕在满仲哲的心头，让他挥之不去。

满仲哲找到宫泽帷重，迫不及待地把他妹妹的事情从头到尾和宫泽说了一遍，他请求宫泽给精华公馆那边说说情，尽快把他的妹妹给放出来。他知道宫泽帷重和精华公馆的特务机关长很熟。但是让他没有想到的是宫泽帷重毫不犹豫地一口就回绝了他。宫泽帷重说："仲哲君，在这件事情上我是无能为力的。现在东京有命令要严惩抗日分子。如果在你妹妹的事情上我出面说情，那就是通共，这样不但救不了你的妹妹，我也会受到影响。另外我也劝告你要和你的妹妹彻底划清界线，你是我们大日本皇军的人，怎么可以和抗日分子有牵连呢？这是很不好的啊仲哲君！"

满仲哲心急如焚，满月娥毕竟是他的亲妹妹啊！他还想再求求宫泽帷重，但还没等他再开口，宫泽帷重就摆摆手说："就这样吧仲哲君，我还有很重要的事情要办，请你先出去吧。"宫泽帷重下了逐客令。

满仲哲只好悻悻地出了宫泽帷重的办公室，他一边走一边心里暗暗骂道："这些鬼子的心都不是他娘的肉长的！一点人情味都没有。这些年我满仲哲给你们拼死拼活地效命，尤其是你宫泽帷重，我对你像亲爹一样孝敬。你吃我的、喝我的，对我任意指使，可我今天有事了，你却冷眼相待，袖手旁观！好！那咱以后就他娘的走着瞧吧！"

三十一

1945 年的 8 月 14 日拂晓，八路军攻打平陵日本特务机关精华公馆的战斗打响了。一时间，精华公馆内外枪声大作，手榴弹的爆炸声此起彼伏，整个精华公馆上空硝烟弥漫。

八路军通过先期侦查得知在精华公馆里面驻守着一个小队的鬼子，人数六七十人。再加上公馆里的特务和汉奸总共算下来也就一百多人，而这次参加行动的八路军正规部队加上地方武装在人数上占有绝对优势，按说战斗应该很快就能结束，但是战场形势却严重超出了八路军事先的预料。精华公馆的围墙和四周的防御工事异常坚固，进攻的八路军没有重武器，仅靠手榴弹的威力根本解决不了问题。再加上精华公馆里的鬼子拼死抵抗，战斗从拂晓开始，一直打到太阳升起一竿子高，近两个小时的时间仍然没能把精华公馆给打下来。八路军的几次冲锋都被鬼子的火力给压了回来，队伍出现了不小的伤亡。

这时，在精华公馆的东面传来了密集的枪声，说明驻扎的王村镇的鬼子已经出动了。如果这样僵持下去，在东锦镇方向驻扎的鬼子也一定会赶来增援，那样情况就万分危急了。经过八路军连长和平陵县大队副大队长杨忠诚紧急商议，决定先停止攻击，立即将遇到的情况向平陵县委和八路军泰山军分区首长报告。

其实杨忠诚他们不知道的是，不仅仅是东锦镇方向驻扎的鬼子，在精华公馆周边其他几个地方驻扎的鬼子也已经接到了增援精华公馆的命令，因为精华公馆是日本人重要的特务机关。此刻，正有一支鬼子部队要经过闫书伦"剿共军"的驻地营区前来增援精华公馆。战场情势远比杨忠诚他们预料的还要紧急。

这次满月娥被日本人凌辱和抓捕,远在平陵城外驻防的"剿共军"团长闫书伦也得到了消息。当他听说满月娥被日本兵扒光了衣服吊在树上的时候心如刀绞。满月娥和闫书伦从小一起长大,可以说是青梅竹马。如果她们闫家和满家没有仇口,如果他们两家不隔教,那满月娥没准和他就是一家人。即使现在在闫书伦的心里也有满月娥的一席之地。尤其是在他落难时,满月娥在庄头上等他,要把全部积蓄送给他,这让闫书伦感动万分,自那以后他就已经把满月娥看作是自己的亲妹子了,并想着有朝一日一定要好好报答满月娥的那份深情。但自从他们那次见面后,他到现在也没有再见过满月娥。至于满月娥眼下干什么,他也是通过这次日本人扫荡闫满庄才知道的。闫书伦也听说了满月娥被抓后关进了精华公馆,他知道精华公馆是个什么地方,他无法想象满月娥会在那里遭到怎样的待遇。闫书伦整整一夜没睡,只要他一闭眼,眼前就是满月娥手里拿着几块银元站在庄头上的样子。

闫书伦早上起来无精打采地一个人坐在椅子上继续想着心事。他今天也没有给早操的士兵训话。伙房送来的饭菜也一直原封不动地放在桌子上。现在的闫书伦和从前比起来确实有了很多改变,他在做事情上也和原来不太一样了。自从上次八路军把他放回来,他就记住了杨忠诚给他说的那句"要摸着良心做事,给后世子孙留个好名声"的话。从那以后,他严令自己的属下不得欺负百姓,不得祸害商家。同时他对日本人的命令也大都是阳奉阴违,遇事能推就推,即使实在推不开,他也是出工不出力。这和翟部投靠日军警备总队的一团形成了鲜明对比。一团积极配合日军进攻八路军根据地,尤其是在配合日军对山东鲁南地区的几次扫荡中特别出力,多次受到日军的嘉奖。

相反,现在日本人对闫书伦很不满意,曾多次在他的顶头上司翟云涛面前告他的状,但是出乎闫书伦意料的是翟云涛却没怎么责怪他,只是把日本人告状的事告诉了他。通过这件事情,闫书伦似乎看出了一些端倪。尽

古月星转

管翟云涛的城府很深，但闫书伦毕竟跟了他这么些年了，还是了解一些的。他越来越发现翟云涛投靠日本人只是权宜之计，带着有奶便是娘的意味，也许翟云涛只是想通过投靠日本人给他自己多出一条个人发迹的道路。

闫书伦正在这里胡思乱想的时候，参谋长王彪走了进来，他看到放在桌子上的饭菜一点没动就问闫书伦："团长，你今天身体不舒服吗？我让司令部的军医过来给你看看吧？"

"不用，我没啥事，就是心烦。唉！"闫书伦说着叹了口气。

"团长，这美国人给日本人吃了原子弹，我看这日本人也应该快撑不住了。要是日本人真撑不住了，那咱下一步该何去何从啊？"王彪有点忧心忡忡地问闫书伦。

"那些事情就交给翟司令吧，他说下一步咱咋办咱就咋办，咱是下属，操那个心干啥？"闫书伦轻描淡写地说道。

"可咱现在这也不能抢，那也不能夺，日本人也不给咱钱了，这军饷也快发不下去了，这样下去可不是个办法啊团长！"王彪抱怨道。

"怎么？你又手痒痒了？告诉我你是不是又背着我去干什么私活了？"闫书伦突然瞪起眼睛质问道。

"没有啊团长！自从你上次和我交代了以后，我就从没有再敢越雷池半步！"王彪赶紧回答道。

"真的没有？"闫书伦用怀疑的眼光看着王彪。

"真的没有啊团长！"王彪拍拍胸脯说。

"那就好！"闫书伦松了口气。

"报告团长，外面有一队日本兵非要从我们的营区穿过去。我们不放行，他们就硬闯，还打人！"这时，有一个卫兵跑了进来报告道。

"日本兵？闯营区还打人？"闫书伦腾地从椅子上站了起来。

"是的，他们非要从我们的营区穿过去不可。"卫兵补充道。

"哪里不能走？偏偏要从这里过？这不是上门来找碴吗？这日本人也他娘的欺人太甚了吧！"闫书伦愤愤地说。

"真他娘的憋气！这啥时候是个头啊？"王彪跺了一下脚。

"是可忍孰不可忍！"闫书伦忽然拔出手枪，把子弹推上膛对王彪说，"走，咱去看看！"

"好！"王彪也拔出手枪，把子弹顶上了膛。

闫书伦和王彪刚出屋门，一个挂着日军少佐军衔的军官就带着一个日本兵和一个翻译官推开团部大门口站岗的卫兵，强行闯进了团部的院子。闫书伦和王彪见状赶紧迎了上去。

那个日本军官气呼呼地站在闫书伦和王彪的面前。

"谁是闫书伦团长啊？"那个翻译官趾高气扬地问。

"我是，怎么了？"闫书伦大声回答道。

"皇军要经过你们'剿共团'的营区去精华公馆，请你们立即放行！"翻译官狗仗人势地命令道。

"去精华公馆有好几条道都可以走，皇军为什么非要从我的营区里穿过呢？难道我自己的驻地就不能清静点吗？"闫书伦问。

"有八路在攻打精华公馆，那里面关押着很多共党分子，情况十分紧急，皇军要去增援，从你们这里经过最捷径，你就别废话了！快点让你们的人让开！"翻译官口气强硬地说。

一听八路军在攻打精华公馆，闫书伦不禁心头一喜。他立刻意识到这是八路军在劫狱，他们应该是在救满月娥啊！八路军这不是在干他闫书伦想干而又不能干的事嘛！闫书伦心想既然是这样那就最好能多迟滞一下眼前的这批鬼子，好让八路军能有充足的时间顺利地把月娥给救出来，于是他就对翻译官说："那就请皇军稍等，我马上去请示我的上司。"说完，闫书伦转身就要走。

"慢着！你不用请示了，你集合队伍跟我一起去精华公馆打八路！"那个日本军官说道。原来这家伙能听得懂中国话。

闫书伦转回身来冲鬼子军官笑了笑说："那可不行，我没有接到我们上峰的命令是哪也不能去的。"

"你是'剿共军'，我就是你的上峰，马上集合队伍，现在就出发！"鬼子军官用不容抗拒的口气说道。

"对不起！我的上峰是翟云涛司令，我只听命于他，别人的命令在我这里都不好使！"闫书伦也语气坚定地说道。

"混蛋！"日本军官忽然怒不可遏地上前一步，抬手就给了闫书伦一记耳光。

闫书伦猝不及防，被打了个趔趄。他用力稳住了脚下，瞬间感觉到嘴里有股咸咸的味道。

"集合队伍跟我去打八路！"鬼子军官怒吼道。

闫书伦用手摸了一下嘴角看了看，鲜红的血液已经把他的手指都染红了。闫书伦一看到自己的鲜血，他的火腾地一下就上来了，怒气直冲脑门，他二话没说抬手就是一枪，嘴里骂道："操你娘的日本鬼子！"

随着"啪"的一声枪响，日本军官当即中弹，一头栽倒在地上。那个随从的日本兵刚想反抗就被王彪一枪也给撩到了。

"长官饶命啊！"翻译官吓得扑通一声跪在地上。

闫书伦身边的卫兵上前缴了翻译官的枪，翻译官瘫倒在地上。

"娘的！欺人太甚啦！敢打老子？老子送你去见阎王！"闫书伦还不解气，他上前用脚狠狠地踢了一下那个日本军官的头。

"团长，鬼子被打死了，咱该咋办啊？外面可还有鬼子呢！"王彪问闫书伦。

"还能怎么办？咱他娘的不再受日本鬼子的气啦！咱反了！"闫书伦怒吼道。

"早就该反了！咱是打日本鬼子起家的，现在非要当什么'剿共军'，让咱里外都他娘的不是人！这日子我早就过够啦！"王彪愤愤地说。

"外面的鬼子有多少人？"闫书伦问身边的卫兵。

"有一百多人。"卫兵回答道。

"快！把一营和二营调过来吃掉它！"闫书伦对王彪命令道。

"是！"王彪应了一声，提着枪转身就走。

外面的鬼子见他们的中队长进去半天还没出来，里面又传出了枪声，也不知道出了什么状况，但是鬼子们在伪军面前骄横惯了，他们根本不会料到他们的中队长此刻已经上西天了，他们还在那里叫骂着要强闯"剿共团"的营区。

忽然，鬼子们发现"剿共军"的人都藏进了掩体，这时他们才意识到情况有些不对，于是也赶紧就地卧倒，但他们还是晚了一步，对面的枪声已经响了，十几个动作慢一点的鬼子立刻就被打中，栽倒在地了。

一时间，"剿共军"的营区前枪声大作。

战斗持续了大约二十分钟，鬼子留下几十具尸体仓皇逃走了。

闫书伦命令队伍不要追击，他对参谋长王彪说："你把副团长孙雨生和几个营长都叫到团部来，你们就在团部等我，我去找翟司令负荆请罪。如果天黑以前我还没回来，你们就自己看着办吧！"说完，闫书伦出了团部的大门，让卫兵牵过马来，翻身上马，独自一人直奔平陵城而去。

就在闫书伦的部队和去精华公馆增援的日军发生枪战的同时，在精华公馆这边，八路军泰山军分区已经把驻扎在平陵县北部长白山的八路军独立团的一个炮兵连给紧急调了过来，看来上面的意思也是要不惜一切代价拿下精华公馆。

随着战斗的再次开始，几十发迫击炮弹相继落在了精华公馆的围墙、大门和周围的防御工事上，敌人的优势瞬间化为乌有了。尽管里面的鬼子和特务还在拼死抵抗，但是在八路军和县大队，以及区中队队员们拼死一战的气势和凌厉的攻势下，这个令人谈之色变、罪恶累累的魔窟终于被彻底摧毁。但是遗憾的是被关押在里面的很多同志都已经遇害了，其中也包括闫满庄的妇救会长满月娥。

原来在八路军攻打精华公馆的十几分钟前，精华公馆的特务机关长忽然接到了日本最高特务机关——日本内务省特高课的密电，让他处决所有关押在精华公馆里的人员。幸亏八路军在此时攻打精华公馆，让日本鬼子和特务们没有腾出手来杀害更多的革命同志。

满月娥昨天下午就被敌人杀害了。敌人杀害满月娥的手段极其残忍。由于满月娥被押进精华公馆后始终坚贞不屈，一直破口大骂鬼子和汉奸特务。敌人把她吊在精华公馆后院的一个铁架子上，割去了她的乳房，划开了她的肚子，最后把一根木棍捅进了她的下身。

鬼子对革命同志令人发指的兽行激起了广大参战指战员的强烈愤慨。平陵县大队一中队长的队长王小虎冲进俘房当中，他用一根木棍发了疯似的击打着那些被俘的鬼子和汉奸，嘴里声嘶力竭地吼道："畜生！王八蛋！"

好几个战士费了半天劲才把他拉了出来。

杨忠诚一直站在旁边，他对王小虎的行为装作没有看见，他的内心又何尝不恨这些禽兽不如的刽子手呢？况且惨遭杀害的人里还有和他家关系一直很好的小表妹。杨忠诚不喜欢满家的人，但是他却很喜欢这个通情达理的小表妹。可就是这样一个读过洋学堂，还没结婚的大姑娘如今惨死在了这些恶魔的手上！如果他不是现在的身份，他可能早就送这些刽子手上西天了！此时在他看来，王小虎的举动也是在替他发泄心头的愤怒。

这时，泰山军分区参加战斗的两个连长走到杨忠诚的面前，对杨忠诚说："忠诚同志，我们的任务已经完成了，这里解救出来的同志和这些俘虏就都交给你们地方去处理吧，我们都要回驻地了。"说完，两位同志就和杨忠诚分别握手告别。

送走泰山军分区的同志后，王小虎走到杨忠诚的跟前请示道："副大队长，接下来的事情咱该咋处理？"

"把解救出来的同志都带到根据地去，安排人把满月娥同志的遗体送回闫满庄，交给她的家人，其他牺牲同志的遗体就先埋在精华公馆后面的山坡上吧！记住要做好标记。"杨忠诚说。

"那这些俘虏咋处理？"王小虎问。

"都押到根据地交给政府审判！"杨忠诚说。

"那些日本鬼子恐怕不好带，他们现在还在寻死觅活地要效忠他们的天皇呢。"王小虎有些担心地说。

"他们实在想死，谁也拦不住，你知道该咋处理。"杨忠诚咬着牙说道。

"我明白！"王小虎说完转身就走了。

随着一阵密集的枪声，不愿意当俘虏的日本鬼子终于被成全了，他们也实现了效忠他们天皇的愿望。

杨忠诚带着县大队和古月区中队的战士背着被解救出来的同志，押着俘虏离开了精华公馆，他们身后的精华公馆淹没在一片火海之中。至此这个日本鬼子设在平陵的最高特务机关——臭名昭著的精华公馆彻底消失了。

就在杨忠诚带着队伍凯旋的时候，闫书伦走进了平陵城翟云涛的司令部。闫书伦来到翟云涛的面前，扑通一声双膝跪倒，双手把自己的配枪托在头顶说："司令，我闯祸了，我把日本人给打了，您惩罚我吧！是枪毙还是把我交给日本人您说了算！"

翟云涛看了看闫书伦，然后拖着长腔说："我说闫团长啊，事已至此了，你就一不做二不休吧！为了防止日本人报复，你就干脆去平陵城南把这股日本兵的老巢给它端了算了！"

闫书伦听后不觉一愣，他心想他还没说啥呢，怎么翟司令就知道他打的是平陵城南的日本兵呢？难道日本人已经找到翟司令了？看来翟司令这是气急了，是在和他说反话。于是闫书伦跪在那里不敢再言语。

其实闫书伦并不知道此时翟云涛说的并非反话，而是他的心里话。善于投机的翟云涛政治嗅觉一向很敏锐。自从美国人给日本本土扔下两颗原子弹后，他就感觉到日本人要完蛋了。在翟云涛看来这个时候他应该做点啥事。本来他打着"曲线救国"的旗号投靠日本人就是受国民党方面的指使，并非他的本意。不管咋说，家仇国恨他是忘不了的。但是他心里也清楚在这种大背景下，他只能听人摆布，自己还决定不了自己的命运。不过关于命运这事他翟云涛还是有点独到见解的，他自认为有时候通过转运也是能改命的，命不是一成不变的。这段时间翟云涛已经打定主意要和日本人决裂了，只是他要等待一个合适的时机。而恰在此时，闫书伦的部队和日军发生了冲突，杀了日本兵。在闫书伦来到翟云涛司令部之前，翟云涛就已经得到了特务队送来的情报，只是关于这一点闫书伦此刻并不知情。

翟云涛见闫书伦跪在那里不出声，就起身走过去把闫书伦扶起来，然后把手枪重新挂在闫书伦的肩上说："闫团长，你认为我是在和你开玩笑吗？不是的。快去吧，机不可失，失不再来，趁着鬼子还没缓过劲来赶紧行动！"

"那司令您怎么向日本人交代啊？"闫书伦有些狐疑。

"我向日本人交代啥？你在他们那里已经反了，如果事后日本人来找我，我就说你连我也反了不就行了吗？"翟云涛说道。

"司令，这、这能行吗？"闫书伦还是有些不太明白。

"放心吧，闫团长，据我看日本人应该大势已去，咱们也到了该改换门庭的时候了，咱和日本人合作本就是权宜之计，你就放开手脚去干吧！但是你一定记住要速战速决，干净利索，别留后患！"翟云涛说完对闫书伦挥了挥手，示意他可以走了。

闫书伦此时才恍然大悟，他才真正领会了翟云涛的意图，于是他高兴地立正敬礼，大声说道："请司令放心！您就等着我的好消息吧！"闫书伦说完，转身疾步出了司令部的大门。

闫书伦快马加鞭赶回驻地后直奔团部。

团部里参谋长王彪和副团长孙雨生，还有三个营长正在焦急地等待着闫书伦。自闫书伦去翟云涛的司令部负荆请罪后，在他们看来闫书伦此去应该是凶多吉少，端着日本人饭碗的"剿共军"一下子打死这么些鬼子，即使闫书伦好向翟云涛司令交代，翟司令也没法向日本人交代啊！

正当王彪等人想派人去司令部打探消息的时候，闫书伦回来了。大家见闫书伦回来都松了一口气，他们迫不及待地询问闫书伦此番去司令部汇报的结果。闫书伦没有作过多解释，而是直接向几位传达了翟云涛司令的命令。那几个人听后一时都有点蒙，他们不知道翟司令葫芦里卖的是什么药，但是命令很清晰，不容置疑，于是大家立刻集结队伍直奔鬼子的驻地而去。

吃了败仗的鬼子做梦也想不到"剿共军"居然把他们给剿了，这些鬼子平日里在伪军面前专横跋扈，说一不二，伪军也是唯唯诺诺，言听计从，今天发生这样的事情实在让他们的心里接受不了。但不管鬼子能不能接受，事实已经如此了。就在鬼子们仓皇逃回驻地，还没缓不过劲来的时候，更让他们意想不到的是"剿共军"的大部队又打上门来了。

闫书伦这次是下了狠心，他要一雪这些年看日本人脸色，吃日本人气，仰日本人鼻息的耻辱，他也要给他死去的大哥翟云波团长报仇，于是他给全团下的命令就是不留活口，杀个痛快。

鬼子在毫无防备的情况下只好再次仓促应战。虽然这些鬼子的战斗意志很坚强，他们也进行了拼死抵抗，但是在士气如虹的第四团凌厉的攻势面前还是很快就败下阵来了。

战后，鬼子营地里尸横遍野、血流成河。有些鬼子誓死不降，即使负伤了还在拼命挣扎，闫书伦正好成全了他们，让他们也尝到了一次自己制定的"三光政策"里面那被"杀光"的滋味。

三十二

　　就在八路军端掉鬼子特务机关精华公馆的第二天，也就是 1945 年的 8 月 15 日，日本裕仁天皇通过广播发表《终战诏书》，宣布日本无条件投降。这是震惊中外的一件大事，它所产生的冲击波瞬间就横扫了整个世界，就好像日本人为了回应美国向他们本土投掷原子弹一样，也向世界舆论投掷了一颗原子弹。

　　日本人以这样的方式迅速地结束战争实在是让人有些措手不及，但是在短暂的茫然之后，大家忽然缓过神来，原来我们中国人胜利了！

　　抗日战争的胜利是中国人民一百多年来在这片古老的土地上第一次取得反对外来侵略斗争的完全胜利，它给苦难深重的华夏大地带来了巨大的变化，人们仿佛在经历了漫长黑夜的等待和煎熬后忽然间看见太阳从东方地平线跃然升起一样，那万丈霞光霎时间照亮了整个大地，打开了人们尘封已久的心扉，让人们眼前的一切都来了一个一百八十度的乾坤大挪移。

　　举国都在欢庆抗战的胜利，人们都在享受着胜利的喜悦。但事情往往就是这样，你那边晴空万里，他那边却阴云密布。你那边喜上眉梢，他那边却愁眉不展。眼下就有这样一群人，他们不但高兴不起来，反而觉得他们的末日到了。这群人就是在日本侵华这些年里为虎作伥，趁火打劫，鱼肉乡里，欺压百姓，好事不做，坏事做绝的汉奸们。

　　从日本投降的那一天，各路汉奸就都成了丧家之犬，他们从趾高气扬横着走的螃蟹秒变成人人喊打的过街老鼠。此刻，他们四处躲藏，四处投靠，有的甚至是隐姓埋名远走他乡。也有一些替日本人卖命多年，自认为和日本人建立了深厚友情的汉奸居然妄想着跟着他们昔日的主子到日本去，结果他们发现日本人如今已经是泥菩萨过河自身难保了，哪还顾得了他们。

就在汉奸们惶惶不可终日，使出浑身解数想摘下头顶上那顶汉奸帽子的时候，同样是顶着汉奸帽子的官庄煤矿特务队长满仲哲却显得很淡定，他既没有要去日本国那种异想天开的想法，也没有远走他乡的打算，他现在正在实施着自己的一项计划。满仲哲认为只要他干完自己计划好的事情，他就可以竖起大旗自立门户了。到那时，他也可以摇身一变成为像闫书伦那样的抗日英雄。

现在满仲哲心里很是佩服闫书伦，他佩服闫书伦有先见之明。尽管他们两家有仇，他恨闫书伦，但这是两码事。首先他没有想到日本人会突然完蛋，其次他没想到闫书伦在日本鬼子完蛋前突然和日本人反目，居然干净彻底地消灭了鬼子的一个中队。要知道鬼子的一个中队可是不好打的。这些年在平陵地界能一次消灭这么多鬼子的战例可不多见！闫书伦因为这一战一下子就成了抗日英雄。他那些跟着鬼子当"剿共军"的黑历史无人再提了。满仲哲搞不清楚闫书伦这是未卜先知还是背后有高人指点。但不管怎样人家现在已经是抗日英雄了。不过在满仲哲看来他现在手里也有自己的王牌，这些王牌一旦成功打出去，他也可以洗去汉奸的罪名，咸鱼翻身，一夜成龙。

满仲哲到底要干什么事情？他的手里到底有什么王牌？原来当满仲哲听到日本投降的消息后，他立即决定要做两件事情。第一件事情就是他要把宫泽帷重和官庄煤矿上的所有日本人给扣押起来，让特务队全面接管官庄煤矿。第二件事情就是他要受降在小古月山日本人军事基地驻防的鬼子，接管鬼子那个基地。他确信那个神秘的日军基地里一定储藏着数量庞大的战略物资。满仲哲心想他如果能够抢先得到鬼子基地里的战略物资，再加上手里财源滚滚的官庄煤矿。他就可以招兵买马，快速扩充自己的队伍，然后自立山头。到那时，就凭着他的财力和军力，他在平陵的地界上也是可以有一席之地的。

满仲哲本来想回家和他老爹满弘坤商量一下，征求一下他爹的意见后再付诸实施自己的计划，可当他看到他爹因为他妹妹满月娥的遇害，悲伤不已、心神不宁的样子，他就决定不和他爹商量了，他要立刻采取行动了。于是满仲哲连夜召集人马，以迅雷不及掩耳之势扣押了人在平陵矿业所的宫泽帷重和官庄煤矿上的所有日本人。

满仲哲扣押了这些日本人后，他才知道宫泽帷重已经给矿上的日本人下达了炸毁官庄煤矿的命令，并且正在往井下运送大量的炸药。好险啊！满仲哲惊出了一身冷汗，他庆幸他及时采取了行动，否则官庄煤矿就被炸毁了，那样他手里就少了一张王牌。这件事情也警醒了满仲哲，他感觉应该立刻接管小古月山鬼子的基地，以防夜长梦多。

为了名正言顺地受降小古月山基地里的日本鬼子，满仲哲先把官庄煤矿特务队改名为官庄镇国民保安大队，并且自封为大队长，然后带上自己的人马就浩浩荡荡地向小古月山进发了。

午后的小古月山依偎在古月山的身旁，远远望去显得十分安详。眼看离着小古月山越来越近了，满仲哲心里开始有些担心。虽说现在日本鬼子投降了，但是他也不敢保证这些平日里骄横无比的日本鬼子就能乖乖地受降于他。他在脑海里思索着到了鬼子基地可能会出现的状况和自己应该采取的应对措施。不知不觉满仲哲的队伍已经接近了小古月山。

当他们离着进入小古月山的那条山沟还有大约二三里路的时候，忽然间从小古月山那边传来了震耳欲聋的爆炸声。那爆炸声使得大地都为之颤抖。满仲哲他们不知道发生了什么事情，都本能地趴在了地上。

爆炸声一直持续了十几分钟才停下来，小古月山方向的半空中腾起了烟雾，那烟雾一直升到山顶，像一朵蘑菇云。一群受到惊吓的乌鸦从爆炸的方向飞来，鸣叫着掠过满仲哲他们的头顶向远处飞去。

"不好！鬼子的基地出事了！"满仲哲一骨碌从地上爬起来对他的手下们喊道，"快！快向着鬼子的基地跑步前进！"

当满仲哲他们到达日军基地在那个山沟入口处时，他们都被眼前的景象惊呆了。整个山沟被爆炸炸下来的大石头全部给堵死了，人根本进不去了。

正在满仲哲他们吃惊不已的时候，忽然从几块大石头的缝隙里爬出来一个满脸是血的日本兵。满仲哲赶紧让人把那个日本兵架到自己的面前来。只见那个日本兵一条腿负伤很严重。他的嘴里在不停地说着日语。满仲哲这些年跟着宫泽帷重和矿上的日本人混，日语水平不断进步，现在他不但能听懂日语，而且能流利地说日本话，他听出了那个日本兵在不停地重复一句话："救我！我不想死！我要回家！"

满仲哲让手下的两个心腹，现在是官庄镇国民保安大队副大队长的赵梓明和徐步达带着人到四处看看还有没有其他活着的人，另外看看还有没有其他的路能够进到鬼子基地里面去。

过了一个多小时的工夫，赵梓明他们都回来了。

"鬼子基地现在是啥情况？"满仲哲迫不及待地问。

"我们从旁边的山坡上绕到了小古月山的山脚下，但那里面全是从山上掉下来的大石头，已经看不到鬼子的基地了，应该是都被埋在石头下面了。"赵梓明回答道。

"真他娘的够绝啊！"满仲哲感叹道。

"大队长，我看鬼子就是想集体自杀，不想向我们投降，这倒省了我们的事了。"徐步达说道。

"你懂个屁啊！"满仲哲看了一眼徐步达骂道。

"大队长，下一步我们该咋办？"赵梓明请示道。

满仲哲望着眼前的爆炸现场，又向小古月山的方向看了看，刚才爆炸产生的那朵蘑菇云还飘荡在小古月山的山顶。

"唉！"满仲哲叹了口气，然后对徐步达说，"你留在这里，安排几个人，从现在开始日夜监控这个区域，不要让任何人靠近，如果有啥情况，立刻向我报告！"满仲哲说完，就让赵梓明带上那个幸存的鬼子，很沮丧地回了官庄煤矿特务队。

徐步达看着满仲哲他们远去的背影，心里很不舒服，他们都回官庄了，却把他和他的弟兄们留在这荒郊野外。他和赵梓明同为满仲哲的心腹，但徐步达明显感觉到满仲哲对赵梓明更好一些，更信任一些，这让他一直耿耿于怀。此刻他也不知道满仲哲为啥这么重视这个鬼子基地，不就是想缴获点鬼子的装备嘛，可现在鬼子已经把基地给毁了，鬼子也和基地同归于尽了，还管它干吗呢？忽然徐步达的脑子一转，他好像明白点了什么，他联想到前段时间满仲哲让他监视宫泽帷重和刺探鬼子基地的事，难道这个鬼子基地里藏着什么秘密？想到这里他丝毫不敢怠慢，马上按照满仲哲的吩咐把鬼子基地给监控起来。

满仲哲回到官庄的特务队后立刻提审那个日本兵。

日本兵被押到满仲哲面前，满仲哲用日语对日本兵进行审问："你是干什么的？基地里面发生了什么事情？"

鬼子兵已经从刚才的惊恐中缓过神来，此时他低头不语，好像根本没有听到满仲哲的问话。

满仲哲冷笑了一下对站在一旁的赵梓明说："拿瓶白酒来！咱得犒劳犒劳这位皇军弟兄。"

赵梓明让一个特务拿来一瓶白酒。

满仲哲说："来，给皇军的伤口消消毒。"

赵梓明从特务手里接过白酒，走上前去让几个特务把日本兵按倒在地，然后就开始往他的伤口处倒酒。那个日本兵瞬间就疼得鬼哭狼嚎了起来，他连连摆手，用日语喊道："不！不要啊！"

"停！"满仲哲冲赵梓明摆了摆手，然后他再用日语问日本兵，"说，你是干什么的？这基地里面到底发生了什么事情？"

"我是基地入口处的哨兵，长官通知我们到里面去集合，我肚子不舒服上厕所回去晚了，后来就发生了爆炸。"日本兵说。

"这个基地是干什么用的？"满仲哲问。

"我不清楚。"鬼子兵回答道。

"来，再给皇军弟兄的伤口消消毒。"满仲哲说。

几个特务又把鬼子兵按住，赵梓明把酒瓶子凑向鬼子的伤口。

"不！不要啊！我说我说！"那个鬼子兵连连摇头向满仲哲哀求道。

满仲哲摆摆手示意赵梓明停下来。

"基地里面有一口井，他们经常往井里面放东西，放的是什么我真不知道。那些外面来的车都是直接开进井口上面建的一座房子里，我们是在外面执勤的，根本看不到里面的情况。"日本兵对满仲哲说道。

满仲哲站起身走到日本兵跟前，从赵梓明手里拿过酒瓶子。

"慢着长官，慢着！我还有话呢。我在基地爆炸前曾听到我们的小队长说过一句'找到涝洼井富了山东省'的话。"鬼子兵赶紧战战兢兢地补充道。

"涝洼井？找到涝洼井富了山东省？"满仲哲的心里猛地为之一振，他心想难不成鬼子这个基地里是日本人的一个金库？怪不得宫泽帷重最近总往那里跑啊？原来满仲哲一直认为这个基地里储藏的应该是军用物资，看来他可能猜错了。此刻满仲哲心想这个基地如果真是日本人的一个金库，那这个金库里可能藏的就是日本人这些年在山东搜刮的财富，现在他们战败了，无法带走这些财富，于是就采取这种极端的方式把基地炸毁，把这些财富都封存在了涝洼井里。"好聪明的日本人啊！"满仲哲感慨道。

"大队长，这个日本鬼子说了些啥啊？"赵梓明听不懂日语，他很好奇地问满仲哲。

满仲哲没有理会赵梓明的问话，他说："先把这个鬼子兵带走看起来，然后把宫泽帷重给我带过来！"

在满仲哲看来，宫泽帷重一定知道涝洼井的秘密。满仲哲甚至怀疑这个涝洼井有可能就是山东矿业公司的金库。山东矿业公司的旗下不仅有官庄煤矿这一家企业，还有包括山东境内的旭华、明秀等众多煤矿，那里面的财富数量就可想而知了，怪不得鬼子说"找到涝洼井富了山东省"呢！

宫泽帷重被带到了满仲哲的面前。

"宫泽先生，你这几天过得还好吧？"满仲哲用日语貌似关切地问道。

宫泽帷重没有回答满仲哲的问话，而是一屁股坐在了满仲哲对面的椅子上，然后从兜里掏出一盒香烟，从里面抽出一支点上，跷起二郎腿，目光斜视，悠闲地吸了起来。

宫泽帷重这副俨然还是老长官的姿态让满仲哲心里很不爽，但他并没有发作，而是笑了笑继续说道："宫泽先生，你现在要认清形势啊！你们的大日本帝国已经战败了，你现在已经不是我的老板了，你明白吗？"

宫泽帷重依然悠闲地吸着烟，根本不正眼看满仲哲。

"只要你告诉我小古月山基地的那个涝洼井里藏的是什么，我就立刻放了你。"

听到满仲哲提到涝洼井，宫泽帷重不由得眉头一皱，但是他很快就把眉头舒展开来，继续把烟放在嘴边，不时地把烟雾吸进嘴里，然后再吐向空中。

"大队长，对于这种老鬼子，我看不用重刑是撬不开他嘴的！"站在一旁的赵梓明虽然听不懂满仲哲问宫泽帷重什么话，但他看到宫泽帷重的这副做派实在有些忍无可忍了。

"宫泽帷重，你听到了吗？我是可以对你用刑的，但是念在我们共事多年的份上，我还是不想那样做的，我看你还是如实地说了吧！"满仲哲说。

宫泽帷重把烟从嘴边移开，瞟了一眼满仲哲，鼻子里"哼"了一声，嘴角露出一丝轻蔑的微笑，然后他又把香烟放在嘴边。

"大刑伺候！"站在满仲哲身旁的赵梓明实在是忍不住了，他对门外的人喊道。

几个人立刻涌进屋来，上前就要对宫泽帷重动手。

"慢着！不要对宫泽先生动粗。"满仲哲抬手制止了自己的手下，然后他走到宫泽帷重的身边用手拍了拍宫泽帷重的肩膀，就像从前宫泽帷重用手拍他那样，然后说，"我想宫泽先生应该是个明白人，因为你毕竟还是做过伪满洲国民生部次长的人，不像我们这些没见过世面的粗人做事情不考虑后果。我们中国有句古话，想必宫泽先生听说过，那就是'识时务者为俊杰'。请宫泽先生回去再好好想想吧！想好了再告诉我也不迟。但是在这里我要再次提醒宫泽先生，你要记住你现在是我的阶下囚，而且那小古月山基地也在我们平陵的地界上，那涝洼井里的东西你也带不走了，我有足够的时间等宫泽先生开口说话，你就看着办吧！"说完，满仲哲冲身边的人一招手说，"把宫泽先生带回去！"

宫泽帷重被人带出了审讯室。

宫泽帷重被带走后，赵梓明问满仲哲："大队长，这个老鬼子中国话比我说得都好，你干吗和他说日本话啊？"

"不该你问的就不要问！"满仲哲瞪了一眼赵梓明。

"是、是！"赵梓明赶紧点头认错，接着他又不无担心地对满仲哲说，"大队长，你问他话他又不开口，那咱下一步该咋办？"

"按说我们是可以对这个老鬼子用刑的，但是你也知道这些年他对我还是有过一些小恩小惠的，人非草木，孰能无情？我的心里还是有些下不去手啊！"满仲哲有些无奈地说。

"大队长您真讲义气，这个我们都理解，可我和这老鬼子没啥瓜葛，我下得去手啊！你告诉我想问他什么？让我去问不就行了吗？你放心！我一定能撬开他的嘴！"赵梓明拍了拍胸说。

"算了吧，你就是对他动刑也不一定撬开他的嘴。我跟了他这么多年，对他还是了解一些的，他可不是一般人物。他出身高贵，做过高官，而且信奉武士道精神，是不会轻易向我们屈服的。再说了他年纪也不小了，如果我们在用刑时掌握不好分寸再出点什么意外那可就不好办了，留着他还有用呢。"满仲哲说。

"那咱可不能就这么和他耗下去啊？"赵梓明挠了挠头。

"办法还是有的。"满仲哲自信地说。

"啥办法？请大队长快说。"赵梓明迫不及待地问。

"你们从现在开始停止供应他的吃喝。人是铁饭是钢，一顿不吃饿得慌，就让他用武士道精神和饥饿去较量一下，我就不信他肯把自己饿死？放心吧，他会开口的。"满仲哲胸有成竹地说。

"还是大队长高明啊！我这就去安排。"赵梓明说完就转身走了。

满仲哲回到办公室后又让人把那个日本伤兵给他带来。

那个日本兵战战兢兢地来到了满仲哲的办公室。

满仲哲让身边的人都退下。然后他拿出纸和笔，让日本兵把基地里的地形图画出来，尤其是要标明涝洼井的确切位置。那个日本兵凭着记忆画了一张图纸。

满仲哲从日本兵手里接过那张地形图，图纸上标明了基地在小古月山脚下的方位，基地里面的建筑，还有涝洼井在基地里的位置。满仲哲反复地看了半天，他忽然从身后的厨子里又拿出来一瓶白酒。

满仲哲的这一举动吓得鬼子兵连连摆手，他急忙从满仲哲的手里拿过地形图，又在上面标上了基地和涝洼井的大小尺寸，然后再次把图纸递给满仲哲。

满仲哲笑了笑，然后吩咐人进来把鬼子兵带走。

鬼子兵走后，满仲哲看着手里的地形图，陷入了沉思。他现在心里是很矛盾的。在他看来小古月山鬼子基地里的涝洼井是一座金库应该是板上钉钉的事了，让宫泽帷重开口也只不过是了解一下金库里面到底放了些什么东西而已。可是眼下更重要的是就凭他现在的实力，他即使找到了涝洼井，得到了那些财富他也不见得能守得住，那应该是一笔巨大的财富啊！现在虽然日本人投降了，但外面的形势依然凶险莫测。要知道"人为财死，鸟为食亡"，弄不好这笔财富会给他招来杀身之祸的。想到这里，满仲哲感觉到有点后背发凉。

宫泽帷重已经被饿了四天了，但是他还是没开口。赵梓明有点沉不住气了，跑到满仲哲的办公室向满仲哲请示："队长，宫泽帷重这个老鬼子还不开口，我们该咋办啊？"

"还能咋办？继续饿！"满仲哲说。

"那他要是饿死也不说呢？"赵梓明担心地问。

"我想是不会的。战争结束了，像他这个身份的人是不可能不想回日本的。"满仲哲看了一眼赵梓明后很自信地说。

正在这时，有人进来向满仲哲报告："报告大队长！外面来了一辆汽车，有国民党平陵县党部的人要见您。"

满仲哲的心里咯噔一下子，他不知道此时平陵县党部的人来找他干吗。"他们该不会是来清算我的吧？但是不会这么快啊？"满仲哲心里泛着嘀咕。

"大队长，让他进来吗？"报告的人问。

"请！快请！"缓过神来的满仲哲赶紧站起身来迎接。

一个穿着便装，胸前戴着国民党党徽的人领着一个随从走进满仲哲的办公室。

满仲哲赶紧让座，并安排人泡茶。

来人递上一份公函说："满大队长不必客气！我们县党部这次来人是要带走被你们扣押在矿上的日本人，请务必给予配合。"

"带走日本人？"满仲哲感觉很意外。其实满仲哲本就想等搞清了鬼子基地的事情后就把这些日本人都交给国民政府，并且要向国民政府汇报他是如何保卫官庄煤矿的，以此向国民政府表功，争取赎罪的机会，可他没想到今天国民政府就上门来要人了。

古月星转

"我们本来就是要把他们交到县党部去的，只是中间有点事情给耽搁了，实在是抱歉！"满仲哲赶紧解释道。

"现在交也不迟啊满大队长。"来人说。

"但是在这些日本人里面有一个叫宫泽帷重的，我们和他还有矿上的一些事情需要交接，您看可否让他再在我们这里多待几日，等我们交接完工作后，我会亲自给县党部送人过去。您看如何？"满仲哲很卑微地和来人请求道。

"这个恐怕不行！我们是接到上级命令来接人的，尤其是这个宫泽帷重今天必须得跟我们走！"来人的语气不容商量。

"这个……"满仲哲不知道再怎么说了。

"请满大队长放心，你抓捕日本人，收回和保护官庄煤矿，县党部是清楚的，是会表彰你的，现在就请你配合我们的工作吧！"县党部的人说道。

满仲哲此刻心里明白，话说到这个份上，也没有什么可商量的余地了。国民党县党部可是眼下谁也不敢怠慢的主。抗战胜利了，国民党士气如虹，况且他满仲哲还有短处在人家手里，他只好乖乖从命。

宫泽帷重一行人都被带到了煤矿的空地上，县党部的人开始轻点人数，包括那个日本伤病员在内一共是二十一个人。县党部的人给满仲哲出具了一个手续，然后就让这些人上车。

在宫泽帷重即将登车时，他却停下脚步，然后走到了满仲哲的面前拍着满仲哲的肩膀，嘴角露出轻蔑的微笑说："仲哲君，谢谢你这些天对我的关照，我是不会忘了你的。"

"你不忘又能怎样？"满仲哲也轻蔑地回击道。

"哼！"宫泽帷重哼了一声接着说，"满仲哲，在我看来我们大日本皇军此次大东亚圣战不是败在了你们中国人手里，你们中国人里面像你这样的人太多了，你们是打不败我们的。我们日本人尊重胜利者，但你们不是胜利者。请你相信我说的话，我们大日本皇军还会回来的，大东亚共荣圈早晚会建立起来的，这官庄煤矿也终有一日还会回到我们日本人的手里！你们就等着吧！"

"去你娘的吧！"满仲哲实在有点忍无可忍了，他抬起手来就想扇宫泽帷重一记耳光。

宫泽帷重看满仲哲被激怒了，他并不躲闪，而是扬起脸来等着满仲哲的手落下。

满仲哲迟疑了一下最终还是把手放了下来，他冷笑了一声对宫泽帷重说："老鬼子，你以为我们和你合作就是真心的吗？那叫委曲求全，明哲保身好吧！我们中国文化你们日本人是永远也搞不懂的。我们做事看的是结果，而不是过程，现在的结果就是你们战败了，不管你认为是被谁打败的，反正你们都要从我们这里滚蛋。你想再回来，那好啊！我还在这里等着你！但是我要告诉你的是，你们最终的结局还是要滚蛋！"

宫泽帷重听了满仲哲的话，没有再说啥，他摇了摇头，转身上了车。

宫泽帷重走后，满仲哲站在原地半天不说一句话。赵梓明赶紧过来安慰满仲哲道："大队长，一个阶下囚，你和他生啥气啊！"

满仲哲没有搭理赵梓明，而是抬腿回了办公室，然后把屋门关上，一个人静静地坐在那里。他的脑子里在飞快地想着下一步该怎么办，在满仲哲看来这才是大事，这攸关他的命运和前途，至于宫泽帷重刚才说的话他已经顾不上去生气了。

满仲哲眼下确实有太多事情需要认真考虑了。现在矿上的日本人都被国民党县党部带走了，满仲哲手里少了一张向国民政府邀功请赏的王牌。小古月山鬼子的基地已经被夷为平地了，虽然他知道了涝洼井的秘密，但是那井已经被深埋在地下了。现在他手里的资本能看得见的就是官庄煤矿和他手下的这几十号弟兄了。可就凭着现在这点本钱，即使他自立门户也成不了什么气候。如果真的再有人清算他做过汉奸的事那麻烦可就大了！满仲哲想了半天也没想出个好主意来，最后他还是决定回家和自己的老爹满弘坤商量商量再说。

古月星转

三十三

现在闫满庄的满家整个院落都被笼罩在一片悲凉的气氛当中。满弘坤整天像掉了魂似的，从前那种乡绅和地主的做派在他身上再也找不到了，他整天坐在那里长吁短叹。满月娥的死对满弘坤刺激很大，虽然他们父女俩政见不合，但那毕竟是他自己的亲生女儿啊！满弘坤曾经有两个女儿，但是他的大女儿在十岁时生病夭折了，他没想到现在他的小女儿也没了。

当八路军县大队的人把女儿满月娥的遗体抬进满家大院的时候，满弘坤根本不敢直视。他媳妇看到女儿的尸首后就昏死了过去，醒来后就一病不起，嘴里总是不停念叨着："报仇！报仇！"

满弘坤在自己家的地里给女儿修了一座坟，然后把女儿埋葬了。

这几天，只要满仲哲一回到家里，他的娘就会拉着他的手不停地说："报仇！报仇！给你妹妹报仇啊！"

满仲哲回到家里后先去看他娘，他刚走进屋门，他娘就挣扎着从床上坐起来，抓住他的手又不停说："报仇！报仇！给你妹妹报仇啊！"

"报仇！你放心娘！我一定给我妹妹报仇。"满仲哲应道。

满仲哲嘴上虽然是这样说，但是他心里却在想鬼子都投降了，都回日本国了，他找谁去报仇啊？再说了月娥的死要怨也只能怨她自己不听话，非得跟着共产党走。如果她不去抗日，那人家日本人能杀她吗？但是这些话他此时是不敢和他娘说的。

满仲哲安抚好他娘后就去见他爹满弘坤。满仲哲进了满弘坤的书房喊了声"爹"。

满弘坤靠在一把太师椅上没有应声，甚至连眼皮也没抬一下，好像他根本就没有看到满仲哲进来一样。

满仲哲搬了把凳子坐了满弘坤的跟前。

过了一会儿，满弘坤抬起眼皮看了看满仲哲问："你现在咋样了？"

满仲哲听满弘坤这样一问，就把这几天他做的和遇到的事情和他老爹从头到尾详细地说了一遍。

"我真没想到这日本人说完就完了，这'满洲国'也没了。唉！"满弘坤叹了口气。

"日本人完了，咱的靠山也倒了，现在咱的手里就一个官庄煤矿和我手下的那几十号弟兄了。要是国民政府或者是八路军想要咱的官庄煤矿，那就凭我手里的这几十条枪也是守不住啊！咱下一步可咋办啊爹？你还是赶快给儿子拿个主意吧！"满仲哲忧心忡忡地说道。

"你现在只有再去找个靠山了。常言道：背靠大树才可以遮风挡雨，背靠大树才好乘凉啊！"满弘坤说。

"我倒是想啊爹！可就眼下这种情势，我去哪里找啊？这找靠山可不是一件容易的事啊！"满仲哲有点迷茫地说道。

"没有那么难，靠山不是现成的嘛！现在日本人完蛋了，国军和八路军还在啊，你在两者之间选一个就是了。"满弘坤说。

"那我选谁？"满仲哲问。

"我看你只有选择国民党了，八路军你是不能去投奔的。你在八路眼里就是个汉奸，你去投奔他们就等于自投罗网。再说这国共合作也就快到头了，这国军和八路军迟早是要打起来的。在我看来八路军是打不过国军的，蒋介石有美国人撑腰，这最终的天下一定是国民党的。"满弘坤说。

"我要是去投奔国民党，就我目前的这个身价他们也不一定能放过我啊？他们现在也在惩治汉奸呢！"满仲哲很担心地说。

满弘坤听后沉吟半晌后对满仲哲说："我看你就去平陵县城投奔翟云涛吧！在我看来，翟云涛既不是共产党，也有别于国民党。我一直感觉他那个人不简单，他深谙世故、八面玲珑，曾经游走在日本人和国共两党之间，这些年是始终立于不败之地。我听说他最近正在招兵买马，扩充他的特务队。这是一个好机会，他应该需要你这样的人。"满弘坤有点自负地说。

"可是现在我们的仇家闫书伦是翟云涛身边的红人，有闫书伦在，翟云涛不一定会要我。就算他收留了我，那闫书伦能不使坏吗？这样一来还能有我啥好果子吃？"满仲哲顾虑重重地说道。

"红人不红人的都是一时的事。再说了，事在人为，只要你干得好，将来翟云涛更赏识谁还不一定呢！你不要小看你手上的那张鬼子基地的图纸，那可是一份藏宝图啊！再加上这官庄煤矿。我相信这些东西都是翟云涛眼下最需要的。另外这冤有头债有主，我想翟云涛是不会因为你和闫书伦有仇就把你拒之门外的。作为一个高明的长官有时候是需要手下之间有一些矛盾的，这个道理你应该懂。去吧，别再犹豫了。"满弘坤说完摆了摆手。

"那好吧，那我听爹的，我明天就去平陵城投奔翟云涛。"满仲哲说完就退出了满弘坤的房间。

抗战胜利后，盘踞在平陵城的翟云涛迎来了他人生的高光时刻，他现在可以说是春风得意、踌躇满志，在平陵的影响力也是如日中天。翟云涛这个人最擅长的就是政治投机。这些年他在平陵盘踞地盘，保存实力，在各种势力之间见风使舵，巧妙周旋，捞得了不少好处和实惠。现在日本人投降了，翟云涛也不用再打着什么"曲线救国"的旗号投靠日本人了，他又摇身一变成了抗日英雄。如今国民党已经委任他为国民政府山东省第十二专区行政专员兼保安司令、济南城郊保安司令，而且他的头上还有了一个第二绥靖公署少将高参的头衔。

现在翟云涛手下投靠日本人的队伍都已经归了建制。翟云涛曾在平陵城最好的酒店设宴迎接自己属下的归来。他在酒席上还特别重赏了四团团长闫书伦，因为闫书伦在日本人投降前消灭了驻扎在平陵境内的一个鬼子中队，打了一个扬眉吐气的漂亮仗。驻扎在平陵城南的这个鬼子中队骄横了多年，犯下了众多罪行。它的覆灭让平陵老百姓出了一口恶气。闫书伦的这反戈一击在社会上赢得了广泛赞誉，国民党的《中央日报》都刊登了这件事情，一时间让翟云涛风光无限。

翟云涛把队伍都招回来以后，他决定还要进一步扩充自己的队伍，进而扩大自己的地盘和势力范围。在翟云涛看来，这年头只有人多、地盘大，腰杆子才会硬，说话才更有分量。

翟云涛从起家到现在，他对特务队就情有独钟，他的部队里现在已经有了十个特务大队，但是他觉得还是不够，这次他要再成立三个特务团和一个特务总队。他要把那些曾经跟着日本鬼子做特务的人，尤其是那些特务精英都笼络到自己麾下。在翟云涛看来特务队非常灵活，能做很多正规部队做不了或者做不好的事情，尤其是在对付八路军地方武装和革命群众上，特务队发挥的作用很大。现在的翟云涛已经彻底撕下他的伪装，完全露出了他的反共本性，他毫不掩饰地成为国民党反共的急先锋，他已经把消灭共产党当成了自己的政治信仰。

翟云涛的野心很大，他感觉凭着自己的本事小小的平陵县是盛不下他的，甚至他认为山东省也不够他施展才华。他想他应该可以在南京总统府、在蒋委员长身边有个位置。他现在正在为自己这一既定目标的实现疯狂地努力着。翟云涛竖起了招兵买马的大旗，抛出了加官晋爵的诱饵，这对于眼下那些惶惶不可终日、不知道明天会在哪里、东躲西藏，一天到晚都在担心八路军和国民政府会来清算他们的汉奸特务无疑是一场及时雨，于是他们蜂拥而至，在几天的时间里，从四面八方前来投靠翟云涛的汉奸特务就有一千多人。

翟云涛见此情景心情大悦，但更让他高兴的是他接到南京军统局副局长戴笠亲自打来的电话。戴笠在电话里对翟云涛近期的表现大加赞赏，并表示南京国民政府军事委员会调查统计局已经把翟云涛的特务组织列入了编制，而且要给他编列经费。同时戴笠叮嘱翟云涛山东是一处兵家必争的战略要地，现在共产党的八路军在山东异常活跃，严重威胁到了国民政府的安全。他希望翟云涛能经营好山东的特务组织，好好为党国效力，今后如有重大事情可以越级向他直接汇报。

能够接到戴笠戴老板亲自打来的电话，聆听戴老板的教诲让翟云涛欣喜若狂。其实翟云涛也是刚刚通过关系结交上戴笠的。为了结交戴笠，他还是费了不少工夫，托了不少的关系，也花了不少的金钱。功夫不负有心人，金钱能使鬼推磨，翟云涛最终还是搭上了戴笠这根线。翟云涛把戴笠和他说的每一句话都记在了心中，他决心严格按照戴老板的指示去做事情，他要抱紧戴笠的大腿，靠紧军统局这棵大树，只有这样他才能真正得到戴老板的赏识。翟云涛深知戴笠是蒋委员长身边的红人，如果他能够成为戴老板身边的红人，那他的那些想法就可能实现了。一想到这些，翟云涛就难捺心头的兴奋。

一天上午，翟云涛刚忙完手头的事务，一个侍卫进来报告说外面有官庄镇国民保安大队大队长满仲哲求见。

"官庄镇国民保安大队？满仲哲？"翟云涛有点纳闷，他是济南城郊保安司令，整个平陵县都是他的辖区，他怎么没听说官庄镇有个保安大队啊？翟云涛忽然想起来了，这个满仲哲他是听说过的，满仲哲是官庄煤矿特务队的队长。同时他也想起来了，他的属下闫书伦还曾经因为和满仲哲家的恩怨袭击了官庄煤矿二矿。那一次日本人进行了疯狂的报复，他的亲哥哥翟云波还丢了性命。

"司令，还让他进来吗？"侍卫请示道。

"让他进来！"翟云涛大声说道。

其实这些年，翟云涛一直想找日本人给他哥哥报这个仇，但就是因为官庄煤矿是大名鼎鼎的宫泽帷重亲自经营的，背后有日本军队撑腰，他始终没有找到合适的机会。现在日本人走了，他也没法找日本人报仇了，但是这个满仲哲今天送上门来了，这不是天堂有路他不走，地狱无门自来投吗？看来这笔账我就和你满仲哲算一下啦！翟云涛心里愤愤地想。

"翟司令好！官庄镇国民保安大队大队长满仲哲前来拜见司令！"满仲哲进屋后满脸堆笑地向翟云涛拱手问好。

翟云涛没有说话，他上下打量了一番满仲哲，只见满仲哲仪表堂堂，气度不凡，和他自己心里最初的想象有点不一样。

满仲哲也是第一次见到翟云涛，他见翟云涛身材魁梧，面容白皙，身着国民党少将军服，很有派头，不免心中一喜。满仲哲从心里就不喜欢，也看不上那些相貌丑陋，一身匪气的当权者。

"司令公务缠身，还能抽出时间来接见晚辈，晚辈实在是感激涕零！"满仲哲见翟云涛没说话，就又谦卑地说道。

"官庄镇国民保安大队？我是济南城郊保安司令，我怎么没有听说过在官庄有这么个保安大队啊？难道你的上峰是八路军不成？"翟云涛目光犀利地审视着满仲哲。

"司令您没听说过就对了，因为我们也是刚改的名字，我们原先是叫官庄煤矿特务队，现在鬼子投降了，我们也就改了名字。"满仲哲说。

"哦！原来你们就是那个给日本人看家护院的汉奸特务队啊！"翟云涛不屑一顾地说。

"当年日本人占领了大半个中国，在他们风头正盛的时候，我们和他们硬碰硬是不行的，我们也是遵照蒋委员长的指示，走的是'曲线救国'的道路。这些年里我们特务队一直保卫着官庄煤矿免受八路军的破坏，所以我们和很多曾经与日本人合作过的人一样不是汉奸。总不能说和日本人合作过的人就都是汉奸吧？这是晚辈仲哲的愚见，还请司令明察！"满仲哲不卑不亢地说道。

听了满仲哲的话，翟云涛心里很不舒服，他听出来了满仲哲这话暗有所指，但他又不好反驳和发作。确实他翟云涛就是曾经和日本人合作过的，他当年打的旗号就是"曲线救国"，他总不能说自己也是汉奸吧？看来这个满仲哲是有点水平的。

翟云涛又上下打量了一下满仲哲继续问："好像我和你素不相识，不知道满队长此来有何贵干？"

"报告司令！我就开门见山地说吧，今天我满仲哲是慕名而来，我是带着自己手下的弟兄们前来投奔司令的。现在虽然日本人投降了，可这天下还远未太平，我们想跟着司令您在这乱世之中闯荡出点名堂来。"满仲哲立正说道。

"投奔我？可是我这里现在已经不缺人手了呀！再说了有我翟某人坐镇平陵城，在官庄附近就有我的驻军，官庄那里也是根本不需要什么国民保安大队的。"翟云涛说。

"翟司令现在在平陵，乃至整个济南府的威名可以说都是如雷贯耳，皓月当空，此番竖起招兵买马的大旗，前来投奔司令的人一定是蜂拥而至，摩肩接踵，而且其中也定会不乏饱学之士和济世之才。这也正常，常言道，良禽择木而栖，贤臣择主而侍，都是出来混的，谁不希望投奔个明主，以期出人头地呢？仲哲不才，也亦非贤臣，但翟司令您却是真真正正的一位明主。仲哲做特务多年，自信不会让翟司令失望，所以实在是不想错过这个难得的好机会！"满仲哲一脸虔诚地说道。

"你说这话，我实在不敢当，但是我确实不缺人手了，你还是另谋高就去吧！来人，送客！"翟云涛显然没有被满仲哲表现出来的虔诚打动，他说完站起身来吩咐侍卫道。

"司令且慢！容仲哲再禀，我知道司令您可能已经真的不缺人手了，但现在我的手里有两样东西，想必是司令手里没有的，而且是十分需要的。"满仲哲自信地说。

"你手里有我十分需要的东西？那我倒要看一看。"翟云涛对要请满仲哲出去的侍卫摆了摆手说，"先等等，让他说完再走。"

翟云涛本来是想打发满仲哲出去，再派人把他抓起来，然后交给闫书伦，他要让闫书伦和满仲哲好好清算一下他哥哥翟云波被杀的这笔账。但他听满仲哲这么一说，出于好奇，他就想再听听满仲哲还想说些什么。

"司令，我能坐下来说吗？"满仲哲请求道。

翟云涛犹豫了一下，然后用手指了一下旁边的椅子说："可以，那就坐下来说吧。"

满仲哲从容地在椅子上坐了下来。翟云涛也坐回到座位上。

"那就请满大队长快快说说你手里有什么东西吧！也让好让我开开眼。"翟云涛说。

"司令，我现在手里有两样东西，一样是我从日本人手里接管的每天都在源源不断出煤的官庄煤矿，还有一样……"满仲哲停了一下，他抬头看了看旁边站着的侍卫。

翟云涛心领神会，他对侍卫摆摆手说："你先下去！"

等侍卫出去后，满仲哲拿出那张鬼子兵画的小古月山日军基地的图纸递给翟云涛。

"这是什么？"翟云涛接过图纸问。

"一张藏宝图。"满仲哲很神秘地说。

"藏宝图？什么藏宝图？"翟云涛看了看手里的图纸，又瞪着眼睛看着满仲哲，很好奇地问道。

满仲哲看翟云涛对这张藏宝图很感兴趣，就把鬼子基地里关于涝洼井的秘密告诉了翟云涛。

翟云涛听后感到很震惊。他就是平陵人，日本人在自己的眼皮子底下干了这么大个事情，他居然一无所知。甚至鬼子在小古月山建基地的事情他都不知道，翟云涛心想："看来他早就应该扩大自己的特务队了，这就是情报工作的缺失啊！"

翟云涛反复地看着手里的那张图纸，自言自语地重复着鬼子说过的那句话："找到涝洼井，富了山东省？找到涝洼井，富了山东省？"忽然他抬起头来有几分狐疑地问满仲哲，"你说的这个事情到底有多大的可信度啊？"

"司令，在我看来涝洼井是鬼子金库这事应该是板上钉钉的，而且我感觉里面的财富数量一定很惊人，否则日本人也不会下这么大力气，做出这么决绝的事情。司令您也知道宫泽帷重那可不是一般的日本人，他亲自操刀的事情能小了吗？"满仲哲说。

翟云涛点了点头，忽然他又警觉地问，"这事情都谁知道？"

"请司令放心，现在知道这件事情的只有您和我，另外还有宫泽帷重和那个负伤的日本兵。其他那些知道基地秘密的人都和那个基地一起被埋在地下了。我感觉那个幸存的日本兵也一定逃不过宫泽帷重的追杀。"满仲哲回答道。

"那就好。这件事情知道的人越少越好。"翟云涛说完后把侍卫叫了进来吩咐道，"立即准备饭菜，我要宴请满仲哲大队长。"

满仲哲也没有推辞，在满仲哲看来翟云涛改变对他的态度也是意料之中的事情。那官庄煤矿日进斗金，那涝洼井金库价值连城，放在谁的面前眼睛都会放光。他满仲哲现在就是势单力薄，无法驾驭这些东西，否则这一切都应该是他的。

此时的翟云涛也早把给哥哥报仇的事情忘在脑后了，其实本来他就不该把这笔账记在满仲哲身上。

宴席准备好后，翟云涛把满仲哲让到主宾的位置上坐好。他没让别人参加，只把自己的贴身副官黄文彬叫过来陪座。满仲哲带来的其他人也都被安排到别处盛情款待。

翟云涛和满仲哲两个人边吃边聊。通过席间的交谈，翟云涛对满仲哲的印象越来越好，他感觉满仲哲是一个可用之才，尤其是满仲哲对当前时局的分析和看法他有很多相通之处，这让他大有一种"英雄所见略同"和相见恨晚的感觉。另外考虑到满仲哲干过多年特务队的队长，又曾深得宫泽帷重的赏识，加上满仲哲拿来的这份投名状的分量，于是他高兴地看着满仲哲忽然说道："满仲哲，我现在想委任你为我特务总队的总队长。你意下如何啊？"

满仲哲听到翟云涛这样一说，他一下子愣住了，嘴巴一时也不知道该说啥好了，他实在是没有想到此刻翟云涛就要给他封官。

"怎么，你觉得这职位不适合于你吗？"翟云涛笑着问。

反应过来的满仲哲赶忙站起身诚惶诚恐地说："感激翟司令的知遇之恩！仲哲实在没有那个才能，恐难当此大任！"

"仲哲老弟你就别推辞了！你在日本人身边卧底这么长时间，委曲求全，忍辱负重，最终很好地保护了官庄煤矿，让它平安地回到了平陵人民的手中，你这就是对国民政府的奇功一件啊！"翟云涛对满仲哲赞扬道。

"哪里哪里，司令过奖了！"满仲哲没有想到翟云涛会这么夸赞他，通过翟云涛这么一说，好像瞬间就洗白了他这些年当汉奸的事情。

"那就请仲哲老弟屈就吧！"翟云涛笑着说道。

"多谢司令栽培！仲哲愿效犬马之劳！"满仲哲立正敬礼，大声说道。

翟云涛满意地看了看满仲哲，然后扭头对身旁的副官黄文彬说："黄副官，你去把委任状写好，拿来。"

"是！"黄文彬答应一声起身出去了。

过了一会儿，黄文彬拿着一份委任状回来了。

翟云涛打开委任状看了一眼后递给满仲哲。

满仲哲双手颤抖地接过了委任状。

满仲哲两眼闪动着泪光，实在是太激动了，他在事前根本没有想到翟云涛会给他这么大个头衔。来之前，他感觉翟云涛应该能给他一个特务大队长，或者是特务团的一个营长的职务，顶破天也就是个特务团的副团长，可他没想到翟云涛竟然如此慷慨。满仲哲知道今天翟云涛高兴了，于是他趁热打铁，把赵梓明和徐步达叫进来引荐给了翟云涛。

翟云涛见到赵梓明和徐步达后，二话没说，当场就任命赵梓明和徐步达分别为特务总队二大队和三大队的大队长。

赵梓明和徐步达激动得直接跪在地上给翟云涛磕了三个响头，赵梓明的眼泪都出来了。

饭后，翟云涛让满仲哲回去先把官庄的事情处理好，然后再到平陵城的特务总队上任。官庄煤矿的经营管理还是继续由满仲哲负责，而且在官庄镇驻防一个特务大队，特务总队已经招起来的那些人统统都归满仲哲重新编列和调配。他还叮嘱满仲哲道："现在八路军很活跃，他们不断扩大势力范围，大有和我们国军一争天下之势，你要多加注意，尤其是要保护好日本人基地的废墟，绝对不能出任何纰漏。等时局稍稍平稳以后，我们再做商议。"

满仲哲连连点头称是。

临别时，翟云涛把特务总队的花名册交给了满仲哲，让满仲哲没有想到的是金魁的名字赫然出现在了花名册中。

原来金魁带着东锦镇的特务队已经先满仲哲一步投靠了翟云涛，并被翟云涛任命为特务总队一大队的大队长。这个金魁和满仲哲同在宫泽帷重手下时算是满仲哲的上司，他对满仲哲一贯颐指气使，不把满仲哲放在眼里，三番五次给满仲哲使绊子。当初如果不是宫泽帷重器重满仲哲，满仲哲可能早就倒霉了。真是没想到这风水轮流转，现在金魁却成了满仲哲的属下。满仲哲暗暗地心想："看来有些旧账如今可以拿出来一起算一算了！"

在回官庄的路上，满仲哲兴冲冲地对赵梓明和徐步达说："看来这次我们算是找到真神了！翟云涛司令那是人中龙凤，乱世豪杰，日后必成大事。他今天对我们如此之好，我们决不能辜负他！你们听到了没有？"

"总队长您就放心吧！我们都听您的，您怎么说，我们哥俩就怎么干！"赵梓明拍着胸脯表着决心。

"是啊总队长，我们哥俩都听您的！"徐步达也拍着胸脯说。

此刻徐步达虽然也和赵梓明一样在向满仲哲表着忠心，但是他的心情和赵梓明不一样，因为前段时间他偷偷做了一件事情，他暗地里投靠了闫书伦。当日本人投降后，徐步达就感觉到他跟着满仲哲端日本人饭碗的日子到头了。要知道当汉奸是要被清算的，这让徐步达整天惶恐不安。他心里明白要想逃避被清算办法只有一个，那就是赶紧改换门庭，找到新的、可以庇护他的主子。这时徐步达就想到了闫书伦。闫书伦现在成了抗日英雄，在翟云涛的面前红得发紫，他要是投靠了闫书伦就能得到庇护。徐步达觉得闫书伦也应该能收留他，因为他知道闫书伦和满仲哲的关系。这个时候他如果能使劲地踹满仲哲一脚，给满仲哲来个落井下石，闫书伦一定会很高兴。另外徐步达觉得他投靠闫书伦也是有投名状的，首先他知道闫书伦在七星镇遇袭是满仲哲搞的鬼，另外他已经觉察到了鬼子在小古月山的军事基地里藏着秘密。于是他就偷偷去找了闫书伦。闫书伦对徐步达的投奔果然很高兴，他让徐步达先回去按兵不动，偷偷地监视着满仲哲的一举一动，最好能搞清楚鬼子基地的秘密。待满仲哲混不下去，到了树倒猢狲散的时候，他再把满仲哲的手下一起都拉过来。但是让徐步达没有想到的是，满仲哲不但没有垮掉，而且今天还受到了翟云涛的重用，他自己也被封了官。徐步达不知道他怎么向闫书伦交代，他更怕哪一天满仲哲知道了他曾暗中去投奔过闫书伦，一定不会轻饶他。最后徐步达心宽地想是福不是祸，是祸他也躲不过，往后的事只能是走一步算一步，听天由命了！

　　满仲哲回到官庄煤矿后立即向手下出示了翟云涛司令的委任状，传达了翟云涛司令的指示。同时将自己的人马分为两个大队，赵梓明带二大队继续驻守官庄煤矿，徐步达带三大队跟他去平陵城上任。

　　安排好了这些事情后，满仲哲就匆匆回了闫满庄。

　　当满仲哲把前去平陵城投奔翟云涛的事情经过从头至尾和他爹满弘坤说了一遍后，满弘坤从椅子上欠了欠身问："你的这个总队长是个多大的官啊？"

　　"相当于是团长，直接听命于翟云涛司令。"满仲哲回答。

　　"这么说你的官职也不比闫书伦那个团长小？"满弘坤又问。

　　"是的。"满仲哲肯定地回答道。

　　满弘坤一听立刻来了精神，他对门口大声喊道："来人啊！"

　　一个家人从外面应声而入。

　　"你通知厨房准备晚宴，庆贺少爷高升！"满弘坤吩咐道。

　　"爹，我妹妹刚走了时间不长，我娘身体还有病，我看这庆贺的事就免了吧？"满仲哲对他爹说。

"这悲是悲，喜是喜！你以为我这些天心绪不济光是因为你妹妹的事吗？你错了！我更担心的是你的前途，是我们满家的命运，这日本人完蛋了，我们的靠山倒了，靠山一倒，我们这个家就有可能要塌掉了。现在好了，我们又找到靠山了，难道这不是一件可喜可贺的大事吗？咱也借着这个喜事冲冲家里的晦气！"满弘坤说完又对家人说，"你们多做几道菜，把白广甲阿訇和姜重轩也给我请来，我要让他们都看一看我们满家今后又有好日子过了！"

三十四

1945 年 8 月 28 日，中国共产党领导人毛泽东率领中共代表团从延安飞抵重庆，和国民党开始和平谈判。就在人们期盼着内战彻底结束，和平即将到来的时刻，盘踞在平陵县的翟云涛所部却对八路军根据地发动进攻。

翟云涛集结了五千多人的队伍同时向八路军的多个根据地和解放区进犯，其中有两千多人的队伍直扑共产党平陵县委临时驻地南王庄。

由于翟云涛这次的军事行动事先毫无征兆，平陵县委被打了个措手不及。此时平陵县委的很多干部都到下面各根据地去指导地方开展减租减息工作了，尤其是县大队和县武工队还抽调了一部分同志到各根据地去训练民兵了，队伍都处于缺员状态。双方力量相差悬殊，情况十分危急，现在已经是平陵县委书记的张开疆和平陵县长的朱明锐果断决定整个县委机关和相关单位，还有南王庄的干部和百姓迅速向山南面的莱芜解放区转移，并由独立营、县大队、县武工队，还有驻地民兵担任掩护任务。同时，马上派人向上级中共泰山地委汇报。

南王庄通向莱芜解放区的路有两条，一条盘延在山腰，一条延伸在沟底。县委决定所有人员从这两条路上分头撤退。兵工厂和被服厂人员走山腰上的盘山路，因为这条路较宽，兵工厂和被服厂有机器装备，便于行走。县里机关人员、医院的伤病员和医护人员，以及南王庄的干部和群众走沟底的小路。因为这条路虽然不好走，但是到达莱芜解放区的路途较近，而且沿途沟谷交错，林木茂密，便于紧急情况下人员的疏散和隐蔽。

命令一下，所有人员迅速向山南转移。

此时在不远处的一个山头上，济南城郊保安司令翟云涛手下的两员大将保安旅第四团团长闫书伦和特务总队总队长满仲哲正并肩站立，他们正在观察着平陵县委驻地的情况。

在外人看来这二人眼下好像亲密无间的样子，因为他们都深得翟云涛司令的赏识，经常同时出现在翟司令的左右，一团和气地拱卫着自己的主子，但实际上他们貌合神离，因为他们有不共戴天的仇恨，是水火不容的冤家。

自从满仲哲投身到翟云涛的麾下，满仲哲和闫书伦之间已经暗暗地较过几次劲了，只是暂时还没有分出胜负。但是不管怎样，在目前这种情势下，这精诚团结的戏他们还是要继续演下去的。

闫书伦站在山顶，用望远镜向远处望了一会儿后放下望远镜对身旁的满仲哲说："满总队长，村里的人已经开始分头撤退了，我们也分头去追击吧？你追击山沟里的人，我去追击盘山路上的人，你看如何？"

满仲哲没有立刻搭话，他也拿起望远镜向远处瞭望，然后说："闫团长，我看山沟里的人要多一些，你今天带的人马比我的多，还是你去追击山沟里的人吧？你看如何？"

其实此刻他们二位都不愿去钻山沟，只是心照不宣而已。闫书伦抢先发话，也是想把钻山沟的差事踢给满仲哲，但是满仲哲的这个理由让闫书伦也不好拒绝，因为他今天带的队伍确实人数比满仲哲的多出不少。况且这次他们出发前，翟云涛特别关照他们要通力配合，遇事商量着办，不要争功，不要避险，只要是占领了南王庄，消灭了共产党平陵县委，他们两个就都是头功。

闫书伦和满仲哲心里都知道，他们之间的关系翟云涛是清楚的，但是他们都要在翟云涛面前演好戏，极力装出度量大，已经不计前嫌的样子，其实他们时时刻刻都没有停下钩心斗角，尤其是满仲哲。满仲哲心里明白，他虽然通过前期倾囊投名和现在的拼命效力得到了翟云涛一定的赏识，但是闫书伦毕竟跟随翟云涛多年，他们两个在翟云涛心里的分量还是不一样的，他只有通过更多的努力，做出更多让翟云涛满意的事情来，才能有一天真正让翟云涛在心里感到他和闫书伦的分量不分伯仲。

现在满仲哲的心里有个小九九。他认为此次进攻八路军根据地如果达到了预期效果，那他满仲哲的功劳应该会更大一些。尽管翟云涛事先言明他们都是头功，可是别人不知道的是前期是他主动派特务进山侦察，发现了共产党平陵县委驻地兵力空虚，各个根据地的八路干部也都在忙着减租减息，没有做好随时开战的准备，于是他就向翟云涛建议在这个时候进攻八路军根据地。

满仲哲之所以在此时要建议翟云涛进攻八路军根据地还有一个重要原因，那就是满仲哲知道翟云涛刚刚收到了南京国民政府军统局戴笠老板的密电，戴老板让翟云涛不要停止反共，要伺机消灭八路军的有生力量。满仲哲洞察翟云涛的心思，及时送上情报，并建议进攻八路军的根据地。翟云涛很高兴，遂采纳他的建议，并把消灭共产党平陵县委立功的机会给了他。只是让满仲哲没有想到的是，这次翟云涛让他的特务总队和闫书伦的保安四团一起行动。

满仲哲知道翟云涛是只老狐狸，有时候他葫芦里卖的什么药，别人是无法知道的。但不管怎样，他这次和闫书伦同时行动，他要多出个心眼来。在满仲哲心里闫书伦也是只老狐狸，一不小心可能就被他给算计了，他不得不防。就拿眼前闫书伦让他去钻山沟追击八路军来说吧，他就感觉闫书伦是在算计他。他观察发现盘山路上撤退的人群里有车辆，那应该是八路军的辎重，如果缴获了这些东西那可不得了。而钻山沟的人群应该就是些根据地的群众，不但没什么价值，而且山路崎岖，还不好追击，弄不好还有可能中埋伏，因此他四两拨千斤地选择了自己想干的事。

满仲哲的鬼心眼子闫书伦一眼就看透了，但是满仲哲说得入情入理，他也没有别的办法，如果在这里就争执起来，毫无疑问会贻误战机，要是翟云涛司令怪罪下来就不好说了，于是他就故作畅快地说："满总队长所言极是，那咱就这么办吧！"

"好！那我们就分头追击！"满仲哲冲闫书伦一抱拳说。

闫书伦和满仲哲就这样各怀鬼胎地带着自己的人冲下山头，开始分头追击。但是让他们没想到的是他们的追击都遇到了八路军顽强的抵抗，以至于让他们寸步难进。

在盘山路上阻击满仲哲特务总队的是八路军平陵县独立营和县武工队。

在沟底小路阻击闫书伦保安四团的是平陵县大队和南王庄的民兵。

满仲哲的特务总队有八百多人，但是他的战斗力很一般。别看这些特务平时耀武扬威的，真要是打起仗来还真不行，如果不是他现在人多势众，兴许就被对方吃掉啦。

负责追击沟底撤退人员的闫书伦的保安团可以算得上有一定的战斗力，可是在这狭窄的山沟里他们根本施展不开，况且他们面前的县大队和民兵利用山谷里的有利地形顽强抵抗，让他们很难前进。

两条路上的战事都陷入了胶着状态。这时，保安团四团的副团长孙雨生跑到闫书伦的面前请示道："团长，我们是不是把炮兵连调上来，我看这种地形，迫击炮应该能派上用场。"

孙雨生自从孟家村义勇军遭到袭击，闫书伦被翟云涛拔擢为团长后，他就一直跟随着闫书伦。孟家村那次战斗，最终孙雨生只带着几个身边的人突围出来。起初他对闫书伦当团长心里是有些不服气的，毕竟他的资历要比闫书伦老很多，但是后来通过闫书伦的做事和为人，孙雨生就对闫书伦刮目相看，佩服得五体投地了，并且成了闫书伦忠实的追随者。

"这地形，用迫击炮也没用。"闫书伦看了一眼孙雨生说。

其实闫书伦此时的心思孙雨生根本不懂，闫书伦有他自己的打算。翟云涛这次突然开展对八路军的军事行动，闫书伦作为一名军事主官事先并不知道，他是在翟云涛召开的军事会议上突然领命的。闫书伦觉得此事事关重大，为了报答共产党在七星镇对他的不杀之恩，他想把这一情报赶紧传递给八路军方面，让他们好有所准备，于是他找了一个心腹，让他连夜出城去南山平陵县委临时驻地南王庄找杨忠诚，把翟云涛要搞突袭的事情告诉给杨忠诚。可是闫书伦的心腹到了城门口却发现满仲哲特务总队的人已经在那里派人盯守了。闫书伦的心腹不敢贸然出城，只好回来向闫书伦报告。闫书伦暗暗佩服满仲哲的头脑，同时他心里也明白了满仲哲在翟云涛心里的地位已经不在他闫书伦之下了。面对这种情况，闫书伦只能想别的办法了，总之他想尽力帮一帮南山的八路军，帮一帮杨忠诚他们。

从前闫书伦出来打仗，一般都是让孙雨生在驻地留守，因为这个人比较持重，能让他放心地把自己的老巢交给他。但是这次他就把留守驻地的任务交给了参谋长王彪。其实王彪才是他每次出征必带的人，哪有打仗不带参谋长的？但是王彪这个人心狠手辣，打起仗来不管不顾，有时会违背他的初衷，而孙雨生则不会。

此次翟云涛突然下令进攻八路军根据地，这不但出乎闫书伦的意料，也让他感觉到非常意外和蹊跷。国共两党正在和谈，此时轻启战端既不合时宜，也有违民意，按说也应该是上面不允许的，可是翟云涛却偏偏在这个时候展开这么大规模的"剿共"行动，其中的意涵绝不简单。就闫书伦对翟云涛的了解，翟云涛可是一个有敏锐政治头脑的人，他绝不会去做莽撞的事情，要不然也不会这些年在平陵，乃至整个济南混得风生水起，但是翟云涛到底为什么会这样做闫书伦一时还搞不清楚，不过他觉得自己还是应该慎重从事，静观其变。

"团长，我们队伍现在就被堵在前面隘口处，大部队根本施展不开，这么耗下去也不是个办法啊？"孙雨生副团长有些焦急地说道。

"放心，我们面前的八路是地方武装，他们没有多少弹药，等他们的子弹都打光了，就阻挡不住我们了。"闫书伦自信地说。

"那时他们掩护的人不是也都走远了吗？"孙雨生有些不解。

"走就走呗，那都是些老百姓，我们把眼前的这些八路消灭了不就行了吗？这里的事你就不用管了，你现在立刻带领一个连的弟兄进驻南王庄，占领了共产党的平陵县委驻地就等于荡平了共产党的平陵县委，这才是翟司令要的，你明白吗？"闫书伦看了一眼孙雨生命令道。

"是！我明白了团长。"孙雨生敬了个礼，转身走了。

山沟隘口处的枪声依然很激烈，在这里阻击保安四团的是平陵县大队。县公安局局长兼县大队大队长尚兴邦去泰山地委参加培训班学习还没有回来，指挥这场战斗的是副大队长杨忠诚。

面对来势汹汹、数倍于己的敌人，杨忠诚沉着冷静。他让县大队三个中队的战士和南王庄的民兵在山路上一个叫葫芦峪的隘口处设防阻击敌人。这隘口夹在两山之间，谷底十分狭窄，两边都是悬崖峭壁，地势险要，易守难攻。县大队的战士和南王庄的民兵提前占据了有利地形，分头把守。战斗打响以后，敌人的两次进攻很快被打了回去。随后敌人又连续发起了三次进攻也都被打了回去。尽管敌人的火力很猛，但是县大队和民兵占据了有利地形，抵消了敌人的火力优势。

时间一分一秒地过去了，杨忠诚他们已经在这个隘口成功阻击敌人一个小时了。县长朱明锐给他们下达的任务就是阻击敌人一个小时，然后就可以向山里撤退了。

杨忠诚把县大队一中队的队长王小虎和二中队的队长胡富国招呼到身旁，三中队的队长李河东下乡去训练民兵还没有归队，三中队暂时由王小虎队长指挥。

杨忠诚对王小虎和胡富国说："我们再打退敌人一次进攻就后撤，如果敌人继续追击，我们就在下一个隘口一线天阻击敌人，给撤退的人再多争取点儿时间。那里的地势尽管不如这里对我们有利，但是敌人的大部队都进了山沟，他们就更施展不开了，这也是我们歼灭敌人的一次大好机会。这样，富国队长你带着二中队和民兵先撤到一线天提前布防，等着我们过去汇合。王队长，你带领一中队和三中队留下来继续阻击敌人。"

"副大队长，我们的弹药可不多了！"王小虎有些担心地说。

"没事的王队长，不行把我们的轻机枪给你们留下。"二中队长胡富国说着就让后面的战士把自己中队的轻机枪拿了过来。

胡富国是交通员胡富贵的弟弟，他的个头和杨忠诚差不多，说话瓮声瓮气，作战很勇猛，多次立功受奖。他们中队的这挺轻机枪是他亲自从鬼子手里缴获的，也是整个平陵县大队目前唯一的重火力。在阻击战开始前，杨忠诚告诉胡富国，只要敌人冲不过隘口，这挺机枪就不要开火，如果敌人过了隘口就狠狠地打。这是杨忠诚留的一个撒手锏。现在敌人一直没有冲过隘口，所以这个撒手锏还没有派上用场。

杨忠诚对胡富国摆了摆手说："机枪你们二中队先拿着，如果敌人继续追击，到下一个隘口你们中队就是阻击敌人的主力了，放心吧，有你的伙计派上用场的时候。"

杨忠诚又对王小虎说："你们两个中队的弹药再打退敌人一两次进攻应该是没问题的，这一点我心里有数，你告诉战士们一定要瞄准了再打，尽量节约子弹。"

"我知道了队长。"王小虎冲杨忠诚敬了个礼，然后又对胡富国说，"够意思啊兄弟！谢谢啦！"

　　　　　　　　　　　　　　　　　　　　　　　古月星转

胡富贵一摆手爽快地说："客气啥，一家人不说两家话！"说完，他转身提着机枪带着二中队和民兵先行撤退了。

过了大约十分钟，敌人又开始进攻了。这次敌人的进攻和以往不同，他们采取了长时间的火力压制，有两挺重机枪也加入了进来，压得战士们抬不起头来，身边岩壁上的石头都被打得火星四溅，碎石乱飞，有两个战士被碎石击中，身上都挂彩了。

杨忠诚命令同志们隐蔽好，先不要还击。他自己躲在一处石壁后观察着隘口处的情况。

这条小路的这一段两边都是石壁，敌人只能沿着中间仅可以并肩通过两三个人的路面向前冲，而且他们冲锋时掩护的火力还要停下来，否则就会打到他们自己人，这给杨忠诚他们阻击敌人提供了帮助。不过敌人的这一次冲锋好像是拼了命，待机枪声一停，他们就嚎叫着从隘口处冲了出来。

"打！"杨忠诚果断地下达了命令。

战士纷纷从掩体后面露出头来，集中火力向隘口处射击，十几个冲在前面的敌人瞬间就被打倒了。冲在后面的人看到前面的人倒下了，就和前几次一样又一窝蜂地掉头回去了。敌人的这一次冲锋又被堵了回去。战场再次恢复了平静。

杨忠诚观察了一下前方的敌情，他准备下令让队伍后撤。这时，忽然二中队的一名队员从后面跑了上来。他气喘吁吁地对杨忠诚说："报告大队长！在后撤的人群里有一个女人要生孩子，需要军医就地接生，他们现在还没走过一线天呢，县医院的赵院长请求再给他们争取点时间，胡队长让我上来向你汇报情况。"

"这个时候生孩子，这不是添乱嘛！"杨忠诚有点生气地说。

可是事已至此，杨忠诚也没有别的办法，八路军是保护人民群众的，他现在担任掩护任务，必须保证撤退人员的安全。杨忠诚想了想后对那个队员说："你马上回去让胡队长带着二中队再赶回来增援，让民兵同志们留在原地担任警戒。"

"是！"那个队员应了一声，转身跑步去传达命令了。

胡富国带着二中队的战士刚返回葫芦峪隘口，敌人的又一次进攻就开始了。敌人这次的进攻火力明显地比上一次还要猛烈，战士们掩体旁边的几棵树都被打着了，一个战士的衣服被烧着了，好在那个战士倒在地上翻滚，很快扑灭了身上的火苗。

敌人在进行了十几分钟的火力攻击后，才再次发起进攻。

杨忠诚对胡富国喊道："胡富国！机枪射击！一定要把敌人给我打回去！"

"哒哒哒！"胡富国亲自操作机枪，那挺轻机枪吐出了火舌。其他各种枪支也一起开火，在隘口处形成了一道严密不透的火力网，敌人刚一露头就被打了回去。

杨忠诚这边猛烈抵抗，闫书伦那边也开始心急如焚了，因为满仲哲派他特务总队二大队的大队长赵梓明来向他请求增援了。

闫书伦这边的战况，满仲哲一直是了如指掌的，毕竟做特务是他的专长。他一边在打仗，一边派人紧盯闫书伦这边的风吹草动。当满仲哲得知闫书伦的队伍已经占领了南王庄后，他很是生气，他感觉自己掉了一招。虽然现在南王庄是一座空城，占领它不费吹灰之力，但不管怎么说，是人家闫书伦先占领了共产党平陵县委驻地，这象征意义很大。可满仲哲转念一想，他也没有别的办法，他现在分身乏术，眼前八路军的阻击让他寸步难行，这是他事先根本没有想到的。"不行，要让闫书伦派人来增援我。他那么多人在山沟里根本施展不开，如果派一个营过来和他一起进攻，那结果就不一样了。闫书伦的队伍是正规军，有重装备。"想到这里，他立即派赵梓明去找闫书伦。

满仲哲请求增援的理由让闫书伦不好拒绝，因为满仲哲说得很对。闫书伦面前的隘口山势险要，易守难攻，兵力再多也施展不开，只能和对方打消耗战，而盘山路上的追击无法前进主要是因为特务队的人手不够、火力不足。如果闫书伦把他的重火力拿过去，那八路军应该是阻挡不了的。不过闫书伦也不想就这么成全了满仲哲，况且他这里打了半天也是半步未进、寸功未立。种别人家的田，荒自己家的地，这种事他闫书伦是绝对不干的！

"闫团长，战机不可贻误啊！还望你速速派兵增援我们！"赵梓明很急切地说道。

"你急什么？你没看到我这里也进攻受阻吗？"闫书伦瞪了一眼赵梓明

后对传令兵说："去，把二营的炮兵连调上来！"

此刻闫书伦也有点生气了，他生的是八路军的气。今天他来就没有想真打。开战之初，他心想八路军的地方武装没有多少弹药，和他的保安团是耗不起的，如果八路军撤退了，他就象征性追击一下也就完事了。这山沟他是压根也不想去钻的，进了山沟，他的部队施展不开不说，如果再中了埋伏，那麻烦就大了，因此他不去追击也实属正常。再说他把八路军打跑了，还占领了南王庄，在翟云涛司令面前也说得过去。但是现在看来，他的这个想法是不行了，这八路军根本不知好歹，也不领他的情。如果他再不做出点姿态来，那就有可能引起满仲哲的怀疑，他还真的是没法向翟司令交代了，毕竟他现在已经损伤了二十几个弟兄了。

一会儿的工夫，二营的炮兵连便就位了，三十几门迫击炮在沟底一字排开，炮兵连长站在闫书伦的身旁，等待闫书伦的命令。

正在这时，隘口处忽然传来了一阵喊声："对面的国军弟兄是不是翟云涛司令手下的保安四团啊？请问闫书伦团长在吗？"

闫书伦一愣。他感觉这声音听起来好熟悉啊！

"闫团长，你在吗？你一向可好啊？"声音再次传来。闫书伦终于听出来了，这是杨忠诚的声音。

天啊！怎么会是杨忠诚？闫书伦被吓了一跳，他没想到前面阻止他进攻，让他寸步难行的原来就是他想送信的杨忠诚。

杨忠诚继续喊道："我们国共两党团结抗日，刚刚取得了胜利，贵军却在这个时候突然进攻解放区，难道你们不知道重庆正在进行国共谈判吗？我们好歹赶走了日本鬼子，老百姓刚过了几天安生日子，你们就这样破坏和平到底是为啥啊？闫团长你在吗？请你出来回话！"杨忠诚喊话的声音在山谷里嗡嗡回响

"怎么办？开始炮击吗？"炮兵连长请示闫书伦。

闫书伦冲炮兵连长摆了摆手。

"我们这里都是一些老百姓，你们这么大动干戈有意思吗？你们该不会是要向日本人那样来屠杀我们的人民群众吧？"杨忠诚还在继续喊话。

闫书伦在原地转了一个圈，此时的他真不知道该怎么办了。

"闫团长，你们什么时候增援我们啊？我们那边可是战事吃紧啊！"赵

梓明再次催促着闫书伦。

"给我拿根烟来！"闫书伦对身边的卫兵说。

由于闫书伦现在平时很少抽烟，卫兵根本没有给他准备烟，幸好他身旁的炮兵连长兜里有烟，他赶紧拿出烟来递给闫书伦，并且给他点上。闫书伦使劲地抽了几口烟，此时在他的心里是进退两难，真没有主意了。

杨忠诚那边见这边没有反应，也停止了喊话。

闫书伦吸完一支烟后，又向炮兵连长要了一支点上。正在这时，一个通信兵从后面跑了上来。

"报告团长！不好了！平陵城失守了，在我们的侧后也发现了八路军的大股部队！孙副团长请示您怎么办？"通信兵上气不接下气地、有些慌张地大声说道。

闫书伦闻此消息并未慌张，相反他感觉这些八路好像是来给他解围的，他转身对身边的副官说："传我的命令！所有人员全部撤退！"然后他又对那个通信兵说，"通知孙副团长，快撤！"

"那我们那边怎么办啊闫团长？"赵梓明焦急地问。

"刚才的敌情你没听见吗？你们满队长又不归我管，他想怎么办我咋知道？"闫书伦反问道。

赵梓明眼睁睁地看着闫书伦带着大队人马快速地撤退了，他只好撒腿就跑，去给满仲哲复命了。

杨忠诚见眼前的敌人突然撤退了，他也不知道究竟发生了什么事情，他心想难道闫书伦真在面前进攻的敌人队伍里？是闫书伦听进去了他刚才说的话？不会这么巧吧？杨忠诚心里很纳闷。其实杨忠诚根本就不确定对面是不是闫书伦的保安四团，翟云涛的保安旅有四个团，谁知道这是哪个团？他只是为了迟滞敌人的进攻速度，为那位分娩的妇女争取点时间，才抱着试试看的态度开展政治攻势的。正在杨忠诚摸不着头脑的时候，后面有人上来报告说那个生孩子的女人已经顺利生下了孩子，医院的人开始后撤了。杨忠诚听后下令所有阻击人员立即撤退。此时，杨忠诚根本不知道就在他们和保安团在这山谷里缠斗的时候，另一场战斗也在激烈地进行着。

三十五

闫书伦和满仲哲大举进攻共产党平陵县委驻地南王庄的时候，翟云涛正在他的大本营平陵城戏院里看戏，戏台上演的是山东琴书《王小赶脚》。翟云涛一边悠闲地看戏，一边等待着他手下的两员大将给他送来好消息。正在这时，城里却忽然响起了激烈的枪声。翟云涛一下子从座位上站了起来，他大声问身边的警卫："外面怎么回事？"

这时，副官黄文彬急慌慌地跑进来报告说："司令，不好了！城外出现大股八路，城中也发现了八路便衣，城东门已经失守！"

"什么？他们是从天上下来的吗？我们离城十里就有布防，怎么提前一点情报都没得到？"翟云涛大声训斥道。

"司令，还是说现在该怎么办吧？"黄文彬着急地请示道。

"八路大约有多少人？"翟云涛问。

"外面铺天盖地，城里也不知道进来了多少！"黄文彬说。

"他娘的！真是邪了门了！"翟云涛一拍大腿说，"撤！命令城中所有部队从西门向外突围！"

这一仗下来，翟云涛的部队加上闫书伦和满仲哲所部有四千多人被八路军消灭。翟云涛做梦都没有想到他这次是偷鸡不成反蚀了把米，而且是蚀了一大把米。其实翟云涛并不知道，这段时间，他的一举一动一直都被八路军密切监视着。他自认为现在八路军对他没有防备，尤其是他认为共产党平陵县委驻地疏于防范，可以偷袭，而八路军则是将计就计，不但围歼了他的主力，还端了他的老巢。更让他没有想到的是他的作战计划早已被八路军得到，他的部队刚一开始行动，八路军泰山军分区围歼他的作战命令就下达了。而且八路军的一个侦察排已先期化装进入平陵城里，提前做好了里应外合的准备。

翟云涛所部都溃不成军，纷纷逃往济南城近郊去了。

大约一周后，平陵县所有撤到莱芜解放区的人员都陆续回到了南王庄。杨忠诚那天带领县大队撤到莱芜解放区后才知道那个生孩子的女人原来就是他的媳妇白续珍。白续珍给他生了一个女儿。杨忠诚当时只顾着阻击敌人，都忘了自己的媳妇也快要临产了，他感觉对媳妇很是愧疚。但即便如此，他也没能立刻去看媳妇和孩子一眼，因为他们县大队要外出驻防。

杨忠诚一直等到回到南王庄后才在家里见到了媳妇白续珍和孩子。看见媳妇和孩子都很好，他非常高兴，但是白续珍的眼里却涌满了泪水。

"你受累了！"杨忠诚看了孩子半天，才抬头对白续珍说。

"没啥受累的，就是担心你。"白续珍的泪水终于流了下来。

"哭啥？这胳膊腿不是都全乎吗？"杨忠诚轻描淡写地说。

白续珍拿过毛巾擦了一把脸说："给孩子起个名字吧？"

"名字我还真想好了，我在莱芜时就想好了。"杨忠诚说。

"你想好了？叫啥啊？"白续珍有点意外地问。

"就叫峪倌吧！"杨忠诚说。

"峪倌？啥峪倌啊？就是看山沟的那个'峪倌'？这哪是女孩子的名字啊？"白续珍很不认可地说。

"这是给孩子起的小名，我就是觉得咱妮生在那个山沟里，是同志们拼死挡住了敌人，才保你娘俩平安，咱不能忘了。"杨忠诚说。

"我说的是大名，那大名叫啥？"白续珍问。

"我这文化水平你又不是不知道，我哪里会起啥大名啊？要不这样，你识文断字，你来起。"杨忠诚看着妻子说。

"我咋会起啊！我看不行还是找个先生起吧。"白续珍无奈地说。

"续珍啊！赵院长他们来看你了！"正在这时，房东法大娘在院子里喊道。

杨忠诚和白续珍赶忙从屋子里迎了出来。

赵秋菊院长和护士小刘笑呵呵地进了院子。赵秋菊是张开疆书记的爱人，是八路军里有名的大美人，她和杨忠诚也很熟。

"杨队长回来了？"赵秋菊边和杨忠诚握手边笑着问道。

"赵院长，快，快进屋，续珍给你们添麻烦了。"杨忠诚一边说一边和白续珍把赵院长和护士小刘让进屋里。

护士小刘把一篮子鸡蛋和几包挂面放在床上说："护士长，这是赵院长拿来的。"

"咱医院也没啥经费，这就算组织上一点心意吧！"赵秋菊说。

"谢谢组织关怀！谢谢院长！"白续珍很高兴地说。

这时，房东法大娘端过来两碗水说："请两位同志喝水。"

"你们看，我和续珍都刚进门，还没来得及烧水。"杨忠诚不好意思地说。

"你们不用烧了，我都给你们烧好了。"法大娘笑呵呵地说。

"谢谢大娘！我们白护士长多亏了您老的照顾，她在我们面前经常提起您。"赵秋菊笑着说。

"你们八路军对我们老百姓好，这是我应该做的，好了，你们先聊，有事叫我就行。"法大娘说完转身出去了。

"续珍啊，医院决定给你放一周的假，你这孩子生得惊心动魄的，就在家里好好休息一下吧。"赵秋菊院长说。

"那哪行啊？现在医院里这么忙，我怎么可以待在家里休息呢？你放心吧院长，我没事的，我带着孩子上班就可以。"白续珍说。

"是啊赵院长，她是闲不住的。"杨忠诚也在一旁说。

赵院长笑了笑说："那好吧，但是别太累了，毕竟还是在月子里嘛。"说完，赵院长又转身对护士小刘说，"你要照顾好白护士长。"

"放心吧院长，如果让护士长累着了，你就拿我是问！"护士小刘笑着说。

赵秋菊院长和护士小刘坐了一会就起身告辞了。杨忠诚和白续珍送走了赵秋菊院长和护士小刘后，两个人面对面坐着，不知道该说什么好，他们心中都有万语千言，嘴上却一句话都没有。

一天，朱明锐县长把杨忠诚叫到了办公室。

杨忠诚刚坐下，朱明锐就笑着问："忠诚啊，续珍和孩子还好吧？"

"谢谢县长挂念！她们都挺好的。"杨忠诚说。

"孩子叫什么名字啊？"朱明锐县长问。

"只给她起了个小名，大名一直还没有起呢。"杨忠诚回答。

"因为啥啊？"朱明锐继续问。

"我这文化水平县长你也知道，起不出啥好听的名字来，我想等着以后有机会让我们庄的金先生给起一个。"杨忠诚说。

"还找什么先生啊？我看我给孩子起一个吧，我虽然不如先生有学问，可斗大的字我还能识一麻袋。"朱明锐笑着说。

"真的啊县长？那可太好啦！"杨忠诚高兴地说。

朱明锐县长想了一下，说："我看就叫杨桂英吧！穆桂英嫁给了杨宗保，成了杨门女将。续珍同志在鬼子的监狱里受了酷刑都没变节，很是了不起。我希望这个孩子将来长大后，在你们杨家也能成为了不起的杨门女将，你看咋样？"朱明锐笑着说。

杨忠诚一下子站了起来，上前一步握住了朱明锐的手高兴地说："谢谢县长！我代表续珍和孩子谢谢县长！就叫杨桂英！这个名字太好了！"

朱明锐拍了拍杨忠诚的肩膀，让杨忠诚回到座位上，接着说："孩子名字的事就这么定了，你不用客气，喜欢就好。下面我要和你说点别的事情。"

"有什么事情县长你尽管说。"杨忠诚说。

"忠诚啊，现在的斗争形势很复杂，国民党要发动内战的图谋已昭然若揭，为了巩固和开辟新的解放区，泰山地委成立了临济县，以应对下一步可能出现的变局。临济县成立以后，那里的队伍急需一批政治上可靠、业务素质过硬的同志，尤其是临济县武工队里缺干部，临济县公安局的局长亓瀚辰同志向我们请求调你去他那里担任武工队的队长。亓瀚辰同志是从我们这里调过去的，他对你很了解。组织上经过研究同意了亓瀚辰同志的请求。尽管我们也不舍得你走，但是眼下支援临济县是泰山地委的工作重点，我们只能忍痛割爱啦！"朱明锐说完后微笑着看着杨忠诚。

杨忠诚一时没有说话，这个工作变动让他感觉到有点意外。亓瀚辰原来是平陵县公安局的局长，是杨忠诚的老上级。但是杨忠诚没有想到亓瀚辰会点名调自己去临济县。

"怎么了忠诚同志？有顾虑吗？"朱明锐问。

"倒是没啥顾虑，就是感觉有点突然了。"杨忠诚回答道。

"组织上也考虑到了你的实际情况，媳妇刚生孩子时间不长，现在就让你离开她们母女确实有点不尽如人意，但是……"

"县长你不用说了，我坚决服从组织安排！"杨忠诚没有等朱明锐说完，就站起来坚定地说。

"那好吧，那你就回去抓紧时间把县大队的工作交接一下，尽快到临济县找亓瀚辰同志报到。"朱明锐说着也站起身来。

杨忠诚敬了个军礼，转身走向门口。忽然他停下脚步，转回身来想说点什么，但他犹豫了一下又转身往外走去。

"有什么话就说嘛！怎么还婆婆妈妈起来了？这可不像是你杨忠诚的个性啊？"朱明锐县长说。

杨忠诚收回了已经迈出门槛的脚，回身看了看朱明锐试探着说："县长，我能不能带着王小虎同志一起去啊？王小虎一直跟着我，我用起来顺手。"

"当然可以啊！这件事情我就做主了。"朱明锐爽快地说。

"那尚局长能同意吗？王小虎可是县大队的主力啊！"杨忠诚有点担心地说。

"兴邦那里我来说，你就不用管了。你现在已经是临济县武工队的领导了，按照地委的指示，你那边需要什么，我们都要尽全力支援的。"朱明锐笑着说。

"那好，那可太谢谢县长了！"杨忠诚说完高兴地出了朱明锐县长的办公室。

杨忠诚从朱明锐县长办公室出来后就直奔医院的方向，他想把组织上调自己去临济县工作的消息尽快告诉妻子白续珍。杨忠诚心想他可能马上就要出发，以后他们夫妻可能会很长时间都不能再见面，他要让妻子有个思想准备。

杨忠诚过了大街的一个拐角处，忽然发现迎面走过来一个挑担子的人，那个人一见杨忠诚就加快了脚步，嘴里喊道："忠诚哥！忠诚哥！真没想到这么容易就找到你了！"

杨忠诚停下脚步，定睛一看，他非常惊讶地喊道："是俊文啊！你咋来了？"

来人是杨忠诚的好友闫满庄的马俊文。马俊文来到杨忠诚跟前，放下担子，用手擦了一把脸上的汗水说："家里的人听说续珍生孩子了，知道你这山里没啥好吃的，就派我给她们娘俩送点好吃的来。"说着，马俊文用手指了一下放在地上的担子。

"家里人的日子都很紧巴，还跑大老远地往这里送东西！这成啥了？"杨忠诚嗔怪道。

"当官不打送礼的，你还是快点带我回家吧，我从早上天不亮就出来了，这都走了大半天，已经是人困马乏了，这一路上闻着你表哥牛肉的香味，真恨不得替你们先吃了。"马俊文笑着说。

杨忠诚从马俊文手里接过担子说："走吧，那就跟我回家。"

杨忠诚挑着担子，马俊文跟在杨忠诚的身旁，两个人向着杨忠诚家的方向走去。

途中杨忠诚笑着说："俊文啊，一看你就是个好家境里出来的孩子，就这点分量还把你累成那样？"

"忠诚哥，远路无轻载啊！再说了，我这身板也不能和你这身大力不亏的人比不是？"马俊文揉搓着肩膀说。

"那倒是，当年我让你跟我赶集卖棉花，你跑了一趟就说啥也不干了，你这身体还真是差点火候啊！"杨忠诚笑着说。

"哎忠诚哥，你刚才说啥？说这担子轻？你该不会说我拿来的东西少吧？这可是千里送鹅毛——礼轻情意重啊！再说了，这也是南北街老少爷们的一番心意啊！你刚才怪我来送东西，这会儿又嫌东西少，可真有你的啊！"马俊文忽然故作严肃地说道。

"去你的吧！啥时候学得这么贫嘴了啊？"杨忠诚推了一把马俊文，笑着说。

两个人说说笑笑地就来到了杨忠诚家。

"续珍和孩子呢？"马俊文一进家门就问杨忠诚

"续珍带着孩子去医院了。"杨忠诚回答道。

"咋了？孩子病了？"马俊文有点担心地问。

"没有，是续珍带着孩子上班去了。"杨忠诚解释道。

"我忘了续珍是在医院上班了，可你咋让她上班了呢？这应该还没出满月吧？"马俊文埋怨道。

"唉！续珍的脾气你又不是不知道，她非要去，我能有啥办法？"杨忠诚无奈地说。

"那倒是，你们两口子谁也不说谁，都一个脾气。"马俊文笑着回应道。

待马俊文坐下后，杨忠诚拿过一只碗放在马俊文面前，然后从旁边的水缸里用水瓢舀了一瓢凉水把碗倒满地说："这家里也没热水，也没茶叶，你也不是外人，就先将就一下解解渴吧！"

"和我还客气啥啊？"马俊文端起碗来喝了一口水，然后站起身把担子里的两个包袱拿出来打开，向杨忠诚一一交代这些东西都是谁拿来的。

包袱里的东西还真不少，有小米，有鸡蛋，有火烧，有馒头，有挂面，有熟牛肉，另外还有几包糕点。最后马俊文拿出来一包茶叶笑着说："我就知道你家里没有茶叶，这不，我给你拿来了。这可是我从东锦镇茶叶店给你买的龙井茶啊！"

杨忠诚望着这一堆东西，一时间竟然说不出话来了，这是亲人们浓浓的一番情意啊！眼下大家伙的日子都不好过，能给他们拿来这么些好东西实属不易啊！

"快把这些东西放起来吧！还愣着干啥？"马俊文说。

杨忠诚把他表哥拿来的那一包切好的牛肉打开，然后又拿出来两个火烧放在马俊文面前说："这都过了晌午了，你也饿坏了吧？你先吃点。"

马俊文把牛肉重新包好，把火烧放回原处，笑着说："你见我啥时候出门不带干粮了，我在路上早就吃过了，要不然能走这么远的山路？你就别忙活了，快去把续珍给我叫回来，我要见她们娘俩一面，回去好向家里人交代啊！我要说来一次山里都没有见着她们娘俩，那回去也不好向家里人交代啊！你说是不？"

马俊文的话一下子提醒了杨忠诚。刚才他只顾着招呼马俊文了，都把去医院找白续珍的事给忘在脑后了，于是他就对马俊文说："那好，你也不是外人，既然吃饭了，我也就不管你了。你在家里等着，我这就去医院找续珍。"杨忠诚说完就匆匆出门，直奔县医院而去。

过了一会，白续珍抱着孩子，跟着杨忠诚回来了。

马俊文见白续珍进屋，赶紧站起身，和白续珍打过招呼后，就迫不及待地看白续珍怀里的孩子，他一边看，一边连连夸赞道："俊！这妮子长得真俊俏！和我媳妇猜的一样，像续珍嫂子。"

杨忠诚把马俊文让回到座位上，赶紧让白续珍放下孩子去准备饭菜。马俊文却站起身来说："哥哥、嫂子，亲戚和街坊四邻的心意我都已经送到了，任务也完成了，我现在也不饿，我要回去了。"说完，拿过扁担就要走。

杨忠诚上前一把夺下扁担，有些不高兴地说："咋了兄弟？你这大老远地来了，不住一晚就走？是哥哥慢待你了，还是住不惯哥哥这穷山沟啊？"

"这都大下午的了，好不容易来一趟，咋能说走就走呢？"白续珍也跟着说。

"哥哥、嫂子这是说的哪里话啊？我巴不得住下来和你们亲近亲近呢，可是我来的时候和家里人说好了今天早晚都要赶回去，我娘的脾气你们都知道，如果我今天不回去她会着急的，要是她那心口疼的病再犯了就麻烦了。"马俊文说。

"那你来时为啥不和她老人家说你在这里住一晚再回去呢？"白续珍埋怨道。

"我也不知道你这里是个啥情况？方便不方便住？所以就没说。"马俊文解释道。

杨忠诚对马俊文家的情况是了解的，于是就对白续珍说："算了，俊文兄弟也不是外人，既然是这样，那你快去给他拿点路上吃的东西，让他赶紧上路，要是再晚了，天黑前就出不了山了。"

"你们啥也不用给我拿，出了山就是古月镇，有的是吃的，你们给我拿了东西还坠手。"马俊文笑着说。

白续珍看了看杨忠诚，杨忠诚对白续珍说："算了，俊文是自家兄弟，咱就别客气了。"

听杨忠诚这么一说，白续珍也只好作罢。

杨忠诚送马俊文出村，路上杨忠诚问马俊文："学富和向山他们两个现在咋样？还有宗武也有日子不见了。"

"咱那里不是成立闫满乡了嘛，学富现在回来当乡长了，向山是乡里的民兵连长。宗武参军去队伍上了。"马俊文说。

"那赵长明有消息吗？"杨忠诚接着问。

"听赵家街上的人说他去闯关东了。"马俊文回答道。

"那金宗生现在干啥呢？"杨忠诚继续问。

"他还在官庄煤井上，村里有人说他是汉奸，把他弄到乡里去审问，他不承认，还寻死觅活的，后来就算了。对了，忠诚哥，我正想问你呢，有人说他曾举报过你当八路，有这事吗？"马俊文话锋一转问杨忠诚。

"没根没据的事咱别听别人瞎说，他咋能举报我呢？我那时当八路他又不知道。"杨忠诚说。

"嗯，那我知道了。"马俊文应道。

杨忠诚把马俊文送到村口，在临分别时，马俊文忽然对杨忠诚说："忠诚哥，我还有个事儿想让你给我解一解。"

"啥事儿？你说吧。"杨忠诚说。

"你也知道我家的那些地都是我祖上累死累活挣下的，我又没有剥削过谁，我家里连个长工都没有过，共产党减租减息这我支持，可那些村干部不能拿我当地主一样对待是不？你是八路军里的干部，你给我评评这个理！"马俊文愤愤不平地说。

杨忠诚沉默了片刻说："兄弟，你家的情况我心里清楚，但不管咋说你家的地就是不少啊！在这一点上和那些地主是没啥两样的。我看你要不想让人家像对待地主那样对待你家，你干脆留点自家够用的地，剩下的就给政府算了。"

"忠诚哥，你咋和学富说得一样呢？"马俊文有点吃惊。

"学富也是这个意思？"杨忠诚问。

"是啊，他也这么说。他还说，要是我实在不同意，他就把他爹应得的那一份先上交了，可让我把祖上留下来的地都白送人我还真有点想不通。"马俊文说。

"不是送人，是给人民政府。"杨忠诚解释道。

"那还不一样吗？"马俊文仍然很不解。

"当然不一样了。你把地给了政府你这是给政府做贡献了，至于政府再把地分给谁那是政府的事，反正你和那些地主本就不一样，再说了你家的粮食多得吃不完，要那么些地干啥？你地多了就别怪人家把你当地主看。如果人家当你是地主，那你家的大人和孩子以后在庄里还咋抬头啊？"杨忠诚说。

"哥你说得有道理，我听进去了，我回去再和家里人商量商量。"马俊文对杨忠诚说。

"这是你的家事，要和家里的人讲清楚，不过这又是件大事，一定要处理好。"杨忠诚拍了拍马俊文的肩膀关切地说。

送走马俊文后，杨忠诚立刻赶回县大队。他一进院子就被同志们围了起来，原来杨忠诚要被调走的事大家都知道了。王小虎也接到了和杨忠诚一起去临济县武工队的通知。杨忠诚有些依依不舍。这些年来，这些战友和他一起出生入死，有好几个当初和他一起从古月区中队调来县大队的同志都在战斗中牺牲了。

二中队的队长胡富国抓住杨忠诚的手说："副大队长，我们中队的同志们都商量好了，我们今天晚上给你送行。"

"我现在还是一中队的队长呢，我们一中队的同志们也要给副大队长送行，当然也包括我了。"王小虎笑着说。

"怎么？你们非要趁人家三中队的队长不在家，就把人家给拉下啊？我看还是我们全大队一起给副大队长送行吧！"县公安局局长兼县大队队长尚兴邦笑着走进了院子。

杨忠诚给尚兴邦敬了个军礼说："局长，我家里有点事，老家来人看白续珍和孩子了，刚送走，现在我回来交接一下工作。"

尚兴邦还了个军礼说："那先不忙。"然后他对同志们说，"我看今天就这么定了，咱晚上一起给副大队长和王小虎中队长送行！大家看好不好？"

"好！好！"院子里的同志们发出欢呼声。

"好是好啊！我们大队里可没有什么额外的经费，大家要想吃得好，就得有啥好吃的都拿出来，咋样？"尚兴邦局长说。

"没问题！""放心吧局长！"同志们争相回答。

"局长，我也有好吃的，一会儿我回去拿。"杨忠诚也高兴地说。

"你的好吃的还是留给续珍同志吧！我们可不能从人家孩子娘嘴里抢东西吃，大家说对不对啊？"尚兴邦笑着问同志们。

"是啊！孩子的娘没奶了，孩子会怨我们这些叔叔没出息的！"二中队的队长胡富国笑着说。

"是家里亲戚们送来的，不少呢，她一个人吃不了。"杨忠诚说。

"好了，咱不说这些了，晚上送行的事就这么定了。"尚兴邦说完又对大家挥挥手说，"大家都散了吧，今天晚上的送行宴丰不丰盛，就看大家对副大队长的感情啦！"

同志们说笑着纷纷散去了。

县大队给杨忠诚和王小虎的送行宴会搞得很热闹，饭菜很丰盛，杨忠诚把马俊文给他媳妇送来的好吃食拿来了一大半，更让大家没有想到的是朱明锐县长也亲自来参加了。

宴会结束后，杨忠诚独自一人回家。他走在南王庄村的街道上，头顶的月光把他的影子拉得很长。他看着身旁那些熟悉的石板路、石头房子，心中生出无限的不舍。他已经在这里生活快三个年头了，很多乡亲他都很熟悉，也有了很深厚的情感。

杨忠诚拐过街口，忽然迎面走过来一个人。那人和杨忠诚走到对面时，杨忠诚发现是县委的文书窦福。窦福这个人很有文采，做人很低调，待人也很随和，大家平时和他开玩笑都称呼他为豆腐，他也总是会笑一笑，而且从不计较。杨忠诚和窦福算是老熟人了。

"窦文书，怎么这么晚了还不休息啊？"杨忠诚问道。

"哦，没事，我就是出来转转。"窦福回答道。

"窦文书，我和你说个事儿，我明天就要去临济县工作了，有机会到平陵城时别忘了找我，我请你吃饭。"杨忠诚说。

"哦！是吗？怎么这么突然啊？"窦福上前握住杨忠诚的手。

"是啊，我也是刚知道，咱后会有期！"杨忠诚使劲地握了握窦福的手说道。

和窦福分手后，杨忠诚加快脚步向家中走去，家里媳妇白续珍和孩子杨桂英还在等着他呢。明天一早他就要出发了，现在天已经不早了，他想尽快回家和她们在一起多待一会儿。

古月星转

三十六

　　今天是古月镇的大集。天刚亮，铁匠刘大山就起来了，他到打铁的屋里用炉钩子把炉火挑开，炖上一壶凉水。现在刘大山的这个铁匠铺是八路军的兵站，一些进山和出山的军用物资都会在这里中转，从古月镇路过的共产党和八路军的干部也会在这里歇脚或是住宿，铁匠铺院子后面新盖起来的几间房子就是用于招待过往同志们的。

　　"师傅，你今天咋起这么早？"刘大山的徒弟小六子揉着眼睛从旁边的屋子里走了出来。

　　"你咋也起来了？再回去睡一会儿吧，我要去集市上买点菜。"刘大山说。

　　"我去买就行了。"刘大山的媳妇张翠莲也走了进来。

　　"今天咋像过年啊？师傅和师母都起这么早。"小六子很好奇地笑着说道。

　　"今天中午有几个八路军的同志要来我们这里歇脚，然后去平陵城，我们要招待一下。"刘大山对小六子说。

　　"来几个同志啊？真有忠诚吗？"张翠莲问。

　　"胡富贵说的还能假了？听说是忠诚带队，可能有五六个人吧。"刘大山说。

　　"那还是你去买吧！你的好兄弟来，谁知道你要买啥好东西啊。"张翠莲笑着说。

　　"是啊！好久没见忠诚兄弟了，自打他去了县大队，我就一共见过他两次面，而且都没说上几句话，今天中午我要和忠诚兄弟好好叙叙旧！"刘大山有点兴奋地说道。

"那我先去给你们师徒准备早饭，你赶集回来早吃饭早开工，把今天的活早点赶出来。"张翠莲说完转身去厨房准备早饭了。

刘大山对徒弟小六子说："那你也别回去睡了，你把炉火烧起来。"

"好的师傅。"小六子应了一声，从刘大山手里接过炉钩子。

刘大山拿起一个竹篮子就出了家门。

今天古月镇上赶集的人很多，早上这个点，摊子就摆过石桥了。现在古月镇已经是解放区了，自从日本人投降后，这里就很太平，除了前阵子翟云涛的队伍来闹腾了一次后，就再无其他战事发生过，整个镇子都是一派宁静祥和的景象。

刘大山走在集市上和很多熟人打着招呼。这些赶集的人，尤其是摆摊的大多都是常年来这里做生意的，他们平时会经常去刘大山的铁匠铺里讨水喝。刘大山夫妇待人很热情，对待这些买卖人总是有茶水就不让他们喝白水，有热水就不让他们喝凉水。在冬天里，这些赶集的人带来的干粮凉了也会去铁匠铺的炉子上热一下，刘大山夫妇不管手中活多忙也从不拒绝。因此他们夫妇的人缘非常好。

刘大山在集市上走了一遭，买好了一篮子各式各样的蔬菜和二十个馒头，然后就向家中走去。

刘大山回到家后，张翠莲已经做好了早饭，并把饭菜端上了桌。刘大山和张翠莲、小六子一同吃完饭。张翠莲收拾碗筷，刘大山把嘴一抹，就叫着徒弟小六子开始干活，于是叮叮当当的打铁声又从铁匠铺子里传出来。这声音和集市上此起彼伏的各种卖东西的吆喝声交汇在一起，为古月镇平添了几分繁荣的色彩。

时间临近晌午，赶集的人群渐渐散去，出摊的生意人也纷纷收起摊子开始回家，热闹的街道逐渐恢复了平静。这时，刘大山的铁匠铺里一下子进来了五六个陌生人。

正在打铁的刘大山看见有人进来，就停下手中的活计问："请问几位老乡有啥事？你们是要喝水，还是有铁匠活？"

来人都没有回话，走在前面的一个人来到刘大山的跟前，他上下打量了一下刘大山，然后问："你是刘大山吗？"

"是啊！"刘大山有些不解地回答道。

"找的就是你！"那人说着忽然掏出了手枪，指在刘大山的头上命令道，"把铁锤放下，把手举起来！"

这时，另外一个人也拿出手枪，把枪顶在小六子的腰上，命令道："把铁锤放下！"

这一切来得太突然，刘大山和小六子都没有反应过来。小六子瞪着惊恐的眼睛望着师傅，不知道该如何是好。

刘大山很快镇定了下来，他对来人说。"你们这是干啥？有话好好说，拿枪动刀的有必要吗？"

"少废话！把手里的家伙放下！"那人继续命令道。

"你们到底是什么人？"刘大山并没有放下手中的铁锤，而是开始大声质问。

"什么人？说出来只怕吓死你！"来人上扬了一下嘴角，蔑视地看着刘大山说。

"真是笑话！"刘大山笑了笑说，"你既然知道我叫刘大山，那想必你也应该知道我刘大山是个啥样的人？我也是走过南闯过北的，啥事没见过？怎么就会被你的名字给吓死呢？你不妨说出来让我听听！"

"少啰唆！你先把铁锤放下！"那人继续命令道。刘大山没有理他，手里依然紧紧地握着铁锤。

小六子看到师傅没有放下铁锤，他也没有放下。

这时从后面冲上来几个人从刘大山和小六子手里抢过铁锤，扔在地上。

"把他们两个都捆起来！"拿枪指着刘大山的人对围在刘大山和小六子身边的人命令道。

"慢着！"刘大山一摆手，对拿枪指着他的人说，"你还没有告诉我你的名字呢！"

"和他们啰唆什么？赶紧绑了！"这时从门外又进来几个人，走在前面的一个人大声说道。

"没听见总队长说吗？赶紧绑了！"拿枪指着刘大山的人对其他人命令道。

五六个人一拥而上，拿出绳子，把刘大山师徒二人绑了个结结实实。尽管刘大山和小六子拼命反抗，但是对方人多势众，他们的反抗无济于事。

"你们这算玩的哪一出啊？连名字都不敢说就绑人，有本事报上名来，我倒要看看能不能把我吓死！"刘大山大声嚷道。

来人都不再搭话。刚进来的那个人说："快去后院搜查，把这里的所有人都统统抓起来！"

最先进来的那五六个人纷纷拔出手枪向后院冲去。

去后院搜查的人很快就又回到了前面的铁匠铺里。

"咋地？没有人吗？"刚才用枪指着刘大山的那人问。

"是的，没有人。"一个人回答道。

"你们到底是什么人？你们想干啥？"刘大山大声质问道。

刚才用枪指着刘大山的人把枪收了起来，对刘大山说："明人不做暗事，我就告诉你吧！我们是济南城防保安旅特务总队的，本人是大队长金魁。咋样？听说过吧？"然后他又用手一指后来进来的那个发号施令的人说，"这位就是我们的总队长……"

"行了！和他废什么话啊？"后来进来的那人不耐烦地挥了一下手说。

刘大山现在明白了，原来他眼前的这伙人就是前段时间在南王庄吃了败仗的翟云涛的特务总队。但是刘大山不明白他们今天为啥会突然出现在这里？他们不是都跑到济南城郊去了吗？那里离古月镇可是不近呢。况且现在这里是解放区，他们大白天的怎么会有胆子来到这里呢？

刘大山的疑惑是有道理的，翟云涛的特务总队确实是跟着翟云涛的大部队跑到了济南城郊的孙村镇。孙村镇离古月镇有七八十里的路程，按说他们不该跑到这里来，况且这中间还隔着八路军的解放区。原来这是特务总队一次有预谋的军事偷袭行动，他们就是冲着设在这铁匠铺里的八路军兵站来的。

现在翟云涛的日子不好过。自从他丢了平陵城后，他就不怎么受国民党待见了，虽然他又被国民政府重新任命为山东省第十二专区行政专员，但是他的手下现在就只有一个保安旅和一个特务总队了，他的那些被八路军歼灭的队伍的番号直接被上面给取消了，这实际上是被国民党削弱了兵权。更加要命的是他的大靠山戴笠死了，他费尽心机，辛辛苦苦在国民党高层建立起来的人脉关系随着戴笠的死也几乎荡然无存了。

翟云涛的日子不好过，他手下人的日子自然也就不好过。单说满仲哲到了孙村镇后就感觉到很不适应。他在平陵城里跟着翟云涛作威作福惯了，因为那里是他们的地盘。可现在这里却住着国民党的正规军，像他们这样的杂牌军在人家眼里就是后娘养的，因此他们要处处小心。更让满仲哲感到懊恼的是他丢了官庄煤矿，这就等于断了他的财路。尤其是当满仲哲想到闫书伦同样打了败仗，却跟着翟云涛进驻了历城县城，还经常出入济南府时，他的心里就更加窝火，他终于决定要出出自己心中的一腔闷气。

一天，满仲哲准备了一份礼物，去面见翟云涛，他在翟云涛面前说闫书伦在南王庄战斗中不顾全大局，贻误战机，错失了消灭平陵县委和八路军平陵县地方武装的机会。满仲哲说得有理有据，头头是道，但是让他没有想到的是翟云涛却把他大声训斥了一顿。翟云涛说这次的失败就是因为满仲哲的情报有误，要追责也应该先追他。

翟云涛的话把满仲哲吓得魂不附体，他战战兢兢地站在翟云涛面前，大气都不敢出，但是翟云涛并没有再继续责备他，而是让他要吸取教训，总结经验，和闫书伦搞好团结，以利再战。这又让满仲哲有点感激涕零。

满仲哲回到驻地后，他立刻把几个大队长叫到自己的办公室，对他们进行训话。他说："这次我们打了败仗，损兵折将，但是翟司令却没有怪罪我们，翟司令的大人大量和大恩大德我们永远都要铭记在心里。现在我们要做的就是要千方百计地寻找战机，立功赎罪，用共产党和八路军的人头来报答翟司令的这份恩情。"

赵梓明和徐步达纷纷表态，尤其是金魁拍着胸脯说："请总队长放心，不出一个月，我们一大队肯定能干一票大的，让总队长脸上有光，在翟司令那里把面子给咱特务总队争回来！"

金魁现如今在满仲哲面前百依百顺，言听计从，就像换了个人似的，这让满仲哲都不好意思想起他们从前的那些龃龉事了，起初想好好整治金魁的想法也最终被满仲哲放弃了。

金魁这回还真是说到做到，他就一直在寻找着战机，他派出大批特务秘密潜伏回平陵境内恢复特务组织，搜集各方情报。终于有一天他得到一份情报，说有一批从平陵县派往临济县的八路军干部要在古月镇的八路军兵站落脚，并且要携带一批武器弹药。金魁感觉这是个好机会，如果他们搞上一次偷袭，把这批八路军干部抓获，再缴获那些武器，这也算是报了南王庄战败的一箭之仇，也会让满仲哲总队长在翟司令跟前很有面子。

　　满仲哲听了金魁的汇报后心里非常高兴，他不但采纳了金魁的建议，而且决定扩大作战意图，他决定在袭击八路军古月镇山兵站的同时，一举消灭共产党古月区政府。于是满仲哲亲自出马，和金魁一起带领特务总队一百多人前来偷袭古月镇。

　　特务总队的人今天上午就化装成赶集的人陆续进入了镇子，他们相约等集市一散就开始行动，先占领兵站，然后再袭击古月区政府。得手后就立即撤退。这一带都是共产党的解放区，他们不能久留。因此赶集的人群还没有完全散去，特务总队的人就开始行动了，金魁首先带人冲进了刘大山的铁匠铺。

　　满仲哲一看没有搜到人就对金魁说："你们在这里埋伏好，从南山下来的八路干部应该快到了，他们进来一个抓一个，进来两个就抓一双，绝对不能让任何人跑了。等人都抓到后，你们就把这个铁匠铺放火烧了，然后按既定路线撤退。我现在到他们区政府那边看看。"说完，满仲哲转身往外走。他快走到门口时忽然回过头来问金魁："古月区中队那边你是怎么安排的？"

　　"我已经派人去包围他们了，按照您说的只要他们不出来，我们就不动他们，如果他们出来，我们就消灭他们。"金魁说。

　　"好，就这么办！"满仲哲说完，带着人出了铁匠铺。

　　此时，在古月区中队的驻地，刘大山的媳妇张翠莲跌跌撞撞地跑进了院子，她迎面正好碰上区中队的队长于大龙。张翠莲上前一把拉住于大龙，上气不接下气地说："快！快！有敌人！"

　　张翠莲来给区中队报信，这是金魁的百密一疏，因为他进铁匠铺前没有先把院子包围起来，致使刘大山的媳妇张翠莲走脱。

原来在特务们进入铁匠铺时，张翠莲刚从铁匠铺旁边的厨房里出来到后面的客房去收拾房间。她已经给即将到来的八路军的同志们准备好了午饭，她收拾客房是想让同志们吃完中午饭后休息一下再走。由于铁匠炉的房子后面是半敞开式的，那里发生的事情，张翠莲在客房里都看到了，她来不及多想，赶紧跳上床，打开房间的一扇后窗就跳了下去。由于她跳得太急，在地上摔了一跤。张翠莲也顾不得那些了，她从地上爬起来，回身把窗子从外面关上，然后就飞奔着向八路军古月区中队驻地而来。

"哪里有敌人？嫂子你快说！"于大龙一把扶住即将瘫倒在地的张翠莲。

"铁匠铺，是铁匠铺里来敌人了！他们把刘大山和小六子抓了，你们快、快……"张翠莲说到这里已经喘不上气来了。她这一路奔跑实在是又急又累，这里到铁匠铺需要穿过三条街。

一听说有敌人来了，于大龙二话不说，立刻大声对屋里和院子里的人喊道："全队集合！"

听到队长于大龙的命令，瞬间，队员们就拿着武器在院子里站成了一排。于大龙把张翠莲扶到旁边一个磨盘上坐下，说："嫂子，有多少敌人？啥时候来的？"

张翠莲大口喘了几口气说："刚来的，有十来个吧。"

于大龙对一个队员说："你在这里照顾好嫂子。"然后他又对全体队员们说，"同志们，有敌人到我们古月镇来了，现在就在我们的兵站里，我们立刻出发，绝对不能让敌人走了！"说完，他一挥手，带着区中队的三十几个队员就冲出了院子。张翠莲也从磨盘上站起身，不顾那个照顾她的区中队队员的劝阻，跟着部队出了院子。

铁匠铺里突然发生的这一切，尤其是满仲哲刚刚说的那些话让刘大山的心里十分紧张。看来特务队这次是来者不善，如果让他们的计划得逞，那后果将不堪设想！怎么办？刘大山的脑子里在飞快地想着主意。此时刘大山还不知道自己的媳妇已经去给区中队报信了，刚才特务说在后院没有发现人，他还以为张翠莲这会儿是去门外的集市上了，他心里还暗自庆幸，同时也在祈愿着张翠莲这个时候千万不要回来。

刘大山想了半天也没有想出啥好主意，现在他的双手被反绑着，和小六子一起蹲在铁匠炉旁边的墙根处，身旁还有一个特务把一只手按在他的肩上。刘大山心想现在他要冲出屋子是不太可能了，即使他摆脱了身边的这个特务，那站在门口的两个特务也不会让他冲出去的，看来他只有大声呼救了。刘大山知道现在铁匠铺外面街道上还有一些赶集的人没有走，如果听到他的喊声，他们就会知道有敌人来了，就会有人去给区中队报信，杨忠诚他们也就不会再进到铁匠铺里来了。想到这里，刘大山猛然站起身，扯开嗓子对门外大声喊道："敌人来啦！敌人来啦！快去给八路军报信啊！敌人来啦！快去……"

刘大山的这一举动把坐在墙边凳子上的金魁吓了一跳，他一时没有反应过来。等他反应过来时，刘大山已经喊了好几句了。

"快把他的嘴给堵上！"金魁一边命令手下人找东西，一边冲上来用手捂住刘大山的嘴。

刘大山面对冲上来的金魁，他猛地一挺身把金魁撞向铁匠炉。

刘大山的力气很大，金魁被他撞得脚下不稳，向着旁边的炉子栽了过去。为了保持身体平衡，他下意识地伸出一只手去支撑，结果一下子就扶到了炉子上。此时炉火正旺，就听"刺啦"一声，这可把金魁疼坏了。他恼羞成怒，哇哇大叫着从腰间拔出手枪，对着刘大山"啪啪"就是两枪。

刘大山一下子就倒在了血泊中。

小六子看到师傅倒下了，他不顾敌人的阻拦，一头扑到刘大山面前，大声地喊道："师傅！师傅！"

刘大山睁了睁眼，看了看小六子，吃力地说："孩子，别、别怕！"说完，刘大山就闭上了眼睛。

"师傅！师傅！"任凭小六子怎么呼喊，刘大山也没有了反应。特务把找来给刘大山堵嘴的一条毛巾塞进了小六子的嘴里，并把小六子拖到了墙角处，屋里暂时恢复了平静，但是刘大山刚才的呼喊和枪声已经让大街上乱了套。那些还没有收摊子的生意人也来不及收摊子了，起身就跑。想赶个晚集，趁着生意人收摊子时买点便宜东西的人也撒腿就跑。

这时从古月区中队驻地和古月区政府的方向也都相继传来了枪声。原来古月区中队的同志刚出驻地不远就与特务队的人遭遇了。古月区政府那边的枪声是区队长于大龙带人从中队驻地出来后，忽然想起应该派人去保护区政府，于是就安排一个班的战士直奔区政府而去。战士们刚刚进到区政府的院子里，特务们就对区政府发动了攻击。

现在外面一乱，金魁知道他们想再抓捕来兵站的八路干部已经是不可能的了，于是他把布置在铁匠铺里里外外的二三十个特务都召集起来，对他们说："现在我们的弟兄们已经和八路打起来了，咱再在这里守株待兔已经不灵了，这样我们把人分成两队，一队带着这个铁匠铺的伙计先撤退。一队跟着我去区政府。"说完，金魁带上一队人马急匆匆地出了铁匠铺，向着古月区政府方向赶去。由于他走得急，忘了吩咐人把铁匠铺烧了，这让金魁事后感到追悔莫及。

金魁带着人赶到古月区政府时，双方激战正酣。虽然特务队这次来的人很多，在这里进攻区政府的就有六七十人，而在区政府院里抵抗的区中队的队员和区政府干部只有二十几个人。但是队员和干部们占据了房顶和墙头等有利位置，利用坚固的石头院墙做屏障，居高临下地猛烈回击，让特务队一时也不能攻克。

金魁带着的二十几个特务赶到后，特务队的火力更猛了。子弹在屋顶的瓦片和院墙的墙垛子上打出串串火花，一下子压得院子里的人抬不起头来，打出来的子弹也就稀疏了。

满仲哲见此情景，立即让十几个特务抬来一个圆木，准备去撞开院子的大门。可是当他们刚刚接近大门口时，就有几颗手榴弹从里面扔了出来。

"轰！轰！"手榴弹爆炸，把抬木头的特务炸了个人仰马翻。特务们扔下圆木，连滚带爬地撤了下来，有一个特务被压在了圆木下，吱哇乱叫地做着痛苦的挣扎。

满仲哲见状急了，他就对金魁说："他们往外扔手榴弹，我们就往里扔手雷，让他们也尝尝被炸的滋味！"

"是！"金魁应了一声，立刻命令特务们向区政府院里扔手雷。

"轰！轰！轰！"十几颗手雷相继在院子里爆炸了，霎时间院子里一片寂静，也没有人再向外打枪了。

满仲哲命令特务们再去用圆木撞门。特务们一拥而上，架起圆木，冲到大门洞下，开始撞门。

"咚！咚！咚！"撞门的声音特别刺耳。

眼看着大门就要被撞开了，忽然在特务队的身后传来了震天的喊杀声："缴枪不杀！八路军优待俘虏！"

"哒哒哒！哒哒哒！"一排排的子弹从特务队的背后射了过来，有几个特务立刻就被撂倒了。抬着圆木撞击大门的特务再次扔下圆木，四处躲藏。这时乡政府里面的人也开始向外射击。

"不好！"满仲哲心里一惊。听背后好像是轻机枪的声音，拥有轻机枪的大多都是八路的正规军。虽然他看不清发起进攻的人有多少，但听喊声应该人很多。满仲哲一下子想起了他们特务总队在南王庄的遭遇。"一朝被蛇咬，十年怕井绳"。满仲哲急忙对身旁的金魁喊道："八路的大部队来了，快撤！快！"说完，满仲哲首先撒腿就跑。

"撤！弟兄们快、快撤！"金魁的声音都变音了。

特务们也顾不上躺在地上的伤员了，一窝蜂地跟着满仲哲和金魁向镇子外面跑去，他们的后面传来阵阵枪声和喊杀声。

满仲哲带着特务队屁滚尿流地跑出镇子后，他听到古月区中队驻地方向还有枪声，忽然想起来在那里还有他的一队人马呢。于是他赶紧停下脚步对金魁说："快！快派人去通知那边的弟兄们撤，别让八路再给包了饺子！"说完他不等金魁回话，就继续往来时路上跑去了。

金魁叫过来两个下属，用手一指有枪声的方向说："你俩快去通知那边的弟兄们，让他们马上撤回孙村镇！"说完，他抬腿就去追满仲哲了。

三十七

满仲哲和金魁带着特务队狼狈地向孙村镇方向逃去了，他们一路上都在庆幸这次没有被八路军的正规部队给包了饺子。其实他们哪里知道在他们背后发起攻击的并不是什么八路军正规部队，而是杨忠诚和王小虎他们几个要调到临济县工作的人，也是今天他们要抓捕的人。

今天早上，杨忠诚和王小虎，还有从平陵县武工队调到临济县武工队工作的潘毅、陈增祥、周明玉三名同志天不亮就离开了平陵县委驻地南王庄。他们中途只休息了半个多小时，快晌午时分，就来到了古月镇。就在他们将要进镇子的时候，镇子里面却忽然传来了枪声，很多人都从镇子里面跑了出来。

杨忠诚不知道发生了什么事情，他赶紧上前拦住了一个人问："老乡，镇子里发生啥事了？"

那位老乡气喘吁吁地说："有敌人进镇子了！"说完，那位老乡就跑掉了。

杨忠诚仔细听了一下枪声，他发现枪声来自区政府和区中队驻地方向，尤其是区政府方向的枪声最为激烈，还有爆炸声。杨忠诚对身边的几个同志说："情况不妙，可能是古月区政府受到了敌人的袭击，我们现在立刻去支援！"说完，他拔出手枪就向区政府方向奔去。

王小虎他们四个人也紧紧跟随在杨忠诚的身后向前奔去。

杨忠诚他们五个人来到古月区政府大院外面不远处的一堵半截石头墙

的后面。他发现在墙根下还躲藏着十几个人。他一问才知道这些人是想跑出镇子的赶集群众，因为前面有战事挡住了他们的去路，他们只好先躲在这里。

杨忠诚从墙后面探出头去观察面前的情况，此时特务队正用圆木撞击区政府的大门。

杨忠诚把手枪别在腰间，从背上取下一支步枪。为了支援临济县的八路军武装，平陵县委特意从兵工厂调拨了十支步枪和一些弹药给临济县公安局，这次就由杨忠诚他们顺便带过去，因此他们每个人的肩上都背着两支步枪和两个子弹袋。

杨忠诚一边从子弹袋中拿出子弹给步枪装填子弹，一边对王小虎他们说："今天咱先都不要用手枪，咱用步枪打'排子枪'迷惑敌人。"

王小虎他们听后赶紧把手中的短枪别在腰间，纷纷取下肩上的步枪，给步枪装好子弹。

待大家都准备好后，杨忠诚又对躲藏在墙后面的那些群众说："老乡们，我们是平陵县武工队，是来消灭眼前这股敌人的。一会儿我们就开始进攻。到时候，乡政府里面的八路军会和我们一起夹击敌人，现在我们需要老乡们给帮个忙。"

"需要我们咋帮忙你说就行！"

"是啊同志，你说就行，我们都听你的！"

老乡们争相说道。

杨忠诚看群众都很踊跃，心里很高兴，就接着说："等咱这枪声一响，你们就跟着我们大声喊'缴枪不杀！八路军优待俘虏！'记住，声音越大越好。"

"没问题！八路军同志你就放心吧！"老乡们纷纷应道。

"领导同志，我是朱家峪的民兵，能不能给我一支枪，我也会打排子枪，就让我也参加战斗吧？"一个年轻人凑到杨忠诚面前说。"你叫啥名字？"杨忠诚问。

"我叫朱子豪。"那个年轻人回答道。

杨忠诚曾多年走乡串户做生意，平陵境内的很多村子，尤其是闫满庄周边村子里的很多人他都熟识，但是眼前的这个年轻人他不认识，于是他又问："你爹叫啥名字？"

"我爹叫朱文茂。"年轻人回答道。

"给他一支步枪！我认识他爹。"杨忠诚对王小虎说。王小虎把装好子弹的一支步枪递给了朱子豪。

杨忠诚安排好这一切后，他又看了看古月区乡政府前面的战事，此刻，敌人还在用圆木撞击乡政府的大门，他们的注意力都集中在前面的那扇门上，根本没有顾及身后的情况。

见此情景，杨忠诚果断地下达了命令："打！"于是便出现了前面满仲哲他们遭到背后突然一击的那一幕。

敌人撤退以后，杨忠诚带着人来到古月区政府的大门口，里面的人看到来支援的人也赶紧打开大门迎接他们。区长闫东升激动地握着杨忠诚的手，不知道该说啥好。这次敌人进攻区政府造成了三名同志牺牲、多名同志受伤，让古月区蒙受了很大的损失。

杨忠诚到后不久，古月区中队的中队长于大龙也带着战士们赶到了。于大龙和杨忠诚握手后，告诉他刘大山的铁匠铺也去了敌人。杨忠诚一听刘大山的铁匠铺也去了敌人，赶紧告别了闫东升区长，带着王小虎他们就向铁匠铺奔去。

杨忠诚一行人离着铁匠铺门口还有几十米的距离，就看见铁匠铺院子外围了很多人，听到里面传出了女人撕心裂肺的哭喊声。

"不好！出事了！"杨忠诚心里咯噔一下，他快步跑到铁匠铺门口，分开人群就冲了进去，眼前的一幕让杨忠诚呆住了。

只见刘大山躺在血泊中，两个古月区中队的战士正拉着刘大山的媳妇张翠莲。张翠莲拼命地挣脱着，试图扑向刘大山。

杨忠诚默默地走上前去，蹲下身子，托起刘大山的头，把他抱在怀里，轻轻地说："大山哥！我的大山哥啊！兄弟我来晚了！"说着，眼泪就流了下来。

"忠诚兄弟，你大山哥让敌人给打死了，他死得惨啊！你们可要给他报仇啊！"张翠莲挣脱那两个战士的手，扑到杨忠诚身边，拉住杨忠诚的胳膊，跪倒在地上大声说道。

杨忠诚抱着刘大山，久久不肯放下。

这时于大龙也赶了过来，他走到杨忠诚身边，俯下身子对杨忠诚说："大队长，大山哥已经牺牲了，你也不要太难过了。"于大龙虽然嘴里这样说着，但是眼泪已止不住地流了下来。

于大龙和刘大山的感情也非常好。古月区中队回到古月镇驻防后，于大龙跟着杨忠诚经常到刘大山的铁匠铺来，有时张翠莲炒上几个小菜，他们就会边吃边聊，三个人有说不完的话。后来杨忠诚调到县大队，于大龙就经常一个人来，他也会偶尔和刘大山喝上一壶，每次他们喝酒时都会提到杨忠诚，杨忠诚是于大龙和刘大山永远的话题。

杨忠诚听了于大龙的话，他腾出一只手来擦了一把眼泪说："来大龙，咱把大山哥抬到床上去吧！"

杨忠诚和于大龙一起把刘大山的遗体抬到了靠墙边的一张木床上，然后他回身扶起张翠莲说："嫂子，你要坚强些！你放心，我们一定会给大山哥报仇的！"

此时的张翠莲心境稍微平静了一下，她使劲地点了点头，然后转身出去拿进来一条白色的床单，轻轻地盖在了刘大山的身上。当床单盖到刘大山脸部的那一刻，张翠莲的手忽然停住了，她的眼泪又流了下来，她看着刘大山那轮廓分明的刚毅的面容，久久不愿意把床单盖下去。杨忠诚接过床单，把床单轻轻地盖在了刘大山的脸上。

张翠莲一下子蹲在地上，又开始抽泣起来，杨忠诚轻轻地拍了拍张翠莲的肩膀，他没有再说话，而是把脸高高扬起，似乎是让已经流出来的泪水再流回去。

"队长，我们该怎么办？"王小虎走到杨忠诚的面前问。

"嫂子，小六子呢？小六子去哪了？"杨忠诚没有回答王小虎的问话，他忽然低下头问身边的张翠莲。

"小六子？对啊，小六子去哪里了？"张翠莲也一下子从失去丈夫的神情恍惚中缓过神来，她站起身用眼睛在四处寻找着。

"小六子被敌人抓走了。"这时门外的一个群众挤进屋里说。

"你看到了吗？"杨忠诚问。

"我看到了，敌人把小六子五花大绑带走了。"那个群众说。

"这可咋着是好啊？死的死，抓的抓，我这可怎么办啊？"张翠莲又开始大哭了起来。小六子跟着刘大山和张翠莲他们两口子多年了，在他们眼里就像儿子一样。现在丈夫没了，小六子又被抓走了，张翠莲已经破碎的心好像又被人踩上去了一脚。

"放心吧嫂子，我们一定会把小六子救回来的！"杨忠诚对张翠莲说完，又对于大龙说，"大龙，这里就交给你了，你把大山哥的后事处理好，照顾好翠莲嫂子，我现在就去救小六子！"

杨忠诚他们出了古月镇，一路打听着，沿着特务们撤退的路线开始追击。他们从刚过晌午一直追到太阳离着西山头已经不远了，依然没有追上敌人。因为他们从早上出来到现在一直没吃没喝，现在真的是有点人困马乏了。此刻，他们来到了一个叫黄家庄的村口上。走在前面的杨忠诚停下脚步，他从肩上取下两支步枪和子弹袋递给王小虎说："你们先在这里找个地方隐蔽一下，我到庄里去看看能不能找到咱们的人，好让他们给咱弄点吃的。天色不早了，看来今天是营救不了小六子了。等咱吃完饭后先赶到平陵城吧，那里的同志还在等着咱呢，咱要是去得太晚了，他们会担心的，营救小六子的事情咱再从长计议。"

"队长，还是我去吧？"王小虎说。

"这个庄我收棉花时来过几次，庄里的路我熟，还是我去。"杨忠诚说完，不等王小虎回话抬腿就向村子里走去。

杨忠诚来到庄头一户人家的大门前，他抬起手来刚要敲门，忽然发现从旁边的胡同口出来一个人，那人一露头又快速地退了回去。杨忠诚很警觉，他拔出手枪，迅速地奔向胡同口。

杨忠诚先是贴着墙根听了听胡同里面的动静，然后一个箭步冲进了胡同。

"哎呀妈呀！"就听着一声惊叫，一个人一下子瘫坐在了地上。原来那个人并没有走，而是藏在了胡同口处。杨忠诚忽然出现在他的面前，面对黑洞洞的枪口，那人真的被吓坏了。

"你是什么人？为啥要躲我？"杨忠诚厉声问道。

"我、我就是这庄的……你、你是谁？"那个人很紧张地说。

杨忠诚一看对方就是一个村民，而且被吓到了，于是就把枪放下，过去把他扶起来说："老乡你不要怕，我们是八路军临济县武工队。"

"哎哟同志啊！你们可回来了！"那人激动地一把拉住杨忠诚的衣袖，眼里瞬间涌满了泪水。

"咋了老乡？"杨忠诚问。

"唉！别提了！"那人摇了摇头，叹了口气。

"老乡，到底咋了吗？你快说！"杨忠诚把手枪别在腰间。

那人用手抚了几下胸口，平复了一下心情，然后把杨忠诚拉到一户人家的大门垛子处，擦了一下眼睛说："同志，我是这个庄的交通员，我叫黄福生。这个庄的大地主黄生金是我的本家，不过我们早就没有啥来往了。上周，黄生金带着还乡团回来了。因为他们人多势众，咱们的人就都撤到山里去了，只留下我监视他们。这几天，黄生金带着人在庄里到处找人算账，搞得庄里鸡飞狗跳的，还闹出人命。我一直盼着咱的队伍能快点回来把这帮坏蛋赶走，可是总不见队伍来。刚刚庄里又来了十几个敌人，他们还押着一个五花大绑的人进了黄家大院。我从黄家的长工嘴里得知这伙人抓了一个八路，说是要押到孙村镇去。我想不能让他们就这样把人带走，我要去叫咱的队伍来解救，这不我刚要出庄就碰上你了。"黄福生一口气说完话后喘了几口粗气。

黄福生的话让杨忠诚心中暗喜，他想那个被绑的人应该就是小六子。这可真是"踏破铁鞋无觅处，得来全不费工夫"啊！没想到在他们要放弃的时候，却偏偏在这里给撞上了。可杨忠诚转念一想又觉事情有些棘手。现在庄里的敌情不明，虽然小六子近在眼前，可解救起来还是很困难的，但是不管咋说都不能错过这个机会，于是杨忠诚又问黄福生："这些敌人现在干啥呢？"

"他们正在黄家大院里吃饭呢。"黄福生说。

"现在庄里有多少敌人？"杨忠诚接着问。

"他们刚来时有一百多人，后来走了一些，现在加上刚来的这些人有六七十个。"黄福生回答道。

"哦！原来是这样。"杨忠诚摸着自己的下巴说。

"哦，对了，同志，那你们武工队来了多少人啊？"黄福生忽然问杨忠诚。

杨忠诚看了一眼黄福生说："这个你别管，你还是去送信吧，让咱们的同志快点过来增援。"

"那你知道黄家大院在哪吗？"黄福生问。

"知道，这个庄我来过。"杨忠诚说。

"那我就去了。"黄福生说完转身就向庄外跑去。

待黄福生走后，杨忠诚回到村口，王小虎他们几个人迅速围了上来。"队长，找到咱们的同志了吗？"王小虎急切地问。

"见到庄里的交通员了，他说这会儿咱们的人都不在庄里。"杨忠诚说。

"为啥？"王小虎问。

"庄里来了还乡团，他们人多势众，咱们的人暂时都进山了。"杨忠诚说。

"那咱也赶紧走吧。"潘毅说。

"咱不走，咱进村！消灭这股敌人！"杨忠诚边说边把王小虎身上的步枪和子弹袋拿下来，重新背到肩上。

"他们不是人多势众吗？"潘毅有点疑惑地问。

"小六子就在庄上，我们要救小六子。"杨忠诚说。

"小六子怎么会在这里？他怎么到了还乡团手上了？"王小虎很不解地问。

"押解小六子的特务团也来这个庄上找吃的了，现在正在黄家大院里吃饭呢，这是我们解救小六子的好时机。"杨忠诚说。

"他们有多少人啊？"王小虎问。

"听交通员说有几十个吧。"杨忠诚回答道。

"可咱只有五个人，这力量对比是不是有点太悬殊了？"潘毅有点担心地说。

"狭路相逢，勇者胜！"杨忠诚说完转身就走。

王小虎这些年跟着杨忠诚大小战斗参加了很多次，在他心里杨忠诚是一个粗中有细的人，经常是看似冒险，实则心中有数，因此他对杨忠诚是十分信任的，于是他很自信地对潘毅他们一挥手说："走！"

"走！大不了拼了！"潘毅冲着陈增祥和周明玉一攥拳头说。

黄家大院在黄家庄的正中央，占地有一亩多，是黄生金老爷爷那一辈建造的，具有典型的清代建筑特点，门楼和院墙都很高大，四合院的房屋雕梁画栋、青砖到顶，黑瓦盖脊，很是气派。

杨忠诚他们五个人大摇大摆地走到黄家大院的大门口，这时在门口站岗的一个还乡团的团丁举枪问道："干啥的？"

"我们是翟司令手下特务团的，是来找黄生金的。"杨忠诚边说边上了大门的台阶。

"他们都快吃完了，你们咋才来啊？"那个团丁把枪放下说。

杨忠诚没有搭话，径直迈步上了台阶，进了大门洞。走在最后面的王小虎在经过那个卫兵身旁时，冷不防用手枪把狠狠地砸在了那个团丁的头上，团丁连哼一声都没有，就瘫倒在了地上。

王小虎把那个团丁拖进大门洞里，迅速地把大门关上，插好。

这时杨忠诚和潘毅他们几个人已经穿过门廊，循声来到北屋门前，此时在屋里依次摆满了六桌酒席，还乡团和特务队正在猜拳行令，喝得好不热闹。墙角处竖着的几十支步枪，上面还搭着子弹袋。他们只顾喝酒吃菜，对门外发生的事一无所知。

"举起手来！缴枪不杀！"杨忠诚一脚踹开房门，一只手举着手枪，一只手举着步枪厉声喝道。

"缴枪不杀！八路军优待俘虏！"潘毅、陈增祥、周明玉三个人也冲进屋来，他们也一只手举着手枪，一只手举着步枪。

屋子里顿时鸦雀无声了，很多人像是被人施了定身术，面部表情和身体姿势瞬间都被凝固了。虽然此时屋子里还乡团和特务队人数众多，但是他们都被突然间冲进来的这几个人的气势给镇住了。他们还从来没有见过每个人都佩戴三支枪的队伍。这到底是八路军的什么武装啊？他们心里都很纳闷。

片刻的寂静后，一个人满脸堆笑地站起身来说："哎呀！这是怎么说的？来的都是客嘛！鄙人是黄生金，来，弟兄们快过来坐下，咱一起喝杯酒。"

"黄生金，你快给我坐下！小心我一枪毙了你！"杨忠诚厉声呵斥道。

黄生金还想再说点什么，但是面对杨忠诚冷峻的目光，他只好又乖乖地坐回了原位。

"报告大队长！我们把整个院子都包围起了，下一步咋办，请大队长指示！"王小虎提着枪从外面精神抖擞地走了进来。此时的王小虎已经快速地解救了关在西屋的小六子，并让小六子把黄生金的家眷和佣人都赶到了院子里看押起来。

杨忠诚把步枪扛在肩上，用手枪指着屋子里的人命令道："所有人双手抱头靠墙跟站好！想活命的就听招呼，不想活命的随便！"

"快点！我们大队长的脾气可不太好！"王小虎高声命令道。

翟云涛的特务队和这些还乡团其实都是些乌合之众，平时欺压百姓还可以，一旦遇到厉害的主立马就认怂，他们纷纷离座，双手抱头站到了墙根处。

潘毅带着陈增祥和周明玉上前把敌人挨个搜身、缴械，并把墙角处竖着的步枪都收了过来。这下子没费一枪一弹就俘虏了这么些敌人，还缴获了六十多支长枪和短枪，可谓战果颇丰。

杨忠诚把黄生金拉到屋门外，命令道："快找两根绳子来！"

"好好好！"黄生金连连点头，并马上让家人来福去找。

来福就是黄福生对杨忠诚说的那个黄生金家的长工，其实他是黄福生的内线，只是黄福生没有把这一情况告诉给杨忠诚，这也是组织纪律。本来在特务队的人吃饭时，是有两个特务看押小六子的，来福让他们去吃饭，说他替他们看着。那两个特务也饿得不轻，一看有人替，立刻就跑到北屋吃饭去了。在他们看来小六子被五花大绑，也跑不了。来福也给小六子弄了一点饭菜，可是小六子说啥也不吃。来福知道黄福生去送信了，他的心里一直盼着早点来人解救小六子，顺便把这帮还乡团消灭掉。这段时间他被这帮人没白没黑地指使，连一个囫囵觉都睡不好。刚才王小虎冲进屋子时，他还以为黄福生叫的人到了呢。直到王小虎用枪顶着他的头，他才知道不是，于是他赶紧向王小虎表明了身份。王小虎让他马上给小六子松绑，然后王小虎又迅速地冲出了西屋。

其实在来黄家大院的路上，杨忠诚已经给大家做好了战术分工，在进入黄家大院后他们就是按照战术分工行动的。

来福很快找来了两根绳子，潘毅和周明玉把屋里的俘虏用绳子绑住双手，串成两串，然后押到院子里，让他们蹲在地上。

杨忠诚看了一眼满院子里的人，他又回身来到北屋门口，看了看屋里桌上的酒菜，然后对王小虎说："你们几个就别客气了，该吃吃，该喝喝，动作快点！我来看着这些俘虏。"

"八路军同志，我马上安排人再重新给你们做，怎么能让你们吃这些残羹剩饭呢？"黄生金满脸堆笑地说。

"不用了，他们吃这些就行，我就不吃了，你一会儿去给我拿几个馒头就行。"杨忠诚对黄生金说。

"好好好，就听您的！"黄生金很聪明，当他看到这个八路军不吃那桌子上的东西时，就立刻明白是咋回事了，他赶紧让来福去食堂拿馒头和咸菜。

杨忠诚把小六子叫过来对他说："你也快去吃点东西，吃完赶紧回古月镇帮着你师母料理你师傅的后事。"

小六子点了点头，他的眼泪又默默地流了下来。

杨忠诚他们刚刚吃完饭，黄福生带着村里的民兵就赶到了黄家大院。当他们看到一院子的俘虏和一堆缴获的武器时，都纷纷伸出大拇指，连连称赞道："武工队果然名不虚传，真的了不起！"

杨忠诚对黄家庄的民兵连长说："黄生金和这些俘虏就留给你们去处理了，临济县刚刚成立，那里的队伍上急需这些武器装备，请你安排几个同志帮我们把这些枪支弹药都送到平陵城去。"

"没问题，我马上安排人。"民兵连长说完，就叫过来几个身强力壮的民兵，向他们吩咐道，"你们跟着杨队长一同去平陵城，一切都听杨队长指挥。"

三十八

　　杨忠诚他们一行人到达平陵城的时候已经是深夜了。他们刚到城门口就有人迎了上来，原来是临济县公安局局长亓瀚辰亲自迎接他们来了。亓瀚辰局长和临济县武工队的人在这里已经等候多时了。古月镇被特务队偷袭的事亓瀚辰他们已经都知道了，他们也知道杨忠诚带着人去追击特务队，解救小六子去了。亓瀚辰局长本来想派人前去增援，可他不知道杨忠诚他们去了哪里，所以只好在这里等他们回来，但大家在心里都为杨忠诚他们捏着一把汗。随着夜幕的降临，亓瀚辰局长也开始着急了，他不停地看着天。正在这时，杨忠诚他们来了。

　　亓瀚辰局长得知杨忠诚他们不但解救了小六子，还消灭了一股敌人。尤其是当他看到杨忠诚他们缴获了这么多武器时非常高兴，他拉着杨忠诚的手笑着说："忠诚啊，你这见面礼可实在是有点太重了！"

　　"我们这也是瞎猫逮住个死老鼠，碰巧了。"杨忠诚笑着说。

　　"这可不是碰巧了，你们这叫入虎穴得虎子，你这临济武工队的队长还没有正式到任就立下了一个大功，你杨忠诚可真不愧是我们八路军里的斗狼英雄啊！看来我把你调过来就对了。"亓瀚辰局长满意地说。

　　亓局长这么一表扬倒把杨忠诚弄得不好意思了。杨忠诚并不是一个很健谈和很会开玩笑的人，此时他不知道该说什么好了。

　　亓瀚辰对杨忠诚是很了解的，他见杨忠诚不再说话了，就知道他把杨忠诚夸得不好意思了，于是赶忙拉过来身边的一位同志，对杨忠诚说："你看我光顾着和你说话，都忘介绍了，这是咱们临济县武工队一班的班长文立冬同志，他是代表武工队来欢迎你们的。"

文立冬上前拉住杨忠诚的手说："杨队长，你可来了，大家盼着你来呢！"

"就怕我这个队长当不好，让大家失望。"杨忠诚谦虚地说。

"这还当不好呢？你这在来的路上就打了个大胜仗！"文立冬激动地说。

杨忠诚也赶紧把王小虎他们几个人叫到身边，对文立冬班长说："你看我见了老领导也只顾高兴了，也忘了介绍我带来的这几位战友。"杨忠诚说着把王小虎他们几个人分别向文立冬做了介绍。

文立冬和同志们一一亲切握手。

亓瀚辰局长说："你们以后就要在杨忠诚队长的领导下并肩战斗了，我希望你们能团结一心，多打胜仗。"

"请局长放心！我们不会辜负领导期望的！"文立冬表态说。

"好了，咱不说了，咱赶紧回去吃饭吧！"亓瀚辰局长吩咐身边的勤务兵，"你快快去让食堂的同志赶紧把饭菜都给热上。"

杨忠诚他们吃完饭已经是后半夜了，亓瀚辰局长把杨忠诚拉到了公安局的院子里。这是一处大户人家的四合院，房屋的主人姓孟，是一个商人，目前在省城济南做生意，房子原先被翟云涛的部队占用，现在翟云涛被赶走了，是临济县公安局的临时办公地。亓瀚辰和杨忠诚坐在院子靠西侧的一个石桌旁。月亮挂在树梢上，月光洒满小院，一切都显得很宁静。

亓瀚辰局长对杨忠诚说："忠诚啊，临济县成立以后，面对的形势非常严峻。尤其是这临济县委驻地平陵城紧邻济南，周边一马平川，可以说无险可守，平陵城又刚刚解放，敌对势力遍布城内外，他们随时可能向我们发起进攻。武工队是咱手里的一把利剑，县委很重视这支队伍，我希望今后武工队在你的领导下能节节胜利，威震敌胆。咋样？有信心吗？"

"局长放心，我们武工队保证完成任务！"杨忠诚很自信地说。

亓瀚辰局长看了看杨忠诚说："现在在临济县境内有一股反动势力跳得特别高，他们紧跟国民党的指挥棒不断挑衅我们。县里认为我们绝不能退让，要以牙还牙。"

古月星转

"局长，这边的情况我还不了解，是哪股反动势力啊？"杨忠诚问。

"你还记得王子元吗？"亓瀚辰问杨忠诚。

"咋会不记得那个杀人魔王呢？我们交过手的。"杨忠诚说。

"王子元现在盘踞在北锦镇。前段时间，他带着人出来抢粮，在路上无辜杀害了四个卖棉花的商人。此后不久，他又在北锦镇集上把三个讨饭的农民当场击毙。虽然这些人都是老百姓，但王子元是以所谓共党分子的名义给杀害的，反动气焰十分嚣张。"

"局长，我明白了，我明天就着手去办这件事情。"杨忠诚不等亓瀚辰说完就迫不及待地说。

"不急，你刚来到武工队，很多同志还没和你见面呢，你先熟悉一下队伍。王子元那边也要先摸一摸情况，一定要做到知己知彼，想好办法再下手。"亓瀚辰局长说。

"好的局长。"杨忠诚点了点头说。

"好，今晚我们就先谈到这里，时候不早了，你奔波一天了，就先回去休息吧。"亓瀚辰说完站起身来。

杨忠诚也站起身来。这时，武工队的一班长文立冬走了过来，引着杨忠诚出了公安局的院子，向旁边武工队的驻地走去。

杨忠诚到任临济县武工队后，他很快就熟悉了队伍的情况，他发现这里的每一位同志都和他在平陵县大队一样，是一些穷苦出身的人，尤其是一班长文立冬还是个孤儿，在参加队伍之前就在这平陵城郊一家大地主家当长工，从小没人疼没人爱，吃了不少苦头，受了不少罪。

文立冬和杨忠诚很聊得来，杨忠诚来了这几天，他就和杨忠诚无话不说了，尤其是当他听王小虎说杨忠诚曾在夜晚的深山里勇斗两头饿狼时，就更敬重这位新来的队长了。今天杨忠诚想到街上好好熟悉一下平陵城的情况，文立冬便自告奋勇，抢着陪杨忠诚一起上街。

杨忠诚和文立冬并肩走在平陵城的大街上，文立冬给杨忠诚指点着街两旁的建筑和店铺，像个导游似的给杨忠诚介绍个不停。杨忠诚对平陵城也并不陌生，他之前在做生意的时候经常往平陵城跑，但是文立冬今天介绍的一些情况他也还是第一次听说，因此杨忠诚听得很认真。

临济县政府驻地平陵城是一座历史文化古城。据史志记载，公元556年，也就是北齐天保七年，朝廷在此设置高唐县，并筑城，成为当时远近十分有名的一座城池。隋开皇十六年，也就是公元596年，高唐县改称平陵县，县治城建开始迅速发展。自明成化元年到清道光十四年，也就是公元1465年到公元1834年，平陵城一共经过七次扩修，城池规模和格局也基本固定下来。它主要由"四关四隅"组成。城中高阜而顶平的部分，即隅首为全城最高点。隅首直通四城门，且距离相等。东关外是绣江河，城内主要建筑为：东北隅有县衙、马神庙、金姑庙、关帝庙、广济堂；西北隅有三皇庙、大云寺、绣江书院；东南隅有义学、养济院、城隍庙、真武庙、钟楼、预备仓；西南隅有圣庙、儒学、文昌宫、棂星门、广严寺、造士楼、魁星楼。东关外有东岳行宫，绣江东岸有绣江寺、绣江亭、先农坛；西关外有关帝庙、张公泉；北关外有邑厉坛、关帝庙、真武庙等。旧时的平陵城设有内外各四门，共八个城门，且都有一个颇为文雅，且意味深长的名字。东门外曰"承青"，内曰"绣江"；西门外曰"道济"，内曰"锦川"；南门外曰"长泰"，内曰"明秀"；北门外曰"永定"，内曰"清平"。每个门的名字都有其文化内涵，如东外门"承青"，西外门"道济"展现的是平陵的大地理环境，意为平陵古城东可承接来自青州东方的蔚然紫气，西则有通衢大道直达济南府；南外门"长泰"和北外门"永定"是期盼国泰民安、社会安定吉祥之意。但是这些蕴含着历史文化的古建筑，在经历了1928年春天土匪张鸣九的残酷洗劫，再到1937年日本鬼子的野蛮入侵，平陵城频经战乱，许多古迹都毁于战火，现留的已经不多了，那些青砖碧瓦的恢宏和文化格调的婉约都只能留在人们的记忆之中了。

杨忠诚和文立冬来到城东北的老县衙前，这个县衙的院子和院子里的建筑虽经战火多次摧残，但保存还算完整，非常值得庆幸。老县衙历史悠久，历经多个朝代，而且这里还是民间流传的平陵八大景观所在地之一。

平陵古有八景，自明朝时就有"八景诗"流传，其内容为：高耸危山圣井澄，绣江春涨水流声。百脉寒泉珍珠滚，黉堂夜雪粉妆城。锦川烟雨时时润，龙洞熏风日日清。白云棹罢归来晚，卧看东岭晓月明。这最后一句"东岭晓月"就和这县衙有关。

东岭山又名东陵山，古为权枌山。据平陵《县志·山水考》记载："权

　　　　　　　　　　　　　　　　　　　　　　　古月星转

枰山在县治东南四十里，入长白山第一峰也。怪石嵌崎万状，雨后瀑布光射数里，北巅有大窟透月，载入八景之中。"就是说在东岭山顶北崖有高高耸立的两块巨石，其中间又夹着一块巨石，远远望去像一个石窟。当月明晨晓之时，古人在县衙阁楼的卧榻上开窗东望，石窟如晴空一轮朗朗明月。于是，文人们吟诵出了"卧看东岭晓月明"的诗句。

有关平陵城的这些记载和传说其实并不在杨忠诚和文立冬今天的谈话内容当中。实实在在地说，杨忠诚和文立冬他们两个人都不是什么文化人，对这些历史都不是很了解，也并不关心，他们关心的是此时平陵城内外的敌情。亓瀚辰局长说过，眼下这县城刚刚解放，敌对势力遍布城内外，他们随时可能来进犯。因此武工队不但要深入敌后打击敌人，还要提高警惕，防备敌人有可能的进犯。

县衙所在的这条路是一条商业街，路两侧的商铺门前有很多摆摊设点的小商小贩，各种吆喝声不绝于耳。此时街上行人如梭，很是热闹。杨忠诚示意文立冬不要再讲话了，他们一前一后地走进了商业街。

杨忠诚和文立冬像其他赶集人那样随意地东看看，西望望，一副漫不经心的样子，但实际上他们是在仔细观察着这集市上的角角落落，看有没有什么可疑的人。现在是深秋时节，集市上卖各种农产品的人很多。

当杨忠诚和文立冬快走到集市中间的时候，杨忠诚忽然看到一个卖地瓜干的人见他们走过来，一下子低下了头，而且把头上的帽子还向下拉了拉，这引起了杨忠诚的注意，因为这是很反常的。杨忠诚也曾经是个生意人，他懂得做生意的规矩，按说有人过来了，生意人都要热情相迎，主动介绍自己所售卖的东西，怎么可以躲着人呢？于是杨忠诚径直走了上去。

"这地瓜干咋卖的？"杨忠诚问。

"就剩这点了，不卖了。"说着，那人开始收拾摊子。

"咋的？担心我不给你钱吗？"杨忠诚继续问。

"就是不卖了，你去别处买吧。"那人说。

"要是我没认错的话，你应该是魏三吧？"杨忠诚一边抓住那人的手，继续问道，"怎么？魏得财！不做汉奸改做小买卖了？"

"你认错人了，我不姓魏。"那人依然低着头。

"抬起头来说话！"文立冬上前一把拿掉那人的帽子，一只手托着那人的下巴，把他的头抬了起来。

"果然是魏三啊？你不让我看脸，可是你的声音我还熟悉呀，你忘了我们是老朋友了吗？"杨忠诚看着魏三说道。

"忠诚大兄弟，事情都过去那么多年了，你看我现在都混成这样了，你就放过我吧！"魏三一边挣脱开杨忠诚的手，一边可怜巴巴地央求道。

"那你也不能见了面装不认识的呀？"杨忠诚问。

"我曾经做过对不起你的事，我、我怕……"魏三忽然口吃起来。

"过去的事咱都先不提，今天老朋友见面，怎么也得叙叙旧吧？走，咱找个地方聊聊去。"杨忠诚说完扭头对文立冬说，"把魏队长的东西收拾一下，请他到我们那里去做客！"

"好的！"文立冬一边答应一边把摊子上盛地瓜干子的包裹系好，递给魏三说，"走吧，我们队长有请！"

魏三并没有去接包裹，他侧身用半个身子挡住文立冬的视线，然后偷偷把一个东西塞到杨忠诚的手里，并小声央求道："忠诚大兄弟，看在咱是老朋友的份上，你就放我一马呗！"

杨忠诚张开手一看，原来是一枚金戒指。杨忠诚笑了笑说："你真是狗眼看人低啊！"说完，他把金戒指递给文立冬说，"拿回去交公。"

就在这时，魏三突然转身撒腿就跑。

魏三的这一举动出乎杨忠诚和文立冬的意料，等他们反应过来时，魏三已经窜出去十来米远了。杨忠诚和文立冬赶紧绕过摊子去追魏三。这时集市上的人很多，人来人往很碍事。杨忠诚和文立冬分开拥挤的人群边追赶，边大声呼喊："抓住他！别让汉奸跑了！"

魏三一路狂奔，眼看着就要跑到城门口了，这时文立冬和一个路人发生了碰撞，重重地摔倒在了地上，杨忠诚只好一个人继续追赶。就在魏三要跑出城门口的那一刹那，忽然从路边冲出来一位身着八路军军服的人，那人一下子就把魏三扑倒。追上来的杨忠诚和那个战士一起把魏三死死地摁在地上，这时文立冬也从后面赶了上来，他从兜里拿出来一根绳子，把魏三的胳膊结结实实地反绑了起来。

杨忠诚把魏三从地上提溜起来，刚要答谢那位八路军同志，却没想到那位同志先开口问："忠诚哥，你咋会在这儿啊？"

"宗武兄弟！真是你吗？"杨忠诚很惊讶，他把魏三交给文立冬，上前一把抓住金宗武的手。

"忠诚哥，你不是在南山里吗？咋到这平陵城来了？"金宗武问。

"先别说我了，你先告诉我你咋到这里来的吧？"杨忠诚问。

"我们的队伍到这里来驻防了。"金宗武说。

杨忠诚看了一眼魏三，然后把金宗武拉到一旁说："宗武，我现在调到临济县武工队了，你现在在哪支队伍里？队伍驻扎在哪儿啊？"

"我在渤海军区独立团的三营，队伍就驻扎在城外。"金宗武说。

"你在营里干啥？"杨忠诚关切地问。

"在侦察排当排长。"金宗武说。

"前段时间在解放平陵城时，听说有一个侦察排先期进城，为拿下平陵城立了大功，不会是你们吧？"杨忠诚问。

金宗武笑了笑，有点不好意思地说："那就是赶巧了。"

"还真是你啊！"杨忠诚高兴地一巴掌拍在金宗武的肩膀上。

杨忠诚这一巴掌拍得有点重，金宗武用手摸了一下肩膀说："哥，你还是那个脾气，一点都没变。"

杨忠诚用手给金宗武揉了揉肩膀笑着说："宗武，今天我们有事，就先不聊了，你改日去武工队找我，我现在要赶紧回去审讯魏三，没想到在这里抓到了我们的老相识。"

"这小子是魏三啊？"金宗武松开杨忠诚的手，回身走到魏三面前上下打量了半天说，"果然是你这个王八蛋，我刚才都没认出你来。"

魏三当年在鬼子炮楼当汉奸时，仗着鬼子的势力横行霸道，耀武扬威，肆意刁难和欺负过往的群众，当年金宗武也没少受这家伙的气。刚才金宗武只顾抓人，也没仔细看，现在他知道眼前的人是魏三时，真想狠狠揍他一顿，出出气，可是他现在的身份不允许他那样做，于是金宗武狠狠地瞪着魏三。

魏三被金宗武的眼神吓得一哆嗦。

杨忠诚拍着金宗武的肩膀说："兄弟，我们先走了，别忘了去找我啊！"说完就和文立冬押着魏三回了武工队。

杨忠诚没有想到魏三的嘴很硬，不管怎么审问，这家伙都说自己现在就在家里做生意，其他的事啥也没干。魏三曾经是东锦镇皇协军保安队的队长，作恶不少。日本人投降后，如果他真回了家，不管是国民党的国民政府还是共产党的人民政府都不可能放过他，怎么会让他安安稳稳地做起生意来了呢？杨忠诚认定魏三一定有问题。

　　"队长，这家伙就这么装傻充愣的，让我给他来点厉害的吧？要不然，他不知道马王爷有三只眼！"文立冬很不耐烦地撸起袖子向杨忠诚请示道。

　　"不用，他不想说就不说，先把他押下去！"杨忠诚吩咐道。

　　"好吧！"文立冬咬了咬牙，气愤地上前抓住魏三的胳膊。

　　"你们八路军不能这么随便抓人啊！我现在可是什么坏事都没干啊！忠诚大兄弟，你可是八路军干部，你可不能公报私仇啊！"魏三一边试图挣脱着文立冬的手，一边对着杨忠诚大声喊道。

　　杨忠诚没有搭理魏三，他冲文立冬摆了摆手，文立冬立即把魏三给拖了出去。

　　太阳落山了，平陵城渐渐恢复了宁静。

　　等天彻底黑下来以后，杨忠诚和文立冬，还有一个武工队员押着魏三出了城，他们向着城南方向走去。

　　"你们这是要带我去哪里啊？啊？杨队长！大兄弟！你们这是想干啥啊？"魏三不停地问杨忠诚。

　　杨忠诚根本不搭理魏三。

　　"两位大哥，你们这是要带我去哪啊？"魏三又问文立冬和那个武工队员。

　　文立冬和那个武工队员也同样不说话。

　　魏三发现大家都不理他，心里更没底了，尤其是当他看着文立冬和那个武工队员每个人肩上都扛着一把铁锨时，他不知道杨忠诚他们这葫芦里到底是卖的啥药，因此心里非常紧张，一路上问个不停。

　　杨忠诚他们一直走到城南的一处乱坟岗子边上才停下脚步。

　　这处乱坟岗子里面有很多坟丘和或完整、或残缺的墓碑。那坟丘和墓

　　　　　　　　　　　　　　　　　　　　　　　　　　　古月星转

碑旁都长满了杂草，有的杂草已经有半人多高，上面还挂着一些冥纸，一阵阵微风吹过，发出窸窸窣窣的响声，阴森的气息直逼人的后脊梁。

杨忠诚抓过魏三，一把推倒在一个坟堆旁说："你到地方了，再多喘几口气吧，以后就没机会喘了！"然后就对文立冬说，"开始吧！"

文立冬和武工队员应了一声就开始用铁锨在地上挖了起来。

在这四周无人黑漆漆的墓地里，那铁锨挖土的声音和那风过草丛的声音交织在一起更增添了恐怖的气氛，魏三吓得灵魂都快出窍了，此刻，他突然间明白了杨忠诚他们这是想要干什么。

"忠诚大兄弟啊！你们不能这样啊！你们不能这样对待我啊！我现在已经改邪归正了，我就是个小老百姓了呀！"魏三拼命地跪爬到杨忠诚的脚下，把头在地上磕得咣咣响，大声哀求道。

"魏得财！你作恶太多了，给你戴罪立功的机会你不要，那也就怪不得谁了！记住下辈子投胎时做个好人吧！要不然还是这个下场！"杨忠诚说完就不再理会魏三了。

"队长，差不多了，这坑够埋这家伙的了。"文立冬对杨忠诚说。

"那就把他扔进去吧！"杨忠诚吩咐道。

文立冬和武工队员放下铁锨，一起向魏三走了过来。

"不要埋我啊！我说！我全都说！"魏三的心理防线终于被突破，他整个人彻底崩溃了。

三十九

　　果然不出武工队长杨忠诚所料，魏三根本就不是什么老百姓，他就是现在整天和八路军作对的王子元所部特务大队的副大队长。日本人投降后，魏三立刻就投奔了王子元。魏三和王子元有旧交，他们之间还有点亲戚关系，更重要的是魏三在东锦镇跟着日本人干的时候，日本人捉拿王子元，魏三曾经帮王子元逃脱，对王子元算是有恩，因此魏三一投奔王子元，王子元就给了他一个特务大队副大队长的官，而且对他很器重，视为心腹。这次魏三进城是带着人来侦察的，而且来的还不止他一个人，那个在集市上把文立冬撞倒的人其实就是和魏三一起进城的特务，他们那是试图阻止杨忠诚和文立冬抓捕魏三，如果不是身着八路军制服的金宗武及时出现，可能后果不堪设想。由于魏三一直不开口交代问题，致使那些特务早已逃之夭夭。据魏三交代，王子元刚被国民党山东省党部委任为博山县的县长，即将赴任，他想在走之前偷袭平陵县城，打击成立不久的临济县政府，以此向国民党省党部表功。

　　杨忠诚审讯完魏三后，赶紧到公安局，把审讯情况向局长亓瀚辰做了汇报。

　　亓瀚辰局长听了杨忠诚的汇报，很是气愤，他说："我们还没有去找他，他倒先找上门来了，这个王子元罪大恶极！我们不能就这样让他走了！"

　　"局长，那我们该怎么办？"杨忠诚问。

　　"我现在就去向县里汇报，你们武工队做好战斗准备吧！"亓瀚辰局长说。

杨忠诚出了公安局，马上回武工队部署任务去了。

提起王子元，平陵人没有不知道的，他曾经是平陵这一带有名的土匪，知名度和大土匪张鸣九有一比。他当年也是打着抗日旗号拉起队伍来的。这个人和翟云涛不一样。翟云涛是一直在各方势力之间摇摆不定，讲究的是有奶便是娘，而王子元则始终和日本人势不两立。他曾经因为一个人独闯鬼子炮楼，杀死六个鬼子而在平陵名噪一时。同时他也一贯仇视共产党，他曾经亲手杀害了去和他洽谈共同抗日的八路军代表，犯下了滔天罪行。王子元这个人的特点就是杀人如麻，而且手段十分残忍。他的杀人方式很多，除了活埋、石头砸、剜心、掏肝、抛井，他还叫人专门制作了一口铜铡。用铜铡铡人是王子元一伙最丧心病狂的杀人方式，他们在行刑时，会把受害人用秫秸箔卷起来，然后放进铡刀口里，只待一声令下，刽子手用力向下一按，受害人便身首异处，鲜血染红铡刀和秫秸箔卷，其状惨不忍睹，令人胆寒！这些年死在王子元手里的人不计其数，当然其中也包括一些汉奸和土豪劣绅，这也是王子元最迷惑人的一个方面。

亓瀚辰局长向县委书记苏强汇报了打击王子元的想法后，县里很快作出了决定，只不过并没有完全采纳亓瀚辰局长最初的意见。这次亓局长听到王子元要来袭击平陵城，他很生气，他本想动用临济县所有武装力量，再请求驻扎在临济县境内的八路军部队帮助，一举歼灭王子元所部，彻底清除后患。但是县里考虑到在当前的形势下不宜和打着国民党旗号的势力发生大规模冲突，以免授人以柄，影响大局，毕竟蒋介石还没有彻底撕下伪装和共产党全面开战，因此县委只同意派出武工队偷袭王子元，其实这也是县里最初的想法。

既然县里这样决定了，亓瀚辰局长也没有办法，但是他决定武工队的这次行动自己亲自挂帅，他要给王子元一个沉重的打击，给临济县周边的反动势力一个强有力的震慑作用，让他们以后不敢再进犯临济县这个刚刚诞生的人民政府。

武工队这次打击王子元采取的方式是夜袭王子元盘踞的北锦镇。王子元人多势众，武工队只能出其不意，攻其不备，速战速决，只有这样才能争取最大的战果。在对北锦镇周边进行了两天的侦察后，公安局局长亓瀚辰和武工队长杨忠诚带着武工队三十多人，在一个漆黑的夜晚向北锦镇进发。

武工队来到北锦镇的东门附近时是夜里十一点左右，整个镇子里面静悄悄的。

北锦镇也是一座千年古镇，是平陵境内远近闻名的一个大镇子。镇子有东南西北四个城门。武工队今晚要从镇子东面进到镇子里面去。这主要是武工队侦察时发现镇子东门往南大约二百米处的围子墙相对较矮，便于翻越，而且东门外不远处有一条名叫漯河的河流隔断了北锦镇东面的道路，致使平时从这里进出的人很少，而且东门这里也只有一座敌人的岗楼，平时就两个卫兵在这里站岗值班，防御相对比较薄弱。武工队制订的作战方案是杨忠诚和三班班长王小虎带领三班队员袭击王子元在北锦镇里的住所。文立冬带领一班队员袭击王子元的司令部。亓瀚辰局长和二班班长潘毅带领二班队员留在镇子外面负责接应。

亓瀚辰和杨忠诚带领武工队的队员们潜伏到围子墙下，他们认真观察了一会儿周边的动静，发现一切都很正常，于是亓瀚辰对身边的杨忠诚说："我们开始行动吧！"

"好！"杨忠诚点了点头，然后回头对文立冬和王小虎两个班长说，"开始行动！"

队员们得到命令后开始搭人梯，翻越围子墙进入镇子。

待杨忠诚他们进入镇子后，亓瀚辰局长和潘毅他们就沿着围子墙向东门方向靠近。待里面的战斗一打响，他们就解决掉东门的门岗，接应从镇子里面撤退出来的武工队员。

王子元今天心情非常不好，本来他的心情是很好的，通过自己前段时间的运作，他终于当上了博山县的县长，这可是他梦寐以求的事情啊！为此他在北锦镇的酒店里大宴宾朋。

自从抗战胜利以后，王子元认为凭着这些年他在抗日方面的知名度，国民政府一定会重用他的，但是让他没想到的是似乎他被别人给忘了，时间过去这么久了，他还是个山东挺进军第二十八梯队的副司令，保安旅的副旅长，官职是原地没动，手下还是一个保安团、一个特务大队、一个警卫营的编制，这让王子元感觉心里很不平衡，于是他就利用自己国民党军统局鲁中义务组组长的身份多方疏通关系。

功夫不负有心人，王子元终于取得了成效，他谋得了一个博山县县长的职务。这个职务虽然看似不大，但却是一方诸侯。尤其是博山那个地方人口稠密，地产丰富，各种矿藏应有尽有，这在爱财如命的王子元眼里博山就是一个金元宝。

王子元想在走之前向国民党山东省党部证明一下他的实力，以便引起国民党的重视，好为日后仕途的升迁打基础。于是他就把目光瞄准了平陵城里刚刚成立的共产党临济县人民政府。王子元知道共产党撵走了翟云涛，在这里建立了自己的人民政府，国民党心里肯定是不高兴的，毕竟现在翟云涛所部打着的是国民党的旗号。但是事情的起因是翟云涛首先挑起事端，进攻了八路军的解放区和根据地，因此这让当下的国民党有苦说不出，只能打碎牙往肚子里咽。如果此时他王子元要是重创了临济县政府，那国民党心里一定会很高兴。

王子元是不介意和八路军发生大规模冲突的，因为在他看来，国民党和共产党全面开战那是迟早的事情。地主乡绅和穷人共坐天下那怎么可能呢？可是王子元此番万万没有想到他居然会出师不利，自己派去侦察的特务大队副大队长魏三居然被八路军给抓住了。想必魏三现在已经招供，八路军已有了防备，他此时再去就等于自投罗网，看来袭击平陵城已经是不可以的了。

王子元今天头疼了一天，他在司令部吃了晚饭，早早回到家里想早点休息，可是他躺下以后怎么也睡不着，尤其是望着大床一侧空空荡荡的样子，他的心情就更不好了，心里像堵了块石头。

王子元此时心情不好，睡不着并不完全是因为他袭击平陵城的计划无法实施了，还因为前段时间他的家里出了一件事情。

原来在一个月前，他外出一周后回到家里，发现他刚满两岁的小儿子手里拿着一颗糖果在吃，于是他就问儿子糖果是哪来的，小儿子居然说是小爹给的。他问小爹是谁？儿子指着门外站岗的卫兵说：“就是他。”王子元非常气愤，他怀疑他不在家时老婆与这位卫兵有染了，于是不问青红皂白，就让人把他的老婆和那个卫兵一起扔进了井里。事后他才得知是那个年轻的卫兵很喜欢他的小儿子，经常拿着糖果逗他的小儿子玩，说："你叫我小爹，我就给你糖果吃。"时间一长，小孩子就习惯性地叫这个卫兵小爹。当王子元知道真相后，后悔不迭，急忙命人把他媳妇从井里打捞出来厚葬。王子元虽然杀人如麻，但是这件事情对他触动很大，每当他睡觉的时候就会想起这件事情，想起他的老婆。其实王子元不缺女人，他有名分没名分的姨太太就有十来个，至于那些被他强行糟蹋和祸害的女人更是不计其数。

正当王子元辗转反侧无法入睡的时候，外面忽然枪声大作，几颗手榴弹落在了院子里。

"轰轰轰"的爆炸声惊得王子元一骨碌从床上爬起来。

王子元刚跳到地上，还没有站稳，担任他住所警卫任务的警卫营的一个连长就冲了进来："报告司令！有人袭击我们的公馆。"

"是什么人？有多少？"王子元问。

"外面很黑，看不清楚。"连长回答道。

"轰轰轰！"这时外面又传来了几声手榴弹的爆炸声。

"叮铃铃！"王子元床头的电话也响了起来，警卫连长赶忙上前拿起电话。

王子元穿上鞋，从警卫连长手里接过电话。

电话那头传来了正在司令部值班的保安旅参谋长刘凤远急促的声音："报告司令！有人攻击我们司令部！"

"是什么人？有多少？"王子元问。

"外面很黑，看不清楚。"参谋长和警卫连长回答得一样。

"这是哪个门失守了，这些人是怎么进来的？"王子元很疑惑。

"我都打电话问过了，四个城门都说一切正常，没有人进来。"参谋长回答道。

"我明白了！这是平陵城的八路知道我们要去打他，来找我们算账的，来吧！来得好！"王子元咬着牙说道。

"司令！那我们该咋办啊？"参谋长刘凤远请示道。

"这应该是八路军的小股部队偷袭，不足为虑。你马上给镇子里驻扎的部队下令，让他们立刻向围子墙和四门集结，要把整个北锦镇给我围成个铁桶，不管今晚他们八路来了多少人，一个也别让他给我跑了！"王子元说完，气愤地把电话放下。

"那我们这里咋办？需要冲出去和他们干吗？"王子元身边的警卫连长请示道。

"外面黑乎乎的，我们在明处，他们在暗处，冲出去我们不得吃亏吗？别管他了，只要不让他们进来就好。"王子元说道。

"是！"警卫连长应了一声出去了。

待警卫连长出去后，王子元发出一阵冷笑，他自言自语道："我就猜着你们得来报复我，老子正等着呢！"王子元说完后就上床躺下了，一会儿他就发出了如雷的鼾声。

杨忠诚和王小虎带领三班战士在王子元的住所外攻击了大约一刻钟，让杨忠诚感到意外和不解的是此时整个院子大门紧闭，里面的人都不露头，也没有人冲出来，只是从里面扔出来了几颗手雷。这大大出乎杨忠诚他们的意料。本来他们还想如果里面的人冲出来还击，他们就可以趁机攻进去，抓获王子元，扩大战果。可现在是这种态势，看来他们曾经的作战意图是不可能实现了。

"队长，这是咋回事？是不是我们的情报有误？那王子元根本就不在这里面住啊？"王小虎也十分不解地问杨忠诚。

"不在里面住，怎么会有手雷从里面扔出来？他们这是固守待援呢，这里不宜久留，我们赶紧撤！"杨忠诚说完一挥手，于是武工队撤出了战斗。

杨忠诚他们离开王子元的住所后，迅速向镇子东门方向撤退。

这时攻击王子元司令部的文立冬也带领着一班开始向镇子东门撤退。文立冬这一路的任务本来就是佯攻，目的在于吸引敌人注意力，此次任务的重点是袭击王子元的住所。和杨忠诚他们不一样的是，文立冬他们遭到了王子元警卫营的抵抗，现在他们也是在边打边撤，因为在王子元司令部驻扎的警卫营追了出来。

此刻，在北锦镇东门的亓瀚辰局长和潘毅带领二班战士已经把东门的守军解决掉了。这里的情况也有所变化。武工队原来侦察时发现这个门只有几个人在站岗，现在却发现这里住着两个班。好在这里没有城门，出城口只有两个拒马作路障，而且除了站岗的两个卫兵，其他人都睡着了。亓瀚辰他们借着夜色摸进来，没有费多大的事就把这两个班给缴械了。

亓瀚辰他们刚占领东门不久，杨忠诚他们就到了。

还没等杨忠诚向亓瀚辰局长汇报袭击王子元住所的情况，情势就急转直下，有大批的王子元保安团的团丁向这里冲了过来。

"把敌人拦住！一班的同志还没撤出来呢！"亓瀚辰局长对杨忠诚说。

"打！"杨忠诚一声令下，武工队的二十几名队员赶紧进入城门旁的几处掩体里，纷纷向冲上来的保安团的团丁射击。

"啪啪啪！"子弹飞向保安团丁，冲在前面的几个人应声倒下了，但是保安团丁继续往前冲，并且开始高喊："别让八路跑了！抓住八路有赏啊！"这时，镇子中离东门不远处的一个炮楼上的探照灯也照了过来，霎时间，整个东门处亮如白昼。

"哒哒哒！"炮楼上的机枪开始向东门这边扫射。

眼前出现的情况完全出乎亓瀚辰和杨忠诚的预料，看来王子元事先是有防备的。

"不好！撤退！"亓瀚辰局长下达了命令。

"文班长他们不是还没有撤出来吗？我们撤了，他们咋办？"杨忠诚问亓瀚辰。

"情况危急，我们的处境很危险，文立冬他们只能自己想办法突围了！"亓瀚辰说。

这时保安团丁马上就快冲到武工队的眼前了，夜色中黑压压的全是人。

杨忠诚一跺脚，对武工队员们命令道："撤！"

武工队员们赶紧边射击边撤出掩体，然后消失在夜色中。

保安团丁重新占领了东门，他们也没有出城追赶武工队，只是向着武工队撤退的方向胡乱地打了一阵枪。

亓瀚辰他们撤到离北锦镇三里多的地方停了下来，清点了一下人数，都在，只是有三名同志负伤了，但伤情都不重。

"大家先在原地休息，等一等一班的同志。"亓瀚辰局长说。

杨忠诚一句话也不说，他往回走了几步，踮着脚尖向北锦镇方向张望。

古月星转

那边已经没有了枪声，但是夜色很浓，什么也看不见。

过了一会儿，杨忠诚转身走到亓瀚辰身边请示道："局长，我们是不是应该回去接应他们一下啊？"

"现在情况不明，咋接应？"亓瀚辰反问道。

杨忠诚不再说话了。

正在这时，有人向这边跑过来了。

"谁啊？"杨忠诚警惕地拔出手枪问道。

"队长，是我们啊！"陈增祥和周明玉应道。

"局长，是一班的同志们！"杨忠诚喊了一声，就迎了上去。

杨忠诚来到陈增祥他们面前大声问："文立冬！文班长呢？"

"文班长为了掩护我们，没有突出来，他和三个同志现在还在镇子里呢。"陈增祥说。

"什么情况？"亓瀚辰也迎了上来。

陈增祥突然哽咽了，他说："我们撤到东门时，东门已经被保安团丁给封死了，文班长就带着我们摸到进去时翻过的那段围子墙。文班长让我们先出来，他断后。我们就搭着人梯翻墙。还没等人都出来，敌人的探照灯就发现了我们，子弹就打了过来，后面的同志就被子弹打下去了。我们从墙外听到很多敌人冲上来的声音，文班长他们可能……"说到这里陈增祥说不下去了，蹲在地上呜呜地哭了起来。

杨忠诚急得直跺脚，他问亓瀚辰："局长，怎么办啊？我们杀回去救他们吧？我们不能扔下文班长他们不管啊！"

亓瀚辰局长沉默了一会儿说："现在敌人应该已经把整个镇子都包围起来了，敌我力量悬殊，即使我们回去也无济于事，还可能会造成更大的损失。我们还是先回平陵城，回去后再想办法。"

杨忠诚没有再说什么，他心里清楚亓瀚辰局长说得对，眼前的情势很明朗，他只好再次把目光转向北锦镇方向眺望了一会儿，然后很无奈地转身对大家说："走吧！回平陵城。"

四十

深秋的夜晚已经很凉了。杨忠诚在武工队的院子里一直坐到天亮。这一晚他困意全无，也没有感觉到凉意，他脑子里全是文立冬和那几个战士的身影。杨忠诚知道王子元是个杀人魔王，一贯仇视共产党和八路军，这些年，被他怀疑是共产党和八路军的人都难逃他的魔掌，那落到他手里的武工队员还能有个好吗？一想到这些他就心急如焚。

这时王小虎从屋里走了出来，他看到杨忠诚独自坐在院子里，就走过来问："队长，你咋起这么早？"

杨忠诚没有回答王小虎的问话，他抬头看了看天色，然后对王小虎说："你去给我打盆凉水来，让我洗把脸。"

"好的队长。"王小虎应了一声，转身走了。

一会儿，王小虎端着一盆水，拿着一块毛巾回来了。

杨忠诚胡乱地洗了几把脸，用王小虎递过来的毛巾擦了擦，然后对王小虎说："你把潘毅班长给我叫过来。"

王小虎答应了一声，收起脸盆和毛巾走了。

过了几分钟，潘毅班长跟着王小虎来到杨忠诚的面前，他一边把上衣扣子扣好，一边问杨忠诚："队长，你找我？"

"你在家里照望着点，昨天晚上出去打仗，同志们都很辛苦，今天早上让大家多睡一会儿，我和王班长先出去办点事。"说完，杨忠诚对王小虎说，"带上家伙，跟我走！"

"去哪啊队长？"王小虎问。

"去北锦镇！"杨忠诚说。

"去北锦镇？"王小虎和潘毅几乎同时脱口问道。

"是，去北锦镇，去救文立冬他们。"杨忠诚说。

王小虎没有犹豫，赶紧转身去拿枪，潘毅试探着问杨忠诚："队长，就你们两个人去吗？"

"对，就我们俩。"杨忠诚回答道。

"这能行吗？"潘毅很担心地问。

"能行！"杨忠诚紧了紧腰间的皮带说。

"亓局长不是说今天一早他要和你一起去县里向苏强书记汇报情况，研究解救文班长的办法吗"。潘毅说。

"时间太紧迫了，晚一步文立冬他们的命可能就没了。"杨忠诚说。

这时，王小虎已经从屋里出来了，杨忠诚对王小虎一挥手说"走！"于是杨忠诚和王小虎就一前一后出了武工队的院子。

杨忠诚和王小虎接近北锦镇南门的时候，太阳已经爬上了东山顶。在路边的一个杨树林子边上，杨忠诚停下脚步对王小虎说："你就在这里找个地方隐藏起来等我。"

"不让我和你一起进去啊？"王小虎问。

"我自己就行。"杨忠诚说。

"你一个人咋营救他们啊？"王小虎有些着急地问。

杨忠诚没有回答王小虎的问话，而是把别在腰间的手枪拔出来递给王小虎说："你替我先拿着，要是我到了中午头还没从镇子里出来，你就回去向亓局长报告，就说我的营救行动失败了。"

"队长，还是让我和你一起去吧？"王小虎一边接东西，一边请求道。

"你就别啰唆了！让你在外面等你就等，要不然我死在里面连个报信的都没有。"杨忠诚不耐烦地说。

王小虎还想说点什么，可是他没有说出来，他忽然感觉到眼里一热。

杨忠诚拍了拍王小虎的肩膀，然后转身向北锦镇南门走去。

此时路上还没有什么行人，王小虎一直看着杨忠诚的身影进了北锦镇的城门口后才向树林子里走去。

在北锦镇南门的城门口站着很多荷枪实弹的保安团丁，有二十几个要出城的群众站成一排，正在等待着保安团丁逐一检查，保安团丁检查得很仔细，一看就是找人的样子。

"谁能带我去见王子元？"杨忠诚对着保安团丁大声喊道。

"你他娘的有病吧？一大早的吃错药了咋的？"一个保安团丁骂骂咧咧地走到杨忠诚跟前。

"你们是不是在找昨天晚上进城的八路啊？我就是你们要找的人，我要见你们王子元司令。"杨忠诚声音洪亮地说。

杨忠诚的话把在场的保安团丁都吓了一跳，瞬间十几个黑洞洞的枪口就对准了杨忠诚。一个拿手枪的军官走到杨忠诚身边大声呵斥道："你他娘的刚才说啥？你再给老子说一遍！"

"连长，他说他是昨天晚上进城的八路。"一个保安团丁对那个军官说。

"去你娘的！你以为我耳朵聋了？他胡说你就信啊？"那个连长上去就给了那个团丁一脚。由于昨天晚上，他们在镇子里挨家挨户搜了一夜八路，现在又让他们在这里盘查路人，这个连长憋了一肚子气，正没处发泄呢！

那个团丁被踢了一脚，退到一旁不敢说话了。

"你打自己的兵算啥本事，我说的都是真话，你爱信不信，但是我要见你们王子元司令，还烦劳你去报告一下。"杨忠诚说。

"真的假的？你叫啥名字？"这个连长很吃惊地看着杨忠诚。

"我叫杨忠诚，是八路军临济县武工队队长。"杨忠诚淡定地说道。

那位连长冲着杨忠诚点了下头，并竖了竖大拇指阴阳怪气地说："好！敢作敢当，是条好汉！你这也是给我们弟兄们一个立功的机会，总算没让我们这一晚上白忙活。"说完，他吩咐手下，"来人，把这个八路头目给我绑了！"

"慢着！"杨忠诚对着冲上来的保安团丁一摆手说："我来都来了，我不会跑，你们不用绑。"

"那可不行！就你这五大三粗的样子，不绑起来就去见我们司令，你是想让我们司令先砍了我们的脑袋啊？"连长看了白了一眼杨忠诚，然后继续命令保安团丁，"快点！把他绑了！"

两个保安团丁冲上前，七手八脚地把杨忠诚给绑了起来。

王子元这一夜睡得很香，早上起来他状态很好，真的很奇怪，没有枪声他睡不着，枪声四起他却睡得和死猪一样。

王子元吃完早饭后，在司令部里刚听完保安团参谋长刘凤远关于昨天晚上打退八路进攻，并且抓获四名八路军战士的情况汇报，还没等他讲话，门口的卫兵就进来报告："禀报司令！三营的杜连长抓到了昨天晚上进城的临济县武工队的队长，那个队长说要见司令您，现在人就在门外呢。"

"什么？不可能啊！刚刚各处来报还说昨天晚上在镇子里挨家挨户搜了一夜也没找到其他八路呢！怎么现在又抓到他们的队长了？"参谋长刘凤远就卫兵报告的内容质疑道。

王子元没有理会刘凤远，而是对卫兵说："想见我，那好啊！那就把人押进来吧！"

杨忠诚迈着大步走进了王子元的司令部。那个杜连长和两个保安团丁紧随其后。

杨忠诚进屋后，先环视了一下屋里的人，然后大声问："请问哪位是王子元王司令啊？"

屋子里没有人搭话。

王子元瞪起眼睛上下打量着杨忠诚，他见杨忠诚身材高大魁梧，立在那里像一座铁塔，有一种压人的气势，尤其是那双炯炯有神的眼睛里暗藏一股杀气。王子元阅人无数，死在他手里的人也数不胜数，但他眼前的这个八路还是让他感觉有点与众不同。

虽然屋里没人搭话，但是杨忠诚判断眼前坐在桌子后面的这个人应该就是王子元，于是他又提高了嗓门再次问道："请问哪位是王子元司令啊？"

杨忠诚话音刚落，王子元缓缓地站起身来，他绕过桌子走到杨忠诚面前，围着杨忠诚转了一圈后，又重新回到座位上坐下，但是他依然没有说话，还是盯着杨忠诚看。

杨忠诚在平陵县县大队的时候和王子元交过手，但是他和王子元素未谋面，今天他感觉眼前的王子元和自己想象得不太一样。平陵人都知道王子元是个杀人魔王，但是就仅从王子元的长相上还真是看不大出来。眼前的王子元中等身材，面容白皙，五官端正，头顶上的大分头一丝不乱，很像是一个书生。"这真是人不可貌相啊！"杨忠诚在心里感慨道。

王子元又看了一会儿杨忠诚后终于开口问道："你是谁？你找我干啥？"

"我是临济县武工队队长杨忠诚，昨天晚上就是我带着人进镇子打你们的。"杨忠诚很坦然地说。

"你就是杨忠诚啊！怪不得呢！"王子元点了点头，然后接着说，"如果我没记错的话，当年日本人曾经出一千现大洋悬赏你的人头，你在东锦那一带闹得很凶，很有名，算是条抗日的好汉！"

"那是鬼子没见过世面，高看我了。"杨忠诚很淡然地说。

"我王子元也恨鬼子，也杀鬼子，我很敬重抗日的人，可惜我和你们八路势不两立，今天你被我抓住了，我也不会客气的，找我也没啥好说的啊！"王子元冷冷地说道。

杨忠诚也冷笑了一下说："我可不是你们抓住的，我是自己来的。"

"你是自己来的？"王子元眯起眼睛问。

"报告司令！他是今天早上开城门时进来的，他一进来就说要见司令您。"站在杨忠诚身边的那个杜连长赶紧解释道。

"原来是这样啊！那我就有点糊涂了，我们已经抓了你们四个人了，你为啥还要自投罗网呢？你是嫌我们的战果不够大吗？"王子元很不解地问。

"我是来接我们的同志回家的。"杨忠诚说。

"接你们的同志回家，接你们的什么同志回家啊？"王子元似乎没听清楚杨忠诚说什么。

"就是被你们抓住的那些人啊！"杨忠诚说。

"你说啥？我没听错吧？"王子元扭头看向参谋长刘凤远。

刘凤远也好像没听明白，他对杨忠诚说："杨忠诚，你是不是昨天晚上被我们打傻了？你这是怎么和我们司令说话呢？"

杨忠诚看了一眼刘凤远，没有搭理他。

这时，王子元却忽然哈哈大笑起来，那笑声有点令人毛骨悚然，他身边的人都很害怕这样的笑声，因为他们知道王子元一般发出这样的笑声就是要杀人了。

王子元半天才止住笑声，他的眼泪都笑出来了。

"没啥可笑的，我就是来接他们回去的。"杨忠诚重复道。

王子元再次眯起眼睛看着杨忠诚说："你知道我是谁吗？你也不打听打听，这些年落到我手里的八路有活着出去的吗？我告诉你吧！今天你也是来得容易回去难了！"

"你说的这些话我信，我不用打听，你是有名的杀人魔王，在这平陵地界上谁不知道啊？"杨忠诚镇定地说。

"那你为啥还来送死？"王子元恶狠狠地问。

"因为我也有个绰号叫'杨大胆'，就是不怕死的！我也在死里走了十几遭了，死没啥可怕的。"杨忠诚毫不畏惧地说。

"你听说我有一口铜铡吗？那个死法可是不好受的啊！"王子元威吓道。

"早有耳闻！反正都是个死，管他好受不好受呢！"杨忠诚轻蔑地说。

"那好吧！你是武工队的队长，理应和别人不一个死法，我就先成全了你吧！"王子元说完，对站在杨忠诚身边的杜连长说，"押下去吧！看在杨队长是条抗日好汉的份上，今日午后，我要亲自去送他上路！"

"慢着，王司令，你还没有听我把话说完呢！"杨忠诚说。

"废话你就不用再说了！我没时间听！"王子元不耐烦地说。

"那好吧！不过我要告诉你杀了我以后可不要后悔！"杨忠诚说完转身就走。

"慢着！"王子元赶紧叫住杨忠诚说，"你这话里有话啊！说清楚了再走，我想听听我怎么个后悔法？"

杨忠诚转回转身来看了一眼王子元，然后义正词严地说："今天我来不是自投罗网，也不是来求你王子元的，我是代表临济县委的苏强书记来找你谈判的。"

"谈判？谈啥判？我们之间有啥好谈的？"王子元很不屑地问。

"我们苏书记说了，如果今天你放了我们的同志，那你就好好地去博山当你的县长。如果你要是杀了他们，那恐怕你这回就走不了了！"杨忠诚目光锐利地看着王子元说道。

"就你临济县那点八路武装还能把我王子元咋的啊？"王子元露出轻蔑的表情。

"我想王司令你是忘了，现在在我们临济县驻扎着八路军的两个团，我们县里已经向八路军的部队首长请求了增援，你杀害我们的干部和群众，袭扰我们的人民政府，破坏国共两党的团结，早就罪大恶极了。县里决定联合八路军正规部队全歼你的保安团。现在我们是给你一个选择，也是给你一次死里逃生的机会。放不放我们的同志，你自己看着办吧！"杨忠诚语气坚定地说道。

其实这是杨忠诚在吓唬王子元，这也是杨忠诚想了一晚上才想出来的一个非常冒险的主意。在杨忠诚看来等着县里解救文立冬他们根本来不及。按照他对王子元的了解，王子元很快就会杀掉文立冬他们。杨忠诚知道临济县原来驻扎着泰山军分区的一个团。抓获魏三的那天，他又听金宗武说渤海军区的独立团也进驻临济县了，所以今天他才这么说，他想事到如今，也只有这样冒死一搏了。同时杨忠诚也做好了思想准备，如果王子元不吃这一套，那他也就认了，反正他已经豁出去了。

听了杨忠诚的话，王子元沉默了。杨忠诚的话还真触动了王子元的神经。虽然王子元平时杀人如麻，不拿别人的命当回事，但是他的心里却非常怕死。当年他在绣源河畔水房混生计的时候，遇上土匪打劫，为了保命，他给土匪跪在地上，把头都磕破了。他知道翟云涛的部队比他王子元势力大很多，前段时间都被八路的正规部队打得丢盔卸甲，落荒而逃，要是今天真如杨忠诚所说，那他可真是凶多吉少了，可能去当县长的事就白忙活了！

"王司令！留给你的时间不多了，你自己想清楚吧！"杨忠诚见王子元不说话，就又追加了一句。

正在此时，忽然从外面进来一个参谋，他走到刘凤远身边低声耳语了几句。刘凤远当即脸色大变，赶紧俯下身子向王子元小声报告："司令，监视八路军独立团的人回来报告说该团正在集结。"

王子元听后心头一惊，他心想看来杨忠诚所言不假啊！他赶紧站起身来对杨忠诚说："你早说是来谈判的不就得了！别说你是代表临济县委的书记，就是你杨忠诚能放下架子来求我，我看在咱们都曾经抗日的份上也是要给你这个面子的嘛！"王子元说完后，赶紧吩咐杜连长道，"快！快给杨队长松绑，去把那几个八路弟兄带过来交给杨队长，礼遇出城！"

保安团丁赶紧给杨忠诚松绑，杜连长应了一声，转身往外跑。

王子元走到杨忠诚的身边假惺惺地说："多有得罪！多有得罪啊！还请忠诚老弟见谅！今天你公务在身，我就不久留了，欢迎老弟以后有时间去博山做客，我定当盛情款待，咱后会有期！"说完，王子元冲杨忠诚一抱拳。

杨忠诚活动了一下胳膊和手腕，然后也冲王子元一抱拳说："多谢王司令！后会有期！"说完，他转身迈大步出了王子元的司令部。

杨忠诚出去后，王子元倒吸了一口凉气，他对刘凤远说："好险哪！咱们今天这是躲过了一劫啊！"

刘凤远没敢接话茬，他跟了王子元七八年了，这还是第一次见王子元认怂。同时他也从心里敬佩八路军这位胆识过人的武工队长。"都说武工队里藏龙卧虎，今天看来果然名不虚传啊！"刘凤远在心里感叹道。

杨忠诚站在王子元司令部的门前，一会儿的工夫，那位保安团的杜连长就把文立冬他们四个人带了过来。杨忠诚看文立冬被两个战士架着，赶紧上前问："文班长，你伤到哪里了？

文立冬没想到在这里能见到队长杨忠诚，他激动地扑到了杨忠诚怀里哭了起来，一边哭一边问杨忠诚："队长，咋的？你也被他们给抓住了？"

"别哭，武工队员不能在这里哭，会让敌人笑话的，我问你伤到哪里了？"杨忠诚对文立冬说道。

文立冬用手指了指腿说："腿被打了个洞。"然后他又指了指肚子说，"肚子上划了个口子。"

杨忠诚二话没说，他伸手抓住文立冬的胳膊，一转身就把文立冬背在了背上，然后对那几名武工队员说："走，咱们回家！"说完迈开大步就走。

那三个武工队员不知道这是咋回事，也不敢问，就紧跟在杨忠诚的身后径直地向北锦镇的南门走去。那个连长和两个保安团丁也紧紧地跟在了杨忠诚他们的身后。

杨忠诚他们很快就到了北锦镇南门口，保安团站岗的团丁刚要拦他们，一直跟在杨忠诚身后的那个杜连长赶忙说:"司令有令,放他们出去!"

团丁不知道发生了什么事情,一听连长说放行,他们也不敢阻拦。待杨忠诚他们出了城门后,那几个保安团丁立刻围到那个杜连长身边纷纷问:"连长,这是咋回事啊?那个大个子不是武工队的队长吗?怎么把他们给放了?"

那个杜连长没有搭话,他望着杨忠诚他们远去的背影感叹道:"这真是关云长单刀赴会啊!只可惜我们到手的赏金没了!"

杨忠诚他们一行人刚走到那片树林子头上,王小虎就从隐蔽处跳了出来,他激动地对杨忠诚说:"队长,你真把他们给救出来了!你真神了!快告诉我你是怎么把同志们救出来的?"

杨忠诚没有回答王小虎的问题,他把文立冬从背上轻轻地放下来,两个武工队员赶紧上前架住文立冬的胳膊,让他慢慢地坐在旁边的一块大石头上。

"队长,我咋感觉像是在做梦啊?我不是在做梦吧?"文立冬疲惫地睁开眼睛问杨忠诚。

"我们从王子元的魔爪里出来了,你不是在做梦。"杨忠诚对文立冬说。

"那就好。"文立冬嘴角露出微笑。

"把枪给我。"杨忠诚对王小虎说。

王小虎把枪递给杨忠诚。

杨忠诚把枪重新别在腰间说:"此地不宜久留,走,咱们回家。"说着他又要去背文立冬。"让我来吧!"王小虎抢步上前,把文立冬背到了肩上。

杨忠诚他们一进武工队的院子,整个武工队就沸腾了。大家都围上来问长问短,有的同志见战友们都回来了,兴奋地跳了起来。潘毅把杨忠诚拉到一边说:"队长,你赶紧去见亓局长吧!"

"咋了?"杨忠诚问。

"队长啊你说咋了?"潘毅看着杨忠诚反问道。

杨忠诚一拍脑袋说:"哦!对了,今天早上要和齐局长一起去找苏书记的。"

"队长，我想和你说几句话。"这时，坐在石头凳子上的文立冬很虚弱地对杨忠诚说道。

"你先到医院去看看身体，我一会去医院找你。"杨忠诚又对身边的武工队员们说，"你们快把伤员都送到医院去。"杨忠诚说完抬腿就走。

潘毅跟在杨忠诚的后面出了武工队院子，直奔临济县公安局。

路上，潘毅告诉杨忠诚，今天早上亓瀚辰局长到武工队来找他。当亓局长听说他带着王小虎去北锦镇救文立冬时很着急，就拉着潘毅就去找苏强书记。后来他代表杨忠诚参加了研究如何去救人会议……

潘毅话说了一半，他们就进了亓瀚辰局长的办公室。

杨忠诚的出现让亓瀚辰很吃惊，他问："你没去北锦镇啊？"

"去了，刚回来。"杨忠诚回答道。

"局长，杨队长把文班长他们都接回来了！"潘毅高兴地说。

"都接回来了？你怎么把他们接回来的？"亓瀚辰不解地问。

"我去找王子元谈判，王子元就把人给放了。"杨忠诚说。

"你去找王子元谈判？王子元就把人给放了？这怎么可能啊？"亓瀚辰有点不敢相信自己的耳朵。

"我和王子元说如果他们不放人，我们临济县就要联合八路军正规部队消灭他，他一听害怕了，就把人给放了。"杨忠诚接着说道。

听到这里，亓瀚辰局长上前使劲拍了杨忠诚肩膀一下说："哎呀！这还真让你给说准了！苏书记已经向驻扎在我们临济县境内的部队领导汇报了相关情况，部队领导非常重视，他们决定和我们县里的武装一起攻打北锦镇，去解救你们呢！"

"那就先别去了吧，我和王子元说他要是放了人，我们就让他顺利地去博山当县长，我们应该言而有信啊！"杨忠诚请求道。

"人都回来了，我们当然就没有必要去了。走，我们马上去找苏书记汇报。"亓瀚辰说完，高兴地拉着杨忠诚就往外走。

亓瀚辰和杨忠诚刚出了公安局的院子，王小虎就迎面跑了过来。他大声对杨忠诚说："队长！不好了！文立冬同志牺牲了！"

"你说啥？他刚才不是还好好的吗？"杨忠诚很惊诧。

"你别问了队长！你快回去看看吧！"王小虎声音哽咽着说。

杨忠诚转身就往医院跑，亓瀚辰和潘毅也跟着杨忠诚跑。

文立冬已经牺牲了，原来他肚子上不是划了一个口子，而是有一颗子弹打了进去。他自己把一条裹腿缠在了肚子上，伤口虽然没怎么流血，可是他的内脏已经被打坏了，他是靠着一种顽强的意志才回到战友们身边的。

杨忠诚站在文立冬的遗体前，泪水模糊了视线。他想起了他刚来时文立冬亲自去接他，对他是那样的亲切和热情。他想起了文立冬在他面前绘声绘色地讲述平陵城的过往和今昔。他想起了他们这段时间朝夕相处，无话不说……

杨忠诚很后悔刚才没有听文立冬想要和他说啥，他越想心里越难受。很多战士围在文立冬的遗体前默默地哭泣，刚才那份把战友解救回来的喜悦瞬间就被悲伤的气氛给凝固了。

亓瀚辰拍了拍杨忠诚的胳膊说："忠诚啊，战斗总会有牺牲的，你们还是尽快通知文立冬同志的亲属，把他安葬了吧，我去向苏书记汇报。"

"他是一个孤儿，我们就是他的亲属。"杨忠诚悲伤地说道。

亓瀚辰没有再说话，他转身快步向县委驻地走去。他的身后传来了一片哭声……

白杨 著

古月星转

下部

山东画报出版社

济南

四十一

1946 年 6 月，蒋介石撕毁停战协定，向共产党和八路军控制的解放区发动全面进攻。国民党的七十三军和九十六军的三十六、十四、十五师，在飞机的掩护下，由济南城沿胶济铁路线向东大举进攻解放区，先后占领了平陵城和北锦镇。一直蛰伏在济南东郊的翟云涛也趁机兴兵，跟随国民党的正规部队返回平陵城。

翟云涛回到平陵城后，把自己的特务总队改编为国民党平陵县城防保安大队，由原特务总队长满仲哲任中校大队长，全面控制了平陵城的城防和治安。翟云涛把自己的专员公署和保安司令部重新设在平陵城的县衙内，把部队驻扎在平陵城周边。尽管此时翟云涛的势力和他从前鼎盛时没法相提并论，所有队伍加起来也不足两千人，但是他却摆出了一副和从前一样的姿态。

满仲哲自从被翟云涛委任为县城防保安大队大队长后，心情激动难平。自从偷袭古月镇失利后，满仲哲一直很沉寂，好在翟云涛还没有放弃他，但是他已经明显地感觉到翟云涛不像从前那样器重他了。他安排手下敲了周边几个地主和乡绅的竹杠，敛了一些钱财，给翟云涛送过去，也没见翟云涛给他啥好脸。这让他很是苦恼了一段时间。可是现在的情形和从前不一样了，满仲哲跟着翟云涛回了平陵城，翟云涛还把国民党平陵县城防保安大队大队长的官职给了他，这完全是出乎满仲哲意料的。要知道这要是放在从前，那他就是平陵城的九门提督啊！要是把翟云涛比作皇帝，那他就是近臣，因为只有皇帝的近臣才会担如此重任！满仲哲心里这么想着就有一种受宠若惊的感觉，他觉得必须得做出点事情来，报答一下翟云涛司令的这份恩宠。

一天早上，满仲哲把赵梓明和徐步达叫到身边。这两个人现在是保安大队的副大队长。虽然他们从原来特务总队的大队长改成了现在的副大队长，但他们心里却和满仲哲一样高兴，因为这个国民党平陵县保安大队是有正规编制的，如今他们都穿上了国民党的军服，而且都挂上了少校军衔，这官职的含金量和从前那可不能同日而语。

"你们不能每天都在这平陵城里转悠，应该出去干点事情了。现在很多地方的地主和乡绅都组织了还乡团，在清算共产党。别的咱先不说，那官庄煤矿是不是也该回来了？那可是咱的摇钱树啊！"满仲哲说道。

"大队长，你说吧，我们该咋办？"

"对！你直接吩咐就行了！弟兄们都听你的！"赵梓明和徐步达争相表态道。

"这样吧，徐副大队长先在家里守着，赵副大队长带两个中队的弟兄随我出城，咱们回一趟官庄！"满仲哲吩咐道。

"好的大队长！我马上召集队伍。"赵梓明说完转身走了。

"你就放心去吧大队长！城里有我呢！"徐步达拍着胸脯说。

徐步达对满仲哲时时处处都把赵梓明带在身边是很有意见的，只是他不敢表露出来，因为他心里有鬼。不过现在可以说，他终于能安心地跟着满仲哲干，不用再担心什么了。一直以来他都非常害怕他投靠闫书伦的事被满仲哲知道。最初的那段时间里，每次满仲哲找他，他都心惊肉跳，满仲哲说的很多话他都感觉好像是在敲打他。他知道满仲哲这个人心狠手辣，一旦知道了一定会灭了他。但是让他没有想到的是闫书伦一直把这件事情给他保着密。闫书伦曾对他说，只有需要他的时候才会安排他去办事，如果不需要他的时候，就让他好好跟着满仲哲干。当然闫书伦也很严肃地提醒他，让他不用忘了他是曾经投靠过闫书伦的。

满仲哲和赵梓明带着国民党县大队一百多人的队伍耀武扬威地出了平陵城，直奔官庄。他们分别坐在四个人抬着的轿子里面，并排而行，边走边聊，好不惬意。

临近中午时分，满仲哲一行到达了官庄煤矿，但是眼前的景象却让他们大失所望。原来八路军在撤退时经炸毁了井口，而且整个矿场子里连

古月星转

一个煤块都没有。虽然矿上的房屋还在，但里面已空空如也。

满仲哲在主井口的边上来回转了半天，他发现整个井口都被碎石填满，井架也被彻底毁坏了，看来要想恢复生产恐怕已经是非常困难的事了，再说井下的巷道是什么情况他也不清楚。

"他娘的！这八路干得可真够绝的！"满仲哲骂道。

"大队长，我们下一步该咋办？"赵梓明上前问。

"煤井是不好弄了，走，跟我回闫满庄！"满仲哲一挥手说。

闫满庄里满仲哲的父亲满弘坤最近身体状况一直不太好，总是胸闷气短，还咳嗽。他让人把姜重林大夫请到家中给他看病。姜重林说他的身体并无大碍，只是气血有点虚，然后给他开了几副中药。满弘坤用药后身体略有好转，但始终不能痊愈。满弘坤心想这应该是自己上了年纪的缘故，人老了都会这样的。另外他想还有一个原因可能就是因为自己的心情一直不好，这心情不好了，身体就难免会出些状况。最近这一年多的时间里，村子里的共产党闹得厉害，满弘坤家的地都被分了，院子里的房子也被占去了一半。幸亏他的女儿满月娥是烈士，他算是烈属，村干部对他家还算有些另眼相看，否则他可能早就像闫仁光一样被赶到厢房里去住了。

不过这几天情况有所变化，村子里的共产党干部一夜之间都消失了，他家的院子里也不再来人了。满弘坤感觉很奇怪，就让满仲哲的媳妇去街上打听到底是咋回事。他的儿媳妇回来告诉他说国军把平陵城给占了，共产党和八路军都撤走了。

满弘坤听后大喜过望，他立刻从椅子上下来，跪在地上头朝西磕了三个头，嘴里还念念有词，吓得儿媳妇不知所措。

满弘坤坐回到椅子上，立刻感觉到自己的病好了大半，他大口大口喘着粗气，好像要把这段时间压抑在心里的愤懑都吐出来，只是不一会儿的工夫，他就又开始咳嗽了起来。即便这样，他依然感觉自己的身体比从前好多了。

中午，满仲哲的媳妇做了几个满弘坤爱吃的菜，还从金宗才家拿来了熟牛肉。金宗才家和满弘坤家也是亲戚。金宗才的母亲和杨忠诚的父亲是亲兄妹，满弘坤的母亲是杨忠诚兄妹的亲姑姑，这样，满弘坤就是金宗才母亲的表哥，也就是金宗才的表舅。不过他们两家平时也不太来往，只是关系没有像杨忠诚家和满弘坤家那么僵罢了。因此当金宗才听说满弘坤身体不好时，就给满仲哲的媳妇称上了二斤熟牛肉，说啥也不要钱，算是看望这位表舅了，满仲哲的媳妇推让了半天，最后也只好把牛肉拿上了。

满仲哲的媳妇也算是一个大家闺秀，她的娘家在明秀镇，也是一个地主家庭，只是和满仲哲家没法比，否则她也不会从一个镇子上下嫁到一个村子里来。满仲哲的媳妇很贤惠，虽然从小家境优越，但是在母亲的影响下，一些家务活都能拿得起放得下，从前满家有各种佣人，根本不需要她伸手。现在和从前不一样了，佣人都走了，家里的人都要自己做饭和打扫卫生，满仲哲的媳妇就承担了这一切。

儿媳妇摆上桌子的饭菜，尤其是那牛肉的香味勾起了满弘坤的食欲，他已经有日子没有什么胃口了，他很高兴，就让儿媳妇把自己的老婆叫过来一起吃。

一会儿，满弘坤的老婆无精打采地走了进来。自从满月娥死后，满弘坤的老婆精神状态就一直不好，神情总是有些恍惚，吃了很多药也不见好。后来姜重林建议她不要再吃药了，说她这是受了刺激，时间长了，慢慢就会好的。

满弘坤的老婆坐下后，满弘坤又让儿媳妇把孙子也叫过来。满仲哲的儿子已经十岁了，现在在村子里金先生的学堂里读书。

满弘坤和自己的老婆，还有孙子都坐下后，满仲哲的媳妇转身就要出去。满家的规矩很多，儿媳妇是不能和公婆同桌吃饭的。

"一起坐下吧！今天咱不讲啥规矩了。"满弘坤对儿媳妇说。

"你爹说一起吃，你就坐下吧！"满弘坤的老婆拉了一把满仲哲的媳妇说道。

满仲哲的媳妇也坐在了凳子上。

待大家都坐好后，满弘坤先是扭头咳嗽了几声，然后清了清嗓子说："现在国军回来了，八路跑了，咱满家受气的日子也应该过去了。今天咱全家坐在一张桌子上吃顿团圆饭就算是咱庆祝一下吧！"说着，他端起了面前的茶杯。

满仲哲的媳妇赶紧给孩子和自己也倒了茶，并端起婆婆面前的茶杯递给婆婆。

满弘坤的老婆接过茶杯叹了口气说："啥团圆饭啊！这缺人少丁的能算团圆饭吗？"

"你别哪壶不开提哪壶好不好啊？"满弘坤瞪了一眼他老婆说。正在这时，忽然大门外人声鼎沸，有人在咣咣地敲大门。

门外的响声把屋里人给吓了一跳，满弘坤手里的茶杯差点掉在地上。他稳了稳神对儿媳妇说："孩子，你快去看看这是咋啦？记住要千万小心点，不要轻易给人开大门啊！"

满仲哲的儿媳妇放下手里的茶杯，赶忙站起身来向外走。

"爹！娘！儿子回来了。"满仲哲一身戎装地突然出现在屋门口。

"仲哲啊！我这不是在做梦吧？"满弘坤颤颤巍巍地站起身。

"儿啊！我那孝顺的儿啊！娘可想死你了！"满弘坤的老婆坐在椅子上张开嘴放声大哭起来。

满仲哲的出现大大出乎满弘坤两口子的意料，这大半年来，满仲哲因为害怕村里的共产党清算他，一直没敢回家，只是中间安排人偷偷送来了一封书信和一些钱物。

"爹！娘！儿子不孝，没能在二老身边尽孝，儿子这里给二老赔罪了！"满仲哲说着就摘掉帽子，跪倒在地，"咣咣咣"磕了三个响头。

满仲哲的媳妇也红了眼圈，赶紧把满仲哲从地上搀扶起来。

还没等满弘坤说话，满仲哲冲门口一招手说："快进来见过爹娘！"

站在门外的赵梓明快步进屋，也摘掉帽子倒头就拜："干爹干娘好！"现在赵梓明和徐步达都尊称满仲哲的父母为干爹干娘，这既体现他们和满仲哲的关系，同时也有很大巴结的成分。

"哎呀！是赵大队长啊！快起来！快起来！这是咋说的？这不年不节的，你们怎么这都磕上头了呢！"满弘坤高兴地说道。

满弘坤的老婆也停止了哭泣说："梓明啊！乖孩子快起来坐！"

满仲哲的媳妇赶紧搬过来两把椅子，并把满仲哲和赵梓明手中的帽子接过来放在一边。

满仲哲恭恭敬敬地说："爹，您先坐！"

待满弘坤坐下后，满仲哲用手抚摸了一把站在身边的儿子的头高兴地说："这小子都长这么高了！"然后示意儿子和赵梓明一起坐下。

"仲哲啊，你是咋回来的？现在住在哪啊？"待满仲哲坐下，满弘坤迫不及待地问。

"是跟着国军打回来的，眼下住在平陵城里。"满仲哲兴奋地说。

"我大哥现在是国民党平陵县城防保安大队的中校大队长，负责整个平陵城的城防和治安，相当于平陵城的城防司令！"赵梓明骄傲地补充道，好像这个大队长就是他本人一样。

"好啊！好啊！怪不得你们都穿上军装了！"满弘坤难掩兴奋之情，连连点头说道。

"爹，娘，你们这段时间受了不少委屈吧？"满仲哲关切地问。

"唉！一言难尽啊！"满弘坤叹了口气。

"没事爹！儿子回来了，给咱气受的，让他吃不了兜着走！"满仲哲恶狠狠地说。

"别光说话啊，快吃饭吧！你媳妇做的菜，还热着呢。"满弘坤老婆对满仲哲说，"这阵子就是让你家里的受委屈了，她自打进了这个门就没享过啥福。你整天不在家，她就像守活寡似的，现在又家里家外地忙活，真是难为她了！"满弘坤的老婆又开始抹起了眼泪。

"别说了娘，我这不好好的嘛！"满仲哲的媳妇见婆婆这么心疼自己，很是感动，眼泪也流了下来。

满仲哲的媳妇虽然很贤惠，人长得也不错，但是满仲哲却并不待见她。他们之间是包办婚姻，满仲哲受过新思想教育，不喜欢这种婚姻形势，因此很多时候他都当她不存在一样。这些年他一个人在外闯荡也没少招惹女人，他也没感觉到有愧于这个媳妇，但是今天听他母亲这么一说，心中陡生怜爱之情，于是他把站在身边的媳妇拉到凳子上坐下说："来咱一起吃。"

满弘坤说："我最近这身体不太好，但是今天高兴，仲哲，咱爷俩好好聊聊！"

"爹，你先等等。"满仲哲说。

"咋了？"满弘坤问。

"爹，我见了你们二老光顾高兴了，我都忘了这门外还有我带来的一百多号弟兄呢，他们也还没吃饭呢。"满仲哲说。

"大队长，咱先别管他们了，等咱陪着老太爷吃完后，我带着他们去官庄吃，你也好在家里陪二老说会儿话，你们也好长时间不见了。等弟兄们都吃完了，咱再一起回平陵城。"赵梓明说。

"不行，就让弟兄们在家里吃。"还没等满仲哲表态，满弘坤就说道。

"爹，这人太多了，在家里吃恐怕不太方便，要不然就按梓明说的办吧？"满仲哲说。

"不行！就在家里吃。"满弘坤不容置疑地说道。

"孩子，咱家里不缺吃喝，那地窖里还藏着很多的米和面呢。"满弘坤的老婆说。

"不用咱家的米和面，咱到南北街上去借，去那些分了咱家地的人家去借，挨家借！"满弘坤一边愤愤地说着，一边从怀里掏出来一张皱皱巴巴的纸递给满仲哲，"这是那些分了咱家地的人家。"

满仲哲接过那张纸，看着纸上密密麻麻几十个人的名字，瞬间就明白了父亲的意思。

"咱家里又不是没有，干吗去外面借呀？那还起来不是也挺麻烦的吗？"满弘坤的老婆担忧地说。

"还？还啥还？说借是好听的，我就是要看看这帮穷鬼识不识相！"满弘坤瞪着眼睛说道。

满仲哲把那张纸递给他媳妇，然后对赵梓明吩咐道："你安排些弟兄，跟着你嫂子去这些人家！"

满仲哲身着军装带着这么一大队国军忽然来到南北街，让住在街上的人都很害怕，不知道会出啥事，他们都跑回家把大门紧闭了起来。很多好事的人就躲在大门后面，从门缝里向外偷看。

过了一会儿，人们发现满仲哲的媳妇带着一些当兵的出来了，他们开始挨家挨户地敲门。离着被敲门人家近的躲在门后的人终于听清楚了，是满家在向分了他家地的人家借米借面。这可把大家吓了一跳，这哪里是借啊？这明明就是满家开始反攻倒算了嘛！

共产党和八路军撤走后，解放区里的很多村庄都来了还乡团大搞反攻倒算。这些还乡团有的是被分了土地和房子的地主和乡绅请来的，有的干脆就是这些人自己组建的，而且好多村庄里还闹出了人命。南北街上那些在土改中分得了土地和钱财的人，现在整天都提心吊胆，他们担心有一天还乡团也会来。现在还乡团倒是还没来，可一下子来了国军为满家搞反攻倒算了，这还得了啊！

南北街上的人都是沾亲带故的，亲戚的事都格外关心，于是听到消息的人赶紧跑出家门，去给那些分了满家地的亲戚送信。这消息一传十，十传百，很快大家就都知道了。一时间整个南北街就乱套了。这边满仲哲的媳妇带着国军到处敲门，那边分了满家地的人都锁上大门到处躲藏，有的人干脆想出庄躲避，可当他们到了村口后才发现那里已经有国军在站岗了。原来满仲哲在一些路口安排了岗哨是为了警卫，本不是为了阻止这些人出庄的，但是这些人哪里知道啊？

最后大家走投无路，都不约而同地跑到清真寺里找白广甲阿訇请教办法。一时间，清真寺的院子里就涌进来了几十个人。

此时，白广甲身着蓝色长衫，头戴一顶白色经帽，一副花白、浓密的胡须飘洒在胸前，他站在清真寺的台阶上一言不发。

白广甲阿訇中等身材、五官端正、面色红润、目光深邃、虽已年近古稀，但精神矍铄，气宇轩昂，这么多年他在闫满庄和这周围的四里八村一直是个传奇式的存在。

"白阿訇，你快点给大伙出个主意吧！我们实在是没啥办法了！"院子里的人非常着急地不停催问道。

白广甲阿訇又沉吟了片刻才开口，他说："我想大家猜得没错，满家借东西只是一个引子。这瘦死的骆驼比马大，他家啥没有啊？还需要出来借吗？用意是明摆着的。我看这样吧，你们干脆把那些分得的地都还给满家算了！现在八路军和共产党都撤走了，此一时彼一时啊！"

"可那地里我都种上庄稼了呀！"

"是啊！那种子钱还是我借的呢！"

一些人很不舍地说道。

"那还能有啥办法？你们看这架势，不还给人家能行吗？别的庄里都闹出人命来了，咱南北街上的人可不能人为财死啊！"白广甲阿訇忧心地说道。

"实在没有别的办法，还也行，可他家要是再提别的要求可咋整啊？"有人担心地问。

古月星转

"这个我想过了，你们只管回家把地契拿来，我和你们一起去满家，剩下的事情我去说。咱都是亲戚，都在南北街上住着，满弘坤还是会给我这个阿訇一个面子的！"白广甲自信地说。

大家听后觉得眼下也只能这样了，于是就要散去。这时白广甲又叮嘱道："你们家里要是有啥好吃喝，就带上点。满家来了那么多当兵的，这中午头需要吃饭也是真的。"说完，白广甲阿訇转身叹了口气自言自语道，"这叫啥世道啊！"

在满弘坤家里，满仲哲和徐步达正在给满弘坤敬茶。赵梓明端着杯子满脸堆笑地说："干爹，您老毕竟年纪大了，以后保重身体重要啊！"

"胡说！谁年纪大了？"满弘坤佯怒道。

"你看我这嘴，真不会说话！干爹，您还别说，我这仔细一看啊，您老还真是年轻了！"赵梓明赶紧假惺惺地恭维道。

"爹，您老确实是年轻了！"满仲哲也笑着说。

"我吃饱了，你们吃吧，我要去休息一下了。"满弘坤的老婆有点不耐烦地站起身来。

"快扶你奶奶回房去休息！"满仲哲对儿子说道。

满弘坤待老婆走后，端起杯子来看了看满仲哲，又看了看赵梓明说："我敬我的两个儿子一杯，你们劳苦功高，辛苦了！"

赵梓明真有些受宠若惊了，他赶紧端起酒杯子先一饮而尽。

"报告大队长！门外来了一个叫白广甲的，还带着几十个村民，说要见老太爷。"忽然有卫兵进来禀报。

满弘坤一听这话，赶紧站起身对满仲哲说："你快出去把白阿訇请到我的书房里，我回房收拾一下，换件衣服，马上过去。"

满弘坤对白广甲阿訇一向很尊重。当满弘坤来到书房的时候，白广甲阿訇已经坐在椅子上了。

满弘坤的书房不大，书架上的书也不是很多，但室内放置的一套桌椅却很讲究，一看就是用上好的黄花梨木料做的。在书房的墙上挂着一幅清末平陵县很有名的一位叫马汉三的画家画的山水画，画的是平陵八大景之一的百脉泉。旁边还挂着一副对联，上联为：隔岸芙蓉低荫寺。下联为：临溪杨柳密成村。

满弘坤进屋后先对站在门口的满仲哲说："你去招呼客人吧！"

满弘坤打发走满仲哲后，给白广甲深鞠一躬，满脸堆笑地说："不知白阿訇光临，有失远迎，请多包涵！"

"弘坤兄，您太客气了！"白广甲阿訇赶紧站起来还礼。

待二人坐下后，满弘坤文绉绉地说："白阿訇您可是无事不登三宝殿啊！不知道今天光临寒舍有何赐教啊？"

白广甲从怀里拿出一沓地契放在桌子上说："这是共产党年前分的你家的地，当时咱们街上的这些亲戚不要也不好，现在共产党走了，大家就都托我给你送回来了。"

满弘坤看着这些地契心中大喜，但他嘴上却说："这哪行啊？这泼出去的水哪有收回来的道理啊？"

"这些地都是你满家祖上留下来的，当初大家也并不想要，但是形势使然，也都没有办法，这个你也明白，我看今天你也就别客气了！"白广甲阿訇说。

满弘坤听到白广甲提到他的祖上，一下子红了眼圈，他激动地说："不瞒白阿訇您！您说到我的痛处了，这些地真是我们满家祖祖辈辈几代人辛苦置下的家业，我怎么忍心在我的手上都丢掉呢？今天它们又回来了，这真是为主的加护我们满家啊！我满弘坤就是现在无常了，我也能闭上眼了！"

"那你就都收好吧！"白广甲阿訇把那一沓地契推到满弘坤面前，接着说，"乡亲们都在地里种了庄稼，大家也都说不要了。"

满弘坤一边收起地契，一边大度地说："那不成！谁种的粮食，今年的收成就归谁，咱都是亲戚，不能让大家吃亏。"

"这个我就不管了，我知道弘坤兄你大人大量，我也相信你会说到做到。今天你家里有客人，我就不多停留了，先行告退。另外，外面的那些亲戚还拿来了一些吃喝招待仲哲带来的国军兄弟，你就一并收下吧！"白广甲阿訇说着站起身来。

"白阿訇想得真周全啊！那就谢谢您了！有时间来家里做客啊！"满弘坤也站起身来，边往外送白阿訇边笑着说道。

四十二

　　满仲哲和他爹满弘坤，还有部下赵梓明从中午开始吃饭，一直到太阳快要落山，才动身从闫满庄回平陵城。要不是赵梓明提醒满仲哲走得太晚路上可能会不安全，满仲哲还会再待一会儿。

　　满仲哲和满弘坤爷俩今天都非常高兴，他们从来没有这样痛快过。在满家父子看来，今天是他家大喜的日子，而且是多喜临门。尤其是那些地契失而复得，这也标志着他们满家那种任人宰割，仰人鼻息的日子已经过去了。满弘坤到最后也不咳嗽，也不胸闷气短了，好像身上的病一下子就全好了，这真是人逢喜事精神爽啊！满仲哲见他爹的病好了，更是喜不自禁，他一直牵挂着他爹的身体。满仲哲从心里佩服他爹满弘坤，而且是佩服得五体投地。满仲哲很庆幸自己有这样一个爹，他一直认为他之所以能走到今天，就是因为他的身后站着一个足智多谋的爹，满仲哲希望他爹身体能好好地，永远做他的军师和主心骨。

　　满仲哲带着队伍回到平陵城时已是深夜时分了，副大队长徐步达正在国民党平陵县城防保安大队驻地门口等着他们。

　　保安大队现在的驻地就是原来临济县公安局的临时办公地。这些年来，这个地方几经易主，而且住的还都不是这院子真正的主人，真有一种门头变换大王旗的味道。

　　徐步达看满仲哲带着队伍回来了，赶紧迎上前去，他双手把着轿竿问："大队长，你们咋才回来啊？"

"咋了？城里有情况吗？"满仲哲问。

"城里倒是没啥情况，就是翟司令找过你。"徐步达说。

"翟司令找我？他找我啥事？"满仲哲一听翟司令找他，他心里有点紧张，因为他此次去官庄，事先并没有向翟云涛请示。

"倒是没说啥事。"徐步达回答道。

"他问我去哪里了吗？你咋说的？"满仲哲有点担心地问。

"问了，我说你出城巡防了，我们最近得到情报说在平陵城周边有八路活动，你就亲自带队出城了。"徐步达回答道。

满仲哲从轿子上下来，整了整衣服，然后拍了拍徐步达的肩膀，满意地说："好！回答得滴水不漏。"

徐步达咧了咧嘴，然后赶紧上前扶住满仲哲问："大队长，你是回办公室啊还是直接回房间休息啊？"

满仲哲抬起手腕使劲睁眼看了看手表说："都这个点了，司令也应该睡了，我先休息吧！"

徐步达扶着满仲哲到了寝室，他把满仲哲扶到床沿上坐下，然后蹲下身子，把满仲哲的鞋子和袜子脱下来放在一边，并把满仲哲的双腿抬到床上。

满仲哲倚着床头坐好。

这时，赵梓明端着一杯热水走了进来，他把水放在床头桌子上的时候手抖了一下，洒出来了一些水，他赶紧用衣服袖子把水渍擦干。

"你们都出去吧！我困了。"满仲哲摆摆手说。

"大队长，你别忘了喝水。"赵梓明临出门时还不忘回头殷勤地关照了一声。

徐步达从满仲哲的寝室出来后问赵梓明："你们咋这么晚才回来啊？我还以为你们在路上遇到啥事了呢？"

"没事。今天我们回闫满庄了，老太爷高兴了，不让我们走。"赵梓明说。

"替我向干爹问好了吗？"徐步达问。

"那是必须的，咱哥俩谁和谁啊？老太爷还说想你了呢！"赵梓明摇头晃脑地说。

"谢谢兄弟！走，咱哥俩出去喝点吧！"徐步达拉着赵梓明的胳膊说。

"我不行了，今天实在是太累了，我也要去休息了。"赵梓明说着推开徐步达的手，向着自己的寝室走去。

徐步达看着赵梓明进了寝室，转身哼了一声，低声骂道："撒谎的话说得和他娘真的一样！"

其实徐步达说得没错，赵梓明今天在闫满庄根本就没提起过他，满弘坤更是没有说起过他。这种争宠的时候，争宠的事哪有提别人的道理啊？徐步达和赵梓明已共事多年了，彼此都是很了解的，赵梓明的这点小把戏，徐步达的心里自然清楚。

满仲哲一觉睡到了天亮，他起身坐在了床沿上，顺手把赵梓明昨晚放在桌子上的那杯水拿过来喝了。满仲哲这一夜是和衣而睡，此时他忽然觉得浑身紧巴巴得不舒服，他揉了揉眼睛，对着门外大声喊道："来人！"

"到！"一个卫兵应声进屋。

"快去给我打盆洗脸水来！"满仲哲吩咐道。

卫兵答应了一声出去了，一会端来一盆洗脸水。

满仲哲洗漱完毕后感觉身体舒服了一些，他来到院子里活动了一下腿脚，然后到办公室里坐下。

这时，徐步达提着一个食盒走了进来，他打开食盒，从里面拿出来一罐子热腾腾地羊汤和两个牛肉烧饼说："大队长，这是我刚从街上早点店里买的。"

满仲哲满意地看了一眼徐步达，没有说话，端起羊汤慢慢地喝了几口，然后又拿起烧饼送到嘴边，忽然他停了下来问徐步达："你昨天说翟司令找我了，对吗？"

"是的。"徐步达回答道。

"他真的没说找我有啥事？"满仲哲问。

"确实没说有啥事，不过他知道你去官庄了。"徐步达说。

"你说啥？你昨天晚上咋不告诉我？"满仲哲放下烧饼，瞪大眼睛质问徐步达。

"我看你累了，想让你先好好睡一觉，打算今天早上等你吃完饭再告诉你。"徐步达解释道。

"奇怪了？他怎么会知道我去官庄了？"满仲哲瞪着眼睛很疑惑地看着徐步达问。

徐步达被满仲哲的目光吓了一跳，因为他做贼心虚。满仲哲出城后，他立刻就把满仲哲去官庄的事向闫书伦做了汇报，但是让他没想到的是，闫书伦立刻就把这事报告给了翟云涛。

"是啊！我也觉奇怪，这件事情知道的人不多啊！"徐步达也装出一副很疑惑的样子看着满仲哲。

"不吃了，我现在就去司令部。"满仲哲说完站起来就走。

当满仲哲走进翟云涛办公室的时候，翟云涛正和保安旅四团的闫书伦团长说着什么，见满仲哲进来，就对闫书伦说："你先去吧！"

闫书伦出门时冲满仲哲抱了抱拳，满仲哲也抱拳还礼，两个人都没有说话。

"这平陵城周边有啥敌情啊？"翟云涛把身子靠在椅子背上问道。

"我昨天去官庄煤矿了。"满仲哲回答道。

"噢？去官庄煤矿了，你去那里干啥了？"翟云涛问。

"那官庄煤矿本来就是咱们的，我想把它重新拿回来，不过我去了一看，那煤井被八路给毁了，已经很难再恢复生产了。"

"你出城为啥不向我请示？你现在是城防保安大队的大队长，担负着城里的防务和治安两项重任，你带着那么些人出城，要是这城里出了事情咋办？"翟云涛忽然板起脸来质问道。

"司令，卑职知道错了！"满仲哲低下头说。

"你们昨天啥时候回来的？"翟云涛继续问。

"官庄离着我家闫满庄很近，我也快一年没有回家看父母了，就顺路回去看了看他们，在家里吃了个饭，弟兄们也在我家里吃的饭，所以回来时挺晚的了。"满仲哲战战兢兢地说道。

翟云涛没有再说话。

"司令，卑职错了，卑职再也不敢了！卑职愿意受罚！"满仲哲知道翟云涛生气了，他心里很紧张，他赶紧再次承认错误。

翟云涛沉了一会儿淡淡地说："罚就不必了，下不为例吧！"

听翟云涛这么一说，满仲哲的心才稍安了一些，他想赶紧离开这里，于是就对翟云涛请示道："司令，如果没啥事，属下就先告退了吧？"

古月星转

翟云涛看了看满仲哲，然后冲他招了招手，示意他到跟前去。

满仲哲又开始紧张起来，他犹豫了一下，然后赶紧向前迈了两步，走到翟云涛面前。

翟云涛冲门口的两个卫兵一挥手，两个卫兵赶紧都退了出去。

翟云涛向前探了探身子低声说："你不要总记着你家里那点事，涝洼井鬼子金库的事才是大事，你可不要忘了啊！"

"司令，你看我这脑子，我还真把这个茬给忘了。"满仲哲一拍脑袋很自责地说。

翟云涛看着满仲哲不再说话。

满仲哲忽然有种如芒在背的感觉，他知道刚才自己说的话有点太假了，翟云涛是何等聪明的人，他不应该在他的面前动心眼，于是赶紧补充道："司令，现在平陵又回到咱们的手里了，这鬼子金库的事是应该想一想了，可眼下该咋办？卑职实在是不知道，还请司令您明示！"满仲哲小心翼翼地说。

"涝洼井在小古月山，那里靠近八路军的根据地，我们不能轻举妄动，可就这么一直放在那里，我又始终不放心。"翟云涛很忧心地说。

"要不这样吧司令，我带人去一趟，看一下那里现在是个啥情况。实在不行，就还是像从前那样安排几个人把那个区域密切监视起来，以防不测。"满仲哲说。

翟云涛对满仲哲的这个主意没有进行正面答复，而是换了一个话题问满仲哲："最近我想重新调整一下我们保安旅各部在平陵县境内的防区，我想让四团到秀江镇去驻防，你看咋样？"

满仲哲没想到翟云涛会问他这样的问题，一时不知道该如何回答，于是就没有说话。

翟云涛见满仲哲没回答，就接着说："我已经让闫团长安排他四团的特务大队到官庄去驻扎，小古月山就在他们的防区内。"

"司令，您不会把鬼子金库的事告诉闫书伦了吧？"满仲哲忽然有点担心地问。

"那怎么会呢？这件事情还是天知地知，你知我知。"翟云涛说。

"那您为啥这样安排？卑职咋不明白呢！"满仲哲挠了挠头。

"你来当这个特务大队的大队长。"翟云涛说。

"啥？我去四团特务大队当大队长？司令，我知道我错了，我不该私自出城，还望司令不要用这种办法来惩治属下，我、我……"满仲哲忽然口吃起来。

"你别着急嘛！先听我说完，你还是平陵县城防保安大队的大队长，特务大队那边你只是兼职。"翟云涛笑了笑说。

满仲哲听翟云涛这样一说，才把心放下了，刚才真把他吓坏了，如果让他去给闫书伦当下属，那他真不知道以后该怎么办了。可是接下来他又有点不明白了，他想难道闫书伦这特务大队的建制以后就归了他的城防保安大队了吗？他知道闫书伦对这个特务大队是非常重视和偏爱的，这是在上一次翟云涛扩充队伍时，闫书伦亲手组建的。闫书伦让他的爱将副团长孙雨生亲自兼任特务大队的大队长。为了保存特务大队的实力，闫书伦平时都很少让特务大队去参加大的战斗。

想到这里满仲哲试探着问翟云涛："司令，是不是四团的特务大队以后就归我们城防保安大队了？"

"不、不、不！"翟云涛连连摆手说，"特务大队的建制依然归四团，它只是接受你和闫团长的双重领导。"

"可现在孙雨生副团长是特务大队的大队长啊？"满仲哲看着翟云涛说。

"从现在起，他就不再兼任了，特务大队的大队长是你满仲哲，你要尽快去和孙雨生进行交接，明白吗？"翟云涛也看着满仲哲说。

"明白！卑职决不辜负司令厚爱！"满仲哲立正说道。

翟云涛从椅子上站起身，走到满仲哲身边，用手拍了拍满仲哲肩膀没有说话。满仲哲赶忙敬了个礼，然后退出了翟云涛的办公室。

满仲哲回到自己办公室，坐在椅子上发愣。虽然刚才他在翟云涛面前表现出感恩戴德的样子，但他实在是搞不懂翟云涛的葫芦里到底卖的啥药？闫书伦的特务大队让他去兼任大队长，特务大队还要接受他和闫书伦的双重领导，特务大队里他一个人都不认识，这队伍咋带啊？况且他还要在平陵城里当他的城防保安大队长。满仲哲知道翟云涛此举是冲着涝洼井鬼子金库去的，可他为什么要这样安排呢？满仲哲想了半天也理不出个头绪来。

此时赵梓明和徐步达走了进来。赵梓明看满仲哲的表情不对，以为他是被翟云涛给训斥了呢，就关切地问："大队长，司令那边没事吧？"

"是啊，没事吧大队长？"徐步达也问道。

"没事，你俩先出去吧，我想一个人静静。"满仲哲说。

徐步达和赵梓明互相对视了一下，然后很识趣地出去了。

满仲哲把身子紧紧靠在椅子上，他觉得心里异常烦躁。

正在这时，闫满庄南北街上的金宗才忽然跌跌撞撞地闯进了进来，后面还跟着一个卫兵试图拉住金宗才，看来金宗才是硬闯进来的。

"表哥，你咋来了？"满仲哲很是吃惊。

满仲哲家虽然和金宗才家是亲戚，但是平时也来往不多。昨天他回家听说金宗才给了他家二斤熟牛肉还感慨道："亲戚就是亲戚，一拃没有四指近啊！"要知道这个年月牛肉是很金贵的。

金宗才上前一抓住满仲哲的手，上气不接下气地说："快、快回家里看看吧！家、家里出大事啦！"

"出啥大事了？"满仲哲腾地一下站起身来问。

"我表舅无常了！"金宗才接着说道。

"你说啥？你说谁无常了？"满仲哲似乎没有听明白。

"你家我表舅无常了！"金宗才大声说道。

"不！不可能！这不可能！昨天我们还在一起吃饭呢！我走的时候人还好好的呢？你快说是咋回事啊？"满仲哲瞪大了眼睛问道。

"你快回去看看吧！是今天早上无常的。"金宗才撒开满仲哲的手，一屁股坐在旁边的一把椅子上。他天不亮就从闫满庄往平陵城赶，急着来给满仲哲送信，一路上也没歇歇脚，实在是累坏了。本来今天金宗才是要去古月镇赶集卖牛肉的，可是他刚起床，满仲哲的媳妇就去敲门报丧。毕竟是亲戚，金宗才二话没说，扔下生意就急急忙忙地往平陵城来了。

"爹！你不能走啊！你不能扔下儿子不管了啊！"满仲哲发出了一声哀嚎，然后扑通一下跪在地上泪如雨下，吓得那个卫兵站在那里不知所措。

赵梓明、徐步达，还有金魁听到满仲哲的哀号都跑了进来。

他们赶紧把满仲哲从地上拉起来，然后把他搀扶到椅子上坐下。"你是谁？我们大队长咋了？"徐步达大声问金宗才。

"我表舅没了。"金宗才回答道。

"你表舅是谁？"赵梓明问。

"你们大队长他爹。"金宗才说。

"老太爷是怎么死的？你快说！"金魁上前一把抓住金宗才的衣领质问道。

"放开他！那是我表哥！"满仲哲冲着金魁大声吼道。

金魁被吓了一跳，赶紧松手，冲着金宗才深鞠一躬说："对不住了表哥！"

此时满仲哲已经从震惊中缓过神来了，他对徐步达说："你赶快去给我哥哥满仲道发电报，让他火速回闫满庄。"然后又对赵梓明说，"你赶紧去备马，陪我去闫满庄。"

赵梓明和徐步达答应一声赶紧都出去办事了。

一会儿，赵梓明回来说："大队长，马已备好，我带了二十个弟兄。"

满仲哲擦了一把眼泪，起身就往外走。走到门口时，他回头又对金魁说："你去向翟司令报告，就说我爹过世了，我要回闫满庄奔丧。"

"大队长，我去和翟司令说合适吗？"金魁有些犹豫。

"你又不是没去汇报过事儿？"满仲哲不耐烦地反问道。

金魁不敢再言语了。其实在金魁心里，他是一直不服满仲哲的，只不过现在是人在屋檐下，不得不低头罢了。这也难怪，在翟云涛最初成立特务总队的时候，金魁就来了，而且被委任特务总队一大队的大队长，按说在特务总队他的资历比满仲哲要老。况且在宫泽帷重手下时，他还曾是满仲哲的顶头上司。尽管他没有真正节制了满仲哲，但名义上最起码是这样的，而且他金魁当年还是平陵县东锦镇地界江湖上有名的"金魔头"，那名气满仲哲是没法比的。可如今满仲哲成了他的顶头上司，时势比人强，他只能收起锋芒，在满仲哲面前装出一副低三下四、服服帖帖的样子来。不过现在他不想再持续这样的局面了，他不想再忍下去了，尤其是这次特务总队被整编成了平陵县城防保安大队的事触发了他那不想再安于现状的心思。这次整编，虽然他也穿上了军装，挂上了国民党少校的军衔，但是只给了他个中队长的职务，而同为特务总队大队长的赵梓明和徐步达却被任命为了副大队长。这怎么能不让他愤愤不平，耿耿于怀呢？于是他在内心深处也开始打起了自己的主意。

金魁看着满仲哲带着人出了院子后，他转过身，嘴角露出了一丝不易被察觉的冷笑。

四十三

　　满弘坤真的死了，他死得很突然。据庄里的姜重林大夫讲满弘坤是死于心脏病发作，可是南北街上的人都知道满弘坤平时没有心脏病，所以人们都很疑惑，致使一时间满弘坤是咋死的就有了各种说法。其实满弘坤确实是死于心脏病，他是由于兴奋过度导致心肌梗塞，这也可能是他乐极生悲的结果。

　　满仲哲这次回闫满庄，满弘坤一直很高兴。满仲哲走后，满弘坤独自回到了卧室，躺在床上就昏昏沉沉地睡着了。到了天黑点灯时分，满弘坤的老婆让儿媳妇做了一碗汤，她亲自端到满弘坤的屋里。她想把满弘坤叫起来，喝点汤解解乏，但是她叫了半天，满弘坤只是翻了个身，然后继续睡觉。

　　满弘坤的老婆没有办法，她叹了口气，就退出满弘坤的卧室，回自己的卧室休息去了。

　　当满弘坤睡到后半夜的时候，忽然被憋醒了，他感觉胸口疼得厉害，喘不上气来，就大声喊他的老婆。

　　满弘坤老婆就睡在隔壁，听到满弘坤的喊声就赶忙起身，穿上衣服往这边跑。满弘坤的老婆是个小脚女人，由于走得太急，在满弘坤的卧室门口摔了一跤，半天才爬起来。

　　当满弘坤的老婆来到满弘坤的床前时，满弘坤已经说不出话来了，他用手指着自己的胸口，把眼睛瞪得很大，大张着嘴使劲地喘气。满弘坤的老婆很害怕，她赶紧跑到院子里把满仲哲的媳妇叫了起来，让她快去姜家街上请姜重林大夫来。

此时，外面的天还很黑，满仲哲的媳妇一个人不敢出门去，于是她又回屋把自己的儿子叫了起来，然后就和儿子一起出了家门，深一脚浅一脚地奔向姜家街去请姜重林大夫。

当姜重林大夫来到满家时，满弘坤已经死了。

满弘坤的老婆趴在满弘坤的床前哭天喊地，大放悲声。姜重林劝了半天，满弘坤的老婆才渐渐止住哭声。

满弘坤的老婆也是一个见过世面的人，她恢复平静后让满仲哲的媳妇快想办法去通知在平陵城的满仲哲，让满仲哲赶紧回来料理满弘坤的后事。

满仲哲的媳妇听了婆婆的吩咐，面露难色。现在满家上上下下一个佣人都没有，她一个女人家，这个时候咋去平陵城通知满仲哲啊？最后还是姜重林大夫出了个主意，让她去街上找亲戚。

姜重林的话提醒了满仲哲的媳妇，可是满仲哲的媳妇却一时不知道该去找哪个亲戚来帮这个忙。满家在南北街上的亲戚不少，有的亲戚关系还是很近的，只是平常他们之间没有什么走动，亲情都淡了。尤其是有几家亲戚昨天刚把地契给送回来，你这个时候再去找人家帮忙，实在是有些张不开嘴。这时满仲哲的媳妇想起了南北街上卖牛肉的金宗才。金宗才不仅是自己家的表亲，关键是两家素来没有啥积怨，关系还说得过去，于是满仲哲的媳妇就带着儿子再次出了家门，直奔金宗才家而去。

满仲哲和金宗才，还有赵梓明出了平陵城后，带着人马不停蹄地回到了闫满庄。满仲哲进到家门后就跪倒在满弘坤的遗体前放声大哭，谁拉也拉不起来，最后还是他的母亲把他从地上拉起来。自从满弘坤死后，满弘坤老婆的病好像一下子全好了，她的精神也不再恍惚了，这受刺激得的病好像又被刺激给治好了。

满仲哲的母亲拉着满仲哲的手说。"你爹已经走了，你也就别自责了，你也没啥可自责的。你是个孝顺的孩子，你爹和我都知道。你爹就这么大寿限，咱谁也没有办法，眼下你还是看看咋料理你爹的后事吧！"

"娘，您别看孩子这么大了，也在外面闯荡了这么多年，可礼数我还真不懂。"满仲哲有点难为情地说。

"不要紧，你派人把白广甲阿訇请来就行了。"满仲哲的母亲说。

很快，白广甲阿訇就被请到了满家。满仲哲抓住白广甲阿訇的手带着哭腔说："白阿訇，我要让我爹享受最风光的葬礼，我不怕花钱，我有钱。"

"咱的礼数讲究厚养薄葬，葬不择时，滞留不得超三日，总之尽快让亡人入土为安最好。"白广甲阿訇说。

"那我要给我爹修一座好坟，立一块汉白玉的大石碑这总算可以吧？"满仲哲问。

"修一座好坟恐怕来不及了，那不是一朝一夕的事，况且咱也不兴修好坟那一套，至于你想立什么样的石碑，这我就不参与意见了。"白广甲阿訇说。

"那什么时候去给我爹打坟啊？"满仲哲问。

"我已经安排人到你家的墓地里去了。"白广甲阿訇说。

"啊！您已经安排人去了？"满仲哲很吃惊。

"你爹活着的时候专门领着我去了你家的墓地，他亲自给自己点了墓穴的位置，当时我还和他开玩笑说他能活一百岁呢，谁知道他这就走了。"白广甲阿訇说到这里也很伤感。

"都谁去打坟了？要多少钱？我全拿。"满仲哲很慷慨地说。

"都是一些南北街上的父老乡亲，要啥钱啊？大伙都是自愿帮忙的，这也是咱的传统。"白广甲阿訇说。

听了白广甲阿訇的话，满仲哲很意外，他没想到南北街上的人都去给他爹打坟了，这些年他可没有拿着这些人当人看啊！其实人心都是肉长的，你怎么对人家，人家就会怎么对你。原来满弘坤的死让南北街上的很多人都是幸灾乐祸的，尤其是那些刚刚把地契还给满家的人都在都作壁上观，等着看满家人的笑话，这里面还包括满家的一些亲戚。

白广甲阿訇知道这一情况后，立即就让清真寺里的人到街上去把这些人都叫到寺里。白广甲阿訇说："咱们讲究死者为大，不管满弘坤从前做了啥对不起大家的事，他现在已经无常了，咱们就都不应该再去计较了。这个时候咱们应该看在老祖宗的面子上帮帮满家，况且他们家里也不都是坏人，在青岛的满仲道，还有满弘坤的老婆，尤其是那死去的月娥妮子，可都是满家里的好人啊！"

大家都感觉白广甲阿訇说得很有道理，就纷纷表态道："阿訇说得对！

我们都听你的，你说让我们咋办我们就咋办。"

白广甲阿訇见大家的想法都有了转变就说："去满家墓地给满弘坤打坟，帮着满家人给满弘坤出殡这是必需的，至于其他的，大家伙就看着办吧！"

听了白广甲阿訇的话后大家就自行散去，有的回家拿工具去满家的墓地给满弘坤打坟，有的去了满家大院，帮着满家料理满弘坤的后事。当满仲哲赶回来的时候，白广甲阿訇已经在暗地里不声不响地把这一切都给满家安排好了，只是满仲哲不知道罢了。

尽管白广甲阿訇给满仲哲讲了厚养薄葬的习俗，满仲哲还是决定要把丧事办得尽量隆重。他感觉就他现在的地位也应该借着此事风光一把，要不然别人会小瞧他的，他也对不起他那死去的爹。于是满仲哲安排人立即到东锦镇买白布。虽然东锦有四五家绸缎店，但是满家还是把里面的白布都给买空了。

满仲哲决定不管庄里的还是庄外的，所有亲戚都要通知到，而且都要给重孝。所谓的重孝就是全身都披孝，要知道这年月白布是很珍贵的，几尺白布一染色就能做成一件衣服。

满家的这种做法让他在南北街上的亲戚们都很诧异。和满家亲戚关系很近的人家收到满家送来的重孝倒是正常的，而一些和满家亲戚关系不是很近，甚至是八竿子才能打到的人家也收到了满家送来的重孝，心里就不免开始犯嘀咕了，尤其是那些曾经分过满家田地的亲戚收到重孝后都开始害怕了起来，生怕这里面又有什么道道，于是只好再去清真寺里向白广甲阿訇请教。

白广甲阿訇一开始也不明白满家这样做是何用意，按说这是不符合常理的，但是白广甲阿訇很快就知道了满仲哲的心思，于是就对这些满家的亲戚说："满家既然给了，你们就拿着，到时候穿着去参加葬礼就是了。"

"满家这样做不会又有啥想法吧？"有的人还是很担心。

"能有啥想法，就是满仲哲想把他爹的丧事办得隆重一些罢了，没事的，你们也不用想太多，如果实在不想去就把孝服给满家送回去。"白广甲阿訇说。

听白广甲阿訇这样一说，大家才放下心来。

满仲哲的哥哥满仲道得到父亲去世的消息后很快就从青岛带着媳妇和儿子赶了回来。自从那次满仲哲投靠日本人，他和父亲闹僵后负气出走，就再也没有踏进闫满庄。即使他妹妹满月娥被日本人杀害，他也没有回来，他不想再掺和家里的任何事了。

　　满仲道一进家门，看着搭建在院子里的灵棚，一下子就崩溃了。他对父亲有怨恨，他认为父亲没有民族气节，但亲情终究割舍不掉，那毕竟是他的亲爹啊！此刻满仲道怎么也没有想到他的一次负气出走居然成了和父亲的永别，他跪在灵棚里放声大哭。

　　满仲哲的老婆是城里人，没有经历过这种阵势，她有点不知所措。不过她犹豫了一下，还是拉着儿子跪下来，并开始抹眼泪。

　　在灵棚里负责接待来宾的人赶紧上前把他们一家三口搀扶起来。

　　满仲道起来后又快步冲向停放满弘坤遗体的屋子，他掀开门帘，一步跨进屋里，扑通一声跪在满弘坤的遗体前，双手拍地，又放声大哭起来，"爹啊！爹啊！儿子不孝啊！儿子回来晚了！"满仲道痛不欲生。

　　在屋里给满弘坤守灵的满仲哲看见哥哥回来了，他上前一把抱住满仲道的双肩，也跪了下来，然后两个人抱头痛哭，这一刻他们兄弟二人之间大有"度尽劫波兄弟在"的意味。

　　周围的人赶紧上前把他们兄弟两个从地上拉起来。

　　待两个人稍微平静了一下心情后，满仲哲拉着满仲道的手到了他们母亲的房间。满仲道一见母亲，再次跪倒在地放声大哭："娘！孩儿不孝啊！没有给我爹养老送终啊！"

　　"别哭了孩子！你爹走时也没有遭啥罪，他这一辈子该享的福也都享了，就是他的寿限到了，你们兄弟两个商量着把他的后事操办好，让他入土为安就行了。"满仲道的母亲用手抚摸着满仲道的头说。

　　听母亲这样一说，满仲道才渐渐地止住哭声。

　　满仲哲引着满仲道走出母亲的房间，来到院子里。这时满仲哲的媳妇也把满仲道的老婆引到满仲哲面前。满仲哲见过嫂子和侄子，满仲道见过弟妹后，满仲哲的媳妇说："哥哥嫂子，请你们先回房休息一下吧，房间我已经都给你们打扫干净了。"

　　"谢谢弟妹！让你费心了。"满仲道的媳妇说。

"你到我房间来一下。"满仲道对满仲哲说。

满仲哲进了满仲道的屋子后两个人都坐下，满仲道问满仲哲："请白广甲阿訇来了吗？"

"白阿訇来过了。"满仲哲说。

"那就好，那我就放心了。白阿訇啥都懂，一切事情都听他的就行。"满仲道说。

"该听的听，不该听的也不能听。"满仲哲说。

"你这话是啥意思？"满仲道没有明白满仲哲的话。

"他说厚养薄葬，但我还是想给咱爹办一场南北街上有史以来最隆重的葬礼。"满仲哲说。

"咋个隆重法？"满仲道问。

"我要把这周围各镇上有头有脸的，和咱满家有交情的人都请到，另外咱满家的亲戚不论远近都送去重孝。"满仲哲说。

"胡闹！哪有这么办事的？"满仲道很不高兴地斥责道。

"我哪里胡闹了？"满仲哲很不服气地反问道。

"你怎么请那些有头有脸的人我不管，可是怎么能给所有的亲戚都送重孝呢？再说了你知道人家愿不愿意来啊？这些年咱满家认过几个亲戚啊？如果人家把孝帽子给咱送回来了，或者是收了孝帽子不来，那多丢人啊！你还嫌咱满家丢的人不够吗？"满仲道越说越来气。

"我倒要看看他们谁敢不来！"满仲哲大声吼道。

"你觉得这样做有意思吗？"满仲道大声反问道。

"好了，我看在你是大哥的份上，今天不和你吵架。"满仲哲摇了摇头，接着说，"我只想对你说，你好几年不回家，家里的事你从来没管过，今天的事你也就别掺和了！"满仲哲说完，站起身，气哼哼地出了满仲道的房间。

尽管满仲道不同意满仲哲的做法，但这丝毫没有影响满仲哲的决定，一切都按照他最初的方案进行着。

满仲哲回家奔丧的事，临济县公安局很快就知道了，公安局收到了一个讨饭的人给送来的一封信，信中写道：仲哲爹死，回庄奔丧，随从不多，除之良机！据讨饭的人说他不认识那个让他送信的人，只是那个人给了他钱让他来送的。

眼下临济县公安局临时驻扎在女郎山脚下一个叫小张庄的地方，提供情报的人能找到这里来，这引起了临济县公安局局长亓瀚辰的警觉，他立即派人前去核实情况，发现情报是准确的。于是亓瀚辰局长马上带着警卫员赶往北锦镇，将这一情况向临济县委书记苏强同志汇报。

北锦镇刚刚被临济县的八路军武装打下来。这次占领北锦镇并没有费什么劲，县里的独立营、警卫连和武工队利用缴获的敌人服装，将一部分战士化装成国民党的警备队，夜间运动到北锦镇北门，迷惑了敌人的岗哨，很顺利地进入了镇子，并迅速肃清了镇子里的敌人，占领了全镇，随后临济县委也进驻了北锦镇。

苏强书记听完亓瀚辰的汇报后说："我们还得到消息，满仲哲两天前带着队伍回闫满庄搞反攻倒算，把那些分了他家田地的人都吓得不轻，大家都把地契给满家送了回去。这件事情在当地影响很坏，周边村里一些分了田地的群众都人心惶惶，很多人也都把地契又给地主或是富户送了回去，让我们的土改工作前功尽弃。这在很大程度上动摇了解放区人民对我们的信心，影响了我们政府的形象。"

"那我们就借此机会来个杀一儆百！狠狠打击一下敌人的嚣张气焰，苏书记你看咋样？"亓瀚辰局长请示道。

"好！我同意你的建议！"苏强书记点点头说。

亓瀚辰局长得到县委苏强书记的同意后，立即告辞，他要尽快回驻地安排这次行动。亓瀚辰刚出县委临时办公地，迎面碰上了县武工队队长杨忠诚。现在临济县武工队随着临济县委进驻了北锦镇。北锦镇是王子元等国民党势力盘踞多年的一个地方。自从王子元去博山当县长以后，这里一直被大大小小的几个还乡团控制着。眼下镇子里的残余势力明里暗里的还有不少，需要彻底清除，亓瀚辰局长就把这一任务交给了杨忠诚带领的县武工队。

"忠诚啊，咋会遇到你啊？"亓瀚辰局长问。

"有人看到你来镇子上了，我想你应该是找苏书记汇报工作，于是就过来看看。"杨忠诚回答道。

亓瀚辰笑着对身边的警卫员说："你看看，我们干啥也瞒不住武工队的眼睛。"

"武工队是火眼金睛嘛！"警卫员也笑着说。

"局长，你就别夸我们了？有啥新任务吗？"杨忠诚问。

"新任务是有，但是不用你们去，我想安排王小虎带着他的小分队去完成。"现在王小虎是县里刚成立的一支武工队小分队的队长。这个小分队直属于县公安局，由亓瀚辰局长亲自指挥队员都是从部分区中队里抽调来的精干人员。在刚刚结束的攻打北锦镇的战斗中，这支小分队作战勇猛，率先突进镇里，生擒了盘踞在镇里最大的一支还乡团的团长，并且俘虏了五十多人，得到了临济县委的嘉奖。

"执行啥任务啊？"杨忠诚问。

"满仲哲他爹死了，满仲哲回家奔丧去了，县里决定利用这个机会除掉他。"亓瀚辰局长说。

杨忠诚听了亓瀚辰的话半天没有言语。

亓瀚辰见杨忠诚没有说话就问："咋了忠诚？"

杨忠诚犹豫了一下说："局长，我觉得我们这样做有点乘人之危，好像不妥。"

"我知道你家是闫满庄的，和满仲哲家还有亲戚关系，我也是考虑到这个原因没有安排你带队去。"亓瀚辰局长说。

"局长，我和满家是亲戚不假，但是我们两家有很深的积怨，早就没有啥亲情可言了。我想说的是在这个时候除掉他，那满家就是两个丧事一起办，对于他家那些活着的家人来说好像有点太残忍了，况且他家的满月娥还是烈士。"杨忠诚说。

"你这是带有感情色彩了忠诚同志，这样可不好啊！"亓瀚辰忽然严肃了起来。

杨忠诚知道亓瀚辰局长不高兴了，但他还是接着说道："另外我也很了解满仲哲，这个人很狡猾，他定会有所防范，王小虎那十几个人也可能办不了这件事情。"

"我知道了，你回去吧，你说的话我会考虑的。"亓瀚辰局长说完就和警卫员快步离开了。

杨忠诚望着亓瀚辰远去的背影，无奈地摇了摇头。

四十四

王小虎队长接到除掉满仲哲的任务后，就带着武工队小分队连夜来到了闫满庄外，他们悄悄隐藏在离村口不远处的一片玉米地里。这个时节是平陵天气最热的时候，玉米地里的蚊虫很多，这让队员们有点苦不堪言，但是大家都默默地忍受着，他们蹲在地上，蜷缩着身体等着天亮。

黎明时分，玉米地里稍微凉快了一点，蚊子也少了，但是露水打湿了武工队员们身上的衣服，那衣服黏在身上，让队员们很不舒服，有些队员干脆把衣服脱掉，光着膀子坐在了地上。

天大亮以后，王小虎队长让小分队的副队长程长河带领队员们继续隐蔽，他自己挑着一个货郎担子走出玉米地，向闫满庄的村口走去。他想先进庄侦察一下庄里的情况，然后再确定下一步该咋办。

当王小虎接近村口的时候，他发现情况有些不对，在村口有人在站岗，并且正在盘查进出村庄的人。原来满仲哲一回到闫满庄就立即在村庄的出口处设置了岗哨，而且他还让闫满庄的保长曹贵也安排人过来配合他们，对进出村庄的人逐一进行盘查。出庄的人都要说清楚去哪里，去干什么。外来做生意的人一律不准进入，外庄来串门的要让所去人家来人领着才能进庄。同时，满仲哲让赵梓明去找保安四团的孙雨生副团长，告诉孙雨生满仲哲回家奔丧，暂时无法和他进行权力交接，请他先继续代理特务大队长之职，另外让他注意闫满庄周围的风吹草动。

保安四团特务大队已经进驻官庄了。孙雨生本来是想和满仲哲交接完工作后就即刻返回秀江镇的。但是现在满仲哲请他帮忙，他没有犹豫，立即就爽快地答应了，还派了一个中队的特务跟着赵梓明来到了闫满庄，同时让赵梓明给满仲哲捎来了十块银元，以表达慰问之情。孙雨生这样做是因为他隐隐约约感觉到满仲哲和翟云涛之间的关系很不简单。他也在翟云涛手下干了这么多年了，他还从来没有见过翟云涛这样安排满仲哲的，要知道翟云涛可是一个老谋深算的人，于是他觉得他要重新审视满仲哲这个人，要处理好和这个人的关系。

满仲哲让前来助阵的特务大队的中队长王进严密监视庄子内外的情况，如有可疑之处立刻向他报告。在满仲哲看来，虽然现在国民党军队又占领了平陵，但是闫满庄这里离着南山八路军的根据地不远，他不得不防，他要确保在他爹这三天的丧期内不能出现任何问题。

王小虎刚走到村口就被站岗的哨兵给挡住了。"干啥的？去哪里？"哨兵大声问道。

"我是货郎，进庄卖货。"王小虎回答道。

"不让进了，去别的庄吧。"哨兵摆了摆手说。

"为啥？"王小虎问。

"哪那么多废话？让你走就赶紧走！"哨兵不耐烦地呵斥道。

王小虎无奈，只好挑着担子转身要离开。

"站住！先别走。"坐在旁边凳子上的保长曹贵忽然站起身。

王小虎转过身来看了看曹贵问："师傅，你是在叫我吗？"

"对啊！我就是叫你啊！"曹贵走到王小虎面前看了看货郎担子里面的货物，然后又上下打量着王小虎。

"你买东西吗？"王小虎把担子放下问。

"我是这闫满庄的保长，我咋从来没见你来过我们庄啊？"曹贵问。

曹贵刚当上闫满庄的保长，是八路军撤退以后，他才当的。曹贵家也是地主，只是他家里的田地不像满家那么多。这个人没有啥大本事，整天游手好闲，就靠收家里田地的租子过日子。在土改中，他家的地也被分掉了，不过现在他也像满仲哲家一样收回了被分的田地。曹贵和满仲哲年龄上有十来岁的差距，不是一代人，而且两家也少有往来，只是他看着满仲哲在平陵城混得风生水起，就想巴结一下。正巧赶上满仲哲的爹死了，满仲哲让他来帮忙，他觉得这是一个好机会，就亲自跑到村口来给满家站岗放哨了。

"不瞒保长您说，我还真是第一次来你们这个庄，我干这一行时间也不长。"王小虎淡定地回答道。

"你是哪个庄的？"曹贵接着问。

"我是王家庄的。"王小虎说。

其实王小虎的老家是南王庄，但那里曾经是平陵县委驻地，如实说了可能会有麻烦。原来王子元在平陵时，只要见到南山里和莱芜一带的人，他不问青红皂白，统统按照八路军的密探抓起来处决，曾经有几十人就这样惨死在了王子元的屠刀下。

"你是王家庄的？"曹贵捋着下巴上稀疏的一缕山羊胡沉吟了片刻忽然问道，"你们庄南头口上的那棵老槐树现在还有吗？"

"我们庄南头口上没有老槐树啊！保长你是不是记错了？"王小虎反问道。王小虎虽然不是王家庄的人，但是他曾在王家庄住过，对那个庄并不陌生。

曹贵之所以这样问王小虎是因为他碰巧也去过王家庄，他知道那里没有一棵老槐树，他这是在诈王小虎，他见王小虎说对了，就确定王小虎是王家庄的人，于是就说："我有日子没到北面去了，都把那些庄子给记混了，你走吧！"

王小虎挑着担子往回走。

王小虎刚走出去不远，忽然迎面走过来一高一矮两个人，那个高个子对王小虎喊道："站住！"

王小虎一愣，他不知道这两个人是干什么的，就停下脚步等那两个人来到身边，然后问："师傅，你们要买东西吗？"

走过来的那个高个子就是特务中队的中队长王进，矮个子是他的一个手下。王进看了看王小虎，又看了看王小虎肩上的担子问："你这个货郎这是要去哪里啊？"

"我是要去闫满庄街上卖东西的，可那庄口上站岗的国军不让我进了。"王小虎说。

"你不是闫满庄的？"王进问。

"我不是。"王小虎回答道。

"放下担子！"王进忽然拔出手枪指着王小虎大声喝道。

王小虎心里一惊，他赶忙把担子放到地上。

"搜一搜他！"王进对手下说。

那个矮个子上前先搜了搜王小虎的身上，然后又弯腰翻动王小虎放在地上的担子，最后他直起身子对王进说："队长，没啥可疑的。"

"咋这么早就来闯满庄了？你从哪里来的？"王进问。

正在这时，曹贵走了过来对王进说："王队长，这个货郎是王家庄的。"接着他又对王小虎说，"货郎，给我拿两包哈德门。"

王小虎从担子里拿出两盒香烟递给曹贵。

曹贵把一张民国纸票扔在王小虎的担子里说："就这些了，下次来了再给你吧！"

"哎保长！这钱不够啊！"王小虎对曹贵说。

曹贵没有搭理王小虎，他把一盒烟递给王进说："王队长辛苦了，来，抽烟。"

刚才曹贵从庄口看见这边王小虎又被王进给拦住了，他就想过来捡个便宜。他琢磨着这个时候他要是买烟少给钱，那货郎也没办法，他还可以顺便巴结一下这个刚认识不久的特务队长。

"我这是小本生意，不能赊账啊保长！"王小虎对曹贵说。

"快走吧！走远点！"王进从曹贵手里接过香烟，瞪了王小虎一眼大声呵斥道。

"要是都这样，那我这生意还做不？"王小虎嘴里嘟囔着挑起担子向前走去。

王小虎本来是要先回到刚才隐蔽的玉米地里的，但现在他改变了主意，因为他看到刚才从他身旁过去了一个从庄里出来的人，他想追上去，先向那人打听一下庄里的情况再说。

"师傅，你这是要去哪里啊？"王小虎追上了那个人后问。

那个人肩上扛着个褡裢，看了一眼身边和他并排而行的这个货郎说："我要去东锦镇。"

"去赶集吗？今天好像不是东锦的集啊！"王小虎说。

"赶啥集啊，我去东锦镇里送请柬。我们街上满老地主死了，他儿子满仲哲是平陵城的大官，他要把这周边村镇里有头有脸的人物都请来参加他爹的葬礼。"那个人说。

"怪不得村口上岗了，我想进庄做生意都不让进了。"王小虎说。

"明天就出殡了，出完殡你就可以再来了。"那人说。

"他儿子那么有势力，还不得在平陵城边给他爹选个好墓地啊？"王小虎问。

"这个可不能乱埋，满家在我们庄南坡里有墓地，他满老地主再有本事，死了也得和他祖宗埋在一起呀！"那人说。

"哦！原来是这样。那师傅你先走，我歇歇脚。"王小虎说着停下脚步，把担子放在地上。

那个人冲王小虎摆了摆手，继续向前走了。

在乡下有一种说法就是如果一个人平时积德行善，或是家庭有威望，那他们家有像婚丧嫁娶这样的大事时就会遇到好天气。满弘坤出殡这天天气大好，早上起来，碧蓝的天空上一丝云彩都没有。这让很多对满家有怨仇的人心里很不平衡，但是满仲哲的心里却很得意。说实在的，这两天满仲哲一直在担心他爹出殡时遇上不好的天气，现在看来他不用再担心了。

满家今天从四面八方来了很多客人和亲戚，满仲哲一身孝服站在大门口迎接着来宾。来宾络绎不绝，屋里和院子里已经是高朋满座。满仲道正在忙前忙后地接待客人，尽管他心里不喜欢弟弟这样高调，但是这个时候在客人面前他也不能失礼。

临近中午时分，让满仲哲和满仲道哥俩没有想到的是他们满家的死对头闫仁光来了。闫仁光亲手把一百块银元递到满仲哲手里，说这是他和儿子闫书伦的一点心意。这让满仲哲一时反应不过来，他都不知道说啥是好了。

闫仁光这段时间身体也不太好，他和满弘坤年龄差不多，也到了古稀之年了。闫家眼下的境遇也很不好，自从共产党搞土改以后，他家院子里的房子就被占用大半，一家人被撵到偏房里住。这次国民党的军队又打回平陵，四处都在闹还乡团，占他家房子的人也都退了出去，但是闫仁光依然住在小房子里。

前段时间闫仁光的孙子闫开月从青岛回来了。闫开月是闫书年唯一的儿子。当年闫书伦离家去青岛时，本来闫仁光是想让闫书伦带着闫开月一起走的，可是闫开月却坚决不同意。起初闫仁光以为闫开月还只是个十几岁的孩子，离不开娘，可没想到这孩子却说叔叔走了家里需要男人，这让闫仁光很欣慰。后来闫书伦发达了，闫家的危机也过去了，闫开月就欣然接受了爷爷闫仁光的建议去青岛读书。闫开月高中毕业以后就去了广州，并且考上了黄埔军校。他从黄埔军校毕业后回到青岛投奔了他的表叔，也就是闫书伦四舅赵守常的儿子。赵守常的儿子叫赵德润，是国民党海军的一名舰长。闫开月跟着表叔混，前途自然一片光明。

闫开月回家后见一家人都住在偏房里，大房子都空着，就劝他爷爷让大家搬回原来的房子里去，但是闫仁光却不同意。闫开月见劝不动爷爷，也就只好自己在大房子里住了几天后接着自己的母亲回了青岛，他到临走也不知道爷爷心里到底是咋想的。

闫仁光颤颤巍巍地走进满弘坤的灵棚，面对着在场的所有人，他居然慢慢地跪了下去。闫家和满家多年的恩怨在场的很多人都知道，闫仁光的举动让大家目瞪口呆，人们不知道闫仁光为啥要这样做。满家人更是感到意外，满仲哲几乎惊掉了下巴，他赶紧上前把闫仁光搀扶起来说："大伯，你这是干啥呢？你行这样的大礼，我爹他受不住啊！"

闫仁光抓着满仲哲的手动情地说："冤家宜解不宜结啊！你爹走了，我也老了，过去的事就都让它过去吧！这冤冤相报何时了啊！你和闫书伦现在同侍一主，一定要化干戈为玉帛，作手足兄弟，可不能再给满家和闫家的子孙后代们留下啥仇恨了！"

闫仁光的话似乎触动了满仲哲，他也眼里含着泪对闫仁光连连点头说："请大伯放心！您的话晚辈都记下了，我相信我和闫团长一定不负您的寄望！您老多保重！"

送走闫仁光后，满仲哲突然感觉好像哪里有点不对劲，他想闫仁光这个老狐狸该不会是来看他笑话的吧？现在他满家也不缺他闫家那一百块银元，更不缺他那假仁假义的一跪。这么些年的恩恩怨怨咋能说解就解开的呢？此时的满仲哲不由得又想起了闫书伦当年在官庄煤矿上对他的羞辱，想起了那被闫书伦拿去的白花花的十几万块银元，于是他在心里恨恨地骂道："去你娘的吧！即使你闫家想解开这个结，那我们满家还不想呢！"

正当满仲哲心里想着这些事情的时候，白广甲阿訇走过来提醒他道："葬礼该开始了。"

王小虎带着武工队小分队已经在距离满家墓地不远处的一块玉米地里埋伏一天一夜了，他们就等着满家送葬的队伍过来后发起袭击，一举干掉满仲哲。

中午刚过，一阵哭声就从闫满庄的村口传了过来，王小虎马上命令队员起身从玉米地的中央向路边靠近。可就在这时，从玉米地的四周忽然传来了喊声："玉米地里的八路听着！你们已经被包围了！放下武器，赶紧出来投降吧！我们满大队长会给你们一条活路的！"

王小虎的脑袋嗡地一下，他一时没有反应过来，他心想武工队小分队的行动是很隐蔽的，怎么会被敌人发现了呢？其实王小虎队长不知道的是暴露他们行踪的就是曹贵昨天早上拿走的那两盒香烟。

满仲哲自从回到闫满庄后就一直很警觉，总担心出会问题。眼下他已经在村里村外布置了很多人，但他还是不放心。昨天上午，满仲哲亲自带人到庄子四周去巡视，当他走到庄子北口时，闫满庄的保长曹贵赶紧满脸堆笑地给迎上去，给满仲哲递上了一颗香烟。

满仲哲接过香烟看了看，开玩笑地对曹贵说："曹保长这日子过得不错啊！都抽上哈德门了。"

"哪里哪里！让满大队长见笑了，不瞒您说，这是今天早上我刚敲了一个货郎的。"曹贵得意地说。

"货郎？今天早上？"曹贵的话立刻引起了满仲哲的警觉，他赶忙问曹贵，"哪里来的货郎？啥时候来的？"

"是天刚亮的时候，是从王家庄来的。"曹贵回答道。

满仲哲听了曹贵的话心头一惊，他赶紧吩咐身边的人："快去把王进队长给我找来！"

王进很快就来到了满仲哲的身边。

满仲哲对王进说："王家庄离着这闫满庄有二三十里地的路程，一个货郎一大早就出现在这庄头上，你觉得正常吗？"

"那个货郎我见了，一开始我也有点怀疑。"王进瞥了一眼曹贵，接着说，"后来听说他是王家庄的，我就放他走了。"

曹贵知道自己可能捅娄子了，吓得赶忙低下了头。

"立即派人对这庄子周围进行仔细侦察！"满仲哲吩咐道。

"是，大队长！"王进刚转身要走。

"等等！"满仲哲又叫住了他。

"大队长还有啥吩咐？"王进问。

"如果真发现有人来了，千万不要打草惊蛇，回来向我汇报就行。"满仲哲叮嘱道。

"明白了，大队长！"王进应了一声走了。

满仲哲又转了其他几个村口的岗哨后回到家里，他刚坐下，王进就进来报告："大队长你怀疑得没错，庄外真来了一伙人。"

"他们有多少人？现在在哪里？"满仲哲问。

"有十几个人，都进了你家墓地旁边的一片玉米地里了。"王进说。

"好！你立刻集合队伍，先把那片玉米地给我悄悄地围起来，我要让他们有来无回！"满仲哲恶狠狠地说道。

"不马上消灭他们吗？"王进有点疑惑地问。

"先围起再说，记住，千万不要被他们发现。"满仲哲叮嘱道。

"是，大队长。"王进说完就出门去集合队伍了。

王进带着特务队悄悄地接近那片玉米地，把武工队小分队给包围了起来，可惜王小虎他们一点也没有察觉到。

外面的敌人还在劝降，远处庄口的哭声也停止了。

"队长，咱咋办？"副队长程长河焦急地问王小虎。

"咱们已经暴露了，原计划已经无法实施，现在只有向外突围了。"王小虎镇定地说。

"向哪个方向突围？"程长河问。

"向南突围，南面不远处就是巴漏河的河道，进了河道咱往南去，到了大鱼山脚下，问题就不大了。"王小虎说。

"八路弟兄快投降吧！国军也优待俘虏！"特务队还在劝降。

这时，忽然有十几颗手榴弹从玉米地里几乎同时扔了出来。

古月星转

"轰轰轰！"手榴弹相继爆炸，瞬间腾起阵阵烟雾。

"冲啊！"武工队员们一跃而起，大声喊着冲出玉米地，向着南面河滩方向冲了过去。

特务队的特务们没料到武工队会这样硬往外冲，尤其是在武工队藏身的玉米地南面负责包围的特务都被手榴弹给炸蒙了，等他们反应过来后，武工队员们已经冲到了他们的面前。

"啪啪啪"的一阵枪声，五六个露出头来准备阻击武工队员的特务就被冲上来的武工队员给撂倒了。一时间，特务队在这个方向的包围圈被撕开了一个口子，武工队员们迅速地冲了出去。

"别让八路跑了！抓活的！"反应过来的特务们开始追击。

"啪啪啪"。几十个特务边射击边追赶，子弹像雨点一样朝着武工队员撤退的方向倾泻了过去。

正在向前奔跑的王小虎感觉自己的后背好像被人猛捶了一拳，一个跟头栽倒在地。跑在前面的副队长程长河回头射击时看到王小虎摔倒了，赶紧回身冲过去，想扶王小虎起来，可是王小虎站了两下，没有站起来。

程长河二话不说，俯下身子，就把王小虎背了起来。这时他身边的另一个武工队员也被打倒了。程长河对队员们大声喊道："不要丢下伤员，快带着伤员一起撤！"

听到程长河的喊声，跑在前面的武工队员赶紧转回身，搀扶起伤员继续向河滩方向撤。

武工队终于撤到了河滩里，特务队的人也紧跟着追进了河滩。武工队员们沿着河道继续向南边打边撤。

"把我放下来，我掩护你们！"趴在程长河背上的王小虎说。

"咋能丢下你呢队长？咱一起撤！"程长河不容置疑地说。

"我不行了，快放我下来！我不能拖累了大家！"王小虎大声说道。

"不行！前面快到大鱼山了。"程长河边说边继续往前跑。

"啪啪啪"，忽然前面的河滩里处传来了枪声，一个跑在前面的武工队员又中弹倒下了。

原来特务队的王进看出了武工队向南撤退的意图，他便带领十几个特务抄近路提前进入了河道的上游，截断了武工队的退路。

"卧倒！"程长河副队长把王小虎放在地上，然后向武工队员们挥手示意。

武工队员赶紧都卧倒在地。

后面追上来的特务们看到武工队员都卧倒了，他们也赶紧原地卧倒。由于这段河道较为平坦，没有什么东西可以当作掩体，位于武工队前后的特务们担心子弹打到自己人就都停止了射击。武工队员们也停止了射击，他们把身子紧贴在河滩的鹅卵石上，大口大口地喘着粗气。

巴漏河的这条支流是条季节河，一年四季只有这个时节河道里才会有水，但是水很浅，最浅处仅能没过脚脖子。可是如果遇上下大雨天，上游就经常会有山洪下来，河道里的水就会瞬间暴涨。说来也巧，正在武工队和特务队僵持在河道里的时候，天空忽然阴云密布，很快就飘起了雨点。

"副队长，这里不能久留啊！要是雨下大了，上游会有山洪下来的。"一个熟悉这条河特点的武工队员提醒程长河。

程长河侧脸看了看躺在身边的王小虎队长，他发现王小虎双眼紧闭，鲜血染红了身上的白衬衫。

"队长！队长！"程长河用手推了推王小虎喊道。

王小虎没有反应。

程长河把手放在王小虎鼻子上，他发现王小虎已经停止了呼吸。现在雨越下越大了。程长河副队长忍住悲痛，他仰面朝天使出浑身的力气，大声喊道："同志们！咱就在这里等山洪下来，和这帮王八蛋同归于尽！大家怕不怕死？"

"不怕！"武工队员们异口同声地回答道。

河道里的特务们听到武工队员们的喊声都被吓了一跳，他们也意识到如果雨再这样继续下，这河道里肯定会来山洪，于是他们都开始惊慌了起来。

在河道上游的王进不停地回头看，虽然他心里也很害怕，但是他没有带着特务们撤退，因为他知道一旦他们撤出河道，武工队员就会逃走，那样他们就前功尽弃了，也无法向满仲哲交代。

时间一分一秒地过去了，双方就这样僵持着。

就在这时，忽然从河道上游传来的枪声和喊杀声："缴枪不杀！八路军优待俘虏！"

王进扭头一看，他被吓了一跳，他看到在大雨中，从河道上游冲下来了黑压压的一大群人，就像山洪下来了一样。

"不好！八路的增援部队来了，快撤！"王进说完后第一个跳起来就跑，十几个特务也纷纷爬上河堤跟在王进的屁股后狼狈逃窜了。

武工队身后的特务看着前面的特务都跑了，也纷纷起身掉头就跑。瞬间，河道里的特务就跑干净了。

程长河副队长看特务们都跑了，他猛地站起身，向着冲下来的人激动地大声喊道："同志们！我们是临济县武工队的，我们在这里！"

从上游冲下来的人是闫满乡的民兵连，带队的是乡长马学富和民兵连长丁向山。闫满乡政府的干部和民兵现在就驻扎在大鱼山上，他们听到枪声就从山上下来查看情况，正好看到武工队被敌人围困，于是就赶紧过来增援。

程长河认识马学富，他上前紧紧握住马学富的手激动得泣不成声。这次临济县武工队小分队损失惨重，队长王小虎和两名队员牺牲，另外有五名队员负伤，除掉满仲哲的行动失败了。

四十五

满仲哲兼任保安四团特务大队长已经快一年了。这一年来他主要还是在平陵城当他的城防保安大队长，只是偶尔到特务大队的驻地官庄，特务大队的日常工作由副大队长韩绍斌主持。韩绍斌是闫书伦的老部下，他在很多事情上当然还是听闫书伦的，好在这期间满仲哲和闫书伦并无冲突，就是在满仲哲安排特务大队一中队进驻涝洼村时，闫书伦给满仲哲打来电话，询问他为啥要这样安排，并提醒满仲哲涝洼村离着八路军的根据地很近。

满仲哲没有在意闫书伦的提醒，因为他安排一个中队进驻涝洼村是冲着小古月山鬼子基地里涝洼井金库去的。这他当然不能对闫书伦说，他只是编了一个理由搪塞了闫书伦，闫书伦也没再说什么。特务中队进驻涝洼村后，满仲哲交代中队长王进要日夜监视小古月山周边的情况。名义上是监视八路军根据地里八路军的动向，实际上则是在给鬼子的金库站岗放哨。

一天早上，满仲哲在平陵城里刚吃完饭，忽然接到韩绍斌打来的电话。韩绍斌向满仲哲报告说他派驻涝洼村的特务中队昨天夜里遭到八路军的袭击，整个特务中队损失过半，中队长王进也被打死了。

满仲哲听完韩绍斌的汇报后，坐在椅子上半天没有缓过神来。这时候，电话铃声又响了。满仲哲立刻感觉这个电话可能是闫书伦打来的，他赶紧抓起电话。

"喂！是满大队长吗？"电话里果然传来闫书伦的声音。

"你好闫团长！我是满仲哲啊！"满仲哲赶紧搭话。

"我的一中队没了，你知道吗？"闫书伦问。

"我也是刚刚得知消息啊，闫团长。"满仲哲回答道。

"涝洼村离着八路军的根据地那么近，你偏要让弟兄们到那里去驻防？这不是去送死吗？我曾经提醒过你，你却置若罔闻，请问你现在做何解释？"闫书伦质问道。

"闫团长，我是特务大队的大队长，一中队遭到了八路的伏击，王队长阵亡了，我也是很心疼的啊！"满仲哲说。

"你会心疼？你该不会是高兴吧？"闫书伦挖苦道。

"闫团长，你这话说得就有点难听了吧？你说我怎么会高兴呢？"满仲哲也开始反击了。

"好了！我不和你争了，咱就去找翟司令说理吧！"闫书伦说完，不等满仲哲回话就把电话给挂了。

"去就去！"满仲哲也气愤地把电话听筒挂在了话机上。

在翟云涛的办公室里，闫书伦十分激动，他在大声质问着满仲哲，而满仲哲却低头不语。

翟云涛冲闫书伦摆了摆手，闫书伦不再说话了，但是他的前胸上下起伏，看来他的怨气还远没有发泄出来。

翟云涛看了一眼闫书伦，然后问满仲哲："满大队长，是八路军的什么部队干的？"

"报告司令，目前尚不清楚。"满仲哲抬起头来看着翟云涛回答道。

"闫团长，你知道是谁干的吗？"翟云涛又问闫书伦。

"回禀司令，我也不知道。"闫书伦回答道。

"好了，关于这件事情的责任以后再说，当务之急是要找出谁干的，然后把他们消灭掉！给死难的那些弟兄报仇。你们两个还是先在此处下下功夫吧！"翟云涛说。

"司令……"闫书伦还想说什么，翟云涛挥了一下手示意他先出去。闫书伦瞪了满仲哲一眼，然后转身愤然离去。

待闫书伦出去后，翟云涛对满仲哲说："你一定要搞清楚是谁干的，看看他们究竟是不是冲着涝洼井去的，明白吗？"

"卑职明白！"满仲哲赶紧点头应道。

满仲哲和闫书伦费了半天劲也没搞清楚到底是谁袭击了特务中队。满仲哲经过对小古月山附近，尤其是那条掩埋着鬼子基地的山沟进行持续观察，并没有发现什么异常情况，看来八路不是冲着涝洼井来的，他也就放心了。尽管闫书伦也誓言报复，但最终同样是无功而返，这件事情时间一长也就不了了之。

事实上袭击涝洼井特务队的并不是八路军的什么部队，而是闫满乡的民兵。这就难怪闫书伦和满仲哲一时没有查出来了，因为涝洼村并不在闫满乡的地界上，而且它离着闫满乡临时驻地大鱼山还有近三十里的路程，他们怎么会来涝洼村袭击特务队呢？

其实闫满乡的民兵连袭击住在涝洼村的特务中队也纯属偶然。事情的起因是特务中队抓了闫满庄去涝洼村收山货的生意人赵五更。特务队感觉赵五更很可疑，就把他抓起来审讯。最后也没有审出什么事情来，中队长王进就想弄点钱花，于是就给赵五更家里捎信，让他家里拿一百块银元来赎人。赵五更的爹接到信后，实在拿不出这么些赎金，没有办法了就跑到山上找到了乡长马学富。马学富了解情况后，先让民兵连长丁向山派人去涝洼村侦察。

侦察人员回来后向马学富和丁向山汇报说把赵五更扣起来的是官庄保安四团特务大队驻扎在涝洼村的一个中队，有三四十个人。马学富听后就对丁向山说："涝洼村远离官庄，我们可以夜里摸过去，把这些特务解决掉，然后把赵五更给解救出来，你看咋样？"

"我觉得可以。咱们闫满乡的民兵连现在有一百多号人，五六十条枪，解决他们三四十个人应该不成问题。"丁向山胸有成竹地说。

马学富和丁向山统一思想后就立即行动，当夜他们就赶到了涝洼村，趁着特务熟睡之时发起了攻击。特务们都被打蒙了，虽然他们奋力反抗，但还是难逃被歼的命运，除了几个特务逃脱，其余人都被民兵打死或是俘获，中队长王进也被丁向山当场击毙。

时间虽然过去了几个月，但纸里终究包不住火，闫满乡民兵袭击涝洼村特务中队的事最终还是被满仲哲给刺探到了，他也知道了整个事情的经过。原来在满仲哲的心里一直记挂着这件事。

满仲哲恨得牙根痒痒，他没料到他的一个特务中队竟然毁在了一伙民兵的手里。如果是八路军的正规部队干的，最起码他好向翟云涛交代，自己面子上也好看些。满仲哲经过深思熟虑后决定先不把这个消息报告给翟云涛，同时也要瞒着闫书伦。首先他怕闫书伦再次指责他，另一个很重要的原因就是闫满乡的乡政府和民兵都住在大鱼山上，大鱼山的背后就是八路军的根据地，那里有八路军的大部队驻扎，现在他不能轻举妄动，只能等待时机。

1947年的春天，国民党开始重点进攻山东解放区，约五十万人的国民党军队向山东境内的共产党各解放区发动猛烈攻击。

满仲哲见此情形，心中暗喜，他觉得机会到了，于是立即跑到保安旅四团团部找闫书伦，他对闫书伦说："闫团长，我已经得到确切情报，去年袭击我们特务大队一中队的是闫满乡的民兵。闫满乡政府和民兵眼下就住在大鱼山上，现在国军正在大举进攻共产党的解放区，我们可以趁着这个时候一举消灭他们，给一中队死去的弟兄们报仇雪恨！"

"这怎么可能呢？涝洼村又不在闫满乡的地界上，特务队碍着他们啥事了？"闫书伦不相信。

"情报千真万确，是特务队扣押了闫满庄的村民赵五更，让赵家人拿钱赎人，结果引来闫满乡的民兵。"满仲哲解释道。

闫书伦听后半天没有说话。

"咋了，闫团长？你咋不表个态？"满仲哲见闫书伦不说话就问。

闫书伦点上了一支香烟，吸了一口，然后起身来走到满仲哲的面前说："我当然也很想给死去的弟兄们报仇，但是我们面对的是闫满乡的民兵，那些人可都是咱闫满庄和周边几个庄子里的乡亲啊！民兵连长丁向山咱就不用说了，除了他以，没准里面还有和我俩一起光着腚长大的，难道咱们要去杀他们？"

"你太感情用事了吧，闫团长？咱们和共产党可是势不两立啊！你当初口口声声誓言报复，如今找到真凶了，你却瞻前顾后起来。翟司令可是有过明示的，难道你都忘了吗？"满仲哲很生气地质问道。

"我当然没忘，可此一时彼一时啊！要是杀了那些乡亲，那咱百年以后还埋不埋在南坡的地里了？"闫书伦也提高了嗓门。

"好！我不和你争执，你不去我去！"满仲哲气哼哼地说。

"你去我管不着，但不要动用特务大队！"闫书伦也气哼哼地说。

"我是特务大队的大队长！"满仲哲抢白道。

"满仲哲，你太没数了吧？你可别忘了特务大队的建制归我保安四团，我是四团的团长，请你不要抱错了孩子！"闫书伦大声回敬道。

"那就让翟司令去定夺吧！"满仲哲说完转身就走。

"送客！"闫书伦冲着站在门口的卫兵一挥手，然后走回椅子旁一屁股坐下骂道，"一点人情味都没有！也不知道闫满庄的先人们这是造了啥孽，生养出了这么个狗东西！"

国民党进攻山东的势头很猛，这次蒋介石是势在必得，连自己的王牌军都调到山东来了。在强敌面前，共产党各解放区开始大幅收缩，解放军华东野战军各部也离开驻地开始打运动战。泰山地委指示境内解放区的军民也要避开国民党军的锋芒，把干部和军民转移到较为安全的地方去。闫满乡的民兵连长丁向山找到乡长马学富，他问马学富："乡长，区里很多乡的干部和民兵都转移了，咱啥时候转移？"

"咱不是把几个村里的干部都转移到大鱼山来了吗？还咋转移啊？"马学富不解地问。

"咱这里安全吗？南面解放区里驻扎的大部队可都撤走了。"丁向山有点担心地说。

"没事，咱这大鱼山易守难攻，万一哪一天我们真要是守不住，咱就从后山口撤到大山里面去，敌人想追都难。"马学富自信地说。

"那好吧，就听乡长的。"丁向山放心地走了。

事实证明，马学富这次大意了，他没有想到一场危机正悄悄地向他们袭来。国民党山东省第十二专区行政专员兼保安司令翟云涛指示保安旅四团全部出动围剿大鱼山，并且指示满仲哲带领平陵城城防保安大队配合闫书伦的行动。一张大网已经张开，马学富却浑然不知。

原来满仲哲那天离开闫书伦办公室后就直接去了翟云涛的司令部。他把已经查出来是闫满乡民兵袭击特务队的事告诉了翟云涛，同时还在翟云涛面前告了闫书伦一状。满仲哲说闫书伦感情用事，不愿意打击闫满乡的民兵。翟云涛很生气，他虽然没有当面斥责闫书伦，却下令让闫书伦和满仲哲一起带队去大鱼山剿灭闫满乡的民兵，并让闫书伦指挥这次战斗。闫书伦心里知道这是满仲哲在背后搞的鬼，但是此刻他也没有别的办法，只好集合队伍直奔大鱼山。

闫满乡的干部和民兵被突然而至的一千多敌人围在了山上，而此时山上有武装的干部和民兵只有两百多人，情势十分危急。马学富把丁向山叫到身边对丁向山说："向山，你给我留一排的民兵，然后你带着其他干部和民兵马上向后山转移。"

"刚刚那后山梁上也发现敌人了。"丁向山有些紧张地说。

马学富听后也心里一惊，这出乎他的意料，因为敌人要想到后山除了从前面山口进去外，就只能是从南山里绕很大一圈才能到那里，看来敌人对大鱼山的地形非常熟悉，他们是有备而来。想到这里马学富对丁向山说："那就突围出去！眼下也只有从后山突围这一条路了，等进到大山里就安全了，你快去组织吧！"

"那就你带着大家突围，我留下来掩护。"丁向山说。

"不要再争了，你把连里的轻机枪给我留下就行，我带着民兵在前面山口佯装突围，吸引住敌人。"

"是！"丁向山答应了一声，转身把一排长东四娃叫了过来。

东四娃是闫满庄临村东家庄人。东家庄的人其实不姓东，他们是复姓东野。东野姓是中华姓氏之一，历史可以追溯到很远，但是这个姓氏的人起名字后听起来有点像是日本人，因此自日本人侵略中国后，他们就把复姓中的那个"野"字去掉了。

东四娃身材不高，但长得很结实。他作战非常勇猛，在围剿涝洼村特务队的战斗中，他一人就击毙了三个特务。东四娃一来到马学富身边就问："乡长，咋个打法，你说吧！"

"先不急。"马学富对东四娃说，然后他转身握住丁向山的手说，"向山，我这里和敌人一接上火，你那边就带队突围。可一定要突出去啊！"说到这里马学富使劲握了一下丁向山的手。

"我们出去了，你们咋办？"丁向山很牵挂地问。

"放心，你们出去了，我们就能出去。"马学富好像胸有成竹的样子。

"多保重！"丁向山也使劲地握了一下马学富的手。

此时在大鱼山下的满仲哲急得像热锅上的蚂蚁，他在闫书伦的身边来回地踱步，因为闫书伦迟迟不下达进攻的命令。

"闫团长，你是想等着山上的人都跑了再下命令吗？"满仲哲终于忍不住了，开始质问闫书伦。

"你这是说的啥话？现在我们已经把整个山都围起来了，他们怎么跑？"闫书伦白了满仲哲一眼反击道。

"那你为啥还不下进攻的命令？"满仲哲问。

"我是等着他们来投降，山上里无粮草外无救兵，他们眼下只有投降一条路可走。"闫书伦说。

"等他们投降？那你得等到啥时候啊？"满仲哲很不服气。

"今天是翟司令让我来指挥战斗，怎么个打法我心里有数，你就不用瞎操心了。"闫书伦一边拿起望远镜向山上观察一边说。

正在这时，在大鱼山的山口处忽然响起了枪声。

"闫团长，山上的人这是要突围了，我们不能再等了，我们要把他们迎头堵回去才行啊！"满仲哲大声喊道。

闫书伦没有搭理满仲哲，他继续拿着望远镜向山上观察。这时在大鱼山的山后传来了激烈的枪声。

"闫团长，山上的人已经开始全线突围了，你再不下令进攻可就是贻误战机了！"满仲哲开始威胁闫书伦了。

"那你想咋样？"闫书伦放下望远镜问满仲哲。

"这样吧闫团长，我带着我的队伍向山上发起攻击，不用你保安团出马，我保证能很快拿下大鱼山。你看咋样？"满仲哲用挑衅的语气说道。

"话都说到这份上了，看来我不同意都不行了，那就有劳满大队长了。"闫书伦带着蔑视的口气说道。

"好！那你就瞧好吧！"满仲哲看了一眼闫书伦，然后回头大声命令道，

"城防保安大队和特务大队的弟兄们，给我向山口发起攻击！"

赵梓明和徐步达听到满仲哲的命令立刻带着队伍向山口处冲去。特务大队副大队长韩绍斌没有马上动，他把目光投向了闫书伦。

"听满大队长的命令！"闫书伦对韩绍斌说。

"是！"韩绍斌应了一声，也指挥特务大队向山口方向冲去。

在大鱼山口的马学富看着敌人黑压压地向这里冲了过来，就对东四娃说："东排长，敌人只要靠近了，你就用机枪招呼他们！"

"没问题！"东四娃说完转身喊道，"姜玉涛，把机枪给我拿过来。"

机枪手姜玉涛赶紧从掩体后起身，提着一挺轻机枪来到东四娃身边。东四娃接过机枪，并把他架在一块大石头上。

满仲哲带着队伍冲到山口前，他见人没从山口冲出来，枪声也停止了，就大声喊道："弟兄们，他们不敢突围，咱往里冲！"

"冲啊！"保安队和特务队的人大声叫喊着向山口冲去。

城防保安队和特务队的人刚接近山口，山口里的机枪和步枪就同时响了起来。"哒哒哒！""啪啪啪！"冲在前面的城防保安大队的人瞬间就被撂倒了好几个，所有人退了下来。

队伍后面的满仲哲见此情景非常生气，他向天连鸣几枪，大声命令道："不许后退！山上都是些民兵，没啥战斗力，攻下大鱼山！活捉闫满乡的民兵！人人有赏！给我冲！"说完，他亲自跑到队伍前面，带着退下来的人再次向山口冲去。

"哒哒哒！"机枪声再次响起，一颗子弹把满仲哲的帽子给打飞了，他身边的两个人也几乎同时中弹倒地，吓得满仲哲赶紧捡起帽子，连滚带爬地退了下来。

大鱼山地势险要，山陡林茂，进山的路只有前面的山口和后面的山腰处一座山梁。现在马学富他们所在山口巨石林立，大有一夫当关万夫莫开之势，因此满仲哲的队伍无法靠近。

满仲哲现在知道刚才自己有点冒失了，他错估了形势。山上虽然是些民兵，但是他们有地形优势，而且还有机枪，他的城防保安大队和特务大队虽然人多，却施展不开。可是他已经在闫书伦面前夸下了海口，现在也只好硬着头皮上了，于是他再次指挥人马往上硬冲。但是相继发起几次冲锋都被打了回来，而且出现了不小的伤亡。满仲哲没有办法了，只好把赵梓明和徐步达，还有韩绍斌叫到身边商量主意。

"他们有机枪，又占据地形优势，我们伤亡已经不小了，这样打下去，我们人多也白搭。"徐步达很沮丧地说。

"还是让闫团长他们上吧，他们有炮兵，一顿迫击炮轰过去，就能把那山口给炸平了。"赵梓明说。

满仲哲感觉赵梓明说得有道理，就对韩绍斌说："韩大队，你快下去找闫书伦团长汇报，请求他支援。"

"满大队长，刚才你都在闫团长面前立下军令状了，我去恐怕不行吧？"韩绍斌说。

满仲哲一咬牙说："好吧！你们都在这里等着，我下去找闫书伦，大不了给他认个错！"说完他转身往下走。

满仲哲跑下山，来到闫书伦面前，还没等他开口闫书伦就问："满大队长，你几时能拿下大鱼山啊？"

"闫团长，闫满乡的民兵利用山口的有利地形阻挡我们，他们还有一挺轻机枪，我们已经出现了不小的伤亡，你看我都差点被打中。"说着，满仲哲摘下帽子给闫书伦看。

"哼哼！"闫书伦瞥了一眼满仲哲的帽子，然后冷笑了两声。

"我看现在只有用一下你的炮兵了，那个地方只要用炮一轰，立刻就能炸死那些守在山口的人。"满仲哲不好意思地笑了笑说。

"收拾几个民兵，我带炮兵来干啥？"闫书伦淡淡地说。

"闫团长，你这不是成心吗？你就不怕翟司令怪罪你吗？"满仲哲提高嗓门说。

"你可以再去告状啊？翟司令也没有明令我这次行动非要带炮兵啊？我是想把他们困在山上，等他们来投降，而你却非要强攻，现在你打不进去又来怨我，这是何道理啊？"闫书伦也不甘示弱。

"好！既然如此，那消灭闫满乡民兵的功劳就没有你闫书伦的份了！"满仲哲说完气得转身就走。

满仲哲回到山口前，赵梓明和徐步达赶紧上来问："咋样啊，大队长？保安团啥时候参战？"

满仲哲咬牙切齿地说："他是今天担任指挥的长官，他不急咱急啥？他说要劝降山上的人，那咱就先劝降，如果山上的人真投降了，那功劳就是咱的！"

山口处的马学富和东四娃看敌人不进攻了，也不明白是为啥，正在他们纳闷的时候，忽然听到山下传来的劝降声。

"山上的民兵弟兄们！我们是平陵县城防保安大队，你们已经被包围了！快投降吧！国军优待俘虏！"

"乡长，敌人这是要干啥？"东四娃问马学富。

"别管他们，现在丁连长他们该是突出去了，你留下一个班的战士在这里，然后带着其他人也去后山突围。"马学富说。

"要走也是你先走，我是民兵排长，保护乡长是我的职责。"
东四娃倔强地说。

"知道我是乡长就要听我的命令！"马学富不容置疑地说。东四娃看了看马学富坚定的目光，他不敢再反驳了。

"山上的民兵弟兄们！你们已经被包围了！快投降吧！"敌人的劝降声又从山下传来。

马学富扫了一眼山口掩体后的民兵，忽然对东四娃说："这样吧，你把家是闫满庄的民兵都给我留下，其他的你带走。"

"为啥？"东四娃不懂马学富的意思。

"为啥你别管，你快走！别耽搁时间了！"马学富催促道。

"家是闫满庄的民兵留下，其他人跟我走！"东四娃说完把手里的机枪还给机枪手姜玉涛。

待东四娃带着队伍走后，剩下的六个家是闫满庄的民兵都凑到马学富的身边。机枪手姜玉涛问马学富："乡长，你为啥把我们留下？"

"不为啥，就因为我是闫满庄的。"马学富回答道。

大家听马学富这样一说心里就都明白是咋回事了，于是都默默地回到了掩体后面，准备接下来的战斗。

四十六

　　天过晌午了，马学富和六个家是闫满庄的民兵已经在山口处又坚守了两个多小时。这期间山下的敌人又向山口发动了几次进攻，但都被马学富他们给打退了。现在敌人的进攻不像从前那样猛烈，他们总是试探性地向前推进，一遇阻击就立刻退回去，后来马学富明白了这是敌人为了拖住他们，同时消耗他们的子弹。可是现在马学富明白了也没啥用，敌人的进攻他们不能不阻击，否则敌人就会冲上来，而且他们的子弹也确实快打没了。现在马学富最担心的就是敌人发起像从前那样的猛攻，如果那样一来，他们可能就真的抵挡不住了。此时马学富心里度日如年，他在盼着快点天黑，他想等天黑后带着民兵撤到后山去，然后趁着夜色突围。眼前的敌人太多了，他们是突不出去的。

　　其实让马学富没有想到的是，如果他现在就带着人向后山突围，他们也是能出去的，因为闫书伦早就给他们留好了退路，否则丁向山和东四娃他们根本就出不去。

　　闫书伦从小就在闫满庄长大，从前他没少到大鱼山里来过。这座山的地形他心里非常清楚。闫书伦知道闫满乡的民兵一旦被围困，必定会向后山突围。如果他在那里部下重兵，闫满乡的干部和民兵则插翅难飞。现在在后山执行包围任务的是保安四团的副团长孙雨生。临行前，闫书伦已经和孙雨生交代好了，如果大鱼山的民兵突围就佯装阻击，然后放他们出去。闫书伦在心里已经打定了主意，无论如何他都不能杀家乡的人。常言道，兔子不吃窝边草，他闫书伦绝不能像满仲哲那样做伤害自家乡亲的事。孙雨生完全赞同闫书伦的做法，他正在按照闫书伦的意思行事，可惜马学富此刻却完全不知。

山下的闫书伦现在心里也非常着急，他盼着山口的民兵赶紧去后山突围，否则他们就来不及了，因为现在满仲哲已经安排他的手下去了大鱼山的后山。

满仲哲的脑子是很好使的，他见闫书伦前期对大鱼山围而不打，现在又不肯帮着他全力进攻，再联想到当初闫书伦不愿意来大鱼山围剿这些民兵，他就猜出了闫书伦此时心里的想法。他想无论如何他也不能让闫书伦的心思得逞，于是他立即干了两件事：一件事是让徐步达带着城防保安大队一个中队火速绕路去大鱼山的后山，名义上是增援那里的保安团，实际上就是做监军。另一件事情就是让赵梓明带着人到闫满庄去抓马学富、丁向山，还有闫满乡那些民兵的家属。

满仲哲这两招可以说是够阴毒的。这让闫书伦心里很不安，同时也为大鱼山上的人捏着一把汗。他十分不愿意看到满仲哲的阴谋得逞，但是他也无法去阻止，只能任其发生。

在下午三点多钟的时候，徐步达带着城防保安大队的一个中队绕到了大鱼山的后山。当他知道已经有两波山里的人从这里突围了，他就明白了满仲哲为什么要让他来这里。按照满仲哲事先的交代，徐步达对孙雨生说："孙团长，我留下一个小队的人在这里协助你们继续防守，我带着其他人进山。"

"你把人都带着吧，我这里不需要，山上还有很多民兵呢，你带的人少了进山会很危险的。"孙雨生提醒道。

"没关系。"徐步达说完，就带着他的队伍进山去了。

徐步达带着人沿着山路，小心翼翼地接近山顶，他们发现山顶上早已是人去楼空。这时，他听到山口处又响起了枪声，于是他就带着人直奔山口而去。

此时在山口处，满仲哲已经让人把闫满乡一些干部和民兵的家属都押了过来。马学富的娘，还有他的两个达达马俊文和马俊武都被满仲哲的人从人群中拽了出来，他们被绑着胳膊。

马俊文一见满仲哲，就大声质问道："满仲哲，咱都是亲戚，我们马家哪点对不住你了？你把我们都抓到这里来干啥？"

马学富的娘脾气不好，她一见满仲哲直接就开骂道："满仲哲，你这个不得好死的！我家人是抱着你家孩子跳井了，还是给你家老人吃屎了？我们和你有啥仇，你这样对待我们一家人？"

"你们也别骂我，要骂你们就骂你们家的马学富。他带着民兵杀了我们特务队的人，现在就躲在大鱼山上，我们给他一条生路让他投降，他不肯，没办法就只能把你们请来劝劝他！如果他就是死不改悔，我们就用炮轰山了，到时候他死了可别怪我没给他机会！"满仲哲歪着头回应道。

马学富的娘听满仲哲这么一说，立刻瘫坐在地上，放声大哭起来。

这时闫书伦走了过来，此时他心里真的很不好受，他在这些乡亲们面前也很难为情，但是他也没有办法。尤其是他看到马俊文一家都在这里，这勾起了他对很多往事的回忆，他想起了当年在他落魄时要离开闫满庄去青岛谋生，杨忠诚就是在马俊文家摆宴席给他送行的。当时马俊文不但参与了给他送行，整个马家一家人对他都很热情，让他感觉到很温暖。现在他看着马俊文和马俊武兄弟两个被绑着双手站在这里，他的心里怎能好受呢？

闫书伦走到马学富他娘的身边，俯下身子问："大嫂，你没事吧？"

马学富的娘止住了哭声没好气地说："啥叫没事？你放我们回家就没事了！你就说你放不放吧？其他的别废话！"

"这个……"闫书伦一时语塞了。

正在此时，山口处又响起了枪声，而且枪声非常激烈。被抓来的这些群众开始害怕起来，很多民兵的家人都急得哭了起来，他们都在担心着山上亲人的安危。

满仲哲听到枪声立刻知道这应该是徐步达带着保安大队的人从后山摸过来了，看来山上的民兵现在都集中在山口这里了，他很兴奋地对闫书伦说："闫团长，现在山上的民兵是腹背受敌了，他们已经彻底没有退路了，此时我们应该全线出击，彻底消灭他们！"

闫书伦站起身，没有说话，他拿起望远镜往山口处看。

"不用看了，我说得不会错。如果你感觉我说得不对，那你就不用管了，我自己来！"满仲哲说完转身就要走。

"这里是我在指挥，请满大队长放尊重点儿！不要太过分了好不好？"闫书伦瞪着眼睛很生气地说道。

满仲哲一看闫书伦真的动怒了，就停下脚步。这时山口处的枪声也停了下来。

"满大队长，你把这些人叫来不是要劝山上的人投降的吗？为什么又要急着攻山啊？难道你就这么希望山上的人死吗？他们可都是咱的乡亲啊！"

闫书伦这样一说搞得满仲哲很没面子，他扭头看向人群。他发现人群中很多人都在盯着他看，刚才还在哭的那些人也都停止了哭泣，向他投来了仇恨的目光，这让他感觉后背有点发凉，他问闫书伦："那你说咋办？"

"满大队长，现在我就命令你前去劝降。"闫书伦。

"你让我去劝降？不行！我不行！"满仲哲连连摆手说道。

"你不去那让谁去啊？要是别人去了，把那些民兵给劝降了，那这功劳算谁的？"闫书伦问。

"赵梓明你去？"满仲哲回身喊道。

"不行！不行！我更不行了！"赵梓明吓得赶紧往后退着说。

闫书伦看了看赵梓明，然后对满仲哲说："我看还是满大队长亲自去吧？山上的人你都认识，也好说话。"

"你也认识，你为啥不去啊？"满仲哲忽然反将闫书伦一军。

闫书伦笑了笑说："那好吧，既然满大队长也不肯去，那也只有我亲自去了。"说着，闫书伦把腰间的佩枪取下来，连同望远镜一起交给身旁的卫兵，然后又对满仲哲和身边的人说："你们都在这里等着我，我不回来谁也不许向山上打一枪，否则军法从事！"说完，闫书伦抬腿就向大鱼山的山口走去。

满仲哲望着闫书伦远去的背影，心里很不是滋味，他没想到自己费了半天劲才想出来的这么个好主意，最后胜利的果子有可能被闫书伦给摘走。今天他们来到大鱼山剿灭闫满乡的民兵，本应该是件很简单的事，可是闫书伦却偏偏给搞复杂了。他知道闫书伦不想把消灭闫满乡民兵的名声背在身上，可是他满仲哲却无所谓。他和马学富、丁向山各为其主，已经站在了对立面上，而那些跟着马学富和丁向山走的人自然也就是他满仲哲的敌人。消灭敌人他在所不惜，干就完了！可是今天的战场指挥官偏偏是闫书伦，也不知道翟司令是咋想的？真让他很无奈！

满仲哲对大鱼山的地形也很熟悉，面对大鱼山久攻不下，他忽然醒悟到闫书伦是在放水，于是他立即让徐步达带人迂回到大鱼山后面，同时让赵梓明去闫满庄抓人。这样既可以防止闫书伦在后山给闫满乡的民兵撤退开口子，又可以逼着山上的人出来投降。他心想闫书伦不是说等着山上的人来投降吗？那他就先闫书伦一步。这样既不违背闫书伦的作战意图，又能把功劳抢过来。满仲哲本来想这次消灭了闫满乡的民兵回到平陵城后，他还要在翟云涛面前再告闫书伦一状。可是现在事情出现了变化，如果这次闫书伦成功劝降了山上的民兵，那他所有的努力都将前功尽弃。满仲哲心急如焚，但又无计可施，只能眼睁睁地看着闫书伦向山口走去。此刻，他真希望山上的民兵能够开枪打死闫书伦，或者是闫书伦谈判最终失败。

"闫满乡的民兵弟兄们！我是闫书伦。我没有带武器，我是和兄弟们谈判的！不要开枪！"闫书伦边喊边接近山口。

马学富听到闫书伦的喊话心头一惊，他不知道这是敌人在耍什么花样，刚才他看到山下又来了一群人，由于离得有点远，看不太清楚，所以也不知道发生了啥事。正当他们向下张望，注意力都在山下的时候，敌人却突然出现在了背后，他们被打了个措手不及，出现了重大伤亡，机枪手姜玉涛牺牲了，其他几个民兵都不同程度地负了伤，马学富的脖子也被子弹划伤，鲜血染红了衣领。这些民兵都是南北街上的年轻人，最小的才十六岁。马学富心里很难过，他知道他们已经是腹背受敌，情势十分凶险了！

"闫满乡的民兵弟兄们！我是闫书伦。我是来和兄弟们谈判的！不要开枪啊！"闫书伦的喊声在接近山口。

马学富和闫书伦从前在庄上没有过多的交往，但还是相熟的。尽管如此，他此刻必须小心谨慎，因为他们的身后有敌人，他也担心山口外的人是为了引诱他们露出头来，好给身后的敌人创造射杀他们的机会。因此马学富在掩体后慢慢移动身体，寻找到一个石头缝，然后从石头缝里向山下观看，他看到闫书伦一个人向山口这边走来了，于是马学富大声喊道："你过来吧，我们不开枪！"其实现在马学富的枪里已经只剩下一颗子弹了，他也不知道其他几个民兵手里还有多少弹药？反正姜玉涛留下的机枪里已经是没有子弹了。

"山上的弟兄们，你那里是谁负责啊？我过来了！不要开枪啊！"闫书伦一边喊着一边继续向山口靠近。

"我是马学富！你放心！我们不开枪！"马学富回应道。此刻，在马学富确定只有闫书伦一个人上山后，他忽然心生一计。

闫书伦爬上山坡，终于来到了山口。他进到山口里面后四处张望，并大声喊道："马学富！马学富你在哪里？"

正在这时，马学富忽然从一块大石头后面闪身而出，上前一步一把抓住闫书伦胳膊，然后使劲把闫书伦拽到了一块大石头的后面。由于马学富用力过猛，闫书伦一下子摔倒在了地上。

闫书伦被吓了一大跳，他赶忙站起身对马学富说："学富啊，我是来谈判的，枪都没带！"说着，闫书伦拍了拍腰间的空枪套。

"背后山上有你的人，我怕他们误伤了你。"马学富解释道。

"哦！原来是这么回事，那谢谢你了！"闫书伦这才放下心来。他向四周看了看，他发现山口处这几块大石头旁就六七个人在这里，而且还有两个躺在地上的。闫书伦很吃惊，他没想到现在这里就这么几个人，他的心里瞬间涌出了一份敬意，内心也真感觉到闫满乡的乡亲真是好样的。想到这里，闫书伦转头对山上喊道："我是闫书伦！你们不要开枪，也不要过来，我是来和闫满乡的领导谈判的！"

"闫团长，你放心吧！我们一切听你指挥！"背后山上传来了徐步达的声音。

"说吧！你来谈啥？"马学富问闫书伦。

"学富啊！怎么说呢？这次来大鱼山，我心里是十分不情愿的。谁不知道兔子不吃窝边草这个道理啊？再说了咱们都是从小一起光着腚长大的娃娃，从前在闫满庄上也是抬头不见低头见，可我现在端着人家的饭碗，这军令难违呀！"

"你就别说这些都没用的了，你就说你到这山口里来找我想要干啥吧？"马学富很不耐烦地说道。

"学富你先别急，有些话我还是要先说完。你说这大鱼山的地形咱谁不熟啊？哪里有路，哪里能走人咱谁不知道？告诉你吧，我在你想出去的那里放了一个营的兵力来截断你们的退路。"

马学富听到这里心里一惊。他一直以为丁向山和东四娃他们已经成功突围出去了，看来现在他们应该是凶多吉少了。敌人有一个营的兵力守着后山口，他们是不可能成功突围的。

正在马学富吃惊的时候，闫书伦又接着说："不过我已经和守在那里的手下交代好了，如果你们要是想从那里出去，我的人只会朝天鸣枪，不会真正阻挡你们的。相信你们的大部队应该已经出去了。"

马学富听到这里才把心放下来，他忽然心里生出了对闫书伦的感激之情。马学富拍了拍闫书伦的胳膊说："那还真得谢谢闫团长了！"

"学富啊，我是给你留了撤退时间的，可你为啥一直在这山口恋战呢？我都快急死了你知道吗？唉！现在晚了，满仲哲的人已经从后山摸上来了。"闫书伦很沮丧地说道。

"我真不知道你的良苦用心，但不管咋说，我都得谢谢你，你的这份情谊闫满乡的干部民兵都记下了。"马学富说。

"可眼下这个局面我是没法帮你了，满仲哲已经把你的家里人和山上民兵的家属都抓来了，他们要逼你们投降。"闫书伦说。

"啥？满仲哲这个兔崽子！他咋会这么下作？怪不得我看见山下又来了那么些人呢，原来他和我来这么一手！我早晚和他算这笔账！"马学富气愤地说道。

"现在生气有啥用？还是看看下一步咋办吧？"闫书伦说。

马学富"哼"了一声说："还能咋办，要命就是这一条呗！"

闫书伦环视了一下马学富身边的几个人说："可不是你一条命的事儿啊，还有这些弟兄呢，好像这都是咱闫满庄的人吧？"

"是咱闫满庄的，这都不是孬种，他们都不怕死。"马学富说完问周围的人，"你们怕死不？"

"我不怕！""我也不怕！"

民兵们争相回答道。

"学富啊！常言道，识时务者为俊杰，你就别……"

"你是想让我投降吗？"马学富打断了闫书伦的话。

"我不是让你投降，我是想让你们放下武器。"闫书伦说。

古月星转

"那和投降有啥两样？闫书伦，今天你照顾了我们闫满乡的干部和民兵，我已经谢过你了，其他的事你就用不着操心了！你已经到山口来和我见过面了，我们也谈了，你的任务完成了，请你回去吧！"马学富摆了摆手说。

　　"放下武器和投降还不是一回事，你看看你现在的人手和处境，还能挡住几次进攻？你这里的这些人可都是咱闫满庄的年轻人啊！他们的家人就在山下面，难道你要让他们就这样死在他们亲人的面前吗？"闫书伦说到这里，旁边一个年纪稍小的民兵忽然小声哭了起来。

　　"不要哭！不要丢咱闫满庄人的脸。"马学富呵斥道。

　　那个民兵不敢再哭出声了，但是他还在偷偷地抹眼泪。

　　"学富啊，留得青山在不愁没柴烧，凡事都得从长计议，只要你们放下武器跟我回平陵城，你的命我不好说，但最起码这几个年轻人的命我都能保住，否则我死后都没有脸进咱闫满庄南坡的墓地。"闫书伦很诚恳地说道。

　　"闫团长，你在山口吗？需要我们上去吗？"山下传来了满仲哲的喊话声，显然满仲哲有点不耐烦了。

　　"我在山口呢！听我的命令！你们不要动！"闫书伦赶紧大声回应道，此时闫书伦真的怕他回话晚了，满仲哲会突然向山口发动攻击，他知道满仲哲现在的心里恨不得他死。

　　"乡长，咱咋办？"一个民兵着急地问马学富。

　　马学富没有回答民兵的问话，而是问闫书伦："你当真能保住这些民兵的性命？"

　　"君子一言，驷马难追！我拿人格担保。"闫书伦肯定地说。

　　马学富沉思半晌，然后叹了口气，很无奈地说："好吧！只要能保住他们的命，那我就听你的。"

　　本来马学富是想劫持闫书伦，让闫书伦护送他们出山，但当他听说闫书伦在暗地里帮助他们的时候，他就放弃了这个念头。

　　当马学富和民兵跟在闫书伦的身后，从大鱼山的山口走出来的时候，山下的村民一下子就涌了上去，满仲哲试图让手下阻挡这些群众，但没有阻挡住。满仲哲一着急拔出手枪就向天鸣枪。

　　"你这是干啥？就让他们道个别吧！"闫书伦一把拉住满仲哲说道。

马学富没有理会满仲哲，他双手抱着姜玉涛的遗体来到群众跟前，把姜玉涛的遗体轻轻放在地上，对人群问道："姜玉涛的家人来了吗？"

还没等大家反应过来，姜玉涛的娘就瘫倒在地上了。姜玉涛从小就没了父亲，家里就一个老娘。

马学富走到姜玉涛母亲身边，蹲下身子抓住姜玉涛娘的手说："大嫂，我没照顾好孩子，我对不起你！"

听马学富这么一说，姜玉涛的娘放声大哭起来。

这时那些没有见到自己亲人的群众都涌到马学富身边纷纷询问自己亲人的情况。

马学富站起身来说："大家都放心吧，没在这里的人都没事。"

听马学富这样一说，大家悬着的心都放了下来，他们纷纷开始照顾姜玉涛的母亲和安慰那个负了重伤的民兵家属。

马学富的娘过来一把抓住马学富的手说："走，孩子，咱回家！"

马学富看到自己的娘，他鼻子一酸，没有说出话来。

这时，马学富的两个达达马俊文和马俊武也走到马学富身边。

马学富见自己的两个达达被绑着就回头喊道："闫书伦，干啥把我的两个达达绑起来？"

"快，快给他们松绑！"闫书伦赶紧吩咐手下。

"这两个人要带到平陵城去，不能给他们松绑！"满仲哲上前阻止道。

"满大队长，今天是我去谈的判，要带谁走是我说了算，你要想抓他们两个，那你就改天再来吧！"闫书伦说完，他又对马学富说，"马乡长，你该见的也都见了，我们现在该上路了。"

"好吧！不过我还有个请求，这个负伤重的民兵就留下吧，他伤势这么重，你们带着他也是个累赘。"马学富对闫书伦说。

"可以。"闫书伦很爽快地答应了。

满仲哲还想说点啥，可他看到闫书伦根本不理睬他，也只好作罢。

大家听说马学富他们要被带走，人群又开始骚动起来，那几个民兵的家属死死抱住自己的亲人不肯松手，人群里哭声一片。

"乡亲们，没事的，我们就是去平陵城一趟，你们放心！我们很快就会回来的，闫书伦已经向我保证了。"马学富大声喊道。

古月星转

"你啥时候能回来啊？娘不让你走。"马学富的娘死死抓着马学富的手不肯松开。

　　"放心吧娘，我会回来的。"马学富挣脱着他娘的手说。

　　马学富的娘松开马学富的手，坐在地上放声大哭。

　　马学富也不再管他娘了，他冲着自己的两个达达使劲地点点头，然后转身对闫书伦说："我们走吧。"

　　闫书伦向手下一挥手，马学富和四个民兵被闫书伦的手下用绳子绑上双手，然后他们被押着离开了大鱼山，他们的身后留下了一片哭喊声……

四十七

　　闫满乡乡长马学富和四名民兵在大鱼山被俘一事，平陵县委很快就知道了。由于马学富他们被关押在了平陵城，平陵县委立即联系临济县委，请求临济县委帮助营救。临济县委书记苏强立即把县公安局局长亓瀚辰叫到身边，他对亓瀚辰说："瀚辰，平陵县闫满乡的驻地大鱼山遭到了翟云涛所部围剿，乡里大部人都转移到南山里去了，但是担任掩护任务的乡长马学富和四个民兵被俘，现在关押在平陵城保安旅四团的团部。平陵县委请求我们帮着营救，你看该怎么办？"

　　"书记，马学富乡长我认识，平陵城在临济县的地界上，我们营救他们责无旁贷，我回去立即组织人员，想办法尽快把他们营救出来，请书记放心，我们保证完成任务。"亓瀚辰说。

　　"那就好，你们一定要想办法尽快把他们营救出来，以防夜长梦多。"苏强书记叮嘱道。

　　亓瀚辰局长回到公安局，立刻让人把武工队队长杨忠诚找来。

　　杨忠诚听说马学富被抓了，他心里很不是滋味，就对亓瀚辰说："局长，就把这个任务交给我们武工队吧。"

　　"我把你叫来就是这个意思。苏强书记很重视这件事情。"亓瀚辰局长说。

　　"我明白，我马上回去想办法，请局长放心。"杨忠诚说。

　　"好！我已经和苏书记说我们保证完成任务，那我就等你的好消息了。"

亓瀚辰说。

杨忠诚离开公安局后，他在回武工队的路上脑子里一直在思考着各种可以营救的办法。此时他心里非常着急。马学富是他多年的好友，那些民兵又都是闫满庄的，尽管他现在不知道他们都是谁，但他相信那些人他应该都认识，如果营救晚了，他们可能就没命了。

杨忠诚回到武工队驻地，立刻把现在已经是临济县武工队副队长的潘毅叫到跟前，把上级交给的任务向他做了传达，同时也让他一起想想办法。

潘毅想了半天也没有想出什么好的办法来，他很不好意思地对杨忠诚说："队长，我真想不出啥好办法来，要是马乡长他们一直被关押在城里，恐怕不好营救。现在平陵城戒备森严，我们在城里的组织都撤了出来，我们也不好进城，即使进去了也不好说就能出得来，别说救马乡长他们了。"

"你说的这些我都想过了，直接进城去营救的这条路恐怕是走不通的，弄不好我们还得搭上人。"杨忠诚说。

"那可咋办？上级可是把任务交给咱了。"潘毅有点着急了。

"不要急，我已经有办法了，"杨忠诚忽然胸有成竹地说。

"真的队长，你快说出来让我听听。"潘毅很激动地问。

"我会告诉你的，你现在先在队上盯着点，我先出去一趟。"杨忠诚说着就站起身。

"队长你不会又像上次去北锦镇那样再来个单刀赴会吧？那可太危险了！现在翟云涛像疯了似的对待咱的人，比从前的王子元有过之而无所不及，我不同意你去冒这个险！"潘毅站起身，伸手拦住杨忠诚说道。

杨忠诚推开潘毅的手说："你放心吧！啥单刀赴会不单刀赴会的？你赶快给我安排个战士和我去一趟闫满庄。"

"去闫满庄干啥？那里现在可是敌占区啊！"潘毅不解地问。

"这你就别管了，我心里有数，你去找一个对闫满庄那一带比较熟悉的队员跟我一起去就行了。"杨忠诚说。

"好吧，我知道了。"潘毅看杨忠诚不说，也就不方便再问什么了，他转身出去找人了。

闫书伦这几天心里很不平静。虽然前几天他和满仲哲在大鱼山打了胜仗，翟云涛司令当众表扬了他，可他却一点也高兴不起来，因为现在闫满乡的乡长马学富和四个民兵关押在他的团部里，成了他的烫手山芋。本来他答应过马学富，到平陵城后就放了那几个民兵，但是满仲哲提前把那几个民兵杀了他十几个手下的事向翟云涛进行了汇报。翟云涛一听就指示闫书伦对这几个人要严办。闫书伦知道翟云涛所说的严办是啥意思，那就是杀头。在闫书伦看来马学富是难逃杀身之祸，因为他是"匪首"，但是那几个民兵他是可以留他们一命的。他想把事情往后拖一拖，等翟云涛不在气头上了，再找个合适的场合把那天他谈判时已经向马学富保证过不杀那几个民兵的事和翟云涛好好说说，毕竟诚信还是要讲的。这几天，闫书伦安排人给马学富多弄点好吃的，让他在生命最后的日子里好好享受一下，这也算是他对马学富尽一个乡亲的情谊了。可是徐步达却偷偷地跑来告诉他，说满仲哲可能会掺和这件事情，让他有个思想准备。这让闫书伦有些担心，他担心满仲哲会坏了自己的计划。

徐步达因为有把柄握在闫书伦的手里，这些年不管是出于无奈，还是心甘情愿，他都给闫书伦透漏了不少有关满仲哲的私密事，这让闫书伦很受益，也使得他在和满仲哲的相互争斗中始终没有落于下风。闫书伦对于徐步达的表现很满意，但是他心里也清楚徐步达这是脚踩两只船。尽管徐步达多次向闫书伦表忠心，说他是身在曹营心在汉，可闫书伦依然认为徐步达这个人不是很可靠。闫书伦心想一个可以出卖主子的人对谁能忠心呢？不过闫书伦还是偷偷地给了徐步达不少的小恩小惠，他觉得就是养条狗还总要给些骨头吧。

徐步达给闫书伦提供的情报很准，满仲哲果然来找他了。满仲哲让闫书伦把这几个人交由他去处理。闫书伦明白满仲哲的心思，如果这几个人落在了满仲哲的手里，哪一个也别想活命，他的计划也就彻底破产了，因此闫书伦和满仲哲打起了太极，一直没有答应满仲哲的请求。

一天上午，闫书伦刚刚去和参谋长张彪到保安团三营驻地检查防务回来，就有卫兵进来报告说城防保安大队的大队长满仲哲求见。闫书伦知道满仲哲一定又是来要那几个人的。他心里很烦，但还是得硬着头皮让卫兵请满仲哲进来。

"闫团长，今天中午我请你去城里米家清真饭店吃火锅，春天到了，吃

　　　　　　　　　　　　　　　　　古月星转

点涮羊肉进补一下，咋样？"满仲哲一进屋，也没等闫书伦让座，就直接坐在了闫书伦对面的椅子上说。

"哎呀！谢谢满大队长的美意了，都说冬天吃羊肉进补，这春天吃的哪门子羊肉啊？你看最近我都上火了。"闫书伦用手指了指自己的嘴唇说道。

"那你看你想吃点啥？要不咱去炒几个菜也可以啊，不管咋样，我就是想请闫团长吃个饭，叙叙旧。上次家父去世，你家老太爷亲临葬礼，他嘱咐我让咱俩要精诚团结，还送去了人情钱，老太爷的话我要听，而且这个人情我也要还呢！"满仲哲说。

闫书伦一听满仲哲这么说，心里的气就不打一处来。闫书伦知道他爹为啥要去参加满弘坤的葬礼，那就是想让他们两家能摒弃前嫌，不再相互仇视，不再彼此为敌，可是满仲哲转身就到翟云涛面前告了他一状。想到这里闫书伦强压心头的怒火，脸上挤出一丝笑容说："只要满大队长记得这些事就好，人情啥的就不要还了，一还就没有人情味了！"

"好了闫团长，咱先不说这些了，我这次来还是旧事重提，还是想请你把闫满庄的那几个人交给我来处置。这俘虏闫满乡乡长和民兵的功劳已经归你了，处理这几个人的事我为你代劳一下不是很好吗？你怎么就想不开呢？这对于你来说可是两全其美的好事呀？"满仲哲说。

"此话怎讲啊？怎么就两全其美了？还请赐教。"闫书伦说。

"你想啊，这几个人是死罪难逃的，与其让他们死在你的手上，不如让他们死在我的手里，这个恶人由我来当。这样这些人的家属就不会记恨你，不会迁怒于你的家人，这难道不是件两全其美的好事吗？"满仲哲说。

"那你就不怕这些人的家属会记恨你吗？他们就不会迁怒于你的家人吗？"闫书伦反问道。

"我怕啥？我的家人都被我哥哥接到青岛去了，闫满庄那个鬼地方已经没有我的家了。再说了上次共产党的武工队想除掉我，被我的人堵在河滩里，救走武工队员的就是马学富和这些民兵，我和他们有不共戴天之仇，我就想亲自杀了这些人，出出我心头的那口恶气！"满仲哲越说越激动。

"既然满大队长是这样想的，那就容我再想想，不过先要谢谢你的好意！你看这样行吗？"闫书伦说着站起身来。

"那好吧，那就请闫团长再思量一下，我就先回去了。"满仲哲说完站起身就走了。

满仲哲走后，闫书伦叹了口气，他没想到满仲哲会这样步步紧逼。本来他想把这件事情再往后拖一拖，降降热度，可现在满仲哲总在这里攒火，让这件事情始终不能按照他自己原先设想的方向发展，这让他有些心烦意乱。

闫书伦坐回到座位上，在心里默默地想着对策。这时卫兵进来报告："闫团长，你老家来人了，是不是让他进来？"

闫书伦一听说老家来人了，他赶紧站起身对卫兵说："快请！"

卫兵出去了一会儿就领着闫开明进来了。

"开明，你咋来了？"闫书伦赶忙问道。

"叔，你家我爷爷病了，他想让你回去一趟。"闫开明说。

"啊！"闫书伦一听他爹病了先是吃了一惊，随后赶紧问闫开明，"啥时候病的？得的啥病啊？"

"就是心口疼，从昨天下午开始的。"闫开明回答道。

"不要紧吧？"闫书伦追问道。

"应该不要紧，他就是想见见你。"闫开明说。

闫开明越说他爹的病不要紧，闫书伦的心里越慌张，他赶紧让卫兵把副团长孙雨生叫来。

孙雨生一进屋，闫书伦就说："你在家里主持一下工作，我要回闫满庄一趟。"

"咋了团长？"孙雨生很不解地问。

"老太爷病了，我回去看看。"闫书伦说。

"好，我给你安排一个警卫排跟你一起回去。"孙雨生说。

"给我侄子也弄匹马。"闫书伦叮嘱道。

"明白。"孙雨生答应一声亲自出去安排了。

闫书伦骑着马，带着警卫排和闫开明一起向闫满庄进发，他们刚出平陵城五六里地，忽然从路边闪出一个人站在道路中间，挡住了队伍的去路。闫书伦一勒马的缰绳停了下来，他身后的警卫排长立刻带着人冲了过去。

警卫排长把那人带到了闫书伦的马前。闫书伦一愣，原来那人是杨忠诚。

"哎呀！怎么会是你啊？"闫书伦赶紧翻身下马。

闫开明也翻身下马，他走到闫书伦身边伏在闫书伦的耳边说："不好意思啊叔，是杨忠诚让我骗你出城的，家里我爷爷没生病。"

闫书伦听后心里一惊，他使劲瞪了一眼闫开明，很生气地小声说道："你爷爷那么大岁数了，你咋能拿这个乱说呢？"

闫开明很不好意思地低下头，不敢再说话了。

"闫团长，能借一步说话吗？"杨忠诚一拱手对闫书伦说。

"好！"闫书伦把马缰绳递给闫开明，然后对警卫排长说，"我遇到老朋友了，过去说个话，你们在这里等我一会儿。"

闫书伦和杨忠诚走到路边的一棵树下，闫书伦问杨忠诚："啥事啊忠诚兄？怎么还劳你亲自出马啊？"

"我觉得你能猜出来。"杨忠诚说。

闫书伦听杨忠诚这样一说，立刻就明白了，他叹了口气说："本来我是答应了马学富的，到了平陵城，我交了差就想办法把那几个民兵放了。翟云涛也不会整天盯着这件事，我就能打个马虎眼，可现在是满仲哲总盯着不放，今天他还来找我，要让我把这几个人交给他去处理呢。我知道交给他这几个人就没命了。"

"千万不能交给他，这个人现在已经没有人性了，上次让他逃脱了，不过我们腾出手来就会除掉他的。"杨忠诚气愤地说。

"除掉他那是后话了，可眼下我是不好办啊！这几个人还要在我那里押一段时间。另外不管咋说，马学富是出不来的。他在我们那边是挂了号的匪首，谁也不敢放他。"闫书伦很为难地说。

"不要紧，我们已经给你想好办法了，既让你好交差，我们还能把人救走。两全其美。"杨忠诚说。

"还有这样的事？你快说来我听听。"闫书伦有点不相信。

"你选个时间，把这些人带出城枪决。"杨忠诚说。

"带出城枪决？"闫书伦一时没有明白杨忠诚的意思。

"是的，就去城南的乱坟岗子，翟云涛不是经常在那里枪毙人吗？我们这边提前准备五个人，事先放在城南的破庙里，你们中途过去把人调包，把我们准备的人带去乱坟岗子执行枪决，枪毙后就地掩埋。你看咋样？"杨忠诚接着说。

"你们用什么人调包？我们可不能滥杀无辜啊！"闫书伦说。

"这个你只管放心，带去的人都是我们公安局要处决的一些横行乡里，欺男霸占，十恶不赦的坏蛋。"杨忠诚说。

闫书伦听后半天没有说话。

"你这人没有忘本，你对闫满乡群众的心意我们上级领导都知道。作为同乡，我在这里也奉劝你一下，你要给自己留一条后路，不能像满仲哲那样把路给走死了。你别看蒋介石现在闹得欢，明天还不知道是个啥样子呢。我知道当年你为啥去当兵，有些事情你一定要掂量清楚。"杨忠诚说。

"好！咱就这么办吧！你们当年放我一马，我应该知恩图报，再说了就咱俩这些年的交情，我闫书伦也应该冒这个险！事不宜迟，明天傍晚咱就办这事，你看咋样？"闫书伦终于下了决心。

"那好！咱就一言为定，那我就先告辞了！"杨忠诚说完对闫书伦一抱拳，转身走了。

杨忠诚走后，闫书伦回到马前，从闫开明手里接过马的缰绳，对闫开明和警卫排长说："咱走！"说完，整个队伍直奔闫满庄。

满仲哲等了闫书伦两天，闫书伦也没有告诉他到底啥时候能把马学富和那几个民兵交给他，他有点沉不住气了，他感觉不能再这样等下去了。本来他就一直对闫书伦不放心，总觉得闫书伦不想杀那几个人，于是他就起身再次直奔闫书伦的团部。他想这次要是闫书伦再不把你几个人交给他，他就去找翟云涛司令，他一定要亲手杀死那几个人，报八路军要在他父亲葬礼上杀他的仇！

闫书伦听卫兵通报满仲哲又来了，心里就很烦，可是他又不好不见，其实闫书伦早已料到满仲哲会来，他也早就想好了应对之策。

满仲哲一进闫书伦的办公室，还没坐下就说："闫团长，你怎么没音了？我可是一直在等着你的回话呢！"

"等我什么回话啊？"闫书伦明知故问道。

"哎，闫团长！你太健忘了吧？"满仲哲坐在椅子上问。

"我一时还真想不起来了。"闫书伦挠了挠头说。

"闫团长，你就别再打哈哈了，啥时候把马学富他们交给我啊？"满仲哲直奔主题。

"哦，你是说这个事啊！你不说，我还真给忘了，不过现在是没法把他们交给你了。"闫书伦说。

"为啥？你还没虑考虑好吗？"满仲哲问。

"我考虑好了，这几个人真不能留的时间太长了，夜长梦多啊，我昨天把他们给枪毙了。"闫书伦说。

"啥？你把他们给枪毙了？"满仲哲很吃惊地问。

"我事后琢磨了琢磨，觉得让你在闫满庄人面前做坏人，替我背这个锅显得我有些太不厚道。再说了，这样一来我还得欠你个人情不是？干脆也就别给你添麻烦了。"闫书伦说。

"那好吧！既然已经这样了，我也就不多说啥了。"满仲哲一拍大腿，很沮丧地站起身就往外走。

"不送了！有空多来指教啊满大队长！"闫书伦站起身说道。

满仲哲回到他的办公室后，他越想越觉得这件事情有些蹊跷，好像哪里不对头，于是他急忙把徐步达叫来。

徐步达一进门，满仲哲就问："昨天闫书伦的队伍出过城吗？"

"出过，昨天傍晚闫书伦亲自带队出去的。"徐步达回答道。

"他们出城干啥去了？"满仲哲问。

"听说是去城南乱坟岗子枪毙犯人。"徐步达回答道。

"快！快带上几个弟兄跟我去城南。"满仲哲很急切地对徐步达说道。

四十八

杨忠诚亲自带队把马学富和四名民兵解救出来，并连夜把他们护送到大鱼山。杨忠诚他们到达大鱼山脚下的时候，闫满乡的民兵连长丁向山已经带着几个民兵在那里等候了。

杨忠诚把马学富一行人交给丁向山。分手时，他拍了拍马学富的肩膀说："学富啊，啥也不说了，多保重！后会有期！"

马学富使劲地握了握杨忠诚的手，激动得半天说不出话来。

丁向山和马学富他们赶到平陵县委驻地南王庄的时候已经是第二天的早上了。这一路上他们十来个人就短暂地歇了一次脚，然后就一直赶路，尤其是马学富更是大步流星地走在队伍前面，大家都看得出他是归心似箭。

一路上，马学富问了丁向山他们那天突围的情况和他不在闫满乡这段时间乡里发生的事情。当他听说那天丁向山和东四娃他们突围时没有一个人负伤，他心里很高兴，这也印证了闫书伦当初在山口和他说的话是真的。

当马学富和丁向山来到平陵县委大门口的时候，丁向山对马学富说："学富，你们先在外面等一下，我先进去报告一声。张书记说要见你，我看看他现在有没有时间。"丁向山说完上前和站岗的战士说了一声后就进了院子。

过了一会儿，张开疆书记和朱明锐县长两个人就亲自迎了出来，他们上前热情地和马学富他们一一握手。

"好啊！能够平安回来就好！"张开疆书记笑着说。

"同志们受惊了，欢迎你们回来！"朱明锐县长也说道。

马学富和几个民兵眼睛瞬间就湿润了。

"这一仗我们没打好，给民兵队伍造成了很大损失，我有错，我要负责！"马学富握着张开疆书记的手激动而又诚恳地说道。

"这个咱先不说，咱先去吃饭，我和朱县长正等着你们呢，我刚才还算着你们也应该快到了。"张开疆书记说着就和朱明锐县长一起引着马学富他们去食堂。

丁向山刚想带着几个去接马学富的民兵回去，朱明锐县长说："丁连长，你们也别走，食堂也给你们准备饭了。"

于是丁向山和几个民兵也跟在马学富他们身后进了食堂。

今天食堂专门给马学富他们做了饭菜，还宰了一只鸡。在吃饭的时候，张开疆和朱明锐不停地给马学富他们几个人夹菜，几个民兵是哭着吃完了这顿饭的。这也难怪，当他们被押着出平陵城往城南乱坟岗子走的时候，大家都觉得自己没命了，可谁也没想到仅一夜之间他们就又回到了根据地，而且是县委书记和县长亲自陪着他们吃饭。他们前一刻还与死神相伴，现在却又回到了根据地温暖的怀抱里，这一切就像做梦一样，他们怎能不激动？

待大家吃完饭以后，朱明锐县长对丁向山说："丁连长，你先带着从平陵城回来的民兵同志回驻地，让他们好好休息一下，然后归队就可以了，马学富同志先留下，我们还有些事情要谈。"

"好的，县长。"丁向山答应了一声，然后站起身看了看马学富，就带着民兵们先走了。

马学富来到了朱明锐县长的办公室坐下，朱明锐给马学富倒了一杯水后说："这次营救你们，临济县委做了大量工作，武工队长杨忠诚同志亲自出马，费了很多周折，具体的在这里我也就先不多说了，以后你会知道的。"

"谢谢领导们的关心，这些我心里都有数，我以后一定要加倍努力工作去报答组织和同志们。"马学富很感激地说。

"学富啊，有些话，我代表组织也不能不说，还是希望你能正确理解，不要有啥其他想法。"朱明锐看了看马学富后说。

"县长，有啥话你就说吧，我能正确理解。"马学富听朱明锐这样一说不免心头一惊。

"学富啊，我话还是直说了吧！好听不好听的反正都要说。如果这次你要是被敌人给害了，那你被认定为烈士是没问题的。可是现在你回来了，虽然这是一件好事，也是我们要的最好结局，可这件事情就涉及一个最后怎么定性的问题，这个咱平陵县委就说了不算了。学富啊，我这么说你能明白吗？"朱明锐看着马学富小心翼翼地说道。

"我能明白。"马学富低下头回答道。

"县里已经把你的情况向泰山地委做了汇报，该说的话张书记已经都说了，我们会尽量去争取一个好的结果。至于上面能给个啥样的结论咱不好说，咱只能等着。这段时间你先在县委机关后勤上给他们帮帮忙，就先别回闫满乡了。"朱明锐说。

"谢谢县长！"马学富点了点头。

"勤务兵！"朱明锐县长对门外喊道。

一个勤务兵应声进屋。

朱明锐对勤务兵说："你带着马学富同志去找后勤部的蒋主任，我已经和他说好了。"

"是！"勤务兵答道。

马学富站起身来，他还想再说点什么，但欲言又止了。

朱明锐也站起身来对马学富说："不要着急，耐心点！"

马学富站直了身子，给朱明锐县长敬了个军礼，然后转身出了朱明锐的办公室。

在平陵城翟云涛的司令部里，翟云涛正在地中间来回踱着步子。忽然他停下脚步问身边的满仲哲："你确认那坟里埋的不是马学富和那几个民兵？"

"司令，我和马学富从小一块长大，我们的年龄就差几岁，再说了那几个民兵都是闫满庄的人，他们死成啥样我都会认出来的，那坟里埋的真的不是他们。"满仲哲肯定地回答道。

"真是岂有此理！这胆子也太大了！我对他闫书伦一向不薄，他居然敢欺骗我，这是不想活了！"翟云涛大声吼道。

满仲哲本来是想再添点油加点醋的，但他见翟云涛如此愤怒也不敢再插话了。

过了一会儿，翟云涛又问满仲哲："这件事情都有谁知道？"

"除了我带去的几个人，没有别人知道，而且我们已经把那几具尸体又埋回去了，把坟又恢复成了原样。"满仲哲说。

"这件事情你先不要再对别人说，你也不要去找闫书伦理论，我知道该咋办，你回去吧。"翟云涛摆了摆手说。

"好的，司令！请司令放心，我一切都按照司令的吩咐去做！"满仲哲说完退出了翟云涛的司令部。

闫书伦这段时间心情很不好，最近接连发生的事情让他心里有些惴惴不安。翟云涛把平陵县城防保安大队改成了平陵城防团，任命满仲哲为团长，赵梓明、徐步达为副团长，金魁为参谋长。而且把原来隶属于保安四团的特务大队整建制地给了城防团，副团长徐步达兼任大队长。一夜之间，闫书伦辛辛苦苦创建的特务大队就归了别人。更让他心里不舒服的是特务大队副大队长韩绍斌整天来找他说满仲哲处处挟制他，给他穿小鞋，他都没法在那里干了。这明明是打狗给主人看，故意让他闫书伦难看。韩绍斌想让闫书伦去找翟云涛说一说，把他调回四团，可是眼下闫书伦却办不了，因为四团这边的王彪和韩绍斌一直不对付，他死活不同意闫书伦把韩文斌调回来。现在王彪已经被翟云涛提拔成四团的副团长兼参谋长了，而且位置直接排在了孙雨生的前面，闫书伦也不能不尊重他的意见。于是他只好对韩绍斌好言相劝，让他先忍辱负重，等待时机。

另外，闫书伦隐隐感觉到徐步达自从兼任特务大队大队长后也有点不听话了，他不但好长时间不主动来找他汇报满仲哲的事情，就是他向他打听点啥事情，他也总是含含糊糊、推三阻四的。这些事情的发生总让闫书伦心头有一种不祥的预感，他担心翟云涛知道了什么，于是他先让孙雨生悄悄去城南乱坟岗子看看那座埋葬着五个人的坟，看看是不是那里出了什么问题。孙雨生回来告诉他说那坟还是原来的样子，看不出有人动过，闫书伦听后心里稍稍有些安稳。其实闫书伦一直感觉在那件事上，他和杨忠诚都应该是做得天衣无缝。

那天他亲自出马，和孙雨生一起带着二十几个心腹押送和行刑，而且枪决那几个替死鬼时打的都是脑袋。杨忠诚也向他保证马学富和那几个民兵回去以后都不会抛头露面，他是相信杨忠诚的。即便如此，闫书伦还是派人去打听过，结果是闫满乡的乡长现在不叫马学富，而且确实也不是马学富。那问题出在哪里呢？闫书伦实在是想不明白。

正在闫书伦心情不好的时候，解放军忽然向驻扎在官庄和秀江两镇的翟云涛所部发起猛烈进攻。一时间翟云涛的部队纷纷被歼灭或是被打散，一些残兵败将都涌向平陵城。翟云涛立即召开紧急会议商讨对策。会上，翟云涛决定留下保安旅的四团坚守平陵城，其他队伍先跟着他退入济南。

会上闫书伦没有说话，会后他想了许久后决定去找翟云涛。

闫书伦找到翟云涛时，翟云涛正要乘车离开平陵城。还没等闫书伦开口，翟云涛就说："闫团长，我本来要找你谈谈的，但是由于时间紧迫，就想着到了济南以后再给你打电话，现在你来得正好，我就先和你说几句吧。这次坚守平陵城的任务很重要，你放心，我一到济南就会立即去面见王耀武司令。王司令肯定不会放弃平陵城。如果他放弃了平陵城，那济南的东大门就在共军面前打开了。再说了共军这也只是一时的进攻，不可能持续，别看他们在孟良崮打赢了我们，但是在整个山东的兵力他们还是与国军远远不能相比的。"

"司令，我找你也没有别的意思，我们四团不惧战，也不避战，但是我就是觉得我们保安旅有平陵城防团，要守这平陵城也应该是他们的事，怎么说也轮不到我们啊？"闫书伦说。

"闫团长啊，这你还不明白吗？满仲哲的城防团是特务总队改的，他们怎能担当如此重任呢？再说了你是我的嫡系，把平陵城交给你我放心。这次共军突然对我们发动袭击，让我们蒙受很大的损失，丢了地盘，死伤了不少弟兄，我此去济南府就是要找王耀武司令要人要枪。相信王司令很快就会给我们支持，你别忘了我还是山东省第十二专区行政专员兼保安司令啊。"翟云涛说。

闫书伦听后没有立即搭话。

翟云涛又拍了拍闫书伦的肩膀说："这样吧闫团长，把特务大队给你留下，重新划归四团，让徐步达跟着你干，你看咋样？"

"谢谢司令厚爱！"闫书伦还想再说什么，翟云涛已经钻进了小汽车，他只好立正敬礼和翟云涛告别。

翟云涛走后，闫书伦一连几天都无精打采的，心里有种被抛弃的感觉，尤其昨天他得到报告说东锦镇也被解放军的部队给占领了，东锦和王村两镇里王子元的守军全部都撤到博山和淄川去了，这更让闫书伦心里很害怕。闫书伦现在十分清楚自己当下的处境，翟云涛带着大部队撤到了济南，平陵城就留下了他的一个团，尽管平陵境内还有国民党的驻军，但那些人和他们的四团没有任何隶属关系，要是共军哪一天真来进攻平陵城，凭他的经验，那些人是不会来救他们的，即使他去求援也会无济于事，国民党的军队打起仗来各顾各这是传统。一想到这些闫书伦就感觉坐立不安，一股凉气直冲后脖颈。

快到中午的时候，副团长孙雨生走进团部，他对闫书伦说："团长，我们团里出现了抢夺城中商户钱财的事情，还打伤了店铺里的掌柜的，我已经把人都抓起来了，你看该如何处置？"

闫书伦心里正烦，听孙雨生又说城里出了这样的事，他的气就不打一处来，于是气愤地吼道："你去把全团军官都给我集合到团部门前来，我要当众处决这些害群之马！一个也不留！"

"都枪毙了吗团长？"孙雨生犹豫道。

"这个还有啥值得商榷的吗？"闫书伦看着孙雨生反问道。

"好的团长，我明白了。"孙雨生说完转身出去了。

一会儿的工夫，全团排以上军官就全部集合到了团部门前。

闫书伦走出团部，站上门前的石头台阶对孙雨生说："把那些乌龟王八蛋都给我押上来！"

"押上来！"随着孙雨生一声命令，一群士兵推搡着七八个被五花大绑的人来到了队伍前面。

闫书伦一看这几个被押上来的人心头不觉一愣，他本以为就是一些不守军纪的士兵，但他没想到二营长王豹也站在被绑的人中。二营原来是在平陵城外驻防，是昨天上午他刚把他们调到城里来的。王豹不仅是一个营长，他还是副团长兼参谋长王彪的叔伯兄弟。闫书伦扭头看了一眼孙雨生。

孙雨生知道闫书伦为啥看他，他的脸上露出了一丝很无奈的表情。其实孙雨生是故意没有提前告诉闫书伦他抓的人里面有王豹。王豹多年来自恃是王彪的亲戚，在四团从来不把孙雨生这个副团长放在眼里，就在刚刚孙雨生抓他的时候，他还对孙雨生口出狂言，说孙雨生奈何不了他，这让孙雨生很是生气，于是孙雨生就想借助闫书伦的手整治王豹。因为孙雨生知道闫书伦对手下打家劫舍的行为深恶痛绝，不能抢劫商贾和百姓这是闫书伦亲自定的纪律，尽管这种现象在翟云涛其他部队里司空见惯，而且有的部队就是靠着打家劫舍给士兵发军饷的。这次孙雨生怕提前告诉闫书伦王豹也在被抓之列，闫书伦会顾及王彪的面子，会私下里放王豹一马，那样他就达不到整治王豹的目的了。

闫书伦清了清嗓子开始大声训话："当前平陵城四周到处都是共军，很多友军都已经撤走了，我们是孤军守孤城，情势十分危急，可是在这紧要关头，我们的人却不把心思放在如何守城上，而是去抢劫商户，还打伤了人家店铺的掌柜，这真是可恶至极！这让城里百姓咋看我们？他们怎么还能与我们同仇敌忾，共守城池？今天没啥好说的，既然违反了军纪，那就军法从事！把这些人都拉出去就地正法！以儆效尤！看以后谁还敢视军纪为儿戏？"

"把这些人都拉出去！"孙雨生大声命令道。

瞬即，那群士兵就拽着这些人往外走。所有列队的军官看着眼前这一幕都被吓傻了，他们都没有想到闫书伦真的会大开杀戒。

"哥！哥！你快救救我啊！"王豹挣脱士兵的手冲着站在闫书伦一侧的王彪大声喊道。

此刻王彪面无表情，他两只眼睛死死盯着王豹一句话也不说。

"哥！你咋了？我是豹子啊！他们要杀我！你咋不管啊？"王豹跳着脚尖看着王彪继续大声喊道。

王彪依然默不作声。

王豹真的急了，他一腚坐在地上大声喊道："王彪，人家要杀你弟弟你也不管，你这是当的啥副团长啊？连你弟弟的命你都保不住，你对得起咱死去的爷爷吗？"王豹和王彪是一个爷爷，他一着急把自己已经过世多年的爷爷都抬了出来。

"团长，念这些人都是初犯，就先饶过他们这一回吧！我看以后他们也不敢了。"这时一直站在旁边的徐步达走到闫书伦面前给王豹等人求情。

徐步达自从被留下跟了闫书伦后，他的心里就七上八下的。本来他觉得随着自己在翟云涛眼里地位的不断提升，以后他应该也不会再受闫书伦的控制和摆布了，而且他也想好了从闫书伦这里全身而退的办法。可是他做梦都没想到，他一下子就成了闫书伦的部下了。这真是人算不如天算。尽管他有曾经投靠闫书伦的那档子事，但他在闫书伦的部队里还是感觉自己就像是一个新媳妇到了婆家一样，处处需要小心谨慎，甚至有的时候都让他战战兢兢、如履薄冰。尤其是他觉得王彪这个人面露凶光，不好相处。现在眼前出现的一幕，让他立刻就想到这是他和王彪拉近关系的绝佳时机。如果此时他要为王豹求情，那不但王豹会感激他，在王彪的心里也一定会知他一个人情，他和王彪就可以拉近关系，日后也就好相处了。

面对徐步达的求情，闫书伦没有言语，他眼睛盯着面前的军官们。那些军官也目不转睛地看着台阶上站着的这几个团里的主官。这让徐步达感到很尴尬，他往后退了一步，站在那里有点不知所措了。

由于王豹耍赖坐在了地上不起来，其他被绑着的人也挣脱着不下去，他们此刻都把活着的希望寄托在了王豹身上，在他们看来这件事情本就是王豹带着他们去干的，如果闫书伦团长不杀王豹，那就更没有杀他们的道理。

"刀下留人！刀下留人啊闫团长！"正在这时，国民党平陵县县长巩银传带着几个人跌跌撞撞地来到闫书伦的面前，"闫团长啊，你治军有方深得百姓爱戴，咱这平陵的百姓谁不知道啊？这都是误会，都是误会啊！那些钱财和东西都是这几位老板自愿赠送给贵军的，这个我也是知道的，不信你问问这几位老板。"

"是的是的！是我们自愿给的，闫团长啊，真的都是我们请王营长和弟兄们到我们那里去的。"那几个人随声附和道。

原来在王彪得知王豹被孙雨生抓起来后，他马上就去找闫书伦求情，可是当他走到团部门口时，却听到了闫书伦暴跳如雷的吼声。他知道这个时候他已经不好再出面说情了，他也知道闫书伦为什么如此痛恨当兵的打家劫舍，这与他当年和翟云波在东锦山上抢劫闫书伦，让闫书伦有了心理阴影有关。

自从翟云波团长战死，闫书伦当了团长后，王彪为此害怕了好一阵子，他一直担心闫书伦会清算他。好在通过他的不懈努力，闫书伦最终把他当成了自己人，可是这背后他付出了什么只有他自己心里最清楚。

王彪抽身离开团部后，赶紧想办法。这时他想起了县长巩银传。王彪和巩银传交情很深，从前他们没少一起干过坏事。王彪知道巩银传和闫书伦的四舅赵守常是拜把子的兄弟，况且巩银传是县长，是这里的父母官。于是他立刻安排人去找巩银传。刚才虽然他表面平静，但心里却急得不得了。王豹毕竟是自己的兄弟，他怎么可能眼睁睁地看着他死呢？好在巩银传及时赶到了。

此时闫书伦心里很清楚，他知道巩银传和那几个所谓的老板都在胡说八道，可是王豹是王彪的弟弟，王彪是自己的副团长兼参谋长。撇开这些不谈，王豹还是自己手下的一名营长，大战在即，阵前斩杀主将也是兵家大忌。更何况巩银传和自己四舅是把兄弟，这个面子他也要给的。想到这里闫书伦就借坡下驴，对巩银传一拱手说："哎呀！还有劳县长大驾光临，既然是这样，派个人来说一声就行了。"闫书伦说完又对孙雨生说，"孙副团长，把这些人都放了吧！"

"是！"孙雨生答应了一声。此刻孙雨生的心里很不情愿，但是闫书伦已经发话了，他也要马上照办。

闫书伦走下台阶对巩银传说："县长啊，我正要去找你呢，这平陵城外围也发现了共军的踪迹，我们需要商量一下如何军民一起同仇敌忾，共守城池，就请县长到团部一坐！"闫书伦说完做了个请的手势。

"闫团长，跟我还客气啥，你请！"巩银传说完和闫书伦一起走进了保安四团的团部。

四十九

闫书伦刚送走县长巩银传，副团长孙雨生就走了进来。

"团长，怎么就这样放了王豹了？他们都是在胡说八道啊！"孙雨生一进门就对闫书伦抱怨道。

"不然呢？难道就这样把一个营长给杀了？我们团里一共才几个营长啊？"闫书伦反问道。

"最起码也该教训他一下吧？他们二营一贯不守军纪，王彪总是袒护他们，现在他们刚进城就惹事，如果不整治整治那还得了。你知道吗团长？他们打伤的掌柜的就是你的老家街坊德生堂药店的姜玉堂。"孙雨生愤愤地说。

"什么？他们把姜玉堂给打伤了？"闫书伦很惊讶。

在平陵城里，很多人都知道德生堂药店的掌柜姜玉堂是闫书伦和满仲哲的街坊。尽管姜玉堂和这两位平时并没有什么过密的交往，但是大家都高看他一眼，也没有人敢去他那里找麻烦，王豹也可能是刚进城不知道这层关系，才去药店里敲竹杠的。

"可不吗？我抓王豹的时候，他嚣张得很，可把我气得不轻！"孙雨生扑打着自己的前胸说道。

"不说这些了，你赶紧去安排人买几包糕点，再买两瓶好酒，我们一起去看看姜掌柜。"闫书伦吩咐道。

"好的团长，我马上去办。"孙雨生说完刚要转身走，这时一个卫兵进来报告说门外有德生堂药店的掌柜的求见。

孙雨生停下脚步，回头看着闫书伦说："看吧，人家找上门来了。"

"快快有请！"闫书伦急忙对卫兵说道。

姜玉堂走进了保安四团的团部。他身着一件藏蓝色的长衫，头上戴着一顶深灰色的礼帽，在帽檐下露出一圈白色的绷带。

"玉堂兄，实在是对不住啦！在下管教不严，让你受苦了，我正要和孙团长去给你赔礼道歉呢！"闫书伦迎上前笑着说。

"是啊，我这正要去给你准备礼品呢。"孙雨生附和道。

"唉！也怪我没有告诉弟兄们我和闫团长的关系，要是我说了也就不会出这事儿了。"姜玉堂说。

闫书伦把姜玉堂让到椅子上坐下关切地问："伤得咋样啊玉堂兄？不要紧吧？"

"就是破了点皮，我让徒弟给上了点药，包扎了一下，没事的，过几天就好了。"姜玉堂很轻松地说。

"那不行！你看需要赔多少，我让他们一个子都不能少。到时候，我亲自带着他们登门赔罪！连团长的街坊和兄长都敢欺负，那还了得！"闫书伦生气地说道。

"就是，不能轻饶了他们！"孙雨生也在旁边添油加醋。

"算了闫团长，我今天不是为此事而来，我来是找团长有点别的私事。"姜玉堂说。

孙雨生一听姜玉堂找闫书伦有私事要谈，就告辞出去了。

待孙雨生出去后，闫书伦说："玉堂兄，有啥事你只管说，现在这平陵城是咱说了算。"

姜玉堂扫视了一下屋里，发现没有其他人，就往前探了探身子说："书伦啊，杨忠诚想见见你。"

闫书伦听后一愣，他低声问："他找我啥事啊？"

"啥事我不知道，他想请你明天上午到我的药店去一趟，他在那里等你，他要和你面谈，你看你能去不？"姜玉堂问。

闫书伦想了想说："可以！"

第二天的上午十点多钟，闫书伦来到了姜玉堂的德生堂大药店门前。他让随身的两个卫兵站在了门口，然后自己走进了药店。

正在柜台上忙碌的姜玉堂见闫书伦进来，赶忙把手头上的活交给徒弟，上前迎接闫书伦，并引着闫书伦向后面的会客厅走去。

"忠诚来了吗？"闫书伦边走边问。

"来了，正等着你呢。"姜玉堂说。

当姜玉堂推开会客厅的门，引着闫书伦进屋后，闫书伦发现屋里除了杨忠诚，还有一个人。

"忠诚兄，好久不见，一向可好？"闫书伦拱手笑着问候道。

"闫团长好！"杨忠诚站起来也拱了拱手说。

"这位是？"闫书伦用手一指杨忠诚身边的人问。

"哦，这是我的一个朋友，陪我一起来的。"杨忠诚解释道。

那个人笑了笑，也冲闫书伦一抱腕。

大家落座以后，闫书伦问杨忠诚："忠诚兄，不知道你今天来找我有何事啊？"

杨忠诚先看了看正在给闫书伦倒茶的姜玉堂说："玉堂哥，你先去前面忙吧，我和书伦慢慢聊。"

姜玉堂放下茶壶说："那好，你们先聊，我去前面照望点生意。"说完，姜玉堂就出了客厅，并把门关上。

姜玉堂出去后，杨忠诚对闫书伦说："书伦啊，你知道我这人说话一向是直来直去，我来的目的就是劝你起义。"

"啥？起义？"闫书伦被杨忠诚的话吓了一大跳，他站起身，瞪大了眼睛问，"忠诚啊，你咋会突然和我说这事？"

"我也不知该咋说，这样吧，就让解放军派来的谈判代表和你说吧。"杨忠诚说完用手一指坐在他身旁的那位刚才他说是自己朋友的人。

"谈判代表？"闫书伦更是大为错愕，他来之前根本没有想到会是这样，他原以为杨忠诚是找他有别的事情。

"久仰闫团长了！在下是解放军渤海军分区独立团政委崔光辉，咱认识一下吧。"那位谈判代表站起来向闫书伦伸出了手。

闫书伦犹豫了一下，还是伸手和解放军的谈判代表握了握手。

待二人重新坐下后，崔光辉说："今天我们这样来可能有些冒昧，但是时间不等人了。"说到这里崔光辉看了一眼杨忠诚接着说，"来的路上，杨队长还给我介绍了一些关于闫团长的情况，其实我们组织上派我来也就是考虑到闫团长这些年来的一贯表现，我们感觉你和那些反动派不是一路人。眼下这平陵城已经是处在我们解放军包围下的一座孤城了，如果我们愿意，随时可以把它攻下来。我们之所以没有立即动手就是想给你和你的兄弟们一条出路，我们希望你能认真考虑一下。"

崔光辉说完，闫书伦半天没有言语，他端起茶杯连着喝水。

杨忠诚见闫书伦不说话就说："书伦啊，翟云涛在关键时候把你一个人扔下，带着其他人跑了，连满仲哲他都带走了，这是为啥？道理不用我说你自己也应该明白。我知道当初你是为啥离开闫满庄的，你本心不是想出来干坏事伤害老百姓的，你和共产党也没啥深仇大恨，再说了现在蒋介石早已经没了当初的嚣张气焰，连吃败仗，国民党还能撑多久？蒋介石要是败了，翟云涛还有活路吗？到时候你咋整？你自己真要好好想一想！"

闫书伦放下手中的茶杯说："承蒙解放军这样看得起我，也感谢二位这样替我闫某人着想，这样吧，这毕竟不是一件小事，容我回去好好想想再给你们答复，你们看可以吗？"

"当然可以。"崔光辉政委说。

闫书伦站起身说："不管这事结果咋样，我在这里都要谢谢二位！忠诚兄不是外人，我就不客气了！"说完，他给崔光辉鞠了一躬。

"不必客气，我们等着闫团长的好消息。"崔光辉站起身来抱腕说道。

"好，那我就先告辞了。"闫书伦说完就出了会客厅。

在前厅正招呼客户的姜玉堂见闫书伦从里面出来了，就赶忙从柜台后面绕出来，并把闫书伦送出了药店。

闫书伦从姜玉堂的德生大药店回到团部后，他中午饭都没吃，而且整整一个下午没出门。按照惯例他要在天黑前检查平陵城四门的防务，今天这事他也让副团长孙雨生代劳了。

孙雨生查完防务回来后提着一瓶白酒走进了闫书伦的办公室。"听说团长还没吃晚饭，我让厨房做了几个你平时爱吃的菜，他们马上就送过来，我陪团长喝点。"孙雨生一进门就说道。

闫书伦没有说话，他静静地坐在椅子上。

一会儿，一个伙夫端着一个木制托盘走了进来，他把四个菜、一把酒壶、两个酒杯，还有两双筷子放在茶几上，然后对孙雨生说："团副，有事叫我。"说完就转身出去了。

孙雨生边把闫书伦拉到茶几旁坐下边说："我还以为你病了呢，听副官说不是，我才放心。我知道团长心里有点不舒服，来，今天我就陪着团长来个一醉解千愁。"

闫书伦坐下后依然一语不发。

孙雨生把酒瓶打开，把酒灌进酒壶里，然后放下酒瓶，拿起酒壶给两个杯子斟满酒，端起一只杯子递给闫书伦，自己也拿起一只杯子在闫书伦的杯子上碰了一下说："来，团长，咱先干一个！"

闫书伦看了看孙雨生，然后慢慢放下手中的杯子说："孙团长，我想问你个事，不知道你能不能如实回答我？"

"和我还客气啥啊？团长有啥要问的问就是了。"孙雨生说。

"你对将来可有啥打算吗？"闫书伦看着孙雨生问道。

闫书伦这样一问，孙雨生的眼里瞬间露出了伤感的神情，他放下手中的杯子，叹了口气说："团长，不瞒你说，我眼下啥打算也没有。想我当年跟随翟司令揭竿起义就是看不惯日本鬼子的横行霸道，就想把日本鬼子撵走，让咱平陵的老百姓能过上安生的日子。现在鬼子投降了，可是这国民党跟共产党又打起了内战，没完没了的，老百姓始终都过不上安生日子，你说我还能有啥打算？就跟着团长你活一天算一天吧！如果哪天我战死了，还望团长你念在我跟随你多年的份上，能给我找个地方，把我埋了，别让我死无葬身之地就行了！"孙雨生说完又叹了口气。

闫书伦端起酒杯说："谢谢大哥！谢谢你这些年对小弟的宽容和关照！我大哥走得早，你真就像我的亲大哥一样。来，我敬大哥一杯！"

"不敢不敢！咋能给团长做大哥呢？在下实在不敢！承蒙团长这些年对我的信任，来，还是我敬团长一杯。"孙雨生端起杯子和闫书伦碰了一下，然后率先干了杯中的酒。

闫书伦也把杯中的酒干了。

孙雨生把两个杯子再次满好后对闫书伦说："来，团长吃菜。"

闫书伦拿起筷子吃了几口菜，然后放下筷子，又端起酒杯。"今天上午我见了解放军渤海军区独立团的政委了，他来找我谈判，想劝降我。"闫书伦平静地说。

"啥？解放军来劝降！"孙雨生被吓了一跳，刚端起酒杯的手抖了一下，酒都洒了出来。他急忙放下酒杯，站起身走到门口看了看，然后开门对门外的卫兵说，"我和团长有要事相商，任何人不得进入！"说完，他又把门关好，回到桌前坐下。

"没事的，那是自己人。"闫书伦说。

"团长，我这人的脾气你最清楚，我听团长的，你咋干我都跟着，刚才我说了，你不让我死无葬身之地就行。"孙雨生说着端起酒杯。

闫书伦听孙雨生这样一说，他很感动。这些年可以说孙雨生一直是他的心腹，很多私密的事情，他都交给孙雨生去办，而且从来没有出过纰漏。于是闫书伦说："谢谢大哥！有大哥的支持，我就放心了。来，干杯！"

闫书伦和孙雨生干了杯中的酒以后，闫书伦抢先拿到酒壶把两个杯子斟满酒说："我感觉翟云涛已经开始猜忌我了，他现在把咱们四团放在这平陵城里其实就是想把咱当炮灰。解放军可能马上就要进攻平陵城了。张灵甫的七十四师是蒋介石的王牌军，都被解放军给消灭了，到时咱这保安团还能有个好吗？现在解放军主动来拉咱过去，他们是考虑到咱过去曾暗地里帮过他们，而且咱没有像其他人那样祸害共产党。共产党是讲情分的，因此他们也不想消灭咱，我感觉这个机会咱不能错过。"

"团长说得对！你看这国民党上上下下的都腐败透了，我也干够了，我是穷苦出身，看不惯这些。共产党的所作所为我也清楚。大道理我不懂，你就决定吧，我听你的！"孙雨生说完，端起面前的酒杯，一仰脖子把杯里的酒干了。

闫书伦在取得了孙雨生的支持后，他就决定率部起义。

经过和八路军那边反复的沟通和协商，双方共同制定了起义计划，把起义时间定在了三天后的上午十点钟。

闫书伦按照起义计划安排好相关事宜后，他的心里还是有些不踏实。他又把孙雨生叫到办公室问："雨生兄，你看咱们还有什么没考虑到的地

古月星转

方吗？"

孙雨生拍了拍胸脯说："放心吧团长，我已经按照方案做好了周密安排，保证万无一失，就等着明天你宣布起义了。"

送走了孙雨生，闫书伦回到寝室，他躺在床上怎么也睡不着，起义这件事实在太大了，是他以前从未敢想过的事情。这攸关他的前途和命运，弄不好就可能有杀身之祸，不能出半点纰漏，必须慎之又慎，他就这样想着想着，几乎一夜未眠。

第二天早上起来，闫书伦让卫兵打来一盆凉水。他洗了一把脸，吃了点东西，然后就坐在办公室里等待着起义时刻的到来。

上午十点钟，起义的时间终于到了。

孙雨生把全团排以上的军官全部集中在团部的大会议室里开会。此时闫书伦已经是胸有成竹了，经过他昨夜对起义方案落实情况的逐一检视，他觉得应该是万事俱备只欠东风了。

闫书伦这样自信是有道理了，因为他在取得了孙雨生的鼎力支持后，也争取到了副团长兼参谋长王彪的支持，并且制定好了解决国民党县党部和警察局的作战方案。其实闫书伦在争取王彪时是做了万全之策的，他把王彪单独叫到办公室谈话，外面副团长孙雨生已经安排好了人。他们约定如果王彪不同意，就提前把他解决掉。但是出乎闫书伦意料的是，王彪二话没说，举双手赞成，并誓言这一辈子就跟定闫书伦了，这让闫书伦也很是感动。

待大家都坐好以后，闫书伦站起身，走到会议桌前，面对在座的军官大声说道："弟兄们！今天打开天窗说亮话！你们之中有很多人都是跟着我闫书伦出生入死多年的弟兄，我们情同手足！现在解放军横扫山东，所到之处势如破竹，各地国军节节败退。在这生死存亡的危急时刻，翟云涛却把我们团扔在了这平陵城，让我们在这里当炮灰。他不管我们的死活，我不能不管！现在解放军来劝降我们，并保证对我们过去所做的一切既往不咎。同时承诺我们归降后，愿意继续干的他们欢迎，不愿意干的他们给路费盘缠自行回家和家人团聚。常言道，识时务者为俊杰。因此我和团部的几个主官研究决定我们四团即刻起义，归降解放军！"

闫书伦的话语气坚定，不容置疑，会场里鸦雀无声。

正在这时，二营营长王豹忽然站起来大声说道："闫书伦，你愿意投降你自己去投降！我们不降！"

王豹的举动完全出乎闫书伦的意料，因为王彪事先已经向他保证过王豹会听他的，可在这个时候王豹却突然站出来发难。

闫书伦把目光投向了王彪，王彪却面无表情地坐在那里默不作声。

"王副团长，这是怎么回事？"闫书伦问王彪。

王彪把眼睛看向旁边，避开了闫书伦的目光。

"王彪，你不说王豹听你的吗？我问你话呢？"闫书伦逼问道。

"他是听我的啊！"王彪依然不看闫书伦，而是冷冷地回应道。

"那这到底是什么情况？"闫书伦真的急了，因为他事先让孙雨生和王彪都已经分别和很多军官在私底下沟通好了，这里面当然也包括王豹。

王彪不再回话。

"王彪，我问你话呢？你聋了吗？"闫书伦继续生气地质问王彪。

这时，只见王彪慢慢站起身，不慌不忙地从口袋里拿出一个信封。他打开信封，拿出一张纸，然后看了看在座的军官们，清了清嗓子说："这是翟司令临走时给我留的手谕，下面我就给各位宣读一下。"说到这里，王彪瞥了一眼闫书伦，接着宣读道，"保安旅四团各位军官弟兄，见字如面。闫书伦行事诡秘，有通共之嫌，特委派保安旅四团副团长兼参谋长王彪时刻监视之，如闫书伦有对党国不忠不孝之举，王彪即刻取而代之。翟云涛。中华民国三十六年十月十四日。"

闫书伦一听有点傻眼，会场上的军官也开始交头接耳。

这时，徐步达忽然站起身来大声说："诸位！王彪副团长所言句句属实，翟司令离开平陵城时，也命令我监视着闫书伦的一举一动。现在看来翟司令真是英明神武，料事如神！"

徐步达此刻的举动更是出乎闫书伦的意料，他的下巴都快被惊掉了。他做梦都没想到徐步达会在这个时候跳出来给他来这么一手。要知道徐步达可是他闫书伦亲自做的工作，徐步达当时也是拍着胸脯向他保证，一定跟着他走，不管他闫书伦走到哪里，不管闫书伦将来做什么，他都会赴汤蹈火，在所不惜。可现在他却和王彪一起当众发难，原来徐步达如此阴险！

闫书伦两眼怒视着徐步达，气得一句话也说不出来。

徐步达根本不理睬闫书伦，他慢慢地坐回到座位上。

这时坐在王彪身旁的孙雨生脸上的汗都下来了，他没料到会突然出现这样的状况，他用眼睛紧紧盯着闫书伦看，并悄悄地把手放在了枪套上，他在等待闫书伦的命令，因为此刻他事先安排好的警卫连几十个战士就在门外待命，只要他一声令下，那些人就会立刻冲进来。

闫书伦并没有给孙雨生下命令，此刻他终于镇定了下来，他感觉到局势还是可控的，因为这下面坐着的军官里很多都是这些年跟着他出生入死的弟兄，这些人是不会听王彪和徐步达的，况且闫书伦也知道在这会场外面孙雨生都安排好了人。

"大家静一静！都听我说！"闫书伦忽然大喝一声，会场一下子恢复了平静。

"各位弟兄，我闫书伦一个人的前途命运无所谓，我是考虑兄弟们的前途和命运。现在解放军就在平陵城外，如果我们不起义，他们很快就要攻打平陵城。到时候我们能守住这座孤城吗？翟云涛把我们留在这里不管我们，还留下什么手谕，真是其心可诛！大家都有脑子，何去何从，还请你们都在心里好好掂量掂量！"闫书伦大声说道。

闫书伦讲完，会场上的军官都面面相觑。此时，孙雨生感觉他应该站出来发声支持闫书伦。由于孙雨生比闫书伦在四团待的时间长，这些军官里面也有不少人都是他当年亲手带出来的弟兄，他的话会在这些人当中起到决定性的作用。

孙雨生刚刚起身，忽然从会场外传来一声通报："翟司令到！"

这一声通报就像一个炸雷凭空滚过会场，几乎所有人都被震住了，闫书伦和孙雨生也被震得张大了嘴巴。

"谁说我其心可诛啊？谁说我扔下弟兄们不管了？"翟云涛迈着四方步趾高气扬地走了进来，他的身后跟着副官黄文彬和两个荷枪实弹的警卫。

王彪和徐步达见翟云涛来了，就像见到了救星一样赶紧激动地离席争先恐后上前迎接，其他军官也都唰啦一声站了起来。

翟云涛不慌不忙地走到刚才闫书伦坐过的地方坐下，然后从兜里拿出一支香烟，旁边的黄文彬赶紧拿出火机给他点上。

翟云涛摆了摆手示意大家都坐下，然后慢条斯理地说："都说我去济南躲避了，不管四团的弟兄们了，这纯粹是妖言惑众！我去济南那是搬救兵了！告诉大家王耀武司令已经集结重兵从济南倾巢而出，他要荡平平陵和莱芜一带的共军。大家想一想那共产党能战胜国民党吗？笑话！现在我宣布王彪任保安四团团长，接替闫书伦。王豹任保安四团副团长，接替孙雨生！"

翟云涛说完看了一眼满脸煞白、呆若木鸡的闫书伦，对王彪说："把闫团长交给你了，你知道该咋办。"

王彪赶忙立正敬礼说："放心吧司令！我会照顾好闫团长的！"

翟云涛嘴角露出一丝满意的冷笑，然后站起身离开了会场。

五十

　　翟云涛这么快又回到平陵城出乎人们的意料。由于翟云涛回来后是秘密入城，八路军独立团政委崔光辉和县武工队队长杨忠诚对此也一无所知。根据闫书伦所部保安四团的起义计划，在上午十点钟后，守城官兵会在平陵城北门城头上升起一面红旗。届时，闫书伦会亲自在城门口迎接解放军和武工队入城。

　　时间一分一秒地过去，直到天将晌午，城头上也没有升起红旗，此时站在城外的崔光辉和杨忠诚心里都很纳闷。崔光辉政委举起望远镜再次看了看城头，然后有些担心地问杨忠诚："杨队长，你说闫书伦会不会是变卦了？"

　　"我觉得应该不会，闫书伦说话还是算数的。"杨忠诚说。

　　"那会不会是城里出啥状况了呢？"崔光辉说。

　　"这样吧崔政委，我进城去看一看，咱这样等下去也不是个办法。"杨忠诚此刻心里也开始担心起来。

　　"不行忠诚同志，你不能去，城里现在情况不明，你去了可能会有危险。"崔光辉政委不同意杨忠诚的做法。

　　"你放心崔政委，我进城后先到德生堂大药店去，我已经安排武工队的副队长潘毅在那里监视城里的动静，并和闫书伦的手下保持联络。再说现在城里是闫书伦说了算，就是他万一变卦了也不可能对我咋样。"

　　杨忠诚话音刚落，就见潘毅从远处飞跑了过来，杨忠诚赶紧迎上前去问："你咋回来了？"

"不好了队长！翟云涛回平陵城了！"潘毅喘着粗气说道。

"翟云涛回来了？啥时候的事啊？"杨忠诚很吃惊地问。

崔光辉政委拿着一只水壶走过来递给潘毅说："先别急，喝口水慢慢说。"

潘毅接过水壶喝了几口水后说："现在平陵城四个门都加强了戒备，我是孙雨生的一个手下偷偷送出来的，他告诉我闫书伦和孙雨生都已经被翟云涛给抓了，起义不能按计划举行了。"

"唉！我们晚了一步！"崔光辉政委摇了摇头说。

杨忠诚使劲地跺了一下脚说："闫书伦危险了！"

正在这时，有独立团的通信员骑着马来到了崔光辉面前。

通信员跳下马，立正敬礼说："报告政委！盘踞在济南城的国民党山东省主席王耀武已经集结重兵直奔平陵而来，师部指示独立团火速到莱芜境内待命。"

崔光辉政委回了个军礼，转身对杨忠诚说："很遗憾，起义失败了！看来我们只有先回去了。"

"好吧，那我们后会有期！"杨忠诚也觉得很泄气，他和崔光辉政委握手道别，然后他们就各自带着队伍撤走了。

翟云涛回到自己的司令部坐在椅子上，副官黄文彬给他泡了一杯乌龙茶。他端起茶喝了几口，然后把身子靠在椅子背上。他这一路快马加鞭，着实有点累了。本来翟云涛是想要带着自己的部队跟在王耀武大军后面的。因为这样既安全又能捡到便宜，毕竟他的队伍和国民党的正规军没法比，他只能狐假虎威，做些渔翁得利的事情。不过这次情况特殊，如果要是他回来晚了，那他的保安四团就没了。

翟云涛此次离开平陵把闫书伦留下来是有目的的。上次闫书伦被八路军俘虏后放回来他并没有太在意，现在这个世道只要他还能回来就说明他还想跟着你干。但是当他知道闫书伦私自放了闫满乡的乡长和民兵后就对闫书伦起了疑心。不过他并没有动他，因为他知道闫书伦放的那些人都是闫书伦的乡亲，念旧情是人之常情，讲义气更值得敬佩。但不管咋说，此人已经不可不防了。翟云涛当年在他哥哥翟云波战死后把四团交给闫书伦，

古月星转

主要是因为闫书伦是他哥哥向他极力推荐的。另外通过观察，他感觉闫书伦也确实是个人才，尤其是在日本人投降前重创日军，让他翟云涛和整个保安旅名声大振。不过此一时彼一时，害人之心不可有，防人之心不可无。因此他在离开平陵城前才特意做了部署和安排，事实证明他的担心不是多余的。

翟云涛又喝了一口茶水，把杯子放在桌子上对黄文彬说："我休息一会儿。"然后就闭上了眼睛。

黄文彬轻轻退出房间，把门关上，然后守在门口，并对门外的两个卫兵做了一个不要出声的手势。

过了大约半个钟头，王彪来了。

"司令正在小憩，请王团长稍后再来。"黄文彬小声说道。

"是王彪团长吗？请他进来！"王彪刚要转身离开，屋子里却传来了翟云涛的声音。

王彪听后赶紧推门走了进去，黄文彬也紧随其后跟了进去。

"照顾好闫书伦了吗？"还没等王彪开口翟云涛就问。

"司令，闫书伦他想见您，他说有非常重要的事情要和您面谈，不知道司令您想不想见他？"王彪请示道。

翟云涛想了想说："已是将死之人了，就把他带来吧！"

过了一会儿，闫书伦被五花大绑地押到了翟云涛的面前，此刻他衣衫不整、头发凌乱、面容浮肿，一看就是被人折磨过了。

"闫团长跟随我多年，虽然今天犯了死罪，你们也要给他些尊严。"翟云涛对王彪说道。

"是！我马上交代给属下。"王彪应道。

"说吧！你有什么重要的事情要和我面谈啊？"翟云涛用眼睛的余光看着闫书伦问道。

闫书伦看了看其他人后，对翟云涛说："司令，我能单独和你谈吗？此事事关重大，涉及机密。"

翟云涛没有说话，他看了一眼王彪和黄文彬，王彪和黄文彬赶紧带着押解闫书伦的士兵退了出去。

"他们都走了，你说吧！"翟云涛说。

"司令，在小古月山有一个鬼子留下来的基地，那基地在鬼子撤退时被炸毁了，基地里面有个涝洼井可能是鬼子的一个金库。满仲哲知道涝洼井的秘密，他一直对你心怀二意，伺机占有涝洼井里的财富，还请司令明察！"闫书伦说。

"你是听谁说的？"翟云涛忽然两眼直视着闫书伦问道。

"这个我眼下还不能说，如果司令答应放过我，我会告诉司令的。不过请司令相信我，我说的每一句话都是真话！"闫书伦信誓旦旦地说道。

"哼哼！"翟云涛冷笑了两声说，"闫书伦啊闫书伦，如果你现在向我求饶乞命，兴许我会看在你追随我多年的份上留你一条生路，可是你却无中生有，挑拨离间，这我就不能再留着你了！"说完，他冲门外大声喊道，"来人啊！送闫团长上路！"

王彪带着人从门外应声而入，他们抓起闫书伦就往外拖。

"司令！你……"闫书伦还想说什么，翟云涛却冲他摆摆手。闫书伦一跺脚，挣脱开王彪和士兵，大踏步地走出门去。

翟云涛叹了口气自言自语道："可惜啊！你知道得太多啦！"

王彪把闫书伦押出去后，他又转身回来了，他对翟云涛说："司令，我刚才忘了向您请示该咋处理孙雨生了？"

翟云涛略有所思后说："孙雨生是当年跟着我和我大哥一起拉队伍的老人，现在那帮人也不多了，给他一百块银元，让他回家去吧！"

"他也是主谋啊司令！"王彪显然没有想到翟云涛会这样发落孙雨生。其实王彪完全可以不用请示，他把孙雨生直接枪毙了就可以，只因为孙雨生在四团人缘很好，和他王彪也没啥过节，他不想让这样一个人死在自己手上，因此他才想让翟云涛亲自来做决定，不过在王彪看来孙雨生应该是必死无疑的。

"主谋是闫书伦。这年头属下都是墙头草，主意跟着长官跑，就这样去办吧。"翟云涛挥了挥手说道。

"是，卑职遵命。"王彪应道。

"你这次表现不错，挫败了闫书伦的谋反，我给你记上一功。希望你以后跟着我好好干，我不会亏待你的。"翟云涛说。

"谢司令栽培！"王彪立正给翟云涛敬了个礼说道。

王彪刚离开翟云涛的办公室，满仲哲就来了。

"你来得正好，我正要找你呢。"翟云涛说。

"司令您找我有啥事？"满仲哲问。

"你先说你来找我有啥事吧？"翟云涛反问道。

"我想让司令把闫书伦交给我去处置。"满仲哲说。此刻满仲哲太想和闫书伦好好算总账了，他等这一天已经等得太久了。

"这事你就不用操心了，相信王彪会处理好的。"翟云涛说。

"可是我……"

"好了，我知道你心里是咋想的。"翟云涛打断了满仲哲的话说道，"要知道借刀杀人比自己动手更好，再说了冤家宜解不宜结，得饶人处且饶人嘛！我这都是为你好。"

"谢司令好意提醒！卑职受教了。"满仲哲立正敬礼说道。

翟云涛接着说："咱说说我找的事，明秀镇现在是共党平陵县委驻地。这几年我一直想铲除它，可总未如愿。这次王耀武司令的大军挥师东进，我们要利用这个时机，踏平明秀镇！"

"是！卑职明白，卑职随时听候调遣！"满仲哲立正说道。

"好了，你去准备吧。"翟云涛对满仲哲摆摆手说。

满仲哲刚要转身离去，翟云涛又把他叫住说："这次徐步达及时向你通报了闫书伦谋反的事也是立了一大功，我看还是把他调回到你身边吧，此人不但要重奖，还要重用。"

"谢谢司令！卑职一定照办。"满仲哲应道。

满仲哲走后，翟云涛对副官黄文彬说："文彬啊，你在城里的映泉楼订几桌席，今天晚上我要宴请各部主官。"

杨忠诚得知闫书伦被害已经是第二天的上午了。他的心里很不是滋味，他既伤感于闫书伦最终的命运，也为那场没有成功的起义感到惋惜。考虑到闫书伦曾经对八路军有过帮助，杨忠诚觉得应该为他做点啥，于是他带着几名武工队员趁夜色来到平陵城南的乱坟岗子找到了闫书伦的尸体，并用事先准备好的一个苇箔把尸体卷起来，连夜抬回了闫满庄。

闫仁光见到闫书伦的尸体后，一头栽倒在地，昏死了过去。闫书伦的媳妇和女儿也都和傻了一样，愣愣地站在那里忘了哭。确实这件事情对他们来说如晴天霹雳，太突然了，也太残酷了。好在闫仁光的老婆还没有乱阵脚，她掐住闫仁光的人中，使劲地拍打着闫仁光的后背。半天的工夫，闫仁光才恢复了知觉。

闫仁光醒过来后坐在地上放声大哭："老天爷呀！我闫仁光这是造的啥孽啊？你咋这样对待我啊？让我这辈子两次白发人送黑发人啊？"

这个时候闫书伦的媳妇和他的女儿才缓过神来，也一下子扑到闫书伦的尸体旁放声大哭起来。

杨忠诚对闻讯赶来的闫开明说："开明啊，我们不能在此久留，闫书伦家里的事你就多费心吧！不管咋说你们都是亲戚。"

"谢谢忠诚哥！你放心吧，一拃没有四指近，我会帮着我二爷把我二叔的后事料理好的。"

闫仁光颤颤巍巍地站起身拉住要离开的杨忠诚说："忠诚啊，你是个好孩子，谢谢你把书伦送回来，从前我们闫家要是有啥对不住你的地方，还请你多多谅解！"说着他就要给杨忠诚下跪。

"这可使不得，你这么大岁数了，我一个晚辈可担当不起。"杨忠诚赶紧把闫仁光扶了起来。

送走杨忠诚和武工队员后，闫仁光也彻底冷静了下来，他喝止住了儿媳妇和孙女的哭喊，拉住闫开明的手说："开明啊，我和你爷爷可是亲兄弟啊！常言道，大车拉着金银财宝也难买一奶同胞，你快回家把你那边的人都叫过来。如果你爹不肯来，你就说他二叔求他了！实在不行，我就亲自登门去跪请！"

"二爷你这说啥话呢？咱是一家人，遇到这事哪有不往上围的道理？你放心，我这就回去叫他们。"闫开明说完刚要走，却又被闫仁光的老婆叫住了，她对闫开明说："开明啊，你赶快安排人给青岛你四舅爷和开月拍个电报，让他们马上回来。"

"好，我知道了。"闫开明答应一声转身走了。

王耀武此番集结重兵从济南出动兵犯平陵和莱芜，所到之处洗劫一空。

古月星转

翟云涛更是为虎作伥，不可一世，他派出部队四处出击，并亲率满仲哲的城防团直奔共产党平陵县委驻地明秀镇。

明秀镇的名称由来已久。相传这里在古代是一个旱码头，彼时商贾云集，贸易繁荣，渐渐地形成了一个小商埠。至宋代，村中修建了一座三清观，村民逐渐增多，民居街巷也慢慢多了起来，进而形成了村落。村中南北向有一条青龙大街，路面宽阔，商号林立，称为明秀街。再后来，周围村落逐渐增多，到元末明初，这片区域被统称为明秀镇。现在该镇是共产党平陵县委驻地。

翟云涛的部队到达明秀镇后就将整个镇子团团围住。可是当他们冲进镇子后却只抓住了十来个人。这些人是担任指挥撤退任务和处理善后工作的明秀区委干部和村干部。平陵县委的机关人员，以及县警卫营、县独立营、县大队和县武工队，还有群众都已经撤出了明秀镇。当翟云涛得知这些人的身份后，立即下令全部枪毙，并把尸体挂在了大树上，然后带队悻悻地回了平陵城。

第二天早上，翟云涛在司令部里听了保安旅各部昨天的战报后决定再次率部去明秀镇。翟云涛之所以这样做是因为各部都有收获，而他这个统帅却空手而归，面子上不好看。另外这些年他通过和共产党打交道，自认为已经很了解共产党了，他们是不会想到他会再杀个回马枪的，他感觉自己这次一定会大有收获。

可是事实却让翟云涛大失所望，明秀镇依然是一座空城，不仅如此，昨天他们挂到树上的尸体也不见了。翟云涛十分恼怒，他率部直接向西扑向和明秀镇临近的两个大的村庄明治庄和狄家庄，他心想他这次绝对不能空手而归。

当翟云涛的大队人马快到明治庄的时候，满仲哲来到翟云涛的马前，他试探着对翟云涛说："司令，我有很多亲戚住在庄上，据我所知庄里的共产党干部都是明秀镇派过去的，明秀镇的共产党都跑了，那明治庄离着明秀镇这么近，我想他们肯定也早就跑了，司令您看咱们还有必要……"

翟云涛看了满仲哲一眼，他明白满仲哲的意思，就说："好，看在满团长的面子上，我们就不进明治庄了，队伍直奔狄家庄。"

"谢谢司令！"满仲哲非常感激地说道。

明冶庄因此躲过了一劫，可狄家庄就没有那么幸运了。翟云涛的队伍一到狄家庄就立刻把全庄给包围了起来，没有及时撤退的村干部、民兵和群众共一百多人被困在了庄里。

村长狄云海看着村外来了这么多敌人，他知道仅凭着村里的三四十个民兵是根本抵挡不住的，于是他立刻命令所有干部和民兵都回家躲起来，把枪都藏好。

翟云涛进庄后，立即命令手下挨家挨户地搜查，他们把还没来得及躲藏好的村民都赶出家门，集合到了村子的一处场院里。

"满团长，你一定要把村子里的共产党干部和民兵都给我找出来！"翟云涛对满仲哲命令道。

满仲哲应了一声，转身把金魁叫到面前说："金参谋长，你去亲自审问！我先陪着司令去休息一下。"满仲哲说完就引着翟云涛向警卫连长刚刚找好的一处院子走去。现在满仲哲对金魁很反感，他发现金魁不但暗中接近翟云涛，而且和王彪打得火热。他总感觉金魁在背后做着什么文章，但是他又一时半会找不到什么证据，这让他很无奈。此刻满仲哲心想你金魁不是有"金魔头"的绰号吗？那今天这得罪人的事情就让你来干吧！

"你就瞧好吧团长！"金魁冲着满仲哲的背影大声说道。

金魁"金魔头"的绰号绝非浪得虚名，他使出了各种残酷的手段去折磨人。他让人抬来了几个磨盘和几口水缸，然后把被审讯的人按倒在地上，往肚子里灌水，等人肚子都被水灌得鼓起来后，让人把磨盘抬起来放到被审讯人的肚子上，瞬间喝下去的水就会从口鼻里喷出。这种刑罚实在是太惨无人道了，一时间男人和女人撕心裂肺、痛不欲生的哭喊声回荡在整个庄子上空，让坐在屋里陪着翟云涛喝茶的满仲哲都感到有点毛骨悚然

正当金魁感觉到即将大功告成的时候，忽然有一个士兵跑到翟云涛休息的屋子里大声报告："报告司令！庄外发现大量共军！我们被包围了。"

"你说啥？"翟云涛腾地一声从椅子上站了起来。

"庄外发现大量共军！我们被包围了。"士兵重复道。

"司令，咱们咋办？"满仲哲一下子慌了。

"快！快撤！向平陵城方向突围！"翟云涛的声音都变了。

当翟云涛从狄家庄突围出来的时候，他的身边就仅剩下七八十个残兵败将了，这是他自领兵起事以来败得最惨的一次。

翟云涛坐在路边的一块石头上环顾身旁这些死里逃生、身上都挂了彩的人，不由得感叹道："好险啊！"

正在这时，从平陵城方向跑过来了一些国民党伤兵。

翟云涛让满仲哲把他们叫过来。

那几个人来到翟云涛面前，发现是他们的司令，就一下子都跪倒在地了，其中一个连长放声大哭道："司令啊，平陵城遭到了共军的突然袭击，城池失守，团长王彪和副团长王豹阵亡了！"

"你说啥？"翟云涛腾地一下子站了起来。

"我们路上还听说王耀武司令的大部队在莱芜也遭到了共军主力部队的伏击，损失惨重，已经向济南方向后撤了。"一个士兵补充道。

翟云涛身子一歪，一腚坐在了地上。

满仲哲赶紧上前手脚慌乱地把翟云涛扶起来，坐回到石头上。

翟云涛仰天长叹道："想我翟云涛投笔从戎到今天，实指望能干出一番大事业光宗耀祖，没承想今天会落到这般田地啊！"

副官黄文彬拿过来一把水壶，拧开盖子递给翟云涛说："司令，您多虑了，兴许咱在平陵城外驻扎的军队早就已经撤回济南了，此刻正在盼望着司令您平安回去呢。"

"司令，您别想太多，只要我们回到济南府，一切都可以从头再来。"满仲哲也在一旁劝慰道。

"是啊司令，胜败乃兵家常事。"金魁也凑上前插话道。

翟云涛喝了几口水后把水壶递给黄副官，然后站起身来拍打了一下身上的尘土，耸了耸肩，直了直腰，仿佛又来了精神，他对身边的人大声说道："走，弟兄们，都跟我回济南府！"

翟云涛回到济南后才发现情况远比想象的糟糕。他此番带到平陵的队伍退回济南的不足百人，团级主官只有三个人回来了，而且都不同程度地负了伤。由于这次他在济南只留守了一个营的兵力，这样一来他的手里就仅有不足一个团的人马了，这让翟云涛既痛心疾首，又惶恐不安。不过翟云涛还是很快就镇定了下来，在他的军旅生涯中像这样的情况也并非首次，每一次他都能东山再起，只是这次有点严重，但他还是感觉自己应该能挺过去。

翟云涛安顿好队伍后马上去求见王耀武，他想让王耀武给他一些经费和装备，他要招兵买马，重整队伍，他感觉王耀武现在正是用人之际，没有理由不答应他。但是令他没想到的是王耀武不但没给他经费和装备，还把他保安旅的番号直接给撤销了，同时还以他作战不利为由，免去了他国民政府山东省第十二专区行政专员兼保安司令和济南城郊保安司令的职务，最终只给他保留了一个第二绥靖公署少将高参的头衔。

翟云涛很懊恼，他做梦也没想到这原本可以稳赚不赔的买卖，却偷鸡不成反蚀一把米。不过懊恼归懊恼，翟云涛并没有灰心，他这个人不到最后一刻是不会认输的。于是他通过各种关系、各种途径三番五次地向王耀武表忠心，他坚信王耀武终有一天会再次起用他。可是随着中共华野大军逼近济南城，"打进济南府，活捉王耀武"的口号响彻济南城外，国民党内部一派混乱，王耀武哪还有闲心搭理他呢？

这几天，翟云涛心烦意乱，昨夜他又几乎一夜未眠，今天早上起来，他洗了一把脸就来到院子里像个困兽一样不停地来回走动。这时，副官黄文彬来到他的身边说道："报告司令，满仲哲不见了。"

翟云涛停下脚步问："不见了是啥意思？你是说他跑了？"

"应该是，他的那些手下也不见了。"黄文彬回答道。

翟云涛半天没有说话，过了一会儿，他长叹一声，两眼望向天空说："文彬啊，你也走吧！"

"司令你这说的是哪里话啊？我跟随你多年，在这个时候，我怎么会离开你呢？"黄文彬赶紧说道。

"我说的是真话，看来我翟云涛是大势已去了！这个时候，你没有像他们那样不辞而别，我就已经很欣慰了！走，我给你拿点盘缠，你回家去吧！"翟云涛说完，就转身向办公室走去。

翟云涛把身边仅剩的几个人都打发走了，他也就成了孤家寡人了，他只好蛰居在济南城中一处慈善医院里打发时光。

一天，翟云涛到徐家花园独自喝茶解闷，这时，一个人走到他的身边问："先生，请问您有没有看见翟云涛司令？"

翟云涛抬头发现眼前是一位腰间佩戴着手枪的国民党海军军官，但他并不认识此人，于是就用手一指说："他刚上楼。"

那位军官听后立即从腰间拔出手枪快步朝楼上走去。

军官的这一举动吓得翟云涛赶紧站起身来快步离开。

翟云涛的老谋深算救了自己一命。这个找他的军官正是他曾经的手下闫书伦的侄子闫开月，他这次是特意来济南找翟云涛报仇的。闫书伦被杀害后，闫开月从青岛匆匆赶回闫满庄，他在叔叔的灵柩前发誓要亲手杀了翟云涛。自此以后，他一直关注着翟云涛的消息。当他听说翟云涛兵败平陵，回到济南被削掉兵权后，感觉机会来了，于是就通过济南的关系多方打听翟云涛的下落，终于知道翟云涛经常出没于此。他一刻都不耽搁，立即坐火车来到济南，可他没想到翟云涛会在自己的眼皮子底下溜掉。

翟云涛经历此事后惶惶不可终日，随着济南城周边战事的吃紧，他感觉自己不能再继续留在济南了，那个绥靖公署少将高参的头衔现在对于他来说已经没有任何意义了，他要找一个更加安全的地方躲起来徐图再起，于是他带上家眷立刻起身去了北平。

五十一

　　随着解放军的大举进攻，济南战役进入了焦灼状态，解放军已经从四面八方把济南城围成了一个铁桶。此刻的王耀武急得就像热锅上的蚂蚁，可是他如今已是叫天天不应，叫地地不灵，谁也指望不上了，他只好组织一切可以抵抗的力量做最后的垂死挣扎，就连他自己的警卫团也被他派到前沿阵地上了。

　　一天深夜，在王耀武警卫团守卫的阵地前，随着几声震耳欲聋的爆炸声，城墙被撕开了一个口子，瞬间解放军就呐喊着如潮水般地从缺口处涌了进来。随着国军阵地上机枪的响起，一排排的解放军战士倒下了，紧接着又有更多的解放军战士呐喊着涌了进来。这时国军阵地上的一挺机枪突然哑火了，一个国民党军官和两个机枪手起身就跑了，还没等阵地上指挥战斗的主官反应过来，三个人就消失在黑暗中了。

　　在济南宽厚里的一条巷子里，一个国民党军官正在使劲地敲着一间剃头铺子的房门，并大声喊道："孙掌柜！孙掌柜的！快开门啊！我是白增俊啊！"

　　一会儿，剃头铺子的门终于开了，一个人探出头来问："白连长，你咋来了？你可把兄弟吓了一跳！"

　　"不能再打了！太惨了，咱都是中国人啊，咱这机枪打鬼子行，杀中国人这哪行啊？你快给我找身衣服，我要回老家，我、我不干了。"这个国民党军官说着便挤了那间剃头铺子。

济南城解放了，随着山东省府济南的解放，山东全境除了青岛都回到了人民的手中，这是继东北全境解放后，又一个被解放的大的区域。齐鲁大地上那些曾经被战争践踏，被炮火摧残的村庄终于从多舛的命运中逃脱出来，背井离乡的人们又回到了故土，他们清理断壁残垣，推开尘封的门扉，让村庄恢复了生机。那些曾一度被敌人破坏的乡村组织也都相继恢复，开始领导群众有计划、有步骤、有秩序地开展土改运动，恢复农业生产，穷苦了一辈又一辈的农民在共产党的领导下，摆脱了地主的剥削，迎来了新的生活，整个社会都沉浸在一片喜气洋洋的景象当中。

一天上午，已经是临济县公安局副局长的杨忠诚被临济县副县长兼公安局局长亓瀚辰叫到了办公室。

"局长找我有事吗？"杨忠诚进门就问。

亓瀚辰笑了笑说："忠诚啊，现在全省都解放了，各项工作千头万绪，处处都需要人手，我刚想向县委提出不再兼任公安局局长了，让你来干，可我还是晚了一步，人家平陵县那边来函了，请求调你回去担任公安局局长。当年平陵县为了支援临济县，那是要啥给啥，全力以赴，你能调到这边来工作，那也是人家朱明锐和尚兴邦两位同志忍痛割爱呀！现在人家要你回去，咱这边也没有理由不放，你说对不？"

"局长，你咋净搞突然袭击啊？来的时候弄了我个措手不及，这回去又弄了我个措手不及。"杨忠诚苦笑着说。

"上次是我的事，这次可不能怪我，我也是刚刚知道，也弄了我个措手不及，我这是奉命向你传达上级组织的决定。"亓瀚辰笑着说。

"我咋着都行，我听组织的，可我这公安局的副局长还不知道该咋当，咋能去那边就当局长呢？"杨忠诚有点担心地说。

"这当局长和打仗是一样的，这仗你都能打好，还愁当不好公安局局长？这次和你回去的还有当年和你一起来的潘毅、陈增祥、周明玉几个同志，这些人都是咱公安局的干将，有他们跟着你，你还怕啥？"亓瀚辰局长说。

"真的？他们也一起回去？"杨忠诚高兴地问。

"是啊，这些同志来咱临济县这边工作以后，为临济县的革命做出了很大的贡献，现在革命胜利了，平陵那边缺人手，常言道，受人滴水之恩，当以涌泉相报，因此县委决定也要支援平陵县的革命建设，就让他们和你一起回去，明天早上苏强书记要亲自欢送你们。"亓瀚辰说。

听了亓瀚辰的话，杨忠诚脸上的笑容却忽然消失了，他低下头沉默了起来。亓瀚辰看出了杨忠诚的心思，就说："忠诚啊，你是不是想起王小虎了？"

杨忠诚没有回话。

亓瀚辰接着说："王小虎是个好同志，也是个英雄，可惜他没有等到胜利的一天，不过临济县的百姓是不会忘记他的。"

杨忠诚抬起头看了看亓瀚辰，依然没有说话，但是他的眼中闪动着泪光。

杨忠诚和潘毅他们几个人来到平陵县委驻地明秀镇的时候，朱明锐和尚兴邦，还有平陵县公安局的副局长刘仁凤正在等着他们呢。原县委书记张开疆已经调到泰山地委，现在朱明锐是县委书记。尚兴邦原来是公安局的局长，现在他是副县长了，公安局局长一职正等着杨忠诚来接任。

朱明锐和尚兴邦分别和杨忠诚他们几个人握手，互致问候，并把刘仁凤介绍给大家。

待大家落座后，朱明锐书记说："忠诚啊，你们走了这么远的路，按说应该让你们好好休整一下，但是眼下公安局有很多紧急而又棘手的工作，就没有办法让你们休整了。"

"不用休整，我们不累。"杨忠诚看了看潘毅他们几个人说。

"是的，我们不累。"潘毅他们也都纷纷点头。

朱明锐书记接着说："那就好，那咱就直接谈工作吧。现在我们这里刚刚解放，有很多国民党的残余势力还没有肃清，一些土匪和还乡团还在暗处伺机作乱，斗争形势依然严峻。眼下全国的解放战争正处在关键时刻，解放大军正在南下，我们山东解放区既要恢复生产，搞好建设，又要支援前线。公安局肩负着反敌特，维护社会治安，协助县里其他武装肃清残敌的任务，工作中困难会不小，我希望你们公安局能很好地完成任务，我也希望忠诚同志作为局长要能够挑起这副担子。"

"我就不怕挑担子，我还没有半个扁担长的时候就开始挑担子了，我这人水平不高，也没想到组织会让我回来干这个差事，但是我不怕困难，就是拼了命也要把工作干好，请领导们放心吧！"杨忠诚诚恳地表达了自己的态度。

朱明锐看了一眼尚兴邦笑着说："你看，让忠诚同志回来就对了吧？就凭着忠诚同志当年敢在山里跟野狼斗狠的那股劲，你说啥工作他能干不好？"

尚兴邦也笑了笑，然后对杨忠诚说："当年你被亓瀚辰同志点名调走，我们都是舍不得的，但那时候咱没办法，都要支援临济县嘛！现在你回来了，别的咱就不说了，你就放开手脚大胆干吧，我这个分管公安工作的副县长心里也就踏实了。"

这时，朱明锐书记站起身来说："我手头还有事情要处理，就先不和你们聊了，具体的工作就让兴邦同志和大家说吧。"

大家见状赶忙站起身来送朱明锐出门。

当朱明锐走到门口时忽然停住脚步关切地对杨忠诚说："听说续珍同志到闫满乡当妇联主任了，你看需不需要把她调到这里来工作？你们两个人总是两地分居也不好。"

"谢谢书记，这个就不用了，我刚回来就把媳妇弄到身边来影响不好，再说我们两个人也都习惯这种生活了。"杨忠诚说。

朱明锐笑了笑说："那好吧，我尊重你的意见，那你回家时代我向续珍同志和姑娘桂英问好。"

"谢谢书记！我一定转达！"杨忠诚和朱明锐握手。并和尚兴邦一起把朱明锐送出公安局的大门口。

待朱明锐书记走后，尚兴邦把杨忠诚拉到院子的一角对杨忠诚说："忠诚啊，我有件事情需要先征求一下你的意见。"

"啥事？你说吧。"杨忠诚说。

"现在局里的机构刚刚进行了调整，根据形势需要成立了一个调查股，眼下还没有股长，潘毅这个同志我了解，他也是你的老部下了，要不然就让潘毅同志担任这个股长，把陈增祥和周明玉两名同志也充实到调查股，你看咋样？"尚兴邦说。

"仁凤同志知道吗？他啥意见？"杨忠诚问。

"我已经征求过了，他同意，"尚兴邦说。

"那我还有啥说的？我举双手赞成。"杨忠诚说。

尚兴邦和杨忠诚回到屋里后，杨忠诚就宣布了潘毅担任调查股股长的任命，并宣布陈增祥和周明玉到调查股工作。

潘毅他们三个人听后，赶紧站起身来给尚兴邦和杨忠诚敬礼。潘毅没有想到局里会这样安排，周明玉和陈增祥也正在担心会被安排到其他单位去，这回他们也放心了。

尚兴邦对三个人摆手示意他们坐下，然后说："别的话我就不多说了，我就说一件迫在眉睫的事情，最近在古月山一带发现有敌人活动，我们曾组织力量前去抓捕，但没有成功。县里对这件事很重视，你们公安局要想办法尽快破案。"

"这个就请领导放心吧，我们一定会尽快破案的。"杨忠诚语气坚定地说道。

"那好吧，那就先这样，时间也不早了，局里的其他工作咱随后再聊，同志们都在等着你们呢，就让仁凤副局长先带着你们去见个面，我还有事就先走了。"尚兴邦说完就站起身来。

杨忠诚他们赶紧站起身来送尚兴邦副县长。

尚兴邦走后，杨忠诚对刘仁凤副局长说："咱这样吧，咱先和局里的同志们见个面，然后立即召集会议，研究古月山的事情。"

"局长，咱吃完饭再开吧，你看都到了饭点了。"刘仁凤说。

"开完会再吃。"杨忠诚把手一挥说。

古月山海拔七百多米，巍峨耸立，雄奇俊秀，横亘在平陵县中南部，素有"小岱岳"之美誉。古月山道教历史非常悠久，是山东宗教文化的重要发祥地，在山东除泰山、崂山，古月山位列其后。在古月山最高峰上建有一座道观叫老君祠。据当地老人介绍，原先这里有一座建于唐代的翁婆庙，宋时在其遗址上建了天公地母祠，民国时又建了老君祠。原来老君祠道观里香火旺盛，远近百十里的百姓都有前来上香祈愿的，但自从日本人进了平陵，这里的香火就大不如前了。

在古月山的半山腰藏着一个鲜为人知的小村庄，叫歪老婆庄，至于为啥叫这么怪的一个名字无人知晓。庄里就七八户人家，也没有地主和乡绅。每户人家都是靠着在悬崖峭壁边上开垦出来的一点薄田和秋天采集点野果下山售卖维持生计。这个村庄有点像是个世外桃源，一直都很安静，当年日本人都没来过。据庄里人讲曾经有土匪来过，可土匪们发现这个庄子除了山清水秀以外，村民们几乎是一无所有，于是只在庄里住了一夜，就失望地离开了。解放以后，古月区政府的土改工作组来过这个庄子，但他们发现这里也没有什么可改的，就在村民中选了一位村长，然后就下山了。就是这么安静偏僻的一个村庄前段时间却遭到了洗劫，村里几户人家的粮食，还有二十几只鸡鸭被洗劫一空，有几户人家的锅和炊具也被抢走了。

事情发生后，歪老婆庄的村长急忙下山向古月区区长闫东升进行了汇报。闫区长立刻带领一百多名民兵跟随歪老婆庄的村长进山。但是他们搜遍了歪老婆庄周边的山上山下，连个人影也没找到，闫区长只好回到乡里，把这一情况向县里进行了汇报。

自平陵解放以来，古月山这一带一直没有发现敌人活动的迹象，因此县委对这一突发状况非常重视，即刻责成公安局要尽快找到并消灭这股敌人。但是那帮人自抢劫了歪老婆庄以后就神秘地消失了，古月山周围再也没有出现过这些人的踪影，这让案件侦破工作陷入了僵局。但是县委指示公安局一定要抓到这些人，要求活要见人，死要见尸。杨忠诚一到任，面临的就是这样一件棘手的案子。

会上，杨忠诚听完关于案情的汇报后，他让大家都谈谈自己的看法。副局长刘仁凤认为这伙人应该是流寇，这段时间一直没有再次出现就说明他们有可能已经走了，尽管上级要求尽快破案，但是眼下他们还是可以再等一等，可以以静制动。刚担任调查股股长的潘毅则认为，不管是什么情况都应主动出击，要避免敌人再次危害乡里。最后杨忠诚说："刘副局长说得不无道理，但我觉得我们还是应该主动出击为好。匪患一天不除，咱们的老百姓就会提心吊胆一天。有些事情我们不能一厢情愿，万一他们不是流寇，他们再次出来抢劫，祸害百姓那就麻烦了。这样吧，明天我和潘股长先进山侦查一下，说不定会有意外的收获。"

"如果真是这样的话，那还是我和潘股长一起去吧！你是局长，你应该在家里坐镇。"副局长刘仁凤对杨忠诚说。

刘仁凤也是个老八路，他原来一直在平陵县独立营当副营长，这个人的组织观念很强，尽管他喜欢提一些不同的意见，但是一旦领导和组织决定了的事情，他都会不折不扣地去执行。

"我对古月山一带比较熟悉，还是我去吧。"杨忠诚说。

刘仁凤还想再争取一下，但是杨忠诚已经宣布散会了。

杨忠诚和潘毅一大早就从明秀镇出发，他们先到古月山半山腰的歪老婆庄，找到村长进一步了解了一下土匪来村里抢劫时的情形，然后他们就离开村庄，顺着山路向山顶的老君祠道观进发。

通向山顶的路很窄，有些地方还十分陡峭，很不好走，杨忠诚和潘毅两个人一前一后小心翼翼地向上攀爬着。

"潘毅，你分析一下这伙人是不是流寇？"杨忠诚问。

"他们有可能是流寇，但眼下全省都解放了，他们还能流窜到哪里去呢？这古月山一带沟深树密，我感觉他们来了以后就很有可能不再做流寇了，他们会在这里安营扎寨。从他们抢了粮食又抢做饭的家什来看，就说明这种可能性很大。"潘毅说。

"有道理，我也感觉他们应该就藏在这古月山。"杨忠诚说。

"可这一带的地形太复杂了，就是知道他们藏在这里，也真的不太好找啊。"潘毅不无顾虑地说。

"这就需要咱下下功夫了，不过只要他们在这里不走，就不可能永远藏得那么严实，就一定会找到他们。"杨忠诚自信地说。

杨忠诚和潘毅两个人边说边走，不知不觉就穿过了山门，登上了古月山的山顶。山顶地方不大，地势较为平坦，四周都是悬崖峭壁。站在山顶向北眺望，半个平陵尽收眼底。在山顶南侧的古树参天掩映下，一座白墙黑瓦的道观飘出袅袅紫烟，这就是老君祠。

杨忠诚和潘毅跨过道观高高的门槛，进入到院子里。此刻，道观里的人并不多，三三两两的，有的在上香，有的在跪拜。

正在杨忠诚和潘毅四处张望时，有一个道士走了过来。这个道士身着道袍，面容清秀，中等身材，一副花白的胡须飘洒在胸前，颇有一股仙风道骨之气。道士对杨忠诚和潘毅行了一个拱手礼说："敢问二位福主是来敬香祈福的吗？"

杨忠诚给道士还了个礼说："我们不是敬香祈福的，我们是来找人的，请问这个道观的道长在吗？"

"贫道即是，请问您是哪位？"道士问。

"这是咱们平陵县公安局的杨局长，我们找你有话说，请问道长贵姓？"潘毅在一旁插话道。

这位道长一听说来人是公安局的，表情立刻变得紧张起来，他赶忙说："贫道免贵姓刘，贫道有眼不识泰山，快请二位公差到我的静室里一坐。"说完，他叫过来一个小道士，吩咐他去快去提水泡茶，然后就引着杨忠诚和潘毅进了他住的房间。

杨忠诚和潘毅在椅子上坐下，刘道长也坐下。小道士把泡好的三杯茶端上来放在桌子上，然后退到一旁垂手站立。

"不知道杨局长你们来到这地处荒郊野岭的老君祠有何贵干啊？"刘道长问。

"我们是想问一问你这里最近有没有来过国民党的残兵败将，或者是土匪、流寇什么的？"杨忠诚直奔主题。

"这个、这个嘛……"刘道长忽然吞吞吐吐起来。

"啥这个那个的，有啥就说啥！"潘毅大声说道。从刘道长见到他们那一刻的表情上，潘毅就感觉到这个人一定有问题。

刘道长看了看潘毅，又看了看门外，犹犹豫豫地说："这怎么说呢？眼下来这老君祠的人也不多，我也只知道他们是一些敬香祈福之人，至于他们都是什么身份我还真的不太清楚啊！"

"你……"潘毅见刘道长这么不痛快真的有点不耐烦了，他刚想发作，却被杨忠诚用手势制止了。

杨忠诚看了看刘道长，忽然问："这道观里你有几个徒弟？"

"三个，哦不，四个。"刘道长回答道。

"到底是三个还是四个啊？快说！"潘毅还是按捺不住了。

"是四个，你看我这嘴，这年龄大了就不听使唤了。"刘道长说道。

"那就请刘道长把你的徒弟们都叫进来，让我们认识一下可以吗？"杨忠诚说。

"这个、这个当然可以。"刘道长说完，对站在一旁的小道士说："快去把你的师兄们都叫进来。"

一会儿，小道士领着两个道士走了进来。

"不是四个吗？怎么这里只有三个啊？"潘毅问。

刘道长看了看小道士，小道士摇了摇头。

潘毅忽地站起身，从腰间拔出手枪对小道士说："走！带我去找！"

小道士被潘毅的举动吓得哆嗦了起来，他眼里露出恐惧的神情，不知所措地看着他的师傅。

"快带着去找啊！"刘道长也吓得站起身对小道士挥挥手说道。

小道士带着潘毅出去了，站在屋里的两个道士被吓得面如土色。杨忠诚用眼睛看着刘道长说："我看你还是如实说了吧！"

"实在是对不起啊杨局长！我这个道观就在这上不靠天，下不着地的地方，要是遇到啥凶险事儿，那真是叫天天不应，叫地地不灵啊！我们修道之人只想置身事外，清净为天下正。我们谁也不想得罪，谁也不想招惹，可、可是……我们也有苦衷啊！"刘道长说到这里长叹一声，竟然掉下泪来了。他的那两个徒弟看到师父这样也都哭了起来。

"来来来，先不要这样，咱坐下慢慢说。"杨忠诚冲刘道长招了招手，示意他坐下。

刘道长诚惶诚恐地坐下后用道袍袖子擦了擦眼睛接着说："前段时间这观里确实来了土匪，他们不但把观里的香火钱都拿走了，还在这观里留下了一个人假扮我的徒弟，每天的香火钱都要交给他。本来这里就是个穷破道观，如此一来，我们即将断炊，日子也是在担惊受怕中苦熬。唉！你说我们能有啥办法呢？"

"那你为什么不去向政府报告？"杨忠诚问。

"杨局长啊，我们做不到啊！一来是留在这里的那个人看我们看得很紧，根本就不让我们下山。二来是他们说只要我们走漏了半点风声，就把我们师徒都给杀了，把这道观给烧了。唉！我们也真是没有啥办法了呀！还请局长体谅我们的难处啊！"

正在这时，潘毅和小道士回来了。

"人呢？"杨忠诚问。

"跑了。"潘毅很沮丧地说。

"不要紧，他们是跑不掉的。"杨忠诚对潘毅说完，又问刘道长，"刘道长，你在这古月山上居住多年，想必对这一带的情况都很熟悉，你能告诉我那些人现在有可能藏在什么地方吗？"

此时的刘道长已经从刚才紧张的情绪中平复了下来，他端起茶杯喝了两口水后说："杨局长，这古月山除了地势险要以外还有一奇，那便是山中有很多洞穴，这些人要想藏匿在这古月山上，那他们必定就藏在洞穴之中。"

"很多是多少啊？"潘毅问。

"大大小小的应该至少有几十个吧。"刘道长说。

"那我们咋知道他们会藏在哪里啊？"潘毅接着问。

"山上虽然洞穴很多，但大都处于悬崖绝壁之上，由于地势险要，常人是无法涉足的。"刘道长说。

"那可以藏身的洞穴都有哪些？"杨忠诚问。其实杨忠诚早就听说这古月山上有很多洞穴，但具体是什么情况他却不知道。

"大一点可以藏身的就要是妖精洞、神仙洞和朝阳洞三个洞穴了，不过妖精洞虽可以藏身，却无人敢涉足。"

"那是为啥？"潘毅很好奇地问。

"因为妖精洞隐藏于山壁密林之中，洞口常年散发着神秘的气息，又多有鬼怪传说，故此无人敢靠近。"刘道长说到这里，脸上露出了神秘的表情。

"想必刘道长都知道这几个洞穴的位置了？"杨忠诚问。

"那是自然，贫道和徒弟们都知道，而且神仙洞和朝阳洞贫道还在那里辟谷修炼过。"刘道长说。

"那好，那就烦请刘道长亲自带着我们去这几个洞穴看一看咋样？"杨忠诚站起身来对刘道长一拱手。

"现在就去吗？"刘道长起身问道。显然他没有想到杨忠诚会提出如此要求。

"是，现在就去。"杨忠诚肯定地回答道。

"这个、这个恐怕不行。"刘道长面露难色。

"为啥不行啊？"杨忠诚问。

"他们那天来观里时至少就有十几个人，今天你们就两个人，要是他们果真藏在其中一处洞穴之中，你们撞上了，那可咋办啊？"刘道长很担心地说。

"这个你就不用操心了，我们杨局长当年可以单枪匹马闯王子元的老巢北锦镇，并且得胜而归，眼前区区十几个土匪又算得了什么？"潘毅带着一种炫耀的语气对刘道长说道。

刘道长听潘毅如此一说很是吃惊，杀人魔王王子元在平陵地界谁不知啊？眼前这个大个子局长竟然敢单枪匹马闯他的老巢，那定非等闲之辈啊！于是就说："既然二位敢去，那贫道就给你们带路。"说完他抬腿就往外走。

几个道士赶忙上前拦住刘道长说："师傅，这样去太危险了！"

刘道长看了看杨忠诚，然后对几个徒弟说："你们在观里等我，我去去就来，放心，我不会有事的，我相信这位杨局长。"

五十二

　　留在老君祠道观里，并敛走观里香火钱的人不是别人，正是满仲哲的手下赵梓明，赵梓明是跟着满仲哲来到这古月山的。

　　满仲哲带着赵梓明、徐步达，还有十几个手下在半个多月前就来到了古月山。满仲哲在济南时没有跟随翟云涛的残部被整编，而是选择了留在翟云涛身边。但是经过一段时间的观察，他感觉翟云涛大势已去。自从日本人宫泽帷重倒台，满仲哲就一直把翟云涛当作自己的靠山，指望靠着翟云涛可以飞黄腾达，光宗耀祖，现在翟云涛这座靠山不可靠了，他只有另谋出路。

　　本来满仲哲是想自己一个人去青岛投奔他哥哥满仲道的，因为自己的老婆、孩子，还有母亲也都在青岛，他去了以后全家就可以团聚了。可是他转念一想觉得不妥。他和哥哥满仲道素来不和，况且他如今混成了这副模样，也感觉无颜见家人。

　　既然去青岛不行，那他该怎么办呢？这个时候他想起了涝洼井鬼子的金库。其实满仲哲落到这般田地他的心里是很不甘的，他感觉就凭着他自己的才华和能力是完全可以出人头地的。他回顾自己走过的路总是在东投西靠，寄人篱下，虽然风光过，但到头来还是靠山山倒，靠水水流，竹篮子打水一场空。自己为啥不可以另立门户呢？鬼子的那个金库里应该有很多的钱财，要是他得到了那些东西，他就有财力招兵买马，拉起自己的队伍，打出属于自己的一片天地。他翟云涛可以拉队伍，成气候，那他满仲哲为啥不行？我也行，一定行！满仲哲这样自负地想。

满仲哲拿定主意后就把赵梓明和徐步达叫到身边，把自己的想法对他们和盘托出，赵梓明和徐步达二话没说就同意了，而且赵梓明还提出了先到古月山占山为王的建议，因为他的家就在古月山脚下的一个庄子里，他对那一带非常熟悉。

几个人商量好了以后，就马上做准备工作，他们先在济南城里偷偷采购了一批衣服、被褥、食物和日用品，然后趁着翟云涛不注意，满仲哲带着自己的十几个手下悄悄出了济南城，直奔平陵县境。

满仲哲他们到达平陵以后，直接就去了古月山，并且住进了神仙洞。这个洞离着鬼子曾经在小古月山的基地很近。

神仙洞在古月山南侧的百丈深崖下，由东往西登十余层石阶，再向北转登七层台阶便可进洞内。洞内十分宽敞，里面有石床和石座，而且冬暖夏凉，很适合人居住。这些人住进来以后很是惬意，大有一种历经乱世沧桑而忽然升仙的感觉。满仲哲给自己的队伍起名叫"国民党平陵保安旅"，他自封旅长。赵梓明和徐步达被他封为副旅长，他还给自己授了一个少将军衔。他的十几个手下也各有封官。赵梓明、徐步达，还有他的那些手下也不叫他旅长，都称呼他为司令。满仲哲此刻终于体会到了当年翟云涛被人山呼司令的感觉，只可惜他现在没有翟云涛当年的实力。"管他呢？反正咱也是司令了！"满仲哲心里这样想道。

满仲哲毕竟是特务出身，他住进神仙洞以后就立刻派人对神仙洞周围这一带进行了仔细侦察，摸清一切情况，在确认这里比较安全时他才放下心来。接下来他要做的事就是亲自带着赵梓明和徐步达去涝洼井鬼子金库实地查看。可是当他们到达那条山沟时，眼前的景象把他们给惊呆了。这么多年过去了，通向鬼子基地的那条当年被日本人炸了的山沟早已树木丛生，荆棘密布，根本过不去人，最终满仲哲他们只好先回神仙洞。

第二天一早，满仲哲又带着赵梓明和徐步达从旁边的山坡上直接下到鬼子当年基地的位置。可是眼前的景象同样让他们意想不到。这里也已是面目全非了。山洪改变了原有的地形地貌，杂草和灌木覆盖了当年爆炸后留下来的废墟。满仲哲拿出他当年复制的图纸，对照着图纸仔细查看，却怎么也无法确定涝洼井的确切位置，这让满仲哲十分沮丧。满仲哲一腚坐在一块大石头上，两眼茫然地望着眼前的景象愣愣地发呆。赵梓明和徐步达站在满仲哲的身旁，也不知道该说啥好。

原来赵梓明是不怎么知道有关鬼子基地秘密的，徐步达是知道一些的，但那大多都是他的猜测和怀疑，有些事情他也不能确定。闫书伦也是从徐步达这里知道有关涝洼井事情的。直到这次满仲哲在济南要赵梓明和徐步达他们跟着他离开翟云涛回平陵县另立门户时，满仲哲才把涝洼井的秘密完全告诉了他们，这也才彻底解开了他们两个心中的谜团，他们也终于知道了为啥满仲哲当初对鬼子这个废弃的基地如此重视，为啥翟云涛能如此厚待满仲哲，还做出了那些莫名其妙的人事安排和兵力部署，原来满仲哲手里有如此大的一张王牌。

满仲哲和赵梓明、徐步达回到神仙洞后，他坐在石凳上一言不发。徐步达试探着问满仲哲："司令我们下一步该咋办？"

"是啊司令，我们带来的吃的东西是维持不了多长时间的。"赵梓明补充道。

满仲哲想了想说："看来这件事情我们急不得，还是要从长计议，这样吧，今天晚上，赵副旅长带几个弟兄先跟我回闫满庄一趟，咱去搞点东西。"

"去闫满庄？那太危险了吧！"赵梓明很担心地说。

"没事，咱晚上去。"满仲哲说。

其实提起闫满庄，满仲哲的心里五味杂陈。那是他的老家，可如今他却是有家难回，因为闫满庄已经彻底变了天，再也不是从前的那个样子了。他听说那些当年被他要回来的田地又被政府分给了村民，他家的宅院也成了村里开办的学校。他家几辈子积攒下来的家业就这样被大风给刮走了。满仲哲真的很不愿意去想这些事情，但是他又会时不时地不自觉地想起来，这让他很心烦，又很无奈。

当满仲哲和赵梓明带着六七个手下，趁着夜色来到自家门口时，迎接他的却是门上的一把大铁锁。满仲哲用手摸着铁锁，两眼望着黑乎乎的门洞愣了半晌，要不是赵梓明提醒他此地不宜久留，他还缓不过神来。

满仲哲走出门洞，又围着院子转了一圈。他望着那高高的院墙也只能长叹一声。他家的院墙本来就很高，再加上那年为了防备杨忠诚来他家寻仇，又特意在墙头上加了五行砖，可他做梦也没想到，那本来是为了防别人，今天却防了他自己，这真让他哭笑不得。其实满仲哲这次之所以要带人回家，是因为在他家的南屋里有一个秘密的地窖，那是他爹在战乱年代藏粮食和钱财的地方。地窖的入口处很隐蔽，外人很难发现，就连他小时候都不知道家里还有那个地窖。在他爹满弘坤死后，他曾和他娘下到地窖里去看过一次，他发现那地窖里还有很多存货，事到如今，他想先把那些东西都拿出来用于弟兄们的日常消费，现在看来这个计划只能落空了。

满仲哲他们回到神仙洞时天都快亮了，徐步达还在洞口等着呢。满仲哲进洞以后对大家说："都先去休息吧，咱明天再商量一下，看下一步该咋办。"

"司令，我看也没啥好商量的了，干脆我们还是出山去抢吧，这样来得快，要是弟兄们没了吃的，那军心就会涣散，队伍就不好带了。现在济南府都被解放军占领了，我听说像我们这样的队伍有很多都向解放军投降了，我真担心弟兄们有活动心眼的。"徐步达说。

满仲哲听了徐步达的话沉思半晌后说："那好吧，看来眼下也只有这个办法好使了。"

第二天满仲哲亲自带人外出侦察，并最终将抢劫目标锁定为歪老婆庄。其实满仲哲他们抢劫歪老婆庄也实属无奈，他们也知道这个庄子没啥油水，可是山下的那些村庄里都有民兵，而且庄子越大民兵就越多，就他们这十几个人根本不行，弄不好就有可能有去无回。

在抢劫了歪老婆庄以后，满仲哲的心里还是很不踏实，这点东西能够吃几天的啊？十几口子人十几张嘴，每天都要吃喝，而涝洼井的位置一时半会儿又找不到，况且就是找到了，那如何打开它也是个棘手的问题，因此满仲哲整天愁眉不展。正在这个时候，赵梓明向满仲哲献计——去古月山顶上抢劫老君祠道观，并控制道观的主意。满仲哲听后一拍大腿说："这个主意好！老君祠有香火钱，如果我们控制了它，那就有了源源不断的军饷，就真的可以从长计议了。"

事不宜迟，说干就干，满仲哲于当天晚上就带着人上了古月山顶。

抢劫老君祠很顺利。尽管抢的钱财不多，但是满仲哲把赵梓明留在了老君祠，控制了道观里的道士。满仲哲每隔两三天就会派人上山找赵梓明拿钱物。解决了队伍的吃喝问题，满仲哲暂时没有了后顾之忧，他的心情也好了起来。最近更让他开心的是他从山下请来了一位盗墓高人，他感觉打开涝洼井的时间指日可待。

满仲哲请来的这位盗墓高人叫曹尉校，此人在平陵一带因盗墓出名，据说他早年曾经跟着军阀孙殿英参与过盗掘清东陵，至于是否真实无从考证。不过曹尉校确实当过国民党兵，他从国民党军队跑出来后，就一直在平陵这一带搞盗墓活动。由于受到那段"生在苏州，长在杭州，死在济南，埋在平州"的人生四大幸事传说的影响，埋在平陵的达官显贵还真的不少，这给曹尉校提供了施展本事的空间。这个人只要知道墓穴在哪里，那不管是什么样的墓，他都能打开，因此有些有钱人家为了防备他去盗祖坟，都专门花钱雇了守陵人。满仲哲很早就开始关注此人，而且一直留意着他的下落。现在平陵解放了，曹尉校躲在家中惶惶不可终日。正在此时，满仲哲亲自登门拜访。曹尉校虽然盗了一辈子墓，经手过无数奇珍异宝，但是眼下他却过得穷困潦倒，因为此人嗜赌成性，到头来落得两手空空，连吃饭都成了问题。满仲哲找到他，告诉他有一座藏着很多珍宝的墓请他去发掘，并承诺事成后给他分成。曹尉校听后异常高兴，立刻跟着满仲哲来到了古月山。

曹尉校一到神仙洞就对满仲哲说："满司令，此洞不可久留。"

"为啥？这里离我们要盗的墓很近，做起事来方便啊？"满仲哲很不解。

"这恰恰是最忌讳的，我们住的地方不能离干活的地方太近，更为要命的是这个洞并不隐蔽，很容易被人发现。"曹尉校说。

"那咱去哪？在这古月山上没有几个洞能住得下我们这么多人。"满仲哲说。

"去妖精洞啊！那洞大，我们完全可以住得下。"曹尉校说。

"不、不、不行！"满仲哲连连摆手。

"为啥不行？"曹尉校问。

"你没听说那洞里有妖精吗？"满仲哲反问道。

曹尉校哈哈大笑说："我进过妖精洞，哪有什么妖精啊？我这人一生进过无数个坟墓，只见过无数堆白骨，还从来没有遇到过什么妖精。其实妖精就是有也不可怕，这世道上最可怕的是人。放心吧司令，我保大家万无一失。"曹尉校自信地说道。

满仲哲觉得曹尉校说得有道理，于是他当天就带着人离开了神仙洞，进驻了妖精洞。并在临行前把在神仙洞居住过的痕迹全部清除掉了。

赵梓明从老君祠道观一路跌跌撞撞地跑回神仙洞，他进洞后却发现洞里已经空无一人。由于满仲哲他们搬家很突然，还没有来得及告诉赵梓明，致使赵梓明不知道发生了什么事情。赵梓明心想该不会是满仲哲他们遭到袭击了吧？难不成是杨忠诚他们在去老君祠之前已经来过神仙洞了？想到这，赵梓明感觉自己应该马上离开，可是他这一路没命地奔跑，两腿已经累得挪不动步了，他一腚坐在满仲哲曾经睡过的那张石床上，身体不听使唤地向后一仰就瘫在了石床上。此刻他躺在石床上感到浑身一阵酸痛，刚才的经历让他真的不敢回首。

今天上午赵梓明穿着一身并不合体的道袍，坐在道观的一个墙角处警惕地看着三三两两进出道观烧香祈福的人。尽管他住在这里比住在岩洞里要好很多，可是他的心里却很不踏实，他总担心道士们会偷着下山去给人民政府送信，或者是通过烧香祈福的人往外捎信，因此他每天都非常警觉，不敢有半点松懈。

忽然，赵梓明看着杨忠诚和潘毅两个人走了进来。他从杨忠诚和潘毅的打扮和神态上立刻意识到这两个人不一般，于是他睁大眼睛注视着杨忠诚和潘毅的一举一动。当他听到潘毅向刘道长介绍来人是平陵县公安局的杨局长时，赵梓明的灵魂差点被吓出窍。赵梓明早就知道杨忠诚，他们之间交过手，他还知道杨忠诚和满仲哲两家的一些恩怨，但是他从没有和杨忠诚直接打过照面，没想到今天在这里见到了。

平陵县的公安局局长杨忠诚亲自来到老君祠，看来这事情有点麻烦。赵梓明赶紧转身面向墙壁，脸上的汗都下来了，他生怕刘道长叫他过去。终于他看到刘道长引着杨忠诚进了屋子，他赶紧双腿哆嗦着出了道观，然后撒腿就往山下跑。他一边跑一边回头看，那一刻他真的恨不得生出翅膀一下子飞回神仙洞。

赵梓明在石床上躺了半天，体力有些缓解，他感觉有点渴了，于是想起身去找点水喝。正在此时，忽然洞外传来一声大喝："里面的人放下武器！出来投降！否则格杀勿论！"这声音如同晴天霹雳，赵梓明腾地一下从石床上跳到地上，他整个人都被镇住了，心又一下子提到了嗓子眼。

"再不出来，就往里扔手榴弹了！"喊声再次传进洞里。

这时赵梓明才反应过来，他赶紧大声回应道："别扔手榴弹啊！我这就出去！"说完，他哆哆嗦嗦地向洞口走去。

赵梓明刚出洞口，就被潘毅按倒在地，缴了他的手枪，并将手枪递给杨忠诚，然后给赵梓明戴上了手铐。

此刻，赵梓明的态度很老实，问啥说啥，杨忠诚从他口中得知这伙人是以满仲哲为首的国民党残部。

"局长，我们马上回局里组织人员上山来抓捕吧？"潘毅向杨忠诚请示道。

杨忠诚想了想说："时间来不及了，我们抓到了赵梓明，敌人可能很快就会察觉，要是他们逃跑了，我们再想抓可就费劲了。"

"那咱咋办？"潘毅问。

"这样吧，让刘道长带路，我们直接去妖精洞，这伙人很有可能搬去了那里。"杨忠诚说。

"如果他们真的在那里，那他们可有十几个人呢！"潘毅很担心地说。

"没事，"杨忠诚用手掂了掂刚刚缴获的赵梓明的手枪说，"我们现在是两个人、三把枪、二十几发子弹，够用了。"

杨忠诚又对刘道长说："还有劳道长再带我们去神仙洞吧。"

刘道长犹豫了一下说："好吧！"

于是刘道长在前面带路，杨忠诚跟在后面，潘毅压着赵梓明走在最后，一行人直奔妖精洞而去。

通往妖精洞的路很不好走，几个人小心翼翼地前行，走了半个多钟头，走在前面的刘道长在一个山间崖口处停了下来，他用手指着前方对杨忠诚说："杨局长，出了这个崖口，前面不远处就是妖精洞了。不瞒杨局长，贫道胆子小，惧怕血光，就不过去了，还望杨局长见谅！"

杨忠诚看了看刘道长，转头对潘毅说："你把赵梓明铐在树上，先让刘道长替我们看着他。"

潘毅在路边找了一棵碗口粗的树，他打开赵梓明一只手上的手铐。正当他要把赵梓明铐在树上时，赵梓明却猛地挣脱了潘毅的手，拼命地向山崖边上的一条上小路狂奔而去。原来这条小路是通向赵梓明老家村庄的，刚才赵梓明走到这里，看到了这条小路，他忽然有了想逃回家的念头。

"站住！再不站住我就开枪了！"潘毅迅速拔出手枪喊道。

赵梓明没有停下脚步，他拼命地向前跑，但是由于他跑得太快，就在潘毅举枪瞄准的那一刻，他脚下一滑摔倒在地，然后接连翻了两个跟头，就和几块碎石一起滚下了山崖。

这悬崖很深，至少有一百多米，此番赵梓明摔下去必死无疑。

这一切来得太突然，把刘道长惊得目瞪口呆，他急忙闭上眼睛，嘴里不停地祈祷着。

杨忠诚看了看潘毅说："此人死有余辜，不管他了，咱走！"

杨忠诚说完又对刘道长一拱手说，"那就有劳刘道长在这里等候我们了。"说完，就和潘毅出了崖口。

杨忠诚和潘毅走出崖口后立即隐藏在几棵树的后面，他们透过树叶的缝隙向妖精洞方向张望。

妖精洞位于古月山北侧山腰的一片石壁上，离地面四米多高，洞口不大，呈圆形，仅能容一人进出。据传洞内怪石嶙峋，幽暗且深不可测。杨忠诚和潘毅观察了一会儿，发现妖精洞的洞口并没有人，于是就拔出手枪，快速向洞口靠近。

杨忠诚和潘毅在攀上洞口下面的岩石，来到洞口边上时，有一股森然之气从洞口处溢出，让人顿时感到毛骨悚然。杨忠诚心想："怪不得人都说妖精洞里有妖精呢！"

杨忠诚和潘毅把身体贴在洞口边的岩石上，屏住呼吸听着里面的动静。这时，里面有人在说话："胡连长啊，你咋不去洞口站岗呢？"

"咱俩都是连长，你咋不去呢？"

"今天可是你们团担任警戒，我是好心提醒你，你爱去不去！"

杨忠诚回头小声对潘毅说："人在里面，准备战斗！"

一会儿，一个人嘴里嘟嘟囔囔地从洞里走了出来。杨忠诚一个箭步冲上去，以迅雷不及掩耳之势用手捂住他的嘴，用胳膊勒住他的脖子，把那人拖到了一旁。还没等那个人反应过来，潘毅又上前用手枪把狠狠地砸了他头一下，那人瞬间就不动了。

杨忠诚试了试那人的鼻息，然后看了看潘毅，小声责怪道："你咋出手这么快啊？我还想问问他里面是啥情况呢！"

潘毅不好意思地耸了耸肩膀小声说："不要紧局长，咱再抓一个。"

杨忠诚把那个人的尸体放到一旁，和潘毅又回到了洞口。

过了一会儿，洞里面又传出来说话的声音："胡连长，你还真在外面站起来啦？看看就行了，这地方谁会来啊？快进来拉会儿呱。"

又过了一会儿，有人向洞口走来，而且边走边说："咋了？还真生气了？咋这么不适闹呢？"

杨忠诚给潘毅使了个眼色，两个人都屏住呼吸，把枪口对准洞口。

脚步声渐渐靠近洞口。但这个人很狡猾，他在洞口处停了下来，冲着洞口外面喊道："胡连长，胡连长你在外面吗？"

杨忠诚见状，把脚下的一块石头踢下山坡，然后故意干咳了一声。

"快进来吧！生啥气啊？"那个人终于探出了头。

潘毅一个箭步冲上去，但那个人反应很快，他一抽身，掉头就往洞里跑，边跑边喊道："不好了！洞外有人！"

杨忠诚见状，抬手就一枪，那个人一个跟头栽倒在地上。

"啪啪啪！"杨忠诚刚闪身躲开洞口，洞内就响起一阵枪声，子弹从洞口嗖嗖飞了出来。

待枪声停止后，杨忠诚对洞里大声喊道："满仲哲，我是杨忠诚！这洞口已经被我们封住了，今天你是插翅难逃啦！还是赶快出来投降吧！要不然我们就往里面扔手榴弹了，你该不想临死连个全尸都落不下吧？"

杨忠诚喊完话，洞里半天没有声音。

潘毅看了看杨忠诚，杨忠诚冲潘毅摆了摆手示意他不要说话。就这样洞里洞外都安静了下来。忽然一个人从洞里飞奔了出来，那人边跑边喊："别扔手榴弹！我和他们不是一伙的！"

潘毅上前一个别腿把那人绊倒在地，迅速解下那人的腰带，把那人的双手给绑在了一起，然后拖到杨忠诚的脚边。

"你叫什么名字？是干啥的？"杨忠诚厉声问道。

"我、我叫曹尉校，是他们满司令请来盗墓的。"那人一边用绑着的双手提溜自己的裤子，一边惊魂未定地回答道。

"盗墓的？盗啥墓？"杨忠诚不解地问。

"我不知道，我刚来，我还没见到那墓呢！"那人答道。

原来这个跑出来的人是盗墓贼曹尉校。刚才在洞中，满仲哲听到杨忠诚说洞口被封住了，就带着人往洞里走，曹尉校知道里面没有出口，他就故意放慢脚步。待和前面的人拉开一段距离后，他忽然掉头就往洞口跑。

"洞里有多少人？"杨忠诚问。

"不算我，一共有十七个人。"曹尉校回答道。

正在这时，洞里忽然传出两声枪响。杨忠诚把曹尉校推倒在一旁，举枪回到了洞口边上。潘毅也闪身躲到洞口的另一侧。

又过了一会儿，就听到洞里面有人对外喊道："杨忠诚！我是满仲哲，我投降，我这就带着人出去，你们可千万别开枪！"

"先把枪都扔出来，然后双手抱头一个一个地往外出！如果不按我的说法做，可别怪我不客气！"杨忠诚对洞里大声命令道。

很快，十几支短枪和长枪被从洞里噼里啪啦地扔出来了，紧接着，满仲哲第一个双手抱头从洞里走了出来。

满仲哲一出洞口就被杨忠诚按倒在地，并用手铐反铐起来，然后让他蹲在洞口一侧。紧接着洞里的人都陆续走了出来。潘毅把他们每个人的鞋带都解下来一只，然后把他们的手都反绑起来。

最后，杨忠诚问满仲哲："人都出来了吗？"

"里面还有一个，被我给打死了。"满仲哲说。

"是谁？你为啥打死他？"杨忠诚问。

"是徐步达，他阻挡我投降。"满仲哲说。

原来刚才满仲哲和徐步达带着手下人，用几只手电筒照着向洞口深处走，但是他们发现有一个水塘挡住了去路，那水深不见底，根本无法通过，满仲哲知道他们已经走投无路了。这时候，满仲哲心想不能让徐步达落到共产党手里，因为他知道的事太多了，于是满仲哲毫不犹豫在徐步达的背后开了一枪。

徐步达中弹后很错愕，他转过身，双眼瞪着满仲哲质问道："司令，你为啥要杀我？我可是对你忠心耿耿啊！"

满仲哲冷笑了一声说："你对我忠心耿耿？你以为你做的那些事都能瞒过我的眼睛吗？你太小看我满仲哲了。你算个什么东西？你只不过是我养的一条狗而已，你还想挑食，你快点儿去死吧！"说完，满仲哲又给徐步达补了一枪。

徐步达身子向后一仰，重重地倒在了水塘边。

其他人见此情景都被吓坏了，他们大气都不敢出。满仲哲对他们一挥手说："走，跟我出去。"

杨忠诚对潘毅说："让这个盗墓贼带着你进洞去看看。"

"是！"潘毅答应了一声，从地上拾起一个手电筒，压着曹尉校向山洞里走去了。

过了五六分钟，潘毅和曹尉校回来了。潘毅对杨忠诚说："洞里水塘边有一个人，已经死了。"

杨忠诚看了看满仲哲和他这一群束手就擒的手下，然后对潘毅说："走，押着他们回县局！"

"这里就你们两个人吗？"满仲哲很疑惑地看着杨忠诚问道。

"就收拾你们这几个残兵败将还需要很多人吗？"杨忠诚反问道。

满仲哲苦笑了一下后点了点头说："漂亮！表哥你干得漂亮啊！今天我算服你了！"

五十三

满仲哲被捕后，对他的审讯工作进展得很不顺利。

满仲哲对自己犯下的罪行拒不交代，而是整天把他扣押日本人宫泽帷重，保护官庄煤矿免遭日本人破坏和劝阻翟云涛的部队不进明治庄扫荡，从而救了明治庄的村干部和民兵的事挂在嘴边翻来覆去说。可巧的是他说的这些事情还得到了金魁口供的印证，这让审讯他的同志很头痛。

金魁是在满仲哲带着人偷偷离开翟云涛后，跑回平陵的，可他一进家门就被民兵给抓了个正着。由于金魁罪大恶极，他很快就被送到了县里，目前就关在平陵县公安局的看守所里。

杨忠诚听了副局长刘仁凤对满仲哲审讯情况的汇报，决定亲自提审满仲哲。

杨忠诚在刘仁凤的陪同下走进审讯室，他坐在了满仲哲的对面。满仲哲跷着二郎腿，故作轻松地看着杨忠诚。杨忠诚一看见满仲哲，心里的气就不打一处来，但他压住心中的怒火，一字一句地问满仲哲："满仲哲，要我说你的罪行不用交代都可以了，因为金魁和你的那些手下都已经替你交代过了。"

满仲哲嘴角露出一丝冷笑，很不屑地说"金魁那个魔头，他自己的罪行就够他交代的了，他还有闲工夫说别人？"

杨忠诚也冷笑了一下说："满仲哲，你不是常说识时务者为俊杰吗？我看你今天最好能识点时务，要知道逃避是洗脱不了你的罪行的。"

"我没有逃避，我也没有必要逃避。我当年跟着日本人干也好，跟着翟

　　　　　　　　　　　　　　　　　　　　　古月星转

云涛干也好，那就是混口饭吃，再一个原因你也应该知道，我那就是怕他们闫家报复我们满家，找个靠山而已。"满仲哲振振有词地说道。

"你说得太简单了吧？你这些年干的那些杀人放火，残害百姓，破坏抗日，与共产党为敌的事还少吗？"杨忠诚厉声问道。

"你说啥就是啥吧！你知道的就算是我的罪，你不知道的我也不知道，这样总可以了吧？"说完，满仲哲把眼睛一闭，摆出一副无赖的姿态。

杨忠诚啪地一拍桌子，大声喝道："满仲哲，你放老实点！"

满仲哲慢慢睁开眼睛看了看杨忠诚，然后不慌不忙地说："我说表哥啊，你现在当了共产党的大官，了不得了呀！咱们的肩膀也不一样高了！我知道你这人一直不念亲情，今天你表弟我落到你的手里了，你想咋办那就咋办还不行吗？别在这里吹胡子瞪眼了行不？"说完，他又把眼睛闭了起来。

杨忠诚压了压心头的火气说："满仲哲，咱两家是亲戚这不假，可咱两个人的肩膀从来就没一样高过，也永远不可能一样高，因为压根咱就不是一个阶级的人。我现在找你谈话，是代表公家，我是想告诉你，我们共产党讲究坦白从宽，抗拒从严。我希望你能如实供述自己的罪行，争取宽大处理！如果你不珍惜这个机会，那我也就没啥办法了！"

"哼！宽大处理？怎么个宽大法？那就请你给你表弟指个路吧！"满仲哲睁开眼睛看着杨忠诚，语带挑衅地说道。

"那你就先说说你为啥请那个盗墓贼上山吧？"杨忠诚问。

"那家伙进过妖精洞，了解洞里的情况，我想带着弟兄们进妖精洞里住，所以就把他叫来了，这有啥啊？"满仲哲说。

"可他却说你请他来是盗墓的，你和他说那个墓里有很多钱财，你要用那些钱财招兵买马，自己拉队伍，和政府抗衡，你还答应他等墓穴打开后，分给他一部分钱财，这又到底是咋回事？"杨忠诚追问道。

"唉！我那就是骗那小子的。不那样说他能来和我钻山洞吗？这有啥大惊小怪的？真是的！"满仲哲装作不耐烦的样子说道。

"那你为啥要打死徐步达？"杨忠诚忽然转了话题。

"这个我说过了呀？他想阻止我向你们投降，不听从我的命令，所以我就打死了他。"满仲哲镇定地回答道。

"可你的那些手下不这么说，这又是为啥？"杨忠诚问。

"那些手下知道个屁呀？你要是相信他们说的话，那我就不解释了。"说完，满仲哲又把眼睛闭起来了。

这时，站在杨忠诚身边的刘仁凤副局长实在是忍不住了，他上前一把抓住满仲哲的衣领，把他从椅子上提溜起来，抬手就要打他。杨忠诚赶紧制止了刘仁凤，并示意刘仁凤跟他出去。

刘仁凤一松手，把满仲哲丢在椅子上，对站在门口的看守说："把他带下去！"然后气哼哼地跟着杨忠诚出了审讯室。

"局长，这个小子就这么不老实，咱下一步该咋办？"刘仁凤一出审讯室就问杨忠诚。

"满仲哲这个人我是了解的，他是不见棺材不落泪，先把他关几天再说吧。"杨忠诚说。

杨忠诚忙了整整一天，他拖着疲惫的身体回到宿舍，准备休息一下后再去食堂吃饭，这时他的妹妹提着一个罐子走了进来，她是来给杨忠诚送饭的。

杨忠诚的妹妹和姐姐都住在明治庄，明治庄离着明秀镇很近，步行半个多钟头就到了，所以自从杨忠诚回到平陵县公安局上班后，他的妹妹和姐姐就经常来给他送饭。今天妹妹给他炖了只鸡，还拿来了几张油饼。

"这年月养只鸡容易吗？你这是做啥？"杨忠诚埋怨妹妹道。

"我嫂子不能在身边照顾你，你又整天这么忙，现在解放了，日子一天天好起来了，你的身子骨可不能垮了，现在咱爹娘都没了，你可是我们姊妹们的依靠。"说到这里，妹妹的眼里突然涌满了泪水。

"唉！你心娇啥？我吃就是了。"杨忠诚说着拿起筷子和油饼就开始吃饭。

妹妹看着杨忠诚狼吞虎咽的样子，她擦了擦眼睛，脸上露出了满意的笑容。

杨忠诚吃着吃着，忽然停了下来抬头问妹妹："你看这是咋说的，我光顾着吃了，都忘了问你吃了没有？"

"我吃了哥，你快吃吧。"妹妹说。

杨忠诚吃完饭后，放下筷子，把罐子推到一旁，问妹妹："献祥那孩子有消息了吗？我当着咱姐面也不敢问。"

"还是没有啥消息，这孩子都走了这么多年了，恐怕……"说到这里妹妹说不下去了。

"哎！就是偷吃个窝头，就把孩子给打跑了，你说咱姐这脾气……"杨忠诚也不往下再说了。这些年里，外甥米献祥的失踪一直是杨忠诚心里的一块痛处，这孩子从小住姥娘家，和杨忠诚感情很深。

"哥，咱先不提这事了，我给你说件别的事吧！"妹妹说。

"啥事？"杨忠诚问。

"昨天有人到咱大姐家来认亲了。"妹妹说。

"认亲？认啥亲？"杨忠诚很不解。

"有个人领来个十多岁的孩子，说是咱沂源二达达的孙子，也就是咱堂哥的孩子。那人是孩子的舅舅，他说咱堂哥死了，咱堂嫂改嫁了，可他后爹不要这孩子，把他推到一口枯井里想饿死他，后来被好心人给救上来送到了他家里，可他也养活不起。他听说你没有儿子，就想让你收养这个孩子。"

"人呢？"杨忠诚问。

"被咱姐姐给打发走了，咱姐说，你别看我弟弟现在家里没男孩，可我兄弟媳妇还年轻着呢，我弟弟命里是不会缺儿子的。"妹妹说。

杨忠诚听后没有再说话。

杨忠诚家是从他爷爷杨万德那一辈上，从河北迁到平陵来的。杨万德共有弟兄五人，他排行老大，他还有两个妹妹。杨万德的父母去世后，他的四个弟弟结交了一些土匪。杨万德性格宽厚，为人老实，约束不了四个弟弟，可他又担心受到弟弟们的连累。无奈之下，他就带着两个妹妹来到了闫满庄安家落户。为了和河北的弟弟们划清界限，杨万德把他这一脉人的后辈重新立了家谱。现在山东沂源县的是杨忠诚的二达达杨全亮。杨全亮是杨万德的侄子，他是在自己的父亲跟着土匪出事后，只身从河北找到山东投奔自己大爷的。那时杨全亮还不大，杨万德把他收为养子，成了杨忠诚他父亲杨全兴的弟弟。杨全亮长大后去了沂源安家落户，并娶妻生子。由于这些年兵荒马乱的，杨忠诚和他二达达杨全亮一家已经多年没有联系了。

杨忠诚送走了妹妹后，稍事休息，就起身回办公室。平陵县最近抓了很多犯人，他们都被关押在看守所里。这里面有很多人都是重刑犯，不能出现任何闪失，因此杨忠诚每天晚上都要亲自去关押犯人的地方巡视。

杨忠诚刚走到办公室门口，忽然有一个人领着个孩子过来，扑通一下就给杨忠诚跪下，张嘴就说："杨局长，你救救这个孩子吧！他可是你杨家的后人啊！你要是不收留他，他只有死路一条了！"

"杨局长，这个人说是你的亲戚，我说你不在局里，他不信。刚才你回宿舍了，我也没有去打扰你。"赶过来的警卫赶紧上前解释道。

"没事，你忙去吧，这是我的家事。"杨忠诚冲警卫摆摆手。

待警卫走后，杨忠诚赶紧把那人和孩子拉起来，他看了看孩子，发现那个孩子有一米来高，穿着一身破旧衣服，瘦骨嶙峋，就问那人："你是孩子的舅舅对不？"

"是的杨局长，算起来咱也是亲戚啊！这孩子……"

"别说了，事情我都知道了，你今天晚上先找个地方住下，明天一早过来找我，我给你写封信，你拿着去闫满乡政府找白续珍，把孩子交给她就行了。"杨忠诚说。

"白续珍是谁啊？"孩子的舅舅问。"是我老婆。"杨忠诚说。

"那可太好了！谢谢你了！这孩子可算是有救啦！"说着，孩子的舅舅又要给杨忠诚下跪。

杨忠诚制止了他，然后摸了摸孩子的头，蹲下身子问："你多大了？叫啥名字？"

那孩子很胆怯地说："我十二了，我叫小义。"

"小义是他的小名，这孩子没有大名。"孩子的舅舅补充道。

杨忠诚想了想对孩子说："咱们杨家的家谱是'忠厚传家远，诗书继世长。'你是'厚'字辈，就叫杨厚增吧！以后别人再问你叫啥名字，你就说自己叫杨厚增。"

孩子看了看他舅舅，然后冲着杨忠诚点了点头。

"孩子，快叫爹！快给你爹磕头！"孩子的舅舅说着就把孩子摁在地上。

"爹！"那孩子跪在地上给杨忠诚磕了一个响头。

杨忠诚把孩子拉起来问："我刚才说的话你记住了吗？你叫啥名字？"

"我记住了，我叫杨厚增。"孩子回答道。

第二天一早，杨厚增的舅舅就领着杨厚增来到了公安局，杨忠诚把一封写好的信递给杨厚增的舅舅，又把一个装着几个烧饼和几张煎饼的书包挂在杨厚增的脖子上说："孩子，你去闫满庄后要听你娘的话。我在信上和你娘说了，让她给你做身新衣服，然后和你妹妹一起去上学，我过几天就回去看你们。记住，要是你娘对你哪里不好，等我回去后，你就如实告诉我。"

杨厚增使劲地点了点头。

杨忠诚刚送走孩子，门口的警卫就打来电话说有一个他的表哥来找他。杨忠诚心里直犯嘀咕，他心想这是咋了？怎么又来亲戚了？难不成真是"穷在闹市无人问，富在深山有远亲"吗？况且他现在也不富啊！正在杨忠诚纳闷的时候，警卫领着满仲道走了进来。

"表弟啊，多日不见，别来无恙啊？"满仲道一进屋就双手抱拳笑着说道。

"我挺好。"杨忠诚赶紧起身给满仲道看座。

杨忠诚虽然不和满家这门亲戚走动，但是他对满仲道这位大表哥还是有几分尊重的，因为满仲道在为人处世上和满弘坤、满仲哲父子不是一路人。尤其是满仲道为了反对满弘坤和满仲哲当汉奸而负气出走让杨忠诚的心里很是敬佩。

待满仲道坐下后，杨忠诚问："你咋来了？"

满仲道收起笑容，叹了口气说："我咋能不来呢？忠诚啊，我知道仲哲这回的罪过小不了，可他幸好落在了你的手里。别的咱就不说了，咱就说我奶奶和你爷爷那毕竟是一奶同胞啊！咱可是姑表亲辈辈亲，那砸断骨头还连着筋呢，你看……"

"你别说了大表哥！"杨忠诚打断了满仲道的话说，"常言道，国有国法，家有家规。满仲哲不是落在了我杨忠诚的手里，他是落在了人民政府的手里，在这件事情上，我真是无能为力，还望你见谅！我这里很忙，就不留你了，再说你在我这里停留的时间太长了也不好。"杨忠诚说完站起身来对卫兵说，"送他出去吧！"

满仲道很无奈地站起身来看看杨忠诚，然后试探着问："仲哲会被枪毙吗？"

"这个要由人民政府来定，我也说不准。"杨忠诚说。

"那我现在能和他见上一面吗？我娘给他捎来了点吃的东西，我想亲手交给他。"满仲道用恳求的目光看着杨忠诚。

杨忠诚想了想说："走吧，我带你去，正好你也可以劝劝他，让他坦白交代自己的事情，只有这样，政府才能宽大处理他。"

"那就多谢表弟了！"满仲道说完给杨忠诚深深地鞠了一躬。

满仲哲见到满仲道后，并没有表现出丝毫的高兴，他只是淡淡地问了一句："你咋来了？"

满仲道见满仲哲戴着手铐和脚镣，面容憔悴，他的眼睛一下子就湿润了。虽然他们两个人志不同道不合，但毕竟是亲兄弟啊！

看到自己的弟弟这个样子，满仲道的心里怎能好受？

"你还好吗？"满仲道问。

"好不好的你不都看见了吗？"满仲哲面无表情地回答道。

"唉！"满仲道叹了口气说，"我弟妹和孩子都挺好，咱娘也挺好，他们都很牵挂你。"

一提到媳妇、孩子，还有娘，满仲哲瞬间就不淡定了，他的眼睛也开始湿润了，他低下了头说："代我向他们问好。"

"有啥事就和政府照实说，好争取宽大处理，你活着出去才能见到她们啊！听大哥的劝好吗？"满仲道用哀求的口吻说道。

"你别说了，你走吧，我累了。"满仲哲说完就站了起来。

满仲道看了看杨忠诚，有点不知所措。

杨忠诚说："走吧，咱们出去吧。"

当满仲道走到门口时，满仲哲忽然对他说："哥，咱闫满庄的老家你可别不回去啊，院子里那堵影壁墙需要翻修一下了，你抽时间回去看看，可别让它倒了。"

"知道了！"满仲道没有回头，眼泪已经模糊了他的视线。

满仲哲的案子很快就有了结果，因为翟云涛在北平被抓获，并被押回了平陵。翟云涛到案后，如实交代了自己的罪行，也交代了他和满仲哲共同作的那些恶。这样一来，满仲哲再不交代也不行了，满仲哲没有想到曾经叱咤风云、不可一世的翟云涛在共产党面前竟然会如此孬种，他真后悔自己当初还把他视为英雄，死心塌地跟着他干。

翟云涛这么快就被抓获，是出乎包括满仲哲在内很多人意料的。在解放济南战役打响之前，先期化装进城配合解放军作战的临济县武工队，在战斗结束后，曾在队长杨忠诚的带领下，专门到徐家花园抓捕过翟云涛，但是他们扑了个空，那时翟云涛已经在北平城落脚了。

翟云涛在北平落脚也并不顺利，他在到达北平后，发现北平也早已不是他当年在那里时的样子了，虽然北平还是国民党傅作义的天下，但是他头顶上的那个国民党绥靖公署少将高参的头衔在那里根本没有用，况且从前和他有交情的一些人也都不在位子上了。不过翟云涛还是很有手段的，他用金钱打通了一些关节，居然又重新进入了北京师范大学历史系继续读书。在那里他把自己伪装成了一个学生，和外界隔绝，妄图日后有机会东山再起。可是时间不长北平就和平解放了，学校在重新政审学生时，翟云涛被北平市公安局逮捕。

翟云涛被押回到平陵后已万念俱灰，他知道他的一切都完了，于是他很痛快地交代了这些年他犯下的罪行。尽管他在抗日战争期间也曾经奋起反抗日本人的侵略，杀过不少鬼子，算是抗日有功，但他杀害八路军干部，残害革命群众，鱼肉百姓的劣迹更是罄竹难书，于是他被人民政府最终宣判为死刑，立即执行。

满仲哲和翟云涛是同一天被执行的死刑。他在临刑前提了一个要求，他想要见杨忠诚一面。就在大家都认为杨忠诚不可能见他的时候，杨忠诚却去了关押满仲哲的地方。

"你找我有啥事？"杨忠诚见到满仲哲后劈头就问。

满仲哲戴着手铐和脚镣坐在一把木头椅子上，他已经没有了上次杨忠诚见他时的傲慢，此刻他目光呆滞地看着墙壁。当他听到杨忠诚的问话后慢慢扭过头来看了看杨忠诚说："表哥，你真来见我了，看来在你的心里咱们还是亲戚啊！"

"我来并不是因为那个，是因为这是我的工作。"杨忠诚说。

"表哥，我长这么大都没很真心地、正儿八经地叫过你一声表哥，这个很不应该，对不住了表哥！"满仲哲愧疚地说道。

"说这些还有啥用？你是财主家的少爷，我从小就是一个穷鬼，咱们虽然有亲戚关系，但不是一路人。"杨忠诚淡淡地说。

"表哥，我们满家也不是天生就有钱，那家业也是我们祖上几辈人积攒下来的，你说我们招谁惹谁了？让我们家落到这步田地？"满仲哲忽然愤愤不平起来。

"不管你记不记得招惹过谁，总之我们穷人是讲究仁义的，而你们富人却大都是为富不仁。"杨忠诚说。

"表哥，我就问你，你说那为仁他能富吗？你们杨家可是讲仁义的，你们富了吗？你们是穷人就因为你们做事太仁义了。这个世道就是富人和穷人的争斗，富人想保住自己的财产，使自己永远是富人，穷人想拿走富人的财产，使自己也变成富人，不就这么简单吗？表哥，你别看你现在是公安局局长，只要你跟那帮穷鬼混在一起，搞什么共产主义，你就还会是个穷人。表哥，你好好想想是不是这么回事？"满仲哲忽然摆出一副教师爷的姿态。

杨忠诚实在是听不下去了，他不耐烦地说："你别扯些没用的了！你找我有啥事就快点说！我那边还忙着呢。"

"唉！"满仲哲很无奈地叹了口气说，"好吧表哥，看来人都是个命，都给定好了，谁也没办法改变了！我现在知道我也说不动你了，那我就不费口舌了。"

"看来你也不想说什么有用的了，既然这样那我就走了。"杨忠诚说着就要起身。

"慢着表哥，我还有话要说。"满仲哲一看杨忠诚要走，赶紧说道。

"那你就快说！"杨忠诚又在座位上坐好。

满仲哲看了看杨忠诚，然后叹了口气说："表哥，我当初投靠日本人并不是就想去当汉奸，你想一想有谁不到万不得已的时候去当汉奸啊？咱可都是要脸面的人啊！咱从小在南北街上长大，你说谁不知道这个理儿？那都是为了生存，是生活所迫啊！你也知道那闫家对我们满家一直是耿耿于怀、虎视眈眈，恨不得吃了我们的肉，喝了我们的血。为了不被他们闫家踩在脚底下，当然也为了给我们满家光宗耀祖，我才去找日本人的。就包括后来我去投靠翟云涛，那也不是为了消灭你们共产党和八路军，如果当年你们八路军不在我爹的葬礼上想弄死我，那……"

"你还感觉你不够反动吗？"杨忠诚打断了满仲哲的话。

"我知道我反动，那都是被你们八路军逼的，你们要在我爹的葬礼上杀我，这才让我彻底仇恨你们，让我死心塌地跟着国民党走的，我说这些你能明白吗，表哥？"满仲哲狡辩道。

"你现在说这些也救不了你的命，说到底你都不会像我当年那样去参加八路军，去投奔共产党，你们富人有你们富人的道道，那是你们骨子里的事，你说对不？"杨忠诚看着满仲哲说。

满仲哲没有再说话，他把头低下来了。

"你要没有其他要说的，我就先走了。"杨忠诚说着站起身。

这时，满仲哲忽然抬起头来，眼里涌满泪水说："表哥，我死后，你能不能把我弄回闫满庄去？我真不想被埋在那乱葬岗子里，我想和我爹埋在一起，我求你了表哥！请你看在我奶奶的份上答应我好吗？"

"这个你放心，我爷爷和你奶奶毕竟是一奶同胞。"杨忠诚说完转身走出了房门，那一刻杨忠诚不自觉地也红了眼圈。

满仲哲被枪毙后，杨忠诚亲自把他的尸体送回闫满庄，交给了满仲道。满仲道从杨忠诚给他拍去的电报里得知满仲哲行刑的时间，他提前一天带着满仲哲的家眷回到了闫满庄。满仲道没有把满仲哲被枪毙的事告诉他母亲，老人年纪大了，她已经承受不了这样的打击了。

满仲道看着自己弟弟的尸体一语不发，他也没有对杨忠诚说一句感谢的话，这时候谁也不知道他的心里在想些什么。

闻讯赶到满家的白广甲阿訇把杨忠诚叫到一旁问杨忠诚："像满仲哲这样的人可以举办葬礼吗？政府有没有啥规定？"

"人都死了，举办个葬礼还能有啥？"杨忠诚说。

"明白了。"白广甲阿訇点了点头。

现在满家大院虽然已经成了村里的学校，但还是给满家留了几间房子，所以这里还算是满仲哲的家。为了满仲哲的葬礼，闫满乡的乡长丁向山特意找到学校的校长金先生，让他给学生放了一天的假。

满仲哲的葬礼很简单，就是走了个流程，满仲道也没有通知自己家的任何亲戚。葬礼上来了很多南北街上的街坊邻居帮忙，当然也有一些人既是帮忙，同时也是抱着看热闹的心态去的。

料理好满仲哲的后事，满仲道把满家大院里留给他家的那几间房子的房门钥匙递给白广甲说："白阿訇，这几间房子就给寺里吧，以后寺里要是想用就用了吧！"

白广甲阿訇没有接钥匙，他说："孩子，你这'乜贴'太重了。再说了，水流千遭归大海。不管你眼下在哪里闯荡，最终都会落叶归根，这家咱咋能说不要就不要了呢？"

"谢谢白阿訇的提醒！满家现在是我主事，我主意已定。我们这一走就不打算再回这闫满庄了！"满仲道说完，把钥匙塞到白广甲阿訇的手里，转过身头也不回地走了。

白广甲阿訇望着满仲道离去的背影深深地叹了一口气。

五十四

　　1950 年 12 月，一场全国范围内清查和镇压反革命分子的运动轰轰烈烈地开始了。平陵县各地也都纷纷行动起来，积极肃清国民党反动残余势力，清除帝国主义间谍，配合土改运动和抗美援朝战争。

　　一天，闫满乡的乡长丁向山收到了一封举报信。信上说乡妇联主任白续珍和她的婆婆当年之所以能从日本人的监狱里被放出来是因为白续珍被敌人策反了，白续珍是个叛徒，是个特务。

　　丁向山拿着举报信反复看了几遍。起初他觉得很荒唐，这怎么可能呢？但是后来他的脑海中也开始有了疑问。按说像白续珍和她婆婆那样的八路家属在日本人那里是很难全身而退的。不过他转念一想又觉得信里说的内容不可信，他太熟悉白续珍了，她怎么看都不像叛徒和特务啊！

　　丁向山在自己办公室里来回走动，他的思绪很乱。

　　丁向山现在的这个乡长办公室就是原来闫书伦家的客厅，当年闫书伦他爹闫仁光就是在这里迎来送往会见客人的，当然现在屋子里的那些原有的家具和摆设都早已经不在了。解放以后，闫家大院被政府征用，被当作了闫满乡政府的办公地，闫家的那些家资也被充公后分给村民了。

　　丁向山在办公室里想了半天也没理出个头绪来，后来他想干脆找白续珍来当面问个清楚算了，白续珍是当事人，还是让她自己来说说吧。于是他马上把乡里的通信员叫到办公室，让他赶紧去找白续珍。

　　此时，白续珍正在一个村子里搞抗美援朝的支前活动。最近白续珍很忙，全乡六七个村子，她到处跑。她接到通知后就放下手头工作，跟着通信员回到了乡政府。

"咋了乡长？这么急找我？我那边还有很多活没忙完呢。"白续珍一进门就问丁向山。

丁向山没有说话，他直接把那封举报信递给了白续珍。白续珍接过信来一看就愣住了。

"信上说的是事实吗？"丁向山看了看白续珍问道。

"啥事实啊？这简直就是胡说八道！"白续珍一下子把信拍在桌子上生气地说道。

"续珍同志，你要冷静些，就凭着'胡说八道'这四个字是不能把事情说清楚的，我觉得你还是要好好想一想当初到底是咋回事吧，咱也好向组织上有个交代。"丁向山严肃地说。

"说啥？我和我婆婆当初为啥被放回来，我心里到现在都还是稀里糊涂的，你让我咋说？"白续珍反问道。

"可现在是这个问题你必须要说清楚，乡政府收到了举报信，你要是不说出个子丑寅卯来，咱也过不了这一关啊！"丁向山说。

"我说不清楚！"白续珍一屁股坐到凳子上。

丁向山拿过那封举报信，把信叠好，放回到信封里，然后站起身给白续珍倒了杯水。

"这一定是有人在陷害我！这些年老杨干革命惹下了不少仇家，这是开始报复了。那就来吧，我白续珍不怕！我也是死过一回的人了，我怕啥？"白续珍气得肚子一鼓一鼓的。

"现在不是咱怕不怕的问题，眼下正在搞镇反运动，这利害关系你也是应该清楚的。"丁向山提醒白续珍道。

"你告诉我这是谁写的信？我找他去。"白续珍大声说道。

"这是封匿名信，我咋能知道是谁写的呢。"丁向山说。

"那匿名信你还管它干啥？你和杨忠诚可是兄弟，难道你也想和坏人一起治你嫂子？"白续珍生气地责问道。

"嫂子你这说哪里话？其实我的心里也不相信你是叛徒，是特务，可你也知道，现在咱乡里一直没有教导员，就我一个人主事，这事你要说不清楚，那我也只能向区里汇报了，可我又真的不想这样做。"丁向山很为难地说道。

"我做人坦坦荡荡，反正我没叛变，你就是向县里汇报，我也不怕！"白续珍不服气地说。

"嫂子，你冷静一点，你看咱这样行不？你回去再好好想想，看看当年有没有谁知道你们娘俩在敌人监狱里的一些情况，要是能想起谁来的话，那就让他出来给咱作个证。"丁向山说。

"我当时转了好几个监狱，我连被关在哪里都不清楚。再说了，在那里面我能认识谁啊？现在连我婆婆都没了这么多年了，你让我上哪去找人作证啊？"白续珍白了一眼丁向山说道。

丁向山挠了挠头说："这事确实不好办，可如果在咱乡这一级没有个结论，那我也只能……"

"那实在不行你把我抓起来送到区里去吧！"白续珍打断丁向山的话，站起身来把双手往前一伸，生气地说。

"嫂子，你这不是难为我嘛！"丁向山有点不知所措了。

"你不抓我是吧？那剩下的你就看着办吧！我那边还忙着呢！我没工夫在这里和你闲扯淡！"白续珍说完转身就走了。

随着房门砰的一声被关上，丁向山陷入了沉思，此刻他真的没了主意，他的眉头拧成了一个大疙瘩。刚才看白续珍的表现，丁向山已经打消了心中的疑虑，他相信白续珍不会是叛徒。可是眼下全国正在开展镇压反革命运动，在这个节骨眼上有人旧事重提，他即便是乡长，也不能凭一句"我相信她不是叛徒"就能了结这件事情啊？归根到底还是要拿出证据来证明白续珍的清白才行啊！可现在看来白续珍拿不出什么证据，态度又这么抵触，这让他如何是好？

丁向山真的很犯愁，他站起身，在办公室的屋里不停地来回走动，最后他想实在不行还是交到区里去处理吧。可这时他忽然想起了杨忠诚。杨忠诚是自己从小光着腚长大的发小，是他多年的挚友，也正是杨忠诚把他引上革命这条道路的。白续珍是杨忠诚的媳妇，要是他就这样把这件事交到区里去处理，那问题就复杂了。看在杨忠诚的面子上，他觉得他一时半会还不应该这么做。忽然丁向山有了个主意。他心想为啥不把这件事情告诉杨忠诚呢？可以看看杨忠诚的态度啊？杨忠诚是县公安局局长，如果他肯出面说自己的媳妇是清白的，那谁还敢质疑呢？对！就这么办。想到这他急忙对着门外大声喊道："通信员！"

"到！"通信员应声进来问，"乡长啥事？"

"你快去南北街上找马俊文，不管他现在干啥，就说我找他有急事，让他马上来见我。"丁向山吩咐道。

"是！"通信员答应了一声开门出去了。

过了半个多钟头的样子，马俊文跟着通信员的身后走进了丁向山的办公室。马俊文进门就问："向山，你找我啥事？"

丁向山对着通信员挥了挥手，让通信员退出去后对马俊文说："我跟你说件事情，但是你千万不要告诉别人。"

"啥事这么神秘，说就是了，你还不相信我吗？"马俊文说。

"乡里刚刚收到了一封举报信，信上说白续珍当年从日本人监狱被放出来是因为她叛变了革命。"丁向山说。

"啥？这不是胡说八道嘛！"马俊文瞪着眼睛说道。

"咱先不管是不是有人胡说八道，现在县里正在搞镇反运动，这件事情马虎不得。"丁向山严肃地说。

"咋的？那你是怀疑嫂子了？"马俊文有点着急地问。

"不是我怀疑的事，是咱要对上面有个交代。"丁向山说。

"那还不好交代吗？你就说有人诬陷不就完了吗？"马俊文很不屑地说。

"你就是说人家诬陷那也要有证据去证明才行啊，上面那么好应付吗？唉！我跟你也说不清楚，叫你来是想让你去县里找忠诚哥一趟。"丁向山说。

"你是想让我把忠诚哥给你叫回来吗？"马俊文问。

"我想叫他回来他就能回来呀？他咋能听我的？我是想让你去把这件事情和忠诚哥知会一声，听听他对这事的看法，然后你回来后告诉我，我心里好有个数。"丁向山说。

"哦，那我明白了，我现在就去。"马俊文说完转身就出了丁向山的办公室。

当马俊文来到县里见到杨忠诚，把举报信的事情对杨忠诚说了以后，杨忠诚也感觉到很吃惊。作为县公安局局长，他自然知道这件事情非同小可。自从县里开展镇反运动以来，他也亲自经手了很多这方面的案子，也抓了一些叛徒和特务，但是他怎么也想不到会有人写信举报他的媳妇。

"向山现在是个啥意思？"杨忠诚问马俊文。

"好像他也不知道该咋办了。"马俊文说。

杨忠诚想了想说："这样吧兄弟，你在这里等我一下，我去请个假，然后咱一起回一趟闫满庄。"

"你要是能回去那可是再好不过了，那你快去请假吧，我等着你。"马俊文高兴地说。

杨忠诚跟着马俊文回到闫满庄后，他让马俊文先回家，自己径直去了乡政府。

杨忠诚能亲自回来让丁向山颇感意外，同时他也很高兴，他知道杨忠诚的工作很忙，平时都很少回家，这次他能回来，可见对这件事情的重视。丁向山心想这也难怪，因为这确实是件大事，如果白续珍被定性成叛徒和特务，那是要被枪毙的。杨忠诚就是铁石心肠，也不能不管自己的老婆不是？丁向山心里这样想道。

待杨忠诚坐下后，丁向山还没等杨忠诚开口就愤愤地说："我看这一定是有阶级敌人在栽赃陷害。我嫂子咋能叛变呢？"

"你想好咋处理这件事情了吗？"杨忠诚问丁向山。

"忠诚哥，不瞒你说我还真没想好，现在你回来了，我正好听听你的意见。"丁向山说。

"我回来就是怕你处理不好这件事，还是听听你的想法吧，不管想没想好，你脑子里还能一点主意都没有吗？"杨忠诚说。

丁向山用手挠了一下头说："这件事情说起来确实很棘手，现在嫂子那里也找不到个证人给她证明一下，要不然你看这样行不？反正这是一封匿名信，里面也没啥铁证，干脆就把它放下不管算了，反正嫂子又不可能真的是叛徒，你看这样行不？"丁向山说完后用征询意见的眼光看着杨忠诚。

"这绝对不行，这正是我担心的地方。"杨忠诚摆了摆手说。

"那咋办？我总不能把事情汇报到区里去吧？"丁向山说。

"向山，咱们是好兄弟，你应该了解我，这些年我在工作上从来不敢因私废公。咱不要忘了咱都是穷孩子出身，是毛主席和共产党才让咱活得像个人样，咱现在做啥事情都要讲个原则，要对得起党和政府，对得起咱自己的良心。白续珍虽然是我媳妇，我也相信她不可能是叛徒。我在来的路上已经想好了，你就把这件事情汇报到区里去吧。咱身正不怕影子歪，就让白续珍到区里去解释。"杨忠诚说。

"我嫂子在这里都说不清楚，她到了区里咋能说清楚呢？再说了那里的办案人员可都厉害得很，他们可能会给嫂子上手段的。"丁向山担心地说。

"没事，你就去汇报吧，要相信黑的白不了，白的也黑不了，要是在你这里把这件事情压住了，那没事也变成有事了，这件事情的背后应该是阶级敌人在搞破坏，而且这敌人可能就在我们的身边。如果你隐瞒不报正好给了他们口实，那样会更加麻烦。凡事都会有个结论，咱要相信组织。"杨忠诚说。

丁向山沉默了一会儿说："好吧，既然哥哥这么说了，那我就照办吧。我想嫂子也是经历过大风大浪的人，即使是阶级敌人想出这样的阴招来也不可能把她咋的。那你先回家做做我嫂子的工作，等她同意后，我再去区里汇报。"

"你不用等我，你去汇报就行，我这就回家里找你嫂子，她一定会配合的。"杨忠诚说完站起身来就要出门。

正在这时，闫满乡的公安特派员王强带着两个穿着公安制服的人推门走了进来。

"丁乡长，这两位是青岛市公安局的张副科长和赵干事，他们是从青岛专程来咱们乡里的，要找白续珍主任。"王强说。

丁向山看了一眼杨忠诚，然后站起身来。杨忠诚也站了起来。

这时王强上前握着杨忠诚的手高兴地说："杨局长你也在啊，你这是啥时候回来的？咋不到所里去呢？"

"他们找白续珍干啥？"杨忠诚很警觉地问王强。

"哦！他们找白主任是想调查点事情。"王强说完转身对青岛来的张副

　　　　　　　　　　　　　　　　　　　　　　　古月星转

科长和赵干事说，"你们来得真巧，这位是我们平陵县公安局的杨局长，你们要找的白续珍主任就是杨局长的爱人。"

张副科长和赵干事分别上前和杨忠诚握手。

"快坐下！"丁向山也上前与张副科长和赵干事握手，并把他们二人让到椅子上坐下。

待大家坐下后，杨忠诚问张副科长和赵干事："你们找白续珍调查什么事情啊？"

"哦，是这样的杨局长，我们来找她是想向她核实一些她当年被日本鬼子抓走的事情。"张副科长说。

杨忠诚感觉自己的头嗡地一下，他不知道怎么这件事情搞得这么大，都惊动青岛市公安局了。

丁向山听了张副科长的话也张大了嘴。

杨忠诚稳定了一下自己的情绪后说："我知道一些事情，她被日本鬼子抓走是因为我干八路，不知道你们都想了解些什么？"

"你认识赵守常这个人吗？"张副科长忽然问道。

杨忠诚看了看丁向山后说："他就是这闫满庄的人，不过他年轻的时候就去了青岛，我已经有很多年没见过他了。"

"我也很多年没见过他了。"丁向山补充道。

"这个人的儿子是国民党军官，他和平陵县伪县长巩银传还是拜把兄弟。这个杨局长你知道吗？"张副科长问道。

"我倒是有所耳闻，不过我知道更多的是这个人是个商人，他交际很广，也做过很多善事。在国民党撤退时，他儿子特意接他到台湾去，但他没有走，据说他现在还在青岛做生意。张副科长，我不明白你们是来调查白续珍被鬼子抓走的事情的，为啥提他？他和这事有啥关系吗？"杨忠诚感觉到很奇怪。

"哦，事情是这样的，在这次镇反运动中，我们把他抓了起来。在审讯他的时候，他说他对革命做过贡献，他曾经在日本人那里为你的爱人和母亲担过保，也就是说他曾经救过你家属的命。我们这次来就是核实这件事情的。"张副科长说。

"哎呀！原来是这样啊！你们搞得我好紧张啊！哈哈哈！"杨忠诚说完

身子往后一仰大笑了起来。

丁向山更是激动地一下站了起来，他上前抓住张副科长的手说："张副科长，这可太好了！你们来得太及时了！"

"你俩为啥这么高兴啊？"张副科长感觉到有点奇怪。

杨忠诚看了丁向山一眼说："是这样的张副科长，这些年，白续珍一直纳闷当初她娘俩为啥会被放出来，她们本以为自己死定了，我们这些人也都觉得她们没有生还的希望了，可没想到她们被敌人莫名其妙地给放了。在今天之前这个谜一直都没有被解开，现在正好又有人举报她们娘俩当年被放回来是因为白续珍叛变了革命。"

"哦，原来是这样啊！"张副科长扭头对赵干事说，"你先把具体情况向杨局长通报一下吧。"

王干事从包里拿出一份案卷，他看了看案卷，然后对杨忠诚说道："事情是这样的，我们在审问赵守常时，据他交代，他当年和驻扎在邹平的一个叫马本瑞的日伪军营长有交情。一次他在去邹平办事时，马本瑞请他吃饭。在席间，马本瑞得知赵守常老家在闫满庄，就告诉赵守常在他的驻地里关押着两个疑似八路家属的人，并且向赵守常打听你到底是不是干八路的。赵守常在明知道你是八路军战士的情况下，对马本瑞说你不是干八路的。并且他为你的爱人和母亲做了担保，让马本瑞放了你的爱人和母亲。赵守常还说你的爱人和母亲本来并不是关在马本瑞的防区里，是因为马本瑞听说敌人折磨她们，你的爱人和母亲采取了绝食的方法来抗争，最后饿得奄奄一息。马本瑞出于对同族人的同情，便把你的爱人和母亲要到了他的防区里关押，并且一直好生照顾，直到她们被保释出来。所以现在有些事情需要你的爱人白续珍和母亲出面核实一下，这会直接牵扯到我们对赵守常的处理问题。"

杨忠诚听完王干事的介绍后半天没有说话，他的眼睛湿润了。这些年白续珍很少和他说起当年她娘俩在监狱里的遭遇，尤其是自从他的母亲去世后，白续珍就一次也没再说起过。今天听了王干事的介绍，他的心里很难过，尤其是当他想到自己的母亲已经过世多年了，他的心里就更不好受。

"杨局长，赵守常这个人算是一个爱国商人，虽然在过去他和敌对势力素有来往，而且他又是国民党军官家属，但是他并没有太大问题，如果这件事情属实，我们就可以放了他。这次我们从青岛过来就是专程落实这件事情的，我们的时间也很紧，我们希望能尽快见到你的爱人和母亲。"张副科长接着说道。

这时杨忠诚才缓过神来，他说："我的母亲已经去世了，你们只能见到白续珍了。"

这时，丁向山站起身来说："两位稍坐片刻，我这就安排人去找白续珍主任。"说完他对门外大声喊道，"通信员！"

"到！"通信员马上来到了门口。

"你快去找白续珍主任，就说她的事情有结论了，让她马上放下手头的工作，立刻回乡里来。"丁向山说。

"啥事情有结论了？"通信员问。

"你打听这干啥，快去！"丁向山拨拉了一下通信员的脑袋笑着说道。

送走了青岛来的两位同志后，白续珍的事情就算圆满解决了，多年来笼罩在大家心头的疑云也彻底散开了，大家都很高兴。只是丁向山感觉到这件事情不能算完，他对王强说："你要好好查一查到底是谁写的这封匿名信，这很明显是阶级敌人在搞破坏，对于这种阶级敌人我们是绝对不能放过的！"

"请乡长放心！这个好办，我们一定能查出来是谁干的。"王强拍着胸脯说道。

杨忠诚冲王强摆了摆手说："我看就不要去查了，咱千万不要让人觉得告了公安局局长的媳妇就去追查举报人，这样影响不好。这件事情，我们要客观地去看待。如果不是青岛市公安局的同志及时赶到，要想让白续珍自己说清楚还真不是件容易的事，也难怪会有人起疑心，过去的事情就让它过去吧！"

丁向山听了杨忠诚的话后也点点头，就对王强说："那就听杨局长的吧，不查了。"

白续珍的事情总算是说清楚了，这让杨忠诚把心放了下来，可让他没想到的是接下来他自己又摊上事了。

原来泰安地委"三反"运动工作组进驻平陵县公安局后，要求公安局的每个同志都要按照上级"反贪污、反浪费、反官僚主义"的指示要求，主动交代问题，配合工作组的工作。杨忠诚觉得自己是局长，应该起带头作用，于是他绞尽脑汁地想了一个晚上，终于想起了一件事情。

当年在八路军攻打七星镇的时候，战斗中杨忠诚中弹，是别在腰间的一双军鞋救了他的命。可是那双军鞋是在战斗出发前，他替一个外出执行任务的队员领的。那个队员在执行任务时牺牲了，再也没有回来。再加上那双鞋被打了一个洞，要是给后勤上交回去显然有些不合适，于是他就想先把那双鞋留下，等他发新鞋时再顶上，反正那双被打了个洞的鞋还能穿。但是后来他就把这件事情给忘了，再说他那时东奔西跑的，到处打仗，也确实很费鞋。可不管咋说，现在看来那就是一种贪污行为。

工作组的人很认真，他们让杨忠诚先写出深刻检查。杨忠诚就按照工作组的要求写检查，可是工作组的组长是个年轻的大学生，对检查的质量要求很高，杨忠诚的文化水平本来就低，因此他写了三次都没有通过。最后工作组长不耐烦了，他认为杨忠诚这是对问题的认识不够深刻，他说如果杨忠诚再写不出合格的检查，就停职反省。杨忠诚很是头疼，一时不知道该咋办了。

正在这时，副县长尚兴邦知道了这件事，他亲自来到了公安局直接找到工作组的组长给杨忠诚说情。尚兴邦对工作组长说："领导同志，那件事情我是知道的，如果当初没有那双鞋，现在你们就见不到杨忠诚同志了，他在那次攻打七星镇的战斗中可是立了大功的。"

"尚兴邦同志，这完全是两码事，我们不应该混为一谈。"工作组的组长很严肃地对尚兴邦说道。

"那你们到底想咋样呢？"尚兴邦看这个人油盐不进，就有点生气了。

"我们最终目的就是想让杨忠诚同志写个认识深刻的检查，也没有别的意思。"工作组组长看尚兴邦不高兴了就赶紧解释道。

"他肚子里就那么点墨水，你让他咋写？要不然这样吧，你替他写一份，我让他抄一遍，你们看咋样？"尚兴邦快言快语。

"这个恐怕不合适吧？"工作组组长看了看尚兴邦说道。

"这也不行那也不行！那到底咋样行啊？这件事情已经影响到公安局的

古月星转

工作了。我看这样吧，关于杨忠诚的问题，我就直接向地委领导汇报吧！你们就不要再管了！"尚兴邦说完站起身来就要走。

"尚副县长，那就不必了。"工作组组长赶紧站起身来拦住尚兴邦说，"我们再和杨忠诚同志谈次话，其实也不是啥大事，我们就是要个态度。"

"好吧，那你们就看着办吧！"尚兴邦说完就出了门。

第二天，工作组的同志并没有和杨忠诚谈话，而是直接告诉他，他的检查通过了。杨忠诚听后长长地舒了一口气。

五十五

　　时间进入到 1953 年，在朝鲜战场上，美国终于意识到他们根本不可能战胜中国人民志愿军，于是开始主动和中国方面进行停战谈判。6 月 8 日，朝鲜停战谈判关于战俘问题达成协议。至此，朝鲜停战谈判各项议程已全部达成，谈判双方即将签订停战协定。但李承晚集团企图破坏停战的实现，他们强行扣留朝鲜人民军被俘人员，并且宣称准备单方面继续打下去。为实现稳定可靠的停战，志愿军司令员兼政治委员彭德怀于 6 月 20 日建议推迟停战协定签字时间，再给李承晚军一次打击。于是志愿军决定，以金城以南地区的李承晚部队为主要攻击目标，发起金城战役。

　　7 月 13 日 21 时，志愿军第二十兵团及第二十四军突然发起进攻。一千一百余门火炮发出怒吼，炮弹像雨点一样倾泻到敌军的阵地上。在强大炮火支援下，步兵一小时内即全部突破敌军前沿阵地。西集团右翼第二〇三师攻占 522.1 高地后，主力向芳通里方向发动进攻。

　　该师执行穿插任务的一个加强营，沿 522.1 高地以东公路向纵深猛插，营侦察连的连长金宗武带领着侦察连的士兵冲在最前面。紧跟在金宗武身后的是一个小个子通信兵。这个通信兵名字叫金拴住，大家平时和他开玩笑都叫他紧拴住。金拴住是一名国民党军队投降过来的士兵，他和金宗武很有渊源，金宗武曾经三次俘虏过他。金宗武从第一次俘虏金拴住时就劝他参加八路军，但是金拴住执意要回家。当第二次金宗武俘虏金拴住后，金宗武很生气地问他："金拴住，你不参加八路军可以，可你咋又去参加国军了？"

"我回到家里没饭吃，没办法就又出来混了。"金拴住说。

"那你为啥不来参加八路军？"金宗武质问道。

"国军那边吃得比八路军好，再说了，我虽然是当国民党兵，但我每次和八路军打仗都是朝着天上开枪，我从来不往八路军身上打，而且你们一冲上来，我就投降，我还能给你们带一支新枪。你们不说蒋介石是你们的运输大队长嘛，那我就是你们的运输兵。"金拴住一脸天真地说道。

这次金拴住又走了。

当金拴住第三次被金宗武俘虏后，还没等金宗武问话，金拴住就先摇头晃脑地高兴地对金宗武说："金排长，这次我又给你们送来了一支新步枪，我还劝降了两个弟兄！"说着，他把两个国民党兵拉到金宗武的身边。

金拴住的举动弄得金宗武哭笑不得。

"那你下次准备给我带什么枪啊？"金宗武问。

"没有下次了，现在国民党的军队吃的也不行了，也没有新枪了，他们快完蛋了，这次我要当解放军了。"金拴住说。

就这样金拴住参加了解放军，成了金宗武侦察连的通信兵。解放战争胜利后，金拴住跟着金宗武来到了朝鲜战场。平时金拴住总是跟在金宗武的腚后头。由于他和金宗武同姓，他对外经常吹嘘他是金连长的本家兄弟。其实大家都知道他不是，但是很多人看着他调皮又认真的样子，都不愿意揭穿他。

金拴住入朝参战以后，作战非常勇敢，几次穿越敌人的封锁线去送信，受到上级领导和金宗武的表扬，还荣立了两个三等功。今天他紧跟在连长金宗武的身后向前冲锋。

忽然，敌人的炮火从高地上向金宗武的侦察连倾泻过来，金宗武回身向战友们大声喊道："卧倒！"

正在这时，一发炮弹落在了金宗武的身旁，跟在金宗武身后的金拴住一个箭步冲上去，一把金宗武扑倒在地。

随着轰的一声巨响，炮弹爆炸了，金拴住的后背被炮弹皮炸开了一个大洞，当场就牺牲了。金宗武头部也中弹了，他双目紧闭，昏死了过去，鲜血顺着他的面颊直往下流……

金城战役历时十五天，以志愿军的完胜而结束。7月27日，中朝两国代表团与以美国为首的所谓联合国军代表团在朝鲜板门店达成停火协议，并在停战协定上签字。至此，抗美援朝战争结束。随后大批志愿军战士开始陆续回国。

一天，平陵县公安局来了一位志愿军军官，他径直走进了公安局局长杨忠诚的办公室。

"请问你是哪位？你找谁？"杨忠诚站起身问道。

那位军官站在那里看着杨忠诚，微笑着不说话。

杨忠诚很纳闷，于是再次问道："你是找我吗？"

那位军官忽然收起笑容，两眼瞬间涌满泪水说："舅，你不认识我了吗？我是献祥啊！"

"献祥？你是米献祥？"杨忠诚一下子愣在了那里。

那位军官上前两步，双手抱住了杨忠诚的腰，哽咽着大声说："舅，你还好吗？我可想死你了！"说着，眼泪就流下来了。

杨忠诚这时才反应过来，他扳起米献祥的双肩，仔细看着他的脸，激动地问："献祥！你真是献祥啊？孩子，你这些年去哪了？"

"一言难尽啊！"米献祥松开杨忠诚，擦了一把眼泪说。

"快坐下来说。"杨忠诚把米献祥拉到一把椅子上坐下，自己也搬过来一把椅子坐在了米献祥的对面急切地问，"献祥啊，快告诉我你咋穿着志愿军的服装？你为啥走了这么久都没有和家里人联系？"

米献祥没有立即回答杨忠诚的问话，而是先问杨忠诚："舅，我姥娘还好吗？她老人家现在还在闫满庄住着吗？"

杨忠诚听米献祥这么一问立刻就沉默了下来。

"咋了舅？你咋不说话啊？"米献祥追问道。

"孩子，你姥娘她没了，她无常了。"杨忠诚叹了口气说。

"啥？我姥娘没了？"米献祥的眼泪又涌满了眼眶。

"别哭了孩子。"杨忠诚伸手拍了拍米献祥的肩膀。

其实米献祥这些年经历了无数次的战斗，见过太多的流血和牺牲，他已经成长为一名坚强的志愿军战士了。但是此刻他回到了家乡，见到了自己的亲人，他的感情一下子变得脆弱了起来，米献祥又用手再次擦了擦眼睛说："舅，给我倒杯水喝吧，我下了火车就来你这里了，口渴。"

杨忠诚赶紧站起身给米献祥倒了一杯白开水，然后又坐回到米献祥的对面接着问道："献祥啊，你还是快说说你这些年到底是咋回事吧？"

此刻的杨忠诚实在是太想知道眼前的这个外甥这些年身上到底发生了些什么事。这个孩子从小就和杨忠诚感情甚笃，他出走后，杨忠诚十分想念他，多少次在梦里梦到他回来了，当然也有梦到他回不来了的时候，这对于杨忠诚来说真是一种煎熬。

米献祥喝了几口水，平静了一下心情，才开口说："舅，我从头说吧。那一年我从家里出来，就去明治庄南边的山里投奔了我一家子的一个大爷。我那个大爷在那里干土匪，我寻思着跟着他混能吃饱肚子，不至于再天天挨饿了。可是我去后时间不长，那股土匪就被八路军给剿了，我也被八路军给俘虏了。八路军问我为啥那么小就干土匪，我说因为我在家里吃不饱，怕饿死。八路军知道我刚去没几天，也就没有追究我，他们让我回家。可我觉得我回家就会再挨饿，就死活不回去。我对八路军说我回去了还得饿死，我要当八路，可是八路军嫌我年龄小，不要我，于是我就跟着他们走，他们去哪里我就跟去哪里。后来遇到一个八路军的刘团长，他了解了我的情况后就让我留下来，给他当了勤务兵。"米献祥一口气说完这些话后又喝了几口水。

"那你这是刚从朝鲜战场上回来吗？"杨忠诚问。

"是的，我是朝鲜停战后第一批回国的志愿军，因为我的身上有好几处伤，组织上照顾，就让我们这些身上有伤的人先期回国接受治疗和疗养，我这是在济南结束疗养后请假回来看你们的。"米献祥说。

"哦！原来是这样。"杨忠诚了解了米献祥这些年的经历，心里的疑团也就解开了，于是就说，"你平安回来就好，大家也就不整天想三想四地挂着你了。"

"舅，我娘和我姨还好吗？"米献祥问。

"你这是还没有回家见她们啊？"杨忠诚问。

"没有，我娘那脾气，我一个人是不敢回去见她的，我当年离家时不辞而别，一定把她给气坏了，还不知道她咋恨我呢？舅，你得陪我一起去见她。"米献祥说。

"你回来她得高兴坏了，还生啥气啊？"杨忠诚说。

"不行，我心里没底，还是得你陪我回去。"米献祥很坚持地说。

"好吧，我也好长时间没去你家了，走，我这就陪你去明冶庄一趟。"杨忠诚说完，拿起电话给副局长刘仁凤打了一个电话，然后就领着米献祥出了公安局的院子，往明冶庄走去。

在去明冶庄的路上，米献祥对杨忠诚说："舅，其实我离家后还见过我娘一次。"

"你偷着回来过？"杨忠诚很纳闷。

"没有。"米献祥回答道。

"那你啥时候见过她啊？"杨忠诚问。

"那是在打孟良崮时，我负伤了，伤得很重，昏迷不醒，被同志们抬到了一户人家的屋里。我醒后睁开眼睛一看，感觉咋那么熟悉啊，再仔细一看原来就是我住的那间屋，我赶紧让同志们抬我走，当时我娘还过来问为啥要抬我走。"米献祥说。

"那你娘没认出你来？"杨忠诚问。

"我都伤成那样了，再说我离家的时候还是个孩子，她咋能认出来？"米献祥说。

"那你干吗要让人抬你走？你咋不和你娘说句话？"杨忠诚有些不解。

"舅啊，我还是说我娘那脾气，要是她知道了那是我，让她担心且不说，她很有可能就死活不让我再走了。"米献祥说。

"还真有那种可能，"杨忠诚点了点头接着问米献祥，"献祥啊，那你现在是什么职务？下一步会转业吗？"

"舅，我现在是营长，听说我们这批干部可能都不会转业，至于下一步具体去哪里还不清楚。"米献祥回答道。

"其实去哪里都行，只要平平安安地回来了就好，这抗美援朝有多少人都没回来！"杨忠诚感慨道。

"是啊，舅，我的好多战友都牺牲了，他们都被埋在了朝鲜。"说到这里，米献祥忽然问杨忠诚，"舅，你在公安局工作，能帮我找一下人吗？"

"找人？找啥人？"杨忠诚问。

古月星转

"我在朝鲜的一次战役中负伤了，子弹从下颚打进去，从后脖颈穿出来，伤得很重，需要盘尼西林消炎，可是前方的战地医院里没有这种药了，于是医院就派两个骑兵战士到后方去拿。两个战士回来穿过敌人的封锁线时，一个战士牺牲了。我是后来知道这件事情的，我的命是那位战士用命换来的，我想找到他的家人，报答人家。"

"叫啥名字？家住在哪里？"杨忠诚问。

"我也不清楚，正在打听着呢，还没对上号，战场上牺牲的人实在是太多了！"米献祥很伤感地说。

"等你打听清楚了以后告诉我，我安排人去查。"杨忠诚说。

杨忠诚和米献祥边走边聊就进了明治庄。他们来到了米献祥家的大门口时，门是虚掩着的。杨忠诚示意米献祥上前推门，米献祥却退到了杨忠诚的身后，杨忠诚只好自己上前把门推开。

杨忠诚和米献祥走进院子时米献祥的母亲正在喂鸡，米献祥的父亲正在打扫院子。他们见杨忠诚他们来了，都赶忙停下手中的活计。杨忠诚的姐姐高兴地说："弟弟，你咋来了？"然后她又用手一指杨忠诚身后的米献祥问，"这个同志是谁啊？"

杨忠诚站在那里看着姐姐笑而不语。

米献祥的父亲赶忙上前说："忠诚兄弟啊，快进屋里坐。"

米献祥见自己的爹娘不认识自己了，心里很难受，他上前一步大声说："爹、娘，你们不认识我了？我是献祥啊！"

瞬间，米献祥的爹和娘都愣住了，他们张大了嘴巴，好像都没有听清米献祥在说啥一样。

"你们还愣着干啥呀？是献祥这孩子回来了！"杨忠诚高兴地对姐姐和姐夫大声说道。

这时米献祥的母亲才反应过来，她退后一步，顺手从旁边的石磨上拿起一把笤帚，冲到米献祥的跟前劈头盖脸地就打了起来，一边打一边嘴里骂道："你个该死的！你咋不死在外面呢？你还回来干啥？"

米献祥母亲的举动出乎大家的意料，杨忠诚赶紧上前把她拉开，埋怨道："姐，你这是干啥呢？孩子回来这是多大的喜事啊！你该高兴才对啊？

咋还气性这么大呢？怪不得孩子都不敢自己回来见你。你看你这脾气真是要命了！"

米献祥的母亲听杨忠诚这么一说，一腚坐在地上放声大哭起来。她一边哭一边说："献祥啊！你这个冤家啊！你咋这么让人不省心啊？我以为你已经死在外面了，我这眼睛都快哭瞎了，我天天做梦梦到你回来了，我这回可不是在做梦吧？"

米献祥听他母亲这么一说，他蹲下身子一把抱住母亲，泪水也止不住地流了下来，他想安慰母亲几句，向母亲承认个错误，可是他此刻什么话也说不出来了。

这时，周围邻居听到这边的哭声，都纷纷赶了过来。米献祥赶紧把母亲从地上扶起来，让她坐在石磨上。

很快，米献祥从外面回来了，而且当了志愿军军官的消息就传遍了整个明冶庄，很多人都跑来看看现在的米献祥是个啥样子。米献祥的姨也跑了过来，她见了米献祥，抱住他就是一顿痛哭。

杨忠诚看着姐姐一家人终于幸福地团聚了，就准备回局里上班。姐姐和姐夫想留杨忠诚在家里吃饭，杨忠诚谢绝了，因为他现在很忙，所以急着回去，姐姐和姐夫也只好让他走。

当杨忠诚走出姐姐家的胡同口时，米献祥又追了上来。

"还有啥事？"杨忠诚问。

"舅，你这两天能不能抽出点时间和我一起回趟闫满庄？"米献祥问。

"你去那里干啥？"杨忠诚不解地问。

"我想去给我姥爷和姥娘走个坟，另外我想去看看我妗子，我还没见过她呢。"米献祥说。

杨忠诚想了想说："好吧，我也有日子没回闫满庄了，也该回去看看他们娘几个了。"

两天后，杨忠诚陪着米献祥回到闫满庄。他一进庄就听说金宗武也从朝鲜回来了，于是他没进家门，就直接和米献祥一起去了金宗武的家。金宗武所在的部队入朝参战的事杨忠诚是知道的，但是金宗武也从朝鲜回来了他还不知道，因为这段时间他一直没有回家。金宗武是杨忠诚的好兄弟，他们几年前从平陵城一别，就没有再见过面，他心里也是非常想念的。

金宗武的状况很不好，他在战场上负伤，伤到了脑神经。金宗武回到闫满庄后，本来乡长丁向山是想把金宗武安排在乡政府工作的，但是金宗武一回到家就拿上铁锨和镐头去了南坡，他在南坡的地里挖了一条战壕，并且整天蹲在战壕里不肯回家。他的家里人几次把他从南坡弄回来，他就再回去，这让他的家里人很头疼。

"达达，我宗武兄弟在家吗？"杨忠诚一踏进金宗武家大门就问金宗武的父亲金毓义。

金毓义冲着杨忠诚摇了摇头说："忠诚啊，宗武他不在家，他的脑袋伤着了，一会儿精神、一会儿糊涂的，净说些别人听不懂的话。"

"他现在去哪儿了？"杨忠诚急切地问。

"又去了南坡。我今天中午刚把他弄回来，他吃了点东西，就又走了，我和他娘说啥也拦不住他。"金毓义很无奈地说。

"达达，宗武的情况我都听说了，你带我去见见他吧。"杨忠诚说。

"好吧，你来得正好，这孩子从小就听你的话，看看他见了你以后能不能不再犯糊涂，但愿你能把他给劝回来。"金毓义一边关上大门一边说。

"姥爷，你也别着急，宗武舅舅的病可能慢慢就会好起来的。"米献祥上前安慰道。

金毓义一听米献祥叫他姥爷，他看了看米献祥，觉得眼前的人他并不认识，就转头问杨忠诚："忠诚啊，这位同志是谁啊？他咋叫我姥爷呢？"

"达达，这是献祥啊！"杨忠诚赶忙解释道。

"献祥，你是献祥，你这孩子都长这么大了，我还以为你是上面来的志愿军的领导呢！"金毓义上前抓住米献祥的手说。

"我是献祥啊，你身体还好吗，姥爷？"米献祥问。

"身体还好，就是摊上你宗武舅舅这事愁得慌，本来想着等他回来就给他完婚的，可他眼下的这个样子，咱咋和人家女方娘家提这事儿啊？真是愁死人了！"说到这里，金毓义叹了口气。

金宗武挖的战壕在闫满庄南坡的一处高地上，从军事角度来讲居高临下，易守难攻，一看就很专业。金宗武在朝鲜战场上打了三年的仗，立过两个一等战功，如果不是他身体出现了状况，按政策他是不会转业的。

当金宗武的父亲金毓义领着杨忠诚他们来到战壕边上的时候，金宗武一下子从战壕里跳出来，不由分说地就把杨忠诚他们都拉进战壕里。金宗武挖的战壕很深、很宽，在战壕边上还用石头搭建了掩体，

"忠诚哥，你可来了！是我爹去给你报的信吧？他终于相信我说的话了。忠诚哥，敌人马上就要冲锋了，我们快准备战斗吧！"金宗武说完又转身对米献祥说，"同志，你是哪个部队的？你们这次来了多少人？对面的敌人可不少啊！"

"宗武啊，你还认识我？"杨忠诚很兴奋地问。

"你这说的是啥话啊？我咋能不认识你呢？你不就是忠诚哥吗？"金宗武很肯定地说。

"宗武啊，我们已经把以美帝国为首的联合国军打败了，你现在已经回国了，你知道吗？咱们胜利了兄弟！"杨忠诚大声说。

"不，忠诚哥，帝国主义亡我之心不死，我们要时刻做好战斗准备才行啊！"金宗武很认真地说道。

此时米献祥上前一步给金宗武敬了个礼，然后一本正经地大声说："金宗武同志，我是中国人民志愿军13兵团38军112师的，刚才我们的部队从敌人背后发起了攻击，现在敌人已经被我们给打跑了，我是奉首长之命特来向你通报战况的！"

金宗武给米献祥还了一个军礼，然后上前抓住米献祥的手，眼里泛着泪花激动地说："那就好！你们辛苦了！"

"宗武啊，你看敌人已经都被打跑了，那咱们就回家去吧！"杨忠诚说。

金宗武松开米献祥的手，整理了一下身上已经被磨出了几个洞的志愿军军服，转身给杨忠诚敬了个标准的军礼后说："不行啊杨队长，我要坚守在这里，我要时刻准备着，也请你们都回到各自的队伍里去吧！"金宗武说完就趴到了战壕边上，两眼目视着前方，不再理会杨忠诚他们了。

金宗武的父亲把双手一摊，对杨忠诚摇了摇头。

杨忠诚感觉自己的眼圈有点发热，他对金宗武的父亲说："咱走达达，咱去乡里找乡长丁向山。这大夏天的，一会儿毒日头，一会儿下大雨的，宗

武就这么在这里那咋行？"

"向山对宗武也不错，他也亲自来这里劝过宗武，可是不管事，你们去吧，我还是在这里陪陪宗武吧。"金毓义无奈地说。

杨忠诚临走时本想再和金宗武说句话，可是金宗武却专注地趴在战壕里，根本不再理会杨忠诚。杨忠诚只好转身拉着米献祥往回走。可当他们刚走出不远，金宗武忽然从后面追了上来，他拉住杨忠诚的胳膊说："忠诚哥，金宗生是汉奸，他出卖了你。"

"你这孩子又在说胡话。"跟上来的金毓义拉着金宗武说。

"他咋是汉奸了？"杨忠诚问。

"他在日本人那里出卖了你。"金宗武很肯定地回答道。

"这是啥时候的事啊？"杨忠诚追问道。

此刻的金宗武却瞪着两眼看着杨忠诚，一语不发了。

"你快走吧忠诚，这孩子又在说胡话了。"金毓义催促着杨忠诚。杨忠诚拍了拍金宗武的肩膀，转身向村里走去。

金宗武站在原地望着杨忠诚他们远去的背影，眉毛一蹙一蹙，眼睛一眨一眨地，好像正在努力地回忆着什么。

"宗武啊，咱还是回家去吧！"金毓义拉着金宗武的胳膊恳求道。

"金宗生是汉奸，金宗生就是汉奸！"金宗武嘴里嘟囔着甩开他爹金毓义的手，然后转身又向战壕走去。

五十六

杨忠诚一进闫满乡政府的大门，乡长丁向山就迎了出来，他一边和杨忠诚握手一边高兴地说："我一听说你带着献祥回来了，就知道你准会来乡政府找我，这会儿我正朝着大门口看呢。"

"你这消息可是怪灵通的。"杨忠诚笑着说。

"献祥啊，让舅舅看看，哎呀！我都认不出来了，这当年还是个孩子，现在都成为军官了。"丁向山拉着米献祥的手说道。

"我成了啥也是你的外甥，对不，舅舅？"米献祥笑着说。

"对对对！走，咱快进屋。"丁向山说完就拉着杨忠诚和米献祥往屋里走。他边走边说，"我嫂子续珍怀孕后，我不想给她安排东跑西颠的工作，可她根本闲不住，这会儿她又出去了，我已经安排通信员骑着自行车去接她了，应该也快回来了。"

"她没那么娇贵，就由她去吧！"杨忠诚说。

"你刚才去哪里了？"丁向山问。

"我和献祥去南坡看了看宗武。"杨忠诚说。

进屋后，丁向山把杨忠诚和米献祥让到凳子上坐下后，给他们各倒了一杯白开水说："现在乡里正缺人手，我听说宗武要回来可把我给高兴坏了，我真想让他帮帮我，都是从小的弟兄，知根知底，可你看他现在的这个状况，唉！"丁向山说到这里叹了口气。

"看到他那样，我的心里也很不好受。"杨忠诚说。

"抗美援朝打得很残酷，像宗武舅这种情况很多，这比起那些牺牲的人来说也算是幸运的了，你们也别太难过了。"米献祥安慰着杨忠诚和丁向山。

"向山啊，我看宗武这病一时半会儿好不了，在南坡里日晒雨淋的咋行？他还负过伤。你看乡里是不是给他在那里盖个房子啥的，遮挡一下。"杨忠诚说。

"不瞒你说忠诚哥，咱俩还真想到一块去了。"丁向山说。

"那你们就抓紧点时间。"杨忠诚叮嘱道。

"我明天就让曹小五村长去办这件事情。"丁向山说。

"小五不是在队伍里吗？他转业了吗？"杨忠诚不解地问。

"不是转业，是复员。小五当年不是当过伪军吗？这事现在又被翻出来了，组织上就让他复员了，要不然这次就提干了。"丁向山很惋惜地说。

"他当伪军就是为了混口饭，当年端掉咱庄南头那个鬼子炮楼，小五可是立了大功的，这一点我最清楚。"杨忠诚说。

"现在说那些都晚了，乡里也是考虑到小五对革命曾经有功劳，所以就让他回庄里当了村长。"丁向山说。

正在这时，白续珍从外面进来了。

米献祥赶紧站起身来，他小时候在闫满庄里见过白续珍，虽然这么多年过去了，但是白续珍的模样没有太大变化，只是现在有孕在身，体型上有些不一样，不过米献祥还是一眼就认出来了，他给白续珍敬了个军礼说："妗子好！"

"你妗子现在是咱闫满乡的妇联主任，她很能干的。"丁向山站起身来向米献祥介绍道。

白续珍端详了米献祥半天后才说："还多少有点小时候的模样，不仔细看还真认不出来了。一会儿和你舅回家吃饭吧！"

"嗯！"米献祥应了一声。

白续珍对杨忠诚说："你这不年不节的咋回来了？看来只是带着外甥来走姥娘家的吧？根本也不是回来看我们娘几个的。"

"看看，嫂子有意见了吧？"丁向山笑着说。

"厚增还好吧？这孩子现在咋样？"杨忠诚问白续珍。

"挺好的，个子又长高了。"白续珍说。

"这就好。"杨忠诚满意地点点头。

"家里的事咱回家再唠，嫂子，我今天下午给你放个假，你回去准备点饭菜，我一会儿去你家吃。哦，对了，牛肉你就别准备了，我自己带着去。"丁向山对白续珍说。

"好吧，反正今天工作上的事我已经办完了，那我就先回去了。"白续珍说完又对米献祥笑了笑，示意他坐下，然后就走了。

待白续珍走后，杨忠诚忽然问丁向山："白增俊的事查清楚了吗？"

"这咋查？他就说他在国军里一直是当马夫，况且现在也没人举报他做过别的啊！这件事情我都忘了，你咋还记着呀？"丁向山说。

"你是不知道啊向山，在打济南时，我们武工队先期进城配合主力部队作战。我在济南的大街上和一个国民党军官擦肩而过，那个人很像白增俊，只是我们没法跟上去看看。你想那白增俊是识文断字的，他又在国民党军队里待了那么多年，他怎么可能就是个马夫呢？"杨忠诚说。

"算了吧忠诚哥，那这个世上长得像的人多了，再说了他毕竟是你的大舅子，你干吗非要和他过不去呢？你这样做让我嫂子心里咋想？"丁向山劝慰杨忠诚道。

"那不对，这可是大是大非的事。"杨忠诚倔强地说。

"忠诚哥，你这人哪都好，就是有时太较真了。"丁向山说。

"不是我较真，这事还真不能就这么算了，万一他……"

"好了，咱不说这事了，我有一件特别重要的事情正要对你说呢。"丁向山没等杨忠诚说完就岔开话题，他端起桌子上的一杯白开水递给杨忠诚。

杨忠诚接过杯子喝了一口水，放下杯子后问："啥事？"

"满家的那处院子现在不是村里的学校了吗，金先生书教得好，这四里八村的孩子都想来这儿上学。这孩子一多，地方就显得窄住了。金先生和我说想把院子里的那个大影壁墙拆了，我就让小五派人去拆，结果从墙里面拆出来一个铁盒子。盒子里面有几块银元，还有一张图纸。由于盒子渗进了雨水，图纸被泡得看不太清了，只有抬头的几个字还能辨认出来。"丁向山说。

"写的啥？"杨忠诚问。

"写的是'找到涝洼井，富了山东省'。我们琢磨了半天，也没弄懂是个啥意思。"丁向山说。

杨忠诚听到这里忽地一下站了起来，他的脑海里瞬间闪过了往事的一个细节。那就是当年满仲道在去看守所看满仲哲时，满仲哲曾对他哥说他家里的影壁墙需要翻修一下，担心影壁墙倒了。当时杨忠诚就感觉到有点奇怪。满家的院子盖得很结实，尤其是那高大的影壁墙，一米见方的青石打底，上面青砖碧瓦，尤为壮观，根本不需要修理。杨忠诚去过满家，这一点他是知道的。这一刻杨忠诚又联想到当初在剿灭满仲哲时还抓获了一个盗墓贼。当时他就纳闷满仲哲在古月山立足未稳就把一个盗墓贼请去到底是要干啥？只是后来没有问出什么口供来，也就只好作罢了。

"咋了忠诚哥？"丁向山看到杨忠诚的反应，感觉有点诧异。

杨忠诚坐回到凳子上问丁向山："那张图纸现在哪里？"

"在乡里的公安特派员王强那里。"丁向山说。

"快把它给我拿来。"杨忠诚说。

"这图纸里面有啥文章吗？"丁向山很好奇地问。

"这里面可能大有文章。"杨忠诚意味深长地说道。

"通信员！"丁向山冲着院子里喊道。

"到！"通信员一步跨进屋里。

"你去让王强把那张图纸拿来。"丁向山吩咐道。

"是！"通信员应了一声转身出去了。

一会儿，公安特派员王强拿着那张图纸走进了丁向山的办公室。杨忠诚从王强手里接过那张图纸，反复看了几遍，然后他站起身来对丁向山说："向山啊，我看今天你就自己陪着献祥吃饭吧，我要马上回去把这件事情向县里领导做汇报。"

丁向山站起身拉住杨忠诚说："忠诚哥，现在全国都解放了，这张图纸也翻不起什么大浪，我看没有那么急迫。再说了，你不想见见儿子和姑娘了？你这么长时间没回来，你不想孩子，孩子们可想你啊！"

"是啊，舅，晚一天汇报也不会耽误啥事。"米献祥也劝说着。

杨忠诚想了想，觉得他们说得也有道理，另外他也确实好长时间没有回家看看了，也应该和孩子们见上一面再走，要不然他这一次对于孩子们来说就白来了。想到这里，他又坐了下来。

"这就对了吗，听人劝吃饱饭。"丁向山高兴地说。

"这样吧向山，你今天约着俊文和学富一起到我家里，我也好长时间没见他们了，咱好好聚聚。"

"约上俊文没问题，但是约学富我看就算了吧！"丁向山说。

"咋了？"杨忠诚问。

"唉！大鱼山那件事又给翻出来了。"丁向山无奈地说。

"那事不是早就有结论了吗？他都被撤职了，也受了党纪处分，还要咋的吗？"杨忠诚很不解。

"有人说他那是带枪投敌，现在县里要重新定性，他人也去淄博的岭子煤矿下井了，眼下不在庄里。"丁向山说。

杨忠诚听后半天没有说话，然后深深地叹了口气。

"俊文可想你了，前几天还问你最近回来了没有？我说都是兄弟们，他回来还能不见你？俊文现在常说起你让他把家里的地捐给政府的事。他说你有先见之明，要不然他家就被划成地主了。"丁向山说。

"俊文家几辈人置下那些地也不容易，他就是不捐，和那些地主家也不一样。我有啥先见之明？就是觉得他还是捐了好。"杨忠诚说。

"要不约上宗生？他前几天见我还说想你了呢。"丁向山说。

杨忠诚想了想说："这次就先不叫他了，下次再说吧。"

杨忠诚回到明秀镇后，立即把在闫满庄发现图纸的事向副县长尚兴邦做了汇报，并谈了自己对这件事情的一些想法。

尚兴邦听后对杨忠诚说："满仲哲在投靠翟云涛之前，跟随日本人宫泽帷重多年，和宫泽帷重私交甚笃，他也在官庄煤矿深耕多年，对他留下的东西，我们要高度重视。眼下我们要做的是要搞清楚这张图纸的来龙去脉，弄清楚'找到涝洼井，富了山东省'这句话到底是啥意思，这句话的口气可是够大的呀！"

"我想成立专案组，全力侦办此案。"杨忠诚说。

"好，我同意你的意见。"尚兴邦点了点头。

杨忠诚回到公安局后，立即成立了由副局长刘仁凤任组长的专案组，由调查股长潘毅主抓这项工作。专案组成立的第二天，潘毅就带着两名公安战士亲自去了涝洼村。大家都以为涝洼井应该就在涝洼村里。可是当潘毅去了涝洼村一打听才知道，原来涝洼井并不在涝洼村里。据村里人介绍，涝洼井是在小古月山下的一条山沟里。那里很早以前是一个小煤井，由于距离涝洼村不远，再加之当年在那里开煤井的人是涝洼村的一个财主，因此大家都把那个煤井叫涝洼井。

潘毅经过进一步了解得知涝洼井曾经去过日本人，当年在进出山沟的山口上有日本人站岗，而且戒备森严，外人根本无法进入，所以日本人在那里面干些什么就没有人知道了。潘毅在涝洼村村长的带领下来到了进出涝洼井的那个山沟入口处，但是呈现在潘毅他们眼前的却是整个山沟都早已被从山上滚下来的石头给堵死了，从这里根本没法进入了。

"这是咋回事？"潘毅指着眼前的山沟问村长。

"日本人投降后，不知道为啥，他们就把这里给炸了，当时爆炸的声音特别大，就像天空滚过一串炸雷，把我们村里房子都震得直颤，把村民们都吓坏了。"村长回答道。

"还有别的路可以进去吗？"潘毅问村长。

"要想进去，只能从两侧的山坡上下去。"村长回答道。

"你能带我们去看看吗？"潘毅问村长。

"自从鬼子占了涝洼井，我也没去过，当年山坡上有鬼子站岗放哨，不让人靠近，我现在只能带着你们试试看了。"村长说。

"好，那就麻烦你带我们去看看吧。"潘毅说。

当潘毅他们在村长的带领下，费了九牛二虎之力到达涝洼井所在的那个山沟里的时候，呈现在他们面前的是和当年呈现在满仲哲他们面前的景象差不多，只是树更高了，草更密了。潘毅拿出那张图纸，看着眼前的一切，他茫然无比，根本看不出那个涝洼井在哪里。潘毅扭头问村长："你从前来过，你还能指出涝洼井的大体位置吗？"

村长摇着头说："潘股长，不瞒你说，我怎么感觉这里已经不是原来的那个地方了呢？这地形地貌变化实在是太大了。"

潘毅再次环顾四周，然后很无奈地说："看来今天我们是一无所获，只能打道回府了！"

潘毅回到县公安局后，把自己了解的情况向副局长刘仁凤做了汇报。

刘仁凤想了想对潘毅说："杨局长不是说当年在剿灭满仲哲时抓获了一个盗墓贼叫曹尉校吗？你马上找到这个人，看看能不能从他那里得到什么线索，另外看能不能找到满仲哲当年的那些手下，兴许从他们那里也能够得到一些线索。"

"好，我马上安排人去找。"潘毅应道。

经过近半个月的紧张工作，潘毅他们还是没有找到什么有价值的线索。曹尉校已经在一年前因病去世了。调查股的同志虽然找到了几个当年曾经跟着满仲哲干过的手下，但据他们交代，可能知道涝洼井秘密的人只有满仲哲的亲信徐步达和赵梓明，可是这两人也都死了。至此，线索全部中断，案件的侦破工作无法再继续下去了，潘毅也只好把这一结果向刘仁凤副局长做了汇报。

刘仁凤副局长听了潘毅的汇报后沉思半晌，最后说："看来我们也只能把这个很不理想的调查结果如实向杨局长做汇报了，看看杨局长还有没有其他的办法。"说完，他就带着潘毅一起去找杨忠诚。

杨忠诚听完汇报后说："满仲哲这个人我是很了解的，他能费尽心思留下一张这样的图纸，里面一定藏有一个大秘密。从铁盒子里几块银元代表钱的寓意，再到'找到涝洼井，富了山东省'这句话，我们有理由推测涝洼井的秘密应该和一笔财富有关。这是满仲哲想给他的后人留下再次发达的资本啊！现在我们的各级人民政府都百废待兴，都很缺钱，要是能找到涝洼井，那可真是一件大好事。"杨忠诚说到这里，桌子上的电话铃声忽然响了，杨忠诚接起电话。

"忠诚啊，请你到我办公室来一下，我有事找你。"电话那头是副县长尚兴邦的声音。

"好，我这就过去。"杨忠诚放下电话，然后对刘仁凤和潘毅说："兴邦县长找我，你们先回办公室等我，我回来后咱再继续谈。"说完，杨忠诚就拿起公文包出了办公室。

过了大约一个小时，杨忠诚从县政府回到了公安局，他把刘仁凤和潘毅就叫到了办公室。

"咋了，局长？出啥事情了吗？"刘仁凤一进屋就发现杨忠诚的脸色有点不好看，于是就问道。

"气死我了！"杨忠诚喘了一口气说。

"咋了局长？"潘毅也追问道。

"尚兴邦居然要和赵秋菊结婚。这成何体统？"杨忠诚拍了一下桌子说道。

刘仁凤和潘毅对视了一下后试探着问："你就为这事生气？"

"这事还不够让人生气的吗？我看这个尚兴邦真是变了，变得我都不认识了！"杨忠诚生气地说道。

潘毅给杨忠诚倒了杯水放在桌子上说："局长，张开疆书记已经和赵秋菊院长离婚了，尚兴邦县长的爱人也牺牲多年了，现在新社会讲究自由恋爱，他们两个走到一起也没啥问题吧？"

"胡说！朋友之妻不可欺！"杨忠诚大声说道。

刘仁凤见杨忠诚如此生气，也不敢再说话了，他知道杨忠诚和张开疆、尚兴邦在一起共事过年，有着深厚的友谊，他们之间的关系非同一般，现在出了这样的事难免会有些尴尬。

过了一会儿，杨忠诚叹了口气说："那个案子你们还要多留意，不要放下，仁凤同志你就多操心吧，以后我也没法管了。"杨忠诚说。

"局长你这是说的啥话啊？你不管咋行？"刘仁凤以为杨忠诚是在为尚兴邦的事闹情绪，就急忙说道。

"我想管也得管得了啊！我马上就不是局长了。"杨忠诚说。

"咋了局长，你不会因为和尚县长闹点别扭就撂挑子吧？"刘仁凤很不解地问。

"是啊局长，为了这点事也不值得啊！"潘毅也说道。

"咋能是为这事呢？他找我是代表组织和我谈话，告诉我要把我调走，他是在谈完正事后让我多留一天参加他的婚礼。"杨忠诚说。

"你要调哪去啊，局长？"潘毅感觉事情发生得很意外。

"这是咋回事吗？咋这么突然？"刘仁凤也觉得很吃惊。

这时杨忠诚的心情已经平静了下来，他说："临济县要撤销了，平陵县政府也要搬到平陵城去了，干部要进行调整，组织上调我去泰安专区工作。"杨忠诚说。

"去那里干啥？"潘毅迫不及待地问。

"去专区劳改大队当大队长。"杨忠诚说。

"这不是在给别人腾地方吗？你不能走！如果你要是非走不可的话，那我也跟你一起走！"潘毅愤愤不平地说。

杨忠诚瞪了一眼潘毅说："你又不是个小孩子，哪能我到哪你就跟着去哪呢？这像什么话啊？"

"那我不管，我就是要跟着你走！从前打仗是这样，现在搞案子也是如此，我习惯了。再说了你能把我从临济县带回平陵县，你就能带着我去泰安。"潘毅很固执地说道。

杨忠诚没有再理会潘毅，而是对刘仁凤副局长说："仁凤同志啊，我这人脾气不好，业务能力也不强，但是这段时间我们处得关系很融洽，这主要是你对我的支持和谦让，在这里我要真心地说声谢谢你！"

"杨局长，你这是说的哪里话？你不仅是我的领导，也是我的老大哥，我这人是一根筋，一起工作这段时间没少让你操心，你也没少帮助我。我也感觉你不应该走，你真要是走了，我还真不知道下一步该咋干了，你看你问问泰安劳改大队那边缺不缺人手，我也想跟和潘毅一样，跟你一起去。"刘仁凤很认真地说。

"你们这都是咋了吗？都在咋说话呢？咱这不成山头主义了吗？这怎么行？"杨忠诚有些不高兴了。

"杨局长，我这都是说的心里话，我这人当副职多年，和正职总是搞不好关系，说来也奇怪，就是和你一起工作心里舒坦，我真的不想这种工作状态就这么结束了。唉！我真的是舍不得你走啊！"刘仁凤有点伤感地说道。

"其实我也舍不得你们啊！可是咱都是公家的人，要听从组织上的安排，也许以后我们还有机会在一起工作的。"杨忠诚说完站起身拍了拍刘仁凤的肩膀，就往外走。

"你干啥去局长？"潘毅站起身问道。

"我想出去走走。"杨忠诚说。

"能让我陪着你吗？"潘毅恳请道。

"好吧。"杨忠诚说完就出了门。

五十七

　　泰安专区的劳改大队里关押的都是一些政治犯，这些人有曾经当过汉奸、土匪、伪军的，也有被俘虏的国民党军官和士兵，成分十分复杂，很不好管理。有些犯人还经常闹事，尤其是一些当年打过日本鬼子的、自恃对抗战有功的人经常会挑起事端，干扰公安人员的正常管理，破坏劳动秩序。劳改大队也成了专区公安局很不好开展工作的一个单位。

　　杨忠诚这次被调到劳改大队来任职，是泰安专区副书记张开疆推荐的。张开疆现在专区分管政法工作，他很了解劳改大队的情况，于是在原劳改大队长调走，专区公安局局长韩文强为新的大队长人选一筹莫展的时候，张开疆书记向他推荐了杨忠诚。

　　杨忠诚是提前两天来到专区所在地泰安城报到的。他之所以早来没有别的意思，就是想躲开尚兴邦和赵秋菊的婚礼，在这件事情上，他没有给尚兴邦面子。尽管那天他和尚兴邦为了这件事闹得不愉快后，尚兴邦还是专门给他打来电话，说赵秋菊也希望他能参加完他们的婚礼后再走，但是杨忠诚还是早早就启程了。

　　杨忠诚刚到劳改大队，还没有和大队几位领导说上几句话，就被张开疆副书记叫到了专区里。

　　"忠诚啊，我们可是有日子不见了，你为啥也不来看看我啊？"张开疆把杨忠诚让到椅子上坐下后笑着问。

　　"我知道书记你忙，我也不好来打扰，再说了这泰安城离着我们那也实在是够远的。"杨忠诚不好意思地说。

"你现在学习咋样啊？有进步吗？那斗大的字应该也认识几麻袋了吧？"张开疆笑着问。

"不瞒书记你说，在战争年代整天东奔西跑的也顾不上，解放后这几年参加了几次学习班，学了一点知识。"杨忠诚回答道。

"那就好，现在和从前不一样了，和平时期需要更多有文化的干部，你要多给自己的肚子里灌点墨水才行啊，从前的那点私塾底子搞起社会主义建设来就不行了！"张开疆忽然很认真地说。

"我知道了书记，我会加强学习的。"杨忠诚喝了几口水，把杯子放在桌子上问张开疆，"书记，我在平陵那边干得好好的，咋又把我调到这里来了？"

"你杨忠诚名声在外，难免总被人点将啊！"张开疆说。

"我可从来没有管过劳改犯啊！"杨忠诚有些为难地说。

"没事，我相信你能干好的，专区公安局的韩文强局长这人很不错，没小事，你来了以后放开手脚干就是了。不过话又说回来了，做好劳改大队的工作也不是件容易的事。"张开疆书记说。

"我有心理准备，我争取尽快进入角色。"杨忠诚说。

"那就好，不过眼下就有一项很重要的任务需要你们劳改大队去完成，我希望你能圆满完成这项任务。"

"啥任务啊？"杨忠诚问。

"参与整修四女寺水利枢纽工程建设。这项工程，上面对施工质量要求很高，而且工期很短。"张开疆书记说。

"那我先回去和其他几位领导研究一下，做好准备工作，我想应该没问题，就请书记放心吧！"杨忠诚说。

"那好，那我今天也就不留你了，本来我是想叫着文强局长一起咱吃个饭，也算是给你接风，可我刚刚接了省里的通知，让我去济南参加一个会议，吃饭的事就只能先放一放了。"张开疆说。

"没事，书记你先忙，我就先回去了。"杨忠诚说着站起身来。

张开疆站起身和杨忠诚握了握手说："好吧，那你就先去吧！"

杨忠诚走到门口忽然停下了脚步，又转过身来。

"你还有事吗？"张开疆看着杨忠诚问。

杨忠诚犹豫了一下就说："没有了。"然后迈步走出了张开疆的办公室。本来杨忠诚是想问一下张书记有关赵秋菊的事，可是后来他还是感觉有些不妥，于是就没有问。

杨忠诚从专区回到劳改大队后，他立即把几个大队领导叫到一起召开会议，传达了张开疆副书记的指示。

劳改大队的教导员李寿臣听后对杨忠诚说："大队长，咱当务之急是解决劳改大队犯人不好管理的问题，尤其是有一些刺头很难弄，只要这个问题解决好了，剩下的事情都好办，要是这个问题解决不好，恐怕啥任务我们都很难顺利完成。"

"这个问题我想过了，你们给我列个名单，我倒要看看他们都是哪路神仙？都有些什么神通广大的本领？"杨忠诚说。

"不用列，名单是现成的。"李寿臣说着就从兜里掏出一份名单放在了杨忠诚的面前。

杨忠诚拿过名单看了一眼问："这里面哪个最难对付？"

"最不听话的就属王大川了，这个人外号叫'王老虎'，是个国民党团长，他自恃抗日有功，经常不服从管理，消极怠工，而且还在监室里鼓动其他犯人闹事。"负责犯人管教工作的副大队长刘顺宝说。

"是，就是这个家伙最不好管。"教导员李寿臣补充道。

"好吧，正所谓擒贼先擒王，我就先会会这个王老虎。会后，你把他叫到我的办公室里。"杨忠诚对刘顺宝说。

"我看你还是在审讯室里和他见面吧，这个家伙长得五大三粗，在审讯室里见他更安全些。"刘顺宝有些担心地说。

杨忠诚笑了笑说："什么人我没见过，放心，他吃不了我。"

王大川是戴着手铐被两个看守带进杨忠诚办公室的。

杨忠诚看了一眼王大川，发现这个人很魁梧，那个头好像比他还要稍高一些。而且这家伙腰板笔直，两眼有神，眉宇间透着一股杀气，一看就是一个上过战场，经历过生死的人。

"来，把他的手铐打开，让他坐下。"杨忠诚对一个看守说。

"大队长，这个恐怕不合适吧？"那个看守犹豫着说道。

"没事，给他打开就行。"杨忠诚说。

那个看守给王大川打开手铐，另一个看守拿过来一个凳子放在了王大川的身后。

"请坐吧！"杨忠诚伸出手示意道。

王大川瞥了一眼杨忠诚，语带傲慢地说："不用坐，想给我灌什么迷魂汤你就灌吧，我站着喝更顺畅。"

"你别不识抬举！这是我们新来的杨大队长，今天找你来谈话是看得起你！"一个看守对王大川大声训斥道。

"哼！我王大川活了快四十岁了，什么官没见过？大队长有什么了不起？"王大川轻蔑地说道。

"大队长确实没什么了不起，连个七品芝麻官都算不上，那我请问你当年在国民党的军队里是个什么官呀？"杨忠诚问。

"官不大，上校团长。"王大川有点洋洋自得地说道。

"哦，官不算小嘛！可是你知道吗？在我们俘虏的国民党军官里像你这样的官多如牛毛，真是不值一提，否则你也不会在我们这里，这个想必你心里有数吧？"杨忠诚眼睛盯着王大川说。

"我和他们可不一样！"王大川别棱着脑袋说。

"有啥不一样？都是败军之将！"杨忠诚厉声说道。

"我王大川抗日有功，想当年我在台儿庄战役中率领全团官兵歼敌千余人，大刀刃都砍卷了，老子身上有五处伤口，肠子都打出来了。"说着，王大川一下子掀起上衣，露出肚子上的伤疤。

杨忠诚看了看王大川的肚子，平静地说："我敬重你是条汉子，也不否认你抗日有功，可是那后来呢？"

"后来？啥后来？"王大川放下衣襟问。

"我是说抗日战争胜利以后呢？"杨忠诚说。

"抗日战争胜利以后？那不就是和你们打起来了嘛！"王大川不知道杨忠诚问话的目的。

"那再后来呢？"杨忠诚继续问。

"再后来？再后来就……"王大川一时语塞了。

"不好回答了吧？我来替你答。再后来就是你们国民党兵败如山倒，蒋介石跑到台湾去了，而像你这样的人就成了我们的俘虏。对不对？"杨忠诚大声问道。

"哼！那也是我们的上峰无能，我们做下属的只能跟着倒霉罢了！"王大川很不服气地说。

"王大川，你要明白你的命是和国民党、蒋介石的命连在一起的，你不服气也不行，谁让你们挑起内战，和共产党为敌呢？"杨忠诚一字一句地说道。

"国民党战败不等于我王大川个人战败，我永远也不认这壶酒钱！"王大川把头扭向一旁倔强地说。

"你认也好，不认也好，这就是你王大川现在的结局。我劝你还是早点认清形势！老老实实接受改造！"杨忠诚的话掷地有声。

王大川转过头来上下打量了一下杨忠诚后忽然问："敢问杨大队长在和我们国民党打仗的时候是个什么官啊？"

"算不上什么官，只是个县大队的大队长，咋了？"杨忠诚不知道王大川为啥这么问。

"哦，原来是这样。据我所知，你们一个县大队也就几十号人吧？可我的团有一千多人你知道不？你说要是那时我们双方遭遇了，会是个什么结局？"王大川撇着嘴问。

杨忠诚听后笑了笑说："王大川，我感觉你的这个想法有些可笑。这个世界没有如果，只有结果，不过我还是可以回答你这个问题的，那结局就是我现在依然是劳改大队的大队长，你依然是劳改大队里接受改造的服刑人员。"

"那这样好不好？咱俩今天就单挑一下，如果你赢了，那我从今往后就彻底服输，不再给你们添乱，你们说啥是啥。如果你赢不了我，那就请你以后不要再给我灌什么迷魂汤了，咋样？你敢应战吗？"王大川说完，用挑衅的眼光看着杨忠诚。

"你先说咋个单挑法？"杨忠诚迎着王大川的目光问。

"就是咱俩徒手格斗，被打倒的为输，三局两胜，你敢吗？"王大川此刻有点盛气凌人，因为他在心里断定杨忠诚不敢应战。

"这有啥不敢的，我接受你的挑战。"杨忠诚果断地说道。

"不行，这可不行。"劳改大队教导员李寿臣从门外一步跨进屋里，副大队长刘顺宝紧随其后。原来这二人一直站在门外，他们知道杨忠诚刚来，对劳改大队的一些事情不熟悉，尤其是不了解像王大川这样的犯人，他们担心可能会出现别的状况。

李寿臣进门后就对杨忠诚连连摆手说："大队长，你怎么可以和一个服刑人员比武呢？这成何体统？"

刘顺宝也对王大川训斥道："王大川，你是不是太没数了？你已经是败军之将，还有什么资格提这样的要求？"

王大川哼了一声，他嘴角露出一丝轻蔑的笑容，一腚坐在凳子上，跷起二郎腿，一语不发。

杨忠诚没有理会李寿臣和刘顺宝，而是对王大川说："王大川，咱君子一言既出，驷马难追，事情就这么定了！"

王大川听杨忠诚这么一说，他腾地一下从凳子上站起来，对杨忠诚用力一挥手说："那咱就请吧！"

"这就比吗？"杨忠诚问。

"是啊！那还等个啥？"王大川反问道。

"不行！这绝对不行！"李寿臣上前一步挡在杨忠诚面前。

"不行，现在就比确实不行。"杨忠诚用手示意李寿臣闪开。

"变卦了？我就知道你不敢。你要真敢和我王大川比试，我保你必败无疑，到那时你这大队长就威风扫地了，以后也没法再给别人灌迷魂汤了，哈哈哈！"王大川忽然放肆地大笑起来。

"王大川，你是误会了。我现在不和你比不是变卦了，更不是不敢。我既然答应了你，那岂有退缩之理啊？"杨忠诚说。

"那你是啥意思。"王大川瞪着眼睛问。

"我的意思是既然咱要比那就得找个正式的场合，弄出点动静来才行，否则谁能证明咱俩谁赢了？我看咱就在明天早上早操后，在操场上当着所有人的面比个高低输赢，你看行不行？"杨忠诚语气平缓而又笃定地问王大川。

王大川听到这里冲着杨忠诚竖起大拇指说："好！就冲你敢，不管明天你是输是赢，我今天都要先在这里敬你是条汉子！"

"王大川，你太放肆了！给你脸了是不？快向杨大队长承认错误，赶早收起你那一套！"刘顺宝对王大川训斥道。

"把他带回去！让他好好准备一下，明天早上他就不用出操了。"杨忠诚对两个看守说。

王大川刚出门，教导员李寿臣就甩着手，着急地对杨忠诚说："大队长啊！咱这不是乱弹琴吗？咱哪能和犯人去比武呢？"

"是啊，大队长，这王大川人高马大，他敢提这么过分的要求，那一定是来者不善，咱可不能上当啊！要是如他所愿，那咱丢面子是小事，以后这劳改大队里的犯人就没法管教了啊？"刘顺宝也担心地说道。

"你们别着急，我已经想好了，如果明天我被王大川打败了，那我就辞去大队长职务，一个王大川我都征服不了，我也不配做这个大队长，但是今天这个事就这么定了，你们也不要再说别的了！"杨忠诚站起身来十分坚定地说道。

李寿臣和刘顺宝听杨忠诚这样一说，也就不好再说什么了，他们只好无奈地退出了杨忠诚的办公室。

第二天的早晨，犯人出操完毕后都在操场的主席台前列队集合。现在犯人们都知道了王大川要和新来的大队长比试武艺。昨天王大川一回到监室就迫不及待地告诉了他的室友们这一消息，同时他还夸下海口说他一定要打得杨忠诚满地找牙，让劳改大队的所有人都知道他王老虎的厉害，让事实证明他现在是龙游浅水遭虾戏，虎落平阳被犬欺。这消息一经王大川发布，迅速就在各个监室的犯人中间传播开来，很多人都为此无比兴奋，他们都在等着看一场热闹。其实这也难怪，在这枯燥乏味的监狱里什么娱乐活动都没有，犯人们整天只有吃饭、睡觉、学习和劳动，长久的压抑让他们都很期待来点刺激神经的事情。

可是同样得到这一消息的劳改大队的管教干部和看守们此刻却很不轻松，他们心里都在为新来的大队长捏着一把汗，尤其是教导员李寿臣。李寿臣早就听说王大川练过武术，在这劳改队的犯人里也是没人敢惹的。至于杨忠诚是个啥情况，他却一无所知。李寿臣从本心里是非常想阻止这场比武的，在他看来这也太不符合规矩了。要是杨忠诚赢了还好说，要是杨忠诚输了，那局面真就不好收拾了。为了阻止这次比武，李寿臣昨天从杨忠诚的办公室出来后，就马不停蹄地跑到局里向韩文强局长做了汇报，他想让韩局长出面阻止这件事情。但是让他没想到的是韩局长听完他的汇报后很平静地说：每个领导都有自己的一套工作方法，我也不能干涉太多。"李寿臣听后只好无奈地回到了劳改大队。

主席台下的犯人们都在等待着比武开始。这时，杨忠诚走上主席台，他看了一眼下面黑压压的人群，然后声音洪亮地说："大家早上好！我叫杨忠诚，是刚来的大队长，今天应王大川的邀请，和他切磋武艺，我们共同定下的规则就是徒手搏斗，先倒地为输，三局两胜。下面就从服刑人员当中请两位上来当裁判，愿意的请举手！"

"我愿意！我愿意！"杨忠诚话音刚落，台下就举起一片手臂。杨忠诚对站在主席台一侧的副大队长刘顺宝说："你去选两个。"

刘顺宝看了看杨忠诚，然后很不情愿地走到服刑人员队伍中，选出来了两个平时表现比较好的，并把他们领到台上。

待两个服刑人员在台上站好后，杨忠诚对着台下喊道："王大川来了吗？请上来吧！"

"早就来了！"王大川从队伍中快步来到主席台前，一个箭步跃上主席台，并在主席台上翻了两个筋斗，然后来到杨忠诚他们的面前站定。

"哗！"瞬间台下爆发出一阵掌声。

"可以开始了吗？"王大川斗志满满地问杨忠诚。

"你问裁判！"杨忠诚看了一眼那两个站在一旁的服刑人员。

这两个人刚才上台时还兴高采烈，此时却不敢说话了。

"你们是裁判，你们说开始就开始。"杨忠诚说。

两个服刑人员对视了一下，然后一个服刑人员说："开始！"

服刑人员的话一出口，王大川就一步冲到杨忠诚的跟前，朝着杨忠诚的前胸就是一个直拳。只见杨忠诚非常敏捷地一侧身，躲过王大川的拳头，然后抬腿就是一脚。杨忠诚这一脚正踹在王大川的腰部。王大川向后噔噔噔噔倒退几步，站立不稳，一腔蹲坐在了地上。

这一切发生得太快了，台下的人还没看明白是咋回事，就见王大川已经坐在地上了。

"第一局，杨大队长胜！"一个担任裁判的服刑人员喊道。

"哗！"台下又响起掌声。

王大川有点懵，他没搞明白自己怎么一下子就坐在地上了。待他反应过来后，他在地上一个鲤鱼打挺站起身，二话没说冲到杨忠诚的面前，朝着杨忠诚的腰部抬腿就是恶狠狠的一脚。只见杨忠诚用手挡开王大川踢过来的脚，然后身子向下一蹲，朝着王大川着地的另一只脚就是一个扫堂腿。王大川瞬间失去重心，又一腚坐在了地上。这一次王大川被蹲得不轻，他半天没有爬起身。

"第二局，杨大队长胜！"另一个担任裁判的服刑人员抢着大声喊道。

"哗！"台下又是一片掌声。

杨忠诚见王大川这次没有起来，赶紧上前向王大川伸出了手。

王大川抬头看着杨忠诚，他犹豫了一下，然后把手递给了杨忠诚。

"不要紧吧？没伤着吧？"杨忠诚关切地问道。

"没事。"王大川站起身，整理了一下身上的衣服，然后问杨忠诚，"请问杨大队长你这练的是哪门哪派？我咋没见过？"

"也没啥门派，就是小的时候跟村里清真寺的阿訇学了点三脚猫的功夫。"杨忠诚很谦虚地说。

"不对，不瞒大队长你说，我从小习武，也是拜过名师的，今天这么容易就被别人给打败了，我一定要知道我是败给了哪门哪派，否则我死不瞑目！"王大川很固执地说道。

杨忠诚看王大川如此固执就说："我听阿訇说这门武艺叫'截腿'，讲究'手是两扇门，全凭脚打人'。"

王大川听后双手一抱拳说："领教了！我王大川甘拜下风！"

这时一个担任裁判的服刑人员对着台下大声喊道："杨大队长三局两胜，最终结果，杨大队长胜！"

杨忠诚对两位服刑人员挥了挥手说："你们辛苦了，归队吧。"两个服刑人员敬了个礼，转身下了主席台。

杨忠诚转身问王大川："你既然服输了，那你还记得自己曾经说过的话吗？"

"当然记得。"王大川说完转身面对台下的服刑人员和管教干部大声说道，"各位，我王大川今天败给了杨大队长，我败得心服口服。我曾有言在先，只要是我输了，以后绝不给劳改大队添任何乱，坚决服从管教干部的管理，我这人说话算数，就请大家监督我吧！"王大川说完向着主席台下连鞠了三个躬。

台下的人一时都没有反应过来，他们本以为今天可以看一场你来我往，拳脚相加，飞沙走石，酣畅淋漓的武术比赛，可没想到三下五除二，比赛就分出胜负了，那个从前在服刑人员中威风八面，把管教干部都不放在眼里，而且曾放言要把对方打得满地找牙的王老虎就这样服输了。但不管怎么说，最终的结果是一方很快就认输了，那就说明要么是败的一方太熊包，要么就是赢的一方太强大。大家都知道王大川确实不是一个熊包，那就说明杨忠诚太强大了。

反应过来的服刑人员瞬间爆发出热烈的掌声，且经久不息。很多管教干部也很激动，尤其是那些被大川和一些不听话的服刑人员气过的管教干部，他们都从心里开始敬佩这位新来的大队长了，教导员李寿臣更是激动得热泪盈眶。

五十八

　　自从劳改大队的大队长杨忠诚在比武中赢了服刑人员王大川，整个劳改大队犯人的表现发生了根本性好转，尤其是王大川的表现可以说是发生了惊天逆转。这个从前最不好管理的刺头现在不仅服从管理，积极接受劳动改造，而且他凭借自己在服刑人员中的影响力，说服教育了一大批人，让他们的思想也都开始向积极的方向转变。用王大川的话说就是，"我王老虎都服气了，你们还有啥资格不服气？"这使得有一些平时心里藏着不服气，动不动就在劳动和学习中搞点事情的人也都赶紧收起了棱角，夹起尾巴，不敢再造次了。因为他们明白劳改大队的风水转了，和以前不一样了。

　　服刑人员的这种转变，杨忠诚看在眼里，高兴在心中，这也是他没有预料到的。当初他同意和王大川比武只是想枪打出头鸟，给服刑人员一个下马威，可是没想到会收到这么好的效果，他现在觉得应该借着这个势头再进一步扩大战果，于是他就和教导员李寿臣、副大队长刘顺宝共同研究，决定在劳改大队的服刑人员中间成立一个劳动改造积极分子小分队，把那些在劳动改造中表现好的服刑人员组织在一起，树立一个榜样，这样可以通过服刑人员之间的相互影响，更好地达到改造的目的。杨忠诚提出由王大川担任这个积极分子小分队的队长，同时把发展和扩大积极分子小分队的权力交给王大川。

　　李寿臣和刘顺宝完全同意。现在这两个人对杨忠诚这个大队长是既佩服又敬重，以至于杨忠诚说啥他们都认为是正确的。这不仅仅是因为杨忠诚打败了王大川，更因为他们从平陵县那边的干部嘴里知道了杨忠诚的一些过往，比如说杨忠诚曾在夜晚的深山里斗过两只野狼，还有曾经独闯敌人的老巢去救战友等。这些故事都很传奇，可杨忠诚却从来没对他们说起过。这种谦虚的作风就让李寿臣和刘顺宝他们两个感到自愧不如。在杨忠诚来之前，不但服刑人员之间相互比资历，相互吹嘘自己曾经的那些过五关斩六将的事，就是在管教干部当中也有这种风气，现在好了，大家都不吹了，那股风气已经荡然无存。只是这些变化杨忠诚还没有意识到。

成立劳动改造积极分子小分队的事情定下来后，杨忠诚亲自找到王大川，对王大川说："现在的这个小分队的人员有点少，我希望它能尽快扩大，越大越好。如果你把劳改大队的所有服刑人员都发展成积极分子，那你就是服刑人员中的大队长，以后咱劳改大队就有两个大队长了。"

王大川给杨忠诚深深地鞠了一躬说："杨大队长，你敬请放心。我王大川当年打鬼子不含糊，现在劳动改造我也不会含糊，不为别的，就为我心服口服地输给了你，我认这壶酒钱！"

劳动改造积极分子小分队成立后立刻就像浊水渠中涌出的一股清流，很好地发挥了先锋模范作用，也成为了劳改大队承建的水利枢纽工程的主力军。

劳改大队参与修建的工程叫四女寺水利枢纽，这是海河流域漳卫南运河中下游一个重要的防洪控制枢纽。它上游接卫运河，下游分别接漳卫新河与南运河，是一座具有防洪、排涝、灌溉等综合利用功能的大型水闸。整个枢纽工程包括节制闸、分洪闸和船闸三部分，劳改大队负责建设的主要是分洪闸部分。

劳改大队的参战人员一进入工地，积极分子小分队就成了攻坚力量。队长王大川身先士卒，在很多艰难险要任务面前，他都表现得非常突出，仿佛又回到了当年打鬼子的战场上。很多服刑人员也都向小分队的人学习，他们不怕苦不怕累，干劲十足，并且有不少人积极向小分队靠拢。小分队也在不断吸收新鲜血液，人数从原来的十几个人逐渐扩大到了三十几个人，同时还有一些人想要加入到小分队里来，王大川正在考察着他们。

杨忠诚对王大川和小分队的表现非常满意，同时王大川也对杨忠诚越发敬佩。这不仅仅是因为王大川在比武中输给了杨忠诚，更主要的是他发现杨忠诚这个大队长和别的管教干部不一样。在王大川看来虽然杨忠诚看着一脸严肃，但实际上这个人很平易近人，没有一点官架子，而且说起话和办起事来也都是直来直去，从不藏着掖着。更重要的一点是他从来不歧视犯人，这在服刑人员看来尤其难能可贵。另外还有一点就是王大川发现在修水库的劳动中杨忠诚会经常到工地上来，他来并不是监视犯人劳动改造的，而是亲自参加劳动。每次杨忠诚一来就会直接脱掉警服，和服刑人员一起光着膀子打夯、搬石头，砌围堰。一百多斤的大石头，杨忠诚一把就能搬起来，很多服刑人员都为杨忠诚的这一举动叫好。杨忠诚的做法也直接影响到了劳改大队其他的管教干部们，很多管教干部也都积极参与到劳动中，致使工地上出现了管教干部和犯人肩并肩劳动的场面。这种场面也深深触动了一些服刑人员的内心，尤其是那些对共产党和人民政府还有成见的人，他们在思想上也都对共产党和人民政府有了新的认识。

入冬后的一天，天气已经有些冷了，但是在劳改大队的劳动工地上，人们还是干得热火朝天。

杨忠诚一早就来到了工地上，他还像往常一样，一到工地就和服刑人员一起并肩劳动起来，他这一干就是两个多小时。

在劳动的休息时间，王大川来到了杨忠诚的面前，对杨忠诚说："大队长，我想向你请示个事儿。"

"啥事？说吧。"杨忠诚用手拍打了几下身上的灰土，坐在旁边的一块石头上说道。

"现在咱积极分子小分队的人数越来越多了，我想能不能设立一个副队长，这样也能更好地带领大家劳动。"王大川说。

"当然可以。"杨忠诚一口就答应了下来。因为在杨忠诚看来小分队的规模是越大越好。而且他发现有时候犯人管犯人会更有效。同时，他还发现这样做还能减少管教干部和犯人之间的冲突和摩擦，减轻管教干部的工作压力，省去一些不必要的麻烦。

"谢谢大队长对我王大川的信任！"王大川有点激动地说道。

"你有合适的人选了吗？"杨忠诚问。

"有，我们小分队里有一个人叫窦福的，这个人自从来到小分队后就表现得非常突出，而且他还很有文采，我想下一步……"

"你先等一下，你说的这个人叫啥名字？"杨忠诚忽然打断了王大川的话问道。

"他叫窦福。"王大川回答道。

"窦福？"杨忠诚用手摸了摸下巴自言自语道，"哪个窦福啊？不会是他吧？"

"咋的？大队长你认识他？"王大川问。

"你把他给我叫过来。"杨忠诚说。

"是！"王大川应了一声转身走了。

过了一会儿，一个服刑人员跟在王大川的身后来到杨忠诚的面前。杨忠诚看眼前这个服刑人员一直低着头，就站起身来问："你叫什么名字？请你把头抬起来可以吗？"

那人犹豫了半天最终抬起头来。

"哦！果然是你啊！你怎么会在这里？"杨忠诚问。

"杨大队长，一言难尽，我真没脸见你，我……"窦福说到这里再次低下了头。

"你只是没脸见我吗？"杨忠诚忽然很严肃地问道。

"我对不起党的培养！对不起领导和同志们！我没有坚持到革命的最终胜利。"窦福小声说道。

"没有坚持到革命最终胜利是啥意思？"杨忠诚问。

"我、我开了小差，当了逃兵。"窦福吞吞吐吐地说。

杨忠诚盯着窦福看了半天后忽然问："你还记得刘大山吗？"

"刘大山？我不熟悉这个人啊！"窦福急忙抬起头来回答道。

"你可能不熟悉，但你应该知道他牺牲的事吧？"杨忠诚问。

"我、我听说过，挺可惜的。唉！"窦福说完叹了口气。

"是挺可惜的，因为他是被叛徒害死的。"杨忠诚忽然大声说道。

"哦！是吗？这个我还真不清楚。"窦福故作很惊讶地说。

"你是真的不清楚吗？"杨忠诚大声追问道。

"我真的不清楚。"窦福不由得向后退了一步摆手说道。

"不清楚你干吗这么紧张啊？"杨忠诚继续逼问道。

"我没有紧张啊？"窦福站稳了脚跟后回答道。

"其实你现在心里紧张就对了！因为刘大山同志就是被你害死的！你说是不是？"杨忠诚厉声逼问道。

"杨大队长，这话可不能乱说啊！我就是一时糊涂当了逃兵，我可没做其他什么亏心的事啊！"窦福急忙辩解道。

"窦福，我们那些人那次途经古月镇兵站去平陵城的事，知道的人很少，而你就是其中之一。据我事后了解你当天参加了县里研究外派干部的会议。你还记得那天晚上我们在街上相遇吗？你明明知道我要去临济县工作，可你却说不知道。我问你，你那天晚上那么晚了是去哪里了？是去干什么了？"杨忠诚眼睛盯着窦福一连串地逼问。

"都好多年前的事了，我早已记不得了。"窦福继续辩解道。

"你也可能是做坏事太多了，真的记不得了，但是我却一刻也没有忘记过那件事情！"杨忠诚大声说道。

"杨大队长，这到底是啥情况啊？"站在一旁的王大川不知道发生了什么事情，他有点丈二和尚摸不着头脑。

杨忠诚没有回答王大川的问题，而是对他说："你去把副大队长刘顺宝找来。"

"哦，好的。"王大川应了一声转身跑步走了。

很快刘顺宝就来到杨忠诚面前，"咋了大队长？"刘顺宝问。

"这个人叫窦福，是个叛徒。你先把他带回去关起来，等这里今天的劳动结束了，我要亲自提审他。"杨忠诚说。

"杨大队长，我们都是老熟人了，我现在正在积极改造，重新做人，你要相信我说的话啊！"窦福向杨忠诚哀求道。

"你放心窦福，宋江杀了阎婆惜，冤有头债有主。我们共产党不会冤枉一个好人，但也绝不会放过一个坏人。同时你也要知道，共产党的政策是坦白从宽，抗拒从严！你还是回去先好好想想吧！"杨忠诚说完冲刘顺宝一挥手说，"把他带走！"

事实很快就搞清楚了，尽管窦福起初百般抵赖，但是在杨忠诚凌厉的攻势下，最终他的心理防线还是被攻破，承认了当年是他给敌人通风报信，导致刘大山同志牺牲，杨忠诚他们险些被抓。

通过审讯，杨忠诚得知窦福早就成了敌人的奸细。

其实窦福一开始也并不坏，只是世事难料，让他走上了一条不归路。窦福的老家是黄家庄的，他从小家境并不算富裕，家里只有几亩薄田，但是他的父母却坚持供他读书，他们坚信"书中自有黄金屋，书中自有颜如玉"。他们指望着儿子将来能够出人头地，有一个好前程，但是最终窦福却没能如父母所愿，只在村中大地主黄生金家开办的学堂里当了一个教书先生。

窦福和村里的一个叫黄闭月的姑娘从小青梅竹马，两小无猜，但是黄闭月长大后却被父母做主嫁给了大地主黄生金，给黄生金当了小老婆。窦福一气之下离开家乡，投奔了八路军。因为窦福有文化，会做事，深得领导赏识。如果他要是好好干，可以说是前途无量，但是他却在女人身上犯了错误。

窦福在一次回家看望父母时遇到了黄闭月。黄闭月嫁给地主黄生金后过得并不幸福，她经常受到黄生金大老婆的欺凌，几次寻死觅活，搞得黄生金焦头烂额，最后黄生金只好把闭月搬出了黄家大院，让她住在了外面的一套宅子里。窦福回家后在大街上正巧遇到了黄闭月。两个人见面后四目相对，旧情复燃，于是窦福就跟着黄闭月回到了黄生金在外面的私宅里。但是让窦福没有想到的是，正当他和闭月缠绵时却被黄生金给堵在了床上。尽管窦福百般求饶，最后还是被黄生金交给了金魁的特务队。窦福在金魁的威逼利诱下，最终叛变革命，做了金魁的走狗。

其实当年杨忠诚就曾怀疑过古月镇遇袭是有人告密，他还想回平陵县亲自侦破此案，但是由于临济县的领导不同意，最后让平陵县公安局去侦办了，但案件最终不了了之。杨忠诚回到平陵县公安局后也一度想对这件事重启调查，可毕竟事情已经过去多年了，当年负责案件侦破的几个同志都随着大军南下了，而且公安局里也找不到这起案件的有关材料，所以只能作罢。但是杨忠诚没想到这起案件会在今天踏破铁鞋无觅处，得来全不费功夫地破获了。其实在这件事情上，一开始杨忠诚也是没有十足把握的，只是他没想到窦福会出现在这里，他联想到从前的一些事情，凭着直觉在诈窦福，但出乎意外的是这事还真就是窦福干的。杨忠诚心想这可能是上天注定刘大山不能白死，而且把为朋友报仇的机会最终留给了他。想到这里，杨忠诚的心里有了些许安慰。

枪毙窦福的那天正好是劳改大队负责的四女寺水利枢纽工程项目胜利竣工的那一天。在这大半年的劳动中，不管是服刑人员还是管教干部都很辛劳，他本人也很累，但是他们最终提前一个月完成了上级交给的任务，得到了专区领导和公安局领导的一致好评，劳改大队受到了工程指挥部的通令嘉奖。

面对取得的成绩和获得的荣誉，杨忠诚却怎么也高兴不起来。现在他想到的是那些牺牲的战友，尤其是刘大山的牺牲让杨忠诚很心疼、很愧疚，因为刘大山是为了保护他们才牺牲的。试想如果刘大山当时为了保命不反抗，那后果不堪设想。现在告密的窦福伏法了，刘大山可以瞑目了。杨忠诚感觉他应该回趟老家，去古月镇看看刘大山的爱人张翠莲，他想亲口把窦福伏法的这个消息告诉给她，然后再到刘大山的坟上去看一看，祭拜一下。

自从刘大山牺牲后，杨忠诚一直忙于工作，一次也没有去过刘大山的坟上，他甚至都不知道刘大山埋在哪里，每当想起这些，他的心里就很不好受，觉得很惭愧。其实这也不能怪杨忠诚，他这些年来奔走东西，枪林弹雨，也是九死一生。就是在这解放后，他也是夜以继日地工作，很少有自己的时间。远的不说，就说他来泰安专区工作后的这段日子，他还从来没有回过闫满庄的家。杨忠诚刚来劳改大队的时候，单位里的事千头万绪，让他忙得不可开交，特别是开始修建水利工程后，由于工期紧，任务重，他几乎要整天"钉"在工地上，就连他的媳妇白续珍给他生孩子，他也没有回去看一下，后来还是闫满庄里自己的好朋友马俊文来给他送的信。

马俊文也只是在工地上和杨忠诚见了一面。马俊文说白续珍让他给孩子起个名字，他就给儿子起名叫杨厚明。现在杨忠诚学习了一些文化知识，像给孩子起名字这样的事再也不用去找先生了。马俊文带着孩子的名字和他会很快就回去看媳妇和孩子们的承诺回了闫满庄。可是自从马俊文走后，一连几个月他都没有回去过，只是中途给家里写了一封信，解释了一下他为啥没有回去的原因。白续珍也给他回了一封信。信的内容很简短，就是告诉他家里一切都好，让他保重身体，别太累了。现在杨忠诚想无论如何他都要回趟老家了，于是他一回到泰安城，就去局里向韩文强局长请了假。

杨忠诚请假后的第二天天还没亮，就骑上局里给他配发的一辆老旧的自行车向闫满庄进发了。一路上，杨忠诚骑着自行车翻山越岭，一刻不停，在接近中午时分，他终于回到了阔别多日的闫满庄的家里。

今天是个星期天，杨忠诚的养子杨厚增、女儿杨桂英都在家。白续珍看到突然回家的杨忠诚，心情非常激动，她赶紧抱起襁褓中的儿子给杨忠诚看。杨忠诚把孩子抱过来，左看看右看看。他发现这个儿子长得白白净净，十分招人喜爱，于是笑得合不拢嘴。

正在这时，杨忠诚的表哥金宗才来了，他一进院子就喊道："忠诚啊！是你回来了吗？"

杨忠诚赶忙把孩子递给白续珍，从屋里迎了出来。

"哥，你咋知道我回来了？"杨忠诚问。

"我赶集回来一进庄就听说你回来了，这不我就直接过来了。"金宗才说着把手里的一个纸包递给杨忠诚说，"正好今天的牛肉没卖净，给你拿来了，这真是该着你有口福。"

杨忠诚也不客气，他伸手接过纸包说："走，哥，进屋里坐。"

"我就不进去了，我的推车子还在门外呢，我先把它送回家。"金宗才说完就转身往院子外面走。

杨忠诚把金宗才送到大门口说："哥，我姑挺好的吧？我一会儿去看看她。"

金宗才推起车子对杨忠诚说："她挺好的，就是你这么长时间没回家，骂过你好几回了，你去的时候可有个思想准备。"

"骂不要紧，只要她不打我就行。"杨忠诚笑着说。

"爹，我大爷咋走了？"杨厚增出来关院子门时问杨忠诚。

"你个孩子问那么多干啥？大门不用关，敞着就行。"杨忠诚说。

"爹，我已经不是孩子了，我都十六了。"杨厚增说。

杨忠诚抬头看了看杨厚增，他忽然发现这孩子的个子比刚来的时候长高了一头，俨然已经是个大小伙子了，他心里很高兴，就问："你现在学习咋样啊？"

"爹，我不想念书了。"杨厚增低下头说。

"为啥？是你娘不让你念了？"杨忠诚追问道。

"不是我娘不让我念了，是我自己不想念了，我就是想下来干活，可我娘不同意，还骂了我一顿。"杨厚增小声说道。

"孩子，你爹小的时候咱家里穷，念不起书，你现在赶上新社会了。听话，好好念，给你弟弟妹妹做个样子。"杨忠诚说。

"我不是念书的那块料，金先生都这么说我。"杨厚增说。

"啥是不是那块料的？我告诉你，不是那块料也要是！当年你奶奶还说我不是当兵的料呢，我这不也当兵了嘛！你这样说话就是没出息！知道不？"杨忠诚有些不高兴地转身进了院子。

杨厚增一看父亲生气了就不敢再说话了，跟着父亲回了屋。

杨忠诚在闫满庄里，白天去南坡看了金宗武，去金宗才家看了自己的姑姑，又去清真寺里看了白广甲阿訇，还去看了看他的救命恩人金毓汉大哥。碰巧姜玉堂回庄里来看望他爹姜重轩，杨忠诚也好久没见姜玉堂了。晚上他就把姜玉堂、丁向山、马俊文请到家里。白续珍做了几个菜，杨忠诚和几个老朋友相聚甚欢，直到启明星都快出来了才散席。

待姜玉堂他们走后，杨忠诚稍事休息，第二天一早，孩子们还没睡醒，他就告别了妻子，骑上自行车向古月镇进发。

杨忠诚已经很多年没有到古月镇来了。古月镇看起来还是当年的那个样子，街道依旧，房屋依旧，刘大山的那个铁匠铺还在那里开着，叮叮当当的打铁声老远就能听见。

杨忠诚把自行车放在铁匠铺门口，然后迈步走了进去。

"师傅，你有啥铁匠活啊？"一个打铁的师傅放下手里的铁锤问道。

"小六子，你不认识我了？"杨忠诚看着那人问。

"哎呀，是忠诚叔。娘，我忠诚叔来了！"小六子一边上前抓住杨忠诚的手，一边扭头向旁边的门里喊道。

"谁来了？"一个妇人从门里走了出来。

"嫂子，你还好吗？"杨忠诚迎上前去问道。

张翠莲看到杨忠诚先是愣了一下，然后她一把抓住杨忠诚的胳膊，激动得一句话也说不出来了。

"嫂子，你老了。"杨忠诚说完这句话后立刻就有些后悔了，尽管在杨忠诚看来张翠莲真老了。想当年张翠莲也是这古月镇上有名的俊俏媳妇，很多男人见了他都不由得要多看几眼，只是由于刘大山那火爆子脾气和强悍的体格，才使得没人敢来招惹她。可是这才过去几年啊，张翠莲不但花容已逝，而且已经完全是一副老夫人的模样了。看来她失去刘大山后的这些年心里承受了很大的煎熬。一个人要是心情不好，老得自然就会快很多，这也应该是一种生命的规律吧！杨忠诚心想。

"兄弟快坐下！"张翠莲把杨忠诚拉到旁边的一张桌子旁坐下后对小六子说，"快去街上买菜，让你媳妇给你叔做饭。"

小六子对火炉旁的一个小伙计说："先不打了，你去后面和你师娘说去。"

"哎！"小伙计答应一声赶紧转身去后院了。

"小六子都收徒弟了？"杨忠诚问。

"是啊，这孩子成事了，收徒弟了，也成家了。他们两口子对我啊，比别人家的亲儿子和儿媳妇对婆婆还亲，可孝顺了。这也是你大山哥给我留下的一点福分。唉！你说他要是还在可多好啊！可是他……"张翠莲说不下去了。

"嫂子你别难过了，我要告诉你的是当年是有叛徒出卖我们，那个叛徒已经被枪毙了，我大山哥的仇报了！"杨忠诚说。

"真是有叛徒？当年县里来人调查过，后来就没有下文了。"张翠莲说。

"这个叛徒是我亲手抓到的，看来大山哥是要把给他报仇的机会留给我啊！"杨忠诚说。

"枪毙了就好！"张翠莲用手擦了一下眼睛说道。

杨忠诚在铁匠铺吃完中午饭后，由小六子领着他到了刘大山的墓地。刘大山埋在一个小山坡上，这周围没有什么树木，只有成堆的乱石和杂草，那座坟显得孤零零的。

"当年埋葬我师傅的时候挺匆忙的，我师傅的老家那时还是敌占区，所以就先埋在这里了。师母说等过几年师傅的尸首都烂了，就把骨头收了，把坟迁回师傅家的祖坟里去。"小六子说。

"他应该进烈士陵园，这个我去找人办。"杨忠诚说。

小六子从胳膊上拿下一个篮子，从里面拿出杨忠诚在镇子上买来的贡品和烧纸。他把贡品在一块石板上摆好，然后蹲下身子点着一张纸，并把剩下的纸一张一张地放上去，那火苗由红变蓝，黑色的灰烬随着微风飘起，飘到坟墓的上空，久久不落。

"爹，我忠诚叔来看你了！"小六子说道。自从刘大山牺牲后，小六子就改嘴了，现在古月镇上不知道从前那些事的人都以为张翠莲就是小六子的亲娘。

杨忠诚整理好身上的警服，摘掉帽子，给刘大山鞠了三个躬。

"大山哥，我回来看你来了！你的仇我给你报了，满仲哲和叛徒窦福都被枪毙了。这些年我一直忙，也没来看你，你也别怪我。其实我真挺想你，我……"杨忠诚说不下去了，泪水模糊了他的视线。

小六子抬头看了看杨忠诚说："叔，你放心，我会照顾好我娘的。我家里弟兄们多，我家里的爹娘就由那些兄弟养。我师傅活着的时候待我如亲生儿子，把手艺都教给了我。都说教会徒弟就饿死师傅，可我师傅从来不这样想。我师傅就是我的亲爹，我要照顾我娘一辈子！"小六子说到这里已经泣不成声了。

杨忠诚走到小六子的身边，拍了拍小六子的肩膀说："好孩子！你师傅没看错人。"说完，杨忠诚蹲下身来，从小六子手里拿过烧纸，然后把纸一张一张地扔在火苗上。

这时一个人从他们的背后一瘸一拐地走了过来，他走到杨忠诚和小六子的身旁也蹲下身子，然后默默地看着那火苗在燃烧。

杨忠诚转头一看，发现来人是于大龙。于大龙现在是古月区的区长，他在一次战斗中腿部负伤，留下了终身残疾。杨忠诚并没有和于大龙说话，他仍然把烧纸一张一张地放在火苗上，直到把手中最后一张纸放在火苗上后才站起身来。

于大龙和小六子也都站起身来。

杨忠诚看了看于大龙说："大龙啊，你安排人把这坟周围的石头和杂草都清理一下，在旁边栽上几棵树，别让这儿太荒凉了。"

"嗯。"于大龙擦了一把眼睛，使劲地点了点头。

五十九

　　1957年深秋的一天上午，泰安专区公安局局长韩文强把劳改大队大队长杨忠诚叫到了办公室。杨忠诚刚一坐下，韩文强开门见山地说："老杨啊，组织上要给你安排一项新的任务。"

　　"啥任务啊？"杨忠诚问。

　　"咱们国家在黑龙江省的笔架山建设了一个大型农场，现在需要征调一批服刑人员去那里搞建设，根据省里的指示，咱们泰安专区也要组建一个劳改大队，局里决定让你来负责这项工作。"韩文强说。

　　"是从咱们劳改大队里征调吗？"杨忠诚问。

　　"不光是从咱劳改大队里征调，是要从泰安专区公安局所属的所有劳改大队里征调，这个任务很艰巨啊！"韩文强说。

　　"这有啥艰巨的？这个任务好完成。"杨忠诚很轻松地说。

　　"你的任务可不仅仅是征调犯人组建劳改大队，按照上级要求，我们还要派一名同志担任这个大队的大队长，亲自带队去笔架山劳改农场协助当地同志工作一年。"韩文强局长说。

　　"局长的意思是让我去东北？"杨忠诚问。

　　"经过组织上研究，觉得你去最合适。"韩文强局长说。

　　杨忠诚听后半天没有说话。

　　"怎么了？有困难吗，老杨？"韩文强局长很关切地问。

　　"倒也没啥困难，就是……"杨忠诚欲言又止。

　　"有啥事就说嘛！婆婆妈妈的可不是你老杨的性格啊！"韩文强说。

"就是家属又怀孕了，转过年就要生了，原来几次她生孩子我都在外面忙，我答应她这次要回去的。"杨忠诚有点不好意思地说。

"哦，原来是这么回事。"韩文强点了点头，然后接着说，"这也是人之常情，战争年代咱没办法，这和平时期咱也不能总不管老婆啊？要不这样，我把你的情况向上面反映一下，看能不能换个人去。"

"其实我也不是要留在家里陪老婆生孩子，我在不在家都不耽误她生，主要是我们家里孩子多，现在我们又两地分居，我是担心我再跑那么远去工作她可能会不同意。"杨忠诚补充道。

"老杨啊，事情是这样的，本来局里最初是想让教导员李寿臣去的，但是后来经过多方权衡，大家还是觉得你去更合适。咱这里离着那个农场路途遥远，这都是些犯人，路上不知道会遇到什么情况，再加上到了东北那里人生地不熟的，有些事情李寿臣可能会处理不好。没事，局里再研究一下，看看有没有其他合适的人选。"韩文强说。

杨忠诚想了想说："算了局长，别费事了，还是我去吧！"

韩文强摆了摆手说："老杨，你的困难是实实在在的，我看组织上还是应该再考虑一下。"

"没事，我能处理好，不管咋说都应该以工作为重。"杨忠诚态度坚定地说。

韩文强看了看杨忠诚说："不过你还是要和白续珍同志沟通好，做好解释工作，要是得不到她的支持，那我还真要换人了。"

"我知道。"杨忠诚说完站起身来。

当杨忠诚回到闫满庄把自己要去东北执行任务的事情告诉给白续珍时，白续珍真生气了，她对杨忠诚没好气地说："你干吗在那里就待一年啊？你待一辈子多好啊！反正这个家里有没有你都一样！"

"我这不回来和你商量吗？"杨忠诚说。

"你这是商量啊？你都把任务接下来了，还商量个啥？你眼里根本就没有我，就没有这个家！"白续珍提高了嗓门说道。

杨忠诚一看妻子真的生气，就低下头不再说话了，他心里也觉得这件事情自己做得有点理亏。

"现在家里大的大，小的小，厚增也到了娶媳妇的年龄了，可咱眼下要啥啥没有，你可倒是好，说走拍拍屁股就走了，你让我一个女人在家咋办？"白续珍继续大声说道。

屋里的几个孩子一见母亲发这么大的火，都吓得大气不敢出。本来父亲回来了，他们心里都很高兴，可现在都高兴不起来了。

白续珍站在屋中央发了一通脾气后，见杨忠诚也不吭气，她也就一屁股坐在炕沿上不再说话了，整个屋里陷入一片寂静。

过了一会儿，杨厚增凑到白续珍身边小声说："娘，我不要媳妇了还不行吗？你别和我爹生气了。"

"你说啥呢？哪有男人不要媳妇的？亏你还念过书！那书都念到狗肚子里去了？"白续珍对儿子大声训斥道。

"干吗把气撒在孩子身上啊？事情都是我惹的，你冲我来就行了。"杨忠诚抬起头来埋怨白续珍道。

"他说的混蛋话你没听到吗？你还不让我说他？你问他自从他来到这个家我这样说过他吗？唉！你们爷俩真是气死我了！"白续珍很委屈地说道。

杨忠诚看了看杨厚增说："孩子，别说傻话，这媳妇哪能不要？不过你不用急，晚不了，等你爹从东北回来就把事给你办了。"

"爹，我真不急。"杨厚增有点不好意思地说。

"看来你这趟去东北能挣不少钱啊？"白续珍问。

"我又不是去做生意。"杨忠诚说。

"既然你不是去做生意，那你回来后拿啥给孩子订婚？现在有白送媳妇的吗？不需要彩礼啊？"白续珍没好气地问。

白续珍这一问，杨忠诚还真不好回答了，他平时的工资也不高，一个人在外面开支也不小，挣的钱也没拿回家多少。而且家里孩子又多，这些年下来根本没啥积蓄。说起给孩子订婚的彩礼来，他还真有点抓瞎。

"你咋不说话了？这些问题都摆在眼前呢！咱光靠嘴说可不行吧？"白续珍追问道。

杨忠诚看了看白续珍说："这个你不用操心，我自有办法，你等着当婆婆就行。"

"我不操心咋行？就算你彩礼有着落，可我在咱这街上撒摸一圈，那街上已经没有合适的女孩子了。"白续珍忧心地说。

"咱街上没有，咱就去外庄，那明治庄人口多，让咱姐姐和咱妹妹帮着给撒摸一个合适的应该也不难。"杨忠诚很自信地说。

"那你走之前就先给她们说一下吧，要是等着你回来，那黄花菜早都凉了。"白续珍白了一眼杨忠诚说道。

"好，就按你说的办，那这事咱就这么说定了。"杨忠诚说。

关于孩子的婚事，白续珍听杨忠诚这么一说也就没啥好说的了，于是她就不再说话了。

"嫂子，听说我哥回来了，这会儿在家吗？"正在这时，马俊文一边说着一边走进了杨忠诚家的院子。

"是俊文兄弟啊，快进屋里坐。"白续珍从屋里迎了出去。

"你消息怪灵通的。"马俊文进屋后，杨忠诚把他让到椅子上说。

"我刚才遇到向山了，是他告诉我的。"马俊文说。

"哦，我刚才进庄后先去了一趟乡政府。"杨忠诚说。

"他啥时候回来都是要先到那里去报个到。"白续珍揶揄道。

"我那不是去找你了吗？"杨忠诚笑了笑说。

"我已经和向山说好了，今晚到我家去吃饭。"马俊文说。

"你都成了下中农了，还请人吃饭？"杨忠诚打趣道。

"忠诚哥，你还别说，这当年多亏了你和学富，要不然我家现在就真的被划成地主了。"马俊文忽然心怀感激地说。

"就是你家不捐出那些地和牲口，按照国家的政策，你家也划不成地主，顶多就是划个富农。"杨忠诚说。

"不管咋说，还是现在这个样子好。"马俊文说。

"还是来我家吃吧，我去准备点菜。今天你哥哥有功了，咱得给他祝贺一下。"白续珍说。

"啊？我哥哥又立功了？那咱可得好好地祝贺一下呀！"马俊文高兴地说。

"别信她瞎说，立啥功啊？我这正挨批呢？"杨忠诚说。

"咋了嫂子，我哥哥犯啥错了？"马俊文被搞糊涂了。

"我爹要去东北工作，事先没和我娘说。"杨厚增插话道。

"大人说话，孩子别插嘴，都出去吧！"杨忠诚挥手把几个孩子赶了出去。

待几个孩子出去后，杨忠诚就把自己要去东北工作一年的事告诉给了马俊文。马俊文听后扭头对白续珍说："嫂子，我当是啥事呢？原来就是这个，不就一年吗？也不长，转眼就过去了。"

"俊文兄弟说得对嘛，就是一转眼的事。"杨忠诚也附和道。

"好了好了，不说这些了，我去准备菜，你们兄弟又有日子不见了，今天就好好聚聚吧。"白续珍转怒为喜道。

"嫂子，你兄弟我不客气地说，这瘦死的骆驼比马大。别看咱把家里值钱的东西都捐了，但是在请哥哥吃饭上那还是差不了事的。你就别忙乎了，我那边已经让你兄弟媳妇都开始准备了，她这会儿应该已经去金宗才家把牛肉都买回来了。嫂子你晚上也别做饭了，就带着几个孩子到我家去一起吃，咱这也算两家人一块给忠诚哥送个行。"马俊文说。

"那要是弟妹已经准备上了，我也就不推让了，不过我和孩子就不过去了，我还要给你忠诚哥准备些他出发用的东西。不管咋说，他不管我们娘几个，我们可不能不管他吧？"白续珍瞪了一眼杨忠诚说道。

"忠诚哥，你看见了吗？我嫂子就是刀子嘴豆腐心，在疼你这方面那是没得说。"马俊文笑着说道。

杨忠诚看着白续珍笑了笑，没有再说话。

第二天一大早，杨忠诚就拿上媳妇白续珍连夜给他赶做的一床棉褥要回泰安城了。就在杨忠诚推着自行车刚出大门的时候，他发现马俊文手里拿着一件羊皮大衣正站在他家门口。

"你咋在这啊？"杨忠诚感觉很奇怪。

"忠诚哥，我让你弟妹把我的这件羊皮大衣找出来了，你拿上吧。"马俊文说着就把大衣往杨忠诚的手里塞。

"俊文兄弟，你这是干啥？你这羊皮大衣我可知道，在咱这闫满庄也没几个人有，这么金贵的东西我可不能要。再说了我们单位上也会配发棉衣的，你的心意我领了。"杨忠诚推脱着说。

"忠诚哥，我可听说那东北的冬天是特别的冷，人的手和脚都能冻掉了，

　　　　　　　　　　　　　　　　　　　　　　　古月星转

你就拿上吧，到那边一定会用得着的。"马俊文很诚恳地说道。

"俊文兄弟啊，这可是你冬天里外出赶马车拉货时穿的，你把它给了我，那你冬天穿啥？你还是拿回去吧！"杨忠诚说。

"马和车都交工了，我也穿不着它了。"马俊文摇了摇头说。

"不管咋说，我就是不能要。"杨忠诚态度很坚决。

马俊文一见杨忠诚不肯收就说："咱这样行吧忠诚哥，你不是一年就回来了吗，那就算是我借给你穿的？等你回来了，你就再把它还给我，你看这样总可以了吧！"

站在杨忠诚身后的白续珍一看他们两个相让不下就说："孩子他爹，你就听俊文兄弟的吧，你没去过东北，可千万别大意了，你要是有个好歹，我们这娘几个可……"说到这里白续珍忽然哽咽了起来，她回头看了一眼跟出来的几个孩子，几个孩子也都红了眼圈。

杨忠诚一看这情形，就只好接过了马俊文手中大衣说："那好吧，俊文兄弟，那就按你说的办。"说完他解开自行车后座上的绳子，把那件大衣和其他东西捆在了一起。

"这就对了嘛，听人劝吃饱饭。"马俊文笑着说。

"俊文啊，你能让你忠诚哥改变主意，也是真的不容易啊！"白续珍的脸上也露出了笑容。

事实证明杨忠诚拿上这件羊皮大衣还真是拿对了，他一到笔架山劳改农场就知道了他的这位好朋友是多么有先见之明。

杨忠诚他们的劳改大队是在十一月中旬到达笔架山劳改农场所在地的。他们离开山东时，泰安的天气还是艳阳高照，只是一早一晚有些凉意，人们也是刚刚穿上秋衣秋裤，可是等他们到了东北，迎接他们的却是刺骨的寒风。

山东来的劳改大队被编为笔架山劳改农场劳改支队第五大队，他们的驻地是在厂区的一个山坳里，整个劳改大队就是用木头栅栏围起来的一个大院子里几排简易的木头房子。大队的办公和居住条件都十分简陋。本来山东押送犯人来的看护人员大多都没来过东北，他们都对东北这片神秘的土地充满着好奇和想象，都想在这里多逗留几天，尤其是副大队长刘顺宝在来的路上就对杨忠诚说他要好好在这里休整一下队伍再回山东。可是当他来到这里一看农场的生活条件，再加上突如其来的寒冷天气，他立马就辞别杨忠诚，带着看护人员回山东。临走时，刘顺宝还拉着杨忠诚的手很不放心地说："大队长啊，这个地方可真不是人待的地方，条件也太艰苦了，你可要多保重啊！"

"没事，艰苦是暂时的，会好起来的。"杨忠诚倒是很乐观。

山东来的看护人员走后第二天，笔架山就落下了一场大雪，好像上天有意要和他们这些远道而来的外乡人过不去，先给他们来个下马威。据当地人讲，今年的这个冬天来得也着实是早了些。

杨忠诚住的宿舍和其他房子比条件要稍好一点，虽然房子的四周也有点透风撒气，但是屋里有个火炉子，不过在大雪纷飞的夜晚，屋里的温度依然还是很低。忙了一天的杨忠诚把媳妇白续珍给他做的棉褥子拿出来铺在身下，从枪套里拔出手枪放在枕头下面，然后打开被子，衣服没脱就直接钻进了被窝。正当他拉紧被角准备睡觉的时候，却感觉到阵阵凉意向他袭来。杨忠诚已经顾不得这些了，他使劲裹了裹被子继续睡觉，可他刚要睡着就被冻醒了。这时杨忠诚忽然想起了来时带的马俊文的那件羊皮大衣，于是他赶紧起身下地，打开行李箱，把大衣拿了出来盖在了被子上，然后再次钻进被窝里，这一下他再也感觉不到冷了。这几天杨忠诚很劳累，他带着劳改大队一百多号人在这个陌生的地方安营扎寨，虽然农场和劳改支队为他们想得还算周全，但是有很多细节上的事还是需要他亲力亲为，因此当他不再感觉冷了以后很快就进入了梦乡。

杨忠诚不知道自己睡了多久，忽然他被一阵急促的敲门声惊醒。杨忠诚赶忙起身披上羊皮大衣来到门前问："谁呀？"

"报告大队长！我是孙坤啊。"

杨忠诚打开房门，劳改大队一中队的队长孙坤站在风雪中。

"咋了孙队长？"杨忠诚问。

"大队长，犯人们都说冻得睡不着觉，都嚷嚷着要回山东，我们快压不住了，你看咋办？"孙坤着急地说。

孙坤是笔架山劳改支队给山东来的劳改大队配备的干部。这人是满族，据说是爱新觉罗氏的后裔，是纯正的东北人，他身材魁梧高大，那身高和杨忠诚不相上下。

"哪个监室的人在嚷嚷？"杨忠诚问。

"一开始只是三号监室，现在是所有监室的人都在嚷嚷，教导员李银山同志本来不让惊动你的，但是现在看来是不好办了，他担心会出事，就让我来向你汇报。"孙坤说。

杨忠诚听完后立刻回屋，从枕头下面摸出手枪，把它插在腰间的枪套里，然后出了房门对孙坤说："走，咱去看看。"

杨忠诚和孙坤顶着雪花，踏着地上的积雪向监室快步走去。

"我们要回山东！我们不在这鬼地方待了！""我们犯的不是死罪，不能在这里冻死！"杨忠诚一进监室，就听到此起彼伏的叫喊声。

教导员李银山一看杨忠诚来了，急忙上前说："大队长，你看这可咋办？咱是不是需要向支队汇报？"

杨忠诚一摆手说："不用。"然后他上前几步，走到监室走廊的中间对犯人们大声说，"老乡们，大家都先静一静，听我说！"

犯人们一看杨忠诚来了，都暂时安静了下来。这时，服刑人员王大川隔着监室的铁栅栏大声说道："杨大队长，我们都是跟你来的，就这条件，你让我们在这里咋待？我们要回山东！"

王大川是杨忠诚这次点名来的，由于王大川在服刑期间表现良好，他已经被两次减刑，刑期还有不到两年了。来的时候杨忠诚对他说，只要他到了这边继续好好干，争取再次减刑，没准他们两个就会一起回山东。王大川就是听了杨忠诚的话才跟着来的。

杨忠诚用手势示意王大川先不要说话，然后他继续大声说道："老乡们！眼下大家的处境我心里有数，因为刚才我也感觉到冷了，不过请大家放心！我现在就代表劳改大队的领导向各位保证，保证让这里的条件很快就会好起来，让大家不再挨冻！请大家一定要相信我！"

"你咋保证啊，杨大队长？这里天这么冷，而且还会越来越冷，难不成这老天爷会听你的？"一个犯人质疑道。

"这老天爷倒是不会听我的，但是我能保证我们劳改大队一定有办法让大家都尽快不再挨冻。如果不能像我说的这样，我情愿不干这个大队长了！"杨忠诚大声说道。

"你不干大队长了就可以回山东了！那我们岂不是还要在这里活受罪吗？"另一个犯人也反问道。

"请大家放心！我要是兑现不了承诺，即使我不干这个大队长了，我也要留下来和大家在一起，我这人向来是说话算数的！"杨忠诚说着用手一指王大川说，"王大川，你就来做个证，监督这件事情，咋样？"

王大川对杨忠诚已经很了解了，他看了看杨忠诚说："那好吧大队长，你的人品我王大川清楚，我可以做这个证！可今天晚上大家就冷得睡不着觉，你看这个该咋办？"王大川忽然提出了一个很尖锐的现实问题。

教导员李银山对王大川提这样的问题感到很恼火，他认为王大川这是在有意刁难杨忠诚，就大声喝道："王大川！你想干啥？解决啥问题都有个过程，你以为就你自己冷吗？你以为我们就不冷吗？"

杨忠诚并没有生气，他知道王大川也是一个很较劲的人，他较起劲来有时也是不顾情面的，不过杨忠诚好像对此早有准备，他转身对李银山说："李教导员，你让人把所有休息的同志都叫起来，让他们把宿舍里的火炉和火盆都搬到他们负责的监室里去，今天晚上，咱所有的管教干部就和服刑人员一起在监室里过夜。"

李银山听后先是一愣，然后他立刻答应一声"是！"并马上安排一中队长孙坤去落实了。

杨忠诚把脸转向王大川说："王大川，在监室的条件没有改善前，咱不管是管教干部，还是服刑人员，我们同甘共苦，你看这样可以吗？"

王大川和几乎所有服刑人员都没想到杨忠诚会这样做，一种敬佩之情油然而生。

"可以！那当然可以！"王大川大声回答道。

"共产党万岁！""共产党万岁！"监室里忽然响起了口号声。一阵阵口号声后，服刑人员都默默地回到了各自的位置上。

随着增加进来的炉子和火盆被安放好，监事里的温度立刻有了提升，很多闹了大半夜的犯人也都很快地睡去了。杨忠诚听着监事里的鼾声越来越多，他坐在椅子上却怎么也睡不着，他心里正在盘算着怎么解决眼前这个棘手的问题。

第二天一早，雪停了，犯人们洗漱完毕后开始在院子里出操。杨忠诚望着操场上踏着积雪跑步的一队队服刑人员和远处白茫茫的雪山对身边的教导员李银山说："当务之急就是要把犯人们的心先稳定下来。这些人从大老远的山东来到这里不容易，尽管他们都是犯人，但是背井离乡情绪本就不稳定，如果我们处理不好眼下遇到的问题，就很容易出现一些意想不到的事情。"

"大队长，你是担心他们会越狱吗？这个请你放心，别说咱在进山的路上有卡口，就说这冰天雪地的，他们也不敢往外跑。"李银山很自信地说。

"我担心的不是这些。"杨忠诚说。

"那你担心啥啊，大队长？"李银山有些不明白。

"我是担心这里条件太艰苦，下一步这些服刑人员不能安下心来接受改造，如果那样咱劳改大队就完成不好组织上交给的任务啊！"杨忠诚说。

"那你说咋办吧大队长？我听你的。"李银山表态道。

"我昨天夜里已经想好了，咱既然做了承诺，那就要马上兑现，再说了像这样透风撒气的房子是绝对不行的。这冬天才刚刚开始，以后会越来越冷，咱要立即修缮房屋，另外还要增加取暖设备，咱说啥也不能再让犯人晚上冻得睡不着觉了。"杨忠诚说。

李银山摇了摇头，很为难地说："这谈何容易啊！"

"你为啥这样悲观？"杨忠诚问。

"你想啊大队长，修缮房屋需要木料，可眼下咱根本没有。另外，这取暖设备都是农场里统一配发的，每个大队都是一样的标准，现在物资紧缺，农场不太可能再多给咱们的。"李银山说。

"这取暖的事咱先不说，可修缮房屋用的木料这山上就应该有啊？"杨忠诚说。

"这山上是有树，咱手上也有砍伐工具，可现在大雪已经封山了，咱根本就进不去了。"李银山说。

杨忠诚想了想说："这样吧，李教导员，我刚来，农场里的领导我还不熟，你是这里的老人，你就去农场后勤申请一下给咱再增加些取暖设备，我去解决木料的事。"

"后勤上的领导我倒是熟，可我去了咋说啊？"李银山问。

"你就说我们大队的情况很特殊，犯人都是从山东来的，不像当地人那样能适应这气候，他们都不抗冻，如果不增加取暖设备，改善居住环境，就很有可能会出现非战斗减员。"杨忠诚说。

"这话倒是好说，要是他们听不进去咋办？"李银山问。

"你还没去说咋知道人家就听不进去呢？你去试试再说嘛！如果实在不行，我就去找支队领导，让支队领导出面去农场交涉。这些犯人虽然都是戴罪之身，但他们也是人，我把他们活着带来的，也要让他们活着出去！"杨忠诚说到这里情绪有点激动。

李银山看杨忠诚把话都说到这个份上了就点了点头说："大队长，我觉得你说得在理，咱的情况确实特殊，上面是应该考虑一下的，况且这些服刑人员都是从山东过来支援农场建设的，咋说都应该有点客情。"

"那好，那就有劳你了。"杨忠诚说。

"这是我该做的，大队长不必客气，可是这修缮房屋的木料问题你咋解决啊？"李银山问。

"这个很简单，我组织人进山砍树。"杨忠诚说。

"进山砍树是需要先探路，先找到可供砍伐的树木才行，可是现在大雪封山，没人认路啊！"李银山有点为难地说。

"这活人还能让尿憋死呀？我看山下有居民，咱去找个向导，让向导带咱进山不就完了？"杨忠诚语气很轻松地说。

"大队长，你没在这里待过，有所不知，这个时候进山是很危险的，雪刚刚下过，雪面还没有冻住，人踩上去脚就会陷进去，要是遇到大雪窝子掉进去出不来那可就麻烦大了，恐怕是没有人在这个时候愿意给咱当向导啊！"李银山说。

"咋没人愿意？我就愿意，我去。"不知道啥时候中队长孙坤站在了杨忠诚和李银山的身后。

李银山回头看了一眼孙坤，有点怀疑地问："我知道你是当地人，但是在这个时候进山你也不一定能认路啊？"

李银山和孙坤都是刚刚从其他单位抽调到一大队来的，他们共事时间也不长，彼此之间也还不是十分熟悉。

杨忠诚也转过身来问孙坤："你有把握吗？"

"我爹原来是个猎户，我小的时候，我爹经常领着我进山打探路，这一带的山林，我在长大之前就转遍了，你们就放心吧！我带着进山找树肯定没问题。"孙坤很自信地说道。

杨忠诚一听非常高兴，他拍着孙坤的胳膊说："那可太好啊！孙队长，时间紧迫，我们两个吃完早饭后就进山。"

"大队长，你们两个可不行，这山里有黑瞎子，你还是多带上几个人吧。"李银山不放心地说。

"啥是黑瞎子？"杨忠诚问。

"哦！我们这里管黑熊叫黑瞎子。"李银山解释道。

"我觉得应该没事，一般在这雪天里黑瞎子都要冬眠的，它们是不会出来的，再说了就我和杨大队长这块头，那就是有睡不着觉出来溜达的黑瞎子见了我们两个还不得躲着走啊？况且咱手里还有家伙。"孙坤说着拍了拍腰间的手枪说道。

"李教导员，咱就按照孙队长说的办吧，我们负责进山找树，你去农场找后勤上的领导申请增加取暖设备。咱们两个分头行动吧，咱争取胜利会师！"杨忠诚说着对李银山攥了一下拳头。

"好！争取胜利会师！"李银山真没有想到杨忠诚是这样雷厉风行的一个人，他也笑着攥了一下拳头。

六十

　　杨忠诚和孙坤两个人吃完早饭后就向山里进发。

　　农场驻地四周都是山，孙坤引着杨忠诚迎着刚刚露出山头的太阳，踏着厚厚的积雪，沿着一条山沟向山里走去。沟里的积雪比外面厚很多，一脚踏上去就是一个深深的脚印。山沟两侧的山上也覆盖着厚厚的积雪，一些树枝都被雪给压断了。山东的冬天虽然也下大雪，但是要和这雪比起来，那真是小巫见大巫了。杨忠诚身临这样的境地，不由得感叹道："这雪可真大啊！"

　　孙坤对这样的雪就见怪不怪了，他对杨忠诚说："大队长，这雪可不算大，下大雪的时候还在后头呢。"

　　"这已经是我见过的最大的雪了，这雪上冻以后天就会更冷，看来咱驻地的房子必须得赶快修缮好，要不然那些从山东来的犯人在这个冬天里是很难熬的。"杨忠诚说。

　　"大队长，你的心肠真好，你能这么关心犯人，我真的是很佩服你！"孙坤从手闷子了拿出手来对杨忠诚竖了一下大拇指。

　　"啥心肠好不好的？这人心都是肉长的，这些犯人也并不能一概而论，他们中间还有一些在抗日战场上杀过鬼子，对国家有功的人呢，我们应该善待他们。"杨忠诚说。

　　"是啊，人非圣贤，孰能无过啊！"孙坤发出一声感叹。

　　"哦，看来你读过不少书啊，还能出口成章。"杨忠诚对孙坤这样一个五大三粗的汉子能说出这样文绉绉的话感到好奇。

"我爹曾送我到哈尔滨去读书，后来东北全境都让日本人给占了，哈尔滨也没法待了，我的学业也就被迫终止了。"孙坤说。

"没有把书念完那可真是太可惜了！"杨忠诚惋惜道。

孙坤和杨忠诚一边聊天，一边一前一后，深一脚浅一脚地往山里走。当他们走到一个两条山沟的交会处时，孙坤停住了脚步，他用手指着其中一条沟，对杨忠诚说："大队长，这条沟叫黑瞎子沟，里面经常有黑瞎子出没，平时没人敢进。"

"那里面有可以砍伐的树木吗？"杨忠诚问。

"当然有，因为没人进去，里面都是原始森林。"孙坤说。

"那可太好了，走，咱进去看看。"杨忠诚说。

孙坤笑了笑说："大队长，我真佩服你的胆量，你是明知山有熊，偏向熊山行啊！"

"咋的？你不说这个季节黑熊不会出来嘛。"杨忠诚说。

"我看还是算了吧，那里面我也没进去过，路不熟，咱还是继续沿着这条沟向里走吧，那里面也有一片原始森林，就是远点。不过那山后有一个村子，我还有个表舅住在那边，要是大队长累了，咱就去他家吃点饭。吃完饭休息一下咱再往回走。"孙坤说。

"好吧，今天你是向导，就全听你的了。"杨忠诚说。

杨忠诚和孙坤经过两个多小时的艰难跋涉，终于爬上一个山坡，来到一片原始森林边上。杨忠诚瞬间就被眼前这片白桦林给震撼到了。只见那一棵棵一尺多粗的白桦树从山坡的雪地里拔地而起，高耸入云。那树枝上结的是杨忠诚长这么大都从来没有见过的雾凇。每一棵白桦树看起来都像雪地里竖起的一座白色的山峰，让人有点分不清哪是山，哪是雪，哪是白桦林。杨忠诚不由得高兴地说："好啊！真是太好了！咱要的就是这种树！"

"树找到了，咱的任务胜利完成了！"孙坤也高兴地说。

"树是找到了，可这任务才算刚完成了一半，等咱把木头砍伐后运回农场，把房子都修好，那才算是彻底完成任务了呢。"杨忠诚说着把大衣脱下来，把帽子也摘下来，他的头上冒着热气。

"大队长，你赶紧把大衣穿上，把帽子戴好，你这样是很容易感冒的。"

孙坤赶紧关切地说道。

"没事，你放心，我这身体好着呢。"杨忠诚抬头大口大口地呼吸着山中那无比纯净的空气。

太阳快要落山了，教导员李银山站在劳改大队的院子门口不停地向东张望，他的心里忐忑不安。本来李银山的心情很好，因为农场领导痛快地答应了他们增加取暖设备的请求，而且说会安排人尽快去采购。李银山心里清楚现在农场资金紧张，开销又大，供需矛盾很突出。为此李银山在去农场的路上都做好了碰一鼻子灰的思想准备，但现在事情竟出人意料地办得很顺利，这能不让李银山高兴吗？他很想把这个好消息快点告诉给大队长杨忠诚，可是现在杨忠诚和孙坤两个人进山已经七八个小时了还迟迟不回来，这不禁又让他担心起来。

事实上，李银山的担心不是多余的，此刻杨忠诚他们还真遇到麻烦了。

杨忠诚和孙坤找到树后，他们在山上休息了一下就沿原路往回返。本来孙坤是想带着杨忠诚去他表舅家吃点东西再往回走的，可杨忠诚觉得伐树是大事，应该赶快归队组织人员进山。

孙坤紧跟在杨忠诚的身后往回走，这时杨忠诚忽然感觉身上有点冷，他不由得打了一个喷嚏。

"大队长，你看你不听话，现在是不是凉着了？"孙坤说。

"你想多了，我哪有那么娇气啊？"杨忠诚虽然嘴上这么说，但是他却加快了脚步，因为此刻他真的感觉到身上凉意渐浓。

当杨忠诚和孙坤快要走到黑瞎子沟的时候，杨忠诚忽然发现前方不远处站着一个黑乎乎的动物，他急忙停下脚步回头问孙坤："孙队长，你看看前面路上站着的是个啥？"

孙坤抬头一看，不由得倒吸了一口冷气惊叹道："我的天啊！咱们还真碰上黑瞎子了！"

"啥？这就是黑瞎子？"杨忠诚也一惊。

"是黑瞎子。"孙坤说着就掏出手枪，迅速地把子弹上膛。

杨忠诚没有见过黑熊，他见孙坤如此紧张，也立刻拔出枪来。

杨忠诚他们面前的这头黑熊体形硕大，有六七百斤的样子。这时黑熊

　　　　　　　　　　　　　　　　　古月星转

也发现了杨忠诚和孙坤，它扭头向这边看了过来。

"大队长，咱打它吧？"孙坤向杨忠诚请示道。

"先等等看，看它会不会自己走开。"杨忠诚压低了声音说。

这时，黑熊又把头转向了一边，它在四处张望，好像对杨忠诚他们并不感兴趣。

杨忠诚和孙坤站在原地注视着黑熊。

时间过去了十多分钟，这头黑熊并没有要走开的意思，这时杨忠诚对孙坤说："孙队长，咱这样，我对空鸣枪，争取把黑熊吓走，你先不要开枪，如果黑熊过来，咱就一起朝它身上射击，把它击毙。"

"好！"孙坤应道。

杨忠诚举起枪向着黑熊的头顶方向啪啪打了两枪。

子弹呼啸着从黑熊头顶掠过，黑熊被吓了一跳，但它并没有跑，而是转过头来看了看杨忠诚他们这边。片刻后，它竟然一步步地向杨忠诚他们走了过来。

"大队长，咱开枪打吧？"孙坤望着步步紧逼的黑熊向杨忠诚请示道。

还没等杨忠诚下令开枪，忽然从旁边的树林里又出来了一大一小两头黑熊，它们也向杨忠诚他们这边走了过来。

"快上树！"杨忠诚冲向身边的一棵大树并对孙坤喊道。

孙坤听后，迅速地向身边的一棵大树上爬去。可就在这时孙坤手里的枪却不慎掉在了地上，他赶紧向下出溜。

"先别管枪了，黑熊就要到树下了！"杨忠诚提醒道。

孙坤低头一看，走在前面的那头黑熊马上就到树下了，孙坤只好再次快速地往树上爬。

几头黑熊相继来到树下，它们抬头看看树上的杨忠诚和孙坤，然后就开始在树下转悠。孙坤对旁边树上的杨忠诚很懊恼地说："你说这错误犯的？当年在战场上都没犯过这样的错误！"

"没事儿，我觉得它们在这里待不长，现在看来刚才挡路的那头熊不是冲我们来的，它应该是找后来的这两头熊，它们应该是一家三口，现在团聚了，也该回家了。"杨忠诚对孙坤安慰道。

但是出乎杨忠诚预料的是这三头黑熊就在树下徘徊，一直不肯离去……

太阳终于落山了，可还不见杨忠诚和孙坤的身影，教导员李银山终于沉不住气了，他赶紧回到办公室，把劳改大队二中队的中队长关德波和三中队的中队长冯春光叫来商量办法。

"还商量个啥？咱赶紧进山找人去啊！"关德波着急地说。

"我也同意进山找人，可咱是不是应该和支队领导汇报一下啊？这毕竟是要动用警力的。"冯春光说。

"大队长他们进山，咱事先没有向支队领导做请示，这个时候再汇报倒有点负荆请罪的意思了，如果他们能平安回来这事也就过去了，我看咱还是赶紧进山找人吧。"关德波说。

"我觉得还是应该向支队领导汇报一下再去。"冯春光坚持自己的观点。

"都别说了，咱先进山找人。关队长，你马上召集一个班的战士，带上武器和火把，跟我走！"李银山做了决定。

"是！"关德波答应一声转身出去了。

"那我也一起去吧！"冯春光一看李银山做了最终决定就请示道。

"你在家里留守，咱不能都离开。记住，你先不要向支队汇报，除非明天早上我们还没回来。"李银山向冯春光交代道。

当李银山和关德波带着十几个战士沿着杨忠诚和孙坤的脚印走进那个山沟的时候，一轮明月已经挂上了夜空，雪地上泛着银白色的月光，四周的山峦跌宕起伏，接地连天，白茫茫的一片。

"把火把点起来！"李银山对战士们说道。

随着战士们手中的火把相继点燃，在火光的映照下，雪地上的两行深深的脚印更加清晰可见。李银山从一个战士手里拿过一支火把说："走！咱就循着这进山的脚印走！"说完，他第一个向前走去。关德波和后面的人纷纷跟在李银山的身后向前鱼贯前行。

队伍向前走了四五里地，关德波忽然放开嗓子大声喊道："杨大队长！你们在哪里？"

关德波这一喊，大家也都跟着喊了起来，瞬间山谷里回荡着一阵阵的此起彼伏的呼喊声。

杨忠诚和孙坤已经在树上和三个黑熊耗了几个小时了，他们怎么也没想到这几头黑熊会和他们打起了持久战，看来杨忠诚打的那两枪激怒了那头黑熊，现在它们一家三口展开了报复行动。黑熊也是一种很聪明的动物，它们知道在这冰天雪地里，树上的人是待不了太久的，迟早都会从树上下来。

随着太阳落到山后，气温开始下降，杨忠诚和孙坤都感觉到身上越来越冷，手脚都冻得快不听使唤了。孙坤望着还在树下转来转去的黑熊，对杨忠诚说："大队长，天快黑了，看来这几个畜生是想把咱冻死在树上啊！"

杨忠诚说："要是天黑下来后它们还不走，我们就只能冒死一拼了，咱手里这一支手枪肯定火力不够，到时候我先向你脚底下的黑熊开枪，等黑熊闪开，你就冲下去把枪捡起来，等你拿到枪咱就好办了。"

"好！"孙坤点点头说。

天终于黑下来，那几头黑熊依然没有走的意思，这时杨忠诚开始寻找战机，孙坤也做好了快速下树捡枪的准备。说来也怪，好像黑熊看出了杨忠诚他们的心思，此刻它们都到孙坤藏身的那棵树下去转悠，而且把孙坤掉在地上的手枪也给踩到了雪里了。

"咋办？大队长，我们不能就这样牺牲了吧？"孙坤心急如焚地问杨忠诚。

"再耐心一点，我觉得我们这个点没回去，教导员他们会进山来找我们的。"杨忠诚说。

"如果山里起风，我们的脚印就会被雪埋上，即使他们进山，也找不到我们啊！"孙坤有些泄气地说道。

"不要紧，要是我们等不来援兵，那咱就和这几头黑熊拼了。反正咱不能就这么窝窝囊囊地死了！"杨忠诚说。

"咋个拼法啊，大队长？"孙坤问。

"我开枪打黑熊，然后咱俩一起跳下去，只要把那支枪捡起来，我们就赢了！"杨忠诚说。

"行！拼了！大不了就是个死嘛，就是让黑熊吃了也总比冻死在树上光荣。"孙坤完全赞同杨忠诚的意见。

　　就在杨忠诚和孙坤准备和黑熊拼命的时候，山谷里忽然传来了喊声。杨忠诚和孙坤都为之一振。孙坤很快辨识出了这喊声里面有关德波中队长的声音，他赶紧扯开嗓子大声回喊道："关队长，我们在这里呢！"

　　"教导员，是孙队长！"关德波兴奋地大声说道。

　　"杨大队长！你在吗？"李银山也放开嗓子喊道。

　　"我在！我和孙坤在一起呢！"前面又传来了杨忠诚的声音。

　　"快！快走！"李银山说完迈开大步向前奔去，由于他走得太急，脚下一滑跌落到了旁边的雪窝子里，火把也掉在了地上。

　　关德波赶紧冲上去把李银山从雪窝子里拉了出来。

　　李银山用手拍打了一下身上的雪，从战士手中拿过刚才掉在地上的火把大声喊道："大队长，我们来接你们来了！"然后继续向前奔去。

　　"先别过来，这里有黑熊！"这时忽然传来杨忠诚的喊声。

　　李银山他们听到杨忠诚的喊声后不约而同地停下了脚步。

　　"不好！大队长他们是遇到黑瞎子了。"关德波紧张地对教导员李银山说。

　　李银山没有理会关德波，而是大声问道："杨大队长！有多少黑瞎子？它们在哪里？"

　　"有三头，就在我们的身边！"杨忠诚大声回应道。

　　李银山听后对大家说："同志们，现在情况很危急，咱们鸣枪前进，向杨大队长他们靠拢。记住！不要把子弹打光了。"说完，他又特意交代两个拿冲锋枪的战士，"你们两个先不要开枪。"

　　李银山布置好任务后，就从腰间拔出手枪，嘴里喊道："大队长！你们坚持住，我们来了！"然后第一个朝天鸣枪。

　　"啪啪啪！""哒哒哒！""大队长！我们来啦！"

　　枪声和呼喊声交织在一起，队伍快速向前推进。

　　几分钟后，前方传来了杨忠诚的喊声："李教导员！黑瞎子都跑了！"

　　关德波听到喊声后对李银山说："教导员，黑瞎子跑了。"

　　"别管那些，咱继续鸣枪向前靠近！"李银山说。

　　又过了五六分钟，李银山他们和杨忠诚他们终于会合了。原来，杨忠诚和孙坤在确认黑熊被枪声吓跑后，立刻从树上下来，拖着已经不太听使唤的腿向外跑来。

李银山大步上前，一手抓住杨忠诚的手，在火光中仔细端详着杨忠诚的面颊急切而又激动地问："杨大队长，你们没事吧？"

"没事，我们没事！一切都还好！"杨忠诚也激动地回答道。

因为杨忠诚和孙坤成功地找到了树木，再加上伐木是给劳改大队修缮房屋，所以参加劳动的服刑人员都很积极。经过管教干部和服刑人员的共同努力，大家仅用一周的时间就把劳改五大队的房屋修缮一新，几乎所有房屋的外面都加厚了一层木板，并且在墙体和木板之间都灌进去了锯末，这样一来墙体就再也不透风撒气了。而且大队向农场申请的取暖设备也都到货了，劳改大队的居住环境得到了很好的改善。杨忠诚还让大家把修缮房屋剩下来的木头都劈成绊子，用于烧火取暖。院子里的木头绊子堆得像小山一样，看样子这一个冬天都用不完了。

改善居住环境的问题彻底解决了，大家都很高兴，服刑人员的情绪也稳定下来。下一步就是按照支队的要求进行休整，准备接受农场安排的生产任务。可就在这时，劳改支队的政治处却找到了劳改五大队。原来有群众到支队告状，说他家的房子被山上伐树时滚下来的木头给砸塌了。本来五大队进山伐树，支队已经得到了报告，但当支队领导听说他们是为了修缮房屋，改善居住条件时也就没有过问。现在出了这样的事，支队就不能不管了，于是支队政治处就派人下来调查，并且责成五大队要尽快处理好群众反映的问题，并向支队写出情况说明。

孙坤中队长非常气愤，因为是他带着人上山伐树的。为了安全生产，他事先就强调了纪律，其中就包括不能为了图省事往山下滚木头。因为他知道山下有住家，如果滚下山的木头偏离了方向，弄不好就会伤人。现在看来尽管他再三叮嘱，问题还是发生了。于是他把所有参与上山伐木的管教干部都集中在一起开会，责成他们一定要查清楚。可是管教干部回去查了整整一天，也没查出个结果来，这让孙坤十分恼火。但是恼火归恼火，孙坤也无计可施，那么多人在山上砍伐树木，管教干部和看守怎能看得过来，况且这也不一定是有人故意那么干的。孙坤无奈只好向大队长杨忠诚汇报。

杨忠诚刚从农场医院回来，这几天他一直发烧，医生说他感冒了，建议他输三天液。杨忠诚长这么大还是第一次输液，他感觉很不适应，因此他输了两天后，身体的烧退了，就没有再去医院。昨天夜里他又发烧了，无奈他今天只好再去医院。去了医院以后，杨忠诚被医生批评了一顿，又再次输液。

　　杨忠诚听了孙坤的汇报后问："砸到的那户人家是不是住在你表舅住的那个村庄里？"

　　"就是那个村庄，那山后面就那么一个屯子。"孙坤说。

　　"走，你现在就陪我走一趟。"杨忠诚说着就站起身来。

　　"大队长，你现在身体有病，咋能走远路呢？"孙坤很担心。

　　"没事了，医生说已经无大碍了。"杨忠诚说完抬腿就走。

　　杨忠诚和孙坤来到那个屯子，先到了孙坤的表舅家。当孙坤的表舅得知他们的来意，立刻就领着他们去了那户被砸坏房子的人家，他在大门外大声喊道："老赵大哥在家吗？有人找。"

　　很快，一个戴着狗皮帽子、穿着羊皮大衣的人穿过院子来到大门口。他吱呀呀地推开了院门问孙坤的表舅："老周大哥，是谁找我？"

　　杨忠诚看着那个开门的人，他一下子愣住了，他仔细地端详了一下，大声问道："是长明兄弟吗？不会真的是长明兄弟吧？"

　　那人也愣住了，他也上下打量了一下杨忠诚，然后猛地上前一把抓住杨忠诚的手激动地大声说："忠诚哥，你是忠诚哥！我的老天爷啊！咋会是你啊？"

　　杨忠诚紧握赵长明的手激动地说："兄弟！真是你啊！你咋跑到这里来了？这么些年了，我可想死你了！"

　　"忠诚哥！我也想你啊！我……"赵长明一时间竟泣不成声了。

　　这时一个妇女来到大门口，她指着杨忠诚和赵长明问站在一旁的孙坤的表舅："老周大哥，这是咋了？"

　　还没等孙坤的表舅答话，赵长明一把拉过那个妇女说："快来见过忠诚哥！"然后又转头对杨忠诚说，"忠诚哥，这是我媳妇。"

　　那个妇女惊奇地问赵长明："这就是你经常提起的忠诚哥吗？"

"是啊！这就是啊！"赵长明大声回答道。

"老杨大哥好！咱快点进屋吧，这外面多冷啊！"赵长明的媳妇说完，又对赵长明说，"快让客人进屋啊，还傻愣着干啥？"

赵长明听媳妇这样一说，赶紧擦了一把眼泪，拉着杨忠诚就往院子里走，边走边问："忠诚哥，你这是咋找来的？"

"我咋能找到这儿呢？我这些年一直打听你的消息，你们街上的人只是说你来东北了，也不知道具体在哪。"杨忠诚边走边说。

进屋后，赵长明把杨忠诚让到炕头上坐下，他搬了个凳子坐在杨忠诚的对面，急切地问："忠诚哥，你不知道我在这儿，那你咋来的？"

"是你找的我啊！"杨忠诚笑着回答道。

"我找的你？我没有找你啊忠诚哥？哦！我明白了。"赵长明一拍脑门，这时他才注意到杨忠诚和孙坤身上穿的是警服。

"忠诚哥，那你现在是在农场劳改大队工作吧？"赵长明问。

"是啊！我现在就在那里工作。"杨忠诚点点头。

"你不是干八路吗，忠诚哥？咱跑到东北这里来管犯人了？"赵长明很疑惑地问。

"那都是哪辈子的事了兄弟？现在全国都解放了。"杨忠诚笑着说。

"哎呀！你看我这脑子还停留在当年我离开闫满庄的时候呢！"赵长明也笑了。

"这真是大水冲了龙王庙，一家人不认一家人。我们劳改大队的犯人往山下扔木头居然砸了大队长故交的家。"孙坤笑着说。

杨忠诚光顾着高兴了，这时他才想起介绍孙坤，他赶忙对赵长明说："长明啊，这是我们劳改大队的孙坤中队长。"

"孙队长好！"赵长明赶紧站起身来和孙坤握手，然后有点不好意思地说，"我要早知道我忠诚哥在那里当大队长，我就不去找了，你看这事弄的。"

"你要是不去找，那我们大队长咋能来到你家啊？不过咱话又说回来了，这账目清好弟兄，一码归一码，赵长明同志，你看看都砸坏了些啥东西，我们按价赔偿。"孙坤说。

"孙队长，那事咱就别提了，那房子我自己修修就行了。今天能见到我日思夜想的忠诚哥比啥都强。要是你的犯人不从山上往下扔木头，我还不知道猴年马月才能见到我忠诚哥呢？这就是天意啊！按说我应该去谢谢那个扔木头的犯人。"

"这真的是两码事，咱……"

"孙队长，我说不提了，咱就不提了。"赵长明打断了孙坤的话，然后转头对站在一旁边的媳妇说，"快去宰只鸡炖上，今天我要和忠诚哥好好喝两杯。"

"嗯呢！"赵长明的媳妇应了一声就往外走。

孙坤还想站起身来拦阻，杨忠诚冲他摆了摆手说："算了，我的长明兄弟就这个脾气。"

赵长明笑着说："这就对了，一看就还是当年的忠诚哥。"说完，他又对孙坤的表舅说，"老周大哥，你也不能走，我来这些年，你家没少帮我，今天我忠诚哥来了，用咱东北话说就是我老家来且了，就让忠诚哥代表我们闫满庄的人好好谢谢你吧！"你们是不知道啊！我忠诚哥可是我在老家时最亲近的人！我从小就跟着忠诚哥混，他没少关照我。"赵长明说着眼泪又流了下来……

六十一

时令已经快出农历的三月了，平陵县的天气开始转暖，这预示着冬天将要彻底过去，春天马上就要来临。放眼望去，在地里沉睡了一个冬天的麦苗都已经返青，即将进入拔节期，漫山遍野一片郁郁葱葱，看来今年的小麦收成会很好。

农民们看着长势良好的庄稼心里都很高兴，他们正在期盼着收获时节的到来。而就在此刻，平陵县的县长尚兴邦却怎么也高兴不起来，他遇到了一件令他十分烦心的事情。尚兴邦自从和赵秋菊结婚以后，一直过得很幸福，赵秋菊给他生了一双儿女。尚兴邦虽然年龄不算大，但是对于赵秋菊来说算是中年产子，很不容易。家庭的幸福并不能减轻尚兴邦工作上的压力，他现在遇到了自他当县长以来最头疼的一件事情。在今年的正月里，明秀镇的明冶庄和狄家庄两个村因为一件羊吃麦苗的事闹起了纠纷，而且发生了械斗。按说两个村子之间闹纠纷也不是什么稀奇的事，只要政府出面干预，也没有什么解决不了的。可是这两个村子之间的问题却很复杂，它不光涉及回汉两个民族，还因为两个村子之间素来就有积怨。

说起明冶庄和狄家庄的积怨可谓历史悠久，最早可以追溯到清朝末年，其实这段历史积怨也是因为一件羊吃麦苗的事引起的。

据说有一年明冶庄的村民在放羊时不小心吃了狄家庄地里的冬小麦，狄家庄的人到明冶庄上来理论。由于双方都不理性，便发生了肢体冲突，狄家庄的人吃了亏。事后，狄家庄的人就放出话来说如果明冶庄的羊再到他们庄的地里吃麦子，他们就连人带羊一起给打死。明冶庄的人听了这话很不服气，他们干脆就故意赶着羊到狄家庄的地里去吃麦子。于是狄家庄的人就决定到县里去控告明冶庄，他们找了平陵城当时最有名的一位讼师写了一纸诉状。这位讼师果然名不虚传，他在诉状上写道："羊吃麦苗，连蹬加刨，蹄子一撅，连根拔了！"虽然寥寥几行字，却很形象地写出了羊吃麦苗时的情形。

明冶庄听说狄家庄要告他们，也赶紧去找那位讼师给他们庄写了一纸辩状。这位讼师写的辩状同样也很精彩，他在辩状上写道："寒冬腊月天，地冻赛钢砖，铁镐刨不动，羊嘴怎能餐？"让人一看就知道羊在冬天里是根本无法吃麦苗的。

等到县太爷开始审理此案时，他面对同一位讼师写的相互矛盾的诉状和辩状，实在是无法判断孰是孰非，于是就把他们各自训斥了一顿，都给撵了回去。这场官司也就不了了之了。虽然官司都没打赢，但是两个庄之间从此结下了仇怨，老死不相往来。

随后在民国的动荡时期，两个庄为了压服对方，不时地联合红枪会、土匪、还乡团等各方势力，相互挑衅和报复，发生过好多次武装冲突，双方都有伤亡，使得仇怨越结越深。

这一次闹纠纷还是因为明冶庄一个合作社的羊吃了狄家庄的麦苗。这次狄家庄的人没有到明冶庄上去论理，而是直接把明冶庄的一块麦田给毁了，为此双方的村民大打出手。

明秀镇政府的领导带着公安人员赶到现场制止了械斗，但是他们走后不久，两个庄的村民再次发生了械斗。镇里实在压服不住两边闹事的民众，最终只好把问题上报到了县里。

对于这件事情，尚兴邦一开始也没有太重视，他只是让平陵县公安局成立了一个专班前去明秀镇，协助明秀镇政府进行处理。结果问题不但没有处理好，反而扩大了事态，致使两个庄之间发生了更大规模的械斗，不但伤了人，还出了人命。更要命的是因为两个庄的村民都很团结，公安人员调查取证都很困难，就连庄里的干部也都不配合，使整个事情的处理工作处于停滞状态。

虽然问题无法处理，可两个庄里的人都在憋着一口气，叫嚣着要报复对方，一场更大规模的械斗随时都有可能发生。尚兴邦现在只好让县公安局加派人员，全天候监控这两个庄的动向。他交代公安局的同志一旦再发生械斗，如果制止不了，就请求当地驻军协助，他也事先和驻军的领导做了汇报。在战争年代，尚兴邦对待敌人很有一套，可是现在在和平时期让他来处理这样的人民内部矛盾，他反倒感觉有点吃力。

今天尚兴邦到泰安专区开会，在会议结束后，泰安专区的书记张开疆特意把他叫到一边，向他询问了明冶庄和狄家庄的事，并叮嘱他一定要处理好，绝对不能再扩大事态。尚兴邦本来是要在泰安城吃完午饭再回平陵县的，可是他现在决定立刻赶回去，他要找有关同志赶快研究解决问题的办法。

尚兴邦乘坐的吉普车在泰安城的街道上快速前行，当汽车经过城北一个街口的时候，坐在副驾驶位置的尚兴邦忽然发现前方路边有一个熟悉的身影。他不觉一愣，立刻示意司机靠边停车。

司机一个急刹车，吉普车停在了马路边上。尚兴邦打开车门就跳下车，他对着那个背影大声喊道："杨忠诚！"

那个人听到喊声后，停下脚步，转过身来。

"哎呀老杨！还真是你啊！"尚兴邦三步并作两步冲上前，一把抓住杨忠诚的手高兴地说。

"哦，是尚县长啊，怎么这么巧？"杨忠诚也感觉到很意外。

"啥尚县长啊？都是老伙计了还这么客套。"尚兴邦笑着说。

"你这是来专区开会？"杨忠诚问。

"你先别管我来干啥，我先问你，你不是去东北了吗？怎么，你这是回家来看老婆孩子了？"尚兴邦问。

"看啥老婆孩子啊？别提了，我适应不了东北那里的气候，得了肺炎，一直好不了，组织上就让我回来疗养了。"杨忠诚说。

"是吗？那你现在身体咋样了？"尚兴邦关切地问。

"倒是没啥大事了。"杨忠诚说。

"那你还回东北吗？"尚兴邦问。

"不用回去了，组织上已经派人过去顶替我了。"杨忠诚说。

"那就是再回劳改大队上班了？"尚兴邦接着问。

"我也不知道下一步组织上咋安排，劳改大队那边已经有人接替了。我现在是在专区办的干部培训班里学习，组织部的同志说等学习班结业了再给我安排工作。"杨忠诚说。

"哎老杨，我问你，你想不想回咱平陵县工作？我听说续珍还在老家的乡里工作呢，你这总是牛郎织女的也不是个长久之计啊！你要是想回平陵县工作，我就把续珍给你调到身边来，让你们全家人团聚，你看咋样？"尚兴邦忽然说道。

杨忠诚看了一眼尚兴邦说："你的好意我领了，可我不回去。"

"那是为啥？"尚兴邦感觉很不解。

"我不想见到你和赵秋菊在一起的样子。"杨忠诚说。

"你行了吧，老杨！你咋这么老封建呢？人家开疆书记都没啥，你这却解不开疙瘩了。开疆书记也结婚了，我和赵秋菊还去喝的喜酒呢。你不知道啊老杨，我和赵秋菊认识得早，是他张开疆捷足先登啊。行了，咱以后别提这事了。"尚兴邦说完，使劲拍了一下杨忠诚的胳膊。

"真搞不懂你们这些人。"杨忠诚嘟囔道。

"不废话了，我还急着要回平陵呢，你快说愿不愿意回去工作？"尚兴东问。

"你还是让我考虑一下吧。"杨忠诚说。

"好，那你考虑好了马上告诉我，如果你愿意，我立马去找组织部的领导。"尚兴邦说完松开杨忠诚的手，转身上了吉普车。

吉普车发动着，就绝尘而去了。

杨忠诚站在原地，望着吉普车远去的方向，他陷入了沉思。

一周后的一天上午，杨忠诚来到了平陵县明秀镇的明冶庄他的妹妹家。杨忠诚的妹妹现在是明冶庄的村妇女主任。

"哥，你咋来了？你不是去东北了吗？"杨忠诚的妹妹见到哥哥忽然来了，不由得喜出望外，一边忙着沏茶一边问。

"早回来了，就是一直没时间来看你们。"杨忠诚坐下后说。

"你这是为厚增的婚事来的吧？"妹妹问。

"厚增的婚事有眉目了？"杨忠诚反问道。

"哎，我嫂子没和你说啊？"妹妹感觉哥哥问得很奇怪。

"哦！我从东北回来后直接就去泰安报到了，还没见到你嫂子呢。"杨忠诚解释道。

"你又回劳改大队上班了？"妹妹把一杯茶水递给杨忠诚。

"我是回泰安疗养和学习，回来时身体不太好，怕你嫂子担心，就没告诉她。现在没事了，我这次调回咱平陵县工作了。"杨忠诚接过茶水说。

"啥？哥，你又调回来了？那可太好了！你在县里的哪个部门上班啊？给你安排的是啥职务啊？"妹妹高兴地问。

"在一个工作组当组长，还兼着咱明秀镇派出所的所长。"杨忠诚喝了一口水，把杯子放在桌子上说。

"哎，不对啊哥，你原来当的是公安局局长，现在回来咋成了派出所所长了？人家当官都是越当越大，那你咋还越当越小呢？"妹妹瞪大了眼睛问。

"啥大啊小的？我是县里工作组的组长，是临时兼任明秀镇的派出所所长。"杨忠诚说。

"那你说的那个工作组是管啥的？"妹妹问。

"就是负责处理咱明冶庄和狄家庄纠纷的，现在县里成立了专门的工作组，让我来具体负责。"杨忠诚说。

"啊？真的啊？那可是太好了！狄家庄就是欺负咱村没人，这次你可要好好治治他们！"妹妹兴奋地说。

"咱先不说那些话，你先给我说一下这到底是咋回事吧？咋还能闹出人命来了呢？"杨忠诚问。

"哥，我还是先和你说一说厚增的婚事吧，大家都等着你回来定盘子呢，那公家的事咱先放一放行不？"妹妹给杨忠诚的茶杯里加了点水，岔开话题说道。

杨忠诚端起茶杯喝了一口水说："那好吧，那你就先说说吧，我还啥都不知道呢，这也是让我着急的一件事。"

"是我托人找的，就在这条街上住，女孩子和我婆婆还有亲戚关系，人挺好，她家里也同意。我嫂子说等你一回来就把婚事定下来，现在你回来了，我看咱就赶紧定亲吧，争取早点结婚，厚增也不小了。"妹妹说道。

"让妹妹费心了！"杨忠诚心怀感激地说道。

"跟你妹妹还客气啥？你就看啥时候定亲合适吧，我好给人家那边说一声。"妹妹说。

"我知道了，我回家和你嫂子商量商量再说。"杨忠诚说。

"要快点啊，别太拖了，现在这个年龄的女孩子可不多了。"妹妹叮嘱道。

"我知道了。"杨忠诚又喝了口水，然后对妹妹说，"厚增的事就先说到这里，你再给我说说你们庄和狄家庄打架的事吧。"

妹妹想了想说："现在庄里统一了口径，不让对外人多说话，不过哥你不是外人，又是来处理这件事情的，我就都告诉你吧。"

正在这时，杨忠诚的妹夫走了进来。

"哥，还真是你来了，我刚才从街上听人说你来了，我还不信呢，亏我回家来看一看。"杨忠诚的妹夫高兴地说。

"你先别插话，我和咱哥说说咱庄和狄家庄的事，咱哥是来处理这件事的。"杨忠诚的妹妹冲自己的丈夫摆了一下手说。

"啥事不能过会儿再说啊？你看这都快中午头了，还不快去准备饭，你让咱哥饿着肚子听啊？"杨忠诚的妹夫说。

"哦！我光顾着说话了。"杨忠诚的妹妹向窗外看了看说。

"你快去做饭吧，我去锅房上拿块牛肉，给咱哥接个风。"杨忠诚的妹夫对妻子说道。

"咱随便吃点就行，你买啥熟牛肉啊！"杨忠诚对妹夫说。

"啥叫买呀？那是咱自家的锅房。哥，你坐着喝茶，我去去就来。"妹夫说着给杨忠诚的茶杯满上水，然后就转身出去了。

杨忠诚没有再拦阻妹夫。

杨忠诚的妹夫家姓马，马家是明治庄的一个大家族，这个家族里的很多人都以宰杀牛羊，蒸煮牛羊肉为生，马家锅房在这一带很有名，很多饭店都直接用他们家的牛羊肉。

大约半个钟头后，一桌子丰盛的饭菜就准备好了。杨忠诚的姐姐和姐夫也被妹夫请了过来。自从杨忠诚去了东北，他和这些亲人就没见过面，现在久别重逢，大家都很开心，于是他们就边吃边聊。一顿饭下来，杨忠诚也基本了解了明治庄和狄家庄闹纠纷的来龙去脉和目前的状况。他心里也基本想好了解决的办法。

杨忠诚在妹妹家吃完饭就回到了明秀镇。

明秀镇政府的领导在镇子里给工作组安排了一个临时的办公地点和住宿的地方。明秀镇原来是平陵县的政府驻地，杨忠诚在这里当过公安局局长，他对这里的大街小巷都很熟悉。他让明秀镇派出所的指导员李林陪着他来到当年平陵县公安局关押犯人的一处四合院前，他问李林："这个院子的门锁着，是不是公安局搬走后一直没人用啊？"

"是的，这个地方现在给咱派出所了，眼下咱也用不着。"李林回答道。

"那下一步工作组就用一下吧。"杨忠诚说。

"局长，工作组干啥用啊？"李林有些不解。

"你会知道的，你先安排人把里面给收拾一下。"杨忠诚说。

"还需要我叫人拿钥匙来，打开你看看吗？"李林问。

"不用，里面是啥样子，我熟悉得很。"杨忠诚说。

"好吧局长，等咱回去后我马上安排人过来拾掇。"李林说。

杨忠诚看了看李林说："李林啊，你记住，以后不要叫我局长，我早就不是局长了，你叫我杨所长也行，叫我老杨也行。"

李林是杨忠诚的老部下，杨忠诚在平陵县公安局当局长的时候，李林就在明秀镇派出所工作，因此他才这样称呼杨忠诚。

李林笑了笑说："叫习惯了，我尽量改吧。"

杨忠诚带着工作组进驻明秀镇来处理明治庄和狄家庄纠纷的事，两个庄的人很快就都知道了。尤其是狄家庄的人都很紧张，他们对杨忠诚早有耳闻，更重要的是他们知道杨忠诚在明治庄还有很多亲戚。同时他们还听说杨忠诚一来就去了明治庄。在狄家庄人看来由杨忠诚出面处理这场纠纷，他们肯定会吃亏，于是他们赶紧商量对策。本来他们还想先行对明治庄发起报复行动，可是现在他们却在担心明治庄的人会仗势欺人，对他们进行报复了。于是他们派人把住几个村口，同时各个合作社都派出人员白天黑夜地看好自己地里的麦子。

一连几天，狄家庄的人都在战战兢兢中度过。其实狄家庄的人也不是善茬，当年翟云涛曾经要征服狄家庄，最终也没能得逞。

可是事情并没像狄家庄人预料的那样发展，几天过去了，明冶庄并没有来报复他们，相反他们听说杨忠诚亲自带着公安人员到明冶庄抓走了很多人。这样一来，狄家庄的人有点蒙了，他们搞不清楚这到底是咋回事。其实和狄家庄人一样回不过神来的还有明冶庄里杨忠诚的那些亲戚及庄里的村民。本来他们都以为杨忠诚亲自带队来处理他们和狄家庄的纠纷，明冶庄肯定会沾光，可是他们万万没想到杨忠诚会先对明冶庄的人下手，而且一下子就把参与起事的主要人员全部都给关了起来。

明冶庄的人，尤其是杨忠诚的那些亲戚从懵愣中回过神来后开始大骂杨忠诚，他们觉得杨忠诚这是吃里爬外，这是在胳膊肘往外拐，这是对他们明冶庄的这些亲人的背叛。有的人甚至扬言要弄死杨忠诚，要把杨忠诚的妹妹和姐姐赶出明冶庄。

杨忠诚的妹妹听到这些恫吓后，赶紧去找自己的姐姐商量对策。杨忠诚的姐姐也早就听到了这些话，她心里也很害怕，可是她也没有什么好办法。其实她心里也很生气，她不知道弟弟为啥要这样做，她心想不管怎么说，他都不应该向着外人啊？

"走，咱去找他，看他咋和咱说。"杨忠诚的姐姐气愤地说。

杨忠诚的妹妹和姐姐来到镇上找到杨忠诚时，杨忠诚刚从关押明冶庄参与闹事村民的地方回到办公室。

"哥，你这是办的啥事？我们都成了明冶庄的叛徒了！你要这样弄，我不当村妇女主任事小，我和姐姐今后还咋在明冶庄住下去？你还想不想和明冶庄的人结亲家了？"杨忠诚的妹妹一进杨忠诚的办公室就质问道。

"有些事你们现在还不懂，等事情都处理完了，你们就明白我为啥这样做了。"杨忠诚说。

"我们不懂？我们是不懂！可我们知道现在人家狄家庄的人正在高兴呢！是狄家庄的人先动的手，可你却把明冶庄的人给先抓了，咱这样做事合适吗？"杨忠诚的姐姐也质问道。

"咋不合适了？"杨忠诚理直气壮地反问道。

"哥，你这叫大义灭亲啊！可是你这样做想过后果没有？明冶庄的人是好惹的吗？他们不但骂你，还有要整死你呢，你知道吗？"杨忠诚的妹妹说到这里，眼里开始闪动泪光。

"他们爱说啥说啥，你们放心，他们不敢对我咋样。"杨忠诚很自信地说。

"你倒是不怕了，可是我们怕啊！你在明冶庄现在是犯了众怒，你知道不知道啊？哎呀！我咋和你说你才能明白啊？哎呀！我那娘啊！"杨忠诚的姐姐急得哭了起来。

"哥，你快把那些人都给放了吧！我求求你啦！我给你跪下了行不，哥？"杨忠诚的妹妹说着真的跪下了。

杨忠诚见状瞬间来气了，他啪地一拍桌子呵斥道："这是公家的地方，你们在这里大哭小叫，这成何体统啊？"

"怎么了，组长？"两个工作组的同志推门走了进来。

"没事，这是我的姐姐和妹妹，你们出去吧！"杨忠诚对两个同志摆了摆手。

两个同志一听就退了出去。

待两个同志出去以后，杨忠诚把妹妹从地上拉起来说："你们看，这样影响多不好，你们就放心吧，我会把这件事情处理好的，厚增的婚事咱先放在一边不说，我怎么可能让你们在明冶庄难做人呢？快都回去吧，我这里还忙着呢。"

"你咋能把事情处理好吗？你先告诉我们，好让我们心里也有个底啊！"杨忠诚的妹妹用手擦了一把眼泪恳求道。

"这个我真不能说，不过请你们要相信我，用不了几天，我准能把这件事情给处理好。"杨忠诚很肯定地说。

"哥，我们庄里人说的话，你不要不放在心上，他们真有可能会害你的！"杨忠诚的妹妹很担心地说。

"你哥啥事没经历过，你们就放心吧！"杨忠诚说完又转身对他姐姐说，"姐，你是军属，别跟着掺和，快回去吧！记着，现在谁说啥你们也别管，听着就行，等解决好了问题，他们自然就不说啥了。"

虽然杨忠诚说出这样宽慰的话来，但是他的姐姐和妹妹心中还是忐忑不安，但是她们也没有别的办法，杨忠诚的脾气她们是再清楚不过的，于是她们只好先回家了。

杨忠诚没有食言，明治庄和狄家庄的纠纷很快得到了解决。两个庄里带头闹事的人都得到了处理，整个事情就此平息了下来。

对于这件事情的处理结果尚兴邦县长很满意，他觉得让杨忠诚回来处理这件事是他的一个英明决定，他想抽时间请杨忠诚吃个饭。可就在这个时候，杨忠诚却向组织递交了转业申请，这让他很不解，他立即让人把杨忠诚叫到了自己的办公室里。

"忠诚啊，你这是唱的哪一出啊？我正想征求一下你本人的意见，看给你安排个什么合适的位置，你却在这个时候要转业，是不是嫌我行动晚了？"杨忠诚刚坐下，尚兴邦就开始发问。

"你想哪去了，我就是想转业到地方去，干点适合自己的工作。"杨忠诚说。

"你可是个老公安了，咋就不合适了？"尚兴邦问。

"我最近的身体又不好，总感觉胸闷气短，我觉得干不了公安这一行了。"杨忠诚说。

"身体不好，咱就看病啊！不行再送你到专区疗养一段时间，说啥咱也不能因为这个就转业吧？"尚兴邦很不解。

"身体只是一个方面，我文化水平不行，现在开会做个笔记都记录不全，感觉工作很吃力。"杨忠诚说。

"你的文化水平不高这是事实，但是你有近二十年的革命工作经验啊！况且像你这样的同志在我们的公安队伍中还有很多呢！好了，我不想和你多说，你赶紧把转业申请拿回去，等着组织上给你安排新的工作吧！我还要出去开会。"尚兴邦说着就站起身来。

杨忠诚并没有起身，他还想再说点啥。可还没等他张口，尚兴邦就拿起公文包说："不管你今天咋说，你转业的事就是不行，坚决不行！我先走了。"说完，他抬腿就出了办公室，把杨忠诚一个人留在了那里。

古月星转

六十二

　　杨忠诚最终没有听尚兴邦县长的劝说，他还是执意转业了。

　　杨忠诚的转业是有苦衷的，他和尚兴邦县长说的那些理由虽然是真实的，但并不是根本的，他转业的一个重要原因就是他要用转业金给自己的养子杨厚增订婚成亲。杨忠诚在处理明冶庄和狄家庄纠纷的时候虽然他秉公执法，自认为问心无愧，可是每个人的认知不同，他还是得罪了一些人。这些人就想着报复杨忠诚，于是他们跳出来设法阻止杨厚增的婚事，这让杨忠诚心急如焚。要知道，即使像明冶庄这样大的村庄，能和杨厚增这个年龄匹配的女孩子也不多了。杨忠诚心想趁着女方家里在态度上还没有啥变化的时候，要赶紧把儿子的婚事办了。可是没有钱他也无法给孩子操办婚事，要是像妻子白续珍说的那样去借也不太现实。再说借了钱总是要还的，就眼下他这一大家子人，仅靠他那点工资何时才能还上啊？杨忠诚是个要脸面的人，他可不想一直欠人家钱，那样的日子不好过。因此在他看来眼下没有别的路可走，于是他最终还是选择了转业。这件事情让尚兴邦很生气，就像杨忠诚当年没有参加尚兴邦和赵秋菊的婚礼一样，尚兴邦也缺席了县里给杨忠诚举办的送行宴。

　　杨忠诚转业回到闫满乡后，被任命为乡里的党委书记。说实话，这出乎杨忠诚预料，而作为乡长的丁向山却十分高兴。杨忠诚来乡里报到的第一天晚上，丁向山就把杨忠诚请到家里，给他接风。他还把杨忠诚在闫满庄的好友和关系比较近的人都给请来了，就连远在平陵县城的姜玉堂也被丁向山给请了回来。金宗生听说杨忠诚回闫满乡了也不请自来，他还拿来了二斤熟牛肉和十个烧饼，这对于一向吝啬的金宗生来说也算是破天荒了。

金宗武也来了，他是杨忠诚亲自去南坡找来的。

当杨忠诚在闫满庄村长曹小五的陪同下来到南坡时，金宗武正在那条战壕里用一把自制的木头机枪在"扫射"。他嘴里还不停地喊着："同志们，敌人上来了！打啊！打倒美帝国主义！"

"宗武，忠诚哥来了！"曹小五大声喊道。

金宗武根本没有理会曹小五，他双眼直视前方，好像他的眼前真的有敌人一样。无奈，曹小五跳下战壕，使劲地用手拍了一下金宗武的肩膀大声说："宗武，忠诚哥带着队伍来支援你了！"

金宗武一愣。当他回过头来看到杨忠诚后，他上前一把拉住杨忠诚的大腿，嘴里喊道："忠诚哥！快进战壕！有敌机轰炸！"

金宗武的力气很大，杨忠诚站立不稳，只好顺势跳进战壕。

"宗武兄弟啊，你受苦了！"杨忠诚看着金宗武已经沧桑的面颊和身上磨得到处是窟窿的衣服，他一下子抱住金宗武，语带哽咽地说道。

金宗武挣脱开杨忠诚的双手，急切地问："忠诚哥！你的队伍在哪里？来了多少人？我们今天遇到的敌人可不少啊！"

杨忠诚平静了一下心情后说："兄弟，这次来的队伍有很多人，你放心吧，我们在人数上占绝对优势。"

金宗武向四处看了看问："忠诚哥，队伍在哪儿呢？"

"他们都在庄里呢，你先和我进庄，咱研究一下怎样歼灭眼前这股敌人。"杨忠诚装作很认真样子地说道。

金宗武看了看杨忠诚说："好吧，忠诚哥，我看敌人一时半会儿也上不来，那咱就快去吧！"说完，他身子一跃跳出了战壕。

杨忠诚和曹小五从战壕里出来后，他看着战壕边上的那个建了一半的屋茬子问曹小五："景玉啊，这房子咋是这样的？"

曹小五叹了口气，很无奈地说："忠诚哥，你是不知道啊，当初我们盖了一半，宗武就不让盖了，他说这样会暴露目标，会招来敌机轰炸。"

"快走啊忠诚哥！时间紧迫啊！"金宗武催促道。

杨忠诚看了看金宗武自言自语道："多好的一个兄弟啊！现在竟成这个

样子了！"说完他抬腿向村里走去。金宗武紧紧地跟在杨忠诚的身后，好像害怕要掉队一样。

在丁向山的家里，饭菜还没有端上桌，大家正围坐在桌子旁有说有笑，就连金宗武也好像恢复了意识，他在给大家讲当年杨忠诚要带着他们去当兵的事。这让大家都很奇怪，甚至有人怀疑他是不是病好了，可是看着他那一身的脏衣服，又感觉这就应该是他一时精神一时糊涂中那段精神的时刻。

大家都在说笑，只有马学富低头不语。马学富现在的处境很不好，对他那段历史的定性几经变动，到现在都没有个最终的定论，这严重影响了他的工作和生活。

"学富啊，你的情绪不对头啊？"杨忠诚对马学富说。

马学富抬头看了看杨忠诚，不好意思地笑了笑，没有说话。

"你的情况我最清楚了，这样吧，我会想办法在乡里给你安排一份工作的。"杨忠诚说。

"达达，真的吗？"马学富用怀疑的眼神看着杨忠诚问道。

"我啥时候说话不算数了？"杨忠诚反问道。

"那可太好了！"马学富听杨忠诚这样一说，心情立刻就好了起来，脸上也有了笑容。

饭菜被端上桌后，金宗生从马俊文的手里抢过茶壶，笑着给大家倒茶。当他给金宗武倒茶时，金宗武却用手捂住了茶杯，他嘴里骂道："汉奸！叛徒！不让你给我倒茶！"

"你又开始说疯话了！"金宗生很尴尬地瞪了金宗武一眼。

"还是让我来吧。"马学富说着接过茶壶。

金宗武一见马学富给他倒茶，就主动把杯子举了过去。

待所有的茶杯都斟上茶后，丁向山端起杯子说："我是天天盼，夜夜盼，就盼着组织上给乡里派个当家的，今天组织上不但派来了，而且来的还是忠诚哥，我高兴！来，大家也替我高兴一下。"

"向山啊，你先等等，"杨忠诚端起杯子看了看大家后说，"今天这个饭局是向山非要安排的，当然了，咱都是好兄弟，在向山家吃个饭也没啥，不过在吃之前我要当着大家的面说清楚，我这次转业回来真没想到组织上会这样安排我。但不管咋说，以后咱闫满乡的工作还是以向山为主，我就是来帮衬向山的。"

"忠诚哥，你这么说就不对了，你是书记，是代表党的，党领导一切，这是原则问题，这一点儿到啥时候都不能乱。"丁向山态度坚决地说道。

"咱今天就是个接风宴，工作的事，你们兄弟俩还是回到乡里再说吧，我看咱还是快点进行吧！"姜玉堂笑着插话道。

"是啊，你们老兄弟俩的事还不好说吗？"马俊文也附和道。

于是大家纷纷站起身来相互致意，金宗武也像个正常人似的嘴里说道："忠诚哥的队伍真的都来了，这下子可好了！"

杨忠诚上任没多久，平陵县就按照上级指示在各地相继成立人民公社。闫满乡被撤销了，原来这周边的几个乡镇合并成立了东锦人民公社，办公地点设在东锦镇。原来闫满乡所辖的几个村联合成立了闫满生产大队，生产大队下面成立了十个生产小队，南北街是第四和第五生产小队。杨忠诚被调到了公社，从事民政工作。丁向山成了闫满生产大队的书记，生产大队的大队长是原来闫满庄的村长曹小五。因为曹小五当了大队长，所以也很少有人再叫他的小名了，都称呼他的大名曹景玉。

1958年的深秋时节，一场大炼钢铁运动席卷全国。仿佛一夜之间中国大地就成了一个大的炼铁工厂，超英赶美的口号被刷在了大街小巷的墙壁上，不管你走在哪里，那些口号都能映入你的眼帘，一些有广播喇叭的村子还会不时地把那些令人激奋的口号送进你的耳朵里。杨忠诚作为东锦人民公社大炼钢铁驻村工作组的负责人，带队检查督导各村执行中央政策，落实大炼钢铁运动的工作情况。

一天早上，杨忠诚带着马学富来到闫满庄。在杨忠诚向公社领导的极力推荐下，马学富终于进了大炼钢铁运动驻村工作组。这对马学富本人来说是一件非常重要的事情，他也特别珍惜这次难得的机会，他决心用努力工作来证明自己对党和国家的忠诚。

杨忠诚和马学富两个人在丁向山和曹景玉的陪同下登上了闫满庄庄南的大鱼山，现在闫满生产大队正在这里搞炼钢大会战。此刻大鱼山和小鱼

　　　　　　　　　　　　　　　　　　古月星转

山上到处都是炼钢炉，炉上冒着各色烟雾。每个炉前都是忙碌的人群，在一些炼钢炉旁边插着红旗，人们的脸上都洋溢着兴高采烈的神情，他们的心中都燃烧着激情，他们都坚信能跑步进入共产主义社会，都期盼着早一天过上那楼上楼下、电灯电话和各取所需的美好生活。

"向山啊，我在全公社的炼钢工地快转一圈了，还是感觉咱这儿最有气氛。"杨忠诚看着漫山遍野忙碌的人群高兴地说道。

"忠诚哥你过奖了，不过我现在和景玉全天都在这里，我们是一刻也不敢松劲啊！"丁向山笑着说。

"咱大队炼钢目标现在定的多少？"杨忠诚问。

"到年底生产两千吨生铁。"丁向山说。

"向山，这一吨可是两千斤啊？"杨忠诚提醒道。

"这个我知道，人家古月人民公社定的目标就是两千吨，我想他们能完成咱也应该没问题。"丁向山拍着胸脯说。

"你可要知道报给上面的目标是要完成的啊！"杨忠诚说。

"那是自然的。现在我和景玉做了分工，我负责伐木队，景玉负责收铁队，全力保障原材料的供应，你看各个生产队社员们这劲头，咱能完成不了吗？"丁向山自信地说。

"咱这里守着煤矿，咋还要伐木呢？"杨忠诚有点不解。

"你是不知道啊忠诚哥，现在官庄煤矿归古月人民公社，他们说自己炼钢需要大量的煤，现在已经不对外卖了，咱的煤快用完了，只能上山伐木了，好在咱山上有的是树。"丁向山说。

此时曹景玉脸上的表情明显和丁向山的信心满满不太一样，他挠了挠头对杨忠诚说："忠诚哥，现在有一个问题，那就是咱东山上的铁矿石也被淄博那边给把控起来了，咱原来弄来的矿石都快用完了。"

"你不负责收铁队吗？没有矿石就去收废铁啊？"杨忠诚说。

"早就开始收了，社员家的铁砧子、斧头、锤子都收了，就连大门上的铁环都拆下来了，现在大家手里就剩下煎饼鏊子、铁锅、铁壶和勺子、铲子了。咱总不能把社员做饭的家什都收了吧？"曹景玉很为难地说。

丁向山瞪了一眼曹景玉，语带责备地说："现在都吃公共食堂了，还留着那些东西有啥用？上级不是要求应收尽收吗？我感觉这些都不是啥问题，你没有必要在这里和忠诚哥说。"

曹景玉听丁向山这样一说也就不再言语了，他知道丁向山现在什么都听上级的，生怕再犯错误。在今年年初丁向山还在当乡长的时候，由于他效仿其他乡镇私自决定在合作社里搞了包产到户，受到上级的严厉批评，还差点被撤了职务。自那以后，丁向山不管做啥事情都坚决服从上级指示，丝毫不敢越雷池一步。

其实对于丁向山的这一点，杨忠诚也是深有感触的。在杨忠诚刚回到闫满乡工作时正赶上开展"除四害"运动。杨忠诚当时提出不应该把麻雀定为"四害"，因为麻雀吃害虫。如果把麻雀都消灭了，那庄稼遭了虫害咋办？丁向山虽然觉得杨忠诚说得在理，但他仍然坚持按照上级的要求办。后来的事实证明杨忠诚说得对，因为时隔不久，中央就把"四害"当中的麻雀改成了臭虫。

杨忠诚听了曹景玉和丁向山的话后半天没有言语。丁向山看了看杨忠诚说："忠诚哥，你别管景玉说啥，咱这里没问题，咱闫满大队保证能超额完成炼钢任务。"

杨忠诚看了看丁向山后，转头对曹景玉说："景玉啊，关于收铁的事我觉得向山刚才说得有道理，就让大家都交上来吧。"

"好，那我回去以后马上就办。"曹景玉点头说道。

丁向山和曹景玉带着杨忠诚和马学富在各个炼钢炉中间穿行，马学富默默地跟在杨忠诚的身后，一股股炼钢炉里喷出来的热浪向他们袭来。那些正在炉前忙碌的人杨忠诚大多都认识，他不停地和大家热情地打着招呼。杨忠诚的儿子杨厚增和刚过门不久的媳妇也在这炼钢大军中。杨厚增见自己的父亲来了，就赶紧带着媳妇跑了过来。

"爹，你啥时候回来的？"杨厚增问。

"我刚回来，你们去忙吧。"杨忠诚没有和儿子、儿媳多说话，就和丁向山他们向另一个炼钢炉走去了。

山上这些炼钢炉大多都是建在露天地里的鼓风炉，多用砖头和石灰石构筑。有一些简易炉子就是八九块青砖、几十块土坯和两块耐火砖，样子奇形怪状。那些炼出来的黑乎乎的铁疙瘩就摆放在炉子旁边，每天晚上收工时，大队会用牛车把它们拉走，统一放进仓库里。

杨忠诚他们在山上转了一圈后就沿着一条小路下山，他们还要到小鱼山那边去看看。在他们下山的小路两旁是已经成熟了的庄稼。杨忠诚看着这些庄稼对丁向山说："向山啊，这庄稼已经到收割的时候了，看看啥时候组织社员赶快把它们都收了吧，农忙是有时节的，咱可不能错过了。"

"你放心忠诚哥，这个耽搁不了，等炼钢会战一结束，我们马上组织社员收割。"丁向山说。

杨忠诚和马学富在丁向山和曹景玉的陪同下，从闫满大队的炼钢工地回到大队部后，他们在公共食堂里吃了饭，就马不停蹄地又到其他生产大队去检查督导工作了。东锦人民公社大炼钢铁驻村工作组有十几个人，目前都在各个大队驻村督导，但他杨忠诚还是不放心。在杨忠诚看来大炼钢铁是党中央抓的一件大事，必须认真对待，决不能出任何纰漏和闪失。

杨忠诚一连在外面忙了几天，终于在一天晚上回到家里。他进门时，妻子白续珍刚把女儿哄睡。白续珍现在是闫满大队的妇女主任，她既要负责带领女社员们大炼钢铁，还要负责给山上炼钢的社员送饭。现在她的二女儿还小，她只能背着孩子参加劳动。

"你今天怎么没有回公社住啊？"白续珍问。

"我有家，干吗总在公社住啊？"杨忠诚走到床边，借着灯光看了看熟睡中的女儿。杨忠诚的这个二女儿长得很乖巧，杨忠诚给她起名叫杨桂芝。

"你还知道有家啊？"白续珍没好气地说道。

"你这话说的，我咋能不知道有家呢？"杨忠诚坐在床边伸手想去抚摸一下女儿的头。

"你别把她弄醒了。"白续珍伸手挡开了杨忠诚的手，然后她问杨忠诚，"是你同意让大队到各家各户收锅的？"

杨忠诚抬头看了看白续珍，这时候他才发现妻子的情绪有些不对，于是把手收回来说："咋了？是我同意的，现在公社里的很多大队都在这么做呢。你想啊，上级让大炼钢铁，要求必须完成下达的指标，那矿石没有了，不用废铁去炼，你说咋弄？"

"可那是废铁吗？那是社员吃饭的家什啊！"白续珍反驳道。

"现在村里有公共食堂，家里都不用做饭了，留着那些东西还有啥用？"杨忠诚说。

"就是没用了，那也不是废铁啊？咱们炼铁是为了干啥？还不就是为了生产出这些东西来吗？现在把它们都扔到炉子里炼了，然后明天再生产出来，这不是脱了裤子放屁，多一道手续吗？"白续珍越说越生气。

"不许你胡说，你是干部，你这是在对党的政策不满，性质是很严重的！"杨忠诚也生气了。

"那你去告我啊！你把我抓起来啊！告诉你吧，咱们街上的人家都没交，是我带的头！"白续珍大声说道。

"啥？你胆子也太大了吧！你想造反吗？"杨忠诚忽地一下站起身来。

"咋的？你还想打我啊？来，杨组长，请你动手吧！"白续珍也一下子站起身来。

"当当当！"这时有人在敲门。"爹，娘，你们还没睡吗？"门外传来了杨厚增的声音。

杨桂英和杨厚明也被吵醒了，"咋了娘？"杨桂英揉着惺忪的睡眼问白续珍。

"没事，你们睡觉吧，我和你爹说几句话。"白续珍说。

杨忠诚也对着门外说："没事厚增，我和你妈谈点工作。"

"明天再说吧爹，天不早了。"杨厚增说道。

"知道了，你们早睡吧，明天还要去山上。"杨忠诚说完，就走到桌边把灯吹灭了。

杨厚增看屋里的灯灭了，也就回小东屋了。

"咱爹和咱娘咋了？"杨厚增的媳妇问杨厚增。

"为了工作上的事呗，他们俩都很较真。没事了，咱睡吧。"杨厚增说完也把屋里的灯吹灭了。

闫满庄的夜晚很宁静，一轮满月高高地挂在天空，每条街道和巷子都洒满了银色的月光，街边的树木在微风的吹动下，影子在墙上晃来晃去，就像一把把扫帚在打扫着那土墙上的陈年老灰。原本会偶尔叫两声的狗这会儿也都没了动静。屋里的社员在山上都忙碌一天了，此刻他们也都进入了梦乡。

可就在这时，晴朗的夜空忽然飘来了大朵大朵的乌云，一会儿的工夫就把月亮遮得严严实实了，整个村庄瞬间被黑暗笼罩。慢慢地，天空开始掉下来雨点。起初那雨点只是一滴两滴的，渐渐地雨点越来越大，也越来越多，忽然间，天空就像敞开了闸门，大雨瓢泼而下。庄里的狗都开始叫了起来。

杨忠诚刚刚睡着，就被雨声和狗叫声惊醒。

白续珍也被惊醒了。

"不好，下大雨了。"杨忠诚一下子从床上坐了起来，他边从床边摸衣服边说道。

"你找衣服干啥？你要出去吗？"白续珍把床头的煤油灯点着后问道。

"不知道大鱼山和小鱼山那边下了没？那里好多炉子都是露天的，那炉子里还有火呢！"杨忠诚边说边穿好衣服和鞋子。

"等等，我和你一起去。"白续珍也开始穿衣服。

"你就不要去了，你明天早上还要去大队食堂呢。"杨忠诚说完从墙上拿下雨衣穿在身上，推开门就走进了滂沱的雨水中。

"你可要当心点啊！"杨忠诚的身后传来了白续珍的叮嘱。

六十三

自解放以来，平陵县还从未下过一场如此大的雨。这雨时大时小，下了一整夜。大鱼山和小鱼山上的炼钢炉除一些搭了棚子的，其余都被大雨给淋了，炉子里闷的火也被浇灭了，建在山腰低洼处的炉子干脆就被山水给冲烂了。

昨天晚上自发赶到山上的干部和群众还不少，杨忠诚是最早赶到大鱼山的，他前脚刚到，丁向山后脚就到了。他们到的时候，在山上值班的社员正在采取措施保护炼钢炉，但是炼钢炉实在是太多了，他们根本忙不过来。杨忠诚和丁向山，以及随后赶到的一些大队干部、小队干部和社员争分夺秒地把一些木头和树枝遮挡在炉子上，可是在瓢泼的大雨中，这一切都是那么徒劳。

天亮后，雨也丝毫没有停下来的意思，只是时大时小。杨忠诚和丁向山坐在一个炼钢炉棚子底下的几块木头上，此刻他们都被淋成了落汤鸡。常言道：一场秋雨一场寒。此刻山上的温度降得很低，杨忠诚和丁向山都把手脚伸向炉子的方向取暖。曹景玉等几个大队领导和生产小队干部也挤在炉子旁边烤火，他们的身上也同样被雨水淋透了。

"向山啊，这次麻烦可不小啊！弄不好会影响咱们大队的炼钢生产。"杨忠诚有些担心地说。

"不要紧忠诚哥，等雨一停，我们立刻组织社员对炼钢炉进行抢修，我想很快就能恢复生产的。"丁向山很乐观地说。

"恐怕没有那么简单吧！眼下看这个样子，雨一时半会儿是停不了的。"

杨忠诚看了看棚子外面的天空忧心地说。

"真没想到啊，昨天响晴的天，夜里却忽然来了这么场大雨，真是让人防不胜防啊！"站在一旁的大队长曹景玉感叹道。

"这抢修炼钢炉是一个方面，那些地里的庄稼也该收了，也不知道这山上下去的山水会不会冲了洼地里的庄稼？"杨忠诚说。

曹景玉看了看杨忠诚，又看了看丁向山说："这样吧丁书记，等雨一停，你组织一部分社员抢修炼钢炉，我组织一部分社员去收地里的庄稼，你看咋样？"

丁向山瞥了一眼曹景玉，说："你咋分不出个轻重缓急来呀？现在大炼钢铁是压倒一切的政治任务，我们都要全力以赴，哪能把社员给分散了？"

"可那庄稼再不收就来不及了！难道我们就眼看着那辛辛苦苦种下的一季庄稼都烂了不成？"曹景玉反问道。

"烂在地里怕什么？咱们国家有的是粮食，你没看报纸上说很多地方的小麦都亩产过万斤了吗？以后如果咱们的公共食堂真缺粮了，那国家也会给咱调拨的。你说棒子面好吃，还是白面好吃？我看你是瞎操心！"丁向山看曹景玉敢反驳自己，他有点生气了。

曹景玉一看丁向山动怒了，另外他觉得丁向山刚才说得也在理，于是就不再言语了。

"好了，你们先把大队的事情都处理好吧，我还要到其他的地方去看看。"杨忠诚说完就站起身来。

"我陪你去食堂吃完早饭再走吧？"丁向山也站起身来说。

"不用了，我赶到别的大队去吃吧。"杨忠诚摆了摆手说。

正在这时白续珍和几个女社员挑着担子向山上走来。白续珍今天没有带孩子，她把孩子放到自己哥哥家让嫂子给看着了。这天气如果带孩子出来要是被雨淋了，很容易生病的。

丁向山首先看到了白续珍她们，他指着山下高兴地说："忠诚哥，你也不用到别处吃了，你看嫂子她们给咱送饭来了。"

白续珍挑着担子，踩着湿滑的山路登上山来，她的后面跟着几个挑担子的妇女。

"嫂子，你这后勤工作做得真好，这打过仗的妇女主任就是不一样啊！"

丁向山迎上前去，一边接白续珍肩上的扁担一边说。

白续珍把扁担递给丁向山，然后来到杨忠诚的面前，她看了一眼杨忠诚问："咋淋成这样了？你昨天晚上穿出来的雨衣呢？"

"拿去当篷布了。"杨忠诚有点不好意思地说道。

"咱家可就那一件雨衣，你看着办吧！"白续珍说完转身对丁向山说，"这路不好走，送上来的饭不多，我让人给小鱼山那边也送去了，如果不够吃就让社员们回食堂去吃吧。"

丁向山看了一眼山上的人说："应该差不多，如果不够吃，那就先少吃点，你们中午多送点儿来就行了。山上的这些人不能下山了，大家吃完饭后，等雨停下来，就开始抢修炼钢炉。"

"那好。"白续珍点头应道。

"既然饭不够吃的，那我还是去别的大队吃吧。"杨忠诚说着抬腿就要走。

丁向山一把拉住杨忠诚说："累一晚上了，不吃饭咋有力气去别的大队啊？再说了，你去了以后，那饭你还不一定能吃，这是南北街上送来的饭，我看你还是在这里吃了再走吧！"

杨忠诚没有再坚持走，他又坐回到刚才的座位上，白续珍亲自给杨忠诚盛了一碗饭递了过去。杨忠诚刚要接，白续珍说："先把外套脱下来给我，我给你在炉子上烤烤。"

杨忠诚脱下上衣，放在一旁，然后接过白续珍递过来的饭碗。

现在的雨比刚才又小了一些，大家都挤在几个炼钢炉的棚子里开始吃饭，有些人挤不进去，就干脆站在雨地里吃。

杨忠诚在大鱼山上吃完饭，白续珍把在炉子上烤干的衣服递给杨忠诚。曹景玉也把杨忠诚的雨衣给拿了过来，杨忠诚把衣服穿好，把雨衣披上，然后对丁向山说："向山啊，我先走了，你们雨一停就赶紧修炉子吧，一定要在炉子上盖棚子，千万别再以为这个时候雨水少了，这就是教训。"

"知道了忠诚哥，雨天路滑，你路上小心点啊！"丁向山关切地说道。

杨忠诚刚离开大鱼山，山上的小雨又变成了大雨……

转眼秋天就过去了，时令到了小雪节气。人们都说小雪这天会下小雪，事实也的确如此，一场小雪飘飘洒洒如期而至。

在闫满庄庄南的大鱼山和小鱼山上，现在所有的炼钢炉都已经熄火了，从前那热火朝天的炼钢场面再也见不到了。因为没有炼钢必需的矿石和废铁，即使在很多炼钢炉旁都堆积着高高的柴火垛也无济于事。秋天里那场连续一个多星期的雨水也没有浇灭闫满生产大队领导和社员们大炼钢铁的热情，可现如今因为缺少原材料让炼钢炉没法开工使得他们心中的热情就像这眼下的天气一样降到了零度以下。

此刻，闫满生产大队书记丁向山一筹莫展，很多烦心事让他寝食难安。大炼钢铁的目标没有完成，他被公社领导狠狠地批了一顿。这还不是主要问题，主要问题是各个生产小队先后向他汇报，队里公共食堂的粮食快用完了，食堂马上要揭不开锅了。今年各生产小队地里的玉米没有及时收割，以至于在雨水的浸泡下都烂在了地里。就连那些玉米秸秆也都发霉了，连牲口都不吃。好在社员们把地里的地瓜都收了，这才使得各食堂眼下每顿饭还能有地瓜糊糊。其实这种饭很不撑时候，一泡尿后肚子里就空了。但是现在也没有别的办法，社员们就是喝着这种地瓜糊，把冬小麦都给种下去的。现在麦子都出芽了，明年春天应该会有一个好的收成，这让人们心里还怀着一分期待。

丁向山曾经在社员们面前说，如果缺粮食上面就会给他们调拨粮食，而且调拨的还是面粉。当时很多人，包括大队长曹景玉也都相信了，可事实证明那是不可能的。现在全公社缺粮的可不止闫满大队，据丁向山所知，他们临近的几个大队里有的生产小队已经是吃了上顿没下顿了。丁向山曾经去公社反映过闫满大队遇到的困难，得到的答复是"你们自己想办法"。丁向山也去过公社粮站，粮站的负责人说："粮食倒是有，但是需要高价买，因为那是议价粮。"而且粮站的负责人还叮嘱他"要买就快点买，因为粮店里的议价粮也不多了，现在很多大队都在购买"。在丁向山的心里，他也想赶紧去买，可是钱从哪里来？大队里根本没什么钱，那些小队就更不用说了。丁向山这几天一直向白续珍打听杨忠诚啥时候回来，此刻他迫切地想要见到杨忠诚。其实，丁向山不知道的是杨忠诚此刻的日子也不好过，他的心情也几乎和丁向山一样。

杨忠诚这段时间接连遭到公社领导的批评，其主要原因有两个，一个是全公社所有的生产大队都没有完成大炼钢铁的任务指标，还有一个就是全公社都没有出一个粮食亩产过万斤的典型。公社领导认为这是杨忠诚带领的驻村工作组失职，杨忠诚应该负责任，这让杨忠诚的心里感觉到很委屈。这半年来，杨忠诚跑遍了全公社的每一个村庄，并且对原先一些住在村子里的工作组也多次进行指导，及时传达上级的指示精神，整个工作组的同志都是尽心尽力地做工作。尤其是杨忠诚本人，他除了到闫满生产大队督导工作时才回家看看老婆孩子，整天在外面忙碌，而且多次参加各地的劳动，全公社很多社员都认识了杨忠诚，他在社员当中的口碑很好。可是这一些丝毫不能对冲领导对他工作不满意的评价，现在杨忠诚在公社的工作处于停职状态。

　　今天是个星期天，虽然在公社干部身上没有星期天放假这一说，但还是有很多人都回家了，杨忠诚也觉得无事可干，他也回了闫满庄。杨忠诚刚一进家门，大队书记丁向山就来了。

　　"忠诚哥，你可回来啦！咱们大队的几个小队都快断粮啦！"丁向山一腚坐在杨忠诚家椅子上就很犯愁地说。

　　"咱们公社有的生产队已经断粮了。"杨忠诚也很无奈地说。

　　"这都快到年底了，你说该咋办吗？都快愁死我了！"丁向山说着眼泪都快下来了。

　　"兄弟，你问我咋办，那我问谁去呀？我现在都被停职了，能有啥办法呢？我又不是孙悟空，也变不出粮食来！"杨忠诚把双手一摊说。

　　"大炼钢铁，大炼钢铁，都是大炼钢铁惹的祸！"白续珍在一旁插话道。

　　"你不说话别人能把你当哑巴啊！这种话也能说？亏了向山兄弟不是外人。"杨忠诚瞪了一眼媳妇说道。

　　"咣咣！咣咣！"这时外面忽然传来了砸门声。

　　"谁关的门？"杨忠诚看着女儿杨桂英问。

　　杨桂英看了看母亲白续珍，没敢说话。

　　"我让孩子关的，咋的了？"白续珍呛声道。

　　杨忠诚没有理会白续珍，而是对女儿杨桂英说："以后白天不准关门！

这都解放了，还怕有土匪来咋的？快去看是谁敲门？"

杨桂英听了父亲的话，赶紧出屋去大门口了。

"忠诚哥回来了，这大白天的咋还把大门关了？是不是有啥背人的事啊？"院子里传来金宗生的声音。

"达达，有事咱进屋说。"杨桂英对金宗生说。

"这么多人咋进屋啊？就你家那小房小屋的能盛得开吗？我看还是让你爹出来说吧！"金宗生嚷道。

杨忠诚听到金宗生在院子里大呼小叫，就从屋里走了出来。

杨忠诚一出来就被吓了一跳，外面站了一院子的人。这些人都是南北街上的，有老有小，金宗生站在他们最前面，他一改往日那副谦卑的姿态，变得趾高气扬起来。

"咋了宗生兄弟？你这是想干啥啊？"杨忠诚问。

"没啥忠诚哥，我就是想请问你咱们都是南北街上的人，都吃公共食堂，这家家户户的粮食也都交公了，我觉得这谁都不能再搞特殊了是不是？"金宗生哆嗦着一条腿说道。

"金宗生，你想干啥？你带着这些人跑到我家里来是想找事吗？"杨厚增从小东屋里冲出来质问道。最近杨厚增在外面听到一些人说自己父亲的坏话，说是他父亲不让社员去收庄稼。杨厚增一打听，原来传出这话的人正是金宗生。他本想把这件事情告诉给父亲，可还没来得及，现在金宗生竟然上门闹事来了，因此他的气就不打一处来。

杨厚增的媳妇也紧跟在杨厚增的身后，嘴里也大声喊道："你们想干啥？欺负我们杨家人少吗？我们可不怕你们！"

"咋的？你们还想打人啊？"金宗生冲着杨厚增夫妇嚷道。

"厚增！快和你媳妇回屋里去！金宗生的名号是你这小辈叫的吗？他是你达达，没大没小的！"杨忠诚对杨厚增训斥道。

杨厚增不再言语了，可是他依然站在那里不动。

杨忠诚又对儿媳妇说："把他弄回去！记住，我不让你们出来，你们谁也不准出来！听到了吗？"

"听到了爹，"杨厚增的媳妇应了一声，赶紧对杨厚增说，"咱还是听爹的话吧，咱快回屋去吧！"说着就拽着杨厚增的胳膊把杨厚增拉回小东屋里，然后把屋门关上了。

"金宗生，我在和忠诚哥谈工作，你带这些人来捣啥乱？"这时丁向山也从屋里走了出来，他看见金宗生的这副姿态就生气地问道。

"丁书记，你在这里正好，你先别说我。"金宗生回头一指身后的人群说，"我们四队的社员整天喝地瓜糊糊，虽然现在不用下地干活了，可那我们也受不了啊！这晚上肚子饿得咕噜咕噜地叫，根本就睡不着觉。"

"是啊是啊，我们都饿得慌！"金宗生身后的人纷纷附和道。

"谁不饿得慌？就你们四队饿啊？现在咱们国家遇到点困难，这都是暂时的，咱们忍一忍就挨过去了，你们现在都跑到人家忠诚哥家里来，你们这是想干啥啊？"丁向山质问道。

"丁书记，你这话说得也对也不对。"金宗生扭过头来对丁向山说道。

"我哪里说得不对？你说说看。"丁向山看着金宗生。

"要吃不饱，那咱大家伙就一起吃不饱，咱大家伙一起忍着，这谁也没意见，谁让咱该收的庄稼没收，都烂在地里了呢，可咱不能有忍的，有不忍的吧？这不公平吧？对不对？"金宗生阴阳怪气地说道。

金宗生一说不让收地里庄稼的事，这等于是在众人面前揭丁向山的短，让丁向山陷于尴尬境地，一时间倒不知道说什么好了。

这时杨忠诚把话接过来说："金宗生，你先等等再说，你今天跑到我家里来，还带来这些街坊四邻，难不成你认为我家里藏了粮食，是我家里和大家伙吃的不一样了？"

"忠诚哥，咱别揣着明白装糊涂行不？谁家藏粮食谁心里清楚。"金宗生撇着嘴说。

"你再胡说八道，我就扇你的嘴！"杨忠诚真的生气了。

"你打！你打！你要是打了我，我就在你家里不走了，我看你打我是上瘾了！来，给你打！"金宗生说着就仰起脸向杨忠诚凑了过来。

"你这是要干啥啊？你今天咋半疯加魔的呢？"丁向山实在忍不住了，他一把将金宗生推开。

"你推我干啥？不是我半疯加魔，是有人在这里装傻卖呆！"金宗生很不服气地说。

"金宗生，给你脸了是不是？我家就有粮了，咋啦？那是我用国家给杨忠诚的卖命钱买来的，现在粮店里就有议价粮，你去买啊？你家不是有钱吗？谁挡着你了？你在这里阴阳怪气的，你到底想干啥？"白续珍怒气冲冲地冲到金宗生面前大声斥责道。

金宗生很惧怕白续珍，白续珍的脾气他心里最清楚，这个在敌人酷刑下都不屈服的女人，他是从来都不敢招惹的，她看白续珍如此动怒，一下子就不敢说话了。站在金宗生身后的人也被白续珍的气势给震慑住了，他们纷纷低下头。

"你说啥？你去粮店买粮了，你不说那转业费都花净了吗？"杨忠诚一把拉过媳妇，瞪着眼睛问道。

"咋的？剩下点就不行吗？"白续珍不服气地说。

"哎呀！你这是弄的啥啊？"杨忠诚双手抱头一下子蹲在了地上。

"忠诚哥，现在买议价粮又不犯法，你家人口多，大的大，小的小的，这是可以理解的。"丁向山边说边俯下身子去拉蹲在地上的杨忠诚，同时他抬头对院子里的人大声说，"现在议价粮敞开了卖，家里有钱的都可以去买，你们就是不到食堂去吃饭也没人管，省下一份会让别人吃得更饱，我看还是饿得你们轻！"

大家一看这情形，都纷纷转身往院子外走。这些人里面也有和杨忠诚家是沾亲带故的，他们都是被金宗生鼓动来的。

"议价粮是敞开了卖，可谁家还有钱呢？还不都是再回公共食堂喝地瓜糊糊？"金宗生一边往外走一边嘴里嘟囔道。

"老少爷们都等等！"杨忠诚从地上站起身来，他对身旁的妻子白续珍用命令的口吻说，"去！把你买的粮食给我拿出来！"

"你想干啥？"白续珍瞪大眼睛看着杨忠诚问道。

"那是用我卖命的钱买的，我想干啥就干啥，你管不着！"杨忠诚大声说道。

"我不拿！"白续珍把头扭向一边说。

杨忠诚看指使不动白续珍就对女儿杨桂英吼道："你去拿！快点！"

杨桂英听到父亲的吼声，并未挪动脚步，她眼睛看着自己的母亲。这也难怪，这年头粮食比黄金还管用，杨桂英知道他爹想干啥，所以她的内心极不情愿。

"你看她干啥？快去啊！我和你说，你今天要是也不听话，看我不砸断你的腿！"杨忠诚对女儿吼道。这还是杨忠诚第一次这样对这个出生在敌人枪口下的女儿发如此大的脾气。

"忠诚哥，你这是干吗啊？你都吓着孩子了。"丁向山拉着杨忠诚的胳膊说道。

杨忠诚根本不理会丁向山，他两眼依然瞪着女儿杨桂英。

杨桂英只好极不情愿地转身回到屋里，过了一会儿，她拿出来半袋子玉米，大约有几十斤的样子，她把袋子递给杨忠诚。

杨忠诚接过粮袋子对站在大门过道口的金宗生说："金宗生，你过来！你把这粮食拿到四队的食堂去交给会计，记住路上不准拐弯，如果少一粒玉米，我拿你是问！"

金宗生犹豫了一下，然后快步走到杨忠诚面前，二话不说，伸手接过玉米袋子，转身就跑。站在大门口的人一看这情形，也都兴高采烈地跟在金宗生的身后跑了。

"这日子真没法过了！"白续珍一跺脚，转身回屋里去了。

丁向山也叹了口气，他用手拍了拍杨忠诚的胳膊，没有再说啥，然后转身默默地走出了杨忠诚家的院子。

杨忠诚没有送丁向山，他像一尊雕塑一样站在院子里，半天没有挪动地方。

过了一会儿，女儿杨桂英上前拉住父亲的手心疼地说："爹，咱回屋吧，这外面冷，你看你的脸都冻红了。

杨忠诚没有说话，他甩开女儿的手，抬腿就向大门外走去。

杨忠诚已经出去一个下午了，晚饭也没见他到食堂去吃。起初白续珍有那么点担心。虽然杨忠诚把她买来的粮食送人让她很生气，但是丈夫的脾气她是知道的。在那种情况下，杨忠诚一定会那样去做的，因为杨忠诚是个要脸面的人，在他看来脸面比啥都重要，他认为他家搞特殊那是很丢人的事情。现在白续珍已经理解丈夫了。白续珍也算是大家闺秀，她从小就接受了"三重四德"的教育。虽然她现在是干部，但是在她的心里，那种传统思想还是根深蒂固的。尽管有时候她会和杨忠诚因为对一些事情的看法不同而争吵，但是过后基本上都是她先退让。今天杨忠诚把粮食送人确实让她很心疼，不过好在机智的女儿桂英并没有把她买来的粮食全部都拿出去，这孩子把原本一袋子的玉米倒进缸里一大半，在桂英看来反正这些人也不敢进屋里来翻东西，再说了她父亲杨忠诚也不知道她母亲买了多少粮食。桂英把粮食留下了一些，这让白续珍很欣慰，她不用再担心孩子和怀孕的儿媳妇吃不饱肚子了。她叮嘱女儿桂英千万不要让杨忠诚知道这事，否则他还会把粮食送出去的。

时间已经到后半夜了，杨忠诚还没有回来，这时白续珍反倒是放心了，她想丈夫应该是回公社了，于是她起身想要去把院子的大门插上，他让儿子厚增一直给他爹留着门呢。白续珍刚刚下床就听到外面开大门的声音，她知道是杨忠诚回来了，于是赶紧去床头摸火柴点灯。白续珍刚把灯点着，杨忠诚就推门进屋了。

"你这一下午去哪儿了？"白续珍问。

杨忠诚没有回答，他一腚坐在了椅子上。

"你吃饭了吗？"白续珍继续问。

杨忠诚依然没有回答白续珍的问话，而是突然冒出来一句话："我要去支边。"

"你说啥？你咋能去支边呢？"白续珍感觉到很诧异。

"我真不想再受这夹板子气了！"杨忠诚愤愤地说。

"支边可是去东北啊，你的身体不是适应不了那里的气候吗？"白续珍担心地问。

"身体没啥大碍，再说我也管不了那么多了！"杨忠诚说。

"公社领导不是说再给你安排别的工作吗？你就再等等呗？着啥急？事情不能总是这个样子吧？"白续珍劝导着丈夫。

"这里的人都在昧着良心说话做事，我再待下去肺都气炸了，我受不了！"杨忠诚说完站起身走到床边借着昏暗的灯光看了一眼熟睡中的二女儿，然后他坐在床边脱掉鞋，爬上床，衣服也没脱就头朝里侧着身子倒下了。

白续珍看了看杨忠诚那像一座小山一样的后背，欲言又止，她拉过被子盖在杨忠诚的身上，然后轻轻地吹灭了煤油灯，整个屋子瞬间变得黑暗和安静了。

六十四

杨忠诚第二天一早就回到了东锦镇。

东锦人民公社的书记毕丹玉刚在办公室里坐下，杨忠诚就走了进去。毕书记是个很干练的女同志，她的年龄比杨忠诚小十来岁，她见杨忠诚进来就赶忙起身说："老杨来了，快坐下。"

杨忠诚在一旁的椅子上坐下后就开门见山地说："毕书记，我要去支边。"

正在忙着给杨忠诚倒水的毕丹玉感觉很诧异，她笑着问："老杨啊，你这是不是在闹情绪啊？"

"不瞒书记说，情绪是有一点儿的，不过我现在说的事和情绪没关系。"杨忠诚很坦诚地说。

毕丹玉把水递给杨忠诚，然后回到座位上坐下后说："老杨啊，其实我早就想找你好好谈谈了。公社这大炼钢铁的任务没完成好，你作为驻村工作组的负责人确实有责任，但这主要责任并不在你，这么大的事情你咋能负得起责呢？公社党委已经向县里做了检讨。其实这里面原因很多，也很复杂，一两句话也说不清楚。当然了我也为此批评过你，可能语气上有点儿重了，我在这里向你赔个不是！"

杨忠诚把水杯放在桌子上说："书记你这是说哪去了？没干好工作就该挨批评，这批评人哪有拿尺子量着的？我真不是为这个，你看我现在就等于是个闲人，可我这人又偏偏闲不住，所以我真的想去支边。"

"老杨啊，这支边咱派的都是年轻干部，你年龄大了，又拖家带口的，不符合条件，你就别有这种想法了。"毕丹玉说。

"毕书记，不管咋说，我就是想去支边，我想换个工作环境。我虽然年龄大了，可东北那边我去过，情况我熟，我觉得我去支边最合适，你就答应了吧！"杨忠诚恳求道。

毕丹玉看着杨忠诚一脸真诚的样子，笑了笑说："老杨啊，这话可又说回来了，这次县里给咱公社支边的名额都满了，而且这人都走了，就是我现在同意你去，那也得看看上面以后还有没有这方面的任务啊，你说对不？"

杨忠诚听毕丹玉这么一说有点泄气了，他坐在那里不再说话。

"老杨大哥，"毕丹玉忽然换了一种称呼说道，"你的为人和工作经历我都知道，现在是特殊时期，有些事情我也不好说，要不你再等等，我会尽快再给你安排工作的，你看咋样？"

杨忠诚沉思了半晌后点了点头说："那就先这样吧书记，你先忙，我就不打扰了。"杨忠诚说完就站起身来。

毕丹玉也站起身，她一直把杨忠诚送到门外。

时间又过去了一个多星期，公社里依然没有给杨忠诚安排新的工作。这几天公社食堂饭菜的质量也出现了明显下降，窝头越来越小，稀饭也变成了米汤，就连咸菜也要定量供应。杨忠诚的饭量很大，两个小窝头让他根本吃不饱。杨忠诚心里清楚，公社食堂的粮食也应该不多了，此刻他真想快点出去做些事情，至于他能做什么事情，他做的事情能否有助于解决眼下公社遇到的问题，他也不知道。

杨忠诚想再去找毕书记问一下自己工作的事情，可是当他走到毕书记办公室门口时又退了回来，他转念一想觉得毕书记现在很忙，他总催人家也不好，于是他就决定再耐心地等一等。

一天中午，杨忠诚刚在食堂里吃完饭回到办公室，他的女儿杨桂英就急匆匆地闯了进来。

"爹，我娘让你赶快回家一趟。"桂英一进屋就上气不接下气地说。

"咋了？家里出啥事了？"杨忠诚赶忙问。

"金宗生又带着人到咱家里来闹了。"杨桂英回答道。

"他们到咱家里来闹啥？"杨忠诚很不解地问。

"咱街上四队、五队的食堂都揭不开锅了，曹景玉跑了，我丁向山达达也找不见人了，他们就到咱家里来了。现在整个闫满庄都乱套了，金宗生还说要到公社里来找你呢！你快回去看看吧爹！"杨桂英很着急地说。

"咋的？那些人现在还在咱家里吗？"杨忠诚听到这里一下子站起身来。

"我娘把金宗生打出去了，那些人都跟着跑了。"杨桂英说。

"打出去了？你哥哥和你嫂子动手没？"杨忠诚很担心地问。

"我哥哥和我嫂子没在家，前几天淄博矿山招工，那里每天三顿饭都能管饱，我哥哥和嫂子就去矿山上班了。"杨桂英说。

"幸亏他们没在家，那打仗能解决问题吗？"杨忠诚嘟囔道。

"爹，你还是快回家吧，我娘还等着呢！"杨桂英催促道，

"你在这里等着，我去请个假，我这就和你回去看看。"杨忠诚说完就出门去找公社领导请假了。

杨忠诚回到闫满庄后，他让女儿杨桂英先回家，自己径直向闫满生产大队的大队部走去。此刻，闫满庄的大街上冷冷清清，从前那些热闹的人群都不知道去了哪里。杨忠诚走进大队部的院子，他发现丁向山和曹景玉的办公室都锁着门，院子里空无一人。他刚要转身离去，大队民兵连长东四娃身上背一支半自动步枪，从院子墙角处的厕所里出来，他一边扎腰带，一边小跑着来到杨忠诚身边。

"哎呀杨组长，你可来了！"东四娃有些激动地说。

"丁向山和曹景玉呢？"杨忠诚问。

"不知道去哪儿了，这两天有好多人来找他们。"东四娃说。

"都是谁来找他们？"杨忠诚问。

"有下面生产队的领导，也有社员，这些人找不到人就在院子里骂骂咧咧、踢踢打打的，有的人还冲我发脾气，我真想把他们都给轰出去，可我现在手下一个兵也没有。唉！要不是我怕这大队部里的东西丢了，我也早回家了。"东四娃抱怨道。

"我这才几天没回来啊，咋就成这个样子了？"杨忠诚皱起眉头自言自

语道。

"杨组长，你是公社干部，你快给想个办法吧！这样下去咋行呢？"东四娃用期待的眼光看着杨忠诚。

"我知道了四娃，辛苦你了！放心，办法总会有的。"杨忠诚说完拍了拍东四娃的肩膀，然后转身出了大队部的院子。

杨忠诚走进家门时，白续珍还怒气未消，她一见杨忠诚就气愤地说："这马善被人骑，人善被人欺，就不能给这帮王八羔子好脸色！今天要是厚增两口子在家，我说啥也不能让金宗生囫囵着出咱家的大门！"

"他们又来闹啥？"杨忠诚一腚坐在椅子上脸色阴沉地问。

"还不是得屁想屎吃！他们竟然想让咱家拿钱去给生产队的食堂买粮食，你说气人不？他们还说你是公社领导，现在大队部里没人了，要找你出来兜着，你说这不是欠揍是啥？"白续珍愤愤不平地说道。

"我看这都要怨你！要是前几天你不去粮店买粮食，哪会惹出这些麻烦来？"杨忠诚埋怨道。

"你怨我，那我还怨你呢！你要是不把那些粮食给他们，也惯不出他们的臭毛病来！再说了，我不去买粮食，那你让孩子们都饿肚子啊？"白续珍不服气地回敬道。

"好了好了，这都啥时候了，我不和你吵架。"杨忠诚摆了摆手不耐烦地说。

白续珍看了看杨忠诚忽然问："你不是和桂英一起回来的吗？咋这个点才进家门，这么长时间你去哪儿了？"

"我又回了公社一趟。"杨忠诚说。

"你又回公社去干啥了？"白续珍很不解地问。

"丁向山和曹景玉都跑了，咱这大队里总不能没人吧？我去找了毕书记要求回来主持咱闫满大队的工作，反正我现在在公社那边也没事干。"杨忠诚说。

"你说啥？你要回来接这个烂摊子？你不是疯了吧？你不是要去支边吗？"白续珍瞪大眼睛问道。

"支边的事，毕书记说这批的名额都满了。"

"就是你不去支边，那也不能回来趟这摊浑水啊？"白续珍有些着急地说。

"啥叫趟浑水啊？我就是这闫满大队的人，这闫满大队出问题了，我能袖手旁观吗？好了，我的事你就别管了！"杨忠诚说完就站起身出了家门。

在闫满庄冷清的大街上出现了几个人的身影，他们是眼下代理闫满生产大队支部书记的杨忠诚和原来公社驻村工作组成员马学富，还有闫满大队的民兵连长东四娃和会计孟祥远，这几个人正在挨家挨户借粮食。这也是杨忠诚为了解决眼下大队各食堂缺粮问题想出的一个办法。杨忠诚代表大队向家里有粮的社员承诺，只要他们能把粮食借给大队，等国家调拨的粮食到后都要加倍偿还。杨忠诚确信国家是一定会调拨粮食来的，政府是绝对不会不管他们的。杨忠诚心里清楚虽然现在大家都吃集体食堂了，但是很多社员家里还是有余粮的，这个时候如果他们都能把余粮先拿出来，还是可以解燃眉之急的。

但是让杨忠诚没有想到的是，他们几个人走村串户地转了两天，好话都和社员们说尽了，最终才借到了二百多斤玉米和几十斤的地瓜干，这点粮食对于眼下大队各食堂的粮食缺口来说简直就是杯水车薪。这让杨忠诚一筹莫展，他坐在丁向山的办公室里一言不发。马学富他们几个人也默默地围坐在他的身边。

"我看这个办法不行，我们嘴皮子都磨破了，他们就是油盐不进。"东四娃终于忍不住说道。

"我看也得换种方式了，有些社员根本就不相信国家会给咱调拨粮食，他们都担心大队借了粮食会不还给他们。"马学富也说道。

杨忠诚从孟祥远手中拿过账本看了看说："不管咋样，今天都要把这些粮食分发到各食堂去，明天早上全大队的食堂都要开火。"

"这也吃不了几天啊！"孟祥远很忧虑地说。

杨忠诚把账本还给孟祥远说："不要紧，你把可能还有余粮的人家列个单子给四娃。"

杨忠诚说完又看了看东四娃说："四娃，你知道该咋办。"

东四娃听后没有说话，他使劲地点了点头。

古月星转

闫满大队各生产队的食堂仅仅开了十天后就都陆续关门了，大队筹集来的粮食用完了。面对这种情况，杨忠诚也无计可施了。不但如此，有很多人都开始到杨忠诚家来闹事，尤其是那些前几天被东四娃带着民兵翻了家，缴了粮食的社员。

"我看你还是赶快回公社去吧，这里的事你管不了！我当初就反对你回来趟这摊浑水，这回可好，那东四娃带着人到处找粮食，强行拿走社员藏起来的粮食，人家可都把这笔账记在你的头上了，你这辈子得罪的人还少吗？这回上咱家来闹腾在可不光是金宗生一个人了，这还让人活不？这样下去，我看咱不被饿死，也得气死！"白续珍对低着头坐在椅子上的杨忠诚说道。

杨忠诚叹了口气说："本来我是想为闫满大队的父老乡亲做点好事的，可眼下这好事实在太难做了！你说这曹小五跑了，丁向山也躲起来了，当初大队里定的一些事情，我作为工作组组长也都是点过头的，我不来收拾这个烂摊子那你让谁来收拾呢？反正我杨忠诚做的事问心无愧！"

"这时候谁还管你有愧没愧啊？你还是盘算一下接下来咋办吧？咱可不能让人家天天来堵门吧？"白续珍此刻也没了主意。

"我想好了，我听说公社里又有支边的任务了，我这就回公社去找毕书记，我去支边！只要我走了，这些人就不会再来家里闹了。"杨忠诚说完，站起身就往外走。

白续珍望着杨忠诚的背影无奈地摇了摇头。

临近天黑的时候，杨忠诚回来了。

"咋样？毕书记同意了吗？"杨忠诚刚坐下，白续珍就迫不及待地问。

"她总算是同意了，我费了半天口舌。"杨忠诚说。

"让你去哪里？"白续珍问。

"去黑龙江。"杨忠诚说。

"啥时候走？"白续珍问

"我明天就走。"杨忠诚说。

"咋这么快啊？"这有点出乎白续珍的意料。

"人家前几天就报名了，我再晚一点，名额就又满了，再说了我也想尽快离开这里。"杨忠诚说。

白续珍没有再说啥，她的眼里开始闪动泪光。

第二天天不亮，孩子们还都在熟睡，杨忠诚把白续珍连夜给他赶制的一件棉坎肩穿在身上。白续珍把一个包袱递给杨忠诚，杨忠诚接过来，把它挎在肩上。白续珍又把两张钞票塞在了杨忠诚的上衣口袋里说："我把孩子他姥娘留给我的那几件首饰卖了。"

杨忠诚把钞票掏出来塞回到白续珍的手里说："公社给钱了，你把这钱留着，这队里的食堂是指望不上了。我到了东北就给你写信，发了工资就给你寄回来，你在家里照顾好孩子，也照顾好你自己。别和人家置气，能忍的事就忍忍。"

杨忠诚自打和白续珍结婚这些年，他从来没有像今天这样表达过对家人的关心。在白续珍眼里，杨忠诚就是一个冷冰冰的汉子，好像他的心里只有大家，没有小家，今天他忽然对妻子这样温情倒让白续珍感到很意外，同时也让她很感动，她使劲地点了点头说："你快走吧！家里的事你就放心吧，到了车站见了咱弟弟增恩，别忘了替我问个好。"

"我知道了。"杨忠诚说完话就迈步出了家门。

白续珍站在大门口一直看着月光下杨忠诚的背影消失在街口的拐角处，她才擦了一把眼泪，回身进院把大门关好。

白续珍说的弟弟叫白增恩，是白续珍大爷的儿子，他在东锦镇火车站当站长。现在坐火车买车票很难，尤其是出远门的，即使像杨忠诚这样手里有介绍信的也不一定好买，因此他需要去找这个亲戚帮忙给他想办法。

当杨忠诚的内弟白增恩听说姐夫要去东北支边时就劝慰道："哥，我看你就别去东北了，你这年龄也不小了，都是扔了四十奔五十的人了，还折腾个啥？你要是不愿意在公社里干，我就在这火车站上给你找个差事，咋的也能让你填饱肚子，你说你一个人跑到东北去，这撇家舍业的咋行呢？"

"兄弟，我出去不是为了自己填饱肚子，我眼下在公社里上班，好赖也能吃上一口饭，可咱闫满庄家里还有一大家子人呢，我不能不管他们吧？再说有些事情我也和你说不清楚，我这也是被逼无奈啊！唉！"杨忠诚说到

古月星转

最后深深地叹了口气。

白增恩听姐夫这样一说，也就不再说啥了。这时，正好有一列北去的火车从站上经过，白增恩就急急忙忙地把杨忠诚送上了火车。

火车缓缓地开动了，杨忠诚站在车窗前，他的心里百感交集，不知不觉中他眼窝开始发热……

杨忠诚经过四天三夜的长途奔波，终于按照支边介绍信上写的地址找到了地处黑龙江省伊春市远郊的旭升农场。

杨忠诚进了农场的人事部，递上自己的介绍信。人事部的同志很热情，他们做完登记后告诉杨忠诚，他被分配到了旭升农场下面一个叫青山牧场的分厂里。杨忠诚在旭升农场的食堂里吃完中午饭后，就等着青山牧场的人来接他。他这一路很累，不知不觉中，他坐在椅子上睡着了。也不知过了多久，他被人推醒了。人事部的同志指着一个人对杨忠诚说："这是青山牧场场办后勤上的周股长，他来接你了。"

杨忠诚赶紧站起身来与周股长握手。

"我代表青山牧场的尹广旭场长来迎接你，我们走吧！"

"谢谢周股长！谢谢尹场长！"杨忠诚与周股长握手后，又与人事部的同志握手告别，然后就跟着周股长出了屋子。

此刻，一辆马车正停在农场的大门口，杨忠诚和周股长一起上了车。随着车老板的一声吆喝，马车出了农场的大门，沿着一条通往青山牧场的土路向前驶去。

"忠诚同志，你能从山东来到我们这里支边，很不容易，听说你是一个老革命，还干过公安局局长，我们尹场长非常高兴，他正在场部等你呢。"周股长说。

"那都是老黄历了，现在是革命建设时期，能搞好生产才是最重要的。"杨忠诚谦虚地说道。

这时，赶车的车老板扭头看了一眼杨忠诚，瞬间这个车老板脸上的表情凝固了。

"吁！"随着一声吆喝，马车忽然停了下来。那个车老板从车上跳下来，他上前一把抓住杨忠诚的胳膊激动地说："我的天呢！这不是杨大队长吗！"

"你是……"杨忠诚端详着车老板，他心里感觉很奇怪，怎么在这里还会有认识他的人呢？

那个车老板一把扯下头上的狗皮帽子说道："大队长，我是王大川啊！咋的？你不认识我啦？"

"王大川！哎呀！怎么会是你？你怎么会在这里？"杨忠诚一下子从车上跳下来，他张大嘴巴，一时没有反应过来。

"你们认识吗？"周股长感到很纳闷。

"何止是认识啊！"王大川说完，拉着杨忠诚的胳膊说，"大队长，你快上车！咱上车再聊。"

杨忠诚和王大川重新上车后，王大川一甩鞭子，嘴里喊道："驾！"那匹驾辕的高大的枣红马脖子一甩，铃铛哗楞楞一响，马车就向前奔去。

原来杨忠诚从笔架山劳改农场回山东后，王大川由于表现好，被提前释放了。本来他是想回山东老家和老婆团聚的，可是就在他被释放前的一个月，家里亲戚来信说他媳妇突然得病死了。早年王大川的两个孩子一个被日本鬼子的飞机炸死了，一个得病夭折了。在这种情况下，王大川觉得再回山东老家就没啥意思了。这时正好这里的农场在招工，他就留在了东北。

当杨忠诚知道王大川的事情后，他的心里很不是滋味。他心想王大川打过鬼子，是一个对国家有过功劳的人。当年他参加的要不是国军，而是八路军，那结局就完全不同了。想到这里杨忠诚劝慰道："行啊大川，哪块黄土不埋人呢！"

"是啊，我也是这么想的。"王大川有些伤感了起来。

"忠诚同志，真没想到你和王大川还是老熟人，大川参加工作以来，表现非常好。"周股长说道。

杨忠诚点了点头，没有说话。

"驾！"王大川用力地一甩鞭子，那鞭子发出啪的一声脆响，那匹驾辕的高大的枣红马甩了甩马鬃，脖子上的铃铛发出哗嘟嘟的响声，马车一路向前奔去了……

杨忠诚去东北支边的事，闫满庄的人还都不知道。杨忠诚走后的第二天上午，马学富急急火火地跑到了杨忠诚家。

"婶子，我达达呢？"马学富进门就问。

"咋了？你找他有事啊？"白续珍问。

"前些天金宗生不是让你从家里给打出去了嘛，他一直怀恨在心。我听说他又在庄里搞串联，要来你家闹事，我看不行，就让我达达先躲一躲吧！"马学富很焦急地说道。

白续珍很淡定地说："没事的学富，兵来将挡，水来土掩，我们不怕这些，他要想闹腾，那就让他放马过来吧，我陪着他！"

"我觉得你和我达达还是不要太大意了，这次金宗生纠集的人可能会更多，你们人单势孤的，可别再伤着孩子，要是他们去公社里闹，那对我达达的影响也不好。"马学富很担心地说。

"放心吧学富，我有办法，我和你忠诚达达都是从死人堆里爬出来的人，啥大风大浪没见过？难不成还能在这阴沟里翻了船？相信天是塌不下来的！"白续珍自信而又倔强地说道。

"那好吧，那我就先回去了。"马学富说完就走了。

待马学富走后，白续珍把几个孩子都叫进了北屋里。她首先对大女儿杨桂英说："桂英啊，你在家里照顾好弟弟和妹妹，娘出去办点事。记住，娘不回来，你们谁也不许出家门。"

"娘，你这是要去干啥？"杨桂英问。

"这个你别管。"白续珍说。

"娘，我学富哥刚才来说的话，我都听见了，我爹现在又不在家，你就……"杨桂英紧张地拉着白续珍的衣角说道。

"你听话就是了！别多嘴行不？你个孩子懂啥？"不等杨桂英说完，白续珍就打断女儿的话。

由于白续珍的声音很大，杨厚明被吓了一跳，他一下子躲在姐姐杨桂英的身后。睡在床上的二女儿杨桂芝也被母亲的声音给吵醒了，她瞪大着眼睛四处撒摸，不知道发生了啥事情？杨桂英赶紧上前把妹妹抱在了怀里。

"都不要再说话了！都给我在家里等着，谁要是不听话出了这个家门，看我不砸断他的腿！"白续珍吼道。

孩子们一看母亲如此大阵仗，吓得都不敢再言语了。

白续珍整理了一下头发，然后迈步出了家门。

六十五

在闫满生产大队的队部院子里,社员金宗生正站在大队书记丁向山办公室门口台阶上发表着极具煽动性的讲话,此刻院子里已经聚集了百十口子男女社员。

"老少爷们! 这公共食堂也散伙了,眼下就快到年关了,当初家家户户的粮食都交了公,没交公的也被大队借走了,抢走了,咱大家伙现在是要吃没吃的,要喝没喝的,咋过这个年? 当初大炼钢铁,大队长曹小五带着人挨家挨户地收铁器,让咱把家里做饭的家伙什都上交给炼成了废铁……"

金宗生说到这里,人群里忽然有人喊道:"金宗生! 你们南北街上的人那做饭的家伙什不是都没交吗?"

"我们南北街上是没交,可是现在家里没有粮食,那没交又有啥用? 咱今年地里的庄稼长得那么好,可他们大队干部们偏偏不让咱去收,一天到晚让咱在山上大炼钢铁,他们还说要是缺粮了,上级就会给咱调拨,调拨的还是白面,现在那调拨的粮食在哪儿呢? 那白面在哪儿呢? 咱们得找他们问问这粮食啥时候调来? 如果调不来,那他们这就是在骗人! 咱得好好和他们算个账! "

"金宗生! 你说的这些大家都知道,你在这里啰嗦半天了! 这大冷的天,你把大家都串通来了,大家不是来听你说这些的。你到底有没有啥好办法? 要是有你就赶快说,别在这里瞎耽误工夫行不? "人群中有人不耐烦地大声喊道。

"好,那我就直说了吧,办法就一个,咱去找那些大队干部,让他们给咱兑现承诺，赶快给咱弄粮食来！"金宗生大声说道。

金宗生说到这里，人群中发出了一阵嘘声。其实今天很多人之所以能来到这里，就是因为金宗生在让人搞串联的时候说他有办法能让大家搞到粮食。自从集体食堂再次关了以后，这个庄里的很多人家就彻底断粮了。没断粮的也就是当初一些把家里粮食藏得严实的和家里还有点积蓄能去粮店里买议价粮的人家。那些家里断粮的人家只能自己想办法了，他们不是出去借，就是跑到庄稼地里去翻地，找一些当初落在地里的地瓜和玉米秆上残留的没有发霉的玉米棒子。可这也根本维持不了几天，有一些人家实在是没啥可吃的，又借不到粮食，只好去外面投亲靠友了。眼下大家对粮食都到了望眼欲穿的地步，所以听说能搞到粮食，也就都来了，可是刚才金宗生所出的主意却让他们都很泄气。烈士姜玉涛的母亲对金宗生喊道："我说你个金宗生啊！你刚说了领导都不知道躲到哪里去了，难不成你让我们都跟着你挖地三尺去找人吗？要是能找到人的话，那还用你把大家伙都叫到这里来吗？"

"是啊！你净在这里耽误大伙工夫，你这是觉得大家饿得还不够劲是吧？"人群里有人埋怨道。

"大家先静一静！"金宗生对人群摆着手说，"丁向山和曹小五跑了，那杨忠诚不是还在吗？他现在不是代理书记吗？那当初他可是公社里驻村的工作组组长啊！不让咱们去地里收割庄稼也是经过他批准的。现在咱大家伙彻底断粮了，那他也有责任给咱去想办法解决问题啊！大家伙说对不对？"

"人家杨忠诚不是想过办法了吗？要不是人家回来代理书记，哪能让咱再回食堂吃十几天的饭呢？"人群中有人对金宗生的话提出了质疑。

"金宗生，你说得对！你要去找杨忠诚，那我可要先谢谢你啦！"白续珍不知道啥时候来到了人群里，此刻她分开众人走到了金宗生的面前。

白续珍的突然出现让金宗生措手不及，他不自觉地急忙向台阶上退了一步，拉开和白续珍的距离。

"金宗生，杨忠诚已经几天没回家了，我刚从公社里回来，公社领导说他也没回公社，你现在要去找杨忠诚，那好啊！走，我和你一起去。按说你也应该去把他找回来，他就是被你给逼走的，你要是不带着人到我家里去闹腾，那杨忠诚也不会活不见人，死不见尸，今天你要是给我找不回来他那都不行！"

"嫂子，你……"

金宗生刚想说话，白续珍一步跨上台阶，一把就抓住了金宗生的衣服领子，接着大声说："金宗生，我家里买的那点粮食都被你拿走了，我家也断粮了，要是你今天不把杨忠诚给我找回来，我就带上大大小小的一家人到你家里去吃住！我知道你家里还有余粮。走，你给我前面带路！"

"嫂子，你别……"金宗生试图挣脱白续珍的手。

"别啥？走！今天你别想跑！"白续珍一把把金宗生从台阶上给拽了下来，然后她扭头对院子里的人大声说，"老少爷们，我家杨忠诚是公社干部不假，但是他当这个工作组长，那执行的都是上边的指示。现在大队干部都跑了，他回来接这个烂摊子也是不自量力，自找苦吃，他活该！前几天，我用他那转业金买的粮食，他都给贡献出去了。那是他当兵卖命换来的钱，他要送人，他说了算，我管不着，可是今天我这口子人要是被人给逼出啥事儿来，那我可就管得着啦！咱大家就都跟着金宗生一起去找一找！咱找到他后，看看他的那条命还能不能给大家换点粮食来？白续珍在这里算是求老少爷们啦！"

院子里的人听白续珍这样一说，都开始窃窃私语起来，最后大家都默默地、三三两两地转身向院子外面走去。

"老少爷们，大家别走啊！"白续珍对着人群喊道。

人们没有回头，一会儿的工夫，大部分人都离开了。

"嫂子，我可不是那个意思，你误会你兄弟了！"金宗生试图挣脱白续珍的手。

"金宗生，杨忠诚没你这样的兄弟，你是一个喂不熟的白眼狼！今天你必须把杨忠诚给我找回来。你要是给我找不回来，可别怪我对你不客气！我白续珍是个啥脾气你不是不知道！"白续珍死死抓住金宗生不放。

"嫂子，我错了，我不是人行不？"金宗生服软了。

这时马俊文跟在马学富的身后跑着进了大队部的院子，马俊文来到白续珍和金宗生的面前，他先狠狠地瞪了金宗生一眼，然后对白续珍说："嫂子，你别生气了，金宗生不懂事，你就别和他一般见识了。"

古月星转

"俊文，这事儿你别管，今天我要好好和金宗生算算总账。"白续珍生气地说道。

"嫂子啊，你就大人不计小人过，容我这一回吧，我再也不敢了！"金宗生求饶道。

"金宗生，你从前都干了些啥事，你以为我真的不知道吗？你以为满仲哲死了，你干的那些事就被大风给刮走了吗？当初我要是在杨忠诚面前唠叨唠叨，恐怕你现在还不知在哪里呢！我就是念着这么多年街坊邻居的情面，念着你曾经和杨忠诚是好兄弟的份上没那样去做，可是你恩将仇报。我看你的良心真的是被狗吃了！你个不知好歹的东西！你个忘恩负义的东西！"白续珍越说越生气，她的嘴唇都开始颤抖起来。

这时，烈士姜玉涛的母亲来到了白续珍的跟前，她用手拉着白续珍的衣襟说："白主任啊，你可别气坏了身子，那孩子还吃奶呢。"说完她又埋怨金宗生道，"金宗生啊，人家杨忠诚可是个大好人啊，人家这个时候回到咱村上，那还不都是为了乡亲们吗？你们又都住在一条街上，你这是何苦呢？"

还没等白续珍说话，金宗生一下子跪在了地上，他装出可怜巴巴的样子说："嫂子，我对不住你！我对不住忠诚哥，你就打我吧！你打死我也行。"此刻金宗生心里非常害怕，他真怕白续珍把他当年做的那些事都给他抖搂出来，他知道对于他来说，那些事意味着什么。

这时院子里还没走的人也都围拢了过来，有的人劝白续珍不要生气，有的人埋怨金宗生不该这样。

白续珍见状就松开了紧抓住金宗生衣服领子的手。

金宗生一看白续珍松开了手，他丝毫不敢怠慢，趁机站起身，拨开人群，撒腿就跑，转眼间就出了大队部的院子。

金宗生刚跑出大队部院子，就见杨忠诚的表哥金宗才拿着根棍子向他冲了过来，金宗才嘴里大声骂道："金宗生，你个王八羔子！你是欺负南北街上姓杨的人少吗？看我不砸断你的狗腿！"

金宗生一看情况不妙，掉头就向另一个方向跑去。金宗才刚要去追，被站在门口的大队民兵连长东四娃给抱住了，"宗才大哥，算了，白主任也没吃亏。"东四娃说道。

金宗才进了大队部的院子，他和众人一起把白续珍劝回了家。

白续珍回到家中，孩子们立刻围上来。

"娘，你干啥去了？"杨桂英迫不及待地问。

"没干啥，去打汉奸了。"白续珍回答道。

"打赢了吗？"杨厚明拉着母亲的衣襟天真地问。

"打赢了，要是打不赢，你娘就回不来了。"白续珍说完就从杨桂英的怀里抱过二女儿杨桂芝，此时桂芝又睡着了。白续珍看着二女儿熟睡的样子，忽然感觉眼眶有点热，但是她知道这个时候她绝对不能当着孩子们的面哭，于是她把怀里的二女儿又递给杨桂英，说："你们先都去你哥哥屋里待会儿，娘有点累了，娘想休息一下。"

杨桂英点了点头，然后拉起弟弟杨厚明去了小东屋。

待孩子们都出去后，白续珍默默地把屋门关上，然后她回身坐在椅子上，眼泪就再也止不住了……

1959 年的春节对于平陵县的百姓来说无疑是个年关，这一年的除夕夜，全县没有几户人家能够吃上一顿可口的年夜饭。在东锦人民公社的闫满村，这里的百姓也毫不例外地正在忍受着饥饿的煎熬，那南山里树上没掉的各种野果子和地里可以吃的各种植物的根茎现在一点都找不着了，即便是这样每天还会有人成群结队地进山去找吃的，吓得兔子都藏起来了。

年前公社向各个生产大队派出了工作组。前段时间怕社员闹事而躲起来的大队领导们都在工作组的督促下回到了各自的岗位，闫满生产大队书记丁向山和跑到外地亲戚家的大队长曹景玉都先后回到了大队部。

丁向山和曹景玉回来后，包括妇女主任白续珍在内的其他干部也都陆续回到大队部上班了。现在大家也不怕再有人来大队部闹事了，反正就是没粮食，闹不闹都没有，也就没人闹了。其实在整个平陵县因为无法解决缺粮问题，怕群众闹事而躲起来的干部有很多，有一些大队和生产队干部甚至是远走他乡，公社至今都联系不上他们。眼下包括闫满大队这些干部之所以能够回来上班，其实还有一个原因，那就是公社的工作组向他们承诺说国家调拨的粮食马上就要到了。

为了解决粮食危机，平陵县的领导也非常着急，他们想了很多主意，采取了很多办法，尤其是现在的县委书记尚兴邦，他三天两头地往泰安地委跑，他甚至越级给山东省委写信反映平陵县缺粮的情况。其实现在全省很多地方都面临粮食短缺的问题，有些地方甚至比平陵县还要严重，就连省委机关食堂里的粮食也不多了。尽管如此，省委最终还是决定从省里的粮食系统调拨一定数量的粮食，先给平陵等十几个缺粮严重的县送去，以解他们的燃眉之急。

调拨的粮食运到县里后，县里按照各公社的不同情况迅速把粮食分发到了各个公社。东锦人民公社收到粮食后，书记毕丹玉立即召开会议进行研究部署，他们根据各生产大队的实际情况把粮食做了合理分配。

闫满生产大队书记丁向山本来想让公社多考虑一下他们大队缺粮严重的现实，看能否多给一点，但是公社领导没有同意，因为提出这样要求的大队可不止闫满大队一家。在公社领导看来这种情况下最好的办法就是一视同仁。尽管丁向山和大队干部们对此都有点失望，但毕竟是上级给他们粮食了，这总是件值得高兴的事情。此时，丁向山觉得自己的腰杆硬了，说话也有了底气。因为他曾经在社员们面前说过上级会给他们调拨粮食，事实证明他说得没错。尽管时间晚了一些，尽管不是他当初说的白面，而是玉米，可这毕竟证明了他当初并没有说瞎话。同时丁向山也暗自庆幸杨忠诚走了，如果杨忠诚现在还在这里代理书记，那不但这个功劳落不到他的头上，恐怕他都不好在闫满大队再露面了，想到这里，丁向山不禁在心里暗暗感激杨忠诚。但是杨忠诚当初对社员们还粮的承诺此刻丁向山一概不认。

调拨的粮食运到的那一天，闫满生产大队的社员们都很兴奋，尤其是南北街上第四和第五生产队的社员们把正月里办玩才耍的高跷和狮子都提前搬上了大街，他们忍着饥饿从上午粮食运到那一刻起一直耍到吃晚饭。

社员们在高兴地庆祝，大队领导们在开会研究这批国家调拨的粮食如何用。让大家赶紧把肚子吃饱这是所有大队干部的共识，可是来的这批粮食数量又实在是不够多，大家考虑更多的是如何合理分配这批粮食。大队长曹景玉主张再把各生产队的公共食堂开起来，让社员都到食堂来吃饭，这样管理粮食的主动权就能牢牢掌握在大队手里。可是以妇女主任白续珍和民兵连长东四娃为代表的其他几个大队干部则主张把粮食按照人头都分到各家各户去，让每个家庭自己支配，这样能够保证大家根据自己的实际情况更加合理利用这批粮食，避免粮食的浪费。

两派意见争来争去，都有各自的道理，最后一直沉默的丁向山书记发话了，他说："大家说得都有道理，按说白续珍同志他们说的更有利于粮食的合理利用，但是这里面有两个问题，一个是把粮食分给各家各户这不符合当下的国家政策，再一个就是咱们大队眼下除了四队和五队的社员家里还有做饭的家伙什，其他生产小队的社员家里那些锅都收上来炼钢了，咱就是把粮食给他们分下去，他们也没法生火做饭。"

大家听丁向山这样一说就都不说话了，因为事实的确如此，而且大家也听出来了丁向山害怕把粮食分给社员会犯政治错误。

大队领导做了最终决定，闫满生产大队的各个公共食堂当晚就开火了。时隔多日，社员们终于吃上了一顿饱饭，跑到外村亲戚家的社员听到村里食堂开火的消息也都纷纷赶了回来。

一连几天，闫满大队的各食堂每到饭点，外面排队吃饭的人就像赶集一样多，虽然时令已经数九了，天气很寒冷，但是公共食堂这里却是热火朝天的样子。孩子们在追逐打闹，大人们在谈笑风生，就像当年人们在大鱼山和小鱼山上大炼钢铁时那样热闹。

但是没过多久，各生产队仓库里的粮食就少了一大半，生产队长们已经开始担心了，他们纷纷找到丁向山反映情况。丁向山也感觉心里有点发慌，他赶紧跑到公社去询问下一次调拨的粮食啥时候能到，可是他得到的答案令他后背发凉。公社领导明确地告诉他现在全省缺粮的地方越来越多，省里已经无粮可调。

丁向山像丢了魂一样回到闫满大队部，他坐在椅子上一言不发。大队长曹景玉见丁向山这副样子，他的心头就有一种不祥的预兆，他试探着问："书记，是不是调拨粮一时半会儿到不了啊？"

丁向山没有回答曹景玉的问话，而是看了曹景玉一眼后说："景玉啊，你把大队干部都召集过来，咱先开个会吧！"

几位大队领导很快就来到了丁向山的办公室。当丁向山把公社领导关于调拨粮食的答复说了以后，大家都像霜打的茄子一样，瞬间沉默了下来。他们心里都清楚如果按照这个说法，那结局就是很快又要断粮了。原来大家吃不饱肚子还都有国家会给调拨粮食的指望，如果连这个指望都没有了，那可太可怕了！人常说"民以食为天"，吃不上饭那就是天大的事，搞不好会死人的，大家都不敢再往下想了。

"你们可说话呀？咱可不能分配粮食的时候都有好多主意，现在来解决没有粮食的问题了，大家反倒没主意了，那咋行啊？"丁向山见大家都不说话，有点着急了。

"我觉着当务之急就是要想办法节约粮食，避免再次断粮，或者说把断粮的日子尽量往后拖。我觉得最好的办法就是把剩下的粮食按人头都分给社员，然后告诉他们实情，那样他们就能勒紧腰带省着吃，至于他们有没有做饭的家伙什，我看咱也顾不上那么多了。"曹景玉说。

由于当初坚持让社员在食堂吃饭的曹景玉现在忽然改变了主意，他此时的想法已经和之前白续珍他们的意见相一致了，所以大家就都不再说话了。

丁向山挠了挠头，此刻他也实在是想不出别的好主意了，于是他问会计孟祥远："咱现在要是按照刚才大队长说的把粮食都分下去，那一口人还能分多少？"

会计孟祥远拿起账本说："我今天刚到下面的生产队里和他们的保管员盘了一下库存粮食，要是全大队社员平均分配的话，按现有人口数来算，每个人还能分二十八斤半。"

丁向山想了想说："那就先按每个人十斤来分吧，咱把剩下的粮食保管好，告诉各生产队长年前谁也不能动粮食了，等过了这个年咱看情况再说。"

闫满大队的社员在公共食堂吃完最后一次饭后，都回家拿袋子到生产队的仓库去领粮食。起初人们听说要发粮食了心里都很高兴，因为在食堂里光喝粥也不顶事，但当他们得知分到的粮食这么少时就高兴不起来了。他们心想这么点儿粮食够吃几天的啊？尤其是那些已经把锅都交上去了的人家就更犯愁了，于是一些社员就开始发起牢骚，开始质疑上面的政策，指责当政的领导，而且这种声音越来越大，以至于在社员中开始蔓延开来。

丁向山书记听到这些风声后很生气，他立刻让民兵连长东四娃把社员们都召集到大队院子里开会。丁向山站上办公室前的台阶大声说道："社员同志们！你们想想前段时间是个啥样子？你们有的人饿得眼睛都绿了！那是咋样的日子啊？现在国家给咱调拨粮食来了，咱好歹有吃的了吧，这还不是一下子就到天堂上了吗？你们不但不感谢党，不感谢政府，不感谢干部，还阴阳怪气的，这哪有革命群众该有的觉悟和样子啊？你们想一想当年红军长征的时候，那不比咱现在苦上多少倍吗？我今天在这里明确地告诉你们，你们要是谁还有意见，那干脆就不要领公家给的粮食了！你们自己回家去想办法吧！"

丁向山从解放前到现在一直是这里的领导，他在社员中还是有较高威望的，大家一见他真生气了，也都不再敢言语了。即使有的人还有意见，也只能在家里和老婆孩子说说了，一场舆论危机就这样化解了。

农历新年将至，天气越来越冷了，大家都猫在屋里不愿意出门，闫满庄的大街上显得异常安静。但是这种安静没过几天就被一些人的脚步声和不时的敲门声给打破了。大队分的那点粮食有些人家很快就吃没了，家里断了粮，在这寒冬腊月里唯一的办法就是出去借。马上就过年了，总不能在大年除夕一家人再饿肚子吧？可是这年头谁家也没有余粮，一些家里还有点粮食的人怕有人来借，都把大门关得紧紧的，任凭外面的敲门声再大，也都装作听不见。有的人借不到粮食干脆就坐在大街上哭了起来。

古月星转

六十六

新年刚过，退伍军人金宗武出事了。

金宗武家和很多人家一样也断粮了，他全家人已经两天没有吃什么东西了。金宗武的父亲金毓义平时是一个很爱脸面的人，但是此刻面对着全家人的饥饿，他终于也不再要什么脸面了，一大早就拿着个米袋子跑出去借粮。

金家在闫满庄南北街上是个大家族，可金毓义在街上转了好几圈，也没叫开一个亲戚家的大门，最后他硬着头皮来到哥哥金毓春家的大门前，这次他的侄子金宗生给他打开了门。金宗生家在南北街上是出了名的吝啬，不过这回金宗生的父亲金毓春倒是没有吝啬，他借给了弟弟一点玉米面。金毓春能这样做倒不单单是因为他和金毓义是亲兄弟，关键是金毓义和金宗武父子从前没少帮过他们家，这份情谊摆在那里，实在是让金毓春没法拒绝，况且他家的粮食目前来说还算是够吃的。

当金毓义赶回家时，金宗武已经出去了。金毓义知道儿子又去南坡了，他赶紧让媳妇把玉米面熬成粥，然后自己去南坡里找儿子。可是当金毓义来到那条战壕的时候，他却发现金宗武并不在那里。金毓义在周边找了好一会儿也没有找到金宗武，无奈他只好回家等着金宗武自己回来。金毓义一直等到晚上掌灯时分，也没等到金宗武回来，他便只好再次去南坡里找金宗武，他知道金宗武是不会去别的地方的。这次当金毓义来到南坡时，在黑暗中，他发现儿子金宗武正蜷缩在那条战壕里。

"宗武，快上来和我回家，你娘给你做了玉米糊糊了。"金毓义喊道，但是金宗武却没有回声。

金毓义跳到战壕，他俯下身子边拉金宗武起来边嘴里说道："这地上这么凉，你坐在这里咋行？"

金毓义拉了两次都没有拉动金宗武，他赶紧蹲下身子看看是咋回事。

"宗武，你咋了？"金毓义忽然有种不祥的预兆，他赶紧把手放在了金宗武的鼻子上。瞬间，金毓义就像被电流击了一样把手拿开。紧接着他就扑在金宗武的身上，把金宗武紧紧地搂进怀里，他张大嘴巴，面对苍天大声呼喊道："我那儿啊！你不能啊！我那儿还年轻着呢！"

这绝望的喊声划破了夜空，一直传到很远很远。

本来丁向山是想过几天再发放那些剩余粮食的，因为在他看来，不到万不得已是不能动那最后的救命粮。前几天村里有人到处借粮，丁向山心里还很生气，这倒不是因为也有人去他家里敲门，主要是他心想发粮食的时候都和你们说了，让你们节约着点用，可你们偏不听，早早地就把粮食给吃没了，这能怨谁？但现在看来问题不是那么简单，说明该把那剩下的粮食发下去救命了。

此刻，大队长曹景玉说："还研究啥？还像上次那样把粮食都分了算了，我看有些人家这么快就断粮并不是因为他们家的人都饭量大，是因为他们知道生产队的仓库里还有粮食，心里还惦记着这点事儿，这回咱给他们都发下去，让他们自己看着办吧！"

"要是他们又吃没了咋办？"民兵连长东四娃问。

"那有啥办法？咱就这点口粮了，咱总不能把那粮食种子都给吃了吧？"曹景玉反问道。

"现在不是农忙时节，其实吃个半饱就行，你要是把粮食像上次那样发下去，肯定有的人家过不了几天就会又断粮的，到那时可是真没啥办法了，说得难听一点就只能等死了。"妇女主任白续珍说。

"我、我倒有个办法，就是、就是不知道行不行？"会计孟祥远犹犹豫豫地说。

"啥办法？你快说出来让大家听听嘛！别婆婆妈妈的行不？"丁向山有点不耐烦地说道。

古月星转

孟祥远看了看丁向山说："咱能不能对社员们每天定量供应粮食，这样做既能保证社员家里不会断粮，还能逼着他们节约用粮，就是不知道这样做和上面的政策相符不相符？"

"事到如今，咱还管那些条条框框干啥，我觉得这个方法不错，大家觉得呢？"丁向山听到这个意见后立刻给予肯定，并向大家征求意见。

曹景玉看了一眼丁向山后问孟祥远。"那你说每天供应多少粮食合适？"

孟祥远没有回答曹景玉的问话，而是眼睛盯着丁向山。

丁向山看了看孟祥远说："祥远啊，你再算一下，要是咱想把仓库里的粮食吃到春耕时节，你看看每人每天最多能供应多少？"

孟祥远拿起账本看了看，然后又在算盘上拨弄了几下后说："大约每天能供应二两。"

"那好，那咱就这么定了。"丁向山说。

"这二两恐怕也太少点了吧？"曹景玉试探着问丁向山。

"少点也总比断粮好，眼下就先这样吧！从今天起咱大队干部每天都到各生产队仓库里监督队干部给社员们发粮。"丁向山说。

"好吧，那咱就这样决定了吧！"曹景玉看了看大家说。

还没等大家说话，丁向山忽地站起身来，他像一个将军一样一挥手对大家大声说道："我在这里要强调一件事情，以后要是因为这发粮的事犯了啥错误，那就让上面追究我丁向山一个人的责任！所有这些事情都是我定的，你们谁也别去揽责任，我丁向山是闫满生产大队的支部书记，好赖我都认了！"说到最后，丁向山的脸涨红了，那明显消瘦的脸庞上尽显坚毅，深陷的眼窝里开始闪动泪光。

时间刚刚出正月，大队虽然每天都给社员供应粮食，但是这点粮食实在是少得可怜，根本没法解决社员的温饱问题。有些家庭的很多大人都把粮食节约下来给正在长身体的孩子吃，致使一些大人身体开始出现浮肿，走路不稳，四肢无力，经常摔倒等营养不良的症状。

面对生产大队出现的这些事情，作为大队书记的丁向山实在是没有办法了，尽管又不断有人到他办公室和家里去闹，但是丁向山还是坚持每天每人只供应二两粮食，因为大队的各生产队仓库里实在是拿不出更多的粮食来了。其实现在在平陵县，及其周边地区都面临着粮食严重短缺的问题，人们普遍都吃不饱肚子，丁向山家的人也同样吃不饱，他整个人比从前又瘦了一大圈，很难让人看出他曾经有过魁梧的身躯。

人在饥饿面前是无能为力的，他们唯一能做的就是逃，逃到可以吃饱肚子的地方去。村里有人去了东北，这给闫满生产大队的社员们提了个醒，尤其是住在南北街的人，他们早年就听金毓汉说东北到处是土地，种啥庄稼都长，而且山鸡、野兔到处跑，那里的人想吃素就吃素，想吃荤就吃荤，而且还有黄金可淘。这一刻，有些人就跑到金毓汉家去求证。当他们再次得到确切的答复后，很多社员的心底便开始涌动激情，他们顾不得金毓汉关于东北的冬天冷得吓人的警示，决定去东北。于是仅仅半个月不到，闫满庄就有一百多人离家出走，他们沿着自己祖先曾经的足迹，踏上了闯关东的路。

这期间，也有不少人跑到杨忠诚家，向白续珍询问杨忠诚眼下在东北的情况和现在的住址。白续珍知道这些人想干啥，但她考虑到这段时间杨忠诚一直没有给家里来信，她也不知道杨忠诚现在那边的处境，再有就是前段时间驻村工作组的同志来家里说公社要给杨忠诚发函，让他回来工作，她担心这些街坊邻居万一去投奔杨忠诚，可能会出现什么差错，因此她一直没有透露有关杨忠诚的情况。不过，此刻白续珍也忽然想起她和杨忠诚之间很长时间没有联系了，于是她决定去一趟公社找一下工作组的同志，问问公社是怎么和杨忠诚联系的，杨忠诚有没有答应再回来工作。

白续珍去了东锦镇，她在公社大院里见到了刚要准备下乡的驻村工作组的迟树风同志，于是就迎上前去问道："迟同志，公社给杨忠诚发函了吗？"

"哦，是白主任啊，我还不知道呢，你稍等一下，我这就去给你问问。"迟树风说完，把自行车放到墙根，转身就走了。

过了一会儿，迟树风回来了。

"咋样？是啥情况啊？"白续珍迫不及待地问。

"我问了，他们说已经给杨组长去三封信了，但是那边始终都没有回音，也不知道是为啥。"迟树风说。

白续珍听后半天没有说话，她愣愣地站在原地。

"白主任，你还有事儿吗？要是没事，我就下乡去了。"迟树风推起自行车说。

"哦！那你快忙吧，我没事了。"白续珍这时才缓过神来。

白续珍回到家里后一直坐立不安，她心想不管杨忠诚回不回来，他见到公社的信后总应该给人家回个信吧？而且杨忠诚走了这么长时间，除了刚到东北时来过一封信，报了个平安，然后就再没动静了，他临走时还说会给家里寄钱来呢，可到现在也没寄，该不会是出啥事了吧？白续珍想到这里都不敢再往下想了。

其实现在白续珍的处境很艰难，尽管她平时很泼辣，有着与男人不相上下的抗压力和顽强的心理素质，但是此刻她也有点受不了了。现在闫满生产大队的很多社员都因吃不饱肚子离家出走了，有一些生产小队的领导也走了，眼下马上就到春耕时节了，可是各处都缺少劳动力。虽然由于很多人的离开，使得大队仓库里有了多出来的粮食，丁向山书记也说到了春耕时要给出工的社员增加粮食供应，可是人都跑了，你增加粮食给谁呢？前几天，丁向山让白续珍动员女社员做好参加春耕的准备，但是她在闫满大队的各生产队转了一圈，也没有几个女社员报名。这也难怪，她们都被饿得皮包骨头了，还哪有力气下地干活呢？尤其是近期白续珍家里也出现了粮食危机，这让她很难应对。家里原来用白续珍卖首饰买的那点高价粮也已经吃没了，现在不但她的身体开始出现浮肿，几个孩子也开始出现营养不良的状况，尤其是二儿子杨厚明的头发都开始脱落了，大女儿杨桂英的身体也开始消瘦起来，这让她看在眼里，急在心里。

一天晚上，孩子们都睡了，白续珍一个人躺在床上怎么也睡不着。夜深人静后她那没有被填饱的肚子又开始叫了起来，白续珍起床喝了一碗凉水，然后再次躺在床上。这时她的心里对杨忠诚当下的处境做着各种各样的猜测。按说杨忠诚是支边干部，到了东北以后是会很受欢迎的，处境应该差不了，可是他为啥不和家里联系了呢？公社和他联系，他也不回信。现在很多地方由于缺干部，都请支边的干部在征得被支援地同意的情况下回来工作。就是那里不放他回来，他也应该和公社这边说一下啊？为啥会音讯皆无呢？白续珍辗转反侧，思绪万千，但此刻她并不知道她远在几千里地之外的丈夫杨忠诚同样也在胡思乱想，夜不能寐。

杨忠诚最近一段时间也是心神不宁，而且这种感觉越来越强烈，他总在心里觉得好像要有什么不好的事情发生，他越想驱赶走这种感觉，这种感觉就会越强烈，以至于让他晚上经常失眠。

杨忠诚现在工作上是很顺利的，他来到青山牧场后，这里的领导和同志们对他也都很好。因为领导们从王大川的嘴里得知了杨忠诚的一些传奇经历，对他更加敬重。他现在被任命为青山牧场负责养羊的饲养院的院长，他的手下有三名饲养员。

杨忠诚从小给人家放过羊，对于养羊他很在行。这个饲养院里原来有三百多只羊，现在是冬季，羊都要在羊圈里饲养。经过杨忠诚他们大半个冬天的饲养，这些羊不但都长了膘，而且还生了四五十只小羊羔。牧场领导对杨忠诚他们的工作非常满意，还在整个牧场的大会上专门对他们饲养院提出了表扬。

一天，杨忠诚要去农场总部拿防疫的药品，他一大早就坐上王大川的马车往旭升农场的总部赶。因为今天又有几只母羊要生羊羔，他虽然已经向值班的饲养员做了交代，可他还是不放心，他想快去快回。

杨忠诚和王大川两个人坐在马车上边聊天边往农场总部走，忽然王大川问："忠诚哥，我怎么发现你这几天精神头不是很好呢，咋的？身体不舒服吗？"

杨忠诚叹了口气说："不是身体不舒服，就是晚上睡不好觉。"

"咋还睡不好觉呢？是不是想嫂子了？"王大川笑着问。

"还真是想她了，可不光是想她，我也想孩子啊！"杨忠诚表情严肃地说。

"忠诚哥，你听说了吗？他们都传咱关里现在正在闹饥荒，都饿死人了。"王大川说。

"我咋没听说呢？前几天我去农场总部办事就听总部的人说过。"杨忠诚说。

"那嫂子和孩子他们现在咋样啊？"王大川有些担心地问。

"他们应该没事，我走的时候，家里还有粮食，我来后发了第一个月的工资，就给他们寄回去了。公社的粮店里有议价粮卖，有钱就可以买，他们应该饿不着。"杨忠诚说。

"那就好，那你就应该放心了。"王大川说。

"说实在的，我还真不放心。"杨忠诚说到这里又叹了口气。

"那是为啥？"王大川有些不明白。

"我给他们写信和寄钱，他们也不回个信，给我报个平安也好啊！让我这心里十五个吊桶打水，七上八下的。"杨忠诚说。

"嫂子不会写信吗？"王大川问。

"你嫂子比我有文化，她会写信。"杨忠诚说。

"忠诚哥，你这样一说，我觉得好像有点不对劲，按理说不管咋的，嫂子她都应该……"王大川说到这里忽然停住了，他发现杨忠诚的脸色有点不对，于是赶忙改口道，"其实也应该没啥，嫂子不是在大队里当妇女主任吗，一定是她工作忙，顾不上。我看嫂子不来信就说明家里没啥事，忠诚哥，你就别多想了。"

杨忠诚没再搭话，王大川也沉默了。马车在积雪的道路上向前疾驶，车轮下发出吱吱嘎嘎的声响。

大约半个小时后，杨忠诚和王大川来到了农场。杨忠诚下了车到农场的兽医站去拿药，王大川赶着马车去后勤处拉东西。

杨忠诚拿了药后，就站在农场的大门口等王大川。

正在这时，杨忠诚看到邮局的邮递员小路推着一辆自行车从厂区里出来，他赶忙迎上前去拦住小路问："兄弟，最近有我的信吗？"

"哦，是杨师傅啊，有你的信啊。"邮递员停下脚步回答道。

"那我咋一直没收到呢？"杨忠诚问。

"是这样的，现在总厂要求外面给咱农场职工来的信都要先放在厂部收发室里，由场部负责往下面送，可能就不是很及时了。"邮递员小路说完正准备骑上自行车，忽然他又想起了什么，就把已经踩在自行车脚蹬子上的脚拿了下来说，"噢！对了杨师傅，好像刚才就有你的一封信，你去收发室看看吧！"

杨忠诚听后没来得及和小路说再见，就拔腿向厂部的收发室跑去。

杨忠诚来到收发室时，收发员正在整理着刚刚收到的一叠报纸和信件。杨忠诚上气不接下气地说："师傅，我叫杨忠诚，麻烦你帮着找一下我的信好吗？"

收发员抬头看了一眼杨忠诚后说："谁说有你的信啊？没有。"

"不对啊师傅，我刚才见到邮递员小路了，他说有我的一封信啊，他刚刚把信就放到你这里了，这会咋就没有呢？"杨忠诚有点急了。

"这个小路啊，唉！"那个收发员叹了口气，然后慢腾腾地从一叠信件里找出一封信，递给了杨忠诚。

杨忠诚接过信一边从收发室往外走，一边迫不及待地撕开信封，取出信纸，边走边看。

这时王大川已经把马车停在了农场的大门口，正站在车前等着杨忠诚。当杨忠诚走到马车跟前时，他已经把信看完了，他把信叠好放进口袋里。

"是老家来信了吗，忠诚哥？"王大川问。

"是的。"杨忠诚边说边坐上了马车。

王大川也坐上马车，然后他一甩手里的鞭子，嘴里喊道："驾！"那匹驾辕的枣红马脖子一仰，马车快速向前驶去。

"总算来信了，这回该放心了吧，忠诚哥？"王大川高兴地问。

"这回我更不放心了。"杨忠诚情绪很低落地说。

"咋了忠诚哥？信上都说啥了？"王大川很疑惑地问。

"你嫂子说从我来到东北以后，她就收到了我一封信，这就不对了，我明明写了好几封信呢，而且她在信里也没有提到我给他寄钱的事，她还说现在我们那个庄子里已经没粮食了，好多人都逃荒走了，我们家的粮食也早已经不够吃的了。看来她是没有收到我寄去的钱，否则她可以去买议价粮的。"杨忠诚说。

"哎呀！那可咋办呢？你可得想个法子呀忠诚哥？你家里的人口可不少啊！"王大川也开始担心起来。

杨忠诚摇了摇头说："我现在还真没想好咋办。"

"忠诚哥，我觉得你还是快点给嫂子寄些钱去吧，你原来寄的应该是寄丢了，你得赶紧让嫂子去买粮食啊，要是饿着孩子可不行。你这次多给嫂子寄点，我手里也有钱，回去我就拿给你。"王大川说。

"谢谢你了兄弟！我手里的钱够，不过我觉得往回寄钱也不一定能行。"杨忠诚说。

"咋了，哥，寄钱咋还不行呢？"王大川很疑惑。

"我觉得这里面好像有啥事，刚才去收发室拿信的时候，我感觉那个收发员好像哪里有点不对头。现在这事应该不是那么简单，等我回去好好想想再说吧！"杨忠诚说完就陷入了沉思。

王大川见状也不再说话了。

六十七

　　转眼就到了春耕时节，但是在平陵县闫满生产大队的各个生产小队都出现了劳动力严重短缺的问题，有的生产小队甚至根本没有几个人出工。要知道农时是不等人的，错过了就会影响一年的收成，这对于本来就严重缺粮的闫满生产大队来说可是致命的事情。为此，大队书记丁向山和大队长曹景玉都急得团团转。

　　这两天，不知为什么大队妇女主任白续珍没来上班，丁向山今天一早就让民兵连长东四娃去把白续珍找来。丁向山觉得现在各个村里虽然很多男社员走了，但毕竟还有一些女社员留在家里。他曾经让白续珍提前去动员过，而且他决定从现在起给每个参加劳动的社员增加一两粮食的供应量，好让这些参加春耕生产的社员都能吃得饱一些。同时，丁向山认为这样做不但能鼓励女社员出工，而且能让她们把自己家里外出的男人给召回来。在丁向山看来，增加一两粮食的供应量对于处于饥饿中的社员来说还是很有诱惑力的。

　　民兵连长东四娃很快就从南北街上回来了，他给丁向山带来了一个不好的消息，白续珍家大门上锁了。

　　"你说啥？你是说白续珍也跑了？"丁向山有点不敢相信自己的耳朵，他吃惊地问道。

　　"应该是，听邻居说已经有两三天没见她家开门了。"东四娃一腚坐在墙角的凳子上说道。

　　"你就别坐下了！你快去把白续珍的哥哥白增俊给我找来。"丁向山大

　　　　　　　　　　　　　　　　　　　　　　　　古月星转

声说道。

"你找白增俊干啥？"东四娃有些不解。

"我想问问他知不知道他妹妹去哪儿了。"丁向山使劲地跺了一下脚，丧气地自言自语道，"这可真是要了命啦！要是白续珍这个妇女主任也跑了，那咱还指望啥女社员去春耕啊？"

"好吧，我这就去找。"东四娃极不情愿地站起身来。

"等等！还是咱俩一起登门去问吧，就白增俊那脾气和他妹妹白续珍差不多，你叫他到大队部来，他会说不来就不来的。"丁向山说完就站起身和东四娃一起往外走。

丁向山在找白续珍，可是此时此刻的白续珍已经带着她的三个孩子去找自己的丈夫杨忠诚了。

两天前，白续珍的哥哥白增俊给白续珍送来一封信。这封信的收信人写的是白增俊，但是在寄信人一栏写的是"内详"两个字。当白增俊很纳闷地撕开信封后，他发现那个信封里面还有一个信封，这个信封上写的收信人却是白续珍，寄信人是身在东北的杨忠诚。这些年来，杨忠诚和白增俊素无来往，杨忠诚一直对白增俊当年在国民党队伍中的身份有所怀疑。今天杨忠诚能让白增俊给白续珍转信实属罕见。白增俊瞬间感觉到这里面应该有什么重要的事情，于是他赶紧一路小跑，来到了妹妹白续珍家里，把信交给了白续珍。

白续珍撕开信封后，她发现里面有一张信纸和三十块钱人民币。白续珍赶紧打开信纸。她看完信后半天没有说话。

"咋了妹子，信上说啥了？"白增俊急切地问妹妹。

白续珍把信纸叠好放进信封里，把三十块钱揣进口袋，然后很平静地对白增俊说："哥，我要带着孩子去东北找杨忠诚。"

"你说啥？你要去东北？"白增俊有点不敢相信自己的耳朵。

"是的哥，我今天晚上就走，你把我送到我增恩兄弟那里吧，我从那里坐火车走。"白续珍说。

"今天晚上可不一定就有去东北的火车啊！"白增俊有些担心地说。

"管不了那么多了，去了再说。"白续珍很坚定地说。

"好吧妹子，你是一个有主见的人，你做啥决定哥都不拦着你，可你这一走这家里咋办啊？厚增两口子又不在。"白增俊说。

"这破家也没啥值钱的东西，我走后，你把家里的钥匙交给厚增就行。"白续珍说。

"那好吧，那你收拾一下东西，我这就回家准备个推车子，等天黑以后我过来接你们娘几个。"白增俊说完转身就走了。

当天夜里，白增俊把白续珍和三个孩子送到了火车站。

在凌晨两点多的时候，白增恩把姐姐白续珍母子送上了一列北去的火车。白增恩在火车上对列车长说："兄弟，这是我姐姐，她带着孩子去东北找我姐夫，你一会儿让他们补个票吧，眼下在站上也买不出票来，这一路上还请兄弟多多关照他们一下！"

"放心吧白站长，你姐姐就是我姐姐，我会照顾好他们的。"列车长很爽快地应道。

白增恩在临下车时从身上拿出了五块钱递给白续珍说："姐，你路上给孩子们买点吃的吧。"

"你姐夫给我寄钱来了，我有钱。"白续珍推开弟弟的手说。

"穷家富路，你就拿上吧！"白增恩说着就把钱塞到了外甥女杨桂芝的襁褓中，然后头也不回地下车了。

车厢里很拥挤，到处都是人，现在是夜里，很多人都在东倒西歪地睡着觉。列车长领着白续珍来到一节车厢。他找了一个座位让白续珍坐下，然后对白续珍说："姐，你先临时在这里坐着，等火车到济南站时会有不少人下车，到时我再给你们找座位。"

"谢谢兄弟！给你添麻烦了！"白续珍十分感激地说。

"没事的，我和白站长是多年的兄弟，你们路上有啥事尽管和我说就行。"列车长说完就走了。

白续珍刚刚坐下，火车就开动了，白续珍不自觉地望向窗外。这时，她看到黑暗中的站台上有一个人影在跟着火车跑，白续珍立刻就分辨出那是哥哥白增俊。她赶紧站起身，一只手紧紧抱着怀里的孩子，一只手冲着哥哥拼命地挥动，可是火车行进得越来越快，那个人影很快就消失不见了。

白续珍坐回到座位上，不知不觉中泪水流满了面颊。她抬起手来擦着眼泪，看了看怀里的二女儿桂芝，又看了看身边的大女儿桂英和小儿子厚明。桂英用一只手搂着母亲的肩膀，厚明用两只手拉着母亲的衣襟，他们把身子都紧紧地依偎在母亲身上。

　　"呜！"窗外传来一声火车的鸣笛，接着是"咣当、咣当！"火车轮子压在铁轨上发出持续而有节奏的声响。白续珍心想他们这就算是离开平陵县了，可是她却不知道到了东北那里等待着他们的会是什么？

　　杨忠诚自从把给媳妇白续珍写的信寄走以后，这半个月来，他还是整夜地睡不好觉，不是失眠就是做梦，而且经常做一些噩梦。他曾经梦到他的信中途被人给扣下了。他梦到白续珍他们母子在来找他的途中迷路，在山林里遇到了野狼。他还梦到他们母子饿得晕倒在了路上。他甚至还梦到他们母子被饿死了。这些梦让他醒来后都惊恐不已，使得他的情绪出现了很大的波动，以至于他整天闷闷不乐。

　　今天是个星期天，牧场里除了值班的人都放假休息了。杨忠诚今天也休班，但他在家也没有啥事情，上午就又在饲养院里待了一上午，中午他在牧场食堂吃完饭后回到家中。因为昨天晚上没有休息好，他躺在炕上，很快就睡着了。

　　不知过了多久，杨忠诚忽然感觉到有人在推他，并且在他耳边小声喊道："忠诚哥，忠诚哥你醒醒，我嫂子和孩子来了！"

　　杨忠诚迷迷糊糊地从睡梦中睁开眼睛，他朦朦胧胧地看到王大川和怀里抱着孩子的白续珍，还有女儿桂英和儿子厚明两个孩子正围站在他的跟前。

　　杨忠诚一下子从炕上坐了起来，他用手使劲地揉了揉眼睛，然后瞪大眼睛仔细地看了半天，问道："我这不是在做梦吧？"

　　"忠诚哥，你这不是在做梦，你日思夜想的嫂子和孩子们真的来了！"王大川高兴地说道。

　　"爹！我是桂英啊！我可想你了！"大女儿杨桂英一把拉住杨忠诚的衣袖，带着哭腔说道。

　　杨忠诚终于确定他这不是在梦里，他伸出双手抓住杨桂英和杨厚明两个孩子的肩膀，嘴里大声说道："我可算是见到你们了！你们可让我担心死了！"说着，杨忠诚的眼泪就流了下来……

　　白续珍和孩子们的到来让杨忠诚那一颗悬着的心终于放了下来，这时他才知道，原来东锦人民公社曾给他写信让他回去工作，可不知道是什么原因，他根本就没有收到信。但在杨忠诚看来那些现在都不重要了，他的老婆和孩子都来东北了，而且现在闫满庄的人还在挨饿，就算是公社再来信让他回去，他也不回去了，他还是安心地在这里做他的支边工作吧。

　　白续珍和孩子来了以后，住在哪里就成了一个问题。这时，王大川二话没说就把自己的铺盖卷搬到了牧场的职工宿舍里，他把房子腾出来给了白续珍和孩子。这让杨忠诚的心里非常感动，他真没有想到自己昔日手下的一个犯人会给他这么大的帮助和关爱。杨忠诚暗暗发誓将来一定要好好报答这个兄弟。

　　一天，杨忠诚刚和两个饲养员把羊赶进羊圈，就有人过来找他，让他去场长办公室一趟。

　　杨忠诚一走进场长办公室，青山牧场的场长尹广旭就很热情地把杨忠诚让到椅子上坐下，然后关切地问："杨院长啊，听说你的家属和孩子都来了？"

　　"嗯，他们都来了。"杨忠诚回答道。

　　"这可是个大好事儿啊！你们一家人终于团聚了。"尹广旭笑着说。

　　"是啊，最起码不再让我牵挂他们了。"杨忠诚说。

　　尹厂长把一杯水递给杨忠诚问："家属来了，这眼下有什么困难吗？"

　　杨忠诚接过水，犹豫了一下说："也没啥困难。"

　　"杨院长啊，你不说我也知道，这一下子来了一大家子人，咋能说没困难呢？我知道你这人不愿意给组织上添麻烦，但是组织上看见了可不能不管啊！"尹广旭说。

　　"真没啥困难。"杨忠诚喝了一口水，把杯子放下说道。

　　"算了，也不用你说了，我就直接说了吧，你的家属和孩子现在不是借住在王大川家嘛，他那家才多大点地方啊？再说了你们也应该有个属于自己的家。"尹场长说道。

听尹场长这么一说，杨忠诚就不再说话了，这确实是他当前遇到的最大的问题，他正在为此事犯愁呢。

"杨院长啊，你现在是咱牧场的干部，那家属来了就理应住家属院里。我已经给你安排好了，你一会儿就去场办后勤上找周股长领房子的钥匙。"尹广旭接着说道。

这事太出乎杨忠诚的意料了，他不敢相信自己的耳朵，以至于他半天都没有反应过来。

"怎么了？你是不是没听明白啊？"尹场长笑着问。

"我听明白了场长，我就是有点不敢相信。不瞒你说，我现在正为这事犯愁呢，你这真是为我们想得太周到了，让我都不知道该说啥好了。"杨忠诚不由得站起身来有些激动地说道。

"快点坐下吧，你是咱场子里的骨干，场子里为你做点事情那是应该的。"尹广旭示意杨忠诚坐下。

杨忠诚坐下后，尹广旭又问杨忠诚："我听说白续珍同志曾在卫生院工作过？"

"哦，那是解放前的事了，她曾在我们平陵县的战地医院当过一段时间的护士长。"杨忠诚回答道。

"那就太好了，现在咱场子里的卫生室正缺人呢，如果白续珍同志愿意的话，就让她到卫生室去上班吧。"尹广旭说。

"哎呀！那可太好了，那我可要代表白续珍谢谢场长啦！"杨忠诚说着又要站起来，却被尹广旭用手势制止了。

尹广旭说："你就别再谢我了，其实在这里我还要向你道个歉才对呢！"

"场长，你这话是从何说起啊？你看你对我这么关照，咋还能向我道歉呢？"杨忠诚有些不解。

"杨院长啊，是这么回事，咱这旭升农场刚建场不久，眼下正缺人手，可咱东北这个地方地广人稀，尤其是咱几个分厂又都在山里，就更不好招人。最近这半年来，咱农场招了一些从关里来的人，也来了一些支边干部，人手紧缺的问题得到了缓解。可是现在关里闹饥荒，人口流失严重，尤其是你们山东那边现在都在清理盲流户，当地政府要求外出人员都要返乡，咱们场里的一些职工接到家里的来信也有回去的。一些支边干部也被动员回去工作。为了避免农场里的人员流失，咱场子里就做了一个审查职工来信的决定，凡是让职工回去的信，就都先不给职工看。当然了我们这么做确实有点不光彩，可这也是没办法的办法，实属无奈之举啊！"尹广旭有点愧疚地说道。

杨忠诚听了尹场长的话半天没有言语，这段时间以来一直困扰在他心头的谜团终于解开了。

这时，尹广旭从抽屉里拿出几封信放在了杨忠诚的面前说："这是你老家来的几封信，我看里面有让你回去工作的。说实在的咱农场就缺少像你这样的干部，所以就没给你看，还请你能谅解啊！当然了，如果你现在还愿意回去的话，那咱农场也绝不会再阻拦了，这事情就由你自己来决定吧！"

杨忠诚把几封信拿在手中，他并没有去看信的内容，而是端起杯子喝了几口水，然后对尹广旭说："场长，这些事都过去了，咱都不说了，你就放心吧，我会继续在这里好好工作的。"说完，他就站起身来。

"那可太好了！"尹广旭也站起身，他一直把杨忠诚送到办公室门口，并笑着说，"谢谢杨院长大人大量！等你把家安顿好后，我就过去给你祝贺乔迁之喜。"

"那好吧场长，那我就等着你。"杨忠诚说道。

尹广旭场长真是说话算数，杨忠诚刚搬了新家，他就不请自来了，而且还是和场办后勤上的周股长一起来的，他们给杨忠诚家拿来了两床崭新的铺盖和一把暖壶，还有一口铁锅。

杨忠诚和白续珍赶紧从尹场长和周股长的手里接过东西，放在一旁，并把他们让到凳子上坐下。

尹广旭坐下后对杨忠诚说："杨院长啊，你看看这家里还缺啥？有啥需要的就对周股长说，我已经和后勤上交代过了，你是来我们这边支边的干部，还是被我们硬给留下来的，组织上是应该格外照顾的。"

"已经够关照的了，不需要啥了。"杨忠诚很感激地说。

尹广旭看了看桌子上，他发现桌子上空空荡荡的，就对周股长说："山东人都爱喝茶，你明天安排人送套茶具来。"

"好的，场长，我一会儿回去就安排人送过来。"周股长说。

尹广旭又问白续珍："续珍同志啊，你在卫生室那边工作还适应吧？你看你还有啥要求？"

"很适应的，没啥要求，都挺好的，谢谢场长关心！"白续珍笑着说。

这时，周股长从上衣口袋里掏出一本粮油本对白续珍说："这进门光顾说话了，差点忘了大事，这是咱牧场给你家发的粮油本，从下个月开始，你们全家就都可以在场子的食堂里吃饭了，也可以每个月去总场粮店领供应的粮油了。"周股长说着站起身来把粮油本递给白续珍。

白续珍上前双手有点颤抖地接过了那个红色的小本子。她打开本子看着上面写着的粮油数量的文字，不知为啥她一下子想起了闫满大队和闫满庄里那些正在忍受饥饿之苦的乡亲们，也不知道他们现在都咋样了？不知不觉中泪水模糊了白续珍的视线。

此刻，杨忠诚也很激动，同时他也很感动。其实上次当尹广旭把扣留信件的事告诉他时，他的心里还是有些生气的，他有种被人逼上梁山的感觉。可后来他转念一想，又觉得这也未尝不是一件好事。如果他按照东锦人民公社领导的要求回去工作，他相信他的工作环境会有所改善，但是他的老婆和孩子吃不饱的问题应该还是得不到根本解决，尤其是厚明和桂枝两个孩子还小，要是再饿出个好歹来，那他这个当爹的无论如何都是对不起孩子们的。想到这些他的心里倒也变得平顺了一些，只是由于他的性格很刚烈，那种被人冒犯后心生的怨气并没有完全消除，今天当他看到场里领导为他想得如此周全时，他心里的怨气也就彻底没有了。于是他起身由衷地对尹场长和周股长两位领导说："谢谢组织上的关心！谢谢两位领导！"

"不用谢，这都是我们应该做的，你们夫妇都是老革命，你们能来到咱青山牧场工作也是牧场的荣幸，以后我们一定要把你们照顾好，支边干部有的待遇我们一样也不会少。好了，你们刚安家，还需要收拾收拾，我们就不打扰了。"尹广旭说着就站起身来。

"场长，你不说等我安顿好了你要来吃饭吗？我可一直等着你呢，你今天咋能走呢？"杨忠诚伸手拦住尹广旭。

尹广旭笑了笑说："我看今天就免了，等你把这家彻底弄好了，我再来。"尹广旭说完就和周股长一起出了杨忠诚的家门。

送走尹广旭场长后，杨忠诚环视着自己的新家。这个家虽然不大，只是十几平方米的两间土坯茅草房，但这毕竟是安家了。杨忠诚心想自打他来到青山牧场以后，场子里不管是领导还是同志们对他都很关照，尤其是场领导把饲养院这么重要的地方交给他负责，这充分说明了领导对他的信任。杨忠诚是一个很讲义气的人，他信奉的是受人滴水之恩当以涌泉相报，于是他对白续珍说："孩子他娘，你看人家都对咱这么好，咱以后可不能辜负了人家，咱得好好报答人家，我想咱以后就在这里扎下根好好工作，好好过日子吧，咱就不再回山东老家了。"

白续珍听后，没有说话，她一直在翻看那个崭新的粮油本。

"咋了？你还想回山东啊？"杨忠诚见白续珍没有说话就问。

白续珍合上粮油本擦了擦眼睛，叹了口气说："我看咱还是先走一步说一步吧！常言道：水流千遭归大海。闫满庄就是再不好，那里毕竟是咱祖祖辈辈生活的地方，咱爹和咱娘还都埋在那里呢，就是这些事咱都不去考虑，可那厚增两口子还在那个庄里呢，难道咱这个家以后就不团圆了吗？"

白续珍一提到杨厚增两口子，杨忠诚就不再说话了，他的情绪立刻低落了下来。在杨忠诚心里，杨厚增虽是养子，但他视为己出。厚增这孩子从小没了父亲，随娘改嫁后受了不少的苦，也是一个苦命的人。杨忠诚觉得说啥也不能再让这孩子受苦了，现在孩子叫他一声爹，他作为父亲，就要尽自己的全力爱护这个孩子，让这个孩子的生活变得好起来。可是眼下他却和厚增千里相隔，无法顾及，好在他已经给他成了一个家，他听媳妇说这孩子两口子在矿山上班，暂时生活得还可以，他稍微还有些宽心。但是每当提起这个儿子，杨忠诚的心里还是有些不好受。此刻他真的希望厚增两口子也能来到他的身边，他们团圆在一起，可这是不现实的。想到这里，杨忠诚不由得叹了一口气。

六十八

　　自从白续珍和孩子们来到青山牧场，杨忠诚的全家就开启了全新的生活，杨忠诚对这种生活很满意，白续珍更是很知足。在白续珍看来他们这简直就是一下子来到了天堂里，在平陵县闫满庄时，她和孩子忍饥挨饿，朝不保夕，现在他们在牧场的食堂里不但每顿饭都能吃饱，而且顿顿饭都有菜，有时他们还能吃到羊肉和鸡肉。这里的食堂每周至少吃一顿馒头和一顿面条，就是平时他们吃的小米饭和大米饭也都是在山东吃不到的。牧场食堂这里用玉米做的饭，白续珍和孩子们也都很爱吃。他们在山东吃玉米一般都是把玉米磨成玉米面，然后蒸窝头，熬糊糊，或者是摊煎饼，但是在东北这边是把玉米面和好，在锅里贴大饼子。或者是把玉米打成粒熬粥，这种粥在东北叫作大茬子粥，粥里面还会放上各种东北特产的豆子，吃起来口感非常香甜，五岁多的杨厚明刚来时一次就能吃上两大碗。

　　由于生活条件好了，现在白续珍原来由于饥饿造成的身体浮肿已经彻底消失了，几个孩子的脸上也都红润了起来，杨厚明的头上也长出了乌黑的头发。他们真没想到同在一个太阳底下，居然有截然不同的两个世界。这让他们感到很奇怪，但不管咋说，他们现在生活得很幸福。

　　幸福的时光总是过得很快，转眼又到了一年的初冬。

　　在白续珍带着孩子落户青山牧场的这大半年间，杨忠诚的心情一直很好，他在饲养院里的工作也很顺利，他和几个饲养员养的羊又多出来了六七十只，这多出来的羊都是羊群里的母羊下的羊羔。每当有母羊要产仔时，杨忠诚都会和几个饲养员日夜轮流守候在它们身边，因此再也没有发生过母羊在产仔时大羊或是幼仔死亡的事。羊多了原来的羊圈就显得很拥挤了。杨忠诚在向牧场领导请示，得到同意后，他带领饲养院的同志们自力更生，利用业余时间，加班加点地又在牧场原来羊圈的旁边建了一个新的羊圈。为此杨忠诚所领导的饲养院被青山牧场和旭升农场总部分别评为先进单位，杨忠诚本人也受到了上级的嘉奖。

白续珍在牧场的卫生室里也干得很好，她现在不但能给患病的职工和家属打针、吃药、做护理。她还能通过针灸、拔罐子和在战地医院工作时学的一些知识给患者看病。现在牧场的职工和家属得了像头疼脑热、感冒发烧这样的小病，根本就不需要再跑到十几里地以外的总场卫生院去了。有一次一个牧场职工忽然上吐下泻，被折腾得死去活来，就在他家属找车要把患者送到总场卫生院的空当里，白续珍在这个职工身上的一些部位用一个很粗的针扎上一些小眼，然后拔上了罐子，不一会儿就拔出来了一些黑血。等家属找来车的时候，这个职工的症状已经消除了。这件事让白续珍在牧场里一下子有了名气，很多人都开始亲切地称呼她为白大夫。

现在，杨忠诚和白续珍的大女儿杨桂英已经不读书了，她高小毕业后，因为上初中要到伊春市里去，来回路上很不方便，再加上桂英本人也不愿意继续读书了。在这件事情上，杨忠诚和白续珍都没有进行过多的干预，一切都依了孩子的想法。况且现在杨忠诚和白续珍的工作都很忙，他们的二儿子厚明和二女儿桂芝也需要有人照看，于是杨桂英在辍学后，作为家中的老大就肩负起了照顾弟弟和妹妹的责任。

东北的冬天来得特别早，青山牧场还没有到立冬时节，天空就开始飘起了雪花，虽然这雪下得并不是很大，但是却时断时续地下了两天，牧场的草场都被积雪覆盖了。根据以往的经验，即使往后气温还会出现短暂回升，但这场雪是不会再融化的了。

由于降雪，牧场里的牛羊还有其他牲畜就需要在室内进行饲养了。室内饲养不像放牧那么简单，需要饲养员每天定时铡草，配料，投放，同时还要观察好牲畜的身体情况，避免出现由于天气变化和圈养造成的各种疾病，因此杨忠诚在饲养院的工作也就开始忙了起来。

杨忠诚开始忙了，白续珍那边也不清闲。季节交替和气温的骤然变化，使得牧场里一些职工和家属的身体出现了这样或那样的不适。眼下牧场卫生室就白续珍和一个大夫两个人，所以她经常会忙到很晚才能回家。

就在杨忠诚和白续珍都忙于工作的时候，不知不觉中，他们家里的柴火不够烧的了。现在杨忠诚每个月都会按时到农场总部的粮店按照粮油本上的供应量领取各种粮食。回来后，除了拿一些粮食到牧场食堂上换取就餐所需的饭票，其余的粮食就会留在家里。白续珍已经学会了东北人做饭的一些方法。现在是冬季，在东北黑天得特别早，四点钟太阳就落山了，这个时候东北的人家就会在白天吃两顿饭。这对于来自山东，常年都习惯于吃三顿饭的杨忠诚一家来说很不适应，所以每当一家人饿了的时候，白续珍就会在家里自己做点想吃的饭菜。

平时家里的柴火都是用于做饭的，所以也用不多，但是冬天取暖就需要更多的柴火了，杨忠诚和白续珍都忽略了这个问题。再加上现在他们两个工作都很忙，也顾不上柴火的事，所以家里柴火很快就要用完了。因为不敢多用柴火，杨桂英晚上烧炕就烧得不好，这使得她的弟弟和妹妹总咋呼炕凉。杨桂英为此也很着急，她知道现在靠自己的父母是很难解决这一问题的，于是她就决定自己去想办法。

一天，杨忠诚忙完工作后下班回家。他刚走到大门口就听到屋里杨厚明和杨桂芝两个孩子在拼命地哭喊，杨忠诚赶紧冲进屋内。眼前的一幕让杨忠诚有点毛骨悚然。他看见两个孩子躲在墙角处，炕上有一条一米多长的大蛇正在两个孩子的面前扭动着身子，嘴里吐着舌头，做出随时攻击的样子。

杨忠诚来不及多想，他飞步上前一把抓住蛇头，然后用另一只手从大蛇的头部一下子撸到了大蛇的尾部，瞬间那个大蛇就像死了一样不动了。杨忠诚从小就不怕蛇，小的时候他经常和小伙伴们在山上抓蛇，他们抓到蛇后就会用这种办法让蛇失去知觉，然后拿在手中玩耍。杨忠诚掐着大蛇走出院子，把蛇扔在远处的雪地里，他嘴里说道："今天我不弄死你了，你以后也不能再来伤害孩子了！"杨忠诚说完转身就往回走。按说这个季节蛇都应该冬眠了，杨忠诚也不知道为啥这只蛇会跑到自己家里来。

杨忠诚一回到屋里，两个孩子就哭着扑了过来。

杨忠诚把两个孩子搂在怀里一边哄着他俩别哭一边问："你姐呢？你姐干啥去了？"

"我姐上后山去打柴火了。"杨厚明哭着说。

"她啥时候走的？"杨忠诚问。

"吃完中午饭就走了。"杨厚明擦了一把鼻涕说。

杨忠诚向窗外看了看天色就说："走，我带你们两个去找你妈。"

就在杨忠诚刚要出门时，白续珍回来了。

"你回来得正好，你在家里照看孩子，我要到后山去一趟。"杨忠诚说。

"这么晚了你还到后山去干啥？"白续珍不解地问。

"桂英这孩子去后山打柴了，厚明说她从吃完中午饭就走了，可这个点还没回来，我去找找她。"杨忠诚有点着急地说。

白续珍一听也有点着急了，她说："那你快去吧！"

杨桂英今天下午拿着一根绳子和一把砍刀来到了后山，她在树林子里找到了一处伐木工人刚刚伐过木头的地方。这里有很多伐木后剩下的大大小小的树枝子，杨桂英很快就打好了一捆柴火。

可能是杨桂英看着家里缺柴火有点太心急了，她打的这一捆柴火实在是有点多了。杨桂英虽然是个女孩子，可她的心气比同龄的男孩子还要大，她低头弯腰背起那捆柴火就往山下走。

杨桂英很吃力地背着一大捆柴火沿着一条小路往山下走，就在经过一个陡坡快要出树林子的时候，她一不小心，脚下一滑就摔倒了，连人带柴火一下子就滚到了小路旁边的一个沟里。

杨桂英这一跤摔得可不轻，她在沟底半天没有爬起来。

这个沟里积雪很深，是一个雪窝子。杨桂英只好把胳膊从捆柴火的绳子里面挣脱出来。她站起身，回头看了看这一大捆柴火，然后又抬头向坡顶望了望，她心想看来现在这捆柴火是弄不回去了。她只能回家再拿一根绳子来把它从沟底拉上去了。想到这里，杨桂英就独自向沟顶爬去。可是让杨桂英没有想到的是这沟的四周很滑，她爬了十几次都没有爬上去，有几次她都快爬到沟顶了，最终还是出溜了下来。这时候杨桂英已经有点精疲力尽了，她意识到仅凭她自己的力量应该是爬不上去了，于是她开始站在沟底对着沟顶大声喊道："有人吗？来人啊！"

冬季的山林里很寂静，杨桂英的叫声显得很孤独。

杨桂英就这样喊了一会儿，可是她发现无济于事。她也知道在这个时候一般是很少会有人进山的，不过杨桂英并没有放弃，她依然在拼命地朝着沟顶大声呼喊着。

时间又过了大半个小时，杨桂英的嗓子都快喊哑了，依然没有人出现在沟顶。这时杨桂英忽然感觉到一阵阵的寒冷向她的周身袭来。由于她在砍柴时身上出了汗，汗水已经把她穿在里面的衣服都给浸湿了。刚才她只顾着奋力向沟顶攀爬，也没有感觉到什么，可现在随着气温的逐渐下降，她的衣服开始发凉，她禁不住打了个寒战。这时杨桂英的心里开始恐慌起来，由于寒冷，她的身体开始瑟瑟发抖。不过此刻杨桂英的头脑还是很清醒的，她把双手从手套里拿出来抄在袖管里，把自己的身体缩成一团，紧紧地靠在那捆柴火上，她想通过这样做好让自己的身体能保持住温度，尽量减少寒冷的感觉。可是过了一会儿，杨桂英却感觉到自己的身上更冷了，而且她忽然觉得自己的脚已经有点发木了，于是她对着沟顶继续放开嗓子大声喊道："来人呢！救命啊！来人呢！救命啊！"

可是杨桂英喊了半天依然没有人出现在沟顶上，这时候杨桂英有点绝望了。眼看着天就要黑了，此刻他也不敢再大声叫喊了，因为她知道这里天黑以后会有野狼出没，她的喊声会把狼给招来。

天渐渐地黑了，杨桂英感觉到自己的双腿好像被冻得不听使唤了，她突然意识到她今晚可能会被冻死在这个雪窝子里，她开始哭了起来。杨桂英是一个很要强的孩子，平时不管遇到啥事，别人都很少见到她哭，可是这一刻她的眼泪再也止不住了，她开始想爸爸，想妈妈，想弟弟，想妹妹，也想远在山东的大哥和大嫂。随着气温的降低，杨桂英的泪水和鼻子里流出来的鼻涕在胸前结成了冰，她感觉自己好像离着死不远了，她的意识也开始进入了一种混沌的状态，这一刻她好像忽然感觉到自己不再那么冷了，她下意识地闭上了眼睛。

就在这时，杨桂英忽然听到有人在喊她的名字："桂英！桂英你在哪里？"

是爹的声音，杨桂英一下子恢复了意识，这一刻她知道自己死不了了，她使出最后的力气拼命地向沟顶大声喊道："爹！我在这里呢！"

杨忠诚终于出现在了沟顶，他用手电筒向沟底照射，那束光正好照在女儿杨桂英的脸上。

杨桂英被杨忠诚从后山背回家后，她的双腿已经被冻得失去了知觉。白续珍赶紧让杨忠诚把杨桂英放在炕头上，她跑着去王大川家里拿来了半瓶烧酒给杨桂英搓腿，然后又给她盖上被子，让她好好休息。

一会儿，当王大川来了，当他得知事情经过后，对杨忠诚说："忠诚哥，家里柴火的事，你们就都别操心了，明天我就给你家拉一车木头绊子来，也够你们烧一个冬天的了。"

"你去哪里拉绊子，需要多少钱？"杨忠诚问。

"这些你就不用管了。"王大川说完就走了。

第二天早上，白续珍早早起来做早饭，她熬了一锅小米粥，蒸了几个玉米面的大饼子，还切了一大盘白萝卜咸菜，然后就叫杨忠诚和孩子们起来吃饭。可这时杨桂英却怎么也起不来床了，她的双腿完全没有了知觉。

"这可咋整？"杨忠诚有点着急地问白续珍。

白续珍却并不着急，她说："没事，就是受凉了，中午我从卫生室把银针和罐子拿回来，我给她扎扎针、拔拔罐子就好了。"

"你能行吗？我看还是让大川拉着桂英去农场卫生院吧！"杨忠诚很不放心地说。

"你吃完饭上班就是了，保证没啥问题。"白续珍胸有成竹地说道。

尽管白续珍此刻感觉自己很有把握，可事实证明她错了，她并没有治好女儿的腿，而且就是农场的卫生院对杨桂英的腿也无能为力。杨桂英在农场卫生院住了一个星期的院，她的腿依然没有什么知觉，最终大夫摇摇头对杨忠诚说："还是让孩子出院吧，回家再好好养养，看能不能有啥奇迹出现。"

面对这种情况，杨忠诚也无计可施，他只好让王大川用马车再把杨桂英拉回家中。杨桂英的病让刚刚过上一点好日子的杨忠诚一家瞬间蒙上了一层阴影。

杨桂英出院后，白续珍还是每天晚上都坚持给女儿的双腿做针灸和按摩，但总没有什么效果。最后杨忠诚很生气地让白续珍停下来，可白续珍不听，她始终相信她的治疗方法会最终取得效果。再加上杨桂英同意让母亲治疗，这样一来，杨忠诚也没有什么办法。这件事情闹得杨忠诚和白续珍两个人都很少说话了，原本有说有笑的屋子里从此变得沉闷了起来，只有还不知道家里发生了什么事的杨厚明和杨桂芝两个孩子总是要拉着姐姐起来哄他们一起玩。这让杨忠诚和白续珍都很心酸。

杨桂英自己也像做梦一样，她从心里不相信自己就这么残废了，她才是一个十几岁的孩子，一切还没开始呢，难道她就这样再也站不起来了吗？可事实就是如此残酷！随着时间一天天过去，慢慢地杨桂英开始意识到她今后可能真的就成了一个废人了！每当想到这些，杨桂英就非常害怕，她很想哭，可是白天她当着父母和弟弟妹妹的面是不敢哭的，只有在夜里，她实在忍不住了就会用嘴咬着被子角默默地流泪。

就这样，杨忠诚家的日子在煎熬中度过了两个多月。忽然有一天夜里，王大川风风火火地跑了过来。

"大川兄弟，这么晚了，有啥事吗？"杨忠诚很不解地问。

"有事啊忠诚哥，我今天去农场总部办事时听人说在南山里有一个赫哲族的老人治冻伤一绝。我办完事后就跑去找他了，我到了以后把桂英的病情和他一说，他说没事，桂英的病能治好。他让咱弄一些刚出锅的热酒糟，然后把桂英的腿埋在里面捂上一段时间就会好的！"王大川兴奋地说道。

"这能行吗？"杨忠诚有点似信非信。

"能行不能行的到了这个时候咱都得试试，哪怕是死马当活马医呢，咱也不能眼看着孩子就这么瘫了。"白续珍似乎是看到了希望。

"那好吧，那就按照你说的试试吧，我明天就看看去哪里弄点酒糟来。"杨忠诚说。

"你明天上班就行了，我认识镇上酒厂里管事的，我去弄酒糟就是了。

好了，就这样吧，我先走了。"王大川说完，不等杨忠诚和白续珍说话就走了。

第二天中午，王大川就把满满一大麻袋还冒着热气的酒糟拉到了杨忠诚的家里，王大川还去卫生室把白续珍给叫回了家。

待王大川走后，白续珍在炕上铺了一床褥单子，她把酒糟倒在褥单子上，把桂英抱过去，把她的双腿埋在酒糟里，然后再把褥单子裹上。做完这一切后，她又拿过来一床棉被盖在桂英的身上说："你就这么躺着，娘去上班，你不要动，等娘回来。"

杨桂英使劲地点了点头。

白续珍又对杨厚明说："厚明啊，你照看好你妹妹，不要让她动你姐姐。"

"嗯，我知道了娘。"杨厚明很懂事地点了点头。

白续珍出门后把屋门从外面关上，然后就回卫生室上班去了，

杨忠诚忙了一天后，拖着疲惫的身体回到了家。他打开房门，就闻到一股酒糟味，他立刻意识到这是王大川已经把酒糟给送来了。他心想这个兄弟真的是够意思，只要是他杨忠诚家有需要帮忙的事情，不管是啥情况，他都会随时随地挺身而出，鼎力相助，杨忠诚的心里瞬间涌起了满满的感激之情。

杨忠诚把灯点上，他发现二儿子厚明和二女儿桂芝在炕上没有盖被子就睡着了，他赶紧给二女儿盖上被子，然后把儿子叫醒后问："你们咋不盖被子就睡觉呢？这大冷的天感冒了咋整？"

杨厚明眼睛迷迷瞪瞪地看着父亲，好像没听见父亲在说啥。

杨忠诚又来到大女儿杨桂英的身边说："桂英啊，你咋也睡得这么死啊？你弟弟和妹妹不盖被子就睡觉，你咋也不管呢？"

杨桂英没有反应。

杨忠诚用手推了一把女儿说："桂英，我和你说话呢！你也别睡了！你妈快回来了，咱一会儿该吃饭了。"

杨桂英还是没有反应，这时杨忠诚感觉有些不对劲，他赶紧伸手掀开

盖在杨桂英身上的被子，一股刺鼻的酒糟味扑面而来，差点没把杨忠诚熏个趔趄。

"桂英，桂英你醒醒！"杨忠诚用手摇着女儿的肩膀喊道。可是杨桂英依然没有反应。

杨忠诚被吓了一跳，他赶紧把手放在杨桂英的鼻子上试了一下，他发现杨桂英还有呼吸。

"桂英！桂英啊，你醒醒！"杨忠诚继续摇着女儿的肩膀。

"咋了？桂英咋了？"这时白续珍正好下班回来。

"不知道桂英咋了？她就是不醒，你快看看吧！"杨忠诚对媳妇喊道。

白续珍来到杨桂英的身边，她也使劲地摇着女儿的胳膊。杨桂英也是没有反应。这时白续珍从随身携带的医药箱里，拿出来一个根针，然后把这根针扎进了杨桂英的人中穴。

"啊！"随着一声尖叫，杨桂英忽然睁开了眼睛。

"桂英！"杨忠诚趴到了杨桂英的面前喊道。

杨桂英瞪着眼睛看着自己的爹和娘，忽然她大叫起来："哎呀！烫死我了！"说着，她一下子从炕上坐起来，并快速地一把扯掉裹在双腿上的那床褥单子，然后就从炕上跳到了地上。

杨桂英的举动让杨忠诚和白续珍看得目瞪口呆。白续珍赶紧拿过煤油灯来，照看杨桂英的双腿，她发现杨桂英的双腿被酒糟烫出了很多燎泡。

这时杨桂英一边喊疼，一边要用手去抓挠那些燎泡。

"别动，千万别动！"白续珍赶紧制止了杨桂英的举动。然后她让杨桂英坐到炕沿上，并从医药箱里拿出卫生棉给女儿轻轻地擦拭着腿上的燎泡。

"你这腿有知觉了？"站在一旁的杨忠诚还有点没完全反应过来，他瞪着眼睛问女儿。

"有知觉了爹，我的腿好了，我不是个废人了！"杨桂英擦着脸上的泪水大声说道。

杨忠诚没有说话，他默默地转身推开房门走到了院子里，一个人在院子里站了好半天。

六十九

东北的冬天是漫长的，有时会让人怀疑这冬天还会不会过去。按时令来说，"七九河开，八九燕来"。可是在青山牧场这里七九时节马上就结束了，但河面上的冰还没有任何融化的迹象，那被严寒冻得开裂的土地依然张着大嘴，像是在用力地呼唤着春天。

王大川正赶着一辆马车拉着两个去农场粮店领粮食的牧场职工往回走。今天马车驾辕的不是原来的那匹枣红马，那匹枣红马生病了，驾辕的是王大川从牧场马匹饲养院临时借来的一匹大白马。王大川在牧场人缘很好，他为人仗义，乐于助人，从他身上一点也看不出他曾经当过国民党军的团长，当然他的那段经历除了场领导和少数几个和王大川关系近的人也没谁知道。

王大川自从来到青山牧场，他就一直在场部后勤上赶马车，他的任务就是早晚接送上放学的孩子，给牧场后勤上运送一些物资，偶尔还会拉着牧场里的人去总场公出办事。农场里对马车的使用是有明确规定的，那就是除特殊情况，任何人都不能随便使用，但是那些去农场粮店领粮食的职工却经常会搭便车。从青山牧场到旭升农场总部粮店有十几里的山路，有的职工家里人口多，每次都要领上几十斤的粮食。常言道，远路无轻载，这一路走下来会把人给累够呛，所以每次王大川在路上遇到领粮食的职工，他都会主动让他们搭车坐。时间一长，有的职工就会趁着王大川去总部办事的时候偷偷搭车到粮店去领粮。其实场里领导早就发现了这一情况，他们也是睁一只眼闭一只眼，因为他们也知道职工领粮来回走路很辛苦。

王大川赶着马车和两个牧场的职工一边有说有笑地唠着家常，一边往回走，几匹拉车的马甩着马鬃，脖子上的铃铛声响着。可就在这时，忽然从路边的雪地里窜出来一只野兔，紧接着一只野狼也从路边窜出，那狼追着兔子就从马车前方的不远处飞速地穿路而过。

由于事发突然，中间那匹驾辕的大白马受到了惊吓，它四蹄腾空长啸一声，紧接着拉着马车就向前狂奔起来，另外两匹马也受到了惊吓，它们也嘶鸣着跟着大白马一起向前狂奔。

"吁！吁！吁！"王大川一边大声叫着，一边紧拽马的缰绳，试图让马停下来，可这三匹马丝毫不听他的指令，只顾拼命地向前狂奔。王大川见状赶紧对车上的两个职工大声喊道："马惊了，你们快跳车！"

此刻那两个职工已经被吓蒙了，他们紧紧抓住车斗子不放。

"快跳啊！再不跳，就翻车了！"王大川焦急地大声喊道。

这时，有一个职工反应过来了，他从马车上跳了下去，由于马车速度太快，那个职工摔倒在了地上。这时马车来到了一个拐弯处，由于马不听指挥，马车直接朝着路旁的深沟就冲了过去。此刻王大川急忙回身抓住那个还没有跳车的职工的肩膀，用力一甩，就把那个职工扔到了路旁的雪地里，紧接着马车就翻进了沟里。还没来得及跳车的王大川被翻覆的马车重重地砸在了下面。

两个牧场职工不顾一切地冲到马车旁，他们奋力地把王大川从马车底下拽了出来。这时，他们发现王大川大睁着双眼，嘴角和耳朵里往外呼呼地冒着鲜血，已经没有了呼吸。王大川死了。

王大川的死让牧场的人都很心疼，大家都在茶余饭后无限惋惜地谈论着这件事情，尤其对杨忠诚的打击最大。王大川死后的几天里，杨忠诚一直不吃不喝，也不和人说话，这可把白续珍吓坏了，她对杨忠诚说：大川是个好兄弟，他走了咱都心疼，可心疼归心疼，咱也不能不吃饭啊？人常说人是铁饭是钢，一顿不吃饿得慌，你这一天忙忙活活地这么累，这不吃饭咋行？再说了，咱还有一大家子人呢，你总不能为了一个朋友连家人都不要了吧？你要是饿出个好歹的，让我和孩子们咋整？就是大川兄弟在天有灵，他也一定不想看到你这样啊！"

杨忠诚坐在那里一言不发，呆呆地听白续珍说话。

"爹，我大川叔叔对咱都挺好，咱都很心疼，可是你这样不吃不喝的，我们做儿女的也心疼啊，你说我说得对不，爹？"大女儿杨桂英也很懂事地对杨忠诚劝慰道。

杨忠诚又沉默了一会儿后，叹了口气说："你们娘俩说的这些我都明白，可我这心里就是堵得慌。按说我和王大川非亲非故，只是萍水相逢的朋友，他也不像我当年牺牲的那些战友和我一起出生入死过，可我就是替王大川感到憋屈。王大川这一辈子打过鬼子，在抗日的战场上差点送了命，算是一条好汉了，可是他又和共产党打过内战，还为此蹲过监狱，吃了不少苦头。最后他总算熬到出狱了，可连个可以让他回去的家都没有了。现在不管咋样，他能过上几天安生日子了，可他又这么稀里糊涂地走了，你说这叫啥事呢？"

白续珍也叹了一口气说："这咱又能有啥办法呢？说得不好听一点这就是命。可不管咋说这人死也不能复生，咱替他难过，替他憋屈又能有啥用？"

杨忠诚用手搓了几下脸对白续珍说："大川兄弟在这里也没啥亲人，咱在这的时候还能去给他的坟上填把土，要是咱都不在这里了，他那个坟头说不准啥时候就平了，我想给他立个碑，也算是在这个世上给他留个记号。你看行不？"

"这有啥不行的？需要多少钱？我给你就是了。"白续珍很痛快地就答应了。

漫长的冬天终于过去了，草场上的积雪都融化了，那些在羊圈里被关了一个冬天的羊终于可以出来了，虽然草场里的新草才刚刚返青，羊嘴还啃不到，不过去年留下来的衰草也是羊非常喜欢吃的食物。羊群一边吃着草一边在温暖的阳光下撒欢打闹。

杨忠诚已从失去好友的痛苦中慢慢地走了出来，其他几个饲养员今天的心情也都不错，他们在羊群的四周一边照看羊，一边大声地唠着家常，一天的时间很快地过去了。

在快黑天的时候，杨忠诚他们赶着羊群回到场部驻地，把羊赶进羊圈，关好羊圈门就下班各自回家了。当杨忠诚在路过场部门口时，他发现有很多人围在公告栏前，他不知道出了啥事情，就很好奇地走了过去。

当杨忠诚走到公告栏前发现人们正在议论栏里贴着的一则公告。杨忠诚凑上去仔细观看，原来那上面写的是旭升农场要把青山牧场改为给市里供应蔬菜的菜队。由于单位转型，场里的一部分职工需要分流，下放到人民公社里去插队当社员。

这件事情来得很突然，杨忠诚一时也没反应过来，他不明白为啥好好的牧场非要改成菜队，不过杨忠诚并没有加入那些议论的人群中，而是转身默默地往家里走去。

杨忠诚到家后，发现自己的大女儿杨桂英没有在家，于是就问二儿子杨厚明："你姐呢？"

"我姐去粮店领粮食了。"杨厚明回答道。

"啥时候走的？"杨忠诚问。

"吃完中午饭就走了。"杨厚明说。

"这天都要黑了，这孩子怎么这么不省心啊！这吃一回亏还不够吗？"杨忠诚自言自语着回身拿起一个手电筒就出了门。

杨忠诚出门不久天就完全黑下来了，他沿着通往农场的那条路快步往前走着。此时杨忠诚的心里有些紧张，因为这个季节山路上经常会有野狼出没，尤其是到了晚上野狼出现的几率会更大，桂英一个赤手空拳的女孩子独自行走在路上是十分危险的。

杨忠诚拿着手电照着脚下的路，他嘴里不时地大声喊着："桂英！杨桂英！你在哪儿？"

喊声无人应答，整个路上空荡荡的，寂静得有点吓人。杨忠诚加快了步伐，几次在经过湿滑路段时险些摔倒。

当杨忠诚向前走了二里多地的时候，他终于找到了女儿。此刻杨桂英正蹲在路旁的一棵树下，她的身边放着一袋子粮食。

"你在这里干啥？咋不回家呢？"杨忠诚走到近前，用手电照着女儿很生气地问。

杨桂英听到父亲的问话，她慢慢地抬起头来，这时杨忠诚发现女儿的脸上竟然全是泪水。

"咋了？你这是咋了？"杨忠诚很吃惊又很急切地问。

"爹，我把粮油本弄丢了。"杨桂英胆怯而又愧疚地说道。

"丢了粮油本也不能不回家啊？你一个人在这里要是遇到狼可咋办？快走，跟爹回家。"杨忠诚说完，弯腰伸手提起那袋粮食，胳膊使劲一甩就把粮食袋子扛在了肩上，然后转身往回走。

杨桂英赶紧站起身擦了一把眼泪，默默地跟在了父亲的身后。

杨忠诚和杨桂英回到家时，白续珍已经下班回来把饭做好了。

杨忠诚把粮食袋子往墙角的柜子上一放，然后一屁股坐在椅子上一语不发。杨桂英也低着头站在炕边不说话。白续珍看着丈夫和女儿的样子，她有点诧异地问："你爷俩这是咋了？咋像霜打的茄子似的？"

杨桂英用手捻着衣角胆怯地说："娘，我把家里的粮油本给弄丢了。"

"你说啥？粮油本丢了？那粮油本咋能丢呢？你没回去找吗？"白续珍一听女儿的话立刻就急了。

"回去找了，我一直找到粮店也没找到。"杨桂英依旧低着头。

"这不麻烦了吗？这粮油本是刚换的，那上面的东西还都没怎么领呢，再换本可要等到年底了，那咱这一年咋吃饭咋做菜啊？你说你这孩子，你咋还能把粮油本给丢了呢？你这不是要了咱全家人的命吗？"白续珍生气地埋怨道。

杨桂英听母亲这样一说，又哭了起来。

"行了！别说了，这不是还有一袋子粮食吗？咱先吃着再说，你埋怨有啥用？"杨忠诚很不高兴地大声说道。

白续珍一看杨忠诚生气了，也就不再提这个话题了，他叫杨桂英一起去把饭菜端上桌，然后全家人开始默默地吃饭。

几天来，青山牧场的职工都人心惶惶，因为大多数人都不愿意被下放。在他们看来，这里是国营农场，他们现在是农场的职工，吃的是供应粮，如果下放了，那就又成了农民。尽管场领导在动员大会上说场子转型后可能会遇到一些困难，同时牧场的领导还说职工到公社去插队，国家会在三年内给予照顾。尽管如此，很多职工还是不改初衷，没有几个人愿意报名下放。

面对这种情况，场领导最后只好改变策略，他们决定根据下一步单位的工作需要和职工的具体情况来确定人员的去留，原则上要从那些在牧场里没有家庭，或是工作表现一般的职工里面选择下放对象。现在场里已经根据这个原则在制定名单，并且场领导已经开始找一些需要下放的职工谈话了。这样一来就让那些想留下的职工都开始提心吊胆起来，他们生怕会被领导找去谈话。

关于这次去留的问题，杨忠诚和白续珍也商量过了，他们也想着留下来，而且根据场里现在的政策，他们觉得这次他们留下来应该是没问题的，所以他们就不像有些员工那样担心。

杨忠诚这几天正忙着和牧场后勤上的人把饲养院里养的羊送走。眼下杨忠诚他们饲养的羊有四百多只，这些羊都要被农场总部拉走处理。这段时间以来，农场总部每天都会派汽车来牧场里拉牲口。前几天拉走的是鹿、牛、马，猪，以及鸡鸭鹅，这几天就开始拉羊了。杨忠诚看着自己辛辛苦苦养肥养大的羊都被拉走了，心里很不是滋味，但是他也没有办法，只能眼睁睁地看着这一切的发生。

杨忠诚他们刚把一车羊送走，就有场办的人过来找他，说尹广旭场长让他过去一下。几个饲养员一听说场长找杨忠诚，他们都瞪大了眼睛，因为这几天被场领导叫去谈话的都是要被下放的。在几个饲养员看来，杨忠诚不管从哪个方面来说都是不应该被下放的，一个饲养员凑上前面带惊恐地对杨忠诚说："院长，要是你都被下放了，那看来咱们饲养院里的人就都留不下了！"

"随便他们吧！到哪里还不是混碗饭吃？"杨忠诚虽然嘴上这样说，他的心里还是有些忐忑。

杨忠诚一进场长办公室，场长尹广旭就站起身来。还没等尹广旭开口，杨忠诚就说："场长，我这里就不用你做工作了，下放就下放，我服从组织决定就是了。"

杨忠诚之所以这样说是因为他在来的路上已经想好了，他心想人家让咱下放就自有道理，赖着不走也不是他杨忠诚的性格。

"快坐下杨院长，谁说你要下放了？"尹广旭笑着说。

"被叫来谈话的不都是要下放的嘛。"杨忠诚坐下后说。

"除了这项工作，我这个场长就不能干点别的事了？不过既然你提到了下放的事，那我就在这里不妨先告诉你，你不在下放的名单里，当然了，白续珍就更要留下来了，咱们场子里可不能少了你们夫妇两个。"尹广旭一边坐下一边说道。

"那你找我来有啥事？"杨忠诚很不解地问。

"我听说你给王大川立了块石碑，有这事吗？"尹广旭问。

"有啊，咋了？"杨忠诚不知道尹场长为啥会忽然问这事。

"那碑上的碑文是咋写的呀？"尹广旭问。

"写的是'抗日义士王大川之墓'啊，咋了？有啥问题吗？"杨忠诚反问道。

"老杨啊，你给王大川立碑这无可厚非，可这么写碑文就不妥了，那王大川是服过刑的反革命，咱咋能这么称呼他呢？这事已经有人向总场领导反映了，我听说后还不相信呢，你可是个老党员了，不能犯这样的错误啊！"尹广旭忽然严肃了起来。

"王大川过去打过日本鬼子，在抗日战场上差点被鬼子打死，他身上的伤疤就有好几处，写个'抗日义士'咋还就不行了呢？"杨忠诚争辩道。

"他可是国民党反动派啊，他和我们打过内战，在解放战争的战场上那可是咱的敌人啊！"尹广旭忽然提高了嗓门说道。

"那傅作义也打过内战，他也曾是我们的敌人，可他现在还是咱国务院里的部长呢！这又咋说？"杨忠诚很不服气地说道。

尹广旭看了看杨忠诚说："老杨啊，你咋这么固执呢？那王大川能和傅作义比吗？再说，你和他非亲非故，干吗要给他争这些呢？当然了王大川这个人来到咱牧场后一直表现不错，他的死咱大家都感到很惋惜，很心疼，我也是一样。告诉你吧老杨，本来农场是要追究他责任的，是我给挡住了。"

"追究他责任？追究他啥责任？"杨忠诚瞪大了眼睛问。

"还能是啥责任啊？还不是他违规私自拉人！这次事故中还造成了一名职工跳车时摔伤了腿。"尹广旭场长说。

"那他们咋不说王大川还救人了呢？要是王大川不救人，他自己跳车，那死的就不是王大川了！我说他人都死了，干吗还要和他计较这些呢？这是不是太没人情味了？"杨忠诚有些激动了。

"好了，咱不说这些了，反正石碑上不能那样写也不是我个人的意思，你和我争也没用，你要是不愿意去处理，我就安排别人去，这事就这么定了。"尹广旭有些武断地说完后就站起身来。

杨忠诚看尹广旭这种态度，他忽地一下站起身来大声说："我看他谁敢动？"说完，转身就走。

尹广旭看杨忠诚动怒了，他赶紧上前几步拉住杨忠诚说："老杨啊，你不要这么冲动好不好？你要是还有啥想说的，那咱就坐下来再谈谈。"说完，他把杨忠诚又拉回到座位上坐下。

杨忠诚坐下后半天没有说话。

尹广旭场长倒了一杯水递给杨忠诚说："老杨啊，咱俩都先冷静冷静，这件事咱不能闹僵了，可总得有个解决的办法啊！要不然我也没法向上面交代。再说了，就是我觉得你说得有道理，那我也没有别办法和上面说啊？我也有难处啊，老杨！"尹广旭说到这里脸上显出了一种很无奈的表情。

杨忠诚听尹广旭这样一说就抬起头来问："那你说咋个处理法吧？"

"这样吧，咱场里出钱再给王大川重新立一块石碑，上面就别再写抗日义士了，那块原来的石碑也别砸了，就埋在王大川的身边，这件事还是由你去办，你看咋样？"

杨忠诚想了想说："那好吧尹场长，你代表的是组织，虽然在这件事情上我有不同看法，但是我也要服从组织上的决定，要顾全大局，只是我要保留我自己的意见。"

尹广旭是了解杨忠诚脾气的，他知道杨忠诚认准的理是不太容易被说服的，于是就笑了笑说："那就这么办吧，老杨，我相信你的觉悟，我也相信你能把这件事情办好。"

"这和觉悟没啥关系。"杨忠诚说完就起身出了尹广旭的办公室。

下放的职工名单终于贴在了场部的公告栏里，让人没有想到的是杨忠诚和白续珍的名字赫然出现在了名单里，这让场里的很多人都有点蒙。在他们看来不管从哪方面来说杨忠诚和白续珍夫妇都应该留下。先不说杨忠诚是支边干部，这次支边干部不在下放之列。再说那白续珍现在也是卫生室里不可或缺的人，如果她走了，那很多人看病就又要跑到十几里地外的农场总部卫生院了。不过这些疑惑的人并不知道这次是杨忠诚和白续珍他们自己主动要求下放的。

在选择下放这件事情上，杨忠诚和白续珍改变初衷也是经过认真思考和反复斟酌的。其实在去留问题上，白续珍考虑得更多一些。最初她的想法是留下，但随后她发现有些问题她不得不考虑。眼下最棘手的问题就是家里剩的粮食不多了，补粮油本要等到年底，她真不知道这些粮食吃没了以后该咋办，这一大家子人靠借粮度日是很麻烦的。再有一个问题就是他们的二儿子杨厚明已经到了上学的年龄，但自从王大川死后，场里就没有人再接送学生了，那些孩子每天都要步行往返于上放学的路上。这附近的山林里经常有狼出没，家长们整天担心孩子们的安全。另外还有一个问题就是他们的大女儿桂英用不了几年就到谈婚论嫁的时候了。他们家是回族，按照他们的风俗习惯都要找同民族人结婚，可眼下整个旭升农场和周边也没有几户回族人家，更别说有什么合适的孩子了。基于对这些问题的考虑，杨忠诚和白续珍最终做出了下放的决定。在他们看来只有离开这个地方，那些问题才有可能得到解决。

在欢送下放职工离场的那一刻，很多人都哭作一团，虽然他们在一起相处的时间并不是很长，但大家的感情都很真，都很深。尹广旭场长握住杨忠诚的手依依不舍，他很动情地说："老杨啊，如果你们去了下放的地方感觉不如意，只要我尹广旭还在这里当场长，你们就随时都可以回来。"

杨忠诚听了尹场长的话，心里也很激动，他紧紧地攥住尹广旭场长的手久久不肯松开。

七十

　　杨忠诚一家从青山牧场下放后，他们插队到了一个叫李景华屯的地方。李景华屯的得名是因为最早在此立脚拓荒的是一个叫李景华的人。相传李景华在世时，李家很富有，不过李景华为人仗义疏财，他家在屯子头上有一个牲口棚，里面常年拴着几头牲口供屯子里的人无偿使用。现如今屯子里已经没有李景华的后人了，据说他们家在民国时就都搬到哈尔滨去了。

　　李景华屯并不大，属于惠七后大队第四生产小队。这里土地肥沃，在屯子四周都有大片尚未开垦的草甸子和成片的柳条通。在屯子的南面有一条惠七河。惠七河河道不宽，但河水四季长流。李景华屯的社员在河道旁开渠引水，在草甸子上形成了一个大水泡子。那水泡子里水草依依，鱼虾相戏，李景华屯的人吃鱼吃虾也不成问题。

　　惠七后大队所在的幸福人民公社原来是一个满族自治乡，但是这里也有很多祖籍山东的人。相传在清政府实行放开柳条边政策后，最早闯关东来到这片土地上的大部分都是山东人。惠七后生产大队的书记高云林祖籍就是山东。高云林书记很有老乡情结，当他听说这次来插队的是一户山东人家，而且户主杨忠诚还是一位老革命时，就格外关心和重视，他把第四生产小队的队长苏文章叫到办公室，让大队会计把上级给杨忠诚家划拨的五百元安家费当面交给了苏文章，让他回去后提前准备，一定要妥善安置好杨忠诚一家人。

　　苏文章回到李景华屯后，立刻让人把原来村委会用作办公的两间房子腾出来给了杨忠诚家。这房子虽然年头不短了，但是质量还不错，那房梁

649

和檩条，还有门窗都是红松木的，房顶也是刚刚铺过山草。

杨忠诚一家人一到李景华屯就直接住进了他们的新家。全家人住进来后也都感觉很舒适。尤其是此时正值春天，从杨忠诚的新家窗户望出去，外面草长莺飞，鸟语花香，远处的水泡子波光粼粼，好似一派江南景象，这惹得杨厚明和杨桂芝两个孩子整天往草甸上跑，到了吃饭的点都不想回来。

杨忠诚和白续珍刚把家安顿好，屯子里的一些人就来串门了，高云林书记也在生产队队长苏文章和副队长李克明的陪同下来到了他们家。

高云林身材不高，但是长得很壮实，黝黑的脸庞上时常挂着笑容，给人一种和蔼可亲的感觉。高云林是在抗日战争后参军的，他先后参加过四平保卫战、围困长春，以及辽沈战役等大战，并立过战功。新中国成立后，高云林复员回到家乡。

"忠诚同志，青山牧场的介绍信我都看了，你是一位经历丰富的老革命，而且你和白续珍同志在牧场的工作表现都非常好，你还是那里饲养院的院长，你们能愿意来我们这嘎达插队，那可真是我们的荣幸啊！"高云林书记一进门就热情地说道。

"书记过奖了！给你们添麻烦了。"杨忠诚很客气地说。

"看你这话说的，哪有啥麻烦啊？安排好你们的生活这是政治任务，是我们必须要做的事情，不过我这次来除了慰问你们一家，还想和你商量个事儿，没准还要给你添麻烦呢。"高云林书记笑着说。

"有啥事高书记说就行，咱不用客套。"杨忠诚说。

高云林书记看了看杨忠诚说："是这么回事，咱们惠七后大队一共管着金六、李景华和刘玉三个屯子，有四个生产小队。按照上级要求，咱大队刚刚成立了贫下中农协会，可这协会的主席一直没有合适的人选，是我在兼任，现在我觉得由你当这个贫协主席正合适，你看咋样？"

"不行！这可实在不行！我这初来乍到的，啥情况都不了解，我可当不了。"杨忠诚连连摆手说道。

高书记见杨忠诚不同意，就看了看苏文章和李克明。

苏文章说："老杨啊，这是高书记和组织上看得起咱，咱就痛快地接了吧！你还推让个啥呢？显得咱好像是不识抬举似的。"

"我不是不识抬举，你们看我这刚来，这老婆孩子一大家子人还没安顿好，再说了我这年龄也不小了，下一步该咋弄我还不知道呢，咋好就这么揽这些事儿呢？"杨忠诚很诚恳地说道。

　　高云林书记想了想后对苏文章说："要不咱这样吧，苏队长，虽然上面有规定这贫协主席是没有工分的，可忠诚同志情况特殊，要不你们生产队就给忠诚同志适当地算点工分，你看咋样？"

　　苏文章看了看身旁的李克明后说："书记，这算工分的事可不是我能说了算的，再说了这贫协主席是全大队的，也不单是我们四队自己的，你说对不？"苏文章说这话显然是对高云林书记的提议不同意。

　　苏文章这段时间为了迎接杨忠诚一家人的到来也是忙前忙后，不过他和别人不太一样的是，在他心里他并没有觉得杨忠诚有啥了不起，作为大队书记的高云林对杨忠诚一家如此重视，让他感到很不舒服。苏文章是前几年从县公安局复员回来的。他也是在解放战争时期参军的，解放后他去了县公安局消防队，当了一名中队长。后来他感觉自己文化水平低，跟不上形势的发展，就主动要求复员。他最早是被安排在大队当民兵连长的，可他还是觉得自己干不来，于是大队就安排他回李景华屯当了第四生产队的队长。

　　"你说的也在理，要不咱事后再研究研究。"高云林书记说。

　　"不用研究了，我接就是了，既然高书记这么看得起我，那我还有啥说的呢？"杨忠诚忽然改变了主意。

　　"那可太好了！那咱可就这么说定了！"高云林书记高兴地拍了拍杨忠诚的胳膊说道。

　　"我还是四队的贫协小组组长，这回杨忠诚同志就是我的顶头上司了，王宝山大队长也是我们屯子里的，以后我们屯子就有两个大队干部了，这可是件大喜事啊！"苏文章忽然不阴不阳地说道。

　　"苏队长，看你这话说的，我咋还能成了你的顶头上司了呢？我是四队的社员，咱该一码归一码啊！"杨忠诚赶紧分辩道。

　　高云林忽然收起笑容，对苏文章说："你要是不回来，那你们屯子现在就有三个大队干部了，你说对不？"

　　苏文章发现高云林不高兴了，就尴尬地笑了笑，不再言语了。

李克明自从进了杨忠诚家就一直没有说话，此刻他站起身拉了一下苏文章说："苏队长，高书记不是一会儿回大队还有事吗？咱该走了。"

"是啊，我还有事，我改日再来。"高云林说着就站起身来。

高云林他们后，白续珍不高兴地埋怨杨忠诚："你前几天不还说这辈子你都不再当官了吗，这咋又犯官瘾了呢？"

"你没看高书记都误解我的意思了吗？其实我都不知道贫协主席不挣工分，那我要是不干，岂不真成了计较个人利益了吗？"杨忠诚解释道。

"我就知道你心里是这么想的，可我觉得苏文章对这事好像有点不高兴。"白续珍有些担心地说。

"你就别多心了，这还能有啥啊？"杨忠诚满不在乎地说道。

"也许是我多心了，可我现在想你当这个官会不会整天有事，影响你出工。当这个官没工分不要紧，要是影响你挣工分可就有些得不偿失了。"白续珍说。

"咱刚到这里，还啥都不知道呢，先走一步说一步吧！"杨忠诚摆了摆手说。

事实证明白续珍并没多心，在杨忠诚刚接下了贫下中农协会主席没不久，苏文章就给他挖了个坑。

一天，苏文章找到杨忠诚，他很认真地对杨忠诚说："老杨啊，眼下都在搞'四清运动'，咱们屯子也不能落后，尤其你还是大队里的贫协主席，咱不带头弄出点动静好像有点说不过去，你说对不？"

"苏队长，我刚来，咱队里的情况我不熟悉，你是队长，你说咋搞那咱就咋搞呗！"杨忠诚很诚恳地说。

"我已经想好了，咱先召开个贫下中农大会，发动一下群众。不都说群众的眼睛是雪亮的嘛！那咱就让群众都发发言、提提建议，看看咱这'四清运动'到底该咋个搞法好。你来咱这屯子时间不长，正好也借着这个机会让大家伙都认识一下你，也便于你今后在贫下中农中间开展工作，你说是不是？"苏文章说道。

杨忠诚听苏文章这样一说，心里感觉挺有道理，于是就点点头说："那好吧，那就按你说的办。"

接到开会通知的社员们晚饭后都来到了生产队的场院里。在场院的一头，几个民兵支起了两辆马车，马车上放了一张桌子和两把凳子，这就算是会议的主席台了。此刻，在主席台下面，屯子里百十口子男女老少随意地坐在从自己家里拿来的小板凳上，他们正在大声地唠着嗑。东北人说话嗓门都大，整个会场乱哄哄的。

苏文章和杨忠诚登上马车，坐在了凳子上。

"大家别唠了！咱开会啦！开会啦！"整个会场在苏文章的吆喝声中渐渐地静了下来。

苏文章继续说道："贫下中农同志们！今天咱们在这里召开一个大会，目的就是为了要搞好上级部署的'四清运动'。"苏文章用手一指杨忠诚说，"这是杨忠诚同志，想必大家都认识了，但是有人可能还不知道，杨忠诚同志现在已经是咱大队的贫协主席了。"

"是贫协主席官大，还生产队长官大？"这时台下忽然有人问道。

"当然是贫协主席大了，我只是咱生产队贫协小组的组长。"苏文章说。

"那就先让人家官大的说两句呗，你说个啥劲呀？"台下有人呛声道。

苏文章干咳了几声，然后扭头看了看杨忠诚。杨忠诚赶紧站起身来说："贫下中农同志们！我是四队的社员，苏文章是队长，这咋能乱比呢？大家还是听苏队长把话讲完。"杨忠诚说完又坐回到凳子上。

苏文章看了看台下接着说："不管咋说，杨忠诚毕竟是大队里的贫下中农协会主席，今天他能来参加咱的这个会议，也说明咱这会议很重要，规格很高。"

"苏文章，你就别在那里卖狗皮膏药了！你就快点进入正题吧！这还等着回家去搂老婆睡觉呢！"不知道是谁在台下起哄道。

社员们听了发出了一片哄笑声。

"大家严肃点！这是开会，不要胡闹！"苏文章有点不高兴地站起来冲着台下吼道。

这时台下一个外号叫许大马棒的社员站起来说："苏队长，你还是说说啥是'四清'吧！我们这些人都是大老粗，没文化，也不知道你说的那个'四清'是个啥东西。"

"这'四清'吗？当然就是清那个啥了、就是清那个……"苏文章只说了半截话就说不下去了，这一刻，他还真被社员给问住了，他忽然灵机一动对台下说，"对了，杨忠诚是贫协主席，他比我清楚，还是让他给大家伙说说吧！"苏文章说完后尴尬地坐回到凳子上。

杨忠诚见苏文章说不出啥是"四清"，就赶紧站起身来说："贫下中农同志们，这'四清'就是清账目、清仓库、清财物、清工分。就是把原先的那些家底和一些事情都好好从头捋一捋，看看有没有啥问题。大家也都知道我初来乍到，对咱屯子里的情况还不熟悉。今天召开这个会议就是想发动一下广大贫下中农同志们，听听大家的意见，看看咱这个屯子里的'四清运动'该咋个搞法？还请大家伙踊跃发言。"说完，杨忠诚坐回到凳子上。

这时，整个会场上竟然鸦雀无声了。到了说正事的时候，大家伙就都不愿意当那个出头鸟了。

苏文章见台下没有人说话，他就在人群中到处看，其实这也是苏文章今天事先预谋好了的重头戏，他在寻找一个叫"母黑子"的社员。母黑子这个人在外人看来脑子不很灵透，用东北人的话说就是有点虎了吧唧的。其实母黑子只是他的一个外号，他的大名叫母超凡，一个很大气响亮的名字。母超凡家是从他爷爷那辈上从山东来到这个屯子里落户的，也是最早来到这个屯子里的一户山东人家。因为母超凡从出生就长得黑，大家就给他起了一个"母黑子"的外号。母黑子的父母在他成家后不久就相继离世，前几年他的媳妇也得病死了，他唯一的姑娘也嫁到外地去了。这些年母黑子就一直在生产队里打更。他平时不太爱说话，偶尔说句话，往往能把人给噎死，所以屯子里的人也很少会和他主动交流。母黑子经常会莫名其妙地冒出一句"臭糜子拉大车，山东棒子是你爹"的话，大家也不知道他这是在骂谁。虽然母黑子这个人让人感觉不太正常，但是他干起活来很认真负责。只要他在生产队打更，队里的任何东西别人都不能动，更别想拿走。自他打更以来，队里的东西从来没有丢过，也有人为此戏称他是生产队里的黑门神。

终于，苏文章看到了此刻在场院边上正弓着腰，低着头席地而坐的母黑子，于是他就用手一指说："老母大叔，杨忠诚主席说让贫下中农提意见，我看你就先来说几句吧！你可是咱队里正儿八经的贫下中农啊！"

一听苏文章让母黑子发言，很多人的脸上都露出了异样的神情，可是苏文章脸上的表情却很平静。今天苏文章让母黑子发言，是他料定母黑子会说些不着边际的话，会让杨忠诚难堪，他想让杨忠诚知道这个贫下中农协会主席并不是那么好干的，有些事情还得来请教他苏文章。可接下来发生的事情完全出乎了苏文章的意料。母黑子站起身来并没有对杨忠诚说话，而是指着苏文章大声说："苏文章！你先别四清六清的，我先问问你，你个生产队长啥农活也不干，就知道整天背着手在大街上晃悠，可你还和下地劳动的社员挣一样的工分，你这个事该不该清？你先说说！你个臭糜子拉大车的！"

母黑子的最后一句话逗得台下社员们哄堂大笑。

"是啊！那账目和仓库也该清清了！"有人在大家笑后帮腔道。

此刻，苏文章被弄得哑口无言，他的脸被憋得通红，他怎么也没想到母黑子会突然向他发难。其实苏文章在屯子里还是有一定威望的，别看有些人平时和他说话有点随意，只要是苏文章一急眼，他们还是不敢造次的，毕竟他的经历在那里摆着呢，可是今天他对上了母黑子这样的人，还真的就不知道该咋办了。

苏文章的沉默让台下的社员们开始交头接耳，议论纷纷，整个会场的秩序瞬间就乱了。杨忠诚看到这种情况也不知道该咋办，首先他并不知道生产队里的具体情况，其次他对母黑子这个人也不了解。正在这时，副队长李克明跳上主席台，他对着台下的社员大声喊道："大家伙都静一静！先不要说话了！"

台下的社员渐渐地停止了说话，都把目光再次投向主席台。

李克明看了一眼杨忠诚，然后他又对着台下的社员说："现在时间也不早了，咱还是先请杨忠诚同志代表大队贫下中农协会讲几句话吧！"说完，他冲着杨忠诚点了下头。

杨忠诚看到李克明示意他讲话，他就只好站起身来对着台下大声说道："贫下中农同志们！刚才母大叔给苏文章同志提意见，不管这意见对不对，首先他勇于给领导同志提意见就是好的。领导只有在群众的监督下才能干好工作。下面看看大家有没有对我杨忠诚要提的意见？如果有的话，就请尽管说！"

"你才来几天啊？我今天就是要问问苏文章。"这时，母黑子又站起来大声说道。

"你还是快点宣布散会吧！"苏文章在桌子下面用手拉了拉杨忠诚的裤子，低着头小声说道。

杨忠诚觉得这会刚开起来就草草收场有点不好，于是他就对苏文章说："要不你就说几句，不管说啥，也算是有个态度。"在杨忠诚看来苏文章此时保持沉默，就好像他真有啥问题似的。

"你这不是成心要我难堪嘛！你安的啥心啊？"苏文章说完就站起身，跳下主席台，头也不回地走了。

杨忠诚感觉到很诧异，他怎么也没有想到这本应该气氛严肃的政治会议会忽然出现这样戏剧性的局面，同时他也觉得苏文章今天这样的表现有点莫名其妙。

苏文章一走，整个会场就乱了，一些社员也纷纷站起身来。这时，李克明走到苏文章刚才的位置上对台下大声说道："大伙先不要走！我说几句你们听了以后再走。心急也耽误不了你们回家搂老婆睡觉！"

听了李克明的话，那些已经站起来要走的人就停住了脚步，刚想要站起来的人也就先坐在那里不动了。

李克明接着说："请大伙放心，咱生产队马上就开始搞这些清理工作，咱必须要弄得明明白白的，不管上级是个啥意思，咱生产队一定要对广大社员负责。"说到这里，李克明用手一指身边的杨忠诚说："老杨大哥是大队的贫协主席，他是个老革命，就请他代表大队贫下中农协会来给咱做监督工作。"

杨忠诚也站起身来说："请大家放心！我也是咱李景华屯的社员，我一定会尽职尽责，监督好咱生产队的这次'四清运动'，大家要是还有啥好的意见和建议，会后可以直接找我来谈。"

"走了！回家了！"

"你们爱清不清吧！跟俺们有啥关系？"

刚才已经站起来的人开始嘴里嚷着往外走，那些坐着的人也都站起身来。不一会儿的工夫，主席台前就一个人影都没有了。

李克明看了看杨忠诚说："这个苏文章竟瞎搞，自己没那金刚钻，还想揽这瓷器活，他这不是给自己找不自在嘛！"

"今天这个会没开好，我也有很大的责任，也不能都怪苏文章一个人。"杨忠诚很自责地说道。

"老杨大哥，这事和你没啥关系，你才来几天啊？"李克明边说边拉着杨忠诚从主席台上跳下来。然后他转身对站在台子后面的几个民兵说："你们赶快把马车都弄回去，别耽误了明天早上出车。"说完他就拉着杨忠诚离开了会场。

七十一

　　杨忠诚为了李景华屯的贫下中农大会没开好，特意给大队写了一份检讨。高云林书记看了那份检讨倒没有说啥，可四队的生产队长苏文章却不高兴了，他认为这是杨忠诚在变相地告他的状，为此他找到杨忠诚质问道："谁说那大会开得不成功啊？谁让你承担责任了？那母黑子就是个半吊子货，谁拿他的话当真？你这给大队写检讨明明就是小题大做，往深里说就是用心不良！"

　　杨忠诚本来不想和苏文章计较，毕竟他是生产队长，自己初来乍到就和生产队长闹矛盾不合适，可是苏文章的这番话很过分，杨忠诚的脾气一下子就被激起来了，他很生气地说："苏文章，这个会是以贫下中农协会的名义召开的，我是大队的贫协主席，这个会开得咋样，我心里有数，那不成功就是不成功，这不成功就要有人去负责。我想我负责是一方面，你作为四队的贫协组长和会议的组织者责任也不小，你也要回去写一份检讨，明天交给我！"杨忠诚说完转身就走了。

　　苏文章看着杨忠诚远去的背影，咬牙切齿地说道："行啊杨忠诚！你还真把自己当把牌了！我给你写检讨？你就等着去吧！"

　　几天过去了，杨忠诚始终没有看到苏文章的检讨，他很生气，决定去找苏文章好好理论一番，他非要把这件事说个过来过去不可。可就在这时，大队书记高云林带着苏文章来到了杨忠诚家里。

　　"忠诚同志，你做得没错，苏文章是该写检讨，他也向我承认错误了。

可是他那点文化水平咋能写了检讨呢？否则他也不至于从公安局复员了。"高云林一进门就笑着对杨忠诚说道。

"老杨啊，你就别和我计较了，我是真写不了那玩意。我向你当面承认错误还不行吗？"苏文章也赔着笑脸说道。

原来苏文章觉得杨忠诚不该让他也写检讨，咋说他也是四队的生产队长啊，杨忠诚这样做分明是不给他面子，让他难堪。他觉得他不能吃这个气，不能让杨忠诚一个外来户刚来了就这么嚣张，于是他就去找高云林书记告状，结果高书记劈头盖脸地把他给训了一顿。苏文章没想到高书记在这件事情上是完全支持杨忠诚的，他很无奈，只好向高书记承认错误，并同意找杨忠诚沟通。

杨忠诚听高云林和苏文章这样一说，心头的那股气也就消了，他赶忙让白续珍给高云林和苏文章倒水。

高云林端过水杯喝了一口水，对杨忠诚说："忠诚同志啊，我和苏队长来找你，还有一件事要和你商量。"

"啥事？你说吧高书记。"杨忠诚说。

"这几天，我和大队的几个干部研究了一下，也征求了苏文章队长的意见，大队想在你们李景华屯建一个养羊的饲养院，把各生产队的羊都集中到饲养院里来统一放养。考虑到你在青山牧场当过饲养院的院长，我想这件事情就交你来负责，你看咋样？"高云林书记说。

"这可是好事啊！我没意见。"杨忠诚很爽快地就答应了。

惠七后大队的饲养院很快就建成了，从各生产队集中来的一百多只羊被赶进了饲养院。虽然一个人饲养这些羊有点累，但是这对于杨忠诚来说也不算啥难事，因为他从来就不怕累，而且这也等于他又重操旧业了，于是他很快就进入了工作状态，心情也很舒畅。可就在这时，白续珍的身体却出了状况。

眼下正值春耕时节，白续珍和女儿桂英每天都要跟着社员们下地劳动。说实话，白续珍从小就生活在大户人家里，除了跟着母亲学习一些针头线脑、纺棉织布，就几乎没下地干过农活。现在冷不丁让她和那些屯子里的社员一起下地干农活，她还真有点吃不消。不过白续珍的骨子里有一股从来不服输的精神，这种精神使她不管遇到什么困难，都不会轻易退缩。尽管她现在累得腰酸背痛，但她还是咬牙坚持着。可是就在这时，她发现自己又怀孕了。身体的劳累和自身的妊娠反应实在让她有点吃不消，最后白续珍病倒了，她感觉到自己浑身无力，四肢酸痛，整个人像瘫了一样，并且在夜里发起了高烧。

杨忠诚赶紧把大队卫生室的赤脚医生刘殿文请到了家里。当杨忠诚知道白续珍怀孕，身体不舒服也不说一声，还坚持下地干活时很是生气，于是他责怪白续珍道："你这是干啥呢？你就是不考虑你自己，你也应该考虑一下肚子的孩子啊！咋的？你嫌咱杨家的孩子多吗？"

"你这是说的啥话？我咋会嫌家里孩子多呢？人这一辈子混的不就是孩子嘛！"白续珍很委屈地说道。

"以后你就别下地干活了！"杨忠诚用命令的口吻说道。

由于白续珍怀孕了，也不能过多地吃什么药，刘殿文医生只给她开了一点退烧药，并叮嘱她要在家好好休息。白续珍在家休息了一个星期，感觉身体没有啥大碍了，她就把杨忠诚的话放在了脑后，又下地参加劳动去了。白续珍这样做也是担心自己怀了孕就不出工会让人家看不起。再说了只有丈夫和女儿桂英挣工分也不够一家人吃的。杨忠诚知道自己媳妇的脾气，他也没再阻拦，只是叮嘱大女儿桂英在地里干活时要照顾好母亲，多替母亲干些，别让她太累了。

时间转眼就到了秋天。这一年，杨忠诚家挣的工分不少。秋后，他家也分了很多粮食，那房前菜园子边上的柴火垛也被生产队马车送来的玉米秸秆堆成了小山。杨忠诚和白续珍对此都很满意，他们在心里都暗自庆幸当初他们要求下放是一个正确的决定。

随着冬天的来临。在东北除了一些社员为了多挣些工分会到夏天牲口打栏的地方刨粪，很多人就都猫在家里不出去了，这就是东北人所谓的"猫冬"。猫冬的人会扎堆打牌，会串门唠嗑，有的还会聚在一起喝酒。不过孩子们则和大人们不一样，他们会跑出家门，成群结队地在大街上玩耍，有的打冰嘎，有的扣马掌钉，有的到结了冰的斜坡上或是水面上滑爬犁。但不管是大人还是孩子，这都是他们一年中最快乐的时光。

在快进腊月的时候，白续珍顺利地产下了一个女婴，杨忠诚给这个女儿起名叫杨桂兰。白续珍在坐月子期间，她的家里就几乎没有断过人。这个屯子里很多家庭主妇都挎着盛满鸡蛋、挂面、白面的篮子跑到白续珍家来。这里的人管这种送礼叫"下奶"，意思是让孩子的母亲奶水足足的，把孩子喂得饱饱的。白续珍虽然来到这个屯子时间不长，但是她已经混得人缘很好了。由于白续珍平时为人热情，再加上她还能给一些感冒发烧、头疼脑热的人扎个针，拔个罐子，免费治个病，因此很多人也都愿意到她家来串门。

杨忠诚现在也和屯子里的人都混熟了，他和白续珍还都分别在屯子里认了干兄弟和干姊妹。本来杨忠诚和白续珍都是不喜欢这样做的，怎奈东北人都很热衷于和关系好的人家认干亲，人家态度诚恳地主动找上门来，杨忠诚和白续珍也不好回绝。再加上他们也觉得自己在这里单门独户的很孤单，入乡随俗地认上几门干亲，遇事也好有个商量。东北人对干亲很器重，在走动上和血亲一样，有时甚至比血亲还要走得近。杨忠诚认的干弟弟杨全家碰巧孩子们是"桂"字辈，好多不明就里的人还真就把他家的杨桂英、杨桂芝与杨全家的杨桂琴、杨桂荣等孩子们误认为是亲叔辈姊妹们了。

杨忠诚家今天又来了好几拨客人，这些客人考虑到白续珍坐月子不能着凉，来后都会主动往火炕下面添几把柴火，这样杨忠诚家的火炕就始终被烧得很热。在临近傍晚时分客人都走了，这时从吃完中午饭就出去玩的杨桂英回来了，她和母亲打了个招呼，又看了看熟睡中的小妹妹，就到外屋的灶台上准备给家里人做饭。

自从白续珍上次生病后，桂英就不再让母亲做饭了。桂英现在已经是个大姑娘了，虽然她下地干活按照生产队的规定挣的还是一半的工分，可是她在家里已经是里里外外一把好手了，尤其是做饭方面，现在弟弟和妹妹们都很爱吃她做的饭菜，就连白续珍也感觉女儿做的饭菜要比她做得好吃。

杨桂英今天晚上想做一锅白菜粉条炖冻豆腐，然后再蒸一锅玉米面的大饼子。杨桂英把菜准备好，用盆把玉米面和好，就开始在灶台下生火。杨桂英刚把灶台下的柴火点着，这时，屋外面忽然有人大声喊道："不好了！失火了！快出来救火啊！"

杨桂英和白续珍听到喊声都被吓了一跳，杨桂英对母亲说："娘，你别动，我出去看看。"说完她就推开屋门来到院子里。

当杨桂英来到院子里时她发现原来是她家西房山头边上的那个烟囱在往外呼呼地蹿着火苗子。在杨忠诚家的旁边就是生产队的磨坊和马厩，这时几个在磨坊里磨面的社员和在马厩里喂马的饲养员都提着水桶跑了过来，他们把水泼到了烟囱上。一些听到喊声的社员也纷纷从家里跑了出来，当他们看到眼前的情况时，都赶紧返回家中，拿着盛满水的水桶和脸盆跑到烟囱旁，把水都泼到了烟囱上。有两个社员跑到不远处的一口水井旁，从井里往上打水，离家近的社员就直接再返回家中去取水。虽然很多水被泼在了烟囱上，但是那烟囱依然在不停地往外蹿着火苗子。烟囱离着房子西山头只有两三米的距离，上面就是山草，如果不及时把火扑灭，就很容易点燃山草，那样的话，这两间房子就将化为灰烬了，因此大家都很着急，都在拼命地施救。

杨桂英长这么大从来没有遇到这个阵势，她被眼前的这一幕给惊呆了，她一动不动地站在原地，愣愣地看着大家在救火。

由于烟囱是用土坯垒的，架不住大量水浸泡，忽然间烟囱就倒下来了一半，一股黑烟从杨忠诚家的屋门里冒了出来。这时杨桂英才缓过神来，"不好啦！我家屋里着啦！我娘和我妹妹还在屋里呢！"她一边对赶来救火的干叔叔杨全大声喊道，一边回身冲进了屋里。

这时屋里一片黑暗，灶台口在往外冒着滚滚黑烟。

"娘，你在哪儿呢？"杨桂英一边向里屋摸索着走，一边带着哭腔大声喊道。

"我在这里呢！"这时白续珍正抱着孩子从炕上下来。本来白续珍也没想到是她自己家的烟囱着火，因为她所处的角度是看不到烟囱的，她只看到人们都拿着盛水的家伙什往她家房子的西山头跑，再加上她看到女儿桂英站在那里不动地方，就以为是邻居家失火了。要是平时白续珍早跑出去救火了，可眼下她正在坐月子，外面大冷的天，她是不敢出去的。直到黑烟从灶台下冒出的那一刻，她才意识到情况不妙，于是赶紧抱起孩子下炕，可她还没有来得及穿上鞋子，杨全等几个社员就冲了进来。

杨全他们进屋后，二话不说架起白续珍就往门外跑。出了屋门以后，

古月星转

杨全看见自己的干嫂子脚上没有穿鞋，他一下子就把白续珍母女抱了起来。这时杨桂英忽然想起点啥，她赶忙回身进屋，在炕上摸了一床被子，然后又冲出了门，这时已经有社员纷纷冲进屋里往灶膛里泼水了。

白续珍被临时放在了旁边磨坊的磨盘上，然后大家又出去救火了。杨桂英把拿来的被子盖在母亲和妹妹身上，然后就站在磨盘边上陪着母亲和妹妹。此刻她浑身发抖，脸上已经满是泪水，她心里非常害怕，她害怕她家的房子被火烧了，她担心她们一家人在这大冬天里会无家可归。

"看见你爹了吗？"白续珍忽然问杨桂英。

"哎呀！我爹应该还在饲养院呢，我这就去找他。"杨桂英被母亲的一句话提醒了，她从恐惧中醒过神来，撒腿就往外跑。

这时，外面社员们依然在往烟囱和灶台里泼水，可是不管怎么泼水，烟囱里依然往外蹿火苗，灶台里依然往外冒黑烟。正在大家不知道该怎么办的时候，生产队长苏文章来了。苏文章今天中午喝了点酒，下午在家睡着了，这会儿有人去他家里把他叫醒，告诉他杨忠诚家着火了。苏文章一听吓了一跳，他的酒立刻就醒了。因为那房子是生产队作价五百块钱卖给杨忠诚家的，要是烧了就麻烦了，生产队可没有房子再给杨忠诚家了，这照顾好下放户是上级领导三令五申的事情，要是出了差错那他可是负不起这个责任的啊！

"人没事吧？"苏文章一到现场就急着问救火的社员。

"人都没事。"杨全说。

"人没事就好。"苏文章一边说着，一边查看着火情。

苏文章是在公安局干过消防队领导的，他一看眼前的情况就立刻大声喊道："大家不要再泼水了，这是炕洞子油着了，大家赶紧拿土坯把烟囱和灶膛口堵上！快点！"

苏文章的话让大家也醒悟了，他们都只顾往烟囱里和灶台里泼水了，谁也没有想到把烟囱和灶台口堵死，于是大家立即找来土坯，迅速地把烟囱和灶台口给堵上了，并且砸碎了几块土坯，就地和泥，把那缝隙也给封死了。屋里屋外的烟渐渐散去了，苏文章对大家说："没事了，这炕洞子里的火一会儿就闷死了！"

这时，杨忠诚从饲养院气喘吁吁地跑了回来，他站在自家的院子里表情有些茫然。苏文章走到他的跟前拍了拍他的胳膊说："老杨啊，不要紧，是炕洞子油着了，我明天就安排人来把这烟囱给你修好，把你家的炕也起了，都换成新坯。唉！这也怨我，你们搬进来的时候我忘了和你说了，这生产队的炕洞子可有年头没有掏油子了。"

杨忠诚没有理会苏文章的话，他愣愣地看着那残存的、上面还冒着热气的半截烟筒。

"爹，你还是先去看看我娘吧！"杨桂英拉着父亲的胳膊说。

"你娘在哪呢？"杨忠诚忽然缓过神来，大声问杨桂英。

"我娘在磨坊里呢。"杨桂英说。

杨忠诚听后，拔腿就向磨坊奔去。

此刻在磨坊里，白续珍的干姐姐常大姐和她的丈夫正在劝白续珍去她家里。"你家里现在里里外外都成水泡子了，一会儿天黑了就得上冻，你不去姐家住，那你去哪住？你咋和你姐还见外呢？"常大姐说。

"我让桂英去找她爹了，等她爹来了再说吧姐。"白续珍说。

"还等他干啥，一会儿让你姐夫叫着他和孩子一起过去就是了，你看这磨盘上多凉啊！你可是在月子里啊！我看你就别等了，快让你姐夫背着你走！"常大姐说着就从白续珍的怀里把孩子抱了过来，并示意她丈夫去背白续珍。

"姐，还是再等等吧，我和他商量商量，再说了我这一大家子人都去你家，那也住不开啊！"白续珍还在犹豫着不肯动地方。

"嫂子，你就去常大姐家吧，现在厚明和桂芝都在我家里呢，你就不用管他们了，一会儿让桂英也到我家去，就让孩子们先住我家。"这时杨忠诚的干弟弟杨全的媳妇也来到了白续珍的跟前。

"你就按他们说的办吧！"这时杨忠诚走了进来。

白续珍抬头看了看杨忠诚问："那你晚上去哪里住啊？"

"我到打更房和母大叔一起住就行，你就别管我了。"杨忠诚说。

白续珍听杨忠诚这样一说，就从磨盘上下来了。白续珍的干姐夫上前刚要去背白续珍。杨忠诚一摆手说："姐夫，还是让我把她送过去吧，她这

　　　　　　　　　　　　　　　　　　古月星转

身子可不轻。"杨忠诚说着就过去把白续珍背在背上，然后往磨坊外面走。

"这样也好，就让忠诚兄弟过去一起吃饭。"常大姐说。

"桂英啊，那你就跟婶子走吧。"杨全媳妇拉着杨桂英的手说。

"大婶，我一会儿再过去，我先回家收拾收拾东西。"杨桂英说完抱起了磨盘上的那床被子。

"那好，那我跟你一起去收拾。"杨大婶说着就跟着杨桂英往外走。

"他婶子，那就给你和杨全添麻烦了。"在杨忠诚背上的白续珍扭头对杨全媳妇说。

"嫂子，咱是一家人，有啥客气的？这些孩子交给我你就别管了，明天一早我让你兄弟给我大哥送饭。"杨全媳妇说。

杨忠诚和白续珍都没有再说话，这一刻，他们深深地感受到了这两家干亲的浓浓情谊，让他们在这寒冬里仿佛沐浴到了春天般的温暖。

　

杨忠诚家的烟囱和炕很快就被生产队给修好了，等炕上抹的泥干了以后，杨忠诚一家又都搬了回来。其实杨忠诚家的这次火灾并没有造成多大损失，只是虚惊一场而已，可是屯子里的很多乡亲事后却都到他们家来慰问，给他们拿来了小米、白面、粉条、鸡蛋、冻豆腐，还有黏豆包和豆油，一时间他们家的外屋地被各种东西堆得满满当当的，就连大队书记高云林的媳妇也带着东西来看他们了。这让杨忠诚和白续珍都很感动，他们全家人甚至有一种因祸得福的感觉。

杨忠诚家搬回来住不几天就是春节了，他家今年的这个春节过得是前所未有的好，这也是杨忠诚和白续珍自从结婚以后过得最丰盛、最舒心的一个春节，尤其是孩子们每天吃着这些好东西都异常开心。

　

春节过后，杨忠诚就和白续珍计划着在正月里请一下这些关心他们的乡亲们，以表达感激之情。可就在杨忠诚和白续珍商量着哪一天请客，先请谁，后请谁的时候，白续珍忽然感觉到自己的双腿一阵阵剧烈的疼痛，她赶紧让大女儿桂英按照自己教的方法给她拔罐子和按摩。但是几天下来，白续珍的病情不但没有好转，反而腿疼得越来越厉害了，终于在一天早上起炕时她疼得连地都下不了了。

杨忠诚见状赶紧找了一辆马车，把白续珍送到了公社卫生院。

经过医生诊断白续珍患的是风湿性关节炎，而且病情比较严重。医生在给白续珍开了一些西药后嘱咐她回家要卧床静养，按时用药，同时注意保暖和防潮，另外还要加强营养，切莫心情急躁。医生嘱咐完白续珍后又告诉杨忠诚，白续珍这病可能会反复发作，如果不注意的话还会累及心脏，后果很严重，他说病人以后也干不了啥体力活了，能正常下地走路就已经很不错了，他让杨忠诚要有个心理准备。

听了医生的话，杨忠诚心情很沉重，在回家的路上，他坐在马车上一言不发。在杨忠诚看来白续珍的生病对家庭来说可是个不小的打击。本来现在家里就已经有六口人了，要是有三个劳力那还行，可是如果白续珍以后不能下地干活了，那他家里就少了一个整劳力。眼下说还不要紧，可将来女儿桂英一旦出嫁了，那靠他一个人是很难养活这一大家子人的，更何况他也已经是一个快五十岁的人了。

相比于杨忠诚的心情沉重，白续珍倒没有感到太悲观，她觉得医生说得有点太玄乎了。她自己知道这病是咋得的，在她看来就是那天家里失火时，她坐在生产队磨坊的磨盘上着凉了。要是平时她在那里坐一会儿也应该没事，可谁让那正是她坐月子的档口呢。她感叹自己还真是上了年纪，想当年生大女儿桂英时就在荒郊野坡，那后面还有追兵呢，自己生下孩子后抱起来就跑，事后身体啥事没有。

其实失火那天白续珍也没觉得那磨盘有多凉，可能她那时的心思都在外面的火情上，只有当她的干姐姐常大姐提醒她时，她才忽然感觉到身子下面确实有点凉。白续珍心想这在中医上就叫着凉，只要她以后按照给别人治病的方法给自己治，再加上自己的身体会从月子中恢复过来，这病就肯定能好。其实白续珍对中医也没啥研究，只是知道一些偏方而已，但是她对中医的治病理论却深信不疑。在白续珍看来，中医是老祖宗发明的，这祖祖辈辈的人之所以能活到今天，那还不都是中医的功劳吗？人吃五谷杂粮没有不生病的，那些先辈生了病不找中医看不都病死了吗？再说了人家闫满庄姜家的买卖做得那么大不也是靠中医吗？所以一想到这些，白续珍的心里就坦然了许多。

七十二

白续珍从公社卫生院回家后用了医生给开的药，病痛逐渐缓解。等药用完后，杨忠诚要去卫生院再拿药时，却被白续珍给拦住了。她说："你就别去拿了，我已经没啥事了。再说了我还有自己的治疗方法呢，咱自己能治，干吗还要去买药啊？"

"你不是给自己治过吗？管啥事了？那聋的都治成哑的了！你就别再自己找事了！"杨忠诚黑着脸说。

"我不是也治好过很多人的病吗？我也在医院里工作过啊！再说了那药那么贵，花那么多钱你就不心疼啊？咱家里现在有多少钱你心里还没个数吗？这要是看病把钱都花光了，那家里再遇到点大事小情的可咋办？"白续珍也不高兴起来。

杨忠诚本来要往外走的，他听白续珍这么一说就一腔坐在了炕沿上，他心想："是啊，这家里确实也没有多少钱了，这还说等白续珍病好些要请乡亲们吃饭呢，要是把钱都花光了眼下这事就办不成了。"

时间转眼又到了农耕时节，不知道是白续珍的身体从生孩子中恢复了过来，还是她给自己治疗起了作用，她居然能下地走动了。白续珍很高兴地对杨忠诚说："我就觉得那大夫说得太玄乎了，你看我这不是能下地了吗？我看我还是去出工吧，这整天在炕上坐着也不是个事，兴许出去活动活动这病会好得更快些。"

"你去地里能干啥活？你这刚能下地走动，走得时间长了都受不了，人家生产队总不会给你单独安排个轻快的活吧？再说了人家怎么给你算工分呀？"杨忠诚说。

"要不我替你去放羊，你下地去干活。"白续珍忽然生出个主意。杨忠诚推开屋门说："来，你去外面给我围着院子跑一圈试试！"

"我刚能下地走，咋能就跑呢？"白续珍不明白杨忠诚是啥意思。

"这不得了？你都不能跑，那你咋去撵羊啊？你想让那羊都围着你吃草吗？"杨忠诚反问道。

白续珍听杨忠诚这样一说就不再言语了，正在这时炕上的小女儿桂兰醒了，杨忠诚就对白续珍说："你还是老老实实地在家哄孩子吧！其他的事儿不用你操心。"说完他就推门出去了。

事实证明杨忠诚不让白续珍下地干活是对的，在夏天到来的时候，白续珍的腿疼得更厉害了，有时候晚上都疼得睡不着觉。最初白续珍还是咬牙忍着不出声，可是后来她实在疼得受不了，终于喊出了声。杨忠诚见状第二天一早就赶紧又找了辆马车，把白续珍送到了公社卫生院。这次给白续珍看病的还是上次的那个医生，医生很不高兴地说："这次的病情比上次更严重了，看来你们也没拿这病当回事啊！"

"大夫，她还有治吗？"杨忠诚很急切地问。

"啥叫还有治吗？有治没治的咱不都得治吗？先吃吃药再说吧！"医生说着把开好的处方递给了杨忠诚。

杨忠诚拿着处方出去拿药，这时医生又对白续珍说："大妹子，这身体是革命的本钱，你不拿着当回事那咋行啊？我可不是吓唬你，你这病难治得很，你一定要按我说的去做才行！"

"是的大夫，我知道了。"白续珍应道。

白续珍和杨忠诚回到家后，她才知道杨忠诚根本没有拿药。白续珍并没有埋怨杨忠诚，她反而安慰杨忠诚道："那医生说得就是太玄乎，我这病加重就是因为今年夏天雨水多的事，等过一阵应该就好了。"

杨忠诚没有说话，他看了看白续珍，然后默默地走出了家门。

杨忠诚来到屯子南面的饲养院门口。今天他是找后街的老孙头替他去放的羊，此刻羊群还没有回来，他就一个人蹲在羊圈门口发呆。杨忠诚根本没有想到今天医生给开的药会那么贵，他带的钱根本就不够。人常说："一分钱难倒英雄汉。"更何况现在他差得可不是一分钱的事儿。媳妇的病不能不治，如果媳妇有个好歹，那他这一大家子人咋弄？可是到哪里去弄那么些钱呢？杨忠诚自小最怵头的一件事就是向人家借钱，但是现在即便就算他肯放下那份自尊去借钱，可又找谁去借呢？这年头谁的家里也没有闲钱啊！杨忠诚想来想去，最后他决定去找大队书记高云林。

本来杨忠诚是想先去找生产队长苏文章的，可是他一直感觉苏文章对待自己的态度有点说不出来的感觉，后来他想高书记一直对自己挺好，而且现在白续珍和高云林的媳妇关系处得也不错，他还不如直接去找高书记呢，看大队里能不能照顾一下。行不行的总要去试试，为了给媳妇看病，为了救这一大家子人，杨忠诚也是豁出去了。主意拿定后，杨忠诚起身就向金六屯走去。

杨忠诚进高云林书记家的时候，高云林全家人正在准备吃晚饭，高云林拉着杨忠诚的手说："老杨大哥，你咋来了？正好，你赶上饭点了，来，咱哥俩一起吃点。"

"我吃过饭了，高书记，我这个点到家里来打扰你是因为我遇到难事了，我这人不爱求人，可我实在是走投无路了。"杨忠诚很无奈地说道。

"啥事走投无路了？你说就行。"高云林把杨忠诚让到炕沿上坐下。

"就是家属身体的事，她那毛病又犯了。"杨忠诚说。

"前几天你弟妹从你家回来还说嫂子的病已经好多了，都能下地干点活了，这咋又不行了。"高云林颇感意外地问。

"谁说不是呢，这突然间就不行了。"杨忠诚叹了口气说。

"那你说吧大哥，我能帮啥忙？"高云林直截了当地问。

"我是想……"杨忠诚欲言又止。

"有啥话就说嘛大哥，别不好意思啊！"高云林说。

"我是想看能不能让大队里给照顾一下，让我从大队财务上借点钱？今天我去公社卫生院给媳妇看病，大夫一下子就给开了五十多块钱的药，我哪有那么些钱啊？这药我就没拿。"杨忠诚很无奈地说。

这时，高云林的媳妇把桌子上的菜都端下去，说："老杨大哥，我去换个锅，用豆油给你炒几个菜，你们兄弟俩坐下来边吃边说。"

"谢谢弟妹了！我真没心思吃，你就别忙活了。"杨忠诚对高云林的媳妇摆了摆手，然后又把目光投向高云林。

高云林沉思了一下说："我觉着就是拿了这些药，我嫂子的病也不一定就不再需要钱了，再说你要是从大队财务上借钱，那我一个人也说了不算。"

"那可咋办啊？她疼劲上来嗷嗷地叫。"杨忠诚着急地说。

高云林书记想了想说："要不这样吧，大队里给你出个信，然后你到公社的民政所里去申请一下，你们是下放户，看公社里能不能给个照顾，如果实在不行，你回来咱再想别的办法，不过你放心，咱说啥也不能让嫂子没钱看病。"

"那好吧，那你先吃饭吧，我明天一早再去大队找你。"杨忠诚说着就从炕沿上下来。

"不用明天，咱现在就去大队。"高云林说着也站起身来。

"哎呀！我这都准备好菜了，你们兄弟俩吃完再去呗！"高云林的媳妇拦住杨忠诚和高云林。

"先不吃了。"高云林推开媳妇就和杨忠诚往外走。

当杨忠诚跟着高云林走到院子大门口的时候，高云林的媳妇从屋里追了上来，她把几张钞票塞到杨忠诚的口袋里说："这五块钱也不多，大哥先拿着给嫂子看病用，你别嫌少。"

"不行啊弟妹，我不是来借钱的。"杨忠诚说着就把钱拿出来往高云林媳妇的手里塞。

"你就别客气了，大哥，你弟妹给你，你就先拿上，等以后你有了钱再还你弟妹就是了。"高云林说。

杨忠诚听高云林书记这样一说就把钱放进了口袋里，然后对高云林的媳妇说："那就谢谢弟妹啦！"

第二天一早，杨忠诚拿着大队给他开的介绍信和他本人的申请来到了幸福人民公社的民政所。接待他的是一个二十多岁的年轻干部。那人看完杨忠诚的介绍信和申请后说："你这种情况不知道能不能照顾，你先把这些东西放下回去等信吧！"

"要等多久啊？"杨忠诚很心急的样子。

"这个可很难说啊！像你这样的情况是需要往公社里报的，要等公社领导的批复。"年轻干部说。

"那能不能拜托你们特事特办，尽快报给公社领导啊？"杨忠诚的目光里带着祈求。

"这是程序，我说了不算。"那个干部说完后，就把杨忠诚拿去的材料放进抽屉里，不再看杨忠诚了。

杨忠诚很无奈地走出民政所来到大街上，他心想看来要等到批复还不知道是啥时候的事，再说能不能有照顾还说不准，可他媳妇还家里疼着呢，就这样等下去也不是个办法啊！可他又有啥办法呢？杨忠诚一脸愁容地坐在了路边的一棵树下。

杨忠诚在树下坐了一会儿后，他忽然觉得既然来了就不能这样空着手回去，那个干部不说要等公社领导批复嘛，那干脆他就直接去找公社领导，行不行的让领导给个痛快话。如果不行，那他也就不惦记这个事了，想到这里杨忠诚起身就奔着公社去了。

杨忠诚到公社后，直接闯进了书记办公室，并自报家门。

幸福公社的书记张万山是个很随和的人，他对杨忠诚这位不速之客很热情，他抓住杨忠诚的手说："忠诚同志，自打你来到咱们公社的那一天，我就想去李景华屯看看你，可这工作一忙也没顾得上。有一次我去你们大队还特意向高云林书记打听过你，他说你的工作表现很好，还是大队的贫协主席。老革命嘛，走到哪里咱都是革命的本色。"

"张书记过奖了，我现在就是个农民。"杨忠诚没想到这位公社书记居然还很关注自己这样一个下放户，他很谦逊地说道。

张万山书记把杨忠诚让到椅子上坐下后问："咋了，忠诚同志，你今天来找我是有啥事吗？"

杨忠诚听张书记这样一问，就把自己遇到的困难和去民政所申请照顾的事情说了一遍。

张万山听后就爽快地说:"这事好办,你们是下放户,国家是有照顾的,不过话又说回来了,就是上面没有照顾,那咱公社的社员遇到了困难,咱人民政府也不能不管啊!我现在就给民政所的万所长写个条,你拿着去找他。你就放心吧,忠诚同志,我让他们特事特办,那看病哪能等呢?"张书记说完就从桌子上拿起纸笔,很快地写好了一个批条,并把批条放进一个信封里递给了杨忠诚。

"真是太感谢张书记了!"杨忠诚接过信封后情不自禁地站起身来给张万山书记敬了个军礼。

张万山书记也赶忙起身给杨忠诚还了一个军礼,他有点动情地说:"太亲切了,忠诚同志,我也是山东人,抗日战争时我在泰山军分区独立团,我是1945年随部队来到东北的,后来转业就留在这块黑土地上了。"

"原来是这样啊,张书记,抗日战争时我是平陵县公安局县大队的。"杨忠诚也有点激动地说。

"那说不定我们还一起参加过战斗呢!我们可得好好聊聊。"张万山示意杨忠诚坐下。

"张书记,实在不好意思!我就不坐了,改日我专程来找书记,咱们再坐下来好好叙叙旧,这会儿我那家里的病人还等着用药呢,我心里实在是不踏实啊!"杨忠诚很抱歉地说道。

"那好吧,那我就不留你了,你赶紧去办事吧,以后有啥困难就尽管来找我。"张万山书记笑着说。

杨忠诚返回民政所找到了民政所的万所长,他把盛有张万山书记批条的信封递给万所长。万所长看完张书记的批示后二话没说,立刻把那个年轻干部叫了过来。那个年轻干部看杨忠诚又来了,脸上就露出很不耐烦的表情。万所长把张书记的批条递给了他,他一看张书记的批示,立刻换了一副笑脸,赶忙转身去拿来一份表格,并让杨忠诚按照表格上的要求填写了内容。表格填好后,万所长在上面签了字。然后那个年轻干部就领着杨忠诚到了民政所的财务上。民政所的会计在表格上盖了一个章,然后拿出一百块钱递给了杨忠诚。杨忠诚看着手里的那一百块钱,真不知道该说啥好,他给那个年轻干部和那个会计深深地鞠了一个躬,然后转身就冲出了

古月星转

民政所，向公社卫生院奔去。

白续珍经过治疗后病情得到了一定程度的缓解，但是她依然不能下地干活。白续珍心里很着急，她总惦记要出工给家里挣点工分，因为马上就要到秋天了，如果她不能下地，那她家今年分红就肯定不如去年。但是白续珍心急也没用，她现在的身体确实力不从心。

这一年的秋天果然不出白续珍所料，他们家的分红确实不如去年。对此杨忠诚心里很不高兴，但是更让杨忠诚高兴不起来的是大队的饲养院要解散了，原因是杨忠诚养的羊又肥又壮，而且生了很多小羊羔。

当初这些羊虽然都被集中到四队来喂养，但是所有权还是属于各生产队的。不知道从什么时候开始有了一种传言，说四队把一些别的生产队母羊产的羊羔都标注成了四队的。杨忠诚给羊的身上标注不同的颜色就是为了区分羊是哪个生产队的，没想到会在这上面出现问题。其实杨忠诚是很负责的，根本不存在传言中的那种情况。四队的生产队长苏文章在这方面也是很相信杨忠诚的，再说了他不授意，杨忠诚何苦那样做呢？因此当苏文章听到这个传言后很生气。他心想负责饲养院的杨忠诚挣的是四队的工分，那些羊吃的也是四队草甸子上的草，这些人不但不领情，还怀疑他们，真是没有天理！一天，苏文章来到饲养院对杨忠诚说："老杨啊，咱把饲养院撤了算了，让那些生产队把他们的羊都赶回去，让他们自己去养。"

"为啥呀？"杨忠诚很不解地问。

"还能为啥？你没听到那些传言吗？"苏文章问。

"管那些干啥？听南山兔子叫咱还不种黄豆了呢！"杨忠诚满不在乎地说。

"那可不行，咱四队可不背这个黑锅，让那帮王八蛋得了便宜还卖乖！"苏文章说完转身气哼哼地走了。

苏文章离开饲养院后直接去了大队长王宝山家。他进门就把他听到的传言告诉给了王宝山。王宝山听后问苏文章："你实话告诉我，你让老杨这样干了没有？"

"天地良心啊！我苏文章好赖不济也是个共产党员啊！我咋能干出那种事来？那也太自私了吧！"苏文章委屈而又生气地说。

"我也听到了这个传言，为此我还专门去饲养院找杨忠诚了解过情况。我从前对杨忠诚不了解，经过这段时间的相处，我觉得就是你授意给他，他也不会那样做。"王宝山很肯定地说。

"大队长，不管咋说你是咱四队的人，咱四队可不能干一些下力不讨好的活！"苏文章愤愤地说。

"我听说现在有的生产队已经去找高云林书记了，他们都想把羊赶回去自己养。这人就是这样，那羊养不好的时候没人争，现在养好了就都来争了。我看你就借这个机会去找高书记，干脆要求把饲养院撤了，你让老杨把四队的羊养好了不就完了吗？"王宝山大队长说。

"不瞒你说啊大队长，我和你想到一块去了，我正想着这么办呢。"苏文章说完转身就要走。

"等等！"王宝山叫住了苏文章说，"啥叫你和我想到一块去了？那饲养院在你们四队，这事要你这个生产队长自己拿主意，再说了当初建饲养院那可是高书记提议的，现在我这个大队长咋能拆书记的台呢？"

苏文章听了王宝山的话，愣了一下，然后说："我知道了，这当然是我的主意，这也是我们四队全体社员的主意，和你大队长无关。"说完，苏文章就出了王宝山的家门。

虽然那天苏文章和杨忠诚说要撤饲养院，但是杨忠诚并没有在意，他也没有想到饲养院真就撤了，而且这么快。杨忠诚本来想去大队找高云林书记，让高书记出面阻止这件事情，但是他听白续珍说撤饲养院也是高云林书记同意的，因为高书记的媳妇到杨忠诚家看望白续珍时告诉了白续珍这件事。杨忠诚听后很无奈，只好任由各生产队把羊都赶走了。

饲养院撤了以后，还剩下三十多只四队的羊，苏文章希望还由杨忠诚继续放养，不过杨忠诚拒绝了，因为生产队减少了养羊的工分。可在苏文章眼里他还是觉得杨忠诚干这个活最合适，于是他再次找到杨忠诚商量。

"老杨啊，大队的饲养院撤了，可咱这饲养院还在，我看这些剩下的羊就还是由你来养的好，你就看在我的面子上接下这个差事吧！"苏文章恳请道。

"苏队长，我那一大家子人还等着我养活呢，我挣那点工分咋够他们吃的？"杨忠诚说。

"可就这几只羊，生产队里也实在不好给你开在饲养院时一样的工分啊？"苏文章很为难地说。

"所以你还是另请高明吧！"杨忠诚说完转身就走了。

苏文章对杨忠诚的拒绝心存不满，可是眼下他也无计可施，正当他犯愁的时候，后街上的老孙头找到他说他想养这些羊，苏文章对老孙头能不能干好这个活心里没底，但是有人愿意接总比没人接好，况且也不能让杨忠诚这么嚣张了，好像离了他地球就不转了似的，于是苏文章就让老孙头从杨忠诚手里接管了那些羊。

事实证明苏文章的担心并不多余，入冬以后那些羊还是出事了，这倒不是老孙头喂得不好，因为这点时间还看不出那羊身上的膘有啥变化，问题出在饲养院里的羊招来了狼，一下子就损失了五只大绵羊，吓得老孙头白天都不敢去饲养院里喂羊了。

苏文章在向大队长王宝山汇报后，在王宝山的授意下，四队派出了几个荷枪实弹的民兵日夜守在饲养院。只要有狼来，民兵就朝天鸣枪，那狼一听到枪声就会被吓跑。可是在这寒冬腊月里，民兵坚持了几天就冻得受不了了。最后，生产队没办法，只好把那些羊先赶到屯子里，找了间仓库，临时把羊都圈了起来。

羊虽然已经不在饲养院了，可是那些狼已经吃到了甜头，它们还是会经常到那里转悠，搞得屯子里的人整天都担惊受怕的，一些孩子天黑后都不敢出去玩了。最后生产队决定把那个饲养院给拆了，把羊圈里的羊粪都刨了。只要羊圈拆了，羊粪刨了，羊的气味就没有了，那些狼也就不会再顺着气味到那里转悠了。

刨粪是个很累的活，没有多少人愿意干，尤其是在这大冬天里，外面寒风刺骨，手都拿不出来，而衣服里面却是汗流浃背。但是杨忠诚为了多挣几个工分，他根本顾不上这些。每天早上起来，妻子白续珍都会拖着病体把杨忠诚的棉袄和棉裤烤热。杨忠诚穿好衣服，再穿上一双乌拉草编制的棉鞋，然后就出门扛着镐头去饲养院的羊圈里刨粪。等别人起炕时，杨忠诚已经在那里刨了一方多的粪了。

一开始去饲养院羊圈刨粪的还有五六个人，可渐渐地就剩杨忠诚一个人了。有一天，大队长王宝山从饲养院那里经过，他看到只有杨忠诚一个人在那里刨粪，心里就很纳闷，他很生气地把苏文章叫到面前责怪道："你们四队的人是不是也太懒了！就知道猫冬？那现成的工分都不去挣！"

"大家伙都说这粪太难刨了，这工分不好挣啊！"苏文章解释道。

"放屁！哪有不好刨的粪？你去给我拿把镐来，我倒要看看那粪有多难刨！"王宝山很不服气地说。

苏文章只好陪着王宝山来到了饲养院，王宝山拿过镐头就刨。

王宝山也是地地道道的农民出身，他干农活也是一把好手，虽然他的身材并不魁梧，但浑身也是不缺力气的。可是王宝山几镐下去只是在那粪冰上刨出来了几个坑。王宝山不服气，他又抡圆了胳膊使劲刨了十几镐，可也只是刨下来了一堆碎粪渣子。

此刻王宝山已经累得气喘吁吁了，他看了看在旁边刨粪的杨忠诚，又看了看杨忠诚跟前那被刨下来的、码得整整齐齐的一排羊粪，他忽然转身对苏文章说："你把杨忠诚刨的那些羊粪重新量一下，每立方米再给他加一个工分。"说完，王宝山把镐头一扔，转身就走了。

杨忠诚只顾着低头刨粪了，刚才发生的事情他一点都不知道。

这时苏文章捡起地上的镐头，走到杨忠诚的面前，对杨忠诚说："老杨啊，一会儿我让生产队的记分员过来再把你刨的这些粪重新丈量一下。"

"为啥？"杨忠诚把镐头放下，抬起头来看了一眼苏文章问。

"每立方再给你加一个工分。"苏文章说。

"为啥要加工分？"杨忠诚有些不明白。

苏文章用手一指远去的王宝山，说："是王宝山说的，你去问他吧！"说完，他把镐头扛在肩上，转身走了。

"真是莫名其妙！"杨忠诚看着苏文章的背影自言自语道。

七十三

　　杨忠诚在废弃的饲养院刨了一冬天的羊粪，挣了不少工分，但是从这个冬天开始他却落下了一个咳嗽的毛病。白续珍让他去卫生院看看，他却始终没去，他说："就挣了那么点工分，再吃点药，那活就白干了。"

　　白续珍见劝不动杨忠诚，她也只好作罢。

　　杨忠诚为了这个家近乎拼上了性命，二儿子杨厚明看在眼里急在心里，他很想为父亲去分担一些，可又不知道该如何去分担，确实他还小，还没有那个能力。杨厚明经常在心里盼着自己能快点长大，同时他也在努力学习，他想考上大学，他想成为能挣工资的公家人，那样他就可以改变这个家庭的现状了。

　　杨厚明在金六屯的惠七后小学上学后一直学习很好，每次考试都是班里的第一名，深得班主任老师孙振邦的赏识和喜爱。孙老师逢人就说这孩子将来一定能考上大学，而且能考上一所全国一流的大学。

　　杨厚明的成绩突出和受到老师的喜爱也引来了一些同学的嫉妒，尤其是他班里一个叫陈化彪的学生。陈化彪小名叫陈二孩子，也是李景华屯的，他比杨厚明大三岁，是一个老留级生。由于陈化彪比同班的孩子都大，再加上他本人也长得人高马大，所以平时除了老师以外，没人敢惹他。自从陈化彪留级到杨厚明所在的班后，每当孙振邦和其他老师表扬杨厚明，尤其是拿着杨厚明和他对比时，他就会在心中生出一股对杨厚明的怨气，那怨气积压得多了，他就想找杨厚明撒气。可是杨厚明平时很老实，从不招惹别人，即使偶尔有同学和他半开玩笑，带有挑衅性地叫他"山东棒子"，他也总是装作没听见，所以陈化彪即便对杨厚明有气，也一直没有找到机会撒气，不过他在心里一直没有放弃整治杨厚明的想法。常言道，不怕贼偷，就怕贼惦记。最终，陈化彪还是捕捉到了一次整治杨厚明的机会。

李景华屯的学生在放学回家的路上会经过一个叫东山包的山岗。那个山岗北面是一片松树林子，南侧是一处断崖，那断崖下面是社员盖房取土制坯的地方。由于社员们长年累月地在下面取土，致使那断崖很深。一次放学后，杨厚明和几个同学在经过那个山岗时正好走在靠近断崖的一侧，这时走在杨厚明旁边的陈化彪瞅准机会，用肩膀猛地撞了杨厚明一下。杨厚明猝不及防，他的身体向旁边栽歪了几下后就从断崖上跌了下去。同学们被这一幕给吓呆了，他们缓过劲后，立即绕路向断崖下面跑去，而陈化彪却像一个没事人似的径直回了家。

那个断崖有十几米高，幸亏是有社员在下面取了一堆土还没有拉走，杨厚明就重重地摔在了那堆土上，如果没有那堆松土做缓冲，后果真是不堪设想。几个同学把杨厚明从土堆上拉起来后，杨厚明感觉自己的右胳膊已经不能动了。同学们搀扶着杨厚明回了屯子。当他们走到生产队粮库的时候，杨厚明让同学们先回家，他自己走到了粮库边上。他一个人坐在墙根越想越委屈，泪水止不住地流了下来。

此时在杨忠诚的家里，晚饭已经摆上了桌，可仍然不见杨厚明回来，白续珍就对杨桂英说："你快去看看你弟弟咋还不回来。"

杨桂英应了一声就出了家门。她先来到邻居家问杨厚明的一个同学见到杨厚明没有。那个同学支支吾吾地，杨桂英有些急了，就不耐烦地问："你到底见了还是没见啊？"

那个同学的家长也生气地责骂孩子道："你到底是咋回事吗？见了就是见了，没见就是没见，你快说啊！"

那个同学见大家都急了，就把今天放学路上发生的事情说了一遍。杨桂英听后立即冲出邻居家门，向生产队的粮库方向跑去。

杨桂英来到仓库，看到杨厚明正蹲在仓库的房山头下哭泣，她一把抓住杨厚明的脖领子，把弟弟拉起说："走！跟我去陈二孩子家！"

"姐，我不去。"杨厚明试图挣脱杨桂英的手。

"你个完蛋玩意！有姐在，你怕啥？走！"杨桂英说着就去拉杨厚明的右手。

"哎呀姐！我疼！"杨厚明痛苦地用左手推开了杨桂英的手。

杨桂英见状更加气愤了，她抓住杨厚明的左手，连拖加拽地就把弟弟拉到了陈化彪的家门口。

这时刚吃完饭的陈化彪正和他的弟弟、妹妹在院子里玩。杨桂英松开杨厚明径直冲进院子。

杨桂英的突然出现让陈化彪很是惊讶，当他看到站在院子外面的杨厚明时，心里就全明白了，他转身就想跑。杨桂英上前一步，一把抓住陈化彪的衣领，伸出手来啪啪就是两个大嘴巴子。陈化彪丝毫不敢还手，他挣脱着想继续逃跑。杨桂英又一个别腿把陈化彪放倒在了地上，然后就骑在他的身上，瞬间雨点般的巴掌就落在了陈化彪的头上。

陈化彪的弟弟和妹妹被眼前的这一幕惊呆了。

"哎呀！打死人了！快救命啊！"陈化彪发出凄厉的哀号。

"这是咋了，他桂英姐，你咋打你弟弟呢？"听到喊声的陈化彪的爹陈德兴和他的娘跑出家门，赶紧上前把杨桂英拉开。

"你问二孩子为啥！他把我弟弟厚明从东山包上给推下去了，厚明的胳膊都摔断了！"杨桂英对着陈化彪的父母吼道。

陈化彪的娘听杨桂英这样一说，赶紧跑到院子外面杨厚明的身边，去查看杨厚明的伤情。

"你个王八羔子！是你干的吗？你个不省心的东西！我今天非打死你不可！"陈德兴愤怒地回身抄起了一根擀面杖粗的棍子，然后就咬牙切齿地向陈化彪冲了过来。

杨桂英见状，赶紧上前死死地抱住陈德兴的腰大声劝道："大叔啊！我已经打得他不轻了，你老就别动手了！"

陈化彪被他爹的凶狠相给吓傻了，他站在原地一动不动。

"这会儿你咋不跑了呢，二孩子！你等着让我叔砸死你啊？"杨桂英冲着陈化彪喊道。

这时陈化彪才反应过来，他撒腿就向院子外面跑去。

等陈化彪跑远后，杨桂英才松开陈德兴，一屁股坐在了地上。刚才由于用力过猛，这会儿她感到浑身上下一点力气都没有了。

"孩子他爹，厚明那孩子的胳膊真坏了，你说这可咋整啊？要是人家孩子有个好歹的，咱可咋对得起人家老杨大哥和老杨大嫂啊？那街坊邻居还不得说咱家搬门框欺负人家外来户嘛！"陈化彪的娘来到陈德兴面前带着哭腔说道。

"你哭有啥用？都是你惯出来的好孩子！你还不快去老杨大哥家和人家说一声，先去赔个不是，我这就带着厚明去大队卫生室。"陈德兴说完又拉起杨桂英说，"走，孩子！咱快点带着厚明去看病。"

陈德兴来到院子外面，伸手抱起杨厚明快步向金六屯走去。杨桂英紧紧跟在陈德兴的身后。陈德兴的媳妇也出了院子，撒腿向杨忠诚家跑去。

杨厚明的胳膊还真是伤得不轻，不但大队卫生室看不了，公社卫生院也治不了，因为杨厚明的胳膊骨折得很厉害，最终只能去县医院住院治疗。

杨厚明从县医院回来后，陈化彪的父母专门拿着鸡蛋、挂面到杨忠诚家，他们再三地赔礼道歉。陈德兴还拿出十块钱非要塞给杨忠诚。杨忠诚坚决不要，他说："德兴兄弟，我们家自打来到这个屯子，你和弟妹也没少给我们帮忙，孩子们是同学，打打闹闹是很正常的事，厚明也没啥大事，孩子还在长身体的时候，那骨头长得快，你这么见外就不好啦！你也知道我的脾气，这钱我说不要就是不要。"

陈德兴收起那十块钱激动地说："老杨大哥，你是见过世面的人，我是个大老粗，不会说话，以后你有用到兄弟的地方，只管言语一声！"

转眼间，杨厚明就高小毕业了，可在新学年开学时，班主任孙振邦老师却没有见到杨厚明来报到。孙老师从杨厚明同村的学生口中得知是杨厚明他爹不让杨厚明再读书了，孙老师一听就急了，他立刻放下手头的事情，直奔李景华屯。

孙振邦老师在四队社员们劳动的地头上找到了杨忠诚，这时他也看到了跟在社员腚后头干活的杨厚明。

孙振邦把杨忠诚拉到一旁问："老杨大哥，你这是唱的哪一出啊？厚明

古月里转

可是个上大学的苗子，你咋让他来地里劳动了呢？"

"我咋能不知道这孩子学习好呢？可是我也没办法啊！我家的情况太特殊了。"杨忠诚很无奈地说。

"有啥特殊的？不就是钱的事儿吗？这样吧，老杨大哥，这孩子以后上学的费用我出，如果你感觉这样好说不好听的话，那我干脆就认厚明做干儿子，你看咋样？"孙振邦老师有点激动地说。

杨忠诚看了看孙振邦，然后摇了摇头。

"这也不行那也不行，那到底是咋回事啊？"孙振邦追问道。

杨忠诚叹了口气说："孙老师，我先谢谢你这番好意！你对厚明这样好，那有些事我也就不瞒你了。我家属身体不好，不能下地劳动。我家原来是我和大姑娘桂英两个人在地里挣工分。现在大姑娘出嫁了，你说我一个人咋能养活起这一家五口人呢？去年年底我们家不但没有分红，还要倒找给生产队钱，我实在是没有别的办法了，我只能让厚明下来帮帮我了！"杨忠诚说到这里，他的表情显得很无助。

孙振邦老师听后没有再说话，他低下头陷入了沉默。

过了一会儿，孙振邦老师抬起头看了看杨忠诚，他轻轻地拍了拍杨忠诚的胳膊，然后转身向地里正在干活的杨厚明走去。

杨厚明自从看到孙老师来找他父亲后，他就一直一边劳动一边偷偷地看着父亲和孙老师在说话。他知道孙老师是来干啥的，这也是这几天他一直期盼的。虽然他体谅父亲不让他继续读书的苦衷，他也答应父亲自己不再去读书了，但是他的心里还是太想读书了。他幻想着有朝一日能重返课堂，此刻他在心里正期盼着孙老师能说服他的父亲。

杨厚明看着孙老师向他走来，他就停下了手中的活。

"干这活累吗？"孙老师走到杨厚明的身旁问道。

"不累。"杨厚明违心地回答道。

"以后不读书了也不要放下书本，你很有天赋，那些学到的知识，将来都能用得着。"孙振邦老师说。

杨厚明的眼里瞬间就流出了泪水，他知道他最后的希望破灭了。孙振邦老师拍了拍杨厚明的肩膀说："别哭孩子！以后有用得着老师的地方就去学校找我。"说完，孙老师就转身头也不回地走了。

杨厚明辍学后在生产队一直跟着社员们下地劳动，按照生产队的规定，像他这样的年龄只能挣一半的工分，但是不管怎样，杨忠诚肩上的压力总算得到了一定程度的缓解。说实在的，养这一大家子人实在不易，作为一家之主的杨忠诚方方面面都要考虑，有些事情事与愿违他也没有办法。在杨忠诚心里他始终执拗地认为不管什么时候他都不能矮人一等，都不能让人看不起。

杨厚明参加劳动一年后，杨忠诚家在年底分红时就再也不欠生产队的钱了，这样杨忠诚的脸上又有了光，他感觉自己在人前又可以挺直腰杆说话了。当然不欠生产队里钱并不完全是杨厚明下地劳动的结果，杨厚明眼下挣的还是半拉子工分，主要还是杨忠诚不惜力气，想方设法地去多挣工分。但不管怎样，在杨忠诚心里，现在李景华屯应该是没人再看不起他们老杨家了，于是他的脸上又露出久违的笑容。

就在杨忠诚家生活境遇有所改善的时候，他的家里又发生了一件事情，已经是四十岁的白续珍又给杨忠诚生了个儿子。这件事情让杨忠诚喜忧参半。喜的是没想到自己都这个岁数了还有一个儿子，可以说是老来得子。忧的是家里又多了一张吃饭的嘴，看来往后的日子更要多一分艰辛了。可是让杨忠诚没有想到的是白续珍自从出了月子，她的病就一天比一天地好了起来，现在不但能下地走动，而且还能里里外外操持家务了。自从大女儿桂英出嫁后，家里就没有人做家务了，只能是二女儿桂芝在母亲的指导下试着做。可桂芝毕竟是个十来岁的孩子，往往是拿不动这个，搬不动那个，还经常把饭菜做糊。不过现在好了，白续珍能下地干家务了，这可让杨忠诚喜出望外。

三儿子出生后，在很长一段时间里，杨忠诚夫妇都不知道该给孩子起个啥名字。正当杨忠诚苦思冥想的时候，白续珍忽然对他说："我给儿子想好名字了，就叫他'幸福'吧！自打生了这孩子，我的病就好起来了，这是儿子给咱带来了福气，再说了咱现在是在幸福公社当社员，叫这个名字也算是留个纪念。"

杨忠诚一听感觉很有道理，就说："好！那就听你的。"

白续珍病情不断转好，全家人为此都很高兴，可就在这时却发生了一件意想不到的事情。

一天上午，生产队长苏文章在地头上找到了杨忠诚，他对杨忠诚说："老杨啊，你跟我去大队一趟。"

"啥事？"杨忠诚问。

"我也不知道，你跟我去就是了。"苏文章说。

杨忠就跟着苏文章来到了大队部。此刻在大队书记高云林的办公室里坐着两个干部模样的人。杨忠诚进屋后，高云林赶紧给杨忠诚介绍说："忠诚同志，这是咱县革委会来的两个同志，他们要向你了解一些情况。"

杨忠诚一听赶紧伸出手来说："两位领导好！你们辛苦了！"

那两位同志却面无表情地坐在那里纹丝未动，杨忠诚伸出的手尴尬地停在那里。这时他扭头看了看高云林。，

高云林也不知道这两个干部为啥这样无礼，于是就对杨忠诚说："忠诚同志，咱先坐下吧。"

杨忠诚刚要坐下，这时一个干部却厉声说道："站着就行！"

"你们到底想干啥？说吧！"杨忠诚忽然来了脾气，他一腚坐在两位干部对面的椅子上，两眼瞪着面前的这两个人。

那人看杨忠诚没有听他的话，而且态度如此嚣张，就看了看坐在他身边的另一个干部。那个干部倒很镇定，他看了看杨忠诚，然后从公文包里拿出来了一份材料，问杨忠诚："你是叫杨忠诚，是山东的，对吗？"

"对啊！咋的了？"杨忠诚没好气地回答道。

"我们对你的来历进行了调查，发现在你的山东老家根本就没有一个叫杨忠诚的人，更没有一个干过公安局局长的杨忠诚，你怎么解释？"那人说完后，和杨忠诚四目相对。

"照你这么一说，那我杨忠诚就是个来历不明的人，就是个骗子，对不？"杨忠诚有点嘲讽地看着那个干部问。

"杨忠诚！我们是代表组织来和你落实情况的，希望你态度老实点儿，积极配合我们的工作！"刚才让杨忠诚站着说话的那个干部指着杨忠诚大声说道。

"我态度咋不老实了？你们可以去公社问问张万山书记，我的来历他是

知道的，我们曾经都在那一带闹过革命。"杨忠诚也大声说道。

"张万山已经不是书记了，他靠边站了，他自己的问题还没交代清楚呢，他做不了你的救命稻草！"那个干部态度依然强硬。

杨忠诚闻听张万山不是书记了，他的心里不免感到很惊诧，他扭头看了看高云林。高云林冲杨忠诚点了点头。

杨忠诚平复了一下心情，然后接着对那两个人说："身正不怕影子斜！我就是杨忠诚，我就是山东的，我就是干过公安局局长。你们爱信不信吧！"

那个拿材料的干部把材料放进公文包，然后又从里面拿出来了一个本子，他把别在上衣口袋的钢笔取下来，拧开笔帽后说："我看你今天是不可能蒙混过关了，现在全国都在清查外来人口，已经有很多汉奸、特务和反革命分子落网了。你到底是谁，老家是哪里，什么来历，我看你还是老老实实交代吧！"

"你们是不是搞错了？老杨是干公安的，我原来也是干公安的，我和他交流过。"这时一直站在门边上的苏文章说道。

"你是干啥的？"那个干部瞪了一眼苏文章问道。

"哦！他叫苏文章，是四队的生产队长，杨忠诚就是他们四队的社员。"没等苏文章答话，高云林赶紧介绍道。

"现在轮不到你说话！要不然我就把你轰出去！"那个干部指着苏文章很严厉地说道。

苏文章一看对方如此强势，吓得不敢再说话了。

这一幕彻底激怒了杨忠诚，他看了看眼前的这两个人，然后冷笑了一声说："好啊！看来今天你们两个是来找事儿的，那我也不能让你们空着手回去不是？我就告诉你们吧！我叫杨忠诚，这个错不了，男子汉大丈夫行不更名坐不改姓！我家是山东的，这个也不能变，因为我的祖宗还埋在那里呢！至于我干过什么事，还请你们记好了！"

听杨忠诚这么一说，那个干部立刻准备记录。

杨忠诚说："首先我杀过人，而且杀得数不过来。你问我咋会杀人呢？因为我当过土匪，干过汉奸，还干过啥，我就记不清了，你们调查出啥来那就是啥吧！"

那个干部停下了手中的笔，很震惊地看着杨忠诚问："你说的这些可都是真的？"

"是不是真的无所谓，你们不就是需要这些东西吗？咋的？还不够枪毙吗？"杨忠诚冷眼看着对方问。

"那就请你跟我们到县里走一趟吧！"那个态度一直很强势的干部站起身来说。

"我跟你们去县里，那谁挣工分养活我们全家啊？"杨忠诚反问道。

那个记录的干部收起钢笔，把本子放进公文包，也站起身来用命令的口吻说："不管咋说，你今天还是必须要跟我们回县里协助调查！"

"我他娘的哪有闲工夫陪你们回县里？"杨忠诚忽然站起身大声吼道。

这两个干部看杨忠诚比他们高出一头，像个黑塔一样矗立在他们面前，两个人面面相觑，竟然不知道该怎么办了。

这时杨忠诚对高云林说："高书记，我先走了！就让这两个人看着折腾去吧！"说完，他转身迈步就出了屋门。

"高书记，这也太猖狂了吧？我们请你立即组织民兵抓捕杨忠诚，否则我们就请求县公安局派人来抓了！"一个干部很激动地说。

"请二位先坐下，先消消气，不用这么急，杨忠诚就在李景华屯住，他一大家子人呢，早一会儿晚一会儿抓他，他都跑不了。"高云林赶紧把两个干部让回到座位上。

两个干部坐下后，高云林看了看站在门口的苏文章。这时苏文章已经被眼前的一幕给惊呆了。高云林给苏文章使了个颜色，苏文章这才缓过神来，他赶紧转身出门去追赶杨忠诚了。

高云林给两个干部的杯子加了点水，然后分别递给他们说："两位同志你们先消消气，我感觉这里面兴许有啥误会。"

一个干部放下杯子，很严肃地说："高书记，刚才的事情你可都看见了，这杨忠诚绝对有问题，他这是色厉内荏，你不会是想包庇他吧？这可是阶级立场问题啊！"

高云林笑了笑说："看你说的，我怎么可能包庇他呢？那不是犯大错误了嘛！再说了我一个大队书记也没那个本事啊！我就是觉得刚才杨忠诚说的那都是气话。这个人来插队很多年了，当时青山牧场下放他们时是有介绍信和简历的。"

那个拿公文包的干部一听就不耐烦了，他又从包里拿出刚才的那份材料，狠狠地摔在桌子上说："这白纸黑字的，不是铁证如山嘛！"

高云林瞥了一眼那份材料后问："我能不能看一下？"

"你看就是了！"那个干部用手一指那份材料说。

苏文章追了一里多地才追上杨忠诚，他气喘吁吁地说："杨忠诚，你今天的态度很成问题啊！你告诉我你真干过那些事吗？"

杨忠诚停下脚步，转身看着苏文章说："我干过啊！咋的？"

"他们说要来抓你啊！"苏文章说。

"我等着他们来抓就是了，大不了就是枪毙嘛！谁要是皱一皱眉头就是婊子养的！"杨忠诚说完转身又大步流星地向前走去。

苏文章站在原地，愣愣地看着杨忠诚的背影远去。

从这一天开始，杨忠诚有历史问题，县里要抓他的消息不胫而走，整个惠七后大队的人都知道了，大家都在背后议论纷纷。不管是杨忠诚下地干活，还是走在大街上，很多人都开始躲着他了。不过杨忠诚倒显得无所谓，他坚信事情总会水落石出，所以他该吃吃，该喝喝，该劳动劳动，和个没事人一样，可是白续珍和孩子们却承受不了这舆论的压力，他们再也高兴不起来了。

七十四

秋收后，庄稼都被拉到了场院里，社员们一年一度的打场晒粮开始了。杨忠诚为了多挣些工分，就主动向四队的副队长李克明要求去看场院。现在社员们白天都要忙一天，晚上都想睡个好觉，如果不是生产队里安排，也没有谁愿意大晚上去挣那点看场院的工分，因此李克明一口就答应下来了。

东北的夜晚是宁静的，尤其是秋天的夜晚那头顶的星星给人一种伸手可得的错觉。杨忠诚一个人躺在一个谷垛上，眼望天空想着自己的心事。现在媳妇白续珍的身体越来越好。两个女儿也都上学了，小儿子也在一天天长大，这些都不用他再操心了。尤其是杨厚明开始挣工分后，他的心里就踏实了。他知道屯子里很多人都在看着他家呢。曾经就有人说他一个老头带着这一大家子人来到这里肯定混不好。这话传到他耳朵里后，他倒真没有因为这种蔑视而生气，反倒是更增强了他一定要把日子过好的决心。

正在杨忠诚想着心事的时候，他忽然听到在场院的东北角好像有什么声音，他赶紧从谷垛上起身，拿起生产队给看场人配的土枪朝着那个方向快步走了过去。

当杨忠诚走到那个发出响声的地方四处看了看后，并未发现异常。他端着土枪又围着整个场院转了一圈，也没发现有啥情况，于是他就转身想再回到那个谷垛去。正在这时，他忽然觉得自己的肚子有点不舒服，于是他就向场院旁边的一条大沟走去。

当杨忠诚上完厕所，扛着土枪回到场院时，忽然发现有一个人站在场院口上，杨忠诚赶忙从肩上拿下土枪大声问："谁？"

"你这是在家睡醒了吗？这工分也挣得太容易了吧？要都像你这样，那咱场院里的粮食不都被人搬光了？"来人是生产队长苏文章。

"看你这话说的？我就是去方便了一下。"杨忠诚解释道。

"咋就那么巧？你早不方便，晚不方便，偏偏是我来查岗的时候去方便了？"苏文章阴阳怪气地说。

"那就这么巧你有啥办法呢？就是我知道你要来查岗，那我也不能为了等你就把屎拉在裤子里不是？"杨忠诚争辩道。

"你也别给我犟嘴，这满满一场院的粮食，你就这么个看法，我可不放心！"苏文章生气地说。

"那也不能连个厕所都不能去吧？再说了这粮食不都好好地在这里吗？"杨忠诚也有点生气了。

"好了，我不和你说了，你明天别来了！"苏文章说完，把手一甩就走了。

杨忠诚看苏文章如此无礼，心里顿时非常气愤，他把土枪往地下一蹲，冲着苏文章的背影大声说道："不来就不来！"

苏文章不让杨忠诚看场院，但是他又找不到其他人，此刻副队长李克明也闪在一旁不再管这事了。苏文章无奈只好亲自去看场院。可是就在苏文章看场院的第二天，场院里没有及时入库的四麻袋糜子丢了。

糜子这种农作物产量不高，东北人却都很爱吃。糜子加工的大黄米可以做粥，还可以磨成粉做年糕，做豆包。尤其是过年蒸黏豆包已经成了东北人的一个习俗，那黏豆包蘸白糖就是东北人正月里餐桌上的一道美食。平常你要想吃黏豆包，那只能是谁家盖房子时才会蒸上几锅。因为黏豆包吃了以后撑时候，干活的人不容易饿。起初闯关东的山东人并不喜欢吃这种粮食，当然也许是他们那时还不知道该怎么加工，所以他们就给喜欢吃这种粮食的东北人起了一个"臭糜子"的称号。其实"臭糜子"和"山东棒子"这些称呼本来都是山东人和东北人之间相互开玩笑用的，可不知从啥时候起就成了带有歧视性的不好听的骂人的话了。

王宝山听说四队的场院里丢了糜子，也亲自来到了现场，他围着场院转了一圈后没好气地问苏文章："这粮食就在你眼皮子底下，咋还能看丢了呢？难道是人家给你使了障眼法？"

"我就睡了一会儿，谁想到就……"苏文章低着头自责道。

"人家杨忠诚看得好好的，你一个生产队长偏要逞能，这回倒好，丢人现眼了吧？"王宝山气愤地说道。

"大队长，你说的是，不过就因为这个，我怀疑这事是杨忠诚干的。"苏文章忽然抬起头来对王宝山说。

"啥？杨忠诚干的？你凭啥这样怀疑？"王宝山瞪大眼睛问。

"我就觉得我不让杨忠诚看场院了，他肯定心存不满，这丢粮食应该是他在整我，是在给我难堪。"苏文章很肯定地说。

王宝山看了看苏文章问："那你说咋整？"

"去他家搜一搜，这东西谁家都没有太多存货。"苏文章说。

王宝山听后没有说话，这时站在王宝山身边的副队长李克明有点担心地说："我觉得这样不妥，要是搜出来还好说，可那要是搜不出来咋办？就杨忠诚那脾气他能忍了？到时候恐怕就不好收场了！"

王宝山想了想说："这样吧，你们马上组织民兵挨家挨户地去搜，这是四袋糜子呢，不管是谁偷了都不好藏。"

李景华屯的民兵在苏文章和李克明的带领下，先从杨忠诚家开始，把所有人家的家里家外，房前屋后，连同柴火垛和土豆窖都搜了一遍，结果一无所获。最后，苏文章只好去向大队长王宝山汇报。

王宝山一看苏文章的表情就明白了，他问："没找到是吧？"

"没找到。"苏文章垂头丧气地回答道。

"这件事情高书记已经知道了，他的意思是先别声张，这生产队长亲自看场，结果把粮食看丢了，好说不好听，挺丢人的！"王宝山很不高兴地说。

"那接下来可咋办呢？社员们都看着呢。"苏文章唯唯诺诺地问。

"两个办法，一个是你自己把这糜子钱拿上，还有一个办法就是你引咎辞职。你自己看着办吧！"王宝山瞪了一眼苏文章说。

苏文章挠了挠头皮说："这粮食钱我肯定出不起，我看要不我还是不干这个队长了吧？我这干着也觉得窝囊！"

"行。"王宝山没有丝毫挽留的意思,并说,"你去和李克明交接一下工作吧!"说完,王宝山冲着苏文章挥了挥手。

苏文章很狼狈地退出王宝山的办公室,此刻他感觉自己的心里很憋屈,同时也对杨忠诚心生怨恨。他觉得这一切都是因杨忠诚而起,他不能就这么算了。这时苏文章又想起了那天县革委会来人调查杨忠诚的事,虽然到现在也不见县里来抓杨忠诚,而且越来越多的人开始怀疑那些传言的真实性,但是从那天县里来人的气势上,他还是觉得杨忠诚的历史应该有问题,于是他决定就从这里下手好好整治一下杨忠诚,出一出他心里的这口闷气!

在东北这边苏文章要整治杨忠诚的时候,在山东平陵县闫满庄的大街上,杨忠诚的好友大队书记丁向山却一个人在低着头往前走着。丁向山现在也已经不再是从前的样子了,岁月在他的脸上留下了深深的印记,他面容消瘦,胡子拉碴,一双深陷在眼窝里的眼睛已经没有了当初的光芒,几条长短不一的皱纹永久地停留在了他的额头和脸颊上。

这时,四队的社员马俊文迎面走了过来,他挡住丁向山的去路,笑着说:"向山,人家可说仰脸的娘们低头的汉是最难对付的。咋的?你这也改了套路了吗?"

丁向山停下脚步,抬头看了一眼马俊文,笑了笑说:"看来你这最近的日子混得不错啊!都学着说起俏皮话来了。"

"这日子也就这么回事,当年咱没饿死,能活下来还不得好好珍惜吗?晚上去我家坐坐咋样?"马俊文说。

"是马学富回来了吗?"丁向山问。

"唉!回来啥啊?这孩子就是那个命了,每次运动都得拿他开刀,谁知道这次啥时候能回来啊!"马俊文忽然收起笑容说道。

"那咱俩说个啥劲啊?"丁向山说完继续向前走去。

马俊文转身跟在丁向山身旁,边走边问:"向山,你那儿还是没有忠诚哥的消息吗?"

"没有啊!现在想一想,忠诚哥这一走都十几年了,看来他是把咱这些弟兄都给忘了。"丁向山很惆怅地说。

"这年头能在外面混个温饱,不让老婆孩子饿着就挺好了,其他的事谁还顾得上？那忠诚哥也是一样啊！"马俊文也感慨道。

"哎，俊文，我上次和你说的给你家小妮学香介绍对象的事，你问孩子了吗？"丁向山忽然问道。

"问了，这孩子不想嫁到外庄去。"马俊文说。

"可咱南北街上已经没有年龄合适的孩子了呀？"丁向山说。

"是啊，我和她娘也发愁啊！可是这孩子太有主意了，当爹娘的也没啥办法。"马俊文有点惆怅地摇了摇头。

丁向山和马俊文边说边走，来到了大队部门口，这时民兵连长东四娃从门里出来。

"大队长，我正要去找你呢。"东四娃一见丁向山就说。

"咋了？有啥事吗？"丁向山问。

"有两个外地人找你。"东四娃说。

"你看，我本来想找你聊聊天的，你这还来事了，那我就先回去了。"马俊文和丁向山打了个招呼就走了。

"我这不出去也没人找，一出门就有找的。"丁向山一边嘟囔着，一边跟着东四娃进了办公室。

办公室里有两个干部模样的人见丁向山进来，就急忙起身递上一封介绍信并说："我们是杨忠诚所在县革委会的，我们那里正在对外来人口进行调查摸底，这次是来调查杨忠诚的。"

"等等，你们说啥？来调查杨忠诚的？杨忠诚咋了？你们能不能再把话说明白点？"丁向山两眼直勾勾地瞪着眼前的这两个人问道。

那两个干部相互对视了一下后，重新坐回到椅子上说："杨忠诚现在是我们那里幸福公社的社员，我们前期在调查时把他在山东老家的村庄名字搞错了，后来经过核实，我们确认他的老家是你们这个庄。我们这次来主要是调查一下这个人的历史。"

丁向山听到这里才缓过劲来，他一腚坐在椅子上，长长地舒了一口气说道："哎呀！终于有忠诚哥的消息了！十多年啦！"

"杨忠诚是你们这里的吗？你了解他吗？请你向我们介绍一下他好吗？"一个干部从公文包里拿出一个笔记本说。

"我太了解他了，他是我的革命引路人啊！其实不光我了解他，我们整个闫满大队，整个东锦人民公社，甚至是整个平陵县上点儿岁数的人有谁不知道杨忠诚啊？"丁向山感慨道。

忽然从某一天开始，杨忠诚就成了李景华屯，及其周边四里八村了不起的人物了，什么他夜战群狼投八路，独闯匪窝救战友，一个人端掉了鬼子一炮楼，鬼子出一千块现大洋悬赏他的人头等等传奇故事被人讲得绘声绘色。苏文章听到杨忠诚的这些故事心里很不平衡。他心想前一阵子还历史存在疑点，这会儿咋就一下子成英雄了呢？这转变也来得太突然，太不可思议了吧？

苏文章不干生产队长以后，组织上为了照顾他，就让他当了生产队仓库的保管员。这个保管员他当得也很不舒心，现在听到杨忠诚的这些故事，他就更不舒心了，于是他就跑到大队部找到高云林书记，他进门就说："高书记，这是咋回事吗？这杨忠诚都被传成神了！"

"那些事都是咱县里去山东外调的人回来说的，咋的？你有啥不同见解吗？"高云林问。

苏文章被高云林给问住了，他摇了摇头说："我倒没啥见解，我就是觉得一个人不能这样吹嘘自己。"

"杨忠诚也这样说他自己吗？"高云林看着苏文章问。

苏文章挠了挠头皮说："我倒真没听他自己这么说过。"

"这不就得了，那别人说的话和杨忠诚有啥关系？行了，你回去吧，把你保管员的工作干好就行了，别的事你就少管点儿吧！"高云林很不耐烦地说道。

苏文章又碰了一鼻子灰，他悻悻地退出高云林的办公室。

苏文章刚从金六屯回到李景华屯，正好迎面碰上杨忠诚。苏文章心想这真是冤家路窄，于是他转身想向另一个方向走。杨忠诚却径直地向苏文章走了过来。

"苏文章，我正找你呢。"杨忠诚说。

苏文章停住脚步，没好气地问："你找我干啥？"

"你还想找到丢的那些粮食吗？"杨忠诚走到苏文章面前问。

"啥？找粮食？我说老杨啊，你不会是哪壶不开专提哪壶吧？"苏文章瞪大了眼睛有点生气地问。

"你看我杨忠诚是那爱揭人家短的人吗？"杨忠诚反问道。

苏文章看了看杨忠诚那一脸认真的样子，就说："我当然想找到了，那偷粮贼害得我在全大队社员面前丢脸，连乌纱帽都丢了，这事我啥时候也忘不了，咋的？你难不成知道是谁偷的了？"

"来，咱俩研究一下。"杨忠诚说着把苏文章拉到生产队的房山头上蹲下。他从旁边捡起一根小树枝，在地上画出了李景华屯和其周边的几个村庄的地图，然后对苏文章说，"咱丢的是四袋子糜子，一袋子有一百多斤重，首先偷这些粮食不可能是一个人干的，而且也不可能是一家人干的。"

"一家有几个壮劳力的也不是没有啊？再说了，那一个人多跑几趟不就行了？"苏文章反问道。

"你看看谁家有那么些壮劳力？另外你不就是打了个盹吗？这么会儿工夫，一个人怎么能那么快就把四袋粮食给弄走？"杨忠诚问。

苏文章摸着脑袋想了半天，然后若有所思地看着杨忠诚问："你的意思是说……"

"一个人干不了，一家人也干不了，那一个生产队能不能干得了呢？"杨忠诚忽然问道。

"哎呀！"苏文章拍了一下脑袋，他好像一下子开窍了。

杨忠诚看了苏文章一眼，接着说："这段时间我私下里调查了一下，今年咱周边几个屯子都种了不少糜子，但是有一个屯子的糜子地让水淹了，歉收了。你想啊，那过年生产队里要是不分大黄米，那社员家里咋蒸年糕？咋包豆包？那腊八粥还喝不？这个年还咋过？"

"那是哪个屯子的糜子歉收了？"苏文章迫不及待地问。

"就是这个屯子。"杨忠诚用手中的树枝一指地图上的周家屯说。

苏文章听后站起身来就要走。

"你等等！你要干啥去？"杨忠诚叫住了苏文章。

"我找这帮王八蛋要粮食去！"苏文章愤怒地说。

"你咋要？就凭咱刚才这分析，人家就能把粮食给你了？你也想得太简单了吧！"杨忠诚说。

"唉！那这分析了半天有个屁用？"苏文章又泄气地蹲在了地上。

杨忠诚拍了拍苏文章的肩膀说："当然有用，你明天早上和我一起去周家屯，我自有办法。"杨忠诚说完站起身来就走了。

"你有办法？真的假的？"苏文章望着杨忠诚的背影，似信非信地自言自语道。

第二天一早，杨忠诚和苏文章就来到了周家屯生产队长周方年的家中。他们进门时，周方年刚起床。因为周家屯和李景华屯地头挨着地头，尤其是从公社通往周家屯的路就经过李景华屯村口，因此他们虽然不是一个生产大队的，但是彼此都很熟识。

"哎呀！这是什么风把两位领导给吹来了？你们来有事吗？快坐下说话！"周方年一边扣着上衣扣子，一边笑着说。

"周队长，我们今天来还真是有事。"杨忠诚坐下后说道。

"有事就说，咱临屯住着，能帮上忙的咱绝不含糊。"周方年扣好扣子后就忙着给杨忠诚和苏文章倒水。

"周队长，我们听说你们生产队今年的糜子歉收了，咱这邻屯住着，总不能眼睁睁地看着你们过年都吃不上一顿黏豆包吧？这不，我们寻思着看咋帮帮你们？"杨忠诚说。

周方年听了杨忠诚的话，脸上的笑容瞬间消失了，拿杯子的手也不由自主地抖了一下，他有点语无伦次问："你、你们是咋、咋知道我们队糜子歉收的？"

"这又不是啥秘密？咱两个屯子里有亲戚关系的又何止一两家？有些事情想瞒也是瞒不住的。"杨忠诚一语双关地说道。

周方年听后半天没有说话，他把还没有倒水的杯子放在桌子上，脸上红一阵白一阵。

"周队长，你看看你们过年需要多少糜子？说个数，我们回去就和李克明队长说，让民兵给你们送过来，这离着年也不远了，可别耽误了社员们过年吃豆包啊！"杨忠诚继续说道。

"不过，我们队里的糜子被人给偷去了一些，也支援不了你们太多，多少的就是个意思吧！"苏文章也顺着杨忠诚的话说道。

这时周方年忽然给杨忠诚和苏文章深深地鞠了一躬，说："两位领导，真是惭愧，你们这么说弄得我实在是无地自容啊！"

"你这是干啥呢周队长？咱没必要这么客气啊！"杨忠诚赶紧起身搀扶住周方年。

"杨主席啊，不管今天你们两位来的真正目的是啥，我作为周家屯的生产队长都认栽啦！"周方年坐到凳子上，用手擦了一把眼睛，很懊恼地说道。

"你这话是咋说呢，周队长？我咋不太明白呢？"杨忠诚明知故问道。

周方年叹了口气说："我今天当着真神就不说假话了！你们队里丢的那几袋糜子是让我们队的社员给拿来了。为这我一直睡不好觉。这事我事先确实不知情，是队里的社员从你们场院边上走时看到你们今年收了不少糜子，就临时起了歪心。事后我也想让人给你们送回去，可这社员们过年吃不上黏豆包也确实是个事儿。但不管咋说，我们也不该去偷啊！"周方年说到这里，把头埋进了怀里。

"周方年，你这件事情要是让公社革委会知道了，那可是要处理人的！"苏文章大声说道。

周方年慢慢地抬起头，很诚恳地说："既然事已至此，要杀要剐你们就看着办吧！忠诚大哥是你们大队的贫协主席，你们就是把我弄去批斗、游街示众，我也认了，我这是罪有应得。"

"那些糜子现在哪里？"杨忠诚问。

"都在仓库里，我们一粒也没动。"周方年说。

"这样吧，你给苏文章打个条，就算是我们生产队今年借给你们的，等明年你们收了糜子再还给我们。剩下的事情我回去和队里说，不就是想吃个黏豆包嘛，这没啥大不了的。"杨忠诚很豁达地说。

"哎呀，那可太好啦！谢谢你啊，忠诚大哥！我心里这块石头可算是落了地了！"周方年说着激动地站起身来又给杨忠诚再次鞠躬。

杨忠诚赶紧扶住他说："就别客气了，你当个生产队长也挺不容易的，我们先回去了。"杨忠诚说完就拉着苏文章出了周方年的家门。

周方年一直把杨忠诚和苏文章送到村口。

从周家屯回来的路上，苏文章无比高兴，他一直和杨忠诚说个没完，从这一刻开始他称呼杨忠诚不再是"老杨"，而是改口叫"老杨大哥"了。

　　临近春节，周家屯的生产队长周方年亲自赶着马车给李景华屯送来了一大堆的过年物资，以答谢李景华屯的干部和社员。生产队长李克明很高兴，他让生产队会计陈化彪在队部房山头上那块刚刚刷完锅底灰的大黑板上把这件事情写出来，一是告诉社员们周家屯来慰问的事，二是对周家屯生产队的慰问表示感谢。

　　领到任务的陈化彪拿着粉笔在黑板旁鼓捣了半天，也没写出几个字来。当他再一次把写到黑板上的字擦掉后，身后的人群里发出了一阵嘲笑声。

　　"笑啥？有本事你们来！"陈化彪转过身来用眼睛瞪着看热闹的人群吼道。

　　陈化彪长得人高马大，大家一看他急了，就纷纷转身离去。

　　其实这也难为陈化彪了，他本来上学时就学习不好，现在让他在生产队里当会计也已经是蜀中无大将，廖化做先锋了。

　　"厚明兄弟你等一下！好兄弟了，你来替哥写吧，你帮帮哥。不瞒你说，我真弄不了这玩意。"陈化彪上前拉着正要离开的杨厚明央求道。

　　"我也没写过这东西啊！"杨厚明很为难地说。

　　"咱在学校时办黑板报不都是你弄的吗？就算哥求你了！我正好急着要去串个门，有情后补！有情后补！"陈化彪说着就把一张纸和一个彩色粉笔盒塞到杨厚明的手里，然后转身就跑了。

　　杨厚明拿着那个粉笔盒和那张纸站在那里有点不知所措。这时一个社员叹了口气说："唉！咱屯子里就是缺少文化人啊！"

　　这个社员无意中的这一句话一下子激起了杨厚明心底那股不服输的劲头，他转身走到黑板前。

　　杨厚明在学校办黑板报时曾多次受到老师表扬，眼前这点事对于他来说可谓小菜一碟。"谁说咱屯子里缺少文化人？我今天就让你们看看到底有没有文化人！"杨厚明心里这样想着，他手中的粉笔像着了魔力似的在黑板上飞舞，时间不长一幅漂亮的黑板报就呈现在了墙上。那高高挂起的大红灯笼和鞭炮、那社员们欢度佳节的喜庆场面，还有那封热情洋溢的、镶了金边的感谢信，不论是从构图上，还是从书法上，整个画面都几乎是无可挑剔，活脱脱地就像是从供销社里买来的一幅年画被贴在了墙上。

当杨厚明端详完自己的杰作，把手中的粉笔头抛向空中，自我陶醉般地转身要离开的那一刻，他一下子愣住了，原来此时在他身后已经站满了围观的社员。由于他刚才太投入创作了，居然不知道身后已经聚集了这么些人，而且大队长王宝山和生产队长李克明也站在人群中。

杨厚明觉得自己刚才有点失态了，于是赶紧很不好意思地低着头快步往人群外走。

"杨厚明，你等等！"王宝山走上前来叫住了杨厚明。

"大队长，我不知道您也在。"杨厚明停下脚步低着头说。

"咋的？要是你知道你王老叔在，就弄不出来了吗？"王宝山笑着问。

"不是，我画得不好，我丢丑了，我这就去把它擦了。"杨厚明说完转身就要去擦那黑板。

"傻孩子，谁说你画得不好？我看这整个惠七后大队也没谁能办出这么漂亮的黑板报来！行啊爷们！真的人才啊！"王宝山拉住杨厚明的胳膊高兴地说道。

"让大队长见笑了！"杨厚明依然低着头。

"李克明！从明天起杨厚明就是你们四队的会计了，你们要是给我用不好这个人，我就把他弄到大队里去。"王宝山对李克明吩咐道。

"放心吧，大队长，我说啥也没想到这孩子还有这个才分，我们保证用好！"李克明也笑着表态道。

七十五

　　杨厚明做梦也没想到他一时的逞能之举，居然改变了自己的命运，从此以后他再也不用下地干农活了，他一下子成了生产队里的会计了。要知道在农村，生产队会计可是一个屯子里最有学问的人，是人人羡慕，也是最受人尊敬的。杨厚明下地劳动这两年多来时时处处学着父亲的样子干活。虽然最初他很不适应，干活总是跟不上趟，但是在他身上继承了他的父母那股不服输、不认怂的精神，很快他就适应了各种农活，俨然成了一个合格的庄稼汉。虽然他挣的依然是半拉子分，但是他的劳动成果已经不比成年劳力少多少了。另外他听从他老师孙振邦的话，一直没有放下学习，他把能够借到手的书，不管是文学小说，还是历史传记统统看了一个遍。不但如此，他还用孙振邦老师给他的一支毛笔和一本字帖练习书法。他把别人扔了的包点心的纸偷偷捡起来拿回家中，然后用锅底灰拌成的墨水练习书法，现在他的书法已经写得很好了，只是很多人还不知道他有这个本事。

　　杨厚明当了生产队的会计后，全家人都很高兴，可是他的父亲杨忠诚有点高兴不起来，他觉得杨厚明忽然间就从一个挣一半工分的半拉子成了挣全工分的人这不合适，毕竟按照杨厚明现在的年龄来说，眼下还应该是挣一半工分的人。

　　杨忠诚想了几天，越想越觉得不对劲，于是他就去找生产队长李克明。李克明听了杨忠诚提出的意见后感觉有点哭笑不得。李克明知道杨忠诚这人做事很认真，可是他怎么也没想到杨忠诚会在这件事情上认起真来，他本来想说杨忠诚几句的，可是当他看到杨忠诚那一脸严肃的表情时又把话给咽了回去。

"我觉得这个事你们需要认真考虑一下，要是等有的社员提出来了就不好了，你们也不要因为他杨厚明是我的儿子就对他特殊对待。"杨忠诚很认真地说。

李克明摇了摇头说："老杨大哥啊，到目前为止，除了你还真没有哪个社员提出过这个问题，不过你也是社员嘛，还是咱大队的贫协主席，既然你提出来了，那我们生产队也不能不重视，不过这事我们也说了不算，自从生产队成立的那一天起，这会计就是挣全工分的，这也是大队规定的，这样吧，等我向大队领导汇报一下再说，你看咋样？"

"好吧，那我希望你们尽快有个说法。"杨忠诚说完就转身走了。

李克明望着杨忠诚的背影感叹道："这真是个老革命啊！"

杨忠诚中午回到家，他一进家门，白续珍就和他吵了起来。原来杨忠诚去生产队找李克明反映杨厚明挣工分多的这件事被白续珍的干姐姐常大姐的孩子常福碰巧听到了，他回家以后就告诉了常大姐。常大姐一听就来气了，她风风火火地跑到杨忠诚家，进门后不分青红皂白地就把干妹妹白续珍先给数落了一顿，在常大姐看来她的这个干妹夫不像话，这也是她的这个干妹妹没有管好自己丈夫的结果。

白续珍被常大姐的数落弄了一肚子气。常大姐走后不久，杨忠诚就回来了。

"这日子还过不过了？厚明这孩子刚有点出息，你就看不惯了是不？你是觉得他现在比你混得好了，你的心里不服气了是不是？你是武大郎开店别人不能比你高是不是？"白续珍怒吼道。

"你这是说的啥话？这都哪跟哪啊？"杨忠诚很不解地问。

"我说的啥话？那你干的是啥事啊？你在家里嘟囔几句就算了，你还真去找人家生产队长啦？这不真成笑话了嘛！这哪有当爹的嫌自己孩子挣工分多的呢？我真的不知道你是傻啊，还是那脑袋让驴给踢了？"白续珍越说越生气。

"这事你不懂，我是大队的贫协主席，他杨厚明就算不是我的儿子，他一个半拉子挣全工分这对广大社员也不公平！我有权代表广大贫下中农提出这个问题来。"杨忠诚也生气了。

"你还真拿你那个贫协主席当啥官了？人家就是搞运动的时候让你出点力，那平时谁理你啊？你当这个官连一个工分都不挣，你自己心里没个数吗？"白续珍继续吼道。

"你要这样说就不对了，亏你还是个共产党员呢！那贫下中农协会也是一级群众组织呢！"杨忠诚很不服气地回呛道。

"好好好，杨主席，你是官！你有权提意见，那你就看着办吧！我实在是不想再和你这个榆木脑袋过下去了！"白续珍说完穿上棉袄，一把抱起身边的小儿子幸福就往门外走。

"你干啥去？"杨忠诚追到门口问道。

"干啥去？回山东！我这些年和你在一起实在是受够了！"白续珍说完摔门而去。

杨忠诚回身一屁股坐在炕沿上，他呼哧呼哧地喘着粗气。他认为自己并没有做错，他觉得白续珍这是不明事理，是在犯糊涂，作为一个共产党员没有起码的政治觉悟是不应该的，于是他就坐在那里生闷气。

到了临近吃晚饭的时候，白续珍还没有回来，这时候二女儿桂芝和三女儿桂兰都回家了，杨忠诚就让桂芝出去找她妈回家做饭。杨桂芝出去半天后回来了，她说："我只看到我哥正在生产队里给人家写春联呢，我没找到我妈。"

"咋会没找到呢？"杨忠诚一听没有找到白续珍，也有点紧张了，于是他赶紧亲自出门去找。他心想这个屯子里也就这些人家，白续珍还能去哪里呢？于是他就先从白续珍平时经常去玩的几户人家开始找起。

当杨忠诚找到白续珍的干姐姐常大姐家时，常大姐没好气地对他说："你就别找啦！我妹妹要和你离婚，她不想和你过了！"

"净说玩笑话，这都老夫老妻的，离哪辈子婚呢？不就是拌了两句嘴嘛，从前又不是没吵过架？你快告诉我她去哪里了吧！"杨忠诚站在常大姐家的门口说。

"我说他姨夫啊，也难怪我妹妹和你生气，你说你这不是傻吗？哪有嫌自己儿子挣工分多的呢？那厚明眼看着就到了要成家立业的时候了，你家里给那孩子准备好了娶媳妇用的彩礼钱了吗？你还在这里瞎讲政治，你就不愁得慌吗？"常大姐数落道。

常大姐的话一下子戳到了杨忠诚内心的痛处，他抬头瞪了常大姐一眼，说："老常大姐！你就别和我说这些了行不？我不想听呢！"说完，杨忠诚就生气地转身往外走。

"你别找她了，她去县城桂英家了，今天下午是我让你姐夫赶着爬犁把她娘俩送到公社汽车站的。"常大姐追出家门对着杨忠诚的背影喊道。

杨忠诚听到常大姐的喊声，他停了一下脚步，然后继续往前走去，嘴里嘟囔道："这都快过年了，往人家孩子那里跑个啥？早知道你要去，可给那孩子捎点过年的东西啊！"

白续珍已经到大女儿桂英家两天了。两天来，经过女儿桂英的劝解，她也渐渐地消了气。是啊！女儿说得对，都老夫老妻的了还吵闹个啥？杨忠诚这个脾气也不是一天半天了，也是改不了的了，这她心里是完全清楚的。既然如此，那她生气有啥用？再说了她也不用担心生产队会给杨厚明减工分，那全大队的会计都挣一样的工分，人家咋能因为他父亲杨忠诚有意见就会给杨厚明减工分呢？再说了厚明也满十八岁了，按照生产队的规定也是要挣全工分的了。想到这里白续珍就释然了。后天就是农历的小年，她明天就要回家了。农村对小年是很重视的，她一定要回家和全家人一起过小年。

杨桂英的邻居冯大娘听说白续珍明天就要回李景华屯了，就过来请白续珍晚上到她家去吃饭。怎奈杨桂英已经调好了饺子馅，和好了面，正准备包水饺呢。冯大娘见状就要回去，却被桂英和白续珍给留了下来，于是三个人一起一边包水饺一边聊天。

杨桂英和这个邻居处的关系很好。冯大娘一家也是回族，她的儿子和杨桂英的丈夫是要好的发小，两个人现在又是一个单位的同事。杨桂英的丈夫是一个老实本分的人，在县里的农具厂当翻砂工。杨桂英和丈夫是通过杨忠诚的一个朋友介绍认识的，两个人虽然没有谈过恋爱，但是婚后感情一直很好，现在杨桂英已经怀孕了。对桂英的婚事，杨忠诚和白续珍两口子都很满意。

杨桂英的丈夫从小就没有了母亲，邻居的长辈们都很关心他，冯大娘对他也是格外的好。杨桂英自从嫁到县城来，冯大娘对杨桂英也是关怀备至，尤其是杨桂英怀孕后，冯大娘更是经常过来帮着杨桂英做家务，生怕她累着了，这让杨桂英一家和白续珍都很感激。白续珍来女儿家做客的这几天，冯大娘也总是过来陪白续珍聊天。

　　水饺包完不久，杨桂英的丈夫就下班回家了，大家围在一起吃完饭后，杨桂英的丈夫就出去了。杨桂英开始收拾碗筷，白续珍就和冯大娘坐在炕上聊天。因为白续珍明天就要走了，此刻冯大娘还有点依依不舍。

　　"他婶子，我听桂英说你这一辈子可不容易啊！还差一点死在鬼子的监狱里。"冯大娘说。

　　"是啊，我这是捡了一条命啊！要不是当年有一个咱回族的马营长关照，咱们姊妹今天就不能坐在这里聊天了！"白续珍感叹道。

　　"回族的马营长？"冯大娘一愣，然后她问，"他婶子，你说的是哪个马营长啊？他是在哪里关照过你的？"

　　"那是在邹平，当时敌人使坏，马营长看不下去了，就把我们要到了他负责的监室里，好吃好喝地照顾着我们娘俩，后来又让我们庄一个在青岛做生意的老乡把我们给保了出去。可惜这些事我知道得太晚了！现在马营长人在哪儿我都不知道，想报答他也找不到人。"白续珍很惋惜地说道。

　　"你说的那位马营长是不是叫马本瑞啊？"冯大娘忽然问道。

　　"是叫马本瑞啊！你咋知道的？难道你认识他？"白续珍一把抓住冯大娘的手很吃惊地问。

　　"何止是认识啊！他就是我的丈夫啊！"冯大娘说到这里，一下子趴在炕桌上放声大哭起来。

　　"娘，我冯大娘咋了？"杨桂英听到哭声赶紧从厨房跑过来。

　　白续珍对桂英摆了摆手，示意她不要说话。

　　过了一会儿，冯大娘止住了哭声，抬起头来，用桂英递给她的一条毛巾擦了擦脸说："都是过去的事了，还提他干啥呢？"

　　"他大娘，那马营长现在在哪里啊？你快告诉我，我要当面去谢谢他！"白续珍迫不及待地问道。

　　冯大娘叹了口气说："好人无长寿啊！他让王子元给砍了头。"

"啊！"白续珍感觉到很意外，也很惋惜，她急忙追问道，"他大娘，这到底是咋回事，你能和我说说吗？"

冯大娘平复了一下心情说："说来话长啊！我和马营长都住在金陵镇，都是大户人家里的孩子，我们两个从小青梅竹马，可我是汉民，不能指望着能和他终成眷属。但是长大后，他不顾家里的反对执意娶了我，而且对我一直很好，他走到哪就带我到哪。他当年投靠日本人是奉了上面'曲线救国'的命令，可是他忍受不了日军的欺辱，就和八路军约好了要起义，但是被他的好兄弟给出卖了。那天王子元要派人来抓他，他就让我快走。我在匆忙中拿了几件衣服和一些钱就跑了出来。我刚出门，家就被王子元的人给包围了。他们抓了马营长后，又派人四处抓我，我就跑回了娘家。后来娘家也待不下去，我就隐姓埋名地跑到了这东北。再后来经过一个山东老乡的介绍嫁到冯家。"

"他冯大娘啊！我做梦也没想到咱姊妹们出来了几千里地还能在这里相会，这真是缘分啊！你就代马营长受我一拜吧！"白续珍说着起身下地就给冯大娘下跪。

冯大娘赶紧下地扶住白续珍说："他婶子你太客气了！那马营长要是在天有灵，看到咱姊妹们能在这里相遇也会很欣慰的。"

白续珍和冯大娘这两个经历了半世磨难的女人，此刻两双手紧紧地握在一起，泪水止不住地流，她们各自内心都百感交集。

出了正月，东北的雪还没有融化，但生产队的社员们已经开始下地劳作了。人们会把去年冬天刨的粪用大车一车一车地拉到地里，然后撒在土壤上。虽然东北都是黑土地，土质肥沃，但是粮食的产量还是与施不施肥，施多少肥有很大关系。今年李景华屯的社员在冬天刨的粪不少，再加上生产队积攒的猪粪和羊粪也不少，大家觉得应该有个好收成，所以干起活来都很起劲。

杨厚明当然不用再跟着社员下地干活了，这一个冬天他和生产队的现金员陈文艺把队里的账目都理清楚了。原来生产队里就是一本糊涂账，特别是苏文章管理的仓库，由于他没啥文化，那里面的很多物品的名字他都不会写，干脆就用只有他自己懂啥意思的圈代替，别人根本看不明白。杨厚明替苏文章把仓库的账目也都搞清楚了，这让苏文章十分高兴，也十分感激，他逢人就夸杨厚明懂事，能干，有学问，了不起。苏文章也是一个性情中人，从前他心里对杨忠诚不服气，后来他开始佩服杨忠诚，现在又开始佩服杨厚明了。

事情说来也怪，杨厚明在当半拉子，跟着社员们下地干活时没人关注过他，在大家眼里他就是杨忠诚家一个读不起书被迫下来劳动的二小子，人们对他除了有点同情也没有别的。可是自从杨厚明当上了生产队会计，大家一下子发现从前他们都忽视这个孩子了，杨厚明不仅说话办事有模有样，而且非常有学问。自从杨厚明当了会计，这村里墙上的标语口号就再也不用到外村去请人来写了，而且过年的春联也不用再去花钱买了。杨厚明不但字写得好，而且用词也好，屯子里的孩子都说杨厚明比他们的语文老师水平都高。

杨厚明不但一夜之间从一个孩子成了一个大人，而且大家还发现他原来还是一个挺英俊的小伙子，尤其是当杨厚明把他姐姐杨桂英给他织的一条毛线围脖围在脖子上时，让人觉得他很像电影《红灯记》里的李玉和。还有他那管别在上衣口袋的钢笔，也总能吸引很多人的目光。

外人对杨厚明的看法变了，杨厚明也觉得自己变了，他变得性格开朗了、爱说话了。他现在会时不时地给社员们讲一些自己在《三国演义》《隋唐演义》《西游记》《水浒传》等书上看来的故事。这些社员大多都没文化，也没怎么看过书，因此杨厚明讲的那些故事很吸引他们，经常让他们听得入迷。有的社员在阴雨天不能下地干活时，干脆把杨厚明请到家里吃饭，听他讲故事，现在大家都戏称杨厚明为"杨大白话"。

其实杨厚明还是那个杨厚明，本来他骨子里就是一个性格开朗的人，只是这些年他为了保护自己把这种性格刻意地隐藏了起来。杨厚明知道他们家在这个屯子里单门独户，无依无靠。在东北这个孩子都爱打仗的地方，弟兄们多就是资本和依仗，就不怕被欺负，而他杨厚明不行。再加上他的父母总叮嘱他在外面不要惹是生非，所以这些年杨厚明让人看起来就是一个老实巴交、不显山不露水的孩子。可现在情况变了，他俨然已经成了屯子里冉冉升起的一颗新星，成了一块香饽饽，人们都开始重视他，尊敬他，甚至是维护他，就连曾经欺负过他的陈化彪都跑到他的身边和他拉近乎。

按说杨厚明是顶了陈化彪才当上这个会计的，陈化彪对杨厚明应该心生怨恨才对，可是事实并非如此。陈化彪当这个会计实属赶鸭子上架，他本人根本就干不了这个活，他在工作中处处为难，也没少挨生产队长李克明的骂，他也实在是干够了，现在由杨厚明来干，他心里不但一点意见没有，反而有一种解脱的感觉。陈化彪此刻接近杨厚明是真心服气杨厚明的本事。当然陈化彪也有另一个目的，那就是一般生产队里的民兵排长都是由会计来兼任，陈化彪平时喜欢舞枪弄棒，他想继续当这个管理着十几支半自动步枪的民兵排长。杨厚明知道陈化彪的意思后，就向陈化彪保证不会接任民兵排长一职。陈化彪非常感动，他拍着胸脯对杨厚明说："厚明兄弟，我老陈家是这个屯子里的大户，我们家里叔辈弟兄们多，这些弟兄都听我的，你放心，以后如果谁敢在李景华屯难为你，你看我不削死他！"

杨厚明的优秀自然也就引起了屯子里女孩子们的注意，东北的女孩子都很大方泼辣，她们敢爱敢恨。女孩子们的主动追求吓坏了杨厚明，因为他知道按照他们的习俗，是不能和汉族通婚的，否则他的姐姐杨桂英也不会嫁到一百多里地的县城去。于是杨厚明开始有意地躲避着这些女孩子，刻意地不再去她们家里串门。

这一情况很快就被屯子里的一些人给发现了，尤其是当有的女孩子干脆向家长挑明要嫁给杨厚明的时候，大家才终于知道杨厚明已经牵动了一些女孩子的心。按说"男大当婚，女大当嫁"这也是人之常情，可是大家也都清楚杨忠诚家的情况，所以屯子里的人也都不敢去杨忠诚家提亲。

虽然没有人敢去提亲，可是杨厚明毕竟整天还在李景华屯的大街上走来走去，那些喜欢他的女孩子都生怕被别人捷足先登了，终于大队长王宝山亲自出马了。

王宝山是不屑给人保媒拉纤的，因为他是大队长，可那也得分是谁找他，这次是屯子里很有威望的贾老大托他，贾老大的面子王宝山是不能不给的。王宝山识文断字，那大道理讲得一套一套的，弄得杨忠诚和白续珍都不知道该怎样回答了。最后，白续珍只好对王宝山说："他王老叔，你说的这些都在理，可这事儿我们当家长的也不能包办，要不等着我们和厚明商量商量再给你回个话，你看行不？"

"那当然行了，不过我可提醒你们，人家贾家可是李景华屯的大户，贾老大能说出他家那两个姑娘让你家厚明挑的话来，那得是多喜欢你家厚明啊？人家那两个姑娘哪个不是长得像天仙似的？你们可千万别错了主意！你们要是和贾家结了亲，那你们杨家以后就真的在这李景华屯扎下根了！"王宝山临出门时说道。

　　送走王宝山后，杨忠诚和白续珍真不知道该咋办了，他们知道儿子厚明长大了，到了应该谈婚论嫁的时候了，可是他们没想到这事会来得这么快，快得让他们有点不知所措。

　　"你倒是拿个主意啊？怎么老是不说话啊？"白续珍对坐在炕沿上沉默不语的杨忠诚说。

　　"我能有啥主意？"杨忠诚反问道。

　　"没主意可不行啊！那贾家好拒绝，可这却是王宝山在做媒，他可是大队长啊！弄不好咱会得罪人的。"白续珍着急地说。

　　"反正咱杨家祖祖辈辈上就没有和汉民通婚的先例，再说了要是找一门汉民亲戚，那以后孩子们咋在一起生活啊？咱咋和亲戚走动啊？我看这门婚事无论如何都不行。"杨忠诚很坚决地说。

　　"我看这样吧！"白续珍忽然有了主意，她说，"我明天就去县城，桂英的那个邻居冯大娘对县城很熟悉，让她赶紧帮着给咱厚明在那里找一个合适的女孩子。只要咱厚明把婚事给定下来了，这些麻烦事就都没有了。"

　　杨忠诚听后眼前一亮，他抬头看了看窗外的天说："这个点去公社汽车站还能赶上下午去县城的汽车，我看事不宜迟，你现在就去吧！人家王宝山那边还等着咱回话呢！"

　　"好，我现在就去。"白续珍说完，从墙上的相框里取下一张杨厚明不久前照的照片，然后抱起小儿子幸福就往外走。

七十六

　　白续珍拿着杨厚明的照片风风火火地到了县城，但是她白跑了一趟。虽然冯大娘听了她的去意后立刻就把住在县城街里和郊区合适的人家从头到尾捋了一遍。对于几户家里有适龄女孩子的，冯大娘干脆就直接上门去找了，可是人家一听说男方是住在乡下的，连照片都不看，就一口回绝了。

　　白续珍很沮丧地回到了家中，她还没开口，杨忠诚就说："你不用说了，没事，你走了这两天，我已经有主意了。"

　　"啥主意？你快说。"白续珍又一下子来了精神。

　　"我回山东老家给厚明说个媳妇来。"杨忠诚说。

　　"唉！我当你有啥好主意呢？县城的女孩子都不愿意嫁到这里来，那隔着几千里地的老家能有人愿意来？"白续珍很泄气地把怀里的小儿子幸福放到炕上说。

　　"眼下也就这一个办法了，有枣没枣地打一竿子吧！如果实在不行，咱也就死心了，反正咱不能眼看着孩子打光棍不是？"杨忠诚说。

　　白续珍想了想说："要不咱先给大儿子厚增去封信，让他先看看，要是有合适的，你再回去，省得你白跑一趟，这来回可几千里地呢。"

　　"来不及了，再说了厚增那孩子哪办过这事，我不放心，我还是自己回去看看吧。"杨忠诚说。

　　白续珍半天没有言语，也没有动地方。

　　"你咋了？"杨忠诚问。

　　"这回山东给儿子说媳妇可不是个小事，那是需要花不少钱的，可咱家里的钱满打满算也就够你路上的盘缠。"白续珍很为难地说。

　　一提到钱的问题，杨忠诚也沉默了。

过了一会儿，白续珍说："要不这样吧，咱让厚明去找李克明先从生产队里借点钱，等到年底分红咱再让他们扣下。"

"这哪行？厚明刚当上会计时间不长，咱可不能给孩子添这麻烦。"杨忠诚一口拒绝了白续珍的提议。

"那你说咋办？反正你不能空着手回山东，咱是去给孩子说媳妇，总不能指望着人家女孩子家倒贴吧？"白续珍说。

杨忠诚想了想说："要不你去找找高书记的媳妇吧，我上次还她钱时，她还说要是家里用钱就再去找她呢。这个弟妹跟你关系好，在家里也说了算，云林啥事都听她的，再说了云林要是知道咱用钱去给厚明说媳妇，他也应该不会反对的。"

白续珍听了杨忠诚的话眼前一亮，说："好，我这就去她家。"

杨忠诚带上白续珍从高云林家借来的一百元钱立刻启程。

杨忠诚坐了三天两夜的火车，终于回到了阔别十几年的老家闫满庄。此时的闫满庄并没有太多变化，街道还是那些街道，房子也基本上还是那些房子，只有杨忠诚家南墙外的那条胡同口的牌楼没有了，只剩下两块基石静静地躺在那里。

虽然闫满庄没有太大变化，但杨忠诚还是感到物是人非了，因为好多他熟悉的人都已经辞世。尤其是白广甲阿訇和姜重轩这两位在闫满庄德高望重的人也都在前几年过世了，这让杨忠诚唏嘘不已。

杨忠诚又回到了他曾经住过的那个北屋里，本来北屋现在是他的大儿子杨厚增两口子在住。杨忠诚回来后，杨厚增就把北屋腾了出来，由他陪着父亲住。当年白续珍离开家的时候，他的哥哥白增俊虽然把家里钥匙给了杨厚增，但是他把北屋的门窗都用土坯垒了起来。后来杨厚增相继有了儿子和女儿，小东屋就住不开了，于是他就把北屋堵门窗的土坯拿掉，和媳妇住了进来。

当初这件事还遭到了白续珍的哥哥白增俊的阻止。在杨厚增去找白增俊说想要用北屋的时候，白增俊认为杨厚增在没有征得他爹娘同意的情况下，是不能打开北屋门的。最后杨厚增只好给他父亲写信商量这件事。同时，白增俊也给他妹妹白续珍写了信。杨忠诚和白续珍收到信后，分别给他们回了信，表示同意杨厚增用。这样，杨厚增才在白增俊的监督下打开了北屋的门。其实那北屋里也没啥值钱的东西，除了一套老式的旧桌椅，就是两个旧木头箱子。白增俊把装着两床旧铺盖的其中一个木头箱子搬回了自己家，那是当年她妹妹出嫁时带来的嫁妆。白增俊始终觉得他妹妹早晚有一天会回来的，他要保存好这份嫁妆，等妹妹回来的那一天，他要再亲手把它还给妹妹。

　　杨忠诚回到闫满庄后，前来拜访的人络绎不绝。大队书记丁向山一有空就过来和杨忠诚叙旧。马俊文更是啥活都不干了，整天陪在杨忠诚的身边。杨忠诚被亲朋好友和街坊邻居争相请到家里去做客，他一连多日都沉浸在和亲朋好友相聚的高兴气氛中，以至于都忘了自己此次回闫满庄的目的是啥了。直到他的外甥米献祥带着他的姐姐和妹妹来到闫满庄见到他，问起他家里人的情况时，他才忽然想起这次回山东的重要任务，他赶忙把自己的来意告诉给了他的姐姐和妹妹。

　　"我们庄里的女孩子你就别想了，咱这里的孩子订婚都早，那十七八的大姑娘早就找好了婆家。再说了就是有，那人家也不可能跟着你去东北。这几年咱家里的粮食都够吃的，可不比那些年里拿着一袋子玉米就能换一个媳妇了。"杨忠诚的姐姐说。

　　"是啊！这事真的不好弄啊，哥。"他的妹妹也连连摇头。

　　"我就知道指望不上你们！和你们说了也是白搭！"杨忠诚没想到他的姐姐和妹妹当头就给他浇了一盆凉水，气得一下子站起身来大声说道。

　　"你先别急，舅舅，咱再从长计议。我这次是带车来的，你先到我那里住几天再说。"米献祥劝慰道。

　　"我不是来走亲戚的，我是来办正事的！我没工夫去你那里！"杨忠诚说完抬腿就出了屋门。

　　"爹，你干啥去？"杨厚增赶紧追出来问。

　　"我爱干啥干啥去！"杨忠诚说完就气冲冲地出了院子。

　　杨忠诚刚走，马俊文就来到了杨厚增家。当他听说杨忠诚生气出去了后，就对杨厚增说："你今天晚上就别准备饭了，让你爹和你的两个姑姑，还有你表哥都到我家里去吃。"

晚上，马俊文把杨忠诚和杨忠诚的姐姐、妹妹，还有米献祥都请到了他家里。大家围坐在一桌子饭菜前，马俊文对杨忠诚说："忠诚哥，今天咱可要吃好了。"

杨忠诚瞥了一眼自己的姐姐说："没心情，咋能吃好？"

"哥，你就别生气了。"杨忠诚的妹妹赶紧安慰道。

马俊文端起茶杯笑着说："只要今天大家都吃高兴了，我觉得厚明那孩子的婚事就有眉目了。"

"真的假的？"杨忠诚不太相信马俊文的话。

"咱先喝了这杯茶再说行不？"马俊文依然笑着说。

杨忠诚二话不说，一口就把杯中茶干掉了，然后他迫不及待地问："俊文兄弟，你说的是哪家的姑娘？"

米献祥也赶紧喝了杯中的茶，问："俊文舅，这事儿靠谱吗？"

马俊文没有回答，而是对里屋喊道："孩子，出来给大家满个茶！"

话音刚落，一个姑娘从里屋走了出来，她对着在座的人落落大方地微微一笑，然后拿起茶壶把桌子上的茶杯都倒上茶。

"这是谁啊？"杨忠诚看了一下眼前的姑娘问马俊文。

马俊文笑了笑，没有说话。

这时，马俊文的媳妇赶紧接话道："他忠诚大爷，这是咱家里的四丫头学香啊，你不记得了吗？""记得，记得！"杨忠诚连连点头道。

米献祥看出了一点端倪，他赶紧问马俊文："俊文舅啊，我学香妹妹今年多大了，有婆家了吗？"

"二十一，眼下还没有，不过兴许也快了。"马俊文笑着说。

"女大三，抱金砖啊！我侄子今年十八，这不是踏破铁鞋无觅处嘛！"杨忠诚的妹妹高兴地说道。

马学香听到这里脸一下子就红了，她站在那里有点不知所措。马俊文对女儿摆了摆手说："孩子，你快去忙吧！"

马学香对大家点了点头，就退回到里屋去了，马俊文的媳妇站起身跟着女儿进了屋。

"俊文啊，你和忠诚可是从小的兄弟们，要是你们两个成了亲家，那可真是亲上加亲的大好事啊！"杨忠诚的姐姐兴奋地说。

"一切就要看缘分了，孩子的事情咱随后再说，来，现在咱只管把酒喝好。"马俊文打着哈哈说道。

杨忠诚在马俊文家吃饭后的第二天，马学香看了杨厚明的照片，居然很快就同意了这门亲事。杨忠诚做梦都没有想到，他此番回老家给儿子说媳妇这么大的事就这么令人意外、戏剧性地成了。他拉着马俊文的手，高兴地说："俊文，你帮你哥哥解决了一个大问题啊！我和你嫂子这辈子都不会忘了你和弟妹的这份恩情！"

"忠诚哥，你这说的是啥话呢？只要两个孩子将来能白头到老，那还不是咱老哥俩前世修来的福吗？啥恩情不恩情的？以后孩子跟你去了东北，兄弟还得仰仗大哥和嫂子多多关照呢！"马俊文说。

杨忠诚一拍胸脯说："这你就放心吧，兄弟！只要学香到了我们家门里，那我和你嫂子就是又多了个闺女，我们保证不会让孩子受半点委屈！"

"我当然放心了，其实你来的那天一给我看厚明的照片，我就知道你这次回老家是来干啥了。学香这孩子也怪，这几年人家没少给她介绍对象，可她一听对方家是附近的就连见都不见。后来你弟妹问她为啥，她说她找人算过，她的姻缘不在当地。眼看着她的年龄越来越大，也把我和你弟妹快愁死了，现在看来这就是缘分呢！"马俊文说。

亲事定下来以后，马俊文家坚决不要彩礼，杨忠诚和杨厚增两口子只好领着马学香到平陵城的瑞蚨祥绸缎店里扯了几身布料。本来杨忠诚也想给马俊文两口子扯身布料，可是马学香死活不同意。看着马学香那懂事的样子，杨忠诚的心里别提多高兴了。

杨忠诚从山东回到李景华屯后，杨厚明才知道他爹这是回老家给他说媳妇去了。杨忠诚和白续珍之所以没有事先告诉杨厚明，是他们对这次回山东给儿子说媳妇也没有啥把握。他们想，如果不成功可能会伤了儿子的自尊心，所以只说杨忠诚想家了，想回关里去看看。

当杨忠诚和白续珍高兴地拿着马学香的照片给杨厚明看时，杨厚明却不怎么高兴，他低着头说："我才多大啊？你们就给我找媳妇？"

"孩子，咱这屯子里像你这么大的人有的都有孩子了！人家街里的姑娘都不愿意嫁到咱这屯子里来，有这么俊俏的姑娘愿意几千里地来这里嫁给你，那还不是打着灯笼都难找的好事吗？"白续珍对儿子劝说道。

"厚明啊，这可是你马俊文达达家的姑娘，也就是你爹和你马俊文达达关系好，人家对咱放心，要是别的人家还舍不得把姑娘嫁到这东北来呢，咱可不能错了主意呀！"杨忠诚也说道。

"那你们就看着办吧！"杨厚明说完就起身出门了。

其实杨厚明对爱情是有自己的理解和追求的，可是眼下这情况他也不是不知道，他十分清楚父母心里是咋想的。屯子里那些对他表露出好感的姑娘，他也不是没有心仪的对象，但眼下风俗就像一个紧箍咒一样让他没法摘掉。再说还有姐姐杨桂英的例子在前面。当初在屯子里也不是没有喜欢姐姐的，可是最终姐姐还是嫁到了离家百十里地外的县城。于是杨厚明心想，自己还是认命吧！

杨忠诚和白续珍商量后决定明年秋天给儿子厚明办婚事，可是他们的计划被大队书记高云林给改变了。

一天，高云林在大队召开贫下中农协会干部会议，研究如何开展"批林整风"运动。会议结束后，他把杨忠诚叫到自己的办公室问杨忠诚："忠诚大哥，听说厚明的媳妇说成了？"

"我还没去家里谢谢弟妹呢，要不是你们给拿了那一百块钱，厚明这媳妇还真是说不成呢！"杨忠诚很感激地说。

"那事咱先不提了，那钱放在家里也没啥用，我那儿子年龄还小，说媳妇还早着呢！"高云林说。

"话虽这样说，可这年头谁肯往外借一百块钱呢？等厚明结婚后，我就把钱还给弟妹。"杨忠诚有点不好意思地说。

"这都说哪里去了，咋整得像是我和你要钱似的，我是想问问你啥时候给厚明办喜事？"高云林笑着说。

"想等明年秋天办。"杨忠诚说。

"为啥要等到那个时候啊？"高云林问。

"那时候生产队分红了，手头也就宽裕点了。"杨忠诚说。

"不行，时间太长了，我知道大哥跑那么远给孩子找个媳妇实在是不易，这夜长就容易梦多。再说了，大哥你都快六十岁的人了，能早抱一天孙子就早抱一天。这样吧，明天我让你弟妹再给你家送两百块钱去，听我的，今年的阳历年就把孩子的婚事给办了。"高云林用不容商量的口气说道。

杨忠诚实在是没想到高云林对杨厚明的婚事如此上心，他一把握着高云林的手说："云林兄弟啊，这可让我说啥好呢？"

"啥也别说了，谁让咱是兄弟们呢！"高云林笑着说。

在临近元旦时，马学香在他叔伯哥哥马学富的陪同下来到了东北。他们随身携带了两只装着马学香嫁妆的皮箱。生产队长李克明亲自赶着马车和杨忠诚、杨厚明父子一起到车站接马学香他们一行。

杨厚明第一次见到自己的未婚妻，他害羞得直往后躲。

"快去把行李接过来啊，你个傻小子！"李克明一把将杨厚明推到马学香的跟前。

马学香倒是很大方，她上下打量着眼前的这个小伙子，脸上露出满意的笑容，然后她把手中的皮箱递给了杨厚明。

"达达，你还认识我不？我是马学富啊！"马学富见到杨忠诚后显得很激动。

杨忠诚听来人说自己是马学富，他一下子愣住了。这些年杨忠诚一直没有见过马学富，上次他回闫满庄时，马学富正在公社参加劳动改造。此刻他怎么也不敢相信站在他面前的这个驼着背，脸上满是皱纹，口中缺牙少齿，说话都有点漏风的人是马学富。

"学富啊！真是你吗？"杨忠诚上前一把抓住马学富的手，仔细打量和端详着眼前这位昔日的好朋友和战友。

"是我啊，达达！"这一刻马学富的眼里闪动着泪光。

"你咋成这样了，学富啊？"此刻杨忠诚的脑海里闪过当年马学富那一身戎装，腰里别着驳壳枪，威风凛凛站在他面前的样子。

"一言难尽啊，达达！"马学富摇了摇头说。

"快上车吧，别把新媳妇给冻坏了。"李克明在一旁提醒道。

"好，学富啊，咱回家再聊，来，快和你妹妹上车，这东北的天啊可是太冷啦！"杨忠诚接过马学富手中的皮箱，把他扶到马车上坐下。

杨厚明也想把马学香扶到车上，可是他伸了伸手，又不好意思地把手缩了回来。马学香见状笑了笑，然后她身子一跃就自己坐上了马车。此刻马学香的心里非常高兴，他发现眼前的杨厚明和自己想象的几乎完全一样，她对杨厚明已经一见钟情了。算卦先生曾对马学香讲，她的婚姻是宜远不宜近，宜迟不宜早，夫妻恩爱，白头偕老。眼下，在马学香看来最起码前两项是应验了，她心想这后面的两项也应该没问题。

杨厚明和马学香的婚礼非常简朴，马学香和他娘家哥哥马学富事先被白续珍的干姐姐常大姐接到家中，常大姐一家也临时充当了马学香的娘家人。结婚当天天不亮，杨厚明家就用爬犁从常大姐家中把马学香他们接出来，然后几个爬犁在李景华屯南面的草甸子上转了一圈后，就在一阵鞭炮声中进了杨厚明家的院子。

杨忠诚家原来有两间房子，为了迎娶儿媳妇，杨忠诚又在东面接出去了半间房子，用作厨房，这样里面的一间房子就收拾成了儿子的新房。那新房的墙壁都是用报纸重新糊过的，窗户上贴满了漂亮的剪纸和窗花。杨忠诚的干娘，也就是杨全的母亲是这里远近闻名的农民剪纸艺术家。她不但什么样的剪纸都会制作，而且她制作的剪纸惟妙惟肖、栩栩如生。为了给杨厚明这个干孙子娶媳妇，老人家忙活了整整一天。

村里的人都到杨厚明家来祝贺，高云林书记和王宝山大队长也都带着自己的媳妇来了，他们两个人还做了杨厚明和马学香的主婚人和证婚人。

杨厚明的班主任老师孙振邦也来了，他看着自己的学生现在成家立业，有了出息，高兴得合不拢嘴。

婚宴从早上天不亮一直摆到晚上掌灯时分。

杨厚明结婚后，杨忠诚家的日子越过越好。现在马学香也不让婆婆白续珍再做饭了。按说马学香从小家境殷实，又是父母的掌上明珠，应该没下过什么力，可事实并非如此，她不但各种家务活都会干，她还不顾公婆的反对执意下地参加劳动。马学香干农活也是把好手，就连生产队长李克明都夸她，后来大家才知道原来马学香在闫满庄时曾经干过生产队的妇女主任。现在杨忠诚的二女儿桂芝也不读书了。这样一来，杨忠诚家里一下子就多了两个劳动力，目前一个家庭有这么些挣工分的劳力在整个李景华屯也并不多，杨忠诚面对这样的局面心里非常高兴，他觉得他的腰杆更直了。

在一个深秋的傍晚，生产队长李克明在大街上拦住了杨忠诚，他说："老杨大哥，我正想去你家找你呢。"

"有事吗，克明？"杨忠诚停下脚步问。

"咱生产队的那些羊这些年一直都是老孙头在放，老孙头放羊也确实不行，那羊是越放越少，现在就还剩下十几只了，他也不想再放了，我想……"

"克明啊，你可别看我已经六十多了，我这下地干活还不比年轻小伙子差，再说我们家的生活刚刚有点起色，这个时候我可不能偷懒啊！"杨忠诚不等李克明说完就打断了他的话。

"老杨大哥，你听我把话说完，我不是想让你去放羊，我是想和你商量一下看能不能把那些羊卖给你家。我看你家幸福也上学了，我大嫂也不用再照看孩子了，要是你家来养这些羊应该是没啥问题的。"李克明说。

"这恐怕不行吧？这不符合上级政策啊！"杨忠诚很担心地说。

"啥政策不政策的，现在这些事已经没人管了，那养鸡、养猪和这养羊有啥区别？再说了人家一队和二队都把生产队里的羊分给社员了，本来我也想给大家伙分了的，可咱这几只羊也不够分的呀。要是这些羊没人管，那就都得处理掉，可真要是那样的话，以后咱逢年过节想吃个羊肉就不好办了。"李克明说。

杨忠诚听后并没有马上表态。

"咋样啊，老杨大哥？到底行不行啊？"李克明追问道。

"行倒是行，可你也知道厚明这婚事都是我借的钱，现在我刚把钱还上，哪还有闲钱再去买羊呢？"杨忠诚很为难地说。

"这事我已经想过了，这不算啥问题，要是你愿意的话，那买羊的钱就从你家在生产队年底的分红里扣。如果你不想一年扣除，那咱就分上几年，这个我说了就算，你看这样行不？"李克明很诚恳地说。

杨忠诚觉得李克明把话都说到这份上了，他也没有理由再拒绝了，于是就点了点头说："那行吧，那就按你说的办。"

七十七

    生产队的那十几只羊在杨忠诚家养了三年多的时间就繁殖到五十多只，当然这里面有杨忠诚后来从别的屯子里买来的几只种羊。杨忠诚家的这些羊原来一直都是白续珍在放，不过现在都是由杨忠诚来放了，因为杨忠诚的身体出了状况，他再也不能下地干农活了。

    杨忠诚过了六十岁以后，依然很要强，不服老，他不但坚持下地干农活，还总和年轻人比干劲，可此时屯子里一些和他年龄差不多的人都已经开始养老了。白续珍和杨厚明几次劝他不要再下地劳动了，可他就是不听，终于在一年的冬天里因为太劳累，身体吃不消了，再加上受凉，得了重感冒。

    杨厚明想送父亲去公社卫生院看病，可杨忠诚不同意，他让杨厚明把大队卫生室的赤脚医生刘殿文请到家里。刘大夫给杨忠诚开了点药，杨忠诚吃后感觉病情已经好转，于是就又不顾家人的反对去生产队刨粪，结果他再次病倒了。

    这一次，杨厚明赶紧把父亲送到了公社卫生院。经过医生检查，确诊杨忠诚的气管出现了严重的感染。经过一个多月的治疗，杨忠诚的身体依然很虚弱，而且经常咳嗽，这使得他的情绪很低落。可偏偏在这个时候，杨忠诚听到了高云林书记被免职的消息。杨忠诚和高云林感情深厚，他了解高云林，他知道高云林这些年因为为人正直，敢说真话，在各种运动中得罪了不少人。今天他被免职肯定是有人在整他。杨忠诚为高云林鸣不平，可他又无能为力。就是想去安慰一下这位好友他都出不了门。为此，杨忠诚感到很沮丧。

人常说屋漏偏逢连阴雨，还没等杨忠诚从高云林被免职的事中平静下来，他的贫下中农协会主席职务也被免了，原因是他的年龄大了。杨忠诚知道年龄大只是一个借口，真正的原因应该是高云林不当大队书记了。当年他当贫协主席是高云林提名的，高云林都被免职了，那他的这个职务还能留得住吗？虽然贫协主席不挣工分，但是每次开群众大会都要和大队领导一起坐在主席台上，这在有些人看来还是很风光的，所以还是有人觊觎这个位置的。其实杨忠诚并不稀罕这个职务，可是此刻他被免职，心里未免有些不舒服。

这一系列的打击让杨忠诚的病情加重了，他开始晚上咳得睡不着觉，有时还会发烧，家人都劝他去住院，可他就是不肯。最终，杨忠诚出现了呼吸困难、胸闷和气短的情况。杨厚明再次把赤脚医生刘殿文请到家中。刘大夫一看，立刻建议送公社卫生院。

经过公社卫生院医生的诊断，杨忠诚的病已经从气管炎转成了肺气肿，医生建议他立即住院治疗。杨忠诚在医院治疗一周后，病情得到了一定程度的缓解，这时他就非要出院。杨厚明拗不过父亲，只好给他办了出院手续。

杨忠诚回到家中后，杨厚明想方设法地弄来一些特效药，但是杨忠诚用后效果并不是很明显。他的病情时好时坏，尤其是到了冬天病情就会加重，经常会憋得整宿睡不着觉。这让家里人既着急又心疼，可又都束手无策，他们只能盼着冬天早点过去。

杨忠诚生病后，他最懊恼的就是他不能再下地干活挣工分了，他觉得这样会影响到他的家庭收入，会让他家刚刚好起来的生活又被打回原形。不过事实证明杨忠诚多虑了。有一句话叫"东方不亮西方亮"，现在白续珍和儿媳马学香在屯子里做起了煎饼生意，而且生意很红火，杨忠诚家的生活不但没有因为他不能挣工分而受到影响，反而是越来越好，这完全出乎杨忠诚的意料。

其实白续珍和儿媳妇马学香做煎饼生意完全是出于偶然。杨忠诚自从不能再下地干活后，他就执意要去放羊。因为杨忠诚的病过了冬天就会好转，他是一个闲不住的人，即使放羊对于他来说也不是个轻快的活，但他还是要去，他不想就此去养老，同时他也更担心别人会把他当作一个废人。

　　杨忠诚去放羊后，白续珍待在家里也觉得没事干，她也是个闲不住的人，于是她就总想着找点事干，就在这时发生了一件有趣的事情。有一天晚上，白续珍在梦里梦到自己吃煎饼，这可能是随着年龄的增长，她开始怀旧了。白续珍早上醒来后一直回味着梦里那山东大煎饼的香甜。这一刻，她很想吃张煎饼。可是在东北这个地方想吃煎饼是件很难的事情，因为这里根本就没有这种食品。于是白续珍就突发奇想，她想自己做煎饼。可是摊煎饼是需要煎饼鏊子的，在东北这里是没处弄到那个东西的。不过这事难不倒白续珍，她想到了在县农具厂做翻砂工的大女婿，于是她抬腿就去了县城。大女婿根据白续珍对鏊子的描述，很快就铸造了一个。

　　白续珍拿着煎饼鏊子从县城回到李景华屯后，她把玉米面和好，然后开始支起鏊子摊煎饼。按说摊煎饼用的原料是用石磨磨的玉米浆，可眼下家里没有石磨，她只能凑合。不过这样摊出来的煎饼在外形和口感上都与山东煎饼有很大的差别。尽管如此，白续珍摊出来的煎饼对于常年吃玉米饼子、喝玉米粥的人来说还是一种全新的味道，尤其是那焦黄的大煎饼卷上东北大豆腐和蘸上东北大酱的小葱，吃起来很是可口，不但白续珍家里人都很爱吃，屯子里的人也都很爱吃。于是每当白续珍在家里摊煎饼时，一些和她家关系好的人就会闻讯而来，目的就是想吃上一张白续珍摊的大煎饼。可是时间一长，尽管白续珍对来吃煎饼的人依然慷慨，那屯子里的人却有些不好意思了，但是这些人又放不下这来自山东的美食，于是有人就想出来了一个办法，他们把磨好的玉米面拿到白续珍家里，拜托白续珍给他们加工。当然他们都不会把煎饼全部拿走，这也就是心照不宣地算是给白续珍加工费了。

　　后来，这件事情启发了白续珍，她和儿媳妇马学香商量想在家里摊煎饼卖。因为现在做生意已经没人管了，都放开了，这屯子里也经常会来一些走街串巷做各种生意的人。马学香听了婆婆的话，很高兴地表示赞成，因为马学香也会摊煎饼，如果家里摊煎饼卖，她也算是有用武之地了。

　　在征得儿媳妇的同意后，白续珍就让儿子杨厚明想办法去弄一盘石磨来。白续珍做事很认真，在她看来既然是做生意就不同于在家里自己做着吃，是不能凑合的，必须要按照正规的流程来，只有这样才能摊出正宗的山东大煎饼。

杨厚明听了母亲的想法，他也感觉挺好，于是就立刻跑到公社石料厂找了一个石匠。杨厚明在离开山东时已经记事了，石磨是啥样他心里很清楚，尤其是他家院子里的那盘石磨，他一辈子也忘不了。

石匠根据杨厚明画的图纸，很快就把石磨凿刻好了，并亲自用马车送到了杨忠诚家里。

当石磨送到杨忠诚家里时，杨忠诚才知道了白续珍和儿媳妇要干啥，虽然他的心里有些不同意，但是全家人都赞成，他也就不好说啥反对意见了。

杨忠诚家正宗的山东大煎饼很快就上市了，而且卖得很好。不过虽说是卖，其实大部分社员都是拿着自家各种粮食来换。虽然东北人眼下的日子都更好过了，但是他们手头上还是都缺少现金。杨厚明就根据各种粮食现在的市场价格，给母亲和媳妇定了一个换煎饼的标准。杨厚明是干会计的，在这方面他是内行，只是他的父亲杨忠诚叮嘱他一定要微利，千万不能多挣老乡们的钱。

喜欢吃煎饼的人都跑到了杨忠诚家用粮食换煎饼，这次人们也终于吃到了正宗的山东大煎饼，他们都非常高兴，于是就奔走相告。很快其他几个生产队的社员和李景华屯周边的几个屯子里的人也都闻讯拿着粮食跑到杨忠诚家里来换煎饼，往往是磨的面浆已经用完了，换煎饼的人还在来的路上。

杨忠诚家的煎饼生意做了一年多后，他的家里不但买了座钟、收音机、缝纫机，还买了一辆二手自行车。要知道眼下同时拥有这些物件的人家在整个惠七后大队也没有几户。不仅如此，此刻在杨忠诚家羊圈北面新盖起的两间西屋仓库里也堆满了用煎饼换来的各种粮食。家里粮食多了以后，杨厚明就会经常拿着多余的粮食到公社的粮店换白面和大米，家里人也就经常能吃上从前只有逢年过节才能吃的白面馒头、油饼、面条和大米干饭。有时候，白续珍还会给孩子们炸上一顿东北大麻花吃。这样的生活让孩子们欢天喜地，这可是他们从前做梦都没梦到的好事啊！

和孩子高兴的心情不一样的是杨忠诚总是脸上没有笑容。有时他放羊回来后会一个人走进西屋仓库默默地对着那些粮食发呆上半天，然后长叹一声，再阴沉着脸从西屋里走出来。杨忠诚这反常的举动，家里人都看到了，他们不知道杨忠诚的心里到底在想些什么，他们也不敢问，也就只好任由他去了。

时间如白驹过隙，转眼间几年的日子就成了过去，杨厚明也先后有了一个女儿和两个儿子。杨厚明和马学香的感情也一直很好，他们相敬如宾，从来不拌嘴吵架。杨忠诚的小女儿杨桂兰现在也不读书了，她不读书的理由是母亲和嫂子现在都忙着做生意，父亲身体又不好，她觉得就姐姐杨桂芝一个人在生产队里下地干活，很孤单，她想和姐姐一起去干活。杨忠诚的小儿子幸福也快上初中了。这孩子和他哥哥杨厚明一样学习很好，还是班里的班长。他的班主任孙福奎老师也像当年孙振邦老师夸他哥哥杨厚明那样说小幸福将来一定能够考上一所好大学。不过小幸福和他哥哥杨厚明不同，他很调皮，是个孩子王。从前杨厚明在读书时偶尔会被人冒犯，可是小幸福不但没人敢冒犯，他还经常替别人去打抱不平，因此在包括他的父亲杨忠诚在内的一些大人眼里这个孩子好惹事，事实也的确如此。

在一年的暑假里，李景华屯南面的刘洪江屯有两个孩子赶着羊群到李景华屯南面的草甸子上放羊。正在河里洗澡的两个李景华屯的孩子看到后就去阻止，结果双方打了起来。由于对方孩子年龄稍大，两个李景华屯的孩子吃了亏，于是就去找小幸福告状。小幸福二话不说就跑到草甸子上把那两个外屯子里的孩子打得落荒而逃，然后他们把那些羊赶进了草甸子西面的一个柳条通里，就各自回了家。

那两个刘洪江屯的孩子跑回屯子后把事情告诉了他们的家长，家长立刻找到生产队长，生产队长马上就带着两个民兵来到了李景华屯。当他们在生产队里把事情的经过告诉队长李克明后，在李克明身旁坐着的杨厚明立刻就意识到这应该是他弟弟小幸福干的，于是他就赶紧起身对来人说："你们先在这里坐一下，我马上就去把羊给你们找回来。"说完，他就出了门。

杨厚明在家里见到了正在写作业的小幸福，就问："你们把刘洪江屯的羊弄到哪里去了？"

"啥羊啊？我不知道，我一直在家写作业。"小幸福装出若无其事的样子。杨厚明看弟弟不承认就说："那好吧！人家屯子里的生产队长可是带着民兵来的，人家要挨家地认，要是把你认出来，会把你抓走，到那时我真可管不了！"杨厚明说完就往门外走。

小幸福听他哥这样一说就害怕了，他赶紧从凳子上跳下来拦住他哥说："哥，我带你去找那些羊，但这事你可千万不要让咱爹知道。"

"好吧，那你赶紧带我去。"杨厚明说。

小幸福带着杨厚明在柳条通里找到了那群羊，随后，杨厚明把羊交给了刘洪江屯的人，并向人家赔礼道歉。对方一看是生产队会计的弟弟干的事，也就不再说啥了。为了怕弟弟挨打，杨厚明叮嘱大家千万都不要声张，但后来这件事还是被杨忠诚知道了，小幸福的那一顿打只是晚挨了几天。

小幸福的调皮让杨忠诚觉得苦恼，他总是对这个儿子严加管教。不过白续珍却很疼爱这个儿子，她认为孩子调皮不算啥毛病，替别人打抱不平也说明这孩子有正义感。因此在教育孩子的问题上，两个人经常发生矛盾，甚至是争吵。

其实和白续珍看法一样的还不乏其人，尤其是和杨忠诚家住一墙之隔的陈三爷，陈三爷就特别喜欢小幸福。陈三爷是这个屯子里的老前辈，已经八十多岁了，他和杨忠诚的干娘是同龄人。陈三爷儿女多，而且都很孝顺，他们经常会给老人买一些好吃的东西，因此陈三爷从不缺嘴。有时小幸福从陈三爷门前经过，他往往会把小幸福叫住，然后把一些稀罕的饼干、炉果和槽子糕等食品往小幸福的手里塞。小幸福在外面和人打了仗，杨忠诚管教孩子，陈三爷只要听到就会跑过来干预，他对杨忠诚说："淘孩儿出好将。你不能这样打孩子，我看将来你们老杨家都会沾这孩子光的。"杨忠诚对陈三爷很尊重，每当这个时候，他就是再生气都会给陈三爷一个面子。

好在随着小幸福升入初中，他就不再调皮了，也不再经常和人打架了，这也许是由于他年龄大了的缘故。这样一来，杨忠诚也就不用再为这个儿子操心了，更不用再打他了。

时光淡如清水，在不知不觉中经历四季，又一个冬天过去了。阳春三月，东北草甸子上的雪都融化了，杨忠诚又赶着羊群出来了。在这个冬天里，他的身体依然不好，好在春天一到，他的病情就明显好转。按说杨忠诚现在的身体已经照顾不了这么多的羊了，尤其是这些羊在草甸子上四散开来时，他根本就没有力气再把羊圈回来。好在他家现在养了三条狗，每当杨忠诚出来放羊时，那几条狗就会跟在他的身边，尤其是那条叫"大青"的领头大公狗特别通人性。每当有羊乱跑时，只要杨忠诚一声令下，它就会立刻带着另外两只狗把羊给圈回来，这让杨忠诚省了很多力气。

杨忠诚站在草甸子上张开嘴使劲呼吸着草甸上空的新鲜空气。虽然那乍暖还寒的空气有时会刺激得他咳嗽上半天，但他还是要做上几次这样的运动，因为这一个冬天他在炕上实在是憋得太难受了。现在的杨忠诚已经意识到他不再年轻，他原来走在李景华屯的大街上，人家都叫他大哥，或是大兄弟，可现在大街上越来越多的年轻人都在叫他叔叔，或是大爷，还有一些他不认识的孩子都叫他爷爷，或者是姥爷。每当那时，杨忠诚的心里总会有一种说不出来的滋味，因此他现在没事也很少到大街上去逛游。不过此刻杨忠诚在空旷的草甸子上，独自一人赶着羊群四处游走，他觉得心胸特别开阔，心情大好，仿佛他又年轻了一样。

临近黄昏时分，杨忠诚赶着已经吃饱了的羊群回到了家。他把羊赶进羊圈，关上羊圈门准备回屋。可就在他转身的那一刻，他无意中抬头看了看天。瞬间，他就被天上的景色吸引住了。他发现天空中大朵大朵的白云在慢慢地飘动，靠近西边的云彩都被夕阳镶嵌上金边，一切都是那么的好看，又是那么的熟悉。杨忠诚已经很多年没有认真地看一看天了，这些年他终日忙于生计，总是面朝黑土，背朝天，他也早就忘记了他小时候在放羊时最爱做的一件事就是抬头看天。那四季不同时节里天空的颜色，尤其是那飘荡在古月山顶的白云曾经给年少的他无限的憧憬和遐思。尽管那些憧憬和遐思他现在早已记不得了，但这一刻杨忠诚不知道为什么他忽然就思念起家乡来了。

说实在的，自从离开老家闯满庄后，他这些年就没怎么想过家乡，即便偶尔会思念起自己的父母和亲戚朋友，他也仅仅是想人而已，对于那片土地和那个村庄，以及那片头顶的蓝天他从来都没有想过。在他的记忆深处，他最想忘的而又最难忘的就是当年他离家出走时的无奈和悲凉。那个贫穷落后，让他从小就遭受各种苦难的地方在他看来实在是恋无可恋，可这一刻不知道为什么他的心头却有了一种不一样的感觉。

"爹，你咋不进屋呢？你今天身体还行吗？没咳嗽吧？"这时，刚从生

　　　　　　　　　　　　　　　　　　　　　　古月星转

产队回家的杨厚明看到父亲站在羊圈门口，就走过来问道。

"还行，没咳嗽。"杨忠诚看了一眼杨厚明说。

"爹，你咋的了？"杨厚明看到父亲脸颊上有泪水。

"没咋啊？"杨忠诚不知道儿子为啥会这样问。

"那你咋哭了呢？"杨厚明很疑惑地问。

"你这孩子净瞎说，我啥时候哭了？"杨忠诚边说边用手一摸脸，这时他才知道自己在不知不觉中流泪了。他有些不好意思地笑了笑说，"风吹的。走，进屋，爹和你说点事。"说完，杨忠诚就向屋门口走去。

杨厚明跟着父亲进了屋。马学香见公公和丈夫回来了，赶紧给他们每人沏了一杯热茶。她把茶水放在炕桌上，然后就出去做晚饭了。

待马学香出去后，杨忠诚对杨厚明说："厚明啊，你结婚也六七年了，孩子都三个了，可学香的爹和娘还没见过这些孩子的面呢！你整天在爹妈身边，肯定不知道别人想爹想娘的滋味，你媳妇也是娘生父母养啊！你爹上了年纪，糊涂了，可你咋就想不到这些事儿呢？"

"她提过，可你这身体也不好，咱家的日子也才刚好过一些，所以我就一直让她等等再说。"杨厚明说。

"别等了，今年忙完秋，你就带着媳妇和孩子回趟闫满庄，让学香的父母见见女儿和外孙。你岳父和岳母年龄也不小了，让你媳妇回去好好陪陪他们吧！到时候，我让你娘和你弟弟也跟你们一起回去。你娘人家也是有娘家人的，她跟着我跑出来这么多年也该回趟娘家了。唉！想起来我觉得挺对不住她的。"杨忠诚有点自责地说道。

"把你和我两个妹妹扔到家里，那我可不放心，要不然就让我娘和我媳妇他们回去吧？"杨厚明说。

"你岳父和岳母当年只是见过你的照片，他们还没见过你这个人呢，要是你不回去，人家还以为你是不是有啥毛病。还是听我的吧，你们一起回去！"杨忠诚用命令的口气说道。

"还是到时候再定吧，要是你身体还像去年冬天那样，那我说啥也不回去。"杨厚明很倔强地说道。

杨忠诚看了看杨厚明，他又叹了口气，没再说话。

忙完秋以后，生产队里也就没啥大事了，这时杨忠诚就催促着杨厚明赶快动身。可是杨厚明始终说再等等，因为他已经给山东老家的大哥杨厚增写信并汇了钱，他希望大哥能在山东那边买到议价的青霉素和链霉素，他发现这两种药剂对于治疗父亲的病非常有效。他想现在家里有钱了，今年就给父亲多用一些这样的药。只有父亲的病情稳定了，他才能放心地回山东。其实这两种药大队卫生室里都有，可国家现行的是公费医疗政策。虽然看病只收五分钱的挂号费，但是要想长时间用这两种药物也是不行的。另外注射这两种药都需要通过皮试做过敏性试验，存在一定的用药风险，大夫们都会很慎重。

入冬以后，随着天气的变冷，杨忠诚的病果然又加重了。这时杨厚增把买到的青霉素和链霉素寄过来了，这让杨厚明非常高兴。杨忠诚需要每天注射青霉素和链霉素，可他们不能每天都把大队卫生室的医生请过来。好在白续珍做过护士，这些对她来说都不是问题，一段时间以来都是白续珍亲自给杨忠诚注射。为了他们走后也不去麻烦医生，白续珍还教会了二女儿杨桂芝给父亲打针。

杨忠诚连续用药后效果很好，病情基本稳定住了，这时他再次催促杨厚明他们快点起身，因为在他看来杨厚明他们早点动身，马学香就可以在家里多陪陪她的父母。现在杨忠诚在心里也对马俊文这个好朋友有一种愧疚感。他想孩子都是父母的心头肉啊！这些年他在儿媳妇身上却忽略了这一点，现在想来还不知道人家马俊文两口子是怎么思念他们这个最小的姑娘呢？

尽管杨忠诚一再催促，但杨厚明和白续珍娘俩经过商量还是决定等过了春节再走。马学香心里虽然对丈夫和婆婆的这个决定有点失望，但她是个通情达理的人，她知道丈夫和婆婆为啥这样做，其实她的心里也是担心公公身体的。马学香自从进了杨家门，杨忠诚和白续珍待她就像杨桂芝和杨桂兰一样，有时甚至比对待她们还要好，这些年可以说他们从来没让马学香受过委屈。这一点马学香是心存感激的。尽管此刻她归心似箭，恨不得立刻就插上翅膀飞到久别的父母身边，可她还是欣然接受了丈夫和婆婆的决定。

七十八

春节过后的大年初六，杨厚明带着媳妇马学香和三个孩子，还有母亲白续珍和弟弟幸福终于踏上了回山东老家的旅程。

杨厚明和白续珍他们走后，家里一切都很正常。杨桂芝每天按时给父亲打针，杨忠诚的病情也一直很稳定，没有再出现过不停咳嗽和夜里被憋得睡不着觉的情况。杨厚明为了他们走后父亲能吃好，在去年腊月里，他特意多宰了一只大绵羊和几只公鸡放在冰窖里。眼下家里羊肉、鸡肉、粉条、冻豆腐、土豆、白菜、萝卜应有尽有。杨桂芝每天都会变着法地给父亲做一些好吃的。如今她炒菜做饭的手艺也不比他的母亲和嫂子差，毕竟她也已经是个订了婚的大姑娘了。

今年正月里，李景华屯的大街上格外热闹，三天两头有来扭大秧的。每当有秧歌队来时，杨忠诚的小女儿杨桂兰就会一溜烟地跑出去看热闹。其实，杨桂芝也很想出去看看，往年她都会和弟弟妹妹们一起去看，但是今年母亲和哥哥都不在家，她要在家里陪着父亲，所以眼看一个正月就要过去了，她也没有机会出去看看。今天又有秧歌队来到李景华屯，那喇叭声和锣鼓声不绝于耳，此刻杨桂芝的心里像长了草似的。

杨忠诚看出了女儿的心思，就说："桂芝啊，你别总在家里待着，也出去看看热闹吧！"

杨桂芝听父亲这样一说心里一阵窃喜，可她转念一想，又觉得让父亲一个人在家她不放心，但是她又真的很想出去看看，这时她忽然有了个主意，就对父亲说："爹，今天外面的天气挺好，也不算很冷，你也一冬天都没出屋了，你看你身体要是行的话，我陪你一起出去看看咋样？"

杨忠诚听了女儿的话也活心了，他抬头看了看窗外，发现外面的天空果然很晴朗，那明媚的阳光洒满窗台，一副很温暖的样子，于是他想了想就说："我这身体还行，那你就陪爹出去转转吧！"

杨桂芝见父亲同意了很是高兴，她赶紧把父亲当年在冬天刨粪时穿的一双乌拉草编制的棉鞋找了出来。人常说东北有三宝：人参、貂皮、乌拉草。用乌拉草编制的棉鞋特别隔寒。杨桂芝给父亲穿上棉鞋和棉大衣，又给父亲戴上了一顶狗皮帽子。临出门时，她又拿过一副手闷子给父亲戴在了手上。

此时，大街上一支秧歌队正在表演，几十个粉面、描眉、画眼，穿着花花绿绿服装的男男女女手里拿着彩色的手帕和扇子，尽情地扭动着身躯。队伍里还有踩高跷的、划旱船的、扑蝴蝶的、打花棍的，还有表演猪八戒背媳妇和孙悟空三打白骨精等民间故事的。看热闹的人围得里三层外三层，不时发出欢笑。

杨忠诚平时不是一个爱凑热闹的人，但是他对东北的这些民间艺术形式还是很喜欢的，尤其是喜欢东北的大鼓书。杨忠诚觉得东北大鼓和山东大鼓很像，他从小就喜欢听山东大鼓，那些三国和梁山的人物故事都是他从山东大鼓里听来的。从前他身体好的时候，每当有说书先生到屯子里来，他都会去听。

"老杨大哥，这可真是新鲜事啊！你咋能出来看秧歌呢？你这身子骨没事了？"正在杨忠诚看得起劲的时候，生产队的保管员苏文章跑到他了的身边，和他热情地打招呼。

现在苏文章和杨忠诚、杨厚明父子俩的关系都非常好，两个家庭也时常走动。苏文章虽然也年龄大了，但他依然干着生产队的保管员，这都多亏了杨厚明的帮助，因此他的心里一直对杨厚明怀有感激之情。

"也不是没事了，就是比从前好多了。"杨忠诚回答道。

"那可太好了！那我下午去你家找你唠嗑。"苏文章说完，不等杨忠诚回话，就又挤到人群里面去了。

杨忠诚看完大秧歌和杨桂芝回到家中。这时，杨桂兰也回来了。杨桂芝炒了两个菜，下了一锅面条，三个人一起吃饭。

古月星转

杨忠诚吃完饭后躺在炕上睡了一会儿觉。他刚睡醒，苏文章就提着两瓶水果罐头进门了。

"来，快坐下！"杨忠诚把苏文章让到炕头上坐下。

杨桂芝马上沏了两杯热茶端到了炕桌上。

"我还以为你的身体和去年一样呢！"苏文章坐下后说。

"比去年好多了，厚明从关里弄来了点药，用着挺管事的。"杨忠诚把苏文章面前的茶杯向前推了推说。

苏文章端起杯子吹了吹上面的茶叶末，喝了一口说："我从小是喝凉水长大的，自从你家来到李景华屯，我才知道茶叶是个啥玩意。上次我上火，嘴上起泡，我嫂子给了我一包茶叶，我回家喝了以后那火就下去了，这事儿我还没谢谢我嫂子呢！"

"都是兄弟们，客气个啥？以后想喝茶就过来。"杨忠诚说。

苏文章放下杯子，忽然换了个话题问道："老杨大哥，我想问你个事儿，你现在想你在山东的老家不？"

"你咋一下子问起这个来了？"杨忠诚有点不明白。

苏文章往前凑了凑身子说："大哥，不瞒你说，我其实是满人，我祖上还是八旗之首的镶黄旗呢！我们苏家是从我爷爷那辈上来到这李景华屯的，在解放后登记户口时我爹才把我家的民族成份改成了汉族。"

苏文章又喝了一口水，接着说："前些年我爹娘过世后，我就想去内蒙古认祖归宗，可我爹活着的时候对老家的事也没说多少，这认祖归宗就成了个难事。可我就是始终放不下这个念头，就想去看看老家那个地方到底是个啥样子？还有没有我们一个家族的人？我也不知道为啥会有这样的心思，也可能是年龄大了的缘故。老杨大哥，你是见过世面的人，你给兄弟我出个主意。"苏文章说完用期盼的眼神看着杨忠诚。

"唉！我能出个啥主意？你想去就去呗！"杨忠诚说完喝了口水，就低下头沉默了。

其实苏文章刚才的一席话刺激到了杨忠诚，让杨忠诚又想起了他的老家。是啊！每个人都有乡愁，杨忠诚又何尝没有？随着年龄的增长，他心里的那份乡愁也越来越浓重，只是他不愿意对人说而已。

苏文章一看杨忠诚沉默了，也就不再说话了，他开始大口地喝水，可能是他中午吃得太油腻，现在正需要喝茶解腻。

杨桂芝上前又把两个杯子满上水。正当她要退下的时候，苏文章忽然问："孩子，啥时候结婚啊？你老叔可等着呢。"

杨桂芝不好意思地笑了笑，没有回答苏文章的问题，而是转身回了里屋。

"老杨大哥，桂芝这孩子可是咱李景华屯数得着的俊丫头，这屯子里就有不少小伙子都看上她了，可是你们家里不能和汉民通婚，这丫头又要和她姐桂英一样嫁到外面去了。虽说这城里和镇上要比咱这屯子里好，可他们毕竟离着你和嫂子远啊！以后要是你们老了，那啥光也沾不上不是？"苏文章很惋惜地说道。

"文章兄弟啊，我这会感觉有点累，想休息一下。"杨忠诚抬起头来对苏文章说道。

"那好大哥，那你就先休息一会儿，我就先回去了，我抽空再来找你唠嗑。"苏文章说完就下炕走了。

苏文章走后，杨忠诚整个下午都闷闷不乐。

晚上，杨桂芝烙了几张油饼，炖了一锅羊肉白菜粉条，杨忠诚只吃了半张油饼和几口菜就不吃了。

"爹，你身体不熨帖吗？"杨桂芝问。

"没啥，挺好的。"杨忠诚回答道。

"我咋觉得你的脸色有点不对呢？是不是上午咱出去看大秧歌时着凉了？"杨桂芝有点担心起来。

"你都把我包成个粽子了，咋能受凉？真没啥，你一会儿早点给我打上针，我想早睡会儿。"杨忠诚说。

"好。"杨桂芝答应道。

杨桂芝收拾完碗筷后，就给杨忠诚打上针。杨忠诚躺下后却怎么也睡不着，苏文章说的那些话始终在他的耳畔萦绕，让他的心里久久不能平静。此刻，他真有点后悔今天上午出门去看大秧歌了。他想如果他不出去就不会遇见苏文章，苏文章也就不会到他家来串门说那些话。

到了后半夜，杨忠诚依然没有睡着，他眼睛看着窗外的月光，心里在想着心事。这时，院子里的几条狗忽然狂吠了起来，杨忠诚赶忙起身趴到窗户上向外观看。狗的叫声也把睡梦中的杨桂芝和杨桂兰吵醒了，她们姊妹两个也穿上衣服跑到父亲的炕上，跟着父亲一起趴到窗户上往外看。

外面的月光亮很明亮，杨忠诚和两个孩子很快就看清楚了外面的情形。他们发现在他家的羊圈前有两只个头很大的野狼，他家的那三条狗正挡在狼和羊圈门口的中间。两只狼正慢慢地向前紧逼，那三条狗摆出了随时拼命的架势。

"爹，有狼！"杨桂兰忽然发出惊呼。

"别出声！"杨忠诚对女儿说道。

"爹，咋弄啊？咱家的狗能打过狼吗？"杨桂芝紧张地小声问道。

杨忠诚没有说话，他迅速地穿好衣服下地。

"爹，你要干啥去？"杨桂芝赶忙问道。

杨忠诚依然没有回话，他点上煤油灯，端着灯走进儿子杨厚明住的里屋，从墙上取下一支56式半自动步枪。现在杨厚明已经是四队的民兵排长了。陈化彪因为在秋天里用步枪打大雁，碰巧被大队长王宝山看到。王宝山很生气，就免了陈化彪的职务。并且从那以后大队做出规定，除了民兵排长平时手里可以留有一支枪外，民兵排配发的其余枪支都要在生产队统一保管，没有任务谁也不能动。

杨忠诚拉开枪栓检查了一下枪膛，发现里面没有子弹。他又在一个抽屉里找到一盒子弹。他把子弹填满弹夹，从里屋出来，吹灭煤油灯，提着枪就往外走。

"爹你不能出去！"杨桂芝跳下炕拦住父亲惊恐地劝阻道。

"那几条狗是打不过狼的，爹手里有枪你怕啥？和你妹妹在屋里别出声。"杨忠诚说完就把杨桂芝推开。

杨忠诚来到院子里，他对着狼举起枪大声吼道："畜生！快滚！要不然我打死你们！"

那两只狼见屋里有人出来，先是一惊，然后它们又旁若无人地继续向羊圈门口逼近。那几条狗见到主人出来了，立刻精神倍增，它们也不再后退了，冲着逼近的野狼更加使劲地狂吠起来。

杨忠诚对领头的大青狗喊道："大青！到这边来！"

大青听到主人的呼唤，立刻带领另外两条狗奔到主人身边。

那两只狼见狗躲开了，就停下脚步，它们开始向杨忠诚这边看。

此刻，杨忠诚和狼的距离也就二三十米的样子。在这个距离上，他是完全可以轻松射杀这两只野狼的，但是他并不想这样做，因为他知道野狼这种动物往往都是群居的，它们的身后可能会有狼群，如果他今天把这两只狼给打死了，可能会招来更大的麻烦。

"快走！再不走，我就开枪了！"杨忠诚继续大声吼道。

这时，那两只狼忽然发出了一阵狼嚎，并向杨忠诚这边走了过来。杨忠诚没有犹豫，他果断地朝着狼的头顶上方"啪"地开了一枪。那两只狼听到枪声身子一抖，然后掉头就跑。瞬间就跳过院子的篱笆墙，跑进了屯子南面的草甸子里。

杨忠诚在确认野狼已经跑远后，他把枪的保险关上，然后扛着枪走到羊圈门口。这时杨桂芝拿着一个手电筒从屋里跑了出来。杨忠诚从杨桂芝的手里拿过手电筒，透过羊圈的篱笆门向里面照了照，他发现那些羊都被吓得躲在羊圈的一角，挤作一团。

"明天要做个结实的木头门，把门锁上，这狼就进不去了。"杨忠诚说。

"那狼还会回来吗？"杨桂芝很担心地问。

"不管它回不回来，都不能大意啊！狼要回头，不是报恩，就是报仇。"杨忠诚边用门框上的绳子拴紧栅栏门边说道。

"爹，你快进屋吧！这外面太冷了。"杨桂芝搓着手催促着父亲。

杨忠诚回到屋里后把枪竖在墙角。在打发两个女儿回去睡觉后，他上炕拿过一床被子来围在身上，一个人趴在窗台边上继续向外观望，此刻他真的很担心那两只狼会带着更多的狼回来。

杨忠诚就这样在窗边睁着眼睛静静地坐着，不知不觉中，他迷迷糊糊地睡着了。

天终于亮了，杨桂芝被杨忠诚的咳嗽声吵醒。她赶紧下炕，跑到父亲跟前紧张地问："爹，你咋了？"

"你快去给我倒杯热水，把止咳药拿来！"杨忠诚气喘吁吁地说。

杨桂芝赶紧从暖瓶里倒了一杯水，并把药递给父亲。杨忠诚吃了药后，咳嗽被渐渐地止住了。他对杨桂芝说："早饭我就不吃了，我昨晚没休息好，先睡一会儿。你吃完饭后去找马国福，让他找个木匠给咱家的羊圈做个木头门安上，那钱等你哥回来后再和他算。"杨忠诚说完就躺在了炕上。

"我知道了爹。"杨桂芝一边答应着，一边拉过被子给父亲盖上。

在中午和晚上吃饭时，杨忠诚都没怎么吃东西，他只是喝了点鸡蛋汤。天刚一黑，他就让杨桂芝给他打上针，并叮嘱杨桂芝听着点外面的动静，有事叫他。说完，他就又睡了。杨桂芝看出父亲的身体不舒服，所以她躺下后一边听着屋子外面的动静，一边听着父亲这边的动静，始终不敢太早地睡去。当桌子上的座钟打过十二点后，杨桂芝忽然听到父亲喘气的声音有点不对劲，那声音显得很急促。她赶紧点上煤油灯，端着灯来到父亲身边。这时，她看到父亲双眼紧闭，在大口大口地喘着粗气。

"爹，你咋了？你没事吧？"杨桂芝俯下身子呼唤道。

杨忠诚没有丝毫反应，杨桂芝用手摸了一下父亲的额头，她发现父亲的额头滚烫滚烫的。这些年，杨桂芝也跟着母亲白续珍学了一些医疗知识，此刻她意识到父亲真的病了，这是在发高烧。

"爹，你醒醒！你醒醒啊爹！"杨桂芝喊道。

杨忠诚依然没有反应，杨桂芝这下子真的害怕了，她使劲摇晃着父亲的肩膀大声喊道："爹，你这是咋了？你可别吓唬我啊！"

"咱爹咋了姐？"杨桂兰听到姐姐的喊声也跑了过来。

杨桂芝在短暂地慌张后慢慢地镇静了下来，此刻她想起哥哥在临出门时对他说的话，于是她就把手里的煤油灯放炕桌上对妹妹说："咱爹病了，你在家里看着咱爹，我现在出去找人。"杨桂芝说完就穿上棉大衣，围上围脖，拿起手电筒出了家门。

过了大约二十分钟，杨桂芝就领着陈文艺和马国福回来了。

陈文艺和马国福都是杨厚明的好朋友。陈文艺还是生产队的现金员，马国福现在是生产队的副队长，平时他们三个人经常聚在一起，也被人戏称为刘关张桃园三兄弟。杨厚明在回山东前交代妹妹杨桂芝，如果家里遇到什么事情就去找这两个人。

陈文艺伸手摸了一下杨忠诚的额头，他在杨忠诚的耳边喊道："大爷！大爷你咋的了？你醒醒啊！"

杨忠诚依然没有反应。

"看样子大爷这回可病得不轻啊！厚明不在家，咱该咋办？"陈文艺回头征求马国福的意见。

"你在这里守着大爷，我去请刘殿文大夫来。"马国福说。

"这个点了，万一东山包上有狼可咋办？要不让桂芝和桂兰看着大爷，咱俩一起去吧？"陈文艺说。

这时，马国福看到了放在墙角的那支步枪，他伸手拿过枪，拉开枪栓看看说："有它就不怕了！"说完，马国福背上枪出了门。

等马国福引着赤脚医生刘殿文来到杨忠诚家时，屋子里已经挤满了闻讯赶来的人，生产队长李克明也来了。

刘大夫给杨忠诚试了试体温后发现他已经高烧到了 39 度，他问杨桂芝："给你爹用过啥药没有？"

"就是今天晚上又打了青霉素和链霉素，我这段时间每天晚上都给我爹打这样的针。"杨桂芝说。

刘大夫听后赶紧拿出用于退烧的针剂，给杨忠诚注射上，然后他又让杨桂芝找来一块毛巾，把毛巾弄湿后放了杨忠诚的额头上。

过了半个多小时，杨忠诚的体温只是稍稍下降了一点，可他仍然处于昏迷状态。刘殿文对李克明说："老杨大哥这病挺棘手，眼下咱也只能等着他的烧退下去后看情况再说了。"

"会有啥危险不？"李克明很焦急地问。

"这个可真不好说，毕竟老杨大哥有老病根，如果他的高烧一直退不下去，那真就很麻烦了。"刘殿文大夫很无奈地说道。

杨桂芝和杨桂兰听刘大夫这样一说都吓得哭了起来。李克明一听也急了，他在炕前转了几圈后忽然对马国福说："走，跟我去请包大夫。"说完，就和马国福出了门。

包大夫叫包仙章，也在大队卫生室里上班。包仙章是一位中医，他的医术在这一带远近闻名，他经常能看好一些疑难杂症。他看病有两绝，一绝是他在看病时患者不需说话，他通过号脉就能知道患者的病状。另外一绝就是他通常只给患者开三包中药，而且药到病除。为此人们给他起了一个"包三宝"的绰号。包大夫是山东胶州人，来惠七后大队没几年，但现在有很多县城里的人都会跑到金六屯找他看病。这人脾气不太好，很有个性，他从不轻易出诊，有时就是你去车接他，他也不来。现在李克明也管不了那么多了，他想他无论如何也不能就这样眼睁睁地看着老杨大哥等死。李克明在路上已经和马国福商量好了，如果包大夫不愿意来，那他们今天就是硬抬也要把他弄到杨忠诚家。可是出乎李克明他们意料的是，当他们敲开包大夫的家门，把事情告诉包大夫后，包大夫二话没说，背起药箱就走。

包大夫来到杨忠诚家时，杨忠诚依然双眼紧闭，牙关紧咬，处于昏迷状态。包大夫马上放下药箱，坐在炕沿上给杨忠诚号脉。整个屋子里的人都屏住呼吸，把目光投向了包大夫。

包大夫给杨忠诚号完脉后转身对屋里的人说："大家放心吧，老杨大哥这是受了大寒，他没有生命危险，发发汗就应该没事了。"包大夫说到这里忽然停住了，他发现了坐在墙边的刘大夫。

现在包大夫和刘大夫都在大队卫生室工作，他俩一个中医，一个西医，看病方法完全不同。平常他们从来不会给同一个患者看病，更何况今天他们是同时出现在这里。包大夫转头看了一眼李克明，脸上流露出不悦的表情。

"包大夫，刚才我已经按照西医的办法给老杨大哥用药了，但是效果不太明显，你就再按照你的办法看看吧！咱救人要紧。"这时，刘大夫站起身来说道。

其实刚才李克明说是去请包大夫，刘大夫心里就有点不舒服，他本想离开，但他转念一想又觉得不妥。他与杨忠诚和杨厚明父子平时关系都不错，现在杨忠诚这个样子，杨厚明又不在家，他怎么能离开呢？再说他知道包大夫白天都不出诊，这半夜三更的，他们也请不来，可是让刘大夫没想到的是包大夫居然来了。

"包大夫啊！刘大夫说得对啊！现在是救人要紧啊！你就快给老杨大哥看看吧！"李克明很着急地说道。

包大夫点了点头，然后转身对杨桂芝说："妮子，快去拿两床被子和两个热水袋来，再把这炕往热里烧。"

屋里的人听到包大夫的吩咐不等杨桂芝动手，就七手八脚地从炕梢的厨子上拿过来被子，并把两个热水袋灌满热水拿到包大夫面前。陈文艺和马国福也赶紧跑出门抱来柴火，陈文艺蹲下身子就开始烧炕。包大夫把两个热水袋放进杨忠诚的被窝里，并让杨桂芝把两床被子都盖在杨忠诚的身上，然后他就静静地坐在了炕沿上不再出声了。尽管大家都知道包大夫的医术很好，但此刻屋子里的一些人还是把心提到了嗓子眼，可大家都知道包大夫的脾气，所以也都不敢出声，刘大夫也面无表情默默地坐在那里。整个屋里静悄悄的，只有桌子上座钟的滴答声和火炕下柴火燃烧时发出的噼啪声。

　　时间在众人的等待中过了漫长的半个多小时，忽然杨忠诚在被窝里发出了一阵呻吟声。大家都纷纷站起身来。包大夫冲大家摆了摆手示意都不要动，然后他掀开盖在杨忠诚头上的被子看了看，又把被子盖好，对蹲在炕沿下烧火的陈文艺说："先不要烧炕了。"

　　又过了二十多分钟，包大夫让杨桂芝把杨忠诚身上盖着的那两床被子慢慢撤掉。当第二床被子被撤掉后，杨忠诚忽然发出一阵剧烈的咳嗽声。

　　屋子里的人一下子都拥到了炕沿边。

　　包大夫慢慢掀开盖在杨忠诚脸上的被子。

　　杨忠诚瞪着眼睛看着包大夫和围上来的人很迷茫地问："我这是怎么了？包大夫，你咋会在这里？"

　　包大夫长长地舒了一口气，屋里的人爆发出一阵欢呼。

　　杨桂芝和杨桂兰也擦去脸上的泪水，破涕为笑了。

七十九

出了正月时间不长，杨厚明和白续珍他们就从山东老家回来了。杨桂芝和杨桂兰两个人见到母亲和哥哥都委屈地哭了起来。当杨厚明得知在他们离开后父亲差一点没命时也流下了眼泪，他既心疼又后怕。

白续珍并没有哭，她对孩子们说："你爹这辈子经历的事多了，哪次不是死里逃生？都别哭了！"然后她又对杨厚明说，"你赶紧去谢谢包大夫和刘大夫，再把那些来帮忙的街坊邻居都请到家里吃个饭。"

第二天一早，杨厚明拿着礼物去金六屯看了包大夫和刘大夫，并于当天晚上在家里摆了两桌席，把李克明、陈文艺、马国福，还有那天来的街坊邻居们都请到家里。白续珍把从山东老家拿来的核桃、花生、大枣、小枣等稀罕食物也都摆上了桌。很多人都是第一次吃到这样的美味，心里都非常高兴。

大家一直吃到很晚才结束，都聊了很多，也都很尽兴。

待马学香和杨桂芝收拾好碗筷回屋休息后，杨忠诚和白续珍也上炕休息。这时杨忠诚忽然问白续珍："我咋觉得儿媳妇回来后情绪有些不对头呢，咋的了？是没和她爹娘亲近够，还是有啥别的事情？"

"你真不愧是干过公安局局长的人，啥事也瞒不了你的眼睛！本来我是想过几天再和你说的，你既然看出来了，那我就告诉你吧！我们这次回山东老家看到庄里人的生活和从前不一样了，家家户户都过得挺好。听说生产队下一步还要搞包产到户，一些从前到外面闯荡的人都搬回来了。儿媳妇的心眼就活了。"

"她也想回去？"杨忠诚问。

"可不咋的。"白续珍回答道。

杨忠诚沉默半天说："我看老家生活好了只是原因之一，现在马俊文两口子年纪也大了，身边也需要孩子陪了，学香也是想尽尽孝心，这个时候谁不想待在父母身边呢？这是人之常情啊！"

"可是你想厚明那孩子能同意吗？就为这事两个人起了矛盾。"白续珍说完后很无奈地叹了口气。

杨忠诚没有再说话，他拉过被子盖在自己身上，然后把脸扭向了墙边。白续珍看杨忠诚不说话了她也就不再说了，她起身吹灭了放在炕台上的煤油灯，整个屋子瞬间就暗了下来。

时间来到阳春三月，又到了春耕时节，生产队的领导和社员们也都开始忙了起来，可就在这时，四队的会计杨厚明忽然被调到大队去创办工厂了。

现在社员们的生活都好了，很多人都开始翻建住房。时下在东北兴起了一种叫作一面青的房屋，就是把房子朝阳的一面墙用红砖垒砌，让人一看有一种砖房的感觉，毕竟建全砖到顶的房子费用太高，其实这也是一种既节省又美观的建筑方式。这样一来社员们对红砖的需求量就增加了，但是社员们要买砖就只能到公社的砖厂去买，价格贵不说，而且路途还远。惠七后大队的现任支书王宝山看到这一情况后就决定自己建一个工厂。工厂的厂址就选在了东山包下，因为那里的土质好，十分适合烧砖。

杨厚明到任后立刻从各生产队的社员里招工，并从河南买来制砖设备，请来烧砖师傅，大队砖厂的第一窑砖很快就烧制出来了，砖的质量非常好。杨厚明的工作能力得到了王宝山和大队领导的充分肯定。

砖厂的红砖被一窑一窑地烧制出来，而且供不应求，从夏天一直卖到秋天。在冬季上冻前，由于天气原因，砖厂就要停工了。这时，在杨厚明的建议和主导下，砖厂又开始烧酒，一下子砖厂又变成了酒厂。

自从酒厂开始烧酒以来，杨厚明就经常早出晚归，有时干脆就住在厂里。马学香对丈夫晚上不回家很不高兴，她认为这是丈夫在有意躲着她，是在回避着搬家的事，于是她就跑到杨忠诚面前告状，不过她并没有提对丈夫不回家原因的怀疑，尽管马学香在杨厚明面前总提搬家的事，可她在公婆面前却从未提过。

　　杨忠诚把杨厚明狠狠地批评了一顿。杨厚明也没向父亲做过多解释。其实杨厚明经常晚上住在酒厂还真不是为了躲马学香。自从砖厂停工后，很多工人就都回家猫冬了，因为酒厂酿酒不需要那么多人。可人少了以后，一些胆小的职工晚上就不敢在酒厂值夜班了。因为酒厂旁边的东山包上有一个乱坟岗子，那里有很多关于鬼怪的传说。杨厚明和他父亲杨忠诚一样胆子大，他从不信什么神啊鬼的，因此每当有职工不敢值夜班时，作为厂长的他就会留下来陪着职工一起值班。不过这个酒厂也确实出现过一些很灵异的事情。

　　一天晚上，杨厚明又留在厂里陪工人值班。他刚睡着，值班的职工就慌里慌张地跑过来，把他推醒语后语无伦次地说："厂、厂长，咱车间里又……又闹鬼了！"

　　"竟胡说！哪有啥鬼啊？都是你们自己在吓唬自己。"杨厚明起身，边说边跟着职工向车间走去。

　　夜幕下的厂区显得格外宁静，一轮明月挂在树梢，远处不时传来一两声夜猫子的啼叫。杨厚明他们来到酿酒车间门口时就听到车间里那口水井的辘轳发出吱扭吱扭的响声，然后就是往水缸里倒水的声音。值班的职工抓住杨厚明的胳膊惊恐地说："我刚刚看过了，那水缸是满着的。"

　　杨厚明没有说话，他从职工手中拿过手电筒，推门就走进了车间。那个职工战战兢兢地跟在杨厚明的身后。当他们进入车间后，屋子里就没有任何声响了。杨厚明来到水缸前用手电一照，他发现水缸里的水确实是满的，那用来从井里向上提水的水桶也纹丝不动地挂在辘轳把上。杨厚明用手摸了一下水桶，发现水桶上没有一点水，他很淡定地说："没事，这肯定又是黄皮子在作妖。"

　　东北这里管黄鼠狼叫黄皮子，这种动物有时候会做出一些奇奇怪怪的事情，很多迷信的东北人还供奉这种动物，称它们为"黄大仙"。

　　"厂长，我害怕！"值班员工声音颤抖地说。

　　"有啥怕的？你没见过黄皮子吗？"杨厚明说完就往回走，那个职工吓得赶紧抢在他的前面出了车间。

杨厚明回到值班室后倒头就睡，就像啥事都没发生一样。

在杨厚明的影响下酒厂职工们的胆子也都越来越大了，渐渐地也就不再用杨厚明陪着他们值夜班了。虽然杨厚明晚上不经常住酒厂了，但是他和媳妇马学香的关系一点没有缓和，甚至开启了冷战。

这一年的五一节，杨忠诚的二女儿杨桂芝出嫁。杨桂芝的丈夫家住在四方台镇，在镇里的百货公司上班。丈夫的父亲是四方台镇一家饭店的经理，在镇里很有人脉，杨桂芝还没有过门，他就已经在四方台镇冰棍厂给杨桂芝找好了工作。本来杨厚明是要和马学香一起送妹妹去四方台镇举行婚礼的，可是最后马学香却因不想和杨厚明坐同一辆车而没去。这让和嫂子关系一向很好的杨桂芝心里很不舒服。

面对杨厚明和马学香两口子闹矛盾这件事情，杨忠诚是看在眼里急在心里，可是他又束手无策，只能偶尔在媳妇白续珍面前唉声叹气。白续珍对这件事情也很苦恼，虽然她知道这件事情的起因，但是儿子和儿媳妇从来不把事情挑明，他们当老的也不好过问，不过她想无论如何，总这样下去也不是个办法，人常说家和万事兴啊！最后她觉得她还是应该找个机会先和儿媳妇聊一聊。

一天早上，白续珍早早就起来了，她想和马学香一起做早饭，顺便在灶膛前和儿媳妇好好聊聊。

马学香从里屋出来看到婆婆起这么早就说："娘，你咋总不听话呢？你起这么早干啥？你这年纪真的不小了，有些事你就不要管了，好吗？"说完就推门出去拿柴火了。

白续珍听了儿媳妇的话感觉心里有点不是滋味，她想自己难道就真的老了吗？她不自觉地走到镜子前照了照自己。忽然白续珍被吓了一跳，她发现镜子里的那个人很陌生，那额头和眼角深深的皱纹，那暗淡无光而又下垂的面颊，还有那满头花白的头发。这是自己吗？她是从啥时候变成这个样子的？看着看着，不由得两行热泪从白续珍的眼角流了下来。

"娘，你这咋了？我刚才说错话了吗？"马学香从外面回屋后发现白续珍哭了，她赶紧走到婆婆身边问。

"没事孩子，娘没事。"白续珍赶紧擦去泪水。

其实从老家回来后，白续珍的心里也有了一种和儿媳妇一样的念头，但是她知道眼下这件事情实在是不好处理。儿子厚明在这里正干得起劲，其他孩子也都是在这里土生土长的，他们完全适应了这里的生活，肯定不愿意离开。更何况她家还有两个女儿已经嫁到了这里，要是他们都回了山东老家，那这两个孩子不就和眼下儿媳妇马学香一样了吗？每当想到这些白续珍的心里就很纠结，让她怎么也开心不起来。可是此刻她打消了要和儿媳妇好好聊聊的想法。"是啊！儿媳妇说得对，她已经老了，有些事情她不应该再管了。"白续珍心里这样想。

时间进入到腊月，杨忠诚的外甥米献祥给杨忠诚寄来了几盒青霉素和链霉素药剂，同时还寄来了一封信。米献祥在信中说山东省政府最近出台了一份文件，文件规定解放前参加工作，解放后到边疆支援建设，并且年满六十岁的干部可以回原籍享受一定的待遇，同时也可以回原籍办理相关手续后再回现居住地享受待遇。他说他已经向有关部门查询过了，杨忠诚是符合文件要求的。

杨忠诚接到这封信后反应很平淡，他的儿媳妇马学香却一下子高兴了起来。她几次跑到杨忠诚面前催促公公快点起身回山东。她还说山东的天气暖和，如果这个时候公公回去住上一个冬天，那今年连针都不用打了。其实杨忠诚知道儿媳妇是醉翁之意不在酒，但是他还是觉得儿媳妇的话有些道理，因为他的这个病天气越冷就越严重，如果回到山东，那肯定会好一些。尽管这样，杨忠诚还是对儿媳妇说："早一天晚一天的没啥，反正那文件就摆在那里，我看快过年了，还是等过完年后再说吧。"

马学香见她催不动公公就再跑到婆婆面前加把火。白续珍当然也明白儿媳妇的心思，但是这会儿她也不好说啥，她只能装糊涂地说："孩子，就听你爹的吧，他的事情他自己心里有数。"

白续珍虽然嘴上这样说，可她的心里已经想好了要找个机会好好和杨忠诚谈一谈，她觉得有些事情她还是要管一管的，有些话必须要挑明了，现在大家都这样藏着掖着的很别扭，更重要的是这个家的日子不能再这样在沉闷中过下去了。可是还没等到白续珍和杨忠诚谈，杨忠诚却先把那层窗户纸给捅破了。

在大年三十的晚上，马学香和白续珍一起准备了一大桌子的好菜好饭。待孩子们在院子里放完鞭炮回到屋里，坐在餐桌前时，一家人就准备要吃年夜饭了。今天杨厚明非常高兴，今年冬天大队酒厂的生意很好，他们酿制的烧锅酒已经卖到了县城。为此，他得到了大队的表彰和奖励。杨厚明见大家都坐好了他想先说几句，可他刚要开口，杨忠诚却对他摆了摆手。

杨忠诚咳嗽了两声，清了清嗓子后说："今天咱全家人都在座，我说几句话。过了这个年，咱老杨家在李景华屯就住了十八个年头了，这一转眼的工夫我和你娘也都上岁数了，按说人老了就应该听儿女的，一些事情就不应该再管了，可是有些事不说又不行。现在我就说说咱这搬家的事，这事在咱家里闹腾地时间也不短了，我觉得今天在吃年夜饭之前，大家就都敞开心思，开诚布公地说说吧！到底是走还是留，都表个态，这也算是咱的一个家庭民主生活会吧！"

杨忠诚话音落地，一时间大家面面相觑……

春节过后，李景华屯的社员就陆续得到了一个消息，那就是杨忠诚家要搬家回山东了。很多人都感觉到很意外，因为在他们看来杨忠诚家现在日子过得正红火，尤其是杨厚明还是大队工厂的厂长，他们怎么可能会放弃这一切呢？

大队书记王宝山听到这个消息后直接到厂里去找杨厚明，他一进门就带着不满的情绪说："厚明啊？我就不明白了！难道你小子的心比那秋天的大雁飞得还要高？咱先别说我王宝山这些年对你咋样了，就说这整个惠七后大队的领导和社员们对你也都不薄啊！大队正在考虑你的入党问题，你还想咋的啊？"

杨厚明见王宝山生气了，就赶紧把他让到座位上，并给他倒了一杯茶水，然后坐在他对面的椅子上说："王老叔你先别生气，你听我慢慢给你解释。其实这几天我一直想去找你好好说说，可说实话我还真没想好咋和你说。"

"你啥也别说了，我看你这家就先别搬了，好好地在这里当厂长就行。"王宝山很武断地说道。

古月星转

杨厚明摇了摇头说："王老叔，其实我本心也不想搬家，可眼下我也没有办法。你看我媳妇想搬家，她想离她父母近点。我爹和我妈年龄也大了，他们这一辈子不容易，也应该落叶归根。另外还有一些别的原因，我也不知道该咋说。"杨厚明说到这里不再往下说了。

"你回山东可要养家糊口啊！那你到那边能干啥工作呢？"王宝山很担忧地问。

"不瞒你说王老叔，我还真不知道。我爹回去可以享受政府给的待遇，我弟弟可以继续读书，我妹妹也可以在那里嫁人，只有我不知道回去后干啥好。"杨厚明说完低下了头。

王宝山沉默半晌后站起身来叹了口气，然后就出门走了。

秋天生产队分红以后，杨忠诚一家就准备搬家了，可当乡亲们知道杨忠诚他们真要走了的时候，就纷纷请他们一家人吃饭，他们要用这种方式给他们送行。杨忠诚见状赶紧让杨厚明准备礼物送给乡亲们作为留念。可是谁也没有想到乡亲们这一请就刹不住车了，别的屯子里和杨忠诚、杨厚明父子俩关系好的乡亲也加入到了送行的行列中，他们争先恐后地邀请，有的人还为了谁先请谁后请发生了争执，生怕请晚了，杨忠诚他们一家就搬走了。

乡亲们的热情让杨忠诚一家很感动，最后杨厚明和杨忠诚商量决定先不要着急搬走，还是和乡亲们好好亲近一下。其实杨忠诚很不希望乡亲们这样，因为每次聚会都弄得大家很伤感，像生离死别一样，可是盛情难却，他们也不好拒绝。后来杨忠诚实在受不了这种滋味，就先带着小儿子幸福提前离开了李景华屯，他想在临走前去两个女儿那里转一转，和她们再多待一些时间，在他的心里他觉得最对不住的就是这两个女儿，他们这一走就把两个孩子扔在东北了。

杨忠诚一家人离开李景华屯已是初冬时节了，东北的天气已经很冷了。在四方台镇火车站上，很多人都来给杨忠诚一家人送行，他们都是跟着生产队的马车来的。今天早上出发时由于要来送行的人太多，李克明只好又让马国福多安排了一辆马车。可即便是这样还是坐不开。最后，李克明只好动用他生产队长的权威把一些人从车上硬叫了下来。可是母黑子却不管李克明咋说就是不下车。母黑子看到别人家都请杨忠诚一家人吃饭，可他家里缺锅少碗的没法请，他就觉得过意不去。再加上他没有最后见到杨忠诚，所以他要亲自到火车站来送行，以表达自己的心意。

在火车站站台上，李景华屯的乡亲们与杨忠诚一家人依依惜别。天气虽然寒冷，可李景华屯乡亲们的热情却能融冰化雪。

母黑子抓住杨忠诚的手很动情地说："大侄子，在整个李景华屯也就你最看得起我，你这一走，我的心里实在是舍不得啊！咱爷俩这也就是见最后一面了，你回咱山东老家后可千万别忘了你在东北还有一个母大叔啊！"说完，母黑子老泪纵横。

这一刻大家都感觉母黑子就像变了一个人。

杨忠诚也难掩激动，他紧紧抓住母黑子的手说："母大叔，你老好好的，我还会回来的，咱爷们还有再见面的时候。"

火车进站了，杨忠诚一家人恋恋不舍地登上了车厢，他们在车窗前和乡亲们挥泪告别。乡亲们也都在站台上流着泪使劲挥动着手臂。寒风像刀子一样吹在脸上，他们也全然不顾。

火车已经开出去很远了，送行的乡亲们还在站台上不肯离去。看到这一幕的人们谁能想象得到那被送的人和送行的人没有任何血缘关系，他们仅仅是乡亲。

在火车上，杨忠诚一家人也哭成一团，一车厢的乘客都不知道发生了什么事情，他们充满好奇地看着这一家老小。他们哪里知道此刻这一家人心情。

东北这片广袤的黑土地啊！她敞开胸怀接纳来自四方的游子，又挥动手臂热情地送他们回家，留下的那些温情的故事就像这火车下的铁轨伸向远方，源远流长！

八十

在杨忠诚的老家山东平陵县闫满庄，杨忠诚老家的屋子已经被收拾出来了，杨忠诚的大儿子杨厚增在南北街的后面盖了新房，他们全家已经搬去新房住了。

白续珍的哥哥白增俊也把当年他妹妹出嫁时当作嫁妆的那个木头箱子又送回了杨忠诚的家里。

杨忠诚一家人回到闫满庄后，杨忠诚和白续珍就带着女儿杨桂兰和小儿子幸福直接住进了老家。由于这个家太小了，根本住不下九口人，杨厚明就只好带着媳妇和孩子先借住在自己的岳父马俊文家里。

杨忠诚走进那个他熟悉的小北屋，他一腚坐在那把破旧的椅子上先是愣了半天神，然后长长地舒了一口气，感叹道："唉！没想到我还能回来啊！我还以为我这把老骨头就扔在关外了呢！"

这一刻全家人都恍然大悟，原来在杨忠诚的心里他是多么地渴望回来啊！杨厚明也终于验证了他当初对父亲内心想法的揣测。他最终做出搬家回山东的决定一个非常重要的原因就是他觉得他的父母应该叶落归根。在杨厚明看来成全父母的心愿是做儿女最应该尽的孝心。

可是对于杨忠诚来说，一直以来在搬家这件事上，他始终是把最终决定权交给子女们，他从来都没有表露过自己真实的想法。白续珍也是一样。真不知道他们这是一种高风亮节，还是一种人老了以后的情非得已？抑或是二者兼而有之吧！

出了正月，闫满庄就搞了包产到户，杨忠诚家也按照人口分到了土地。同时杨忠诚的待遇也得到了落实，但美中不足的是，他给八路军做地下工作的那段时间并没有算进他的工作年限里。虽然只是一年的时间，但是在待遇上还是相差不少的。杨厚明曾经为此找过相关部门，他得到的答复是没有相关材料记载，除非他们找到证人提供出证明材料来。其实要想找到证人出材料并不难，因为杨忠诚的一些战友还都健在。于是杨厚明就去找表哥米献祥商量，最终他们决定去找证人。可是杨忠诚对此事坚决反对，在他看来虽然那段时间他是在给八路军运送物资，可是组织上给他报酬了，他那时也在做生意，不给他算革命时间也是说得过去的。杨厚明和米献祥拗不过杨忠诚就决定他们自己去办这件事情。

米献祥知道杨忠诚有一个叫尚兴邦的老领导，目前就住在平陵县城，原来是平陵县的政协主席，现在离休了。米献祥曾经偶遇过尚兴邦，当尚兴邦知道他是杨忠诚的外甥后很激动，他还向他讲述过和杨忠诚并肩战斗的故事，因此米献祥觉得去找尚兴邦出证明材料应该没问题。

杨厚明也曾听父亲说起过尚兴邦这个人，于是就和表哥米献祥约好时间，一起去平陵县城找尚兴邦。

当米献祥和杨厚明在平陵县县委家属院敲开尚兴邦的家门时，给他们开门的正是尚兴邦的爱人赵秋菊。

赵秋菊也已经是六十多岁的人了，她的额头和眼角爬满了皱纹，头发变得花白，身体也有些驼背，让人很难再看出来她曾经是个俊俏的女人。赵秋菊见门外的米献祥穿着一身军装，感觉到很奇怪，就问："你们是谁啊？你们有事吗？"

"我们是来找尚兴邦老领导的。"米献祥说。

赵秋菊听后先是一愣，然后说："那你们先进来吧！"

米献祥和杨厚明进屋后，赵秋菊把他们让到椅子上坐下。

"大姨，您应该就是尚兴邦老领导的爱人吧？"米献祥很礼貌地问。

赵秋菊微微点了点头，然后反问道："你们是谁啊？你们找老尚有事吗？"

"哦，是这么回事大姨，我爹叫杨忠诚，尚兴邦主席曾是我爹的老领导，我们这次来是想让尚主席给我爹出个证明材料，证明一下我爹参加革命的时间。"杨厚明赶紧解释道。

"你是杨忠诚的儿子？"赵秋菊看了一眼杨厚明问。

"是的，大姨。"杨厚明回答道。

"杨忠诚他还没死吗？"赵秋菊忽然问道。

杨厚明觉得赵秋菊这句问话有点刺耳，但他还是赶紧回答："是的，大姨，我爹他还活着呢。"

"唉！活着就好啊！可是尚兴邦没那福气啊！他已经走了。"赵秋菊的眼神忽然黯淡了下来。

"这是啥时候的事啊？刚才我们打听您家住在哪时，那门卫咋没告诉我们呢？"米献祥很吃惊地问。

赵秋菊用手一指墙上的一张照片说："他刚走了不到一个月。"

这时米献祥和杨厚明才发现墙上挂着一张遗照，米献祥赶紧示意杨厚明起身，然后他们两个人给尚兴邦的遗像鞠了三个躬。

米献祥坐下后问赵秋菊："大姨，您是不是也认识杨忠诚啊？您能给他出个材料吗？"

"认识倒是认识，但是我们并不熟。"赵秋菊说完忽然站起身来。

米献祥和杨厚明相互对视了一下，然后只好起身告辞。

出门以后，杨厚明对米献祥说："献祥哥，我听我娘说过，她在县医院当护士长时，赵秋菊是院长，我们两家关系很好，她今天咋说和我爹不熟呢？难道这里面还有啥事不成？"

米献祥想了想说："可能她觉得我舅今天应该亲自来吧？我看要是我舅能来，那这件事肯定就办妥了。"

"那咱哥俩还是回去劝我爹亲自来吧！"杨厚明说。

杨厚明和米献祥回到闫满庄把到平陵县城找证人的事告诉杨忠诚后，杨忠诚发火了，他吼道："谁让你们去找人的？我现在这样已经很知足了！我好歹还活着，还能享受到国家给的待遇，我那些牺牲的战友，他们到哪去享受待遇？我看你们俩就是人心不足蛇吞象！以后我的事情不用你们管！"

杨厚明一看父亲发火了，就赶紧拉着表哥米献祥从北屋出来，到妹妹杨桂兰住的小东屋里去了。

米献祥和杨厚明出去后,白续珍埋怨道:"人家献祥也是国家干部,那级别可比你高不少呢,人家这是请了假来给你办事情的,你吼你儿子没啥,可咱这外甥,你总该顾及个面子吧?"

杨忠诚坐在那里喘着粗气,一声不吭。

"赵秋菊今天说和你不熟,我看她还是记恨着你当年反对她和尚兴邦结婚那件事。唉!你说你尽多管闲事!"白续珍无奈地摇了摇头。

杨忠诚沉默了半晌后叹了口气说:"兴邦才比我大两岁,我还想去看看他呢,可他咋还就走了呢?这马学富和丁向山也都比我小,还有那曹小五,他们也走了,都走了!你说我还活个啥劲呢?"说完,他垂下了头。

"你这是说的啥话啊?咱刚从东北回来,那小姑娘还没出嫁,小儿子还没成人,你也刚享受了几天待遇。咋的?现在就不想活了?我告诉你,你这还没到功成名就的时候呢!再说了咱可千万别有命受罪,没命享福!"白续珍很不高兴地说道。

杨忠诚低着头不再说话,任凭白续珍数落。

杨忠诚回到老家后身体一直不错,他很快就适应了这里的生活。虽然他在东北待了很多年,但这里毕竟是他出生和长大的地方。再加上乡亲们的热情相待,让他感到很温馨。可是一段时间过后,他的情绪却忽然低落了下来,原因是他最近经常会梦见从前的那些战友。原来在东北时,他也偶尔会梦到他们,可现在是经常会梦到,而且那梦境总在他的脑海中挥之不去。杨忠诚心想是不是战友们都知道他回来了,都在给他托梦啊?

一天早上,杨忠诚没有和白续珍打招呼就独自去了古月镇。

古月镇变化也不大,那条古街和河上的石桥还是从前的样子,就是街边的一些房子都进行了翻修,刘大山的那个铁匠铺已经没有了,那里成了镇上的供销社。杨忠诚向一些上了岁数的人打听张翠莲,他们告诉他张翠莲多年前就跟着刘大山的徒弟小六子两口子搬走了。至于搬到了哪里,他们也不知道。杨忠诚又向他们打听于大龙,他们说于大龙也不在镇子上住了。

杨忠诚去了刘大山的墓地,可是那个山坡已经不是从前的样子了,那里建起了一座烈士陵园。杨忠诚走进陵园,挨块墓碑寻找,最终却没有找到刘大山的墓。杨忠诚想起了当年小六子说张翠莲要把刘大山埋回祖坟的事。杨忠诚很失落，他回到街上，在一个煎饼铺子里买了一张煎饼卷上了一个咸鸭蛋，就着随身携带的水壶里的白开水吃了下去。然后他回到桥头，一个人坐在那里，眼望着远处古月山。此刻杨忠诚的脑海里像过电影似的闪现出了很多曾经的画面，他想起了他在这里的集市上赶集，他想起了他在这里结识张开疆书记，他想起了他在大街上张贴标语挨他表哥金宗才的训斥，他想起了在这里和敌人打遭遇战，他想起了很多很多……

太阳已经离着古月山的山顶不远了，杨忠诚慢慢地站起身，他活动了一下腿脚，然后开始往回走。

路上，杨忠诚又拐了个弯来到了金宗武当年挖的那个战壕处。他发现这里的山坡已经被平整成了一块田地了，上面长满了庄稼，战壕旁边的那个屋茬子也没了踪影，只能根据记忆去判断当年那战壕的位置了。杨忠诚不想再看下去了，他的心里像堵上了一块石头。他叹了口气，然后转身踏着夕阳的余晖向庄里走去。

杨忠诚很久没有走这么远的路了，回来后他腿疼了好几天，被白续珍狠狠地埋怨了一顿。尽管如此，过了几天，杨忠诚又想去寻找那些从前的战友了，怎奈他真的有点心有余而力不足了。

有一次杨忠诚和儿子杨厚明谈起此事，杨厚明许诺他过段时间就骑着自行车带着他一起去，这让杨忠诚高兴得好几个晚上都没睡好觉。可是半个月过去了，也不见儿子来叫他，他就有点生气了。正当他要把儿子找来责怪一番时，他却从白续珍的口中得知这段时间厚明正在跟着别人赶集，学着做生意呢。他听后不但一下子就原谅了儿子，而且还感觉在心里有点对不住儿子。儿子在东北时是当厂长的，风吹不到，雨淋不着，可现在为了生活要早出晚归像他当年一样赶集谋生了，这真是难为这孩子了，从此他再也不提要去看战友的事了。

一段时间以后，杨忠诚的心里稍稍平静了一些。可就在这时一封从东北李景华屯寄来的信又让他的情绪出现了波动。那封信是他的干弟弟杨全寄来的，信中说杨忠诚家留在东北的那只叫"大青"的狗死了。本来杨厚明要把那几只狗送给杨桂英丈夫工作的县农具厂看院子的，可是当杨厚明的大姐夫带着厂里的汽车到李景华屯拉狗时，那只叫"大青"的狗却不知去向了。

杨全信中说杨忠诚他们家搬走后不久，大青就回来了。它回来后一直围着那个院子转，晚上就趴在那个羊圈的门口。买了杨忠诚家房子的邻居拿来食物喂它，它也不吃，最后竟活活地把自己给饿死了。

大青的死让杨忠诚一家人都很伤感，一种沉闷的气氛笼罩在他们家里很长一段时间。那虽然只是一只狗，可是它会让杨忠诚一家人想起很多在东北的往事，想起那里曾经美好的日子和那些淳朴善良的乡亲们。杨忠诚的情绪一直很低落，直到一个人的出现。

一天临近中午，白续珍忽然从外面领进来了一个人。

那人站在杨忠诚的面前大声问："忠诚哥，你还认识我不？"

杨忠诚站起身看了半天后摇摇头说："对不起，我认不出来了。"

"我是于大龙啊！"那人激动地说。

"于大龙？你是于大龙？"杨忠诚端详着眼前的人很惊讶地问道。

"我是于大龙啊！"于大龙上前双手抓住杨忠诚的手说。

"我到古月镇上找过你，他们说你已经离开那里了，你这是从哪儿来啊？"杨忠诚也激动地握紧于大龙的手问。

"我离休后就回老家茶业口镇子上住了。"于大龙说。

"茶业口离这里可不近啊！你这腿上有伤，咋能走这么远的路呢？"杨忠诚看了一下于大龙的腿很关切地问。

"茶业口到古月镇已经通汽车了，我是坐汽车到的古月镇，然后再从古月镇走过来的。"于大龙说。

"从古月镇到闫满庄那也不近啊！你这腿行吗？"杨忠诚问。

"为了见大哥，也没觉着咋的。"于大龙笑着说道。

"走了这么远的路就是个小伙子也得累，还说没觉着咋的呢，快坐下说话吧！"白续珍把一杯茶水放在桌子上笑着说。

"谢谢嫂子！嫂子还是那么漂亮。"于大龙坐在椅子上笑着说道。

"还漂亮呢？早都成老太婆啦！"白续珍笑着说。

"你快去做点饭，我要和大龙兄弟好好叙一叙。"杨忠诚高兴地说。

"嫂子不用太忙活，咱随便吃点就行。"于大龙也不推辞。

吃完午饭后，杨忠诚让白续珍把孩子们都找来和于大龙见面。

于大龙见杨忠诚现在有这么一大家子人也很高兴。

孩子们走后，杨忠诚和于大龙聊了很久，他们谈到了很多战友和他们共同经历的往事，两个人时不时地会红了眼圈。他们一直聊到下午快四点了，于大龙才意犹未尽地站起身来说："忠诚哥，我还要赶古月镇到茶业口镇的汽车，过段时间我再来看你。"

杨忠诚也不做挽留，他和白续珍一直把于大龙送到街口。

自此以后，于大龙经常会来杨忠诚家做客，一般他都是快中午时分到，吃完午饭后，再和杨忠诚聊上一两个小时，然后去古月镇赶汽车回茶叶口镇。可是渐渐地，于大龙再来杨忠诚家时，他和杨忠诚坐在一起就很少说话了，他们通常都是坐在椅子上相对无言，默默地喝茶。

时间过去了大约半年，于大龙从杨忠诚家离开后就再也不来了。为此，杨忠诚一家人都感觉很奇怪，于是杨厚明就借着到茶业口镇赶集的空去了于大龙的家，他想看看叔叔到底是咋的了，可他得到的消息是于大龙已经病故了。

于大龙去世的事，全家人都瞒着杨忠诚，可奇怪的是杨忠诚自此再也没有提起过于大龙，好像这一切他早就知道了一样。

平淡的日子如流水，一切都在不知不觉中成为往事，那岁月在沉淀为年轮的同时也累积了人的年龄，时间一晃杨忠诚就快到七十岁的生日了。常言道：人生七十古来稀。几个孩子就商量着想给他摆个寿宴，把亲朋好友都请到家里来热闹一下。杨忠诚的亲家马俊文两口子还提前送来了一份贺礼，远在济南的姜玉堂也托人捎来了礼物，可是杨忠诚坚决不同意。

"你这一辈子风风雨雨的，那脑袋好几次都差点搬家，能活到今天真的很不容易，我觉得也应该庆贺一下。"白续珍劝道。

"你容易吗？咱谁容易啊？我的那些战友都牺牲了，我现在在这里摆席做寿，我能对得起他们吗？"杨忠诚没好气地反驳道。

一家人终拗不过杨忠诚，最后摆寿宴的事也只能作罢。

这一年的秋天，杨忠诚的二女儿杨桂芝带着丈夫和不满一岁的儿子来山东老家投奔他们了。当杨忠诚听说女儿和女婿都下岗了以后很不理解。他心想这些年农村的生活都越来越好了，这城里人咋还没工作了呢？不过让杨忠诚不解的还远不止这些，那些年轻人好不容易不用再穿打补丁的裤子了，可他们却把裤腿做成了喇叭状，走起路来就像两把扫帚在扫大街；一些社员翻盖房子时，好好的石头大门楼非要拆掉换成砖的，那结实的木头门板也换成了铁皮的。最让杨忠诚看不惯的是现在村民划个宅基地还要给村里领导送礼。他不让家里人去送礼，结果他家就没有划到宅基地。为此，杨忠诚让儿子杨厚明把几个村领导都请到家中，几个领导还以为是杨忠诚要请他们吃饭呢，都欣然前往，结果他们一进门就被杨忠诚给臭骂了一顿，好在第二天村里就给他家划了宅基地。

随着时间的推移，杨忠诚的话越来越少。虽然他每天还会出门坐在胡同口的那块石头上，但他经常是一个人垂着头默默无语，很少与人交谈，人们也不知道他的心里到底在想些什么。

每当黄昏时分，夕阳从胡同口照射过来，那光线会把杨忠诚的身影投射在对面的一堵石灰墙上，让他看起来就像是一个孤独而又虔诚的面壁者。慢慢地，他那身影会被光线拉得越来越长，渐渐变得暗淡和模糊，最终和太阳的余晖一起消失不见。

1985 年的农历腊月初五，杨忠诚病逝，享年 71 岁。